最新道路交通法律政策全书

中国法制出版社
CHINA LEGAL PUBLISHING HOUSE

图书在版编目（CIP）数据

最新道路交通法律政策全书/中国法制出版社编．—北京：中国法制出版社，2008.12

ISBN 978-7-5093-0922-3

Ⅰ．最…　Ⅱ．中…　Ⅲ．公路运输-交通运输安全-法规-汇编-中国　Ⅳ．D922.149

中国版本图书馆 CIP 数据核字（2008）第 177195 号

最新道路交通法律政策全书

ZUIXIN DAOLU JIAOTONG FALU ZHENGCE QUANSHU

经销/新华书店

印刷/涿州市新华印刷有限公司

开本/880×1230 毫米　32　　印张/17.25　字数/462 千

版次/2008 年 12 月第 1 版　　2008 年 12 月第 1 次印刷

中国法制出版社出版

书号 ISBN 978-7-5093-0922-3　　定价：42.00 元

北京西单横二条 2 号　邮政编码 100031　　传真：66031119

网址：http：//www.zgfzs.com　　编辑部电话：66067369

市场营销部电话：66033393　　邮购部电话：66033288

导读

道路交通行政执法是道路交通法律制度中极其重要的一部分，公安交通管理部门对道路交通违章行为作出行政处罚最直接的法律依据是《中华人民共和国道路交通安全法》(以下简称《道路交通安全法》)、《中华人民共和国道路交通安全法实施条例》以及道路交通管理部门颁布的具体交通行政规范。同时，交通行政处罚还要遵守《中华人民共和国行政处罚法》(以下简称《行政处罚法》) 的规定。行政处罚是指行政相对人违反行政管理法规，依法应当给予处罚的行政行为。《行政处罚法》规定了行政处罚的种类和设定、实施机关、行政处罚程序等内容。在处罚交通违章行为时，最常见的处罚就是罚款。《行政处罚法》第46条作出了“罚缴分离”的原则性规定，即作出罚款决定的行政机关应当与收缴罚款的机构分离。国务院特为此颁布了《罚款决定与罚款收缴分离实施办法》。注意，《行政处罚法》第47、48条对“罚缴分离”作了除外规定，即只有法定情形下，执法人员才能当场收缴罚款。

另外一个重要问题就是交通事故损害赔偿问题。道路交通事故引发的损害赔偿包括人身损害赔偿和财产损害赔偿，而赔偿案件主要涉及事故责任和赔偿数额的认定。对于事故责任认定，主要由《道路交通安全法》第76条规定。《最高人民法院关于审理人身损害赔偿案件适用法律若干问题的解释》对赔偿项目和计算方法做了具体规定，各省及各地区每年都会根据统计部门的规定发布相应的赔偿具体标准。交通事故中受伤人员伤残评定的原则和方法则以《道路交通事故受伤人员伤残评定》(GB/T 18667－2002) 为标准，受伤人员的误工损失日则参照《人身损害受伤人员误工损失日评定准则(GA/T 521－2004) 确定。

《道路交通安全法》是交通行政执法的基本依据。该法于2004年5月1日起正式实施。2007年2007年12月29日十届全国人大常委会第三十一次会议通过了《关于修改〈中华人民共和国道路交通安全法〉的决定》，主要就第76条关于交通事故的赔偿责任进行了修正，该修改决定于2008年5月1日起施行。该法共8章124条，系统地规范了车辆和驾驶人管理、明确了道路通行条件和各种道路交通主体的通行规则、确立了新的道路交通事故处理原则和机制、加强了对公安机关交通管理部门及其交通警察的执法监督、完善了违反交通安全管理行为的法律责任。

对于道路交通安全法，需要重点注意：

1.《道路交通安全法》区分不同责任主体，针对不同赔偿义务人确立了一个归责原则体系，对于不同责任主体之间的责任承担适用不同的归责原则：（1）机动车之间的交通事故责任适用过错责任；（2）机动车与非机动车驾驶人、行人之间的交通事故适用无过错责任或严格责任。

2. 机动车与行人、非机动车驾驶人发生交通事故的民事赔偿责任。机动车作为高速运输工具，对行人、非机动车驾驶人的生命财产安全具有一定危险性。2007 年 12 月修订后的《道路交通安全法》第 76 条第 1 款规定：机动车发生交通事故造成人身伤亡、财产损失的，由保险公司在机动车第三者责任强制保险责任限额范围内予以赔偿；不足的部分，按照下列规定承担赔偿责任：（一）机动车之间发生交通事故的，由有过错的一方承担赔偿责任；双方都有过错的，按照各自过错的比例分担责任。（二）机动车与非机动车驾驶人、行人之间发生交通事故，非机动车驾驶人、行人没有过错的，由机动车一方承担赔偿责任；有证据证明非机动车驾驶人、行人有过错的，根据过错程度适当减轻机动车一方的赔偿责任；机动车一方没有过错的，承担不超过 10% 的赔偿责任。这一修改在赔偿原则上没有作大的变动，使得该条道理更浅显，责任更明确，既能侧重保护道路交通事故受害人的合法权益，又能较好地体现公平原则，进一步增强了可操作性。

3. 第三者责任强制保险和道路交通事故社会救助基金。《道路交通安全法》规定了机动车实行第三者责任强制保险制度，并设立道路交通事故社会救助基金。利用强制保险解决交通事故损害赔偿，通过浮动保费减少交通安全违法行为和交通事故。国务院公布的自 2006 年 7 月 1 日起施行的《机动车交通事故责任强制保险条例》，是对机动车交通事故责任强制保险的投保、赔偿和监督管理进行规范的行政法规。同时，国家还通过建立道路交通事故社会救助基金，在抢救费用超过保险责任限额，未参加机动车第三者责任强制保险或者肇事后逃逸的情况下，先行垫付部分或者全部抢救费用，道路交通事故社会救助基金管理机构事后有权向交通事故责任人追偿。

4. 交通事故可私了。2008 年 8 月 17 日公安部发布的《道路交通事故处理程序规定》对于交通事故自行协商情形做出了具体规定：机动车与机动车、机动车与非机动车发生财产损失事故，当事人对事实及成因无争议的，可以自行协商处理损害赔偿事宜。车辆可以移动的，当事人应当在确保安全的原则下对现场拍照或者标划事故车辆现场位置后，立即撤离现场，将车辆移至不妨碍交通的地点，再进行协商。非机动车与非机动车或者行人发生财产损失事故，基本事实及成因清楚的，当事人应当先撤离现场，再协商处理损害赔偿事宜。对应当自行撤离现场而未撤离的，交通警察应当责令当事人撤离现场；造成交通堵塞的，对驾驶人处以 200 元罚款。

5. 肇事逃逸责任。造成交通事故后逃逸的，由公安机关交通管理部门吊销机动车驾驶证，且终生不得重新取得机动车驾驶证，如果致人重伤、死亡或者使公私财产遭受重大损失而触犯刑法的，根据《中华人民共和国刑法》第133条规定定罪处罚。

6. 酒后驾车责任。本法相对以前加大了对饮酒、醉酒后驾车的处罚力度。按照规定，对饮酒后驾驶机动车的驾驶员，暂扣三个月的驾驶证，并处200元以上500元以下罚款；醉酒后驾驶机动车的，由公安机关交警部门约束至酒醒，处15日以下拘留和暂扣6个月的驾驶证，并处500元以上2000元以下罚款；酒后驾驶公交、出租等营运机动车的处罚力度则更大。而且，本法还规定如果一年内醉酒后驾车被处罚两次以上的，将被吊销机动车驾驶证，5年内不得驾驶营运机动车。

7.《道路交通安全法》明确了交通事故认定书的证据能力。交通事故认定不能作为公安机关的具体行政行为而被提起行政复议或行政诉讼。交通事故认定书主要起一个事实认定、事故成因分析作用，是一个专业的技术性的分析结果。对人民法院而言，这个认定书具有证据能力，而不是进行损害赔偿的当然依据。当事人在道路交通事故损害赔偿诉讼或调解中，双方当事人都可以将交通事故认定书作为自己主张的证据，也可以就交通事故认定书作为证据的真实性、可靠性和科学性提出质疑。

目　录

一、综　　合

二、营运机动车管理

三、机动车报废

四、违法行为处罚

五、交通事故处理

六、保险费用与理赔

七、事故损害赔偿

附　录

综　合

中华人民共和国道路交通安全法

（2003年10月28日第十届全国人民代表大会常务委员会第五次会议通过　根据2007年12月29日中华人民共和国主席令第81号第十届全国人民代表大会常务委员会第三十一次会议《关于修改〈中华人民共和国道路交通安全法〉的决定》修正）

目　录

第一章　总　　则

第一条　为了维护道路交通秩序，预防和减少交通事故，保护人身安全，保护公民、法人和其他组织的财产安全及其他合法权益，提高通行效率，制定本法。

第二条　中华人民共和国境内的车辆驾驶人、行人、乘车人以及与道路交通活动有关的单位和个人，都应当遵守本法。①

第三条　道路交通安全工作，应当遵循依法管理、方便群众的原则，保障道路交通有序、安全、畅通。

第四条　各级人民政府应当保障道路交通安全管理工作与经济建设和社会发展相适应。

县级以上地方各级人民政府应当适应道路交通发展的需要，依据道路交通安全法律、法规和国家有关政策，制定道路交通安全管理规划，并组织实施。

第五条　国务院公安部门负责全国道路交通安全管理工作。县级以上地方各级人民政府公安机关交通管理部门负责本行政区域内的道路交通安全管理工作。

县级以上各级人民政府交通、建设管理部门依据各自职责，负责有关的道路交通工作。②

第六条　各级人民政府应当经常进行道路交通安全教育，提高公民的道路交通安全意识。

公安机关交通管理部门及其交通警察执行职务时，应当加强道路交通安

---

①本条中要注意两个问题：一是本条强调的是中华人民共和国境内，即入境车辆、驾驶人及行人也要遵守本法。二是本法中所指的道路，是指公路、城市道路和虽在单位管辖范围但允许社会机动车通行的地方，包括广场、公共停车场等用于公众通行的场所。

②公安部门负责道路交通安全管理工作这点比较容易理解，但是需要注意以下4种情况：一是上道路行驶的拖拉机由农业（农业机械）主管部门行使登记、发放号牌、行驶证、安全技术检验、发放、审验驾驶证等管理职权。在行使上述职权时要接受公安机关交通管理部门的监督。二是根据本法第120条的规定，中国人民解放军和中国人民武装警察部队在编机动车牌证、在编机动车检验以及机动车驾驶人考核工作，由中国人民解放军、中国人民武装警察部队有关部门负责。三是营运车辆的管理权问题。根据《中华人民共和国道路运输条例》的规定，道路客运经营、货运经营以及道路运输相关业务（包括站（场）经营、机动车维修经营、机动车驾驶员培训）由交通主管部门负责。该条例第82条同时规定："出租车客运和城市公共汽车客运的管理办法由国务院另行规定。"2004年6月29日国务院公布了《国务院对确需保留的行政审批项目设定行政许可的决定》，根据该决定的规定，出租汽车经营资格证、车辆运营证和驾驶员客运资格证的核发由县级以上地方人民政府出租汽车行政主管部门行使行政许可权。随后建设部发布了《建设部关于纳入国务院决定的十五项行政许可的条件的规定》，其中第15项规定了出租汽车经营资格证、车辆运营证和驾驶员客运资格证的核发条件。2004年12月27日建设部又发出《建设部关于实行统一的城市出租汽车三证的通知》，决定实行全国统一的城市出租汽车经营许可证、车辆运营证、驾驶员服务资格证制度。实践中各地的做法并不完全相同。根据2008年大部制改革的动态信息，城市公共交通管理职能可能划至交通运输部。四是根据《道路交通安全法实施条例》第85条第2款的规定，高速公路、城市快速路的道路交通安全管理工作，省、自治区、直辖市人民政府公安机关交通管理部门可以指定设区的市人民政府公安机关交通管理部门或者相当于同级的公安机关交通管理部门承担。

全法律、法规的宣传，并模范遵守道路交通安全法律、法规。

机关、部队、企业事业单位、社会团体以及其他组织，应当对本单位的人员进行道路交通安全教育。

教育行政部门、学校应当将道路交通安全教育纳入法制教育的内容。

新闻、出版、广播、电视等有关单位，有进行道路交通安全教育的义务。

第七条 对道路交通安全管理工作，应当加强科学研究，推广、使用先进的管理方法、技术、设备。

第二章 车辆和驾驶人

第一节 机动车、非机动车

第八条 国家对机动车实行登记制度。机动车经公安机关交通管理部门登记后，方可上道路行驶。尚未登记的机动车，需要临时上道路行驶的，应当取得临时通行牌证。①

第九条 申请机动车登记，应当提交以下证明、凭证：

（一）机动车所有人的身份证明；②

---

①机动车的登记，分为注册登记、变更登记、转移登记、抵押登记和注销登记。

本条的临时通行牌证主要是指根据实际的需要，由公安机关交通管理部门的车辆管理所核发的机动车具有短时间效力的可以上道路行驶的号牌和其他证件。在实践中，凡属下列情形的机动车均应领取临时号牌：(1) 未销售需要临时试用的；(2) 机动车转籍已收缴了正式号牌需要驶向异地的；(3) 购买、调拨、赠予等方式获得机动车后尚未注册登记，需要临时上道路行驶的；(4) 进行科研、定型试验需要临时上道路行驶的；(5) 因轴荷、总质量、外廓尺寸超出国家标准不予办理注册登记的特型机动车需要临时上道路行驶的；(6) 补发、换发号牌期间需要临时上道路行驶的，等等。另外，持有境外号牌和行驶证，经我国有关机关许可进入我国境内短期行驶的车辆，也需要向入境地公安机关交通管理部门申请临时机动车号牌、行驶证。

②机动车来历证明是指：(1) 在国内购买的机动车，其来历证明是全国统一的机动车销售发票或者二手车交易发票。在国外购买的机动车，其来历证明是该车销售单位开具的销售发票及其翻译文本，但海关监管的机动车不需提供来历证明；(2) 人民法院调解、裁定或者判决转移的机动车，其来历证明是人民法院出具的已经生效的《调解书》、《裁定书》或者《判决书》，以及相应的《协助执行通知书》；(3) 仲裁机构仲裁裁决转移的机动车，其来历证明是《仲裁裁决书》和人民法院出具的《协助执行通知书》；(4) 继承、赠予、中奖、协议离婚和协议抵偿债务的机动车，其来历证明是继承、赠予、中奖、协议离婚、协议抵偿债务的相关文书和公证机关出具的《公证书》；(5) 资产重组或者资产整体买卖中包含的机动车，其来历证明是资产主管部门的批准文件；(6) 机关、企业、事业单位和社会团体统一采购并调拨到下属单位未注册登记的机动车，其来历证明是全国统一的机动车销售发票和该部门出具的调拨证明；(7) 机关、企业、事业单位和社会团体已注册登记并调拨到下属单位的机动车，其来历证明是该单位出具的调拨证明。被上级单位调回或者调拨到其他下属单位的机动车，其来历证明是上级单位出具的调拨证明；(8) 经公安机关破案发还的被盗抢且已向原机动车所有人理赔完毕的机动车，其来历证明是《权益转让证明书》。

（二）机动车来历证明；

（三）机动车整车出厂合格证明或者进口机动车进口凭证；

（四）车辆购置税的完税证明或者免税凭证；

（五）法律、行政法规规定应当在机动车登记时提交的其他证明、凭证。

公安机关交通管理部门应当自受理申请之日起五个工作日内完成机动车登记审查工作，对符合前款规定条件的，应当发放机动车登记证书、号牌和行驶证；对不符合前款规定条件的，应当向申请人说明不予登记的理由。

公安机关交通管理部门以外的任何单位或者个人不得发放机动车号牌或者要求机动车悬挂其他号牌，本法另有规定的除外。

机动车登记证书、号牌、行驶证的式样由国务院公安部门规定并监制。

第十条　准予登记的机动车应当符合机动车国家安全技术标准。申请机动车登记时，应当接受对该机动车的安全技术检验。但是，经国家机动车产品主管部门依据机动车国家安全技术标准认定的企业生产的机动车型，该车型的新车在出厂时经检验符合机动车国家安全技术标准，获得检验合格证的，免予安全技术检验。

第十一条　驾驶机动车上道路行驶，应当悬挂机动车号牌，放置检验合格标志、保险标志，并随车携带机动车行驶证。

机动车号牌应当按照规定悬挂并保持清晰、完整，不得故意遮挡、污损。

任何单位和个人不得收缴、扣留机动车号牌。

第十二条　有下列情形之一的，应当办理相应的登记：

（一）机动车所有权发生转移的；

（二）机动车登记内容变更的；

（三）机动车用作抵押的；

（四）机动车报废的。

第十三条　对登记后上道路行驶的机动车，应当依照法律、行政法规的规定，根据车辆用途、载客载货数量、使用年限等不同情况，定期进行安全技术检验。对提供机动车行驶证和机动车第三者责任强制保险单的，机动车安全技术检验机构应当予以检验，任何单位不得附加其他条件。对符合机动车国家安全技术标准的，公安机关交通管理部门应当发给检验合格标志。

对机动车的安全技术检验实行社会化。具体办法由国务院规定。

机动车安全技术检验实行社会化的地方，任何单位不得要求机动车到指定的场所进行检验。

公安机关交通管理部门、机动车安全技术检验机构不得要求机动车到指定的场所进行维修、保养。

机动车安全技术检验机构对机动车检验收取费用，应当严格执行国务院价格主管部门核定的收费标准。

第十四条 国家实行机动车强制报废制度，根据机动车的安全技术状况和不同用途，规定不同的报废标准。

应当报废的机动车必须及时办理注销登记。

达到报废标准的机动车不得上道路行驶。报废的大型客、货车及其他营运车辆应当在公安机关交通管理部门的监督下解体。

第十五条 警车、消防车、救护车、工程救险车应当按照规定喷涂标志图案，安装警报器、标志灯具。其他机动车不得喷涂、安装、使用上述车辆专用的或者与其相类似的标志图案、警报器或者标志灯具。

警车、消防车、救护车、工程救险车应当严格按照规定的用途和条件使用。

公路监督检查的专用车辆，应当依照公路法的规定，设置统一的标志和示警灯。

第十六条 任何单位或者个人不得有下列行为：

（一）拼装机动车或者擅自改变机动车已登记的结构、构造或者特征；

（二）改变机动车型号、发动机号、车架号或者车辆识别代号；

（三）伪造、变造或者使用伪造、变造的机动车登记证书、号牌、行驶证、检验合格标志、保险标志；

（四）使用其他机动车的登记证书、号牌、行驶证、检验合格标志、保险标志。

第十七条 国家实行机动车第三者责任强制保险制度，设立道路交通事故社会救助基金。具体办法由国务院规定。①

第十八条 依法应当登记的非机动车，经公安机关交通管理部门登记后，方可上道路行驶。

依法应当登记的非机动车的种类，由省、自治区、直辖市人民政府根据当地实际情况规定。

非机动车的外形尺寸、质量、制动器、车铃和夜间反光装置，应当符合

---

①我国的机动车第三者责任强制保险制度以《机动车交通事故责任强制保险条例》为基础。机动车交通事故责任强制保险（简称交强险），是指由保险公司对被保险机动车发生道路交通事故造成本车人员、被保险人以外的受害人的人身伤亡、财产损失，在责任限额内予以赔偿的强制性责任保险。交强险是强制性保险，每辆机动车只需投保一份交强险，其保险期间为1年，但是如有境外机动车临时入境的，或者机动车临时上道路行驶的，或者机动车距规定的报废期限不足1年以及保监会规定的其他情形的，投保人可以投保1年以内的短期交强险。如果机动车所有人、管理人未按照规定投保机动车交通事故责任强制保险的，公安机关交通管理部门将扣留其机动车，并通知机动车所有人、管理人依照规定投保，处依照规定投保最低责任限额应缴纳的保险费的2倍罚款。当然，交强险主要是承担广覆盖的基本保障。对于更多样、更高额、更广泛的保障需求，消费者可以在购买交强险的同时自愿购买商业机动车第三者责任保险和车损险等险种。

非机动车安全技术标准。

第二节　机动车驾驶人

第十九条　驾驶机动车，应当依法取得机动车驾驶证。

申请机动车驾驶证，应当符合国务院公安部门规定的驾驶许可条件；经考试合格后，由公安机关交通管理部门发给相应类别的机动车驾驶证。

持有境外机动车驾驶证的人，符合国务院公安部门规定的驾驶许可条件，经公安机关交通管理部门考核合格的，可以发给中国的机动车驾驶证。

驾驶人应当按照驾驶证载明的准驾车型驾驶机动车；驾驶机动车时，应当随身携带机动车驾驶证。

公安机关交通管理部门以外的任何单位或者个人，不得收缴、扣留机动车驾驶证。

第二十条　机动车的驾驶培训实行社会化，由交通主管部门对驾驶培训学校、驾驶培训班实行资格管理，其中专门的拖拉机驾驶培训学校、驾驶培训班由农业（农业机械）主管部门实行资格管理。

驾驶培训学校、驾驶培训班应当严格按照国家有关规定，对学员进行道路交通安全法律、法规、驾驶技能的培训，确保培训质量。

任何国家机关以及驾驶培训和考试主管部门不得举办或者参与举办驾驶培训学校、驾驶培训班。

第二十一条　驾驶人驾驶机动车上道路行驶前，应当对机动车的安全技术性能进行认真检查；不得驾驶安全设施不全或者机件不符合技术标准等具有安全隐患的机动车。

第二十二条　机动车驾驶人应当遵守道路交通安全法律、法规的规定，按照操作规范安全驾驶、文明驾驶。

饮酒、服用国家管制的精神药品或者麻醉药品①，或者患有妨碍安全驾驶机动车的疾病②，或者过度疲劳影响安全驾驶的，不得驾驶机动车。

任何人不得强迫、指使、纵容驾驶人违反道路交通安全法律、法规和机动车安全驾驶要求驾驶机动车。

---

①本条所称的精神药品或者麻醉药品，不仅仅是指由国家规定管制的属于毒品范围的精神药品或者麻醉药品，还包括其他由国家管制的直接作用于中枢神经系统，可能影响安全驾驶机动车的精神药品或者麻醉药品。医师在进行医疗诊治开出处方时，如果处方中包含可能影响安全驾驶机动车的国家管制的精神药品或者麻醉药品的，应当向患者说明。患者在服用该药品后在药品作用期间不得驾驶机动车。

②患有妨碍安全驾驶机动车的疾病，是指患有足以影响观察、判断事物能力和控制行为能力的疾病。《机动车驾驶证申领和使用规定》中列举的此类疾病包括：器质性心脏病、癫痫病、美尼尔氏症、眩晕症、癔病、震颤麻痹、精神病、痴呆以及影响肢体活动的神经系统疾病。

第二十三条 公安机关交通管理部门依照法律、行政法规的规定，定期对机动车驾驶证实施审验。

第二十四条 公安机关交通管理部门对机动车驾驶人违反道路交通安全法律、法规的行为，除依法给予行政处罚外，实行累积记分制度。公安机关交通管理部门对累积记分达到规定分值的机动车驾驶人，扣留机动车驾驶证，对其进行道路交通安全法律、法规教育，重新考试；考试合格的，发还其机动车驾驶证。

对遵守道路交通安全法律、法规，在一年内无累积记分的机动车驾驶人，可以延长机动车驾驶证的审验期。具体办法由国务院公安部门规定。

第三章 道路通行条件

第二十五条 全国实行统一的道路交通信号。

交通信号包括交通信号灯、交通标志、交通标线和交通警察的指挥。

交通信号灯、交通标志、交通标线的设置应当符合道路交通安全、畅通的要求和国家标准，并保持清晰、醒目、准确、完好。

根据通行需要，应当及时增设、调换、更新道路交通信号。增设、调换、更新限制性的道路交通信号，应当提前向社会公告，广泛进行宣传。

第二十六条 交通信号灯由红灯、绿灯、黄灯组成。红灯表示禁止通行，绿灯表示准许通行，黄灯表示警示。

第二十七条 铁路与道路平面交叉的道口，应当设置警示灯、警示标志或者安全防护设施。无人看守的铁路道口，应当在距道口一定距离处设置警示标志。

第二十八条 任何单位和个人不得擅自设置、移动、占用、损毁交通信号灯、交通标志、交通标线。

道路两侧及隔离带上种植的树木或者其他植物，设置的广告牌、管线等，应当与交通设施保持必要的距离，不得遮挡路灯、交通信号灯、交通标志，不得妨碍安全视距，不得影响通行。

第二十九条 道路、停车场和道路配套设施的规划、设计、建设，应当符合道路交通安全、畅通的要求，并根据交通需求及时调整。

公安机关交通管理部门发现已经投入使用的道路存在交通事故频发路段，或者停车场、道路配套设施存在交通安全严重隐患的，应当及时向当地人民政府报告，并提出防范交通事故、消除隐患的建议，当地人民政府应当及时作出处理决定。

第三十条 道路出现坍塌、坑漕、水毁、隆起等损毁或者交通信号灯、交通标志、交通标线等交通设施损毁、灭失的，道路、交通设施的养护部门或者管理部门应当设置警示标志并及时修复。

公安机关交通管理部门发现前款情形，危及交通安全，尚未设置警示标志的，应当及时采取安全措施，疏导交通，并通知道路、交通设施的养护部门或者管理部门。

第三十一条　未经许可，任何单位和个人不得占用道路从事非交通活动。

第三十二条　因工程建设需要占用、挖掘道路，或者跨越、穿越道路架设、增设管线设施，应当事先征得道路主管部门的同意；影响交通安全的，还应当征得公安机关交通管理部门的同意。

施工作业单位应当在经批准的路段和时间内施工作业，并在距离施工作业地点来车方向安全距离处设置明显的安全警示标志，采取防护措施；施工作业完毕，应当迅速清除道路上的障碍物，消除安全隐患，经道路主管部门和公安机关交通管理部门验收合格，符合通行要求后，方可恢复通行。

对未中断交通的施工作业道路，公安机关交通管理部门应当加强交通安全监督检查，维护道路交通秩序。

第三十三条　新建、改建、扩建的公共建筑、商业街区、居住区、大（中）型建筑等，应当配建、增建停车场；停车泊位不足的，应当及时改建或者扩建；投入使用的停车场不得擅自停止使用或者改作他用。

在城市道路范围内，在不影响行人、车辆通行的情况下，政府有关部门可以施划停车泊位。

第三十四条　学校、幼儿园、医院、养老院门前的道路没有行人过街设施的，应当施划人行横道线，设置提示标志。

城市主要道路的人行道，应当按照规划设置盲道。盲道的设置应当符合国家标准。

第四章　道路通行规定

第一节　一 般 规 定

第三十五条　机动车、非机动车实行右侧通行。

第三十六条　根据道路条件和通行需要，道路划分为机动车道、非机动车道和人行道的，机动车、非机动车、行人实行分道通行。没有划分机动车道、非机动车道和人行道的，机动车在道路中间通行，非机动车和行人在道路两侧通行。

第三十七条　道路划设专用车道的，在专用车道内，只准许规定的车辆通行，其他车辆不得进入专用车道内行驶。

第三十八条　车辆、行人应当按照交通信号通行；遇有交通警察现场指挥时，应当按照交通警察的指挥通行；在没有交通信号的道路上，应当在确保安全、畅通的原则下通行。

第三十九条 公安机关交通管理部门根据道路和交通流量的具体情况，可以对机动车、非机动车、行人采取疏导、限制通行、禁止通行等措施。遇有大型群众性活动、大范围施工等情况，需要采取限制交通的措施，或者作出与公众的道路交通活动直接有关的决定，应当提前向社会公告。

第四十条 遇有自然灾害、恶劣气象条件或者重大交通事故等严重影响交通安全的情形，采取其他措施难以保证交通安全时，公安机关交通管理部门可以实行交通管制。

第四十一条 有关道路通行的其他具体规定，由国务院规定。

第二节 机动车通行规定

第四十二条 机动车上道路行驶，不得超过限速标志标明的最高时速。在没有限速标志的路段，应当保持安全车速。

夜间行驶或者在容易发生危险的路段行驶，以及遇有沙尘、冰雹、雨、雪、雾、结冰等气象条件时，应当降低行驶速度。

第四十三条 同车道行驶的机动车，后车应当与前车保持足以采取紧急制动措施的安全距离。有下列情形之一的，不得超车：

（一）前车正在左转弯、掉头、超车的；

（二）与对面来车有会车可能的；

（三）前车为执行紧急任务的警车、消防车、救护车、工程救险车的；

（四）行经铁路道口、交叉路口、窄桥、弯道、陡坡、隧道、人行横道、市区交通流量大的路段等没有超车条件的。

第四十四条 机动车通过交叉路口，应当按照交通信号灯、交通标志、交通标线或者交通警察的指挥通过；通过没有交通信号灯、交通标志、交通标线或者交通警察指挥的交叉路口时，应当减速慢行，并让行人和优先通行的车辆先行。

第四十五条 机动车遇有前方车辆停车排队等候或者缓慢行驶时，不得借道超车或者占用对面车道，不得穿插等候的车辆。

在车道减少的路段、路口，或者在没有交通信号灯、交通标志、交通标线或者交通警察指挥的交叉路口遇到停车排队等候或者缓慢行驶时，机动车应当依次交替通行。

第四十六条 机动车通过铁路道口时，应当按照交通信号或者管理人员的指挥通行；没有交通信号或者管理人员的，应当减速或者停车，在确认安全后通过。

第四十七条 机动车行经人行横道时，应当减速行驶；遇行人正在通过人行横道，应当停车让行。

机动车行经没有交通信号的道路时，遇行人横过道路，应当避让。

第四十八条　机动车载物应当符合核定的载质量，严禁超载；载物的长、宽、高不得违反装载要求，不得遗洒、飘散载运物。

机动车运载超限的不可解体的物品，影响交通安全的，应当按照公安机关交通管理部门指定的时间、路线、速度行驶，悬挂明显标志。在公路上运载超限的不可解体的物品，并应当依照公路法的规定执行。

机动车载运爆炸物品、易燃易爆化学物品以及剧毒、放射性等危险物品，应当经公安机关批准后，按指定的时间、路线、速度行驶，悬挂警示标志并采取必要的安全措施。

第四十九条　机动车载人不得超过核定的人数，客运机动车不得违反规定载货。

第五十条　禁止货运机动车载客。

货运机动车需要附载作业人员的，应当设置保护作业人员的安全措施。

第五十一条　机动车行驶时，驾驶人、乘坐人员应当按规定使用安全带，摩托车驾驶人及乘坐人员应当按规定戴安全头盔。

第五十二条　机动车在道路上发生故障，需要停车排除故障时，驾驶人应当立即开启危险报警闪光灯，将机动车移至不妨碍交通的地方停放；难以移动的，应当持续开启危险报警闪光灯，并在来车方向设置警告标志等措施扩大示警距离，必要时迅速报警。

第五十三条　警车、消防车、救护车、工程救险车执行紧急任务时，可以使用警报器、标志灯具；在确保安全的前提下，不受行驶路线、行驶方向、行驶速度和信号灯的限制，其他车辆和行人应当让行。

警车、消防车、救护车、工程救险车非执行紧急任务时，不得使用警报器、标志灯具，不享有前款规定的道路优先通行权。

第五十四条　道路养护车辆、工程作业车进行作业时，在不影响过往车辆通行的前提下，其行驶路线和方向不受交通标志、标线限制，过往车辆和人员应当注意避让。

洒水车、清扫车等机动车应当按照安全作业标准作业；在不影响其他车辆通行的情况下，可以不受车辆分道行驶的限制，但是不得逆向行驶。

第五十五条　高速公路、大中城市中心城区内的道路，禁止拖拉机通行。其他禁止拖拉机通行的道路，由省、自治区、直辖市人民政府根据当地实际情况规定。

在允许拖拉机通行的道路上，拖拉机可以从事货运，但是不得用于载人。

第五十六条　机动车应当在规定地点停放。禁止在人行道上停放机动车；但是，依照本法第三十三条规定施划的停车泊位除外。

在道路上临时停车的，不得妨碍其他车辆和行人通行。

第三节　非机动车通行规定

第五十七条　驾驶非机动车在道路上行驶应当遵守有关交通安全的规定。非机动车应当在非机动车道内行驶；在没有非机动车道的道路上，应当靠车行道的右侧行驶。

第五十八条　残疾人机动轮椅车、电动自行车在非机动车道内行驶时，最高时速不得超过十五公里。

第五十九条　非机动车应当在规定地点停放。未设停放地点的，非机动车停放不得妨碍其他车辆和行人通行。

第六十条　驾驭畜力车，应当使用驯服的牲畜；驾驭畜力车横过道路时，驾驭人应当下车牵引牲畜；驾驭人离开车辆时，应当拴系牲畜。

第四节　行人和乘车人通行规定

第六十一条　行人应当在人行道内行走，没有人行道的靠路边行走。

第六十二条　行人通过路口或者横过道路，应当走人行横道或者过街设施；通过有交通信号灯的人行横道，应当按照交通信号灯指示通行；通过没有交通信号灯、人行横道的路口，或者在没有过街设施的路段横过道路，应当在确认安全后通过。

第六十三条　行人不得跨越、倚坐道路隔离设施，不得扒车、强行拦车或者实施妨碍道路交通安全的其他行为。

第六十四条　学龄前儿童以及不能辨认或者不能控制自己行为的精神疾病患者、智力障碍者在道路上通行，应当由其监护人、监护人委托的人或者对其负有管理、保护职责的人带领。

盲人在道路上通行，应当使用盲杖或者采取其他导盲手段，车辆应当避让盲人。

第六十五条　行人通过铁路道口时，应当按照交通信号或者管理人员的指挥通行；没有交通信号和管理人员的，应当在确认无火车驶临后，迅速通过。

第六十六条　乘车人不得携带易燃易爆等危险物品，不得向车外抛洒物品，不得有影响驾驶人安全驾驶的行为。

第五节　高速公路的特别规定

第六十七条　行人、非机动车、拖拉机、轮式专用机械车、铰接式客车、全挂拖斗车以及其他设计最高时速低于七十公里的机动车，不得进入高速公路。高速公路限速标志标明的最高时速不得超过一百二十公里。

第六十八条　机动车在高速公路上发生故障时，应当依照本法第五十二条的有关规定办理；但是，警告标志应当设置在故障车来车方向一百五十米以外，车上人员应当迅速转移到右侧路肩上或者应急车道内，并且迅速报警。

机动车在高速公路上发生故障或者交通事故，无法正常行驶的，应当由救援车、清障车拖曳、牵引。

第六十九条　任何单位、个人不得在高速公路上拦截检查行驶的车辆，公安机关的人民警察依法执行紧急公务除外。

第五章　交通事故处理

第七十条　在道路上发生交通事故，车辆驾驶人应当立即停车，保护现场；造成人身伤亡的，车辆驾驶人应当立即抢救受伤人员，并迅速报告执勤的交通警察或者公安机关交通管理部门。因抢救受伤人员变动现场的，应当标明位置。乘车人、过往车辆驾驶人、过往行人应当予以协助。

在道路上发生交通事故，未造成人身伤亡，当事人对事实及成因无争议的，可以即行撤离现场，恢复交通，自行协商处理损害赔偿事宜；不即行撤离现场的，应当迅速报告执勤的交通警察或者公安机关交通管理部门。

在道路上发生交通事故，仅造成轻微财产损失，并且基本事实清楚的，当事人应当先撤离现场再进行协商处理。

第七十一条　车辆发生交通事故后逃逸的，事故现场目击人员和其他知情人员应当向公安机关交通管理部门或者交通警察举报。举报属实的，公安机关交通管理部门应当给予奖励。

第七十二条　公安机关交通管理部门接到交通事故报警后，应当立即派交通警察赶赴现场，先组织抢救受伤人员，并采取措施，尽快恢复交通。

交通警察应当对交通事故现场进行勘验、检查，收集证据；因收集证据的需要，可以扣留事故车辆，但是应当妥善保管，以备核查。

对当事人的生理、精神状况等专业性较强的检验，公安机关交通管理部门应当委托专门机构进行鉴定。鉴定结论应当由鉴定人签名。

第七十三条　公安机关交通管理部门应当根据交通事故现场勘验、检查、调查情况和有关的检验、鉴定结论，及时制作交通事故认定书，作为处理交通事故的证据。交通事故认定书应当载明交通事故的基本事实、成因和当事人的责任，并送达当事人。

第七十四条　对交通事故损害赔偿的争议，当事人可以请求公安机关交通管理部门调解，也可以直接向人民法院提起民事诉讼。

经公安机关交通管理部门调解，当事人未达成协议或者调解书生效后不履行的，当事人可以向人民法院提起民事诉讼。

第七十五条 医疗机构对交通事故中的受伤人员应当及时抢救，不得因抢救费用未及时支付而拖延救治。肇事车辆参加机动车第三者责任强制保险的，由保险公司在责任限额范围内支付抢救费用；抢救费用超过责任限额的，未参加机动车第三者责任强制保险或者肇事后逃逸的，由道路交通事故社会救助基金先行垫付部分或者全部抢救费用，道路交通事故社会救助基金管理机构有权向交通事故责任人追偿。

第七十六条 机动车发生交通事故造成人身伤亡①、财产损失的，由保险公司在机动车第三者责任强制保险责任限额范围内予以赔偿；不足的部分，按照下列规定承担赔偿责任：

（一）机动车之间发生交通事故的，由有过错的一方承担赔偿责任；双方都有过错的，按照各自过错的比例分担责任。

（二）机动车与非机动车驾驶人、行人之间发生交通事故，非机动车驾驶人、行人没有过错的，由机动车一方承担赔偿责任；有证据证明非机动车驾驶人、行人有过错的，根据过错程度适当减轻机动车一方的赔偿责任；机动车一方没有过错的，承担不超过百分之十的赔偿责任。②

交通事故的损失是由非机动车驾驶人、行人故意碰撞机动车造成的，机动车一方不承担赔偿责任。

第七十七条 车辆在道路以外通行时发生的事故，公安机关交通管理部门接到报案的，参照本法有关规定办理。

第六章 执法监督

第七十八条 公安机关交通管理部门应当加强对交通警察的管理，提高交通

---

①交通事故造成人身伤亡的赔偿包括就医治疗、事故受害人因伤致残、致死的损害赔偿项目、标准，按照实际发生的损失，根据《最高人民法院关于审理人身损害赔偿案件适用法律若干问题的解释》确定。

②具体交通事故损害赔偿义务主体的确定，按下列规则进行：(1) 违反道路交通安全法律、法规造成交通事故的；(2) 将机动车交由未取得机动车驾驶证或者机动车驾驶证被吊销、暂扣的人驾驶造成道路交通事故的；(3) 强迫机动车驾驶人违反道路交通安全法律、法规和机动车安全驾驶要求驾驶机动车，造成道路交通事故的；(4) 二人以上的交通安全违法行为发生交通事故，共同造成他人的损害后果，不能确定实际侵害行为人的，应当依照《民法通则》第130条规定承担连带责任。行为人能够证明损害后果不是由其行为造成的，不承担赔偿责任；(5) 法人或者其他组织的法定代表人、负责人以及工作人员，在执行职务中发生交通事故的，依照《民法通则》第212条的规定，由该法人或者其他组织承担赔偿责任。上述人员实施与职务无关的行为发生交通事故的，应当由行为人承担赔偿责任；(6) 雇员在从事雇佣活动中发生交通事故的，雇主应当承担赔偿责任；雇员负交通事故主要当事人的责任的，应当与雇主承担连带赔偿责任；(7) 雇员在从事雇佣活动中，因非安全生产发生交通事故遭受人身损害，发包人、分包人知道或者应当知道接受发包或者分包业务的雇主没有相应资质或者安全生产条件的，应当与雇主承担连带赔偿责任。

警察的素质和管理道路交通的水平。

公安机关交通管理部门应当对交通警察进行法制和交通安全管理业务培训、考核。交通警察经考核不合格的，不得上岗执行职务。

第七十九条　公安机关交通管理部门及其交通警察实施道路交通安全管理，应当依据法定的职权和程序，简化办事手续，做到公正、严格、文明、高效。

第八十条　交通警察执行职务时，应当按照规定着装，佩带人民警察标志，持有人民警察证件，保持警容严整，举止端庄，指挥规范。

第八十一条　依照本法发放牌证等收取工本费，应当严格执行国务院价格主管部门核定的收费标准，并全部上缴国库。

第八十二条　公安机关交通管理部门依法实施罚款的行政处罚，应当依照有关法律、行政法规的规定，实施罚款决定与罚款收缴分离；收缴的罚款以及依法没收的违法所得，应当全部上缴国库。

第八十三条　交通警察调查处理道路交通安全违法行为和交通事故，有下列情形之一的，应当回避：

（一）是本案的当事人或者当事人的近亲属；

（二）本人或者其近亲属与本案有利害关系；

（三）与本案当事人有其他关系，可能影响案件的公正处理。

第八十四条　公安机关交通管理部门及其交通警察的行政执法活动，应当接受行政监察机关依法实施的监督。

公安机关督察部门应当对公安机关交通管理部门及其交通警察执行法律、法规和遵守纪律的情况依法进行监督。

上级公安机关交通管理部门应当对下级公安机关交通管理部门的执法活动进行监督。

第八十五条　公安机关交通管理部门及其交通警察执行职务，应当自觉接受社会和公民的监督。

任何单位和个人都有权对公安机关交通管理部门及其交通警察不严格执法以及违法违纪行为进行检举、控告。收到检举、控告的机关，应当依据职责及时查处。

第八十六条　任何单位不得给公安机关交通管理部门下达或者变相下达罚款指标；公安机关交通管理部门不得以罚款数额作为考核交通警察的标准。

公安机关交通管理部门及其交通警察对超越法律、法规规定的指令，有权拒绝执行，并同时向上级机关报告。

第七章　法律责任

第八十七条　公安机关交通管理部门及其交通警察对道路交通安全违法行

为，应当及时纠正。

公安机关交通管理部门及其交通警察应当依据事实和本法的有关规定对道路交通安全违法行为予以处罚。对于情节轻微，未影响道路通行的，指出违法行为，给予口头警告后放行。

第八十八条 对道路交通安全违法行为的处罚种类包括：警告、罚款、暂扣或者吊销机动车驾驶证、拘留。

第八十九条 行人、乘车人、非机动车驾驶人违反道路交通安全法律、法规关于道路通行规定的，处警告或者五元以上五十元以下罚款；非机动车驾驶人拒绝接受罚款处罚的，可以扣留其非机动车。

第九十条 机动车驾驶人违反道路交通安全法律、法规关于道路通行规定的，处警告或者二十元以上二百元以下罚款。本法另有规定的，依照规定处罚。

第九十一条 饮酒后驾驶机动车的，处暂扣一个月以上三个月以下机动车驾驶证，并处二百元以上五百元以下罚款；醉酒后驾驶机动车的，由公安机关交通管理部门约束至酒醒，处十五日以下拘留和暂扣三个月以上六个月以下机动车驾驶证，并处五百元以上二千元以下罚款。

饮酒后驾驶营运机动车的，处暂扣三个月机动车驾驶证，并处五百元罚款；醉酒后驾驶营运机动车的，由公安机关交通管理部门约束至酒醒，处十五日以下拘留和暂扣六个月机动车驾驶证，并处二千元罚款。

一年内有前两款规定醉酒后驾驶机动车的行为，被处罚两次以上的，吊销机动车驾驶证，五年内不得驾驶营运机动车。

第九十二条 公路客运车辆载客超过额定乘员的，处二百元以上五百元以下罚款；超过额定乘员百分之二十或者违反规定载货的，处五百元以上二千元以下罚款。

货运机动车超过核定载质量的，处二百元以上五百元以下罚款；超过核定载质量百分之三十或者违反规定载客的，处五百元以上二千元以下罚款。

有前两款行为的，由公安机关交通管理部门扣留机动车至违法状态消除。

运输单位的车辆有本条第一款、第二款规定的情形，经处罚不改的，对直接负责的主管人员处二千元以上五千元以下罚款。

第九十三条 对违反道路交通安全法律、法规关于机动车停放、临时停车规定的，可以指出违法行为，并予以口头警告，令其立即驶离。

机动车驾驶人不在现场或者虽在现场但拒绝立即驶离，妨碍其他车辆、行人通行的，处二十元以上二百元以下罚款，并可以将该机动车拖移至不妨碍交通的地点或者公安机关交通管理部门指定的地点停放。公安机关交通管理部门拖车不得向当事人收取费用，并应当及时告知当事人停放地点。

因采取不正确的方法拖车造成机动车损坏的，应当依法承担补偿责任。

第九十四条　机动车安全技术检验机构实施机动车安全技术检验超过国务院价格主管部门核定的收费标准收取费用的，退还多收取的费用，并由价格主管部门依照《中华人民共和国价格法》的有关规定给予处罚。

机动车安全技术检验机构不按照机动车国家安全技术标准进行检验，出具虚假检验结果的，由公安机关交通管理部门处所收检验费用五倍以上十倍以下罚款，并依法撤销其检验资格；构成犯罪的，依法追究刑事责任。

第九十五条　上道路行驶的机动车未悬挂机动车号牌，未放置检验合格标志、保险标志，或者未随车携带行驶证、驾驶证的，公安机关交通管理部门应当扣留机动车，通知当事人提供相应的牌证、标志或者补办相应手续，并可以依照本法第九十条的规定予以处罚。当事人提供相应的牌证、标志或者补办相应手续的，应当及时退还机动车。

故意遮挡、污损或者不按规定安装机动车号牌的，依照本法第九十条的规定予以处罚。

第九十六条　伪造、变造或者使用伪造、变造的机动车登记证书、号牌、行驶证、检验合格标志、保险标志、驾驶证或者使用其他车辆的机动车登记证书、号牌、行驶证、检验合格标志、保险标志的，由公安机关交通管理部门予以收缴，扣留该机动车，并处二百元以上二千元以下罚款；构成犯罪的，依法追究刑事责任。

当事人提供相应的合法证明或者补办相应手续的，应当及时退还机动车。

第九十七条　非法安装警报器、标志灯具的，由公安机关交通管理部门强制拆除，予以收缴，并处二百元以上二千元以下罚款。

第九十八条　机动车所有人、管理人未按照国家规定投保机动车第三者责任强制保险的，由公安机关交通管理部门扣留车辆至依照规定投保后，并处依照规定投保最低责任限额应缴纳的保险费的二倍罚款。

依照前款缴纳的罚款全部纳入道路交通事故社会救助基金。具体办法由国务院规定。

第九十九条　有下列行为之一的，由公安机关交通管理部门处二百元以上二千元以下罚款：

（一）未取得机动车驾驶证、机动车驾驶证被吊销或者机动车驾驶证被暂扣期间驾驶机动车的；

（二）将机动车交由未取得机动车驾驶证或者机动车驾驶证被吊销、暂扣的人驾驶的；

（三）造成交通事故后逃逸，尚不构成犯罪的；

（四）机动车行驶超过规定时速百分之五十的；

（五）强迫机动车驾驶人违反道路交通安全法律、法规和机动车安全驾驶要求驾驶机动车，造成交通事故，尚不构成犯罪的；

（六）违反交通管制的规定强行通行，不听劝阻的；

（七）故意损毁、移动、涂改交通设施，造成危害后果，尚不构成犯罪的；

（八）非法拦截、扣留机动车辆，不听劝阻，造成交通严重阻塞或者较大财产损失的。

行为人有前款第二项、第四项情形之一的，可以并处吊销机动车驾驶证；有第一项、第三项、第五项至第八项情形之一的，可以并处十五日以下拘留。

第一百条 驾驶拼装的机动车或者已达到报废标准的机动车上道路行驶的，公安机关交通管理部门应当予以收缴，强制报废。

对驾驶前款所列机动车上道路行驶的驾驶人，处二百元以上二千元以下罚款，并吊销机动车驾驶证。

出售已达到报废标准的机动车的，没收违法所得，处销售金额等额的罚款，对该机动车依照本条第一款的规定处理。

第一百零一条 违反道路交通安全法律、法规的规定，发生重大交通事故，构成犯罪的，依法追究刑事责任，并由公安机关交通管理部门吊销机动车驾驶证。

造成交通事故后逃逸的，由公安机关交通管理部门吊销机动车驾驶证，且终生不得重新取得机动车驾驶证。

第一百零二条 对六个月内发生二次以上特大交通事故负有主要责任或者全部责任的专业运输单位，由公安机关交通管理部门责令消除安全隐患，未消除安全隐患的机动车，禁止上道路行驶。

第一百零三条 国家机动车产品主管部门未按照机动车国家安全技术标准严格审查，许可不合格机动车型投入生产的，对负有责任的主管人员和其他直接责任人员给予降级或者撤职的行政处分。

机动车生产企业经国家机动车产品主管部门许可生产的机动车型，不执行机动车国家安全技术标准或者不严格进行机动车成品质量检验，致使质量不合格的机动车出厂销售的，由质量技术监督部门依照《中华人民共和国产品质量法》的有关规定给予处罚。

擅自生产、销售未经国家机动车产品主管部门许可生产的机动车型的，没收非法生产、销售的机动车成品及配件，可以并处非法产品价值三倍以上五倍以下罚款；有营业执照的，由工商行政管理部门吊销营业执照，没有营业执照的，予以查封。

生产、销售拼装的机动车或者生产、销售擅自改装的机动车的，依照本条第三款的规定处罚。

有本条第二款、第三款、第四款所列违法行为，生产或者销售不符合机动车国家安全技术标准的机动车，构成犯罪的，依法追究刑事责任。

第一百零四条　未经批准，擅自挖掘道路、占用道路施工或者从事其他影响道路交通安全活动的，由道路主管部门责令停止违法行为，并恢复原状，可以依法给予罚款；致使通行的人员、车辆及其他财产遭受损失的，依法承担赔偿责任。

有前款行为，影响道路交通安全活动的，公安机关交通管理部门可以责令停止违法行为，迅速恢复交通。

第一百零五条　道路施工作业或者道路出现损毁，未及时设置警示标志、未采取防护措施，或者应当设置交通信号灯、交通标志、交通标线而没有设置或者应当及时变更交通信号灯、交通标志、交通标线而没有及时变更，致使通行的人员、车辆及其他财产遭受损失的，负有相关职责的单位应当依法承担赔偿责任。

第一百零六条　在道路两侧及隔离带上种植树木、其他植物或者设置广告牌、管线等，遮挡路灯、交通信号灯、交通标志，妨碍安全视距的，由公安机关交通管理部门责令行为人排除妨碍；拒不执行的，处二百元以上二千元以下罚款，并强制排除妨碍，所需费用由行为人负担。

第一百零七条　对道路交通违法行为人予以警告、二百元以下罚款，交通警察可以当场作出行政处罚决定，并出具行政处罚决定书。

行政处罚决定书应当载明当事人的违法事实、行政处罚的依据、处罚内容、时间、地点以及处罚机关名称，并由执法人员签名或者盖章。

第一百零八条　当事人应当自收到罚款的行政处罚决定书之日起十五日内，到指定的银行缴纳罚款。

对行人、乘车人和非机动车驾驶人的罚款，当事人无异议的，可以当场予以收缴罚款。

罚款应当开具省、自治区、直辖市财政部门统一制发的罚款收据；不出具财政部门统一制发的罚款收据的，当事人有权拒绝缴纳罚款。

第一百零九条　当事人逾期不履行行政处罚决定的，作出行政处罚决定的行政机关可以采取下列措施：

（一）到期不缴纳罚款的，每日按罚款数额的百分之三加处罚款；

（二）申请人民法院强制执行。

第一百一十条　执行职务的交通警察认为应当对道路交通违法行为人给予暂扣或者吊销机动车驾驶证处罚的，可以先予扣留机动车驾驶证，并在二十四小时内将案件移交公安机关交通管理部门处理。

道路交通违法行为人应当在十五日内到公安机关交通管理部门接受处

理。无正当理由逾期未接受处理的，吊销机动车驾驶证。

公安机关交通管理部门暂扣或者吊销机动车驾驶证的，应当出具行政处罚决定书。

第一百一十一条 对违反本法规定予以拘留的行政处罚，由县、市公安局、公安分局或者相当于县一级的公安机关裁决。

第一百一十二条 公安机关交通管理部门扣留机动车、非机动车，应当当场出具凭证，并告知当事人在规定期限内到公安机关交通管理部门接受处理。

公安机关交通管理部门对被扣留的车辆应当妥善保管，不得使用。

逾期不来接受处理，并且经公告三个月仍不来接受处理的，对扣留的车辆依法处理。

第一百一十三条 暂扣机动车驾驶证的期限从处罚决定生效之日起计算；处罚决定生效前先予扣留机动车驾驶证的，扣留一日折抵暂扣期限一日。

吊销机动车驾驶证后重新申请领取机动车驾驶证的期限，按照机动车驾驶证管理规定办理。

第一百一十四条 公安机关交通管理部门根据交通技术监控记录资料，可以对违法的机动车所有人或者管理人依法予以处罚。对能够确定驾驶人的，可以依照本法的规定依法予以处罚。

第一百一十五条 交通警察有下列行为之一的，依法给予行政处分：

（一）为不符合法定条件的机动车发放机动车登记证书、号牌、行驶证、检验合格标志的；

（二）批准不符合法定条件的机动车安装、使用警车、消防车、救护车、工程救险车的警报器、标志灯具，喷涂标志图案的；

（三）为不符合驾驶许可条件、未经考试或者考试不合格人员发放机动车驾驶证的；

（四）不执行罚款决定与罚款收缴分离制度或者不按规定将依法收取的费用、收缴的罚款及没收的违法所得全部上缴国库的；

（五）举办或者参与举办驾驶学校或者驾驶培训班、机动车修理厂或者收费停车场等经营活动的；

（六）利用职务上的便利收受他人财物或者谋取其他利益的；

（七）违法扣留车辆、机动车行驶证、驾驶证、车辆号牌的；

（八）使用依法扣留的车辆的；

（九）当场收取罚款不开具罚款收据或者不如实填写罚款额的；

（十）徇私舞弊，不公正处理交通事故的；

（十一）故意刁难，拖延办理机动车牌证的；

（十二）非执行紧急任务时使用警报器、标志灯具的；

（十三）违反规定拦截、检查正常行驶的车辆的；

（十四）非执行紧急公务时拦截搭乘机动车的；

（十五）不履行法定职责的。

公安机关交通管理部门有前款所列行为之一的，对直接负责的主管人员和其他直接责任人员给予相应的行政处分。

第一百一十六条　依照本法第一百一十五条的规定，给予交通警察行政处分的，在作出行政处分决定前，可以停止其执行职务；必要时，可以予以禁闭。

依照本法第一百一十五条的规定，交通警察受到降级或者撤职行政处分的，可以予以辞退。

交通警察受到开除处分或者被辞退的，应当取消警衔；受到撤职以下行政处分的交通警察，应当降低警衔。

第一百一十七条　交通警察利用职权非法占有公共财物，索取、收受贿赂，或者滥用职权、玩忽职守，构成犯罪的，依法追究刑事责任。

第一百一十八条　公安机关交通管理部门及其交通警察有本法第一百一十五条所列行为之一，给当事人造成损失的，应当依法承担赔偿责任。

第八章　附　　则

第一百一十九条　本法中下列用语的含义：

（一）“道路”，是指公路、城市道路和虽在单位管辖范围但允许社会机动车通行的地方，包括广场、公共停车场等用于公众通行的场所。

（二）“车辆”，是指机动车和非机动车。

（三）“机动车”，是指以动力装置驱动或者牵引，上道路行驶的供人员乘用或者用于运送物品以及进行工程专项作业的轮式车辆。

（四）“非机动车”，是指以人力或者畜力驱动，上道路行驶的交通工具，以及虽有动力装置驱动但设计最高时速、空车质量、外形尺寸符合有关国家标准的残疾人机动轮椅车、电动自行车等交通工具。

（五）“交通事故”，是指车辆在道路上因过错或者意外造成的人身伤亡或者财产损失的事件。

第一百二十条　中国人民解放军和中国人民武装警察部队在编机动车牌证、在编机动车检验以及机动车驾驶人考核工作，由中国人民解放军、中国人民武装警察部队有关部门负责。

第一百二十一条　对上道路行驶的拖拉机，由农业（农业机械）主管部门行使本法第八条、第九条、第十三条、第十九条、第二十三条规定的公安机关交通管理部门的管理职权。

农业（农业机械）主管部门依照前款规定行使职权，应当遵守本法有关规定，并接受公安机关交通管理部门的监督；对违反规定的，依照本法有关规定追究法律责任。

本法施行前由农业（农业机械）主管部门发放的机动车牌证，在本法施行后继续有效。

第一百二十二条 国家对入境的境外机动车的道路交通安全实施统一管理。

第一百二十三条 省、自治区、直辖市人民代表大会常务委员会可以根据本地区的实际情况，在本法规定的罚款幅度内，规定具体的执行标准。

第一百二十四条 本法自2004年5月1日起施行。

中华人民共和国道路交通安全法实施条例

（2004年4月28日国务院第49次常务会议通过 2004年4月30日中华人民共和国国务院令第405号公布 2004年5月1日起施行）

第一章 总 则

第一条 根据《中华人民共和国道路交通安全法》（以下简称道路交通安全法）的规定，制定本条例。

第二条 中华人民共和国境内的车辆驾驶人、行人、乘车人以及与道路交通活动有关的单位和个人，应当遵守道路交通安全法和本条例。

第三条 县级以上地方各级人民政府应当建立、健全道路交通安全工作协调机制，组织有关部门对城市建设项目进行交通影响评价，制定道路交通安全管理规划，确定管理目标，制定实施方案。

第二章 车辆和驾驶人

第一节 机 动 车

第四条 机动车的登记，分为注册登记、变更登记、转移登记、抵押登记和注销登记。

第五条 初次申领机动车号牌、行驶证的，应当向机动车所有人住所地的公安机关交通管理部门申请注册登记。

申请机动车注册登记，应当交验机动车，并提交以下证明、凭证：

（一）机动车所有人的身份证明；

（二）购车发票等机动车来历证明；

（三）机动车整车出厂合格证明或者进口机动车进口凭证；

（四）车辆购置税完税证明或者免税凭证；

（五）机动车第三者责任强制保险凭证；

（六）法律、行政法规规定应当在机动车注册登记时提交的其他证明、凭证。

不属于国务院机动车产品主管部门规定免予安全技术检验的车型的，还应当提供机动车安全技术检验合格证明。

第六条 已注册登记的机动车有下列情形之一的，机动车所有人应当向登记该机动车的公安机关交通管理部门申请变更登记：

（一）改变机动车车身颜色的；

（二）更换发动机的；

（三）更换车身或者车架的；

（四）因质量有问题，制造厂更换整车的；

（五）营运机动车改为非营运机动车或者非营运机动车改为营运机动车的；

（六）机动车所有人的住所迁出或者迁入公安机关交通管理部门管辖区域的。

申请机动车变更登记，应当提交下列证明、凭证，属于前款第（一）项、第（二）项、第（三）项、第（四）项、第（五）项情形之一的，还应当交验机动车；属于前款第（二）项、第（三）项情形之一的，还应当同时提交机动车安全技术检验合格证明：

（一）机动车所有人的身份证明；

（二）机动车登记证书；

（三）机动车行驶证。

机动车所有人的住所在公安机关交通管理部门管辖区域内迁移、机动车所有人的姓名（单位名称）或者联系方式变更的，应当向登记该机动车的公安机关交通管理部门备案。

第七条 已注册登记的机动车所有权发生转移的，应当及时办理转移登记。

申请机动车转移登记，当事人应当向登记该机动车的公安机关交通管理部门交验机动车，并提交以下证明、凭证：

（一）当事人的身份证明；

（二）机动车所有权转移的证明、凭证；

（三）机动车登记证书；

（四）机动车行驶证。

第八条 机动车所有人将机动车作为抵押物抵押的，机动车所有人应当向登记该机动车的公安机关交通管理部门申请抵押登记。

第九条 已注册登记的机动车达到国家规定的强制报废标准的，公安机关交通管理部门应当在报废期满的2个月前通知机动车所有人办理注销登记。机动车所有人应当在报废期满前将机动车交售给机动车回收企业，由机动车回收企业将报废的机动车登记证书、号牌、行驶证交公安机关交通管理部门注销。机动车所有人逾期不办理注销登记的，公安机关交通管理部门应当公告该机动车登记证书、号牌、行驶证作废。

因机动车灭失申请注销登记的，机动车所有人应当向公安机关交通管理部门提交本人身份证明，交回机动车登记证书。

第十条 办理机动车登记的申请人提交的证明、凭证齐全、有效的，公安机关交通管理部门应当当场办理登记手续。

人民法院、人民检察院以及行政执法部门依法查封、扣押的机动车，公安机关交通管理部门不予办理机动车登记。

第十一条 机动车登记证书、号牌、行驶证丢失或者损毁，机动车所有人申请补发的，应当向公安机关交通管理部门提交本人身份证明和申请材料。公安机关交通管理部门经与机动车登记档案核实后，在收到申请之日起15日内补发。

第十二条 税务部门、保险机构可以在公安机关交通管理部门的办公场所集中办理与机动车有关的税费缴纳、保险合同订立等事项。

第十三条 机动车号牌应当悬挂在车前、车后指定位置，保持清晰、完整。重型、中型载货汽车及其挂车、拖拉机及其挂车的车身或者车厢后部应当喷涂放大的牌号，字样应当端正并保持清晰。

机动车检验合格标志、保险标志应当粘贴在机动车前窗右上角。

机动车喷涂、粘贴标识或者车身广告的，不得影响安全驾驶。

第十四条 用于公路营运的载客汽车、重型载货汽车、半挂牵引车应当安装、使用符合国家标准的行驶记录仪。交通警察可以对机动车行驶速度、连续驾驶时间以及其他行驶状态信息进行检查。安装行驶记录仪可以分步实施，实施步骤由国务院机动车产品主管部门会同有关部门规定。

第十五条 机动车安全技术检验由机动车安全技术检验机构实施。机动车安全技术检验机构应当按照国家机动车安全技术检验标准对机动车进行检验，对检验结果承担法律责任。

质量技术监督部门负责对机动车安全技术检验机构实行资格管理和计量认证管理，对机动车安全技术检验设备进行检定，对执行国家机动车安全技术检验标准的情况进行监督。

机动车安全技术检验项目由国务院公安部门会同国务院质量技术监督部门规定。

第十六条 机动车应当从注册登记之日起，按照下列期限进行安全技术检验：

（一）营运载客汽车5年以内每年检验1次；超过5年的，每6个月检验1次；

（二）载货汽车和大型、中型非营运载客汽车10年以内每年检验1次；超过10年的，每6个月检验1次；

（三）小型、微型非营运载客汽车6年以内每2年检验1次；超过6年的，每年检验1次；超过15年的，每6个月检验1次；

（四）摩托车4年以内每2年检验1次；超过4年的，每年检验1次；

（五）拖拉机和其他机动车每年检验1次。

营运机动车在规定检验期限内经安全技术检验合格的，不再重复进行安全技术检验。

第十七条 已注册登记的机动车进行安全技术检验时，机动车行驶证记载的登记内容与该机动车的有关情况不符，或者未按照规定提供机动车第三者责任强制保险凭证的，不予通过检验。

第十八条 警车、消防车、救护车、工程救险车标志图案的喷涂以及警报器、标志灯具的安装、使用规定，由国务院公安部门制定。

第二节 机动车驾驶人

第十九条 符合国务院公安部门规定的驾驶许可条件的人，可以向公安机关交通管理部门申请机动车驾驶证。

机动车驾驶证由国务院公安部门规定式样并监制。

第二十条 学习机动车驾驶，应当先学习道路交通安全法律、法规和相关知识，考试合格后，再学习机动车驾驶技能。

在道路上学习驾驶，应当按照公安机关交通管理部门指定的路线、时间进行。在道路上学习机动车驾驶技能应当使用教练车，在教练员随车指导下进行，与教学无关的人员不得乘坐教练车。学员在学习驾驶中有道路交通安全违法行为或者造成交通事故的，由教练员承担责任。

第二十一条 公安机关交通管理部门应当对申请机动车驾驶证的人进行考试，对考试合格的，在5日内核发机动车驾驶证；对考试不合格的，书面说明理由。

第二十二条 机动车驾驶证的有效期为6年，本条例另有规定的除外。

机动车驾驶人初次申领机动车驾驶证后的12个月为实习期。在实习期内驾驶机动车的，应当在车身后部粘贴或者悬挂统一式样的实习标志。

机动车驾驶人在实习期内不得驾驶公共汽车、营运客车或者执行任务的警车、消防车、救护车、工程救险车以及载有爆炸物品、易燃易爆化学物品、剧毒或者放射性等危险物品的机动车；驾驶的机动车不得牵引挂车。

第二十三条 公安机关交通管理部门对机动车驾驶人的道路交通安全违法行为除给予行政处罚外，实行道路交通安全违法行为累积记分（以下简称记分）制度，记分周期为12个月。对在一个记分周期内记分达到12分的，由公安机关交通管理部门扣留其机动车驾驶证，该机动车驾驶人应当按照规定参加道路交通安全法律、法规的学习并接受考试。考试合格的，记分予以清除，发还机动车驾驶证；考试不合格的，继续参加学习和考试。

应当给予记分的道路交通安全违法行为及其分值，由国务院公安部门根据道路交通安全违法行为的危害程度规定。

公安机关交通管理部门应当提供记分查询方式供机动车驾驶人查询。

第二十四条 机动车驾驶人在一个记分周期内记分未达到12分，所处罚款已经缴纳的，记分予以清除；记分虽未达到12分，但尚有罚款未缴纳的，记分转入下一记分周期。

机动车驾驶人在一个记分周期内记分2次以上达到12分的，除按照第二十三条的规定扣留机动车驾驶证、参加学习、接受考试外，还应当接受驾驶技能考试。考试合格的，记分予以清除，发还机动车驾驶证；考试不合格的，继续参加学习和考试。

接受驾驶技能考试的，按照本人机动车驾驶证载明的最高准驾车型考试。

第二十五条 机动车驾驶人记分达到12分，拒不参加公安机关交通管理部门通知的学习，也不接受考试的，由公安机关交通管理部门公告其机动车驾驶证停止使用。

第二十六条 机动车驾驶人在机动车驾驶证的6年有效期内，每个记分周期均未达到12分的，换发10年有效期的机动车驾驶证；在机动车驾驶证的10年有效期内，每个记分周期均未达到12分的，换发长期有效的机动车驾驶证。

换发机动车驾驶证时，公安机关交通管理部门应当对机动车驾驶证进行审验。

第二十七条 机动车驾驶证丢失、损毁，机动车驾驶人申请补发的，应当向公安机关交通管理部门提交本人身份证明和申请材料。公安机关交通管理部门经与机动车驾驶证档案核实后，在收到申请之日起3日内补发。

第二十八条 机动车驾驶人在机动车驾驶证丢失、损毁、超过有效期或者被依法扣留、暂扣期间以及记分达到12分的，不得驾驶机动车。

第三章 道路通行条件

第二十九条 交通信号灯分为：机动车信号灯、非机动车信号灯、人行横道信号灯、车道信号灯、方向指示信号灯、闪光警告信号灯、道路与铁路平面交叉道口信号灯。

第三十条　交通标志分为：指示标志、警告标志、禁令标志、指路标志、旅游区标志、道路施工安全标志和辅助标志。

道路交通标线分为：指示标线、警告标线、禁止标线。

第三十一条　交通警察的指挥分为：手势信号和使用器具的交通指挥信号。

第三十二条　道路交叉路口和行人横过道路较为集中的路段应当设置人行横道、过街天桥或者过街地下通道。

在盲人通行较为集中的路段，人行横道信号灯应当设置声响提示装置。

第三十三条　城市人民政府有关部门可以在不影响行人、车辆通行的情况下，在城市道路上施划停车泊位，并规定停车泊位的使用时间。

第三十四条　开辟或者调整公共汽车、长途汽车的行驶路线或者车站，应当符合交通规划和安全、畅通的要求。

第三十五条　道路养护施工单位在道路上进行养护、维修时，应当按照规定设置规范的安全警示标志和安全防护设施。道路养护施工作业车辆、机械应当安装示警灯，喷涂明显的标志图案，作业时应当开启示警灯和危险报警闪光灯。对未中断交通的施工作业道路，公安机关交通管理部门应当加强交通安全监督检查。发生交通阻塞时，及时做好分流、疏导，维护交通秩序。

道路施工需要车辆绕行的，施工单位应当在绕行处设置标志；不能绕行的，应当修建临时通道，保证车辆和行人通行。需要封闭道路中断交通的，除紧急情况外，应当提前5日向社会公告。

第三十六条　道路或者交通设施养护部门、管理部门应当在急弯、陡坡、临崖、临水等危险路段，按照国家标准设置警告标志和安全防护设施。

第三十七条　道路交通标志、标线不规范，机动车驾驶人容易发生辨认错误的，交通标志、标线的主管部门应当及时予以改善。

道路照明设施应当符合道路建设技术规范，保持照明功能完好。

第四章　道路通行规定

第一节　一般规定

第三十八条　机动车信号灯和非机动车信号灯表示：

（一）绿灯亮时，准许车辆通行，但转弯的车辆不得妨碍被放行的直行车辆、行人通行；

（二）黄灯亮时，已越过停止线的车辆可以继续通行；

（三）红灯亮时，禁止车辆通行。

在未设置非机动车信号灯和人行横道信号灯的路口，非机动车和行人应当按照机动车信号灯的表示通行。

红灯亮时，右转弯的车辆在不妨碍被放行的车辆、行人通行的情况下，可以通行。

第三十九条 人行横道信号灯表示：

（一）绿灯亮时，准许行人通过人行横道；

（二）红灯亮时，禁止行人进入人行横道，但是已经进入人行横道的，可以继续通过或者在道路中心线处停留等候。

第四十条 车道信号灯表示：

（一）绿色箭头灯亮时，准许本车道车辆按指示方向通行；

（二）红色叉形灯或者箭头灯亮时，禁止本车道车辆通行。

第四十一条 方向指示信号灯的箭头方向向左、向上、向右分别表示左转、直行、右转。

第四十二条 闪光警告信号灯为持续闪烁的黄灯，提示车辆、行人通行时注意瞭望，确认安全后通过。

第四十三条 道路与铁路平面交叉道口有两个红灯交替闪烁或者一个红灯亮时，表示禁止车辆、行人通行；红灯熄灭时，表示允许车辆、行人通行。

第二节 机动车通行规定

第四十四条 在道路同方向划有2条以上机动车道的，左侧为快速车道，右侧为慢速车道。在快速车道行驶的机动车应当按照快速车道规定的速度行驶，未达到快速车道规定的行驶速度的，应当在慢速车道行驶。摩托车应当在最右侧车道行驶。有交通标志标明行驶速度的，按照标明的行驶速度行驶。慢速车道内的机动车超越前车时，可以借用快速车道行驶。

在道路同方向划有2条以上机动车道的，变更车道的机动车不得影响相关车道内行驶的机动车的正常行驶。

第四十五条 机动车在道路上行驶不得超过限速标志、标线标明的速度。在没有限速标志、标线的道路上，机动车不得超过下列最高行驶速度：

（一）没有道路中心线的道路，城市道路为每小时30公里，公路为每小时40公里；

（二）同方向只有1条机动车道的道路，城市道路为每小时50公里，公路为每小时70公里。

第四十六条 机动车行驶中遇有下列情形之一的，最高行驶速度不得超过每小时30公里，其中拖拉机、电瓶车、轮式专用机械车不得超过每小时15公里：

（一）进出非机动车道，通过铁路道口、急弯路、窄路、窄桥时；

（二）掉头、转弯、下陡坡时；

（三）遇雾、雨、雪、沙尘、冰雹，能见度在50米以内时；

（四）在冰雪、泥泞的道路上行驶时；

（五）牵引发生故障的机动车时。

第四十七条　机动车超车时，应当提前开启左转向灯、变换使用远、近光灯或者鸣喇叭。在没有道路中心线或者同方向只有1条机动车道的道路上，前车遇后车发出超车信号时，在条件许可的情况下，应当降低速度、靠右让路。后车应当在确认有充足的安全距离后，从前车的左侧超越，在与被超车辆拉开必要的安全距离后，开启右转向灯，驶回原车道。

第四十八条　在没有中心隔离设施或者没有中心线的道路上，机动车遇相对方向来车时应当遵守下列规定：

（一）减速靠右行驶，并与其他车辆、行人保持必要的安全距离；

（二）在有障碍的路段，无障碍的一方先行；但有障碍的一方已驶入障碍路段而无障碍的一方未驶入时，有障碍的一方先行；

（三）在狭窄的坡路，上坡的一方先行；但下坡的一方已行至中途而上坡的一方未上坡时，下坡的一方先行；

（四）在狭窄的山路，不靠山体的一方先行；

（五）夜间会车应当在距相对方向来车150米以外改用近光灯，在窄路、窄桥与非机动车会车时应当使用近光灯。

第四十九条　机动车在有禁止掉头或者禁止左转弯标志、标线的地点以及在铁路道口、人行横道、桥梁、急弯、陡坡、隧道或者容易发生危险的路段，不得掉头。

机动车在没有禁止掉头或者没有禁止左转弯标志、标线的地点可以掉头，但不得妨碍正常行驶的其他车辆和行人的通行。

第五十条　机动车倒车时，应当察明车后情况，确认安全后倒车。不得在铁路道口、交叉路口、单行路、桥梁、急弯、陡坡或者隧道中倒车。

第五十一条　机动车通过有交通信号灯控制的交叉路口，应当按照下列规定通行：

（一）在划有导向车道的路口，按所需行进方向驶入导向车道；

（二）准备进入环形路口的让已在路口内的机动车先行；

（三）向左转弯时，靠路口中心点左侧转弯。转弯时开启转向灯，夜间行驶开启近光灯；

（四）遇放行信号时，依次通过；

（五）遇停止信号时，依次停在停止线以外。没有停止线的，停在路口以外；

（六）向右转弯遇有同车道前车正在等候放行信号时，依次停车等候；

（七）在没有方向指示信号灯的交叉路口，转弯的机动车让直行的车辆、行人先行。相对方向行驶的右转弯机动车让左转弯车辆先行。

第五十二条 机动车通过没有交通信号灯控制也没有交通警察指挥的交叉路口，除应当遵守第五十一条第（二）项、第（三）项的规定外，还应当遵守下列规定：

（一）有交通标志、标线控制的，让优先通行的一方先行；

（二）没有交通标志、标线控制的，在进入路口前停车瞭望，让右方道路的来车先行；

（三）转弯的机动车让直行的车辆先行；

（四）相对方向行驶的右转弯的机动车让左转弯的车辆先行。

第五十三条 机动车遇有前方交叉路口交通阻塞时，应当依次停在路口以外等候，不得进入路口。

机动车在遇有前方机动车停车排队等候或者缓慢行驶时，应当依次排队，不得从前方车辆两侧穿插或者超越行驶，不得在人行横道、网状线区域内停车等候。

机动车在车道减少的路口、路段，遇有前方机动车停车排队等候或者缓慢行驶的，应当每车道一辆依次交替驶入车道减少后的路口、路段。

第五十四条 机动车载物不得超过机动车行驶证上核定的载质量，装载长度、宽度不得超出车厢，并应当遵守下列规定：

（一）重型、中型载货汽车，半挂车载物，高度从地面起不得超过4米，载运集装箱的车辆不得超过4.2米；

（二）其他载货的机动车载物，高度从地面起不得超过2.5米；

（三）摩托车载物，高度从地面起不得超过1.5米，长度不得超出车身0.2米。两轮摩托车载物宽度左右各不得超出车把0.15米；三轮摩托车载物宽度不得超过车身。

载客汽车除车身外部的行李架和内置的行李箱外，不得载货。载客汽车行李架载货，从车顶起高度不得超过0.5米，从地面起高度不得超过4米。

第五十五条 机动车载人应当遵守下列规定：

（一）公路载客汽车不得超过核定的载客人数，但按照规定免票的儿童除外，在载客人数已满的情况下，按照规定免票的儿童不得超过核定载客人数的10%；

（二）载货汽车车厢不得载客。在城市道路上，货运机动车在留有安全位置的情况下，车厢内可以附载临时作业人员1人至5人；载物高度超过车厢栏板时，货物上不得载人；

（三）摩托车后座不得乘坐未满12周岁的未成年人，轻便摩托车不得载人。

第五十六条　机动车牵引挂车应当符合下列规定：

（一）载货汽车、半挂牵引车、拖拉机只允许牵引1辆挂车。挂车的灯光信号、制动、连接、安全防护等装置应当符合国家标准；

（二）小型载客汽车只允许牵引旅居挂车或者总质量700千克以下的挂车。挂车不得载人；

（三）载货汽车所牵引挂车的载质量不得超过载货汽车本身的载质量。

大型、中型载客汽车，低速载货汽车，三轮汽车以及其他机动车不得牵引挂车。

第五十七条　机动车应当按照下列规定使用转向灯：

（一）向左转弯、向左变更车道、准备超车、驶离停车地点或者掉头时，应当提前开启左转向灯；

（二）向右转弯、向右变更车道、超车完毕驶回原车道、靠路边停车时，应当提前开启右转向灯。

第五十八条　机动车在夜间没有路灯、照明不良或者遇有雾、雨、雪、沙尘、冰雹等低能见度情况下行驶时，应当开启前照灯、示廓灯和后位灯，但同方向行驶的后车与前车近距离行驶时，不得使用远光灯。机动车雾天行驶应当开启雾灯和危险报警闪光灯。

第五十九条　机动车在夜间通过急弯、坡路、拱桥、人行横道或者没有交通信号灯控制的路口时，应当交替使用远近光灯示意。

机动车驶近急弯、坡道顶端等影响安全视距的路段以及超车或者遇有紧急情况时，应当减速慢行，并鸣喇叭示意 。

第六十条　机动车在道路上发生故障或者发生交通事故，妨碍交通又难以移动的，应当按照规定开启危险报警闪光灯并在车后50米至100米处设置警告标志，夜间还应当同时开启示廓灯和后位灯。

第六十一条　牵引故障机动车应当遵守下列规定：

（一）被牵引的机动车除驾驶人外不得载人，不得拖带挂车；

（二）被牵引的机动车宽度不得大于牵引机动车的宽度；

（三）使用软连接牵引装置时，牵引车与被牵引车之间的距离应当大于4米小于10米；

（四）对制动失效的被牵引车，应当使用硬连接牵引装置牵引；

（五）牵引车和被牵引车均应当开启危险报警闪光灯。

汽车吊车和轮式专用机械车不得牵引车辆。摩托车不得牵引车辆或者被其他车辆牵引。

转向或者照明、信号装置失效的故障机动车，应当使用专用清障车拖曳。

第六十二条　驾驶机动车不得有下列行为：

（一）在车门、车厢没有关好时行车；

（二）在机动车驾驶室的前后窗范围内悬挂、放置妨碍驾驶人视线的物品；

（三）拨打接听手持电话、观看电视等妨碍安全驾驶的行为；

（四）下陡坡时熄火或者空挡滑行；

（五）向道路上抛撒物品；

（六）驾驶摩托车手离车把或者在车把上悬挂物品；

（七）连续驾驶机动车超过 4 小时未停车休息或者停车休息时间少于 20 分钟；

（八）在禁止鸣喇叭的区域或者路段鸣喇叭。

第六十三条 机动车在道路上临时停车，应当遵守下列规定：

（一）在设有禁停标志、标线的路段，在机动车道与非机动车道、人行道之间设有隔离设施的路段以及人行横道、施工地段，不得停车；

（二）交叉路口、铁路道口、急弯路、宽度不足 4 米的窄路、桥梁、陡坡、隧道以及距离上述地点 50 米以内的路段，不得停车；

（三）公共汽车站、急救站、加油站、消防栓或者消防队（站）门前以及距离上述地点 30 米以内的路段，除使用上述设施的以外，不得停车；

（四）车辆停稳前不得开车门和上下人员，开关车门不得妨碍其他车辆和行人通行；

（五）路边停车应当紧靠道路右侧，机动车驾驶人不得离车，上下人员或者装卸物品后，立即驶离；

（六）城市公共汽车不得在站点以外的路段停车上下乘客。

第六十四条 机动车行经漫水路或者漫水桥时，应当停车察明水情，确认安全后，低速通过。

第六十五条 机动车载运超限物品行经铁路道口的，应当按照当地铁路部门指定的铁路道口、时间通过。

机动车行经渡口，应当服从渡口管理人员指挥，按照指定地点依次待渡。机动车上下渡船时，应当低速慢行。

第六十六条 警车、消防车、救护车、工程救险车在执行紧急任务遇交通受阻时，可以断续使用警报器，并遵守下列规定：

（一）不得在禁止使用警报器的区域或者路段使用警报器；

（二）夜间在市区不得使用警报器；

（三）列队行驶时，前车已经使用警报器的，后车不再使用警报器。

第六十七条 在单位院内、居民居住区内，机动车应当低速行驶，避让行人；有限速标志的，按照限速标志行驶。

第三节　非机动车通行规定

第六十八条　非机动车通过有交通信号灯控制的交叉路口，应当按照下列规定通行：

（一）转弯的非机动车让直行的车辆、行人优先通行；

（二）遇有前方路口交通阻塞时，不得进入路口；

（三）向左转弯时，靠路口中心点的右侧转弯；

（四）遇有停止信号时，应当依次停在路口停止线以外。没有停止线的，停在路口以外；

（五）向右转弯遇有同方向前车正在等候放行信号时，在本车道内能够转弯的，可以通行；不能转弯的，依次等候。

第六十九条　非机动车通过没有交通信号灯控制也没有交通警察指挥的交叉路口，除应当遵守第六十八条第（一）项、第（二）项和第（三）项的规定外，还应当遵守下列规定：

（一）有交通标志、标线控制的，让优先通行的一方先行；

（二）没有交通标志、标线控制的，在路口外慢行或者停车瞭望，让右方道路的来车先行；

（三）相对方向行驶的右转弯的非机动车让左转弯的车辆先行。

第七十条　驾驶自行车、电动自行车、三轮车在路段上横过机动车道，应当下车推行，有人行横道或者行人过街设施的，应当从人行横道或者行人过街设施通过；没有人行横道、没有行人过街设施或者不便使用行人过街设施的，在确认安全后直行通过。

因非机动车道被占用无法在本车道内行驶的非机动车，可以在受阻的路段借用相邻的机动车道行驶，并在驶过被占用路段后迅速驶回非机动车道。机动车遇此情况应当减速让行。

第七十一条　非机动车载物，应当遵守下列规定：

（一）自行车、电动自行车、残疾人机动轮椅车载物，高度从地面起不得超过1.5米，宽度左右各不得超出车把0.15米，长度前端不得超出车轮，后端不得超出车身0.3米；

（二）三轮车、人力车载物，高度从地面起不得超过2米，宽度左右各不得超出车身0.2米，长度不得超出车身1米；

（三）畜力车载物，高度从地面起不得超过2.5米，宽度左右各不得超出车身0.2米，长度前端不得超出车辕，后端不得超出车身1米。

自行车载人的规定，由省、自治区、直辖市人民政府根据当地实际情况制定。

第七十二条　在道路上驾驶自行车、三轮车、电动自行车、残疾人机动轮椅车应当遵守下列规定：

（一）驾驶自行车、三轮车必须年满12周岁；

（二）驾驶电动自行车和残疾人机动轮椅车必须年满16周岁；

（三）不得醉酒驾驶；

（四）转弯前应当减速慢行，伸手示意，不得突然猛拐，超越前车时不得妨碍被超越的车辆行驶；

（五）不得牵引、攀扶车辆或者被其他车辆牵引，不得双手离把或者手中持物；

（六）不得扶身并行、互相追逐或者曲折竞驶；

（七）不得在道路上骑独轮自行车或者2人以上骑行的自行车；

（八）非下肢残疾的人不得驾驶残疾人机动轮椅车；

（九）自行车、三轮车不得加装动力装置；

（十）不得在道路上学习驾驶非机动车。

第七十三条 在道路上驾驭畜力车应当年满16周岁，并遵守下列规定：

（一）不得醉酒驾驭；

（二）不得并行，驾驭人不得离开车辆；

（三）行经繁华路段、交叉路口、铁路道口、人行横道、急弯路、宽度不足4米的窄路或者窄桥、陡坡、隧道或者容易发生危险的路段，不得超车。驾驭两轮畜力车应当下车牵引牲畜；

（四）不得使用未经驯服的牲畜驾车，随车幼畜须拴系；

（五）停放车辆应当拉紧车闸，拴系牲畜。

第四节 行人和乘车人通行规定

第七十四条 行人不得有下列行为：

（一）在道路上使用滑板、旱冰鞋等滑行工具；

（二）在车行道内坐卧、停留、嬉闹；

（三）追车、抛物击车等妨碍道路交通安全的行为。

第七十五条 行人横过机动车道，应当从行人过街设施通过；没有行人过街设施的，应当从人行横道通过；没有人行横道的，应当观察来往车辆的情况，确认安全后直行通过，不得在车辆临近时突然加速横穿或者中途倒退、折返。

第七十六条 行人列队在道路上通行，每横列不得超过2人，但在已经实行交通管制的路段不受限制。

第七十七条 乘坐机动车应当遵守下列规定：

（一）不得在机动车道上拦乘机动车；

（二）在机动车道上不得从机动车左侧上下车；

（三）开关车门不得妨碍其他车辆和行人通行；

（四）机动车行驶中，不得干扰驾驶，不得将身体任何部分伸出车外，不得跳车；

（五）乘坐两轮摩托车应当正向骑坐。

第五节　高速公路的特别规定

第七十八条　高速公路应当标明车道的行驶速度，最高车速不得超过每小时120公里，最低车速不得低于每小时60公里。

在高速公路上行驶的小型载客汽车最高车速不得超过每小时120公里，其他机动车不得超过每小时100公里，摩托车不得超过每小时80公里。

同方向有2条车道的，左侧车道的最低车速为每小时100公里；同方向有3条以上车道的，最左侧车道的最低车速为每小时110公里，中间车道的最低车速为每小时90公里。道路限速标志标明的车速与上述车道行驶车速的规定不一致的，按照道路限速标志标明的车速行驶。

第七十九条　机动车从匝道驶入高速公路，应当开启左转向灯，在不妨碍已在高速公路内的机动车正常行驶的情况下驶入车道。

机动车驶离高速公路时，应当开启右转向灯，驶入减速车道，降低车速后驶离。

第八十条　机动车在高速公路上行驶，车速超过每小时100公里时，应当与同车道前车保持100米以上的距离，车速低于每小时100公里时，与同车道前车距离可以适当缩短，但最小距离不得少于50米。

第八十一条　机动车在高速公路上行驶，遇有雾、雨、雪、沙尘、冰雹等低能见度气象条件时，应当遵守下列规定：

（一）能见度小于200米时，开启雾灯、近光灯、示廓灯和前后位灯，车速不得超过每小时60公里，与同车道前车保持100米以上的距离；

（二）能见度小于100米时，开启雾灯、近光灯、示廓灯、前后位灯和危险报警闪光灯，车速不得超过每小时40公里，与同车道前车保持50米以上的距离；

（三）能见度小于50米时，开启雾灯、近光灯、示廓灯、前后位灯和危险报警闪光灯，车速不得超过每小时20公里，并从最近的出口尽快驶离高速公路。

遇有前款规定情形时，高速公路管理部门应当通过显示屏等方式发布速度限制、保持车距等提示信息。

第八十二条　机动车在高速公路上行驶，不得有下列行为：

（一）倒车、逆行、穿越中央分隔带掉头或者在车道内停车；

（二）在匝道、加速车道或者减速车道上超车；

（三）骑、轧车行道分界线或者在路肩上行驶；

（四）非紧急情况时在应急车道行驶或者停车；

（五）试车或者学习驾驶机动车。

第八十三条 在高速公路上行驶的载货汽车车厢不得载人。两轮摩托车在高速公路行驶时不得载人。

第八十四条 机动车通过施工作业路段时，应当注意警示标志，减速行驶。

第八十五条 城市快速路的道路交通安全管理，参照本节的规定执行。

高速公路、城市快速路的道路交通安全管理工作，省、自治区、直辖市人民政府公安机关交通管理部门可以指定设区的市人民政府公安机关交通管理部门或者相当于同级的公安机关交通管理部门承担。

第五章 交通事故处理

第八十六条 机动车与机动车、机动车与非机动车在道路上发生未造成人身伤亡的交通事故，当事人对事实及成因无争议的，在记录交通事故的时间、地点、对方当事人的姓名和联系方式、机动车牌号、驾驶证号、保险凭证号、碰撞部位，并共同签名后，撤离现场，自行协商损害赔偿事宜。当事人对交通事故事实及成因有争议的，应当迅速报警。

第八十七条 非机动车与非机动车或者行人在道路上发生交通事故，未造成人身伤亡，且基本事实及成因清楚的，当事人应当先撤离现场，再自行协商处理损害赔偿事宜。当事人对交通事故事实及成因有争议的，应当迅速报警。

第八十八条 机动车发生交通事故，造成道路、供电、通讯等设施损毁的，驾驶人应当报警等候处理，不得驶离。机动车可以移动的，应当将机动车移至不妨碍交通的地点。公安机关交通管理部门应当将事故有关情况通知有关部门。

第八十九条 公安机关交通管理部门或者交通警察接到交通事故报警，应当及时赶赴现场，对未造成人身伤亡，事实清楚，并且机动车可以移动的，应当在记录事故情况后责令当事人撤离现场，恢复交通。对拒不撤离现场的，予以强制撤离。

对属于前款规定情况的道路交通事故，交通警察可以适用简易程序处理，并当场出具事故认定书。当事人共同请求调解的，交通警察可以当场对损害赔偿争议进行调解。

对道路交通事故造成人员伤亡和财产损失需要勘验、检查现场的，公安机关交通管理部门应当按照勘查现场工作规范进行。现场勘查完毕，应当组织清理现场，恢复交通。

第九十条　投保机动车第三者责任强制保险的机动车发生交通事故，因抢救受伤人员需要保险公司支付抢救费用的，由公安机关交通管理部门通知保险公司。

抢救受伤人员需要道路交通事故救助基金垫付费用的，由公安机关交通管理部门通知道路交通事故社会救助基金管理机构。

第九十一条　公安机关交通管理部门应当根据交通事故当事人的行为对发生交通事故所起的作用以及过错的严重程度，确定当事人的责任。

第九十二条　发生交通事故后当事人逃逸的，逃逸的当事人承担全部责任。但是，有证据证明对方当事人也有过错的，可以减轻责任。

当事人故意破坏、伪造现场、毁灭证据的，承担全部责任。

第九十三条　公安机关交通管理部门对经过勘验、检查现场的交通事故应当在勘查现场之日起10日内制作交通事故认定书。对需要进行检验、鉴定的，应当在检验、鉴定结果确定之日起5日内制作交通事故认定书。

第九十四条　当事人对交通事故损害赔偿有争议，各方当事人一致请求公安机关交通管理部门调解的，应当在收到交通事故认定书之日起10日内提出书面调解申请。

对交通事故致死的，调解从办理丧葬事宜结束之日起开始；对交通事故致伤的，调解从治疗终结或者定残之日起开始；对交通事故造成财产损失的，调解从确定损失之日起开始。

第九十五条　公安机关交通管理部门调解交通事故损害赔偿争议的期限为10日。调解达成协议的，公安机关交通管理部门应当制作调解书送交各方当事人，调解书经各方当事人共同签字后生效；调解未达成协议的，公安机关交通管理部门应当制作调解终结书送交各方当事人。

交通事故损害赔偿项目和标准依照有关法律的规定执行。

第九十六条　对交通事故损害赔偿的争议，当事人向人民法院提起民事诉讼的，公安机关交通管理部门不再受理调解申请。

公安机关交通管理部门调解期间，当事人向人民法院提起民事诉讼的，调解终止。

第九十七条　车辆在道路以外发生交通事故，公安机关交通管理部门接到报案的，参照道路交通安全法和本条例的规定处理。

车辆、行人与火车发生的交通事故以及在渡口发生的交通事故，依照国家有关规定处理。

第六章　执法监督

第九十八条　公安机关交通管理部门应当公开办事制度、办事程序，建立警风警纪监督员制度，自觉接受社会和群众的监督。

第九十九条 公安机关交通管理部门及其交通警察办理机动车登记，发放号牌，对驾驶人考试、发证，处理道路交通安全违法行为，处理道路交通事故，应当严格遵守有关规定，不得越权执法，不得延迟履行职责，不得擅自改变处罚的种类和幅度。

第一百条 公安机关交通管理部门应当公布举报电话，受理群众举报投诉，并及时调查核实，反馈查处结果。

第一百零一条 公安机关交通管理部门应当建立执法质量考核评议、执法责任制和执法过错追究制度，防止和纠正道路交通安全执法中的错误或者不当行为。

第七章 法律责任

第一百零二条 违反本条例规定的行为，依照道路交通安全法和本条例的规定处罚。

第一百零三条 以欺骗、贿赂等不正当手段取得机动车登记或者驾驶许可的，收缴机动车登记证书、号牌、行驶证或者机动车驾驶证，撤销机动车登记或者机动车驾驶许可；申请人在3年内不得申请机动车登记或者机动车驾驶许可。

第一百零四条 机动车驾驶人有下列行为之一，又无其他机动车驾驶人即时替代驾驶的，公安机关交通管理部门除依法给予处罚外，可以将其驾驶的机动车移至不妨碍交通的地点或者有关部门指定的地点停放：

（一）不能出示本人有效驾驶证的；

（二）驾驶的机动车与驾驶证载明的准驾车型不符的；

（三）饮酒、服用国家管制的精神药品或者麻醉药品、患有妨碍安全驾驶的疾病，或者过度疲劳仍继续驾驶的；

（四）学习驾驶人员没有教练人员随车指导单独驾驶的。

第一百零五条 机动车驾驶人有饮酒、醉酒、服用国家管制的精神药品或者麻醉药品嫌疑的，应当接受测试、检验。

第一百零六条 公路客运载客汽车超过核定乘员、载货汽车超过核定载质量的，公安机关交通管理部门依法扣留机动车后，驾驶人应当将超载的乘车人转运、将超载的货物卸载，费用由超载机动车的驾驶人或者所有人承担。

第一百零七条 依照道路交通安全法第九十二条、第九十五条、第九十六条、第九十八条的规定被扣留的机动车，驾驶人或者所有人、管理人30日内没有提供被扣留机动车的合法证明，没有补办相应手续，或者不前来接受处理，经公安机关交通管理部门通知并且经公告3个月仍不前来接受处理的，由公安机关交通管理部门将该机动车送交有资格的拍卖机构拍卖，所得价款上缴国库；非法拼装的机动车予以拆除；达到报废标准的机动车予以报废；机动车涉及其他违法犯罪行为的，移交有关部门处理。

第一百零八条　交通警察按照简易程序当场作出行政处罚的，应当告知当事人道路交通安全违法行为的事实、处罚的理由和依据，并将行政处罚决定书当场交付被处罚人。

第一百零九条　对道路交通安全违法行为人处以罚款或者暂扣驾驶证处罚的，由违法行为发生地的县级以上人民政府公安机关交通管理部门或者相当于同级的公安机关交通管理部门作出决定；对处以吊销机动车驾驶证处罚的，由设区的市人民政府公安机关交通管理部门或者相当于同级的公安机关交通管理部门作出决定。

公安机关交通管理部门对非本辖区机动车的道路交通安全违法行为没有当场处罚的，可以由机动车登记地的公安机关交通管理部门处罚。

第一百一十条　当事人对公安机关交通管理部门及其交通警察的处罚有权进行陈述和申辩，交通警察应当充分听取当事人的陈述和申辩，不得因当事人陈述、申辩而加重其处罚。

第八章　附　　则

第一百一十一条　本条例所称上道路行驶的拖拉机，是指手扶拖拉机等最高设计行驶速度不超过每小时 20 公里的轮式拖拉机和最高设计行驶速度不超过每小时 40 公里、牵引挂车方可从事道路运输的轮式拖拉机。

第一百一十二条　农业（农业机械）主管部门应当定期向公安机关交通管理部门提供拖拉机登记、安全技术检验以及拖拉机驾驶证发放的资料、数据。公安机关交通管理部门对拖拉机驾驶人作出暂扣、吊销驾驶证处罚或者记分处理的，应当定期将处罚决定书和记分情况通报有关的农业（农业机械）主管部门。吊销驾驶证的，还应当将驾驶证送交有关的农业（农业机械）主管部门。

第一百一十三条　境外机动车入境行驶，应当向入境地的公安机关交通管理部门申请临时通行号牌、行驶证。临时通行号牌、行驶证应当根据行驶需要，载明有效日期和允许行驶的区域。

入境的境外机动车申请临时通行号牌、行驶证以及境外人员申请机动车驾驶许可的条件、考试办法由国务院公安部门规定。

第一百一十四条　机动车驾驶许可考试的收费标准，由国务院价格主管部门规定。

第一百一十五条　本条例自 2004 年 5 月 1 日起施行。1960 年 2 月 11 日国务院批准、交通部发布的《机动车管理办法》，1988 年 3 月 9 日国务院发布的《中华人民共和国道路交通管理条例》，1991 年 9 月 22 日国务院发布的《道路交通事故处理办法》，同时废止。

机动车登记规定

（2008 年 5 月 27 日公安部令第 102 号公布　自 2008 年 10 月 1 日起施行）

目　录

第一章　总　　则

第一条　根据《中华人民共和国道路交通安全法》及其实施条例的规定，制定本规定。

第二条　本规定由公安机关交通管理部门负责实施。

省级公安机关交通管理部门负责本省（自治区、直辖市）机动车登记工作的指导、检查和监督。直辖市公安机关交通管理部门车辆管理所、设区的市或者相当于同级的公安机关交通管理部门车辆管理所负责办理本行政辖区内机动车登记业务。

县级公安机关交通管理部门车辆管理所可以办理本行政辖区内摩托车、三轮汽车、低速载货汽车登记业务。条件具备的，可以办理除进口机动车、危险化学品运输车、校车、中型以上载客汽车以外的其他机动车登记业务。具体业务范围和办理条件由省级公安机关交通管理部门确定。

警用车辆登记业务按照有关规定办理。

第三条　车辆管理所办理机动车登记，应当遵循公开、公正、便民的原则。

车辆管理所在受理机动车登记申请时，对申请材料齐全并符合法律、行政法规和本规定的，应当在规定的时限内办结。对申请材料不齐全或者其他不符合法定形式的，应当一次告知申请人需要补正的全部内容。对不符合规定的，应当书面告知不予受理、登记的理由。

车辆管理所应当将法律、行政法规和本规定的有关机动车登记的事项、条件、依据、程序、期限以及收费标准、需要提交的全部材料的目录和申请表示范文本等在办理登记的场所公示。

省级、设区的市或者相当于同级的公安机关交通管理部门应当在互联网上建立主页，发布信息，便于群众查阅机动车登记的有关规定，下载、使用有关表格。

第四条　车辆管理所应当使用计算机登记系统办理机动车登记，并建立数据库。不使用计算机登记系统登记的，登记无效。

计算机登记系统的数据库标准和登记软件全国统一。数据库能够完整、准确记录登记内容，记录办理过程和经办人员信息，并能够实时将有关登记内容传送到全国公安交通管理信息系统。计算机登记系统应当与交通违法信息系统和交通事故信息系统实行联网。

第二章　登　　记

第一节　注 册 登 记

第五条　初次申领机动车号牌、行驶证的，机动车所有人应当向住所地的车辆管理所申请注册登记。

第六条　机动车所有人应当到机动车安全技术检验机构对机动车进行安全技术检验，取得机动车安全技术检验合格证明后申请注册登记。但经海关进口的机动车和国务院机动车产品主管部门认定免予安全技术检验的机动车除外。

免予安全技术检验的机动车有下列情形之一的，应当进行安全技术检验：

（一）国产机动车出厂后两年内未申请注册登记的；

（二）经海关进口的机动车进口后两年内未申请注册登记的；

（三）申请注册登记前发生交通事故的。

第七条　申请注册登记的，机动车所有人应当填写申请表，交验机动车，并提交以下证明、凭证：

（一）机动车所有人的身份证明；

（二）购车发票等机动车来历证明；

（三）机动车整车出厂合格证明或者进口机动车进口凭证；

（四）车辆购置税完税证明或者免税凭证；

（五）机动车交通事故责任强制保险凭证；

（六）法律、行政法规规定应当在机动车注册登记时提交的其他证明、凭证。

不属于经海关进口的机动车和国务院机动车产品主管部门规定免予安全技术检验的机动车，还应当提交机动车安全技术检验合格证明。

车辆管理所应当自受理申请之日起二日内，确认机动车，核对车辆识别代号拓印膜，审查提交的证明、凭证，核发机动车登记证书、号牌、行驶证和检验合格标志。

第八条 车辆管理所办理消防车、救护车、工程救险车注册登记时，应当对车辆的使用性质、标志图案、标志灯具和警报器进行审查。

车辆管理所办理全挂汽车列车和半挂汽车列车注册登记时，应当对牵引车和挂车分别核发机动车登记证书、号牌和行驶证。

第九条 有下列情形之一的，不予办理注册登记：

（一）机动车所有人提交的证明、凭证无效的；

（二）机动车来历证明被涂改或者机动车来历证明记载的机动车所有人与身份证明不符的；

（三）机动车所有人提交的证明、凭证与机动车不符的；

（四）机动车未经国务院机动车产品主管部门许可生产或者未经国家进口机动车主管部门许可进口的；

（五）机动车的有关技术数据与国务院机动车产品主管部门公告的数据不符的；

（六）机动车的型号、发动机号码、车辆识别代号或者有关技术数据不符合国家安全技术标准的；

（七）机动车达到国家规定的强制报废标准的；

（八）机动车被人民法院、人民检察院、行政执法部门依法查封、扣押的；

（九）机动车属于被盗抢的；

（十）其他不符合法律、行政法规规定的情形。

第二节 变更登记

第十条 已注册登记的机动车有下列情形之一的，机动车所有人应当向登记地车辆管理所申请变更登记：

（一）改变车身颜色的；

（二）更换发动机的；

（三）更换车身或者车架的；

（四）因质量问题更换整车的；

（五）营运机动车改为非营运机动车或者非营运机动车改为营运机动车等使用性质改变的；

（六）机动车所有人的住所迁出或者迁入车辆管理所管辖区域的。

机动车所有人为两人以上，需要将登记的所有人姓名变更为其他所有人姓名的，可以向登记地车辆管理所申请变更登记。

属于本条第一款第（一）项、第（二）项和第（三）项规定的变更事项的，机动车所有人应当在变更后十日内向车辆管理所申请变更登记；属于本条第一款第（六）项规定的变更事项的，机动车所有人申请转出前，应当将涉及该车的道路交通安全违法行为和交通事故处理完毕。

第十一条　申请变更登记的，机动车所有人应当填写申请表，交验机动车，并提交以下证明、凭证：

（一）机动车所有人的身份证明；

（二）机动车登记证书；

（三）机动车行驶证；

（四）属于更换发动机、车身或者车架的，还应当提交机动车安全技术检验合格证明；

（五）属于因质量问题更换整车的，还应当提交机动车安全技术检验合格证明，但经海关进口的机动车和国务院机动车产品主管部门认定免予安全技术检验的机动车除外。

车辆管理所应当自受理之日起一日内，确认机动车，审查提交的证明、凭证，在机动车登记证书上签注变更事项，收回行驶证，重新核发行驶证。

车辆管理所办理本规定第十条第一款第（三）项、第（四）项和第（六）项规定的变更登记事项的，应当核对车辆识别代号拓印膜。

第十二条　车辆管理所办理机动车变更登记时，需要改变机动车号牌号码的，收回号牌、行驶证，确定新的机动车号牌号码，重新核发号牌、行驶证和检验合格标志。

第十三条　机动车所有人的住所迁出车辆管理所管辖区域的，车辆管理所应当自受理之日起三日内，在机动车登记证书上签注变更事项，收回号牌、行驶证，核发有效期为三十日的临时行驶车号牌，将机动车档案交机动车所有人。机动车所有人应当在临时行驶车号牌的有效期限内到住所地车辆管理所申请机动车转入。

申请机动车转入的，机动车所有人应当填写申请表，提交身份证明、机动车登记证书、机动车档案，并交验机动车。机动车在转入时已超过检验有效期的，应当在转入地进行安全技术检验并提交机动车安全技术检验合格证明和交通事故责任强制保险凭证。车辆管理所应当自受理之日起三日内，确认机动车，核对车辆识别代号拓印膜，审查相关证明、凭证和机动车档案，在机动车登记证书上签注转入信息，核发号牌、行驶证和检验合格标志。

第十四条 机动车所有人为两人以上，需要将登记的所有人姓名变更为其他所有人姓名的，应当提交机动车登记证书、行驶证、变更前和变更后机动车所有人的身份证明和共同所有的公证证明，但属于夫妻双方共同所有的，可以提供《结婚证》或者证明夫妻关系的《居民户口簿》。

变更后机动车所有人的住所在车辆管理所管辖区域内的，车辆管理所按照本规定第十一条第二款的规定办理变更登记。变更后机动车所有人的住所不在车辆管理所管辖区域内的，迁出地和迁入地车辆管理所按照本规定第十三条的规定办理变更登记。

第十五条 有下列情形之一的，不予办理变更登记：

（一）改变机动车的品牌、型号和发动机型号的，但经国务院机动车产品主管部门许可选装的发动机除外；

（二）改变已登记的机动车外形和有关技术数据的，但法律、法规和国家强制性标准另有规定的除外；

（三）有本规定第九条第（一）项、第（七）项、第（八）项、第（九）项规定情形的。

第十六条 有下列情形之一，在不影响安全和识别号牌的情况下，机动车所有人不需要办理变更登记：

（一）小型、微型载客汽车加装前后防撞装置；

（二）货运机动车加装防风罩、水箱、工具箱、备胎架等；

（三）增加机动车车内装饰。

第十七条 已注册登记的机动车，机动车所有人住所在车辆管理所管辖区域内迁移或者机动车所有人姓名（单位名称）、联系方式变更的，应当向登记地车辆管理所备案。

（一）机动车所有人住所在车辆管理所管辖区域内迁移、机动车所有人姓名（单位名称）变更的，机动车所有人应当提交身份证明、机动车登记证书、行驶证和相关变更证明。车辆管理所应当自受理之日起一日内，在机动车登记证书上签注备案事项，重新核发行驶证。

（二）机动车所有人联系方式变更的，机动车所有人应当提交身份证明和行驶证。车辆管理所应当自受理之日起一日内办理备案。

机动车所有人的身份证明名称或者号码变更的，可以向登记地车辆管理所申请备案。机动车所有人应当提交身份证明、机动车登记证书。车辆管理所应当自受理之日起一日内，在机动车登记证书上签注备案事项。

发动机号码、车辆识别代号因磨损、锈蚀、事故等原因辨认不清或者损坏的，可以向登记地车辆管理所申请备案。机动车所有人应当提交身份证明、机动车登记证书、行驶证。车辆管理所应当自受理之日起一日内，在发动机、车身或者车架上打刻原发动机号码或者原车辆识别代号，在机动车登记证书上签注备案事项。

第三节　转移登记

第十八条　已注册登记的机动车所有权发生转移的，现机动车所有人应当自机动车交付之日起三十日内向登记地车辆管理所申请转移登记。

机动车所有人申请转移登记前，应当将涉及该车的道路交通安全违法行为和交通事故处理完毕。

第十九条　申请转移登记的，现机动车所有人应当填写申请表，交验机动车，并提交以下证明、凭证：

（一）现机动车所有人的身份证明；

（二）机动车所有权转移的证明、凭证；

（三）机动车登记证书；

（四）机动车行驶证；

（五）属于海关监管的机动车，还应当提交《中华人民共和国海关监管车辆解除监管证明书》或者海关批准的转让证明；

（六）属于超过检验有效期的机动车，还应当提交机动车安全技术检验合格证明和交通事故责任强制保险凭证。

现机动车所有人住所在车辆管理所管辖区域内的，车辆管理所应当自受理申请之日起一日内，确认机动车，核对车辆识别代号拓印膜，审查提交的证明、凭证，收回号牌、行驶证，确定新的机动车号牌号码，在机动车登记证书上签注转移事项，重新核发号牌、行驶证和检验合格标志。

现机动车所有人住所不在车辆管理所管辖区域内的，车辆管理所应当按照本规定第十三条的规定办理。

第二十条　有下列情形之一的，不予办理转移登记：

（一）机动车与该车档案记载内容不一致的；

（二）属于海关监管的机动车，海关未解除监管或者批准转让的；

（三）机动车在抵押登记、质押备案期间的；

（四）有本规定第九条第（一）项、第（二）项、第（七）项、第（八）项、第（九）项规定情形的。

第二十一条　被人民法院、人民检察院和行政执法部门依法没收并拍卖，或者被仲裁机构依法仲裁裁决，或者被人民法院调解、裁定、判决机动车所有权转移时，原机动车所有人未向现机动车所有人提供机动车登记证书、号牌或者行驶证的，现机动车所有人在办理转移登记时，应当提交人民法院出具的未得到机动车登记证书、号牌或者行驶证的《协助执行通知书》，或者人民检察院、行政执法部门出具的未得到机动车登记证书、号牌或者行驶证的证明。车辆管理所应当公告原机动车登记证书、号牌或者行驶证作废，并在办理转移登记的同时，补发机动车登记证书。

第四节 抵押登记

第二十二条 机动车所有人将机动车作为抵押物抵押的，应当向登记地车辆管理所申请抵押登记；抵押权消灭的，应当向登记地车辆管理所申请解除抵押登记。

第二十三条 申请抵押登记的，机动车所有人应当填写申请表，由机动车所有人和抵押权人共同申请，并提交下列证明、凭证：

（一）机动车所有人和抵押权人的身份证明；

（二）机动车登记证书；

（三）机动车所有人和抵押权人依法订立的主合同和抵押合同。

车辆管理所应当自受理之日起一日内，审查提交的证明、凭证，在机动车登记证书上签注抵押登记的内容和日期。

第二十四条 申请解除抵押登记的，机动车所有人应当填写申请表，由机动车所有人和抵押权人共同申请，并提交下列证明、凭证：

（一）机动车所有人和抵押权人的身份证明；

（二）机动车登记证书。

人民法院调解、裁定、判决解除抵押的，机动车所有人或者抵押权人应当填写申请表，提交机动车登记证书、人民法院出具的已经生效的《调解书》、《裁定书》或者《判决书》，以及相应的《协助执行通知书》。

车辆管理所应当自受理之日起一日内，审查提交的证明、凭证，在机动车登记证书上签注解除抵押登记的内容和日期。

第二十五条 机动车抵押登记日期、解除抵押登记日期可以供公众查询。

第二十六条 有本规定第九条第（一）项、第（七）项、第（八）项、第（九）项或者第二十条第（二）项规定情形之一的，不予办理抵押登记。对机动车所有人提交的证明、凭证无效，或者机动车被人民法院、人民检察院、行政执法部门依法查封、扣押的，不予办理解除抵押登记。

第五节 注销登记

第二十七条 已达到国家强制报废标准的机动车，机动车所有人向机动车回收企业交售机动车时，应当填写申请表，提交机动车登记证书、号牌和行驶证。机动车回收企业应当确认机动车并解体，向机动车所有人出具《报废机动车回收证明》。报废的大型客、货车及其他营运车辆应当在车辆管理所的监督下解体。

机动车回收企业应当在机动车解体后七日内将申请表、机动车登记证书、号牌、行驶证和《报废机动车回收证明》副本提交车辆管理所，申请注销登记。

车辆管理所应当自受理之日起一日内，审查提交的证明、凭证，收回机动车登记证书、号牌、行驶证，出具注销证明。

第二十八条　除本规定第二十七条规定的情形外，机动车有下列情形之一的，机动车所有人应当向登记地车辆管理所申请注销登记：

（一）机动车灭失的；

（二）机动车因故不在我国境内使用的；

（三）因质量问题退车的。

已注册登记的机动车有下列情形之一的，登记地车辆管理所应当办理注销登记：

（一）机动车登记被依法撤销的；

（二）达到国家强制报废标准的机动车被依法收缴并强制报废的。

属于本条第一款第（二）项和第（三）项规定情形之一的，机动车所有人申请注销登记前，应当将涉及该车的道路交通安全违法行为和交通事故处理完毕。

第二十九条　属于本规定第二十八条第一款规定的情形，机动车所有人申请注销登记的，应当填写申请表，并提交以下证明、凭证：

（一）机动车登记证书；

（二）机动车行驶证；

（三）属于机动车灭失的，还应当提交机动车所有人的身份证明和机动车灭失证明；

（四）属于机动车因故不在我国境内使用的，还应当提交机动车所有人的身份证明和出境证明，其中属于海关监管的机动车，还应当提交海关出具的《中华人民共和国海关监管车辆进（出）境领（销）牌照通知书》；

（五）属于因质量问题退车的，还应当提交机动车所有人的身份证明和机动车制造厂或者经销商出具的退车证明。

车辆管理所应当自受理之日起一日内，审查提交的证明、凭证，收回机动车登记证书、号牌、行驶证，出具注销证明。

第三十条　因车辆损坏无法驶回登记地的，机动车所有人可以向车辆所在地机动车回收企业交售报废机动车。交售机动车时应当填写申请表，提交机动车登记证书、号牌和行驶证。机动车回收企业应当确认机动车并解体，向机动车所有人出具《报废机动车回收证明》。报废的大型客、货车及其他营运车辆应当在报废地车辆管理所的监督下解体。

机动车回收企业应当在机动车解体后七日内将申请表、机动车登记证书、号牌、行驶证和《报废机动车回收证明》副本提交报废地车辆管理所，申请注销登记。

报废地车辆管理所应当自受理之日起一日内，审查提交的证明、凭证，收回机动车登记证书、号牌、行驶证，并通过计算机登记系统将机动车报废信息传递给登记地车辆管理所。

登记地车辆管理所应当自接到机动车报废信息之日起一日内办理注销登记，并出具注销证明。

第三十一条 已注册登记的机动车有下列情形之一的，车辆管理所应当公告机动车登记证书、号牌、行驶证作废：

（一）达到国家强制报废标准，机动车所有人逾期不办理注销登记的；

（二）机动车登记被依法撤销后，未收缴机动车登记证书、号牌、行驶证的；

（三）达到国家强制报废标准的机动车被依法收缴并强制报废的；

（四）机动车所有人办理注销登记时未交回机动车登记证书、号牌、行驶证的。

第三十二条 有本规定第九条第（一）项、第（八）项、第（九）项或者第二十条第（一）项、第（三）项规定情形之一的，不予办理注销登记。

第三章 其他规定

第三十三条 申请办理机动车质押备案或者解除质押备案的，由机动车所有人和典当行共同申请，机动车所有人应当填写申请表，并提交以下证明、凭证：

（一）机动车所有人和典当行的身份证明；

（二）机动车登记证书。

车辆管理所应当自受理之日起一日内，审查提交的证明、凭证，在机动车登记证书上签注质押备案或者解除质押备案的内容和日期。

有本规定第九条第（一）项、第（七）项、第（八）项、第（九）项规定情形之一的，不予办理质押备案。对机动车所有人提交的证明、凭证无效，或者机动车被人民法院、人民检察院、行政执法部门依法查封、扣押的，不予办理解除质押备案。

第三十四条 机动车登记证书灭失、丢失或者损毁的，机动车所有人应当向登记地车辆管理所申请补领、换领。申请时，机动车所有人应当填写申请表并提交身份证明，属于补领机动车登记证书的，还应当交验机动车。车辆管理所应当自受理之日起一日内，确认机动车，审查提交的证明、凭证，补发、换发机动车登记证书。

启用机动车登记证书前已注册登记的机动车未申领机动车登记证书的，机动车所有人可以向登记地车辆管理所申领机动车登记证书。但属于机动车所有人申请变更、转移或者抵押登记的，应当在申请前向车辆管理所申领机动车登记证书。申请时，机动车所有人应当填写申请表，交验机动车并提交身份证明。车辆管理所应当自受理之日起五日内，确认机动车，核对车辆识别代号拓印膜，审查提交的证明、凭证，核发机动车登记证书。

第三十五条　机动车号牌、行驶证灭失、丢失或者损毁的，机动车所有人应当向登记地车辆管理所申请补领、换领。申请时，机动车所有人应当填写申请表并提交身份证明。

车辆管理所应当审查提交的证明、凭证，收回未灭失、丢失或者损毁的号牌、行驶证，自受理之日起一日内补发、换发行驶证，自受理之日起十五日内补发、换发号牌，原机动车号牌号码不变。

补发、换发号牌期间应当核发有效期不超过十五日的临时行驶车号牌。

第三十六条　机动车具有下列情形之一，需要临时上道路行驶的，机动车所有人应当向车辆管理所申领临时行驶车号牌：

（一）未销售的；

（二）购买、调拨、赠予等方式获得机动车后尚未注册登记的；

（三）进行科研、定型试验的；

（四）因轴荷、总质量、外廓尺寸超出国家标准不予办理注册登记的特型机动车。

第三十七条　机动车所有人申领临时行驶车号牌应当提交以下证明、凭证：

（一）机动车所有人的身份证明；

（二）机动车交通事故责任强制保险凭证；

（三）属于本规定第三十六条第（一）项、第（四）项规定情形的，还应当提交机动车整车出厂合格证明或者进口机动车进口凭证；

（四）属于本规定第三十六条第（二）项规定情形的，还应当提交机动车来历证明，以及机动车整车出厂合格证明或者进口机动车进口凭证；

（五）属于本规定第三十六条第（三）项规定情形的，还应当提交书面申请和机动车安全技术检验合格证明。

车辆管理所应当自受理之日起一日内，审查提交的证明、凭证，属于本规定第三十六条第（一）项、第（二）项规定情形，需要在本行政辖区内临时行驶的，核发有效期不超过十五日的临时行驶车号牌；需要跨行政辖区临时行驶的，核发有效期不超过三十日的临时行驶车号牌。属于本规定第三十六条第（三）项、第（四）项规定情形的，核发有效期不超过九十日的临时行驶车号牌。

因号牌制作的原因，无法在规定时限内核发号牌的，车辆管理所应当核发有效期不超过十五日的临时行驶车号牌。

对具有本规定第三十六条第（一）项、第（二）项规定情形之一，机动车所有人需要多次申领临时行驶车号牌的，车辆管理所核发临时行驶车号牌不得超过三次。

第三十八条 机动车所有人发现登记内容有错误的，应当及时要求车辆管理所更正。车辆管理所应当自受理之日起五日内予以确认。确属登记错误的，在机动车登记证书上更正相关内容，换发行驶证。需要改变机动车号牌号码的，应当收回号牌、行驶证，确定新的机动车号牌号码，重新核发号牌、行驶证和检验合格标志。

第三十九条 已注册登记的机动车被盗抢的，车辆管理所应当根据刑侦部门提供的情况，在计算机登记系统内记录，停止办理该车的各项登记和业务。被盗抢机动车发还后，车辆管理所应当恢复办理该车的各项登记和业务。

机动车在被盗抢期间，发动机号码、车辆识别代号或者车身颜色被改变的，车辆管理所应当凭有关技术鉴定证明办理变更备案。

第四十条 机动车所有人可以在机动车检验有效期满前三个月内向登记地车辆管理所申请检验合格标志。

申请前，机动车所有人应当将涉及该车的道路交通安全违法行为和交通事故处理完毕。申请时，机动车所有人应当填写申请表并提交行驶证、机动车交通事故责任强制保险凭证、机动车安全技术检验合格证明。

车辆管理所应当自受理之日起一日内，确认机动车，审查提交的证明、凭证，核发检验合格标志。

第四十一条 除大型载客汽车以外的机动车因故不能在登记地检验的，机动车所有人可以向登记地车辆管理所申请委托核发检验合格标志。申请前，机动车所有人应当将涉及机动车的道路交通安全违法行为和交通事故处理完毕。申请时，应当提交机动车登记证书或者行驶证。

车辆管理所应当自受理之日起一日内，出具核发检验合格标志的委托书。

机动车在检验地检验合格后，机动车所有人应当按照本规定第四十条第二款的规定向被委托地车辆管理所申请检验合格标志，并提交核发检验合格标志的委托书。被委托地车辆管理所应当自受理之日起一日内，按照本规定第四十条第三款的规定核发检验合格标志。

第四十二条 机动车检验合格标志灭失、丢失或者损毁的，机动车所有人应当持行驶证向机动车登记地或者检验合格标志核发地车辆管理所申请补领或者换领。车辆管理所应当自受理之日起一日内补发或者换发。

第四十三条　办理机动车转移登记或者注销登记后，原机动车所有人申请办理新购机动车注册登记时，可以向车辆管理所申请使用原机动车号牌号码。

申请使用原机动车号牌号码应当符合下列条件：

（一）在办理转移登记或者注销登记后六个月内提出申请；

（二）机动车所有人拥有原机动车三年以上；

（三）涉及原机动车的道路交通安全违法行为和交通事故处理完毕。

第四十四条　确定机动车号牌号码采用计算机自动选取和由机动车所有人按照机动车号牌标准规定自行编排的方式。

第四十五条　机动车所有人可以委托代理人代理申请各项机动车登记和业务，但申请补领机动车登记证书的除外。对机动车所有人因死亡、出境、重病、伤残或者不可抗力等原因不能到场申请补领机动车登记证书的，可以凭相关证明委托代理人代理申领。

代理人申请机动车登记和业务时，应当提交代理人的身份证明和机动车所有人的书面委托。

第四十六条　机动车所有人或者代理人申请机动车登记和业务，应当如实向车辆管理所提交规定的材料和反映真实情况，并对其申请材料实质内容的真实性负责。

第四章　法律责任

第四十七条　有下列情形之一的，由公安机关交通管理部门处警告或者二百元以下罚款：

（一）重型、中型载货汽车及其挂车的车身或者车厢后部未按照规定喷涂放大的牌号或者放大的牌号不清晰的；

（二）机动车喷涂、粘贴标识或者车身广告，影响安全驾驶的；

（三）载货汽车、挂车未按照规定安装侧面及后下部防护装置、粘贴车身反光标识的；

（四）机动车未按照规定期限进行安全技术检验的；

（五）改变车身颜色、更换发动机、车身或者车架，未按照本规定第十条规定的时限办理变更登记的；

（六）机动车所有权转移后，现机动车所有人未按照本规定第十八条规定的时限办理转移登记的；

（七）机动车所有人办理变更登记、转移登记，机动车档案转出登记地车辆管理所后，未按照本规定第十三条规定的时限到住所地车辆管理所申请机动车转入的。

第四十八条　除本规定第十条和第十六条规定的情形外，擅自改变机动车外形和已登记的有关技术数据的，由公安机关交通管理部门责令恢复原状，并处警告或者五百元以下罚款。

第四十九条 以欺骗、贿赂等不正当手段取得机动车登记的，由公安机关交通管理部门收缴机动车登记证书、号牌、行驶证，撤销机动车登记；申请人在三年内不得申请机动车登记。对涉嫌走私、盗抢的机动车，移交有关部门处理。

以欺骗、贿赂等不正当手段办理补、换领机动车登记证书、号牌、行驶证和检验合格标志等业务的，由公安机关交通管理部门处警告或者二百元以下罚款。

第五十条 省、自治区、直辖市公安厅、局可以根据本地区的实际情况，在本规定的处罚幅度范围内，制定具体的执行标准。

对本规定的道路交通安全违法行为的处理程序按照《道路交通安全违法行为处理程序规定》执行。

第五十一条 交通警察违反规定为被盗抢、走私、非法拼（组）装、达到国家强制报废标准的机动车办理登记的，按照国家有关规定给予处分，经教育不改又不宜给予开除处分的，按照《公安机关组织管理条例》规定予以辞退；对聘用人员予以解聘。构成犯罪的，依法追究刑事责任。

第五十二条 交通警察有下列情形之一的，按照国家有关规定给予处分；对聘用人员予以解聘。构成犯罪的，依法追究刑事责任：

（一）不按照规定确认机动车和审查证明、凭证的；

（二）故意刁难，拖延或者拒绝办理机动车登记的；

（三）违反本规定增加机动车登记条件或者提交的证明、凭证的；

（四）违反本规定第四十四条的规定，采用其他方式确定机动车号牌号码的；

（五）违反规定跨行政辖区办理机动车登记和业务的；

（六）超越职权进入计算机登记系统办理机动车登记和业务，或者不按规定使用机动车登记系统办理登记和业务的；

（七）向他人泄漏、传播计算机登记系统密码，造成系统数据被篡改、丢失或者破坏的；

（八）利用职务上的便利索取、收受他人财物或者谋取其他利益的；

（九）强令车辆管理所违反本规定办理机动车登记的。

第五十三条 公安机关交通管理部门有本规定第五十一条、第五十二条所列行为之一的，按照国家有关规定对直接负责的主管人员和其他直接责任人员给予相应的处分。

公安机关交通管理部门及其工作人员有本规定第五十一条、第五十二条所列行为之一，给当事人造成损失的，应当依法承担赔偿责任。

第五章　附　　则

第五十四条　机动车登记证书、号牌、行驶证、检验合格标志的种类、式样，以及各类登记表格式样等由公安部制定。机动车登记证书由公安部统一印制。

机动车登记证书、号牌、行驶证、检验合格标志的制作应当符合有关标准。

第五十五条　本规定下列用语的含义：

（一）进口机动车是指：

1. 经国家限定口岸海关进口的汽车；

2. 经各口岸海关进口的其他机动车；

3. 海关监管的机动车；

4. 国家授权的执法部门没收的走私、无合法进口证明和利用进口关键件非法拼（组）装的机动车。

（二）进口机动车的进口凭证是指：

1. 进口汽车的进口凭证，是国家限定口岸海关签发的《货物进口证明书》；

2. 其他进口机动车的进口凭证，是各口岸海关签发的《货物进口证明书》；

3. 海关监管的机动车的进口凭证，是监管地海关出具的《中华人民共和国海关监管车辆进（出）境领（销）牌照通知书》；

4. 国家授权的执法部门没收的走私、无进口证明和利用进口关键件非法拼（组）装的机动车的进口凭证，是该部门签发的《没收走私汽车、摩托车证明书》。

（三）机动车所有人是指拥有机动车的个人或者单位。

1. 个人是指我国内地的居民和军人（含武警）以及香港、澳门特别行政区、台湾地区居民、华侨和外国人；

2. 单位是指机关、企业、事业单位和社会团体以及外国驻华使馆、领馆和外国驻华办事机构、国际组织驻华代表机构。

（四）身份证明是指：

1. 机关、企业、事业单位、社会团体的身份证明，是该单位的《组织机构代码证书》、加盖单位公章的委托书和被委托人的身份证明。机动车所有人为单位的内设机构，本身不具备领取《组织机构代码证书》条件的，可以使用上级单位的《组织机构代码证书》作为机动车所有人的身份证明。上述单位已注销、撤销或者破产，其机动车需要办理变更登记、转移登记、解除抵押登记、注销登记、解除质押备案、申领机动车登记证书和补、换领机动车登记证书、号牌、行驶证的，已注销的企业的身份证明，是工商行政管理部门出具的注销证明。已撤销的机关、事业单位、社会团体的身份证明，是其上级主管机关出具的有关证明。已破产的企业的身份证明，是依法成立的财产清算机构出具的有关证明；

2. 外国驻华使馆、领馆和外国驻华办事机构、国际组织驻华代表机构的身份证明，是该使馆、领馆或者该办事机构、代表机构出具的证明；

3. 居民的身份证明，是《居民身份证》或者《临时居民身份证》。在暂住地居住的内地居民，其身份证明是《居民身份证》或者《临时居民身份证》，以及公安机关核发的居住、暂住证明；

4. 军人（含武警）的身份证明，是《居民身份证》或者《临时居民身份证》。在未办理《居民身份证》前，是指军队有关部门核发的《军官证》、《文职干部证》、《士兵证》、《离休证》、《退休证》等有效军人身份证件，以及其所在的团级以上单位出具的本人住所证明；

5. 香港、澳门特别行政区居民的身份证明，是其入境时所持有的《港澳居民来往内地通行证》或者《港澳同胞回乡证》、香港、澳门特别行政区《居民身份证》和公安机关核发的居住、暂住证明；

6. 台湾地区居民的身份证明，是其所持有的有效期六个月以上的公安机关核发的《台湾居民来往大陆通行证》或者外交部核发的《中华人民共和国旅行证》和公安机关核发的居住、暂住证明；

7. 华侨的身份证明，是《中华人民共和国护照》和公安机关核发的居住、暂住证明；

8. 外国人的身份证明，是其入境时所持有的护照或者其他旅行证件、居（停）留期为六个月以上的有效签证或者居留许可，以及公安机关出具的住宿登记证明；

9. 外国驻华使馆、领馆人员、国际组织驻华代表机构人员的身份证明，是外交部核发的有效身份证件。

（五）住所是指：

1. 单位的住所为其主要办事机构所在地的地址；

2. 个人的住所为其身份证明记载的地址。在暂住地居住的内地居民的住所是公安机关核发的居住、暂住证明记载的地址。

（六）机动车来历证明是指：

1. 在国内购买的机动车，其来历证明是全国统一的机动车销售发票或者二手车交易发票。在国外购买的机动车，其来历证明是该车销售单位开具的销售发票及其翻译文本，但海关监管的机动车不需提供来历证明；

2. 人民法院调解、裁定或者判决转移的机动车，其来历证明是人民法院出具的已经生效的《调解书》、《裁定书》或者《判决书》，以及相应的《协助执行通知书》；

3. 仲裁机构仲裁裁决转移的机动车，其来历证明是《仲裁裁决书》和人民法院出具的《协助执行通知书》；

4. 继承、赠予、中奖、协议离婚和协议抵偿债务的机动车，其来历证明是继承、赠予、中奖、协议离婚、协议抵偿债务的相关文书和公证机关出具的《公证书》；

5. 资产重组或者资产整体买卖中包含的机动车，其来历证明是资产主管部门的批准文件；

6. 机关、企业、事业单位和社会团体统一采购并调拨到下属单位未注册登记的机动车，其来历证明是全国统一的机动车销售发票和该部门出具的调拨证明；

7. 机关、企业、事业单位和社会团体已注册登记并调拨到下属单位的机动车，其来历证明是该单位出具的调拨证明。被上级单位调回或者调拨到其他下属单位的机动车，其来历证明是上级单位出具的调拨证明；

8. 经公安机关破案发还的被盗抢且已向原机动车所有人理赔完毕的机动车，其来历证明是《权益转让证明书》。

（七）机动车整车出厂合格证明是指：

1. 机动车整车厂生产的汽车、摩托车、挂车，其出厂合格证明是该厂出具的《机动车整车出厂合格证》；

2. 使用国产或者进口底盘改装的机动车，其出厂合格证明是机动车底盘生产厂出具的《机动车底盘出厂合格证》或者进口机动车底盘的进口凭证和机动车改装厂出具的《机动车整车出厂合格证》；

3. 使用国产或者进口整车改装的机动车，其出厂合格证明是机动车生产厂出具的《机动车整车出厂合格证》或者进口机动车的进口凭证和机动车改装厂出具的《机动车整车出厂合格证》；

4. 人民法院、人民检察院或者行政执法机关依法扣留、没收并拍卖的未注册登记的国产机动车，未能提供出厂合格证明的，可以凭人民法院、人民检察院或者行政执法机关出具的证明替代。

（八）机动车灭失证明是指：

1. 因自然灾害造成机动车灭失的证明是，自然灾害发生地的街道、乡、镇以上政府部门出具的机动车因自然灾害造成灭失的证明；

2. 因失火造成机动车灭失的证明是，火灾发生地的县级以上公安机关消防部门出具的机动车因失火造成灭失的证明；

3. 因交通事故造成机动车灭失的证明是，交通事故发生地的县级以上公安机关交通管理部门出具的机动车因交通事故造成灭失的证明。

（九）本规定所称“一日”、“二日”、“三日”、“五日”、“七日”、“十日”、“十五日”，是指工作日，不包括节假日。

临时行驶车号牌的最长有效期“十五日”、“三十日”、“九十日”，包括工作日和节假日。

本规定所称以下、以上、以内，包括本数。

第五十六条 本规定自2008年10月1日起施行。2004年4月30日公安部发布的《机动车登记规定》（公安部令第72号）同时废止。本规定实施前公安部发布的其他规定与本规定不一致的，以本规定为准。

机动车驾驶证申领和使用规定

（2006年12月20日中华人民共和国公安部令第91号公布 自2007年4月1日起施行）

第一章 总 则

第一条 根据《中华人民共和国道路交通安全法》及其实施条例、《中华人民共和国行政许可法》，制定本规定。

第二条 本规定由公安机关交通管理部门负责实施。

直辖市公安机关交通管理部门车辆管理所、设区的市或者相当于同级的公安机关交通管理部门车辆管理所负责办理本行政辖区内机动车驾驶证业务。县级公安机关交通管理部门办理机动车驾驶证业务的范围由省级公安机关交通管理部门确定。

第三条 车辆管理所办理机动车驾驶证业务，应当遵循公开、公正、便民的原则。

第四条 车辆管理所办理机动车驾驶证业务，应当依法受理申请人的申请，审核申请人提交的资料，对符合条件的，按照规定程序和期限办理机动车驾驶证。

申领机动车驾驶证的人，应当如实向车辆管理所提交规定的资料，如实申告规定的事项。

第五条 车辆管理所应当使用机动车驾驶证计算机管理系统核发、打印机动车驾驶证，不使用计算机管理系统核发、打印的机动车驾驶证无效。

机动车驾驶证计算机管理系统的数据库标准和软件全国统一，能够完整、准确地记录和存储申请受理、科目考试、机动车驾驶证核发等全过程和经办人员信息，并能够实时将有关信息传送到全国公安交通管理信息系统。

第六条 省级公安机关交通管理部门应当在互联网上建立主页，发布信息，便于群众查阅办理机动车驾驶证的有关规定，下载、使用有关表格。

第二章　机动车驾驶证的申领

第一节　机动车驾驶证

第七条　机动车驾驶证记载和签注以下内容：

（一）机动车驾驶人信息：姓名、性别、出生日期、国籍、住址、身份证明号码（机动车驾驶证号码）、照片；

（二）车辆管理所签注内容：初次领证日期、准驾车型代号、有效期起始日期、有效期限、核发机关印章、档案编号。

第八条　机动车驾驶人准予驾驶的车型顺序依次分为：大型客车、牵引车、城市公交车、中型客车、大型货车、小型汽车、小型自动挡汽车、低速载货汽车、三轮汽车、普通三轮摩托车、普通二轮摩托车、轻便摩托车、轮式自行机械车、无轨电车和有轨电车（附件1）。

第九条　机动车驾驶证有效期分为六年、十年和长期。

第十条　年龄在60周岁以上的，不得驾驶大型客车、牵引车、城市公交车、中型客车、大型货车、无轨电车和有轨电车；年龄在70周岁以上的，不得驾驶低速载货汽车、三轮汽车、普通三轮摩托车、普通二轮摩托车和轮式自行机械车。

第二节　申请条件

第十一条　申请机动车驾驶证的人，应当符合下列规定：

（一）年龄条件：

1. 申请小型汽车、小型自动挡汽车、轻便摩托车准驾车型的，在18周岁以上，70周岁以下；

2. 申请低速载货汽车、三轮汽车、普通三轮摩托车、普通二轮摩托车或者轮式自行机械车准驾车型的，在18周岁以上，60周岁以下；

3. 申请城市公交车、中型客车、大型货车、无轨电车或者有轨电车准驾车型的，在21周岁以上，50周岁以下；

4. 申请牵引车准驾车型的，在24周岁以上，50周岁以下；

5. 申请大型客车准驾车型的，在26周岁以上，50周岁以下。

（二）身体条件：

1. 身高：申请大型客车、牵引车、城市公交车、大型货车、无轨电车准驾车型的，身高为155厘米以上。申请中型客车准驾车型的，身高为150厘米以上；

2. 视力：申请大型客车、牵引车、城市公交车、中型客车、大型货车、无轨电车或者有轨电车准驾车型的，两眼裸视力或者矫正视力达到对数视力表5.0以上。申请其他准驾车型的，两眼裸视力或者矫正视力达到对数视力表4.9以上；

3. 辨色力：无红绿色盲；

4. 听力：两耳分别距音叉50厘米能辨别声源方向；

5. 上肢：双手拇指健全，每只手其他手指必须有三指健全，肢体和手指运动功能正常；

6. 下肢：运动功能正常。申请驾驶手动挡汽车，下肢不等长度不得大于5厘米。申请驾驶自动挡汽车，右下肢应当健全；

7. 躯干、颈部：无运动功能障碍。

第十二条 有下列情形之一的，不得申请机动车驾驶证：

（一）有器质性心脏病、癫痫病、美尼尔氏症、眩晕症、癔病、震颤麻痹、精神病、痴呆以及影响肢体活动的神经系统疾病等妨碍安全驾驶疾病的；

（二）吸食、注射毒品、长期服用依赖性精神药品成瘾尚未戒除的；

（三）吊销机动车驾驶证未满二年的；

（四）造成交通事故后逃逸被吊销机动车驾驶证的；

（五）驾驶许可依法被撤销未满三年的；

（六）法律、行政法规规定的其他情形。

第十三条 初次申领机动车驾驶证的，可以申请准驾车型为城市公交车、大型货车、小型汽车、小型自动挡汽车、低速载货汽车、三轮汽车、普通三轮摩托车、普通二轮摩托车、轻便摩托车、轮式自行机械车、无轨电车、有轨电车的机动车驾驶证。

在暂住地初次申领机动车驾驶证的，可以申请准驾车型为小型汽车、小型自动挡汽车、低速载货汽车、三轮汽车的机动车驾驶证。

第十四条 已持有机动车驾驶证，申请增加准驾车型的，应当在本记分周期和申请前最近一个记分周期内没有满分记录。申请增加中型客车、牵引车、大型客车准驾车型的，还应当符合下列规定：

（一）申请增加中型客车准驾车型的，已取得驾驶小型汽车、小型自动挡汽车、低速载货汽车或者三轮汽车准驾车型资格三年以上，并在申请前最近连续两个记分周期内没有满分记录；或者取得驾驶城市公交车、大型货车准驾车型资格一年以上，并在申请前最近一个记分周期内没有满分记录。

（二）申请增加牵引车准驾车型的，已取得驾驶中型客车或者大型货车准驾车型资格三年以上，并在申请前最近连续两个记分周期内没有满分记录；或者取得驾驶大型客车准驾车型资格一年以上，并在申请前最近一个记分周期内没有满分记录。

（三）申请增加大型客车准驾车型的，已取得驾驶中型客车或者大型货车准驾车型资格五年以上，并在申请前最近连续三个记分周期内没有满分记录；或者取得驾驶牵引车准驾车型资格二年以上，并在申请前最近一个记分周期内没有满分记录。

在暂住地可以申请增加的准驾车型为小型汽车、小型自动挡汽车、低速载货汽车、三轮汽车。

第十五条 有下列情形之一的，不得申请增加大型客车、牵引车、中型客车准驾车型：

（一）发生交通事故造成人员死亡，承担全部责任或者主要责任的；

（二）醉酒后驾驶机动车的；

（三）在本记分周期和申请前最近连续三个记分周期内有饮酒后驾驶机动车行为的；

（四）在本记分周期和申请前最近连续三个记分周期内有驾驶机动车行驶超过规定时速百分之五十以上行为，机动车驾驶证未被吊销的。

第十六条 持有军队、武装警察部队机动车驾驶证，或者持有境外机动车驾驶证，符合本规定的申请条件，可以申请对应准驾车型的机动车驾驶证。

第三节 申请、考试和发证

第十七条 申领机动车驾驶证的人，按照下列规定向车辆管理所提出申请：

（一）在户籍地居住的，应当在户籍地提出申请；

（二）在暂住地居住的，可以在暂住地提出申请；

（三）现役军人（含武警），应当在居住地提出申请；

（四）境外人员，应当在居留地提出申请；

（五）申请增加准驾车型的，应当在所持机动车驾驶证核发地提出申请。

第十八条 初次申请机动车驾驶证，应当填写《机动车驾驶证申请表》，并提交以下证明：

（一）申请人的身份证明；

（二）县级或者部队团级以上医疗机构出具的有关身体条件的证明。

第十九条 申请增加准驾车型的，除填写《机动车驾驶证申请表》，提交第十八条规定的证明外，还应当提交所持机动车驾驶证。

第二十条 持军队、武装警察部队机动车驾驶证的人申请机动车驾驶证，应当填写《机动车驾驶证申请表》，并提交以下证明、凭证：

（一）申请人的身份证明，属于复员、转业、退伍的人员，还应当提交军队、武装警察部队核发的复员、转业、退伍证明；

（二）县级或者部队团级以上医疗机构出具的有关身体条件的证明；

（三）军队、武装警察部队机动车驾驶证。

第二十一条 持境外机动车驾驶证的人申请机动车驾驶证，应当填写《机动车驾驶证申请表》，并提交以下证明、凭证：

（一）申请人的身份证明；

（二）县级以上医疗机构出具的有关身体条件的证明；

（三）所持机动车驾驶证。属于非中文表述的，还应当出具中文翻译文本。

第二十二条 持境外机动车驾驶证的外国驻华使馆、领馆人员及国际组织驻华代表机构人员申请机动车驾驶证，应当填写《机动车驾驶证申请表》，并提交以下证明、凭证：

（一）申请人的身份证明；

（二）所持机动车驾驶证。属于非中文表述的，还应当出具中文翻译文本。

第二十三条 车辆管理所对符合机动车驾驶证申请条件的，应当受理，并在申请人预约考试三十日内安排考试。

第二十四条 考试科目分为道路交通安全法律、法规和相关知识考试科目（以下简称“科目一”）、场地驾驶技能考试科目（以下简称“科目二”）和道路驾驶技能考试科目（以下简称“科目三”）。考试顺序按照科目一、科目二、科目三依次进行，前一科目考试合格后，方准参加后一科目的考试。

初次申请机动车驾驶证或者申请增加准驾车型的，科目一考试合格后，车辆管理所应当在三日内核发驾驶技能准考证明。驾驶技能准考证明的有效期为二年。申请人应当在有效期内完成科目二和科目三考试。

第二十五条 考试科目内容及合格标准全国统一（附件2）。

科目一考试题库的结构和基本题型由公安部制定，省级公安机关交通管理部门结合本地实际情况建立本省（自治区、直辖市）的考试题库。

科目二考试项目包括：桩考、坡道定点停车和起步、侧方停车、通过单边桥、曲线行驶、直角转弯、限速通过限宽门、通过连续障碍、百米加减挡、起伏路行驶。

科目三考试基本项目包括：上车准备、起步、直线行驶、变更车道、通过路口、靠边停车、通过人行横道线、通过学校区域、通过公共汽车站、会车、超车、掉头、夜间行驶。

科目二、科目三考试采取必考项目与选考项目相结合的方式进行，选考项目根据不同车型随机选取。

第二十六条 初次申请机动车驾驶证或者申请增加准驾车型的，申请人预约考试科目二，应当符合下列规定：

（一）报考小型汽车、小型自动挡汽车、低速载货汽车、三轮汽车、普通三轮摩托车、普通二轮摩托车、轻便摩托车、轮式自行机械车、无轨电车、有轨电车准驾车型的，在取得驾驶技能准考证明满十日后预约考试；

（二）报考大型客车、牵引车、城市公交车、中型客车、大型货车准驾车型的，在取得驾驶技能准考证明满二十日后预约考试。

第二十七条 初次申请机动车驾驶证或者申请增加准驾车型的，申请人预约考试科目三，应当符合下列规定：

（一）报考低速载货汽车、三轮汽车、普通三轮摩托车、普通二轮摩托车、轻便摩托车、轮式自行机械车、无轨电车、有轨电车准驾车型的，在取得驾驶技能准考证明满二十日后预约考试；

（二）报考小型汽车、小型自动挡汽车准驾车型的，在取得驾驶技能准考证明满三十日后预约考试；

（三）报考中型客车、大型货车准驾车型的，在取得驾驶技能准考证明满四十日后预约考试；

（四）报考大型客车、牵引车、城市公交车准驾车型的，在取得驾驶技能准考证明满六十日后预约考试。

第二十八条 初次申请机动车驾驶证或者申请增加准驾车型的，申请人考试科目一、科目二和科目三合格后，车辆管理所核发机动车驾驶证。申请增加准驾车型的，应当收回原机动车驾驶证。

第二十九条 持军队、武装警察部队机动车驾驶证的人申请大型客车、牵引车、中型客车、大型货车准驾车型机动车驾驶证的，应当考试科目一和科目三；申请其他准驾车型机动车驾驶证的，直接核发机动车驾驶证。属于复员、转业、退伍的，应当同时收回其所持军队、武装警察部队机动车驾驶证。

第三十条 持境外机动车驾驶证申请机动车驾驶证的，应当考试科目一。申请准驾车型为大型客车、牵引车、中型客车、大型货车机动车驾驶证的，还应当考试科目三。

外国驻华使馆、领馆人员及国际组织驻华代表机构人员申请机动车驾驶证的，应当按照外交对等原则核发机动车驾驶证。

第三十一条 每个科目考试一次，可以补考一次。补考仍不合格的，本科目考试终止。申请人可以重新申请考试，但科目二、科目三的考试日期应当在二十日后预约。

在驾驶技能准考证明有效期内，已考试合格的科目成绩有效。

第三十二条 各科目考试结果应当当场公布，并出示成绩单。考试不合格的，应当说明不合格的原因。

第三十三条 每个科目的考试成绩单应当有申请人和考试员的签名。未签名的不得核发机动车驾驶证。

从事考试工作的人员，应当持有省级公安机关交通管理部门颁发的考试员证书。

第三十四条 申请人在考试过程中有舞弊行为的，取消本次考试资格，已经通过考试的其他科目成绩无效。

第三章 换证、补证和注销

第三十五条 机动车驾驶人应当于机动车驾驶证有效期满前九十日内，向机动车驾驶证核发地车辆管理所申请换证。申请时应当填写《机动车驾驶证申请表》，并提交以下证明、凭证：

（一）机动车驾驶人的身份证明；

（二）机动车驾驶证；

（三）县级或者部队团级以上医疗机构出具的有关身体条件的证明。

第三十六条 机动车驾驶人户籍迁出原车辆管理所管辖区的，应当向迁入地车辆管理所申请换证；机动车驾驶人在核发地车辆管理所管辖区以外居住的，可以向居住地车辆管理所申请换证。

申请时应当填写《机动车驾驶证申请表》，并提交机动车驾驶人的身份证明和机动车驾驶证。

第三十七条 年龄达到60周岁，持有准驾车型为大型客车、牵引车、城市公交车、中型客车、大型货车的机动车驾驶人，应当到机动车驾驶证核发地车辆管理所换领准驾车型为小型汽车或者小型自动挡汽车的机动车驾驶证；年龄达到70周岁，持有准驾车型为普通三轮摩托车、普通二轮摩托车的机动车驾驶人，应当到机动车驾驶证核发地车辆管理所换领准驾车型为轻便摩托车的机动车驾驶证。

申请时应当填写《机动车驾驶证申请表》，并提交第三十五条规定的证明、凭证。

机动车驾驶人自愿降低准驾车型的，应当填写《机动车驾驶证申请表》，并提交第三十五条第（一）、（二）项规定的证明、凭证。

第三十八条 具有下列情形之一的，机动车驾驶人应当在三十日内到机动车驾驶证核发地车辆管理所申请换证：

（一）在车辆管理所管辖区域内，机动车驾驶证记载的机动车驾驶人信息发生变化的；

（二）机动车驾驶证损毁无法辨认的。

申请时应当填写《机动车驾驶证申请表》，并提交机动车驾驶人的身份证明和机动车驾驶证。

第三十九条 车辆管理所对符合第三十五条至第三十八条规定的，应当在三日内换发机动车驾驶证。其中，对符合第三十六条、第三十七条、第三十八条规定的，还应当收回原机动车驾驶证。

第四十条　机动车驾驶证遗失的，机动车驾驶人应当向机动车驾驶证核发地车辆管理所申请补发。申请时应当填写《机动车驾驶证申请表》，并提交以下证明、凭证：

（一）机动车驾驶人的身份证明；

（二）机动车驾驶证遗失的书面声明。

符合规定的，车辆管理所应当在三日内补发机动车驾驶证。

第四十一条　机动车驾驶人可以委托代理人办理机动车驾驶证的换证、补证业务。代理人申请办理机动车驾驶证业务时，应当提交代理人的身份证明和机动车驾驶人与代理人共同签字的《机动车驾驶证申请表》。

车辆管理所应当记载代理人的姓名、单位名称、身份证明名称、身份证明号码、住所地址、邮政编码、联系电话。

第四十二条　机动车驾驶人具有下列情形之一的，车辆管理所应当注销其机动车驾驶证：

（一）死亡的；

（二）身体条件不适合驾驶机动车的；

（三）提出注销申请的；

（四）丧失民事行为能力，监护人提出注销申请的；

（五）超过机动车驾驶证有效期一年以上未换证的；

（六）年龄在60周岁以上或者持有大型客车、牵引车、城市公交车、中型客车、大型货车、无轨电车、有轨电车准驾车型的，在一个记分周期结束后，一年内未提交身体条件证明的；

（七）年龄在60周岁以上，所持机动车驾驶证只具有无轨电车或者有轨电车准驾车型，或者年龄在70周岁以上，所持机动车驾驶证只具有低速载货汽车、三轮汽车、轮式自行机械车准驾车型的；

（八）机动车驾驶证依法被吊销或者驾驶许可依法被撤销的。

有第（五）项至第（八）项情形之一，未收回机动车驾驶证的，应当公告机动车驾驶证作废。

第四章　记分和审验

第四十三条　道路交通安全违法行为累积记分周期（即记分周期）为12个月，满分为12分，从机动车驾驶证初次领取之日起计算。

依据道路交通安全违法行为的严重程度，一次记分的分值为：12分、6分、3分、2分、1分五种（附件3）。

第四十四条 对机动车驾驶人的道路交通安全违法行为，处罚与记分同时执行。

机动车驾驶人一次有两个以上违法行为记分的，应当分别计算，累加分值。

第四十五条 机动车驾驶人对道路交通安全违法行为处罚不服，申请行政复议或者提起行政诉讼后，经依法裁决变更或者撤销原处罚决定的，相应记分分值予以变更或者撤销。

第四十六条 公安机关交通管理部门应当向社会公布机动车驾驶人违法行为记分查询方式，提供查询便利。

第四十七条 机动车驾驶人在一个记分周期内累积记分达到12分的，应当在十五日内到机动车驾驶证核发地或者违法行为地公安机关交通管理部门接受为期七日的道路交通安全法律、法规和相关知识的教育。机动车驾驶人接受教育后，车辆管理所应当在二十日内对其进行科目一考试。

机动车驾驶人在一个记分周期内两次以上达到12分的，车辆管理所还应当在科目一考试合格后十日内对其进行科目三考试。

第四十八条 年龄在60周岁以上或者持有大型客车、牵引车、城市公交车、中型客车、大型货车、无轨电车、有轨电车准驾车型的机动车驾驶人，应当每年进行一次身体检查，在记分周期结束后十五日内，提交县级或者部队团级以上医疗机构出具的有关身体条件的证明。

第五章 附 则

第四十九条 国家之间对机动车驾驶证有互相认可协议的，按照协议办理。

国家之间签订有关协定涉及机动车驾驶证的，按照协定执行。

第五十条 机动车驾驶证的式样、规格按照中华人民共和国公共安全行业标准《中华人民共和国机动车驾驶证》执行。驾驶技能准考证明的式样由公安部规定。

第五十一条 拖拉机驾驶证的申领和使用另行规定。拖拉机驾驶证式样、规格应当符合中华人民共和国公共安全行业标准《中华人民共和国机动车驾驶证》的规定。

第五十二条 本规定下列用语的含义：

（一）身份证明是指：

1. 居民的身份证明，是《居民身份证》；在暂住地居住的居民的身份证明，是《居民身份证》和公安机关核发的居住、暂住证明；

2. 现役军人（含武警）的身份证明，是《居民身份证》；

3. 境外人员的身份证明，是其入境的身份证明和居留证明；

4. 外国驻华使馆、领馆人员及国际组织驻华代表机构人员的身份证明，是外交部核发的有效身份证件。

（二）住址是指：

1. 居民的住址，是《居民身份证》记载的住址；

2. 现役军人（含武警）的住址，是《居民身份证》记载的住址；

3. 境外人员的住址，是居留证明记载的地址；

4. 外国驻华使馆、领馆人员及国际组织驻华代表机构人员的住址，是外交部核发的有效身份证件记载的地址。

第五十三条　本规定所称"以上"、"以下"均包含本数在内。

本规定所称"三日"、"五日"、"七日"、"十日"、"十五日"，是指工作日，不包括节假日。

第五十四条　本规定自2007年4月1日起施行。2004年4月30日公布的《机动车驾驶证申领和使用规定》（公安部令第71号）同时废止。本规定生效后，公安部以前制定的规定与本规定不一致的，以本规定为准。

附件：1. 准驾车型及代号（略）
　　2. 考试内容及合格标准（略）
　　3. 道路交通安全违法行为记分分值（略）
　　4. 考试车辆和考试场地要求（略）
　　5. 科目二考试项目和操作要求（略）
　　6. 科目二、科目三考试评判标准（略）

机动车驾驶员培训管理规定

（2006年1月12日　中华人民共和国交通部令2006年第2号）

第一章　总　　则

第一条　为规范机动车驾驶员培训经营活动，维护机动车驾驶员培训市场秩序，保护各方当事人的合法权益，根据《中华人民共和国道路交通安全法》、《中华人民共和国道路运输条例》等有关法律、行政法规，制定本规定。

第二条　从事机动车驾驶员培训业务的，应当遵守本规定。

机动车驾驶员培训业务是指以培训学员的机动车驾驶能力或者以培训道路运输驾驶人员的从业能力为教学任务，为社会公众有偿提供驾驶培训服务的活动。包括对初学机动车驾驶人员、增加准驾车型的驾驶人员和道路运输驾驶人员所进行的驾驶培训、继续教育以及机动车驾驶员培训教练场经营等业务。

第三条 机动车驾驶员培训实行社会化，从事机动车驾驶员培训业务应当依法经营，诚实信用，公平竞争。

第四条 机动车驾驶员培训管理应当公平、公正、公开和便民。

第五条 交通部主管全国机动车驾驶员培训管理工作。

县级以上地方人民政府交通主管部门负责组织领导本行政区域内的机动车驾驶员培训管理工作。

县级以上道路运输管理机构负责具体实施本行政区域内的机动车驾驶员培训管理工作。

第二章 经营许可

第六条 机动车驾驶员培训依据经营项目、培训能力和培训内容实行分类许可。

机动车驾驶员培训业务根据经营项目分为普通机动车驾驶员培训、道路运输驾驶员从业资格培训、机动车驾驶员培训教练场经营三类。

普通机动车驾驶员培训根据培训能力分为一级普通机动车驾驶员培训、二级普通机动车驾驶员培训和三级普通机动车驾驶员培训三类。

道路运输驾驶员从业资格培训根据培训内容分为道路客货运输驾驶员从业资格培训和危险货物运输驾驶员从业资格培训两类。

第七条 获得一级普通机动车驾驶员培训许可的，可以从事三种（含三种）以上相应车型的普通机动车驾驶员培训业务；获得二级普通机动车驾驶员培训许可的，可以从事两种相应车型的普通机动车驾驶员培训业务；获得三级普通机动车驾驶员培训许可的，只能从事一种相应车型的普通机动车驾驶员培训业务。

第八条 获得道路客货运输驾驶员从业资格培训许可的，可以从事经营性道路旅客运输驾驶员、经营性道路货物运输驾驶员的从业资格培训业务；获得危险货物运输驾驶员从业资格培训许可的，可以从事道路危险货物运输驾驶员的从业资格培训业务。

获得道路运输驾驶员从业资格培训许可的，还可以从事相应车型的普通机动车驾驶员培训业务。

第九条 获得机动车驾驶员培训教练场经营许可的，可以从事机动车驾驶员培训教练场经营业务。

第十条 申请从事普通机动车驾驶员培训业务的，应当符合下列条件：

（一）有健全的培训机构。

包括教学、教练员、学员、质量、安全、结业考试和设施设备管理等组织机构，并明确负责人、管理人员、教练员和其他人员的岗位职责。具体要求按照行业标准《机动车驾驶培训机构资格条件》（JT/T433）相关条款的规定执行。

（二）有健全的管理制度。

包括安全管理制度、教练员管理制度、学员管理制度、培训质量管理制度、结业考试制度、教学车辆管理制度、教学设施设备管理制度、教练场地管理制度、档案管理制度等。具体要求按照行业标准《机动车驾驶培训机构资格条件》（JT/T433）相关条款的规定执行。

（三）有与培训业务相适应的教学人员。

1. 有与培训业务相适应的理论教练员。理论教练员应当持有机动车驾驶证，年龄不超过60周岁，具有汽车及相关专业中专以上学历或者汽车及相关专业中级以上技术职称，具有两年以上安全驾驶经历，熟练掌握道路交通安全法规、驾驶理论、机动车构造、交通安全心理学、常用伤员急救等安全驾驶知识，了解教育学、教育心理学的基本教学知识，具备编写教案、规范讲解的授课能力。理论教练员总数的80%应当经全国统一考试合格，持有《中华人民共和国机动车驾驶培训教练员证》（以下简称《教练员证》，式样见附件1）。

2. 有与培训业务相适应的驾驶操作教练员。驾驶操作教练员应当持有相应的机动车驾驶证，年龄不超过60周岁，具有汽车及相关专业中专或者高中以上学历，符合一定的安全驾驶经历和相应车型驾驶经历，熟练掌握道路交通安全法规、驾驶理论、机动车构造、交通安全心理学和应急驾驶的基本知识，熟悉车辆维护和常见故障诊断、车辆环保和节约能源的有关知识，具备驾驶要领讲解、驾驶动作示范、指导驾驶的教学能力。具体要求按照行业标准《机动车驾驶培训机构资格条件》（JT/T433）相关条款的规定执行。驾驶操作教练员总数的90%应当经全国统一考试合格，持有《教练员证》。

3. 所配备的理论教练员数量应当不少于教学车辆总数的10%；每种车型所配备的相应驾驶操作教练员应当不少于该种车型车辆总数的110%。

（四）有与培训业务相适应的管理人员。

管理人员包括理论教学负责人、驾驶操作训练负责人、教学车辆管理人员、结业考核人员和计算机管理人员。具体要求按照行业标准《机动车驾驶培训机构资格条件》（JT/T433）相关条款的规定执行。

（五）有必要的教学车辆。

1. 所配备的教学车辆应当符合国家有关技术标准要求，并装有副后视镜、副制动踏板、灭火器及其他安全防护装置。具体要求按照行业标准《机动车驾驶培训机构资格条件》（JT/T433）相关条款的规定执行。

2. 从事一级普通机动车驾驶员培训的，应当配备大型客车、通用货车半挂车（牵引车）、城市公交车、中型客车、大型货车、小型汽车（含小型自动挡汽车）、低速汽车（含低速载货汽车、三轮汽车）、摩托车（含普通三轮摩托车、普通二轮摩托车、轻便摩托车）、其他车型（含轮式自行机械车、无轨电车、有轨电车）等九类车型中三种（含三种）以上的车型，所配备的教学车辆不少于50辆，且每种车型的教学车辆不少于5辆；从事二级普通机动车驾驶员培训的，应当配备上述九类车型中的两种车型，所配备的教学车辆不少于20辆，且每种车型的教学车辆不少于5辆；从事三级普通机动车驾驶员培训的，应当配备上述九类车型中的一种车型，且所配备的教学车辆不少于10辆。

（六）有必要的教学设施、设备和场地。

具体要求按照行业标准《机动车驾驶培训机构资格条件》（JT/T433）相关条款的规定执行。租用教练场地的，还应当持有书面租赁合同和出租方土地使用证明，租赁期限不得少于3年。

第十一条 申请从事道路运输驾驶员从业资格培训业务的，应当具备下列条件：

（一）具备相应车型的普通机动车驾驶员培训资格。

1. 从事道路客货运输驾驶员从业资格培训业务的，应当同时具备大型客车、城市公交车、中型客车、小型汽车（含小型自动挡汽车）等四种车型中至少一种车型的普通机动车驾驶员培训资格和通用货车半挂车（牵引车）、大型货车等两种车型中至少一种车型的普通机动车驾驶员培训资格。

2. 从事危险货物运输驾驶员从业资格培训业务的，应当具备通用货车半挂车（牵引车）、大型货车等两种车型中至少一种车型的普通机动车驾驶员培训资格。

（二）有与培训业务相适应的教学人员。

1. 从事道路客货运输驾驶员从业资格培训业务的，应当配备2名以上教练员。教练员应当具有汽车及相关专业大专以上学历或者汽车及相关专业高级以上技术职称，熟悉道路旅客运输法规、货物运输法规以及机动车维修、货物装卸保管和旅客急救等相关知识，具备相应的授课能力，具有2年以上从事普通机动车驾驶员培训的教学经历，且近2年无不良的教学记录。教练员总数的90%应当经全国统一考试合格，持有《教练员证》。

2. 从事危险货物运输驾驶员从业资格培训业务的，应当配备2名以上教练员。教练员应当具有化工及相关专业大专以上学历或者化工及相关专业高级以上技术职称，熟悉危险货物运输法规、危险化学品特性、包装容器使用方法、职业安全防护和应急救援等知识，具备相应的授课能力，具有2年以上化工及相关专业的教学经历，且近2年无不良的教学记录。教练员总数的90%应当经全国统一考试合格，持有《教练员证》。

（三）有必要的教学设施、设备和场地。

1. 从事道路客货运输驾驶员从业资格培训业务的，应当配备相应的机动车构造、机动车维护、常见故障诊断和排除、货物装卸保管、医学救护、消防器材等教学设施、设备和专用场地。

2. 从事危险货物运输驾驶员从业资格培训业务的，还应当同时配备常见危险化学品样本、包装容器、教学挂图、危险化学品实验室等设施、设备和专用场地。

第十二条　申请从事机动车驾驶员培训教练场经营业务的，应当具备下列条件：

（一）有与经营业务相适应的教练场地。具体要求按照行业标准《机动车教练场技术要求》（JT/T434）相关条款的规定执行。

（二）有与经营业务相适应的场地设施、设备，办公、教学、生活设施以及维护服务设施。具体要求按照行业标准《机动车教练场技术要求》（JT/T434）相关条款的规定执行。

（三）具备相应的安全条件。包括场地封闭设施、训练区隔离设施、安全通道以及消防设施、设备等。具体要求按照行业标准《机动车教练场技术要求》（JT/T434）相关条款的规定执行。

（四）有相应的管理人员。包括教练场安全负责人、档案管理人员以及场地设施、设备管理人员。

（五）有健全的安全管理制度。包括安全检查制度、安全责任制度、教学车辆安全管理制度以及突发事件应急预案等。

第十三条　申请从事机动车驾驶员培训业务的，应当向所在地县级道路运输管理机构提出申请，并提交下列材料：

（一）《交通行政许可申请书》；

（二）申请人身份证明及复印件；

（三）经营场所使用权证明或产权证明及复印件；

（四）教练场地使用权证明或产权证明及复印件；

（五）教练场地技术条件说明；

（六）教学车辆技术条件、车型及数量证明（申请从事机动车驾驶员培训教练场经营的无需提交）；

（七）教学车辆购置证明（申请从事机动车驾驶员培训教练场经营的无需提交）；

（八）各类设施、设备清单；

（九）拟聘用人员名册及资格、职称证明；

（十）根据本规定需要提供的其他相关材料。

申请从事普通机动车驾驶员培训业务的，在递交申请材料时，应当同时提供由公安交警部门出具的相关人员安全驾驶经历证明，安全驾驶经历的起算时间自申请材料递交之日起倒计。

第十四条 道路运输管理机构应当按照《中华人民共和国道路运输条例》和《交通行政许可实施程序规定》规范的程序实施机动车驾驶员培训业务的行政许可。

第十五条 道路运输管理机构应当对申请材料中关于教练场地、教学车辆以及各种设施、设备的实质内容进行核实。

第十六条 道路运输管理机构对机动车驾驶员培训业务申请予以受理的，应当自受理申请之日起15日内审查完毕，作出许可或者不予许可的决定。对符合法定条件的，道路运输管理机构作出准予行政许可的决定，向申请人出具《交通行政许可决定书》，并在10日内向被许可人颁发机动车驾驶员培训许可证件，明确许可事项；对不符合法定条件的，道路运输管理机构作出不予许可的决定，向申请人出具《不予交通行政许可决定书》，说明理由，并告知申请人享有依法申请行政复议或者提起行政诉讼的权利。

机动车驾驶员培训机构应当持机动车驾驶员培训许可证件依法向工商行政管理机关办理有关登记手续。

第十七条 机动车驾驶员培训许可证件实行有效期制。从事普通机动车驾驶员培训业务和机动车驾驶员培训教练场经营业务的证件有效期为6年；从事道路运输驾驶员从业资格培训业务的证件有效期为4年。

机动车驾驶员培训许可证件由省级道路运输管理机构统一印制并编号，县级道路运输管理机构按照规定发放和管理。

机动车驾驶员培训机构应当在许可证件有效期届满前30日到作出原许可决定的道路运输管理机构办理换证手续。

第十八条 机动车驾驶员培训机构变更许可事项的，应当向原作出许可决定的道路运输管理机构提出申请；符合法定条件、标准的，实施机关应当依法办理变更手续。

机动车驾驶员培训机构变更名称、法定代表人等事项的，应当向原作出许可决定的道路运输管理机构备案。

第十九条 机动车驾驶员培训机构需要终止经营的，应当在终止经营前30日到原作出许可决定的道路运输管理机构办理行政许可注销手续。

第三章 教练员管理

第二十条 机动车驾驶培训教练员资格实行全国统一考试制度。考试每年举行两次。

第二十一条 机动车驾驶培训教练员资格全国统一考试由省级道路运输管理

机构按照交通部制定的考试大纲、考试题库、考核标准、考试工作规范和程序组织实施。

考试的具体办法另行制定。

第二十二条 省级道路运输管理机构应当向考试合格人员核发《教练员证》。

《教练员证》由省级道路运输管理机构统一印制并编号。

《教练员证》的有效期为6年。机动车驾驶培训教练员应当在《教练员证》有效期届满前30日到原发证机关办理换证手续。

第二十三条 鼓励教练员同时具备理论教练员和驾驶操作教练员资格。

第二十四条 机动车驾驶培训教练员应当按照统一的教学大纲规范施教，并如实填写《教学日志》和《中华人民共和国机动车驾驶员培训记录》（简称《培训记录》，式样见附件2）。

第二十五条 教练员从事教学活动时，应当随身携带《教练员证》，不得转让、转借《教练员证》。在道路上学习驾驶时，随车指导的教练员应当持有相应的《教练员证》。

第二十六条 机动车驾驶员培训机构应当加强对教练员的职业道德教育和驾驶新知识、新技术的再教育，对教练员每年进行至少一周的脱岗培训，提高教练员的职业素质。

第二十七条 机动车驾驶员培训机构应当加强对教练员教学情况的监督检查，定期对教练员的教学水平和职业道德进行评议，公布教练员的教学质量排行情况，督促教练员提高教学质量。

第二十八条 省级道路运输管理机构应当制定机动车驾驶培训教练员教学质量信誉考核办法，对机动车驾驶培训教练员实行教学质量信誉考核制度。

机动车驾驶培训教练员教学质量信誉考核内容应当包括教练员的基本情况、教学业绩、教学质量排行情况、参加再教育情况、不良记录等。

第二十九条 省级道路运输管理机构应当建立教练员档案，使用统一的数据库和管理软件，实行计算机联网管理，并依法向社会公开教练员信息。机动车驾驶培训教练员教学质量信誉考核结果是教练员档案的重要组成部分。

第三十条 教练员具有下列情形之一的，应当到原发证机关办理有关注销手续：

（一）提出注销申请的；

（二）年龄超过60周岁的；

（三）机动车驾驶证被注销的；

（四）发生重大以上交通责任事故的。

原发证机关发现有上述情形之一未办理注销手续的，应当公告《教练员证》作废。

第四章 经营管理

第三十一条 机动车驾驶员培训机构应当按照经批准的行政许可事项开展培训业务。

第三十二条 机动车驾驶员培训机构应当将机动车驾驶员培训许可证件悬挂在经营场所的醒目位置，公示其经营类别、培训范围、收费项目、收费标准、教练员、教学场地等情况。

第三十三条 机动车驾驶员培训机构应当在注册地开展培训业务，不得采取异地培训、恶意压价、欺骗学员等不正当手段开展经营活动，不得允许社会车辆以其名义开展机动车驾驶员培训经营活动。

第三十四条 机动车驾驶员培训实行学时制，按照学时合理收取费用。机动车驾驶员培训机构应当将学时收费标准报所在地道路运输管理机构备案。

对每个学员理论培训时间每天不得超过6个学时，实际操作培训时间每天不得超过4个学时。

第三十五条 机动车驾驶员培训机构应当建立学时预约制度，并向社会公布联系电话和预约方式。

第三十六条 参加机动车驾驶员培训的人员，在报名时应当填写《机动车驾驶员培训学员登记表》（以下简称《学员登记表》，式样见附件3），并提供身份证明及复印件。参加道路运输驾驶员从业资格培训的人员，还应当同时提供驾驶证及复印件。报名人员应当对所提供材料的真实性负责。

第三十七条 机动车驾驶员培训机构应当按照全国统一的教学大纲进行培训。培训结束时，应当向结业人员颁发《机动车驾驶员培训结业证书》（以下简称《结业证书》，式样见附件4）。

《结业证书》由省级道路运输管理机构按照全国统一式样印制并编号。

第三十八条 机动车驾驶员培训机构应当建立学员档案。学员档案主要包括：《学员登记表》、《教学日志》、《培训记录》、《结业证书》复印件等。

学员档案保存期不少于4年。

第三十九条 机动车驾驶员培训机构应当使用符合标准并取得牌证、具有统一标识的教学车辆。

教学车辆的统一标识由省级道路运输管理机构负责制定，并组织实施。

第四十条 机动车驾驶员培训机构应当按照国家的有关规定对教学车辆进行定期维护和检测，保持教学车辆性能完好，满足教学和安全行车的要求，并按照国家有关规定及时更新。

禁止使用报废的、检测不合格的和其他不符合国家规定的车辆从事机动车驾驶员培训业务。不得随意改变教学车辆的用途。

第四十一条　机动车驾驶员培训机构应当建立教学车辆档案。教学车辆档案主要内容包括：车辆基本情况、维护和检测情况、技术等级记录、行驶里程记录等。

教学车辆档案应当保存至车辆报废后1年。

第四十二条　机动车驾驶员培训机构在道路上进行培训活动，应当遵守公安交通管理部门指定的路线和时间，并在教练员随车指导下进行，与教学无关的人员不得乘坐教学车辆。

第四十三条　机动车驾驶员培训机构应当保持教学设施、设备的完好，充分利用先进的科技手段，提高培训质量。

第四十四条　机动车驾驶员培训机构应当按照有关规定向县级以上道路运输管理机构报送《培训记录》以及有关统计资料。

《培训记录》应当经获得相应《教练员证》的教练员审核签字。

第四十五条　道路运输管理机构应当根据机动车驾驶员培训机构执行教学大纲、颁发《结业证书》等情况，对《培训记录》及统计资料进行严格审查。

第四十六条　省级道路运输管理机构应当建立机动车驾驶员培训机构质量信誉考评体系，制定机动车驾驶员培训监督管理的量化考核标准，并定期向社会公布对机动车驾驶员培训机构的考核结果。

机动车驾驶员培训机构质量信誉考评应当包括培训机构的基本情况、教学大纲执行情况、《结业证书》发放情况、《培训记录》填写情况、教练员的质量信誉考核结果、培训业绩、考试情况、不良记录等内容。

第五章　监督检查

第四十七条　各级道路运输管理机构应当加强对机动车驾驶员培训经营活动的监督检查，积极运用信息化技术手段，科学、高效地开展工作。

第四十八条　道路运输管理机构的工作人员应当严格按照职责权限和程序进行监督检查，不得滥用职权、徇私舞弊，不得乱收费、乱罚款，不得妨碍培训机构的正常工作秩序。

第四十九条　道路运输管理机构实施现场监督检查，应当指派2名以上执法人员参加。执法人员应当向当事人出示交通部监制的交通行政执法证件。

执法人员实施现场监督检查，可以行使下列职权：

（一）询问教练员、学员以及其他相关人员，并可以要求被询问人提供与违法行为有关的证明材料；

（二）查阅、复制与违法行为有关的《教学日志》、《培训记录》及其他资料；核对与违法行为有关的技术资料；

（三）在违法行为发现场所进行摄影、摄像取证；

（四）检查与违法行为有关的教学车辆和教学设施、设备。

执法人员应当如实记录检查情况和处理结果，并按照规定归档。当事人有权查阅监督检查记录。

第五十条 机动车驾驶员培训机构在许可机关管辖区域外违法从事培训活动的，违法行为发生地的道路运输管理机构应当依法对其予以处罚，同时将违法事实、处罚结果抄送许可机关。

第五十一条 机动车驾驶员培训机构、管理人员、教练员、学员以及其他相关人员应当积极配合执法人员的监督检查工作，如实反映情况，提供有关资料。

第六章 法律责任

第五十二条 违反本规定，未经许可擅自从事机动车驾驶员培训业务，有下列情形之一的，由县级以上道路运输管理机构责令停止经营；有违法所得的，没收违法所得，并处违法所得2倍以上10倍以下的罚款；没有违法所得或者违法所得不足1万元的，处2万元以上5万元以下的罚款；构成犯罪的，依法追究刑事责任：

（一）未取得机动车驾驶员培训许可证件，非法从事机动车驾驶员培训业务的；

（二）使用无效、伪造、变造、被注销的机动车驾驶员培训许可证件，非法从事机动车驾驶员培训业务的；

（三）超越许可事项，非法从事机动车驾驶员培训业务的。

第五十三条 违反本规定，机动车驾驶员培训机构非法转让、出租机动车驾驶员培训许可证件的，由县级以上道路运输管理机构责令停止违法行为，收缴有关证件，处2000元以上1万元以下的罚款；有违法所得的，没收违法所得。

对于接受非法转让、出租的受让方，应当按照第五十二条的规定处罚。

第五十四条 违反本规定，机动车驾驶员培训机构不严格按照规定进行培训或者在培训结业证书发放时弄虚作假，有下列情形之一的，由县级以上道路运输管理机构责令改正；拒不改正的，由原许可机关吊销其经营许可：

（一）未按照全国统一的教学大纲进行培训的；

（二）未向培训结业的人员颁发《结业证书》的；

（三）向培训未结业的人员颁发《结业证书》的；

（四）向未参加培训的人员颁发《结业证书》的；

（五）使用无效、伪造、变造《结业证书》的；

（六）租用其他机动车驾驶员培训机构《结业证书》的。

第五十五条　违反本规定，机动车驾驶员培训机构有下列情形之一的，由县级以上道路运输管理机构责令限期整改；逾期整改不合格的，予以通报：

（一）未在经营场所醒目位置悬挂机动车驾驶员培训经营许可证件的；

（二）未在经营场所公示其经营类别、培训范围、收费项目、收费标准、教练员、教学场地等情况的；

（三）未按照要求聘用教学人员的；

（四）未按规定建立学员档案、教学车辆档案的；

（五）未按规定报送《培训记录》和有关统计资料的；

（六）使用不符合规定的车辆及设施、设备从事教学活动的；

（七）存在索取、收受学员财物，或者谋取其他利益等不良行为的；

（八）未定期公布教练员教学质量排行情况的；

（九）违反本规定其他有关规定的。

第五十六条　违反本规定，机动车驾驶培训教练员有下列情形之一的，由县级以上道路运输管理机构责令限期整改；逾期整改不合格的，予以通报：

（一）未按照全国统一的教学大纲进行教学的；

（二）填写《教学日志》、《培训记录》弄虚作假的；

（三）教学过程中有道路交通安全违法行为或者造成交通事故的；

（四）存在索取、收受学员财物，或者谋取其他利益等不良行为的；

（五）未按照规定参加驾驶新知识、新技能再教育的；

（六）违反本规定其他有关规定的。

第五十七条　违反本规定，道路运输管理机构的工作人员，有下列情形之一的，依法给予行政处分；构成犯罪的，依法追究刑事责任：

（一）不按规定的条件、程序和期限实施行政许可的；

（二）参与或者变相参与机动车驾驶员培训业务的；

（三）发现违法行为不及时查处的；

（四）索取、收受他人财物，或者谋取其他利益的；

（五）有其他违法违纪行为的。

第七章　附　　则

第五十八条　外商在中华人民共和国境内申请以中外合资、中外合作、独资等形式经营机动车驾驶员培训业务的，应同时遵守《外商投资道路运输业管理规定》等相关法律、行政法规的规定。

第五十九条　机动车驾驶员培训许可证件等相关证件工本费收费标准由省级人民政府财政部门、价格主管部门会同同级交通主管部门核定。

第六十条　本规定自2006年4月1日施行。1996年12月23日发布的《中华人民共和国机动车驾驶员培训管理规定》（交通部令第 11 号）和 1995 年 7 月 3 日发布的《汽车驾驶员培训行业管理办法》（交公路发〔1995〕246 号）同时废止。

附件：

1. 机动车驾驶培训教练员证式样（略）
2. 机动车驾驶员培训记录式样（略）
3. 机动车驾驶员培训学员登记表式样（略）
4. 机动车驾驶员培训结业证书式样（略）

拖拉机登记规定

（2004 年 9 月 21 日农业部令第 43 号公布　自 2004 年 10 月 1 日起施行）

第一章　总　　则

第一条　为规范拖拉机登记，根据《中华人民共和国道路交通安全法》及其实施条例，制定本规定。

第二条　本规定由农业（农业机械）主管部门负责实施。

直辖市农业（农业机械）主管部门农机安全监理机构、设区的市或者相当于同级的农业（农业机械）主管部门农机安全监理机构（以下简称“农机监理机构”）负责办理本行政辖区内拖拉机登记业务。

县级农业（农业机械）主管部门农机安全监理机构在上级农业（农业机械）主管部门农机安全监理机构的指导下，承办拖拉机登记申请的受理、拖拉机检验等具体工作。

第三条　农机监理机构办理拖拉机登记，应当遵循公开、公正、便民的原则。

农机监理机构在受理拖拉机登记申请时，对申请材料齐全并符合法律、行政法规和本规定的，应当在规定的期限内办结。对申请材料不全或者其他不符合法定形式的，应当一次告知申请人需要补正的全部内容。对不符合规定的，应当书面告知不予受理、登记的理由。

农机监理机构应当将拖拉机登记的事项、条件、依据、程序、期限以及收费标准、需要提交的材料和申请表示范文本等在办理登记的场所公示。

省级农机监理机构应当在互联网上建立主页，发布信息，便于群众查阅拖拉机登记的有关规定，下载、使用有关表格。

第四条　农机监理机构应当使用计算机管理系统办理拖拉机登记，打印拖拉机行驶证和拖拉机登记证书。

计算机管理系统的数据库标准和软件全国统一。数据库应当完整、准确记录登记内容，记录办理过程和经办人员信息，并能够及时将有关登记内容传送到全国农机监理信息系统。

第二章　登　记

第一节　注册登记

第五条　初次申领拖拉机号牌、行驶证的，应当在申请注册登记前，对拖拉机进行安全技术检验，取得安全技术检验合格证明。

属于经国务院拖拉机产品主管部门依据拖拉机国家安全技术标准认定的企业生产的拖拉机机型，其新机在出厂时经检验获得合格证的，免予安全技术检验。

第六条　拖拉机所有人应当向住所地的农机监理机构申请注册登记，填写《拖拉机注册登记/转入申请表》，提交法定证明、凭证，并交验拖拉机。

农机监理机构应当自受理之日起 5 日内，确认拖拉机的类型、厂牌型号、颜色、发动机号码、机身（底盘）号码或者挂车架号码、主要特征和技术参数，核对发动机号码和拖拉机机身（底盘）或者挂车架号码的拓印膜，审查提交的证明、凭证，对符合条件的，核发拖拉机登记证书、号牌、行驶证和检验合格标志。

第七条　办理注册登记，应当登记下列内容：

（一）拖拉机登记编号、拖拉机登记证书编号；

（二）拖拉机所有人的姓名或者单位名称、身份证明名称与号码、住所地址、联系电话和邮政编码；

（三）拖拉机的类型、制造厂、品牌、型号、发动机号码、机身（底盘）号码或者挂车架号码、出厂日期、机身颜色；

（四）拖拉机的有关技术数据；

（五）拖拉机获得方式；

（六）拖拉机来历证明的名称、编号或进口拖拉机进口凭证的名称、编号；

（七）拖拉机办理第三者责任强制保险的日期和保险公司的名称；

（八）注册登记的日期；

（九）法律、行政法规规定登记的其他事项。

拖拉机登记后，对拖拉机来历证明、出厂合格证明应签注已登记标志，收存来历证明和身份证明复印件。

第八条 有下列情形之一的，不予办理注册登记：

（一）拖拉机所有人提交的证明、凭证无效的；

（二）拖拉机来历证明涂改的，或者拖拉机来历证明记载的拖拉机所有人与身份证明不符的；

（三）拖拉机所有人提交的证明、凭证与拖拉机不符的；

（四）拖拉机达到国家规定的强制报废标准的；

（五）拖拉机属于被盗抢的；

（六）其他不符合法律、行政法规规定的情形。

第二节 变更登记

第九条 申请变更拖拉机机身颜色、更换机身（底盘）或者挂车的，应当填写《拖拉机变更登记申请表》，提交法定证明、凭证。

农机监理机构应当自受理之日起1日内做出准予或不予变更的决定。

准予变更的，拖拉机所有人应当在变更后10日内向农机监理机构交验拖拉机。农机监理机构应当自受理之日起1日内确认拖拉机，收回原行驶证，重新核发行驶证。属于更换机身（底盘）或者挂车的，还应当核对拖拉机机身（底盘）或者挂车架号码的拓印膜，对机身（底盘）或者挂车的来历证明签注已登记标志，收存来历证明复印件。

第十条 更换发动机的，拖拉机所有人应当于变更后10日内向农机监理机构申请变更登记，填写《拖拉机变更登记申请表》，提交法定证明、凭证，并交验拖拉机。

农机监理机构应当自受理之日起1日内确认拖拉机，收回原行驶证，重新核发行驶证。对发动机的来历证明签注已登记标志，收存来历证明复印件。

第十一条 拖拉机因质量问题，由制造厂更换整机的，拖拉机所有人应当于更换整机后向农机监理机构申请变更登记，填写《拖拉机变更登记申请表》，提交法定证明、凭证，并交验拖拉机。

农机监理机构应当自受理之日起3日内确认拖拉机，收回原行驶证，重新核发行驶证。对拖拉机整机出厂合格证明或者进口拖拉机进口凭证签注已登记标志，收存来历证明复印件。不属于国务院拖拉机产品主管部门认定免予检验的机型，还应当查验拖拉机安全技术检验合格证明。

第十二条 拖拉机所有人的住所迁出农机监理机构管辖区的，应当向迁出地农机监理机构申请变更登记，提交法定证明、凭证。

迁出地农机监理机构应当收回号牌和行驶证，核发临时行驶号牌，将拖拉机档案密封交由拖拉机所有人携带，于90日内到迁入地农机监理机构申请拖拉机转入。

第十三条　申请拖拉机转入的，应当填写《拖拉机注册登记/转入申请表》，交验拖拉机，并提交下列证明、凭证：

（一）拖拉机所有人的身份证明；

（二）拖拉机登记证书。

农机监理机构应当自受理之日起3日内，查验并收存拖拉机档案，确认拖拉机，核发号牌、行驶证和检验合格标志。

第十四条　拖拉机为两人以上共同财产，需要将拖拉机所有人姓名变更的，变更双方应当共同到农机监理机构，填写《拖拉机变更登记申请表》，提交以下证明，凭证：

（一）变更前和变更后拖拉机所有人的身份证明；

（二）拖拉机登记证书；

（三）拖拉机行驶证；

（四）共同所有的证明。

农机监理机构应当自受理之日起1日内查验申请事项发生变更的证明，收回原行驶证，重新核发行驶证。需要改变拖拉机登记编号的，收回原号牌、行驶证，确定新的拖拉机登记编号，重新核发号牌、行驶证和检验合格标志。

变更后拖拉机所有人的住所不在农机监理机构管辖区的，农机监理机构应当按照本规定第十二条第二款和第十三条规定办理变更登记。

第十五条　农机监理机构办理变更登记，应当分别登记下列内容：

（一）变更后的机身颜色；

（二）变更后的发动机号码；

（三）变更后的机身（底盘）或者挂车架号码；

（四）发动机、机身（底盘）或者挂车来历证明的名称、编号；

（五）发动机、机身（底盘）或者挂车出厂合格证明或者进口凭证编号、出厂日期、注册登记日期；

（六）变更后的拖拉机所有人姓名或者单位名称；

（七）需要办理拖拉机档案转出的，登记转入地农机监理机构的名称；

（八）变更登记的日期。

第十六条　已注册登记的拖拉机，拖拉机所有人住所地址在农机监理机构管辖区域内迁移、拖拉机所有人姓名（单位名称）或者联系方式变更的，应当填写《拖拉机变更备案表》，可通过邮寄、传真、电子邮件等方式向农机监理机构备案。

第三节 转移登记

第十七条 拖拉机所有权发生转移，申请转移登记的，转移后的拖拉机所有人应当于拖拉机交付之日起30日内，填写《拖拉机转移登记申请表》，提交法定证明、凭证，交验拖拉机。

农机监理机构应当自受理之日起3日内，确认拖拉机。

转移后的拖拉机所有人住所在原登记地农机监理机构管辖区内的，收回拖拉机行驶证，重新核发拖拉机行驶证。需要改变拖拉机登记编号的，收回原号牌、行驶证，确定新的拖拉机登记编号，重新核发拖拉机号牌、行驶证和检验合格标志。

转移后的拖拉机所有人住所不在原登记地农机监理机构管辖区内的，按照本规定第十二条第二款和第十三条规定办理。

第十八条 农机监理机构办理转移登记，应当登记下列内容：

（一）转移后的拖拉机所有人的姓名或者单位名称、身份证明名称与号码、住所地址、联系电话和邮政编码；

（二）拖拉机获得方式；

（三）拖拉机来历证明的名称、编号；

（四）转移登记的日期；

（五）改变拖拉机登记编号的，登记拖拉机登记编号；

（六）转移后的拖拉机所有人住所不在原登记地农机监理机构管辖区内的，登记转入地农机监理机构的名称。

第十九条 有下列情形之一的，不予办理转移登记：

（一）有本规定第八条规定情形的；

（二）拖拉机与该机的档案记载的内容不一致的；

（三）拖拉机在抵押期间的；

（四）拖拉机或者拖拉机档案被人民法院、人民检察院、行政执法部门依法查封、扣押的；

（五）拖拉机涉及未处理完毕的道路交通、农机安全违法行为或者交通、农机事故的。

第二十条 被司法机关和行政执法部门依法没收并拍卖，或者被仲裁机构依法仲裁裁决，或者被人民法院调解、裁定、判决拖拉机所有权转移时，原拖拉机所有人未向转移后的拖拉机所有人提供拖拉机登记证书和拖拉机行驶证的，转移后的拖拉机所有人在办理转移登记时，应当提交司法机关出具的《协助执行通知书》，或者行政执法部门出具的未得到拖拉机登记证书和拖拉机行驶证的证明。农机监理机构应当公告原拖拉机登记证书和行驶证作废，并在办理所有权转移登记的同时，发放拖拉机登记证书和行驶证。

第四节 抵押登记

第二十一条 申请抵押登记，应当由拖拉机所有人（抵押人）和抵押权人共同申请，填写《拖拉机抵押/注销抵押登记申请表》，提交下列证明、凭证：

（一）抵押人和抵押权人的身份证明；

（二）拖拉机登记证书；

（三）抵押人和抵押权人依法订立的主合同和抵押合同。

农机监理机构应当自受理之日起1日内，在拖拉机登记证书上记载抵押登记内容。

第二十二条 农机监理机构办理抵押登记，应当登记下列内容：

（一）抵押权人的姓名或者单位名称、身份证明名称与号码、住所地址、联系电话和邮政编码；

（二）抵押担保债权的数额；

（三）主合同和抵押合同号码；

（四）抵押登记的日期。

第二十三条 申请注销抵押的，应当由抵押人与抵押权人共同申请，填写《拖拉机抵押/注销抵押登记申请表》，提交下列证明、凭证：

（一）抵押人和抵押权人的身份证明；

（二）拖拉机登记证书。

农机监理机构应当自受理之日起1日内，在拖拉机登记证书上记载注销抵押内容和注销抵押的日期。

第二十四条 拖拉机抵押登记内容和注销抵押日期可以供公众查询。

第五节 注销登记

第二十五条 已达到国家强制报废标准的拖拉机，拖拉机所有人申请报废注销时，应当填写《拖拉机停驶、复驶/注销登记申请表》，向农机监理机构提交拖拉机号牌、拖拉机行驶证、拖拉机登记证书。

农机监理机构应当自受理之日起1日内办理注销登记，在计算机管理系统内登记注销信息。

第二十六条 因拖拉机灭失，拖拉机所有人向农机监理机构申请注销登记的，应当填写《拖拉机停驶、复驶/注销登记申请表》。农机监理机构应当自受理之日起1日内办理注销登记，收回拖拉机号牌、拖拉机行驶证和拖拉机登记证书。

因拖拉机灭失无法交回号牌、拖拉机行驶证的，农机监理机构应当公告作废。

拖拉机所有人因其他原因申请注销登记的，填写《拖拉机停驶、复驶/

注销登记申请表》。农机监理机构应当自受理之日起1日内办理注销登记，收回拖拉机号牌、拖拉机行驶证和拖拉机登记证书。

第三章 其他规定

第二十七条 已注册登记的拖拉机需要停驶或停驶后恢复行驶的，应当填写《拖拉机停驶、复驶/注销登记申请表》，提交下列材料：

（一）拖拉机所有人的身份证明；

（二）申请停驶的，交回拖拉机号牌和拖拉机行驶证。

拖拉机停驶，农机监理机构应当自受理之日起3日内，收回拖拉机号牌和行驶证。拖拉机复驶，农机监理机构应当自受理之日起3日内，发给拖拉机号牌和拖拉机行驶证。

第二十八条 拖拉机登记证书灭失、丢失或者损毁的，拖拉机所有人应当申请补领、换领拖拉机登记证书，填写《补领、换领拖拉机牌证申请表》，提交拖拉机所有人的身份证明。

对申请换领拖拉机登记证书的，农机监理机构应当自受理之日起1日内换发，收回原拖拉机登记证书。对申请补领拖拉机登记证书的，农机监理机构应当自受理之日起15日内确认拖拉机，并重新核发拖拉机登记证书。补发拖拉机登记证书期间应当停止办理该拖拉机的各项登记。

第二十九条 拖拉机号牌、拖拉机行驶证灭失、丢失或者损毁，拖拉机所有人应当申请补领、换领拖拉机号牌、行驶证，填写《补领、换领拖拉机牌证申请表》，并提交拖拉机所有人的身份证明。

农机监理机构应当自受理之日起1日内补发、换发拖拉机行驶证。自受理之日起15日内补发、换发号牌，原拖拉机登记编号不变。

办理补发拖拉机号牌期间应当给拖拉机所有人核发临时行驶号牌。

补发、换发拖拉机号牌或者拖拉机行驶证后，收回未灭失、丢失或者损坏的号牌、行驶证。

第三十条 未注册登记的拖拉机需要驶出本行政辖区的，拖拉机所有人应当到农机监理机构申请拖拉机临时行驶号牌，提交以下证明、凭证：

（一）拖拉机所有人的身份证明；

（二）拖拉机来历证明；

（三）拖拉机整机出厂合格证明；

（四）拖拉机第三者责任强制保险凭证。

农机监理机构应当自受理之日起1日内，核发拖拉机临时行驶号牌。

第三十一条 拖拉机所有人发现登记内容有错误的，应当及时要求农机监理机构更正。农机监理机构应当自受理之日起5日内予以确认。确属登记错误的，在拖拉机登记证书上更正相关内容，换发行驶证。需要改变拖拉机登记编号的，收回原号牌、行驶证，确定新的拖拉机登记编号，重新核发号牌、行驶证和检验合格标志。

第三十二条　已注册登记的拖拉机被盗抢，拖拉机所有人应当在向公安机关报案的同时，向登记地农机监理机构申请封存拖拉机档案。农机监理机构应当受理申请，在计算机管理系统内记录被盗抢信息，封存档案，停止办理该拖拉机的各项登记。被盗抢拖拉机发还后，拖拉机所有人应当向登记地农机监理机构申请解除封存，农机监理机构应当受理申请，恢复办理该拖拉机的各项登记。

拖拉机在被盗抢期间，发动机号码、机身（底盘）或者挂车架号码或者机身颜色被改变的，农机监理机构应当凭有关技术鉴定证明办理变更。

第三十三条　拖拉机应当从注册登记之日起每年检验1次。拖拉机所有人申领检验合格标志时，应当提交行驶证、拖拉机第三者责任强制保险凭证、拖拉机安全技术检验合格证明。

农机监理机构应当自受理之日起1日内，确认拖拉机，对涉及拖拉机的道路交通、农机安全违法行为和交通、农机事故处理情况进行核查后，在拖拉机行驶证上签注检验记录，核发拖拉机检验合格标志。

拖拉机涉及道路交通、农机安全违法行为或者交通、农机事故未处理完毕的，不予核发检验合格标志。

第三十四条　拖拉机因故不能在登记地检验的，拖拉机所有人应当向登记地农机监理机构申领委托核发检验合格标志。申请时，拖拉机所有人应当提交行驶证、拖拉机第三者责任强制保险凭证。农机监理机构应当自受理之日起1日内，对涉及拖拉机的道路交通、农机安全违法行为和交通、农机事故处理情况进行核查后，出具核发检验合格标志的委托书。

拖拉机在检验地检验合格后，拖拉机所有人应当按照本规定第三十三条第一款的规定向被委托地农机监理机构申请检验合格标志，并提交核发检验合格标志的委托书。被委托地农机监理机构应当自受理之日起1日内，按照本规定第三十三条第二款的规定，在拖拉机行驶证上签注检验记录，核发拖拉机检验合格标志。

拖拉机涉及道路交通、农机安全违法行为或者交通、农机事故未处理完毕的，不得委托核发检验合格标志。

第三十五条　拖拉机所有人可以委托代理人代理申请各项拖拉机登记和相关业务，但申请补发拖拉机登记证书的除外。代理人申请拖拉机登记和相关业务时，应当提交代理人的身份证明和拖拉机所有人与代理人共同签字的申请表。

农机监理机构应当记载代理人的姓名或者单位名称、身份证明名称与号码、住所地址、联系电话和邮政编码。

第四章　附　　则

第三十六条　拖拉机号牌、临时行驶号牌、拖拉机行驶证的式样、规格，按照中华人民共和国农业行业标准《拖拉机号牌》、《中华人民共和国拖拉机行驶证证件》执行。拖拉机登记证书、检验合格标志的式样，以及各类登记表格式样等由农业部制定。拖拉机登记证书由农业部统一印制。

第三十七条　本规定下列用语的含义：

（一）拖拉机类型是指：

1. 大中型拖拉机；

2. 小型方向盘式拖拉机；

3. 手扶式拖拉机。

（二）拖拉机所有人是指拥有拖拉机所有权的个人或者单位。

（三）身份证明是指：

1. 机关、事业单位、企业和社会团体的身份证明，是《组织机构代码证书》。上述单位已注销、撤销或者破产的，已注销的企业单位的身份证明，是工商行政管理部门出具的注销证明；已撤销的机关、事业单位的身份证明，是上级主管机关出具的有关证明；已破产的企业单位的身份证明，是依法成立的财产清算机构出具的有关证明；

2. 居民的身份证明，是《居民身份证》或者《居民户口簿》。在暂住地居住的内地居民，其身份证明是《居民身份证》和公安机关核发的居住、暂住证明。

（四）住所是指：

1. 单位的住所为其主要办事机构所在地；

2. 个人的住所为其户籍所在地或者暂住地。

（五）住所地址是指：

1. 单位住所地址为其身份证明记载的地址；

2. 个人住所地址为其申报的住所地址。

（六）拖拉机获得方式是指：购买、继承、赠予、中奖、协议抵偿债务、资产重组、资产整体买卖、调拨，人民法院调解、裁定、判决，仲裁机构仲裁裁决等。

（七）拖拉机来历证明是指：

1. 在国内购买的拖拉机，其来历证明是拖拉机销售发票；销售发票遗失的是销售商或者所在单位的证明；在国外购买的拖拉机，其来历证明是该机销售单位开具的销售发票和其翻译文本；

2. 人民法院调解、裁定或者判决所有权转移的拖拉机，其来历证明是人民法院出具的已经生效的调解书、裁定书或者判决书以及相应的《协助执行通知书》；

3. 仲裁机构仲裁裁决所有权转移的拖拉机，其来历证明是仲裁裁决书和人民法院出具的《协助执行通知书》；

4. 继承、赠予、中奖和协议抵偿债务的拖拉机，其来历证明是继承、赠予、中奖和协议抵偿债务的相关文书；

5. 经公安机关破案发还的被盗抢且已向原拖拉机所有人理赔完毕的拖拉机，其来历证明是保险公司出具的《权益转让证明书》；

6. 更换发动机、机身（底盘）、挂车的来历证明，是销售单位开具的发票或者修理单位开具的发票；

7. 其他能够证明合法来历的书面证明。

第三十八条　本规定自2004年10月1日起施行，农业部1998年1月5日发布的《农用拖拉机及驾驶员安全监理规定》同时废止。

拖拉机驾驶证申领和使用规定

（2004年9月21日农业部令第42号公布　自2004年10月1日起施行）

第一章　总　　则

第一条　为规范拖拉机驾驶证的申领和使用，根据《中华人民共和国道路交通安全法》及其实施条例，制定本规定。

第二条　本规定由农业（农业机械）主管部门负责实施。

直辖市农业（农业机械）主管部门农机安全监理机构、设区的市或者相当于同级的农业（农业机械）主管部门农机安全监理机构（以下简称“农机监理机构”）负责办理本行政辖区内拖拉机驾驶证业务。

县级农业（农业机械）主管部门农机安全监理机构在上级农业（农业机械）主管部门农机安全监理机构的指导下，承办拖拉机驾驶证申请的受理、审查和考试等具体工作。

第三条　农机监理机构办理拖拉机驾驶证业务，应当遵循公开、公正、便民的原则。

第四条　农机监理机构办理拖拉机驾驶证业务，应当依法受理申请人的申请，审核申请人提交的资料，对符合条件的，按照规定程序和期限办理拖拉机驾驶证。

申领拖拉机驾驶证的人，应当如实向农机监理机构提交规定的有关资料，如实申告规定事项。

第五条 农机监理机构应当使用拖拉机驾驶证计算机管理系统核发、打印拖拉机驾驶证。

拖拉机驾驶证计算机管理系统的数据库标准和软件全国统一，能够完整、准确地记录和存储申请受理、科目考试、拖拉机驾驶证核发等全过程和经办人员信息，并能够及时将有关信息传送到全国农机监理信息系统。

第二章 拖拉机驾驶证的申领

第一节 拖拉机驾驶证

第六条 拖拉机驾驶证记载和签注以下内容：

（一）拖拉机驾驶人信息：姓名、性别、出生日期、住址、身份证明号码（拖拉机驾驶证号码）、照片；

（二）农机监理机构签注内容：初次领证日期、准驾机型代号、有效期起始日期、有效期限、核发机关印章、档案编号。

第七条 拖拉机驾驶人准予驾驶的机型分为：

（一）大中型拖拉机（发动机功率在14.7千瓦以上），驾驶证准驾机型代号为“G”；

（二）小型方向盘式拖拉机（发动机功率不足14.7千瓦），驾驶证准驾机型代号为“H”；

（三）手扶式拖拉机，驾驶证准驾机型代号为“K”。

第八条 持有准驾大中型拖拉机驾驶证的，准许驾驶大中型拖拉机、小型方向盘式拖拉机；持有准驾小型方向盘式拖拉机驾驶证的，只准许驾驶小型方向盘式拖拉机；持有准驾手扶式拖拉机驾驶证的，只准许驾驶手扶式拖拉机。

第九条 拖拉机驾驶证有效期分为6年、10年和长期。

拖拉机驾驶人初次获得拖拉机驾驶证后的12个月为实习期。

第二节 申请条件

第十条 申请拖拉机驾驶证的人，应当符合下列规定：

（一）年龄：18周岁以上，60周岁以下；

（二）身高：不低于150厘米；

（三）视力：两眼裸视力或者矫正视力达到对数视力表4.9以上；

（四）辨色力：无红绿色盲；

（五）听力：两耳分别距音叉50厘米能辨别声源方向；

（六）上肢：双手拇指健全，每只手其他手指必须有3指健全，肢体和手指运动功能正常；

（七）下肢：运动功能正常，下肢不等长度不得大于5厘米；

（八）躯干、颈部：无运动功能障碍。

第十一条 有下列情形之一的，不得申请拖拉机驾驶证：

（一）有器质性心脏病、癫痫、美尼尔氏症、眩晕症、癔病、震颤麻痹、精神病、痴呆以及影响肢体活动的神经系统疾病等妨碍安全驾驶疾病的；

（二）吸食、注射毒品，长期服用依赖性精神药品成瘾尚未戒除的；

（三）吊销拖拉机驾驶证或者机动车驾驶证未满2年的；

（四）造成交通事故后逃逸被吊销拖拉机驾驶证或者机动车驾驶证的；

（五）驾驶许可依法被撤销未满3年的；

（六）法律、行政法规规定的其他情形。

第三节 申请、考试和发证

第十二条 初次申领拖拉机驾驶证，应当向户籍地或者暂住地农机监理机构提出申请，填写《拖拉机驾驶证申请表》，并提交以下证明：

（一）申请人的身份证明及其复印件；

（二）县级或者部队团级以上医疗机构出具的有关身体条件的证明。

第十三条 申请增加准驾机型的，应当向所持拖拉机驾驶证核发地农机监理机构提出申请，除填写《拖拉机驾驶证申请表》，提交第十二条规定的证明外，还应当提交所持拖拉机驾驶证。

第十四条 农机监理机构对符合拖拉机驾驶证申请条件的，应当受理，并在申请人预约考试后30日内安排考试。

第十五条 拖拉机驾驶人考试科目分为：

（一）科目一：道路交通安全、农机安全法律法规和机械常识、操作规程等相关知识考试；

（二）科目二：场地驾驶技能考试；

（三）科目三：挂接机具和田间作业技能考试；

（四）科目四：道路驾驶技能考试。

第十六条 考试顺序按照科目一、科目二、科目三、科目四依次进行，前一科目考试合格后，方准参加后一科目考试。其中科目三的挂接机具和田间作业技能考试，可根据机型实际选考1项。

第十七条 考试科目内容和合格标准全国统一。其中，科目一考试试题库的结构和基本题型由农业部制定，省级农机监理机构可结合本地实际情况建立本省（自治区、直辖市）的考试题库。

第十八条 初次申请拖拉机驾驶证或者申请增加准驾机型的，科目一考试合格后，农机监理机构应当在3日内核发拖拉机驾驶技能准考证明。

拖拉机驾驶技能准考证明的有效期为2年。申领人应当在有效期内完成科目二、科目三、科目四考试。

第十九条 初次申请拖拉机驾驶证或者申请增加准驾机型的，申请人在取得拖拉机驾驶技能准考证明满20日后预约科目二、科目三和科目四考试。

第二十条 每个科目考试1次，可以补考1次。补考仍不合格的，本科目考试终止。申请人可以重新申请考试，但科目二、科目三和科目四的考试日期应当在10日后预约。

在拖拉机驾驶技能准考证明有效期内，已考试合格的科目成绩有效。

第二十一条 增考项目

（一）持有准驾大中型拖拉机或小型方向盘式拖拉机驾驶证申请增驾手扶式拖拉机的，考试项目为：科目二、科目四；

（二）持有准驾小型方向盘式拖拉机驾驶证申请增驾大中型拖拉机的，考试项目为：科目三、科目四；

（三）持有准驾手扶式拖拉机驾驶证申请增驾大中型拖拉机或小型方向盘式拖拉机的，考试项目为：科目二、科目三、科目四。

增考的考试方法和评分标准与初考相同。

第二十二条 初次申请拖拉机驾驶证或者申请增加准驾机型的申请人全部考试科目合格后，农机监理机构应当在5日内核发拖拉机驾驶证。获准增加准驾机型的，应当收回原拖拉机驾驶证。

第二十三条 各考试科目结果应当公布，并出示成绩单。成绩单应当有考试员的签名，未签名的不得核发拖拉机驾驶证。

考试不合格的，应当说明不合格原因。

第二十四条 申请人在考试过程中有舞弊行为的，取消本次考试资格，已经通过考试的其他科目成绩无效。

第三章 换证、补证和注销

第二十五条 拖拉机驾驶人应当于拖拉机驾驶证有效期满前90日内，向拖拉机驾驶证核发地农机监理机构申请换证。申请换证时应当填写《拖拉机驾驶证申请表》，并提交以下证明、凭证：

（一）拖拉机驾驶人的身份证明及其复印件；

（二）拖拉机驾驶证；

（三）县级或者部队团级以上医疗机构出具的有关身体条件的证明。

第二十六条 拖拉机驾驶人户籍迁出驾驶证核发地农机监理机构管辖区的，

应当向迁入地农机监理机构申请换证；拖拉机驾驶人在驾驶证核发地农机监理机构管辖区以外居住的，可以向居住地农机监理机构申请换证。

申请换证时应当向驾驶证核发地农机监理机构提取档案资料，转送申请换证地农机监理机构，并填写《拖拉机驾驶证申请表》，提交拖拉机驾驶人的身份证明和拖拉机驾驶证。

第二十七条 有下列情形之一的，拖拉机驾驶人应当在30日内到拖拉机驾驶证核发地农机监理机构申请换证：

（一）在农机监理机构管辖区域内，拖拉机驾驶证记载的拖拉机驾驶人信息发生变化的；

（二）拖拉机驾驶证损毁无法辨认的。

申请时应当填写《拖拉机驾驶证申请表》，并提交拖拉机驾驶人的身份证明和拖拉机驾驶证。

第二十八条 农机监理机构对符合第二十五条、第二十六条、第二十七条规定的，应当在3日内换发拖拉机驾驶证；对符合第二十六条、第二十七条规定的，还应当收回原拖拉机驾驶证。

第二十九条 拖拉机驾驶证遗失的，驾驶人应当向拖拉机驾驶证核发地农机监理机构申请补发。申请时应当填写《拖拉机驾驶证申请表》，并提交以下证明、凭证：

（一）拖拉机驾驶人的身份证明；

（二）拖拉机驾驶证遗失的书面声明。

符合规定的，农机监理机构应当在3日内补发拖拉机驾驶证。

第三十条 拖拉机驾驶人可以委托代理人办理拖拉机驾驶证的换证、补证业务。代理人申请办理拖拉机驾驶证业务时，应当提交代理人的身份证明和拖拉机驾驶人与代理人共同签字的《拖拉机驾驶证申请表》。

农机监理机构应当记载代理人的姓名、单位名称、身份证明名称、身份证明号码、住所地址、邮政编码、联系电话。

第三十一条 拖拉机驾驶人有下列情形之一的，农机监理机构应当注销其拖拉机驾驶证：

（一）死亡的；

（二）身体条件不适合驾驶拖拉机的；

（三）提出注销申请的；

（四）丧失民事行为能力，监护人提出注销申请的；

（五）超过拖拉机驾驶证有效期1年以上未换证的；

（六）年龄在60周岁以上，2年内未提交身体条件证明的；

（七）年龄在70周岁以上的；

（八）拖拉机驾驶证依法被吊销或者驾驶许可依法被撤销的。

有前款第（五）项至第（八）项情形之一，未收回拖拉机驾驶证的，应当公告拖拉机驾驶证作废。

第四章　审　　验

第三十二条　拖拉机驾驶人在一个记分周期内累积记分达到12分的，农机监理机构接到公安机关交通管理部门通报后，应当通知拖拉机驾驶人在15日内到拖拉机驾驶证核发地农机监理机构接受为期7日的道路交通安全法律、法规和相关知识的教育。拖拉机驾驶人接受教育后，农机监理机构应当在20日内对其进行科目一考试。

拖拉机驾驶人在一个记分周期内两次以上达到12分的，农机监理机构还应当在科目一考试合格后10日内对其进行科目四考试。

第三十三条　拖拉机驾驶人在拖拉机驾驶证的6年有效期内，每个记分周期均未达到12分的，换发10年有效期的拖拉机驾驶证；在拖拉机驾驶证的10年有效期内，每个记分周期均未达到12分的，换发长期有效的拖拉机驾驶证。

换发拖拉机驾驶证时，农机监理机构应当对拖拉机驾驶证进行审验。

第三十四条　拖拉机驾驶人年龄在60周岁以上的，应当每年进行1次身体检查，按拖拉机驾驶证初次领取月的日期，30日内提交县级或者部队团级以上医疗机构出具的有关身体条件的证明。

身体条件合格的，农机监理机构应当签注驾驶证。

第五章　附　　则

第三十五条　拖拉机驾驶证的式样、规格与中华人民共和国公共安全行业标准《中华人民共和国机动车驾驶证证件》一致，按照中华人民共和国农业行业标准《中华人民共和国拖拉机驾驶证证件》执行。

拖拉机驾驶技能准考证明的式样由农业部规定。

第三十六条　本规定下列用语的含义：

（一）居民的身份证明，是《居民身份证》；在暂住地居住的居民的身份证明，是《居民身份证》和公安机关核发的居住、暂住证明；

（二）居民的住址，是指《居民身份证》记载的住址；

（三）本规定所称“以上”、“以下”均包括本数在内。

第三十七条　本规定自2004年10月1日起施行。

附件：

拖拉机驾驶人各科目
考试内容与评定标准

一、科目一

（一）考试内容

1. 道路交通安全法律、法规和农机安全监理法规、规章；

2. 拖拉机及常用配套农具的总体构造，主要组成结构和功用，维护保养知识，常见故障的判断和排除方法，操作规程等安全驾驶相关知识。

（二）考试要求

试题分为选择题与判断题，试题量为 100 题，每题 1 分。其中，全国统一试题不低于 80%；交通、农机安全法规与机械常识、操作规程试题各占 50%。采用笔试或计算机考试，考试时间为 90 分钟。

（三）合格标准

成绩在 80 分以上的为合格。

二、科目二

（一）方向盘式拖拉机场地驾驶考试

1. 图形：

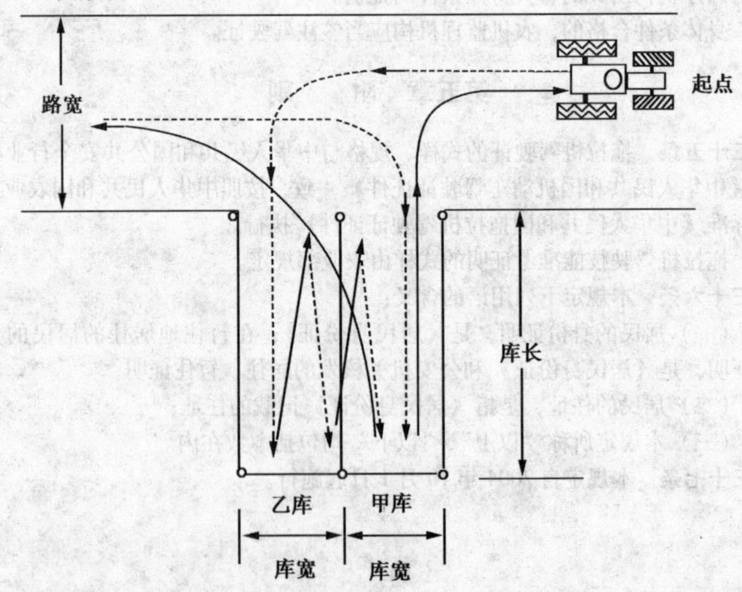

2. 图例：

○桩位，—边线，→前进线，-➤倒车线。

3. 尺寸：

(1) 起点：距甲库外边线1.5倍机长；

(2) 路宽：机长的1.5倍；

(3) 库长：机长的2倍；

(4) 库宽：大中型拖拉机为机宽加60厘米，小型拖拉机为机宽加50厘米。

4. 操作要求：

采用单机进行，从起点倒车入乙库停正，然后两进两退移位到甲库停正，前进穿过乙库至路上，倒入甲库停正，前进返回起点。

5. 考试内容

(1) 在规定场地内，按照规定的行驶路线和操作要求完成驾驶拖拉机的情况；

(2) 对拖拉机前、后、左、右空间位置的判断能力；

(3) 对拖拉机基本驾驶技能的掌握情况。

6. 合格标准

未出现下列情形的，考试合格：

(1) 不按规定路线、顺序行驶；

(2) 碰擦桩杆；

(3) 机身出线；

(4) 移库不入；

(5) 在不准许停机的行驶过程中停机2次以上；

(6) 发动机熄火；

(7) 原地打方向；

(8) 使用半联动离合器或者单边制动器；

(9) 违反考场纪律。

(二) 手扶式拖拉机场地驾驶考试

1. 图形：

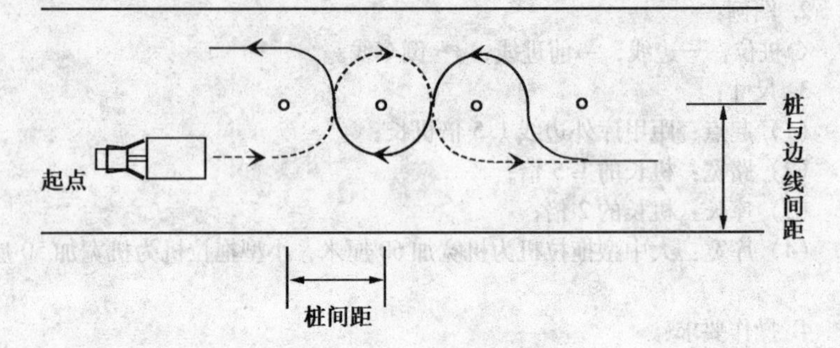

2. 图例：

○桩位，—边线，→前进线，-→倒车线。

3. 尺寸：

（1）桩间距：机长加40厘米；

（2）桩与边线间距：机宽加30厘米。

4. 操作要求：

手扶式拖拉机考试应挂接挂车进行。按考试图规定的路线行驶，从起点按虚线绕桩倒车行驶，再按实线绕桩前进驶出。

5. 考试内容

（1）在规定场地内，按照规定的行驶路线和操作要求完成驾驶拖拉机的情况；

（2）对拖拉机前、后、左、右空间位置的判断能力；

（3）对拖拉机基本驾驶技能的掌握情况。

6. 合格标准

未出现下列情形的，考试合格：

（1）不按规定路线、顺序行驶；

（2）碰擦桩杆；

（3）除扶手把外机身出线；

（4）在不准许停机的行驶过程中停机2次以上；

（5）原地推把或转向时脚触地；

（6）发动机熄火；

（7）违反考场纪律。

三、科目三：

（一）拖拉机挂接农具考试

1. 图形：

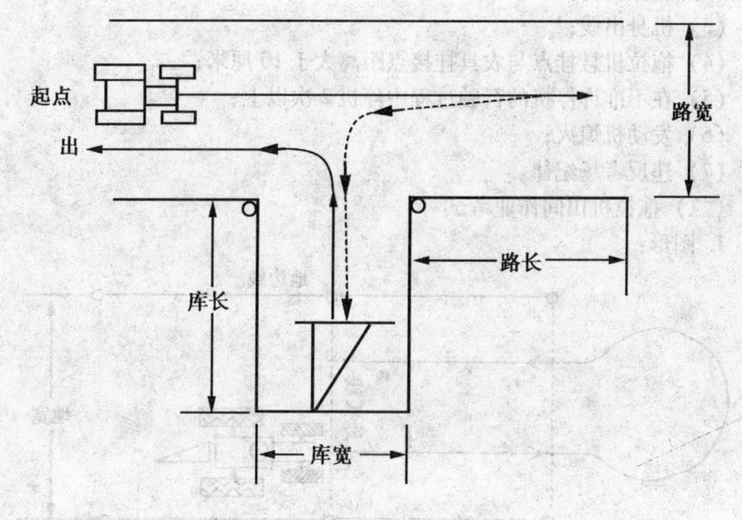

2. 图例：

○桩位，—边线，→前进线，--► 倒车线。

3. 图形尺寸：

（1）路长：机长的 1.5 倍；

（2）路宽：机长的 1.5 倍；

（3）库长：机长加农具长加 30 厘米；

（4）库宽：机宽加 60 厘米。

4. 操作要求：

采用实物挂接或者设置挂接点的方法进行，从起点前进，一次完成倒进机库，允许再 1 进 1 倒挂上农具。

5. 考试内容

（1）在规定的机库内，按照规定的行驶路线和操作要求完成进库挂接农具的情况；

（2）对拖拉机悬挂点和农具挂接点前、后、左、右空间位置的判断能力；

（3）对拖拉机基本驾驶技能的掌握情况。

6. 合格标准

未出现下列情形的，考试合格：

（1）不按规定路线、顺序行驶；

（2）碰擦桩杆；

（3）机身出线；

（4）拖拉机悬挂点与农具挂接点距离大于 10 厘米；

（5）在不准许停机的行驶过程中停机 2 次以上；

（6）发动机熄火；

（7）违反考场纪律。

（二）拖拉机田间作业考试

1. 图形：

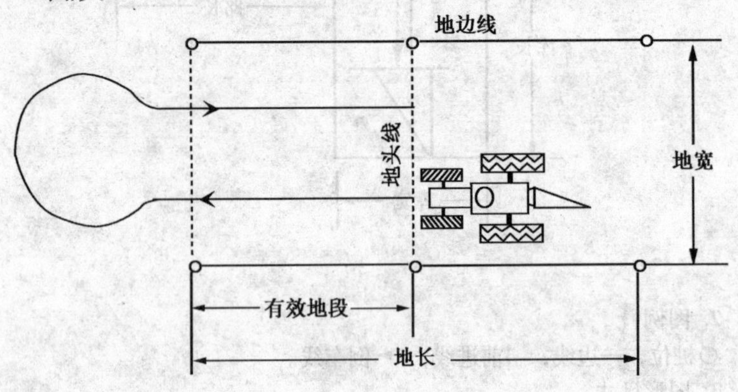

2. 图例：

○桩位，┄地头线，→前进线，—地边线。

3. 尺寸：

（1）地宽：机宽的 3 倍；

（2）地长：方向盘式拖拉机为 60 米；手扶式拖拉机为 40 米；

（3）有效地段：方向盘式拖拉机为 50 米；手扶式拖拉机为 30 米。

4. 操作要求：

采用拖拉机悬挂（牵引）农机具实地作业或者在模拟图形上驾驶拖拉机划印方式进行。用正常作业挡，从起点驶入，入地时正确降下农具，直线行驶作业到地头，升起农具掉头，回程农具入地，出地时升起农具。

5. 考试内容

（1）在规定的田间，按照规定的行驶路线和操作要求正确升降农具的情况；

（2）对拖拉机地头掉头靠行作业的掌握情况；

（3）对拖拉机回程行驶偏差的掌握情况。

6. 合格标准

未出现下列情形的，考试合格：

（1）不按规定路线、顺序行驶；

（2）机组掉头靠行与规定位置偏差大于30厘米；

（3）机组回程行驶过程中平行偏差大于15厘米；

（4）在不准许停机的行驶过程中停机2次以上；

（5）发动机熄火；

（6）违反考场纪律。

四、科目四

（一）考试内容

在模拟道路或者实际道路上，驾驶拖拉机机组进行起步前的准备、起步、通过路口、通过信号灯、按照道路标志标线驾驶、变换车道、会车、超车、定点停车等正确驾驶拖拉机的能力，观察、判断道路和行驶环境以及综合控制拖拉机的能力，在夜间和低能见度情况下使用各种灯光的知识，遵守交通法规的意识和安全驾驶情况。

拖拉机考试距离不少于3公里。

（二）合格标准

考试满分为100分，设定不及格、扣20分、扣10分、扣5分的评判标准。达到70分以上的为及格。

（三）评判标准

1. 考试时出现下列情形之一的，道路驾驶考试不及格：

（1）不按交通信号或民警指挥信号行驶；

（2）起步时拖拉机机组溜动距离大于30厘米；

（3）机组行驶方向把握不稳；

（4）当右手离开方向盘时，左手不能有效、平稳控制方向的；

（5）有双手同时离开方向盘或扶手把现象；

（6）换挡时低头看挡或两次换挡不进；

（7）行驶中使用空挡滑行；

（8）行驶速度超过限定标准；

（9）对机组前后、左右空间位置感觉差；

（10）不按考试员指令行驶；

（11）不能熟练掌握牵引挂车驾驶要领；

（12）对采用气制动结构的拖拉机，储气压力未达到一定数值而强行起步；

（13）方向转动频繁，导致挂车左右晃动；

（14）考试中，有吸烟、接打电话等妨碍安全驾驶行为；

(15) 争道抢行或违反路口行驶规定;

(16) 窄路会车时,不减速靠右边行驶或会车困难时,应让行而不让;

(17) 行驶中不能正确使用各种灯光;

(18) 在禁止停车的地方停车;

(19) 发现危险情况未及时采取措施。

2. 考试时出现下列情形之一的,扣20分:

(1) 拖拉机有异常情况起步;

(2) 起步挂错挡;

(3) 不放松手制动器或停车锁起步,未能及时纠正;

(4) 起步时机组溜动小于30厘米;

(5) 起步时发动机熄火1次;

(6) 换挡时有齿轮撞击声;

(7) 控制行驶速度不稳;

(8) 路口转弯角度过大、过小或打、回轮过早、过晚;

(9) 掉头方式选择不当;

(10) 掉头不注意观察交通情况;

(11) 停车未拉手制动或停车锁之前机组后溜。

3. 考试时出现下列情形之一的,扣10分:

(1) 起步前未检查仪表;

(2) 起步时机组有闯动及行驶无力的情形;

(3) 起步及行驶时驾驶姿势不正确;

(4) 掌握方向盘或扶手把手法不合理;

(5) 行驶制动不平顺,出现机组闯动;

(6) 挡位使用不当或速度控制不稳;

(7) 换挡掌握变速杆手法不对;

(8) 换挡时机掌握太差;

(9) 换挡时手脚配合不熟练;

(10) 错挡但能及时纠正;

(11) 不按规定出入非机动车道;

(12) 变换车道之前,未查看交通情况;

(13) 制动停车过程不平顺。

4. 考试时出现下列情形之一的,扣5分:

(1) 起步前未调整好后视镜;

(2) 起步前未检查挡位或停车制动器;

(3) 发动机启动后仍未放开启动开关;

(4) 不放停车制动器起步,但及时纠正;

（5）起步油门过大，致使发动机转速过高；

（6）换挡时机掌握稍差；

（7）路口转弯角度稍大、稍小或打、回轮稍早、稍晚；

（8）停车时未拉手制动或停车锁，检查挡位，抬离合器前先抬脚制动。

拖拉机驾驶培训管理办法

（2004年8月15日农业部令第41号公布　自2004年9月1日起施行）

第一章　总　　则

第一条　为了规范拖拉机驾驶培训行业管理，确保拖拉机驾驶培训质量，保障人民生命财产安全，根据《中华人民共和国道路交通安全法》有关规定，制定本办法。

第二条　农业部负责全国拖拉机驾驶培训管理工作。

县级以上地方人民政府农机主管部门负责本行政区域内拖拉机驾驶培训管理工作。

第三条　拖拉机驾驶培训实行社会化。农机主管部门及其安全监理机构不得举办或者参与举办拖拉机驾驶培训学校、驾驶培训班。

国家按照统筹规划、合理布局、公平竞争、保证质量的原则，对拖拉机驾驶培训机构实行资格管理。

第四条　拖拉机驾驶人员需提供拖拉机驾驶培训机构培训记录，方可参加拖拉机驾驶证考试。

第二章　培训机构条件

第五条　拖拉机驾驶培训机构应当具备与其培训活动相适应的场地、设备、人员、规章制度等条件，取得省级人民政府农机主管部门颁发的《中华人民共和国拖拉机驾驶培训许可证》，方可从事相关培训活动。

第六条　教学场所

（一）教室人均使用面积不少于1.2平方米，总面积不得低于120平方米，且采光、通风、照明和消防等条件符合有关标准；

（二）有单独的办公用房；

（三）有固定的教练场地，面积不得少于1500平方米。

第七条　教学设备

（一）有5台以上检验合格的教练车辆，并配备相应的农机具，配套比例不低于1：2；

（二）有常用机型的教学挂图、示教板和主要零部件实物；

（三）有必要的电教设备。

第八条　教学人员

（一）教学负责人应当具有本专业大专以上学历或中级以上技术职称，并从事拖拉机驾驶培训工作三年以上；

（二）理论教员应当具有农机及相关专业中专以上学历，经省级人民政府农机主管部门考核合格；

（三）教练员应当持有拖拉机驾驶中级以上技术等级证书和相应机型5年以上安全驾龄，经省级人民政府农机主管部门考核合格。

拖拉机驾驶培训机构的教学人员不得少于5人。

第九条　组织管理制度

（一）有完善的教学制度，包括学员学籍档案管理制度、教员管理制度、教学设备及车辆管理制度。

（二）有健全的财务制度，配备专职财务人员。

（三）有科学的安全管理制度。

第三章　许 可 程 序

第十条　申请《中华人民共和国拖拉机驾驶培训许可证》的，应当向省级人民政府农机主管部门提交《拖拉机驾驶培训学校（班）申请表》，并附具以下材料：

（一）申请人的身份证明；

（二）教学场所使用权证明及其平面图；

（三）教学设备清单；

（四）教学和财务人员身份及资质证明；

（五）组织管理制度；

（六）生源预测情况。

第十一条　申请人提交的材料齐全，内容符合要求的，省级人民政府农机主管部门应当受理，并出具书面凭证。不予受理的，应当书面通知申请人，并告知理由。

第十二条　受理申请后，省级人民政府农机主管部门应当在10日内完成书面审查。书面审查合格的，应当指派2名以上专家进行现场评审。

第十三条　现场评审合格的，省级人民政府农机主管部门应当在10日内做出准予许可的决定。

书面审查或现场评审不合格的，省级人民政府农机主管部门应当书面通知申请人，并说明理由。

第十四条 拖拉机驾驶培训机构变更名称、法定代表人或者教学场所的，应当向省级人民政府农机主管部门申请变更登记。

第四章 培训业务管理

第十五条 拖拉机驾驶培训包括：

（一）初学驾驶培训；

（二）增驾车型培训；

（三）与驾驶相关的其他培训。

拖拉机驾驶培训方式分为全日制和学时制，由学员选择。

第十六条 拖拉机驾驶培训机构应当严格执行农业部颁发的教学大纲，按照许可的范围和规模培训，保证培训质量。

拖拉机驾驶培训机构的财务应当独立。

第十七条 拖拉机驾驶培训机构应当聘用经省级人民政府农机主管部门考核合格的教学人员。

第十八条 申请参加拖拉机驾驶员培训的人员应当符合拖拉机驾驶证管理的有关规定，填写《中华人民共和国拖拉机驾驶员培训申请表》，交验身份证件。

第十九条 完成规定课程并考试合格的学员，由培训机构发给结业证书，并提供学员素质评价、培训课时、教练员签名等记录。学员凭结业证书和培训记录参加拖拉机驾驶初考或增考。

第二十条 教练车应当按拖拉机登记有关规定取得教练车牌证。

第五章 监督检查

第二十一条 拖拉机驾驶培训机构应当于每年 12 月 10 日前，填写《拖拉机驾驶培训机构情况表》，报省级人民政府农机主管部门备案。

第二十二条 县级以上地方人民政府农机主管部门应当对拖拉机驾驶培训机构进行监督检查，发现违反本办法行为的，应当依照职权调查处理。需由省级人民政府农机主管部门处理的，应当及时报请决定。

第二十三条 拖拉机驾驶培训机构有下列情形之一的，由省级人民政府农机主管部门予以注销，并收回《中华人民共和国拖拉机驾驶培训许可证》：

（一）办学条件发生重大变化，不符合本办法规定，在省级人民政府农机主管部门规定的整改期限内仍未达到要求的；

（二）歇业一年以上的；

（三）申请终止的；

（四）连续两年未按时报送《拖拉机驾驶培训机构情况表》，限期整改仍拒不报送的；

（五）其他应当注销的情形。

第二十四条　省级人民政府农机主管部门应当及时公告批准、变更和注销的拖拉机驾驶培训机构。

第六章　罚　　则

第二十五条　对违反本办法的单位和个人，由县级以上地方人民政府农机主管部门按以下规定处罚：

（一）未取得培训许可擅自从事拖拉机驾驶培训业务的，责令停办，有违法所得的，处违法所得三倍以下罚款，但最高不超过三万元；无违法所得的，处一万元以下罚款；

（二）未按统一的教学计划、教学大纲和规定教材进行培训的，责令改正，处二千元以下罚款；

（三）聘用未经省级人民政府农机主管部门考核合格的人员从事拖拉机驾驶培训教学工作的，责令改正，处五千元以下罚款。

第二十六条　农机主管部门工作人员在拖拉机驾驶培训管理工作中，以权谋私，违法乱纪的，依法给予行政处分。

第七章　附　　则

第二十七条　拖拉机驾驶培训机构教员考核办法由省级人民政府农机主管部门制定。

第二十八条　现有拖拉机驾驶培训机构应当在本办法施行之日起一年内取得《中华人民共和国拖拉机驾驶培训许可证》。

第二十九条　本办法自 2004 年 9 月 1 日起施行。

交通警察道路执勤执法工作规范

（2005 年 11 月 14 日　公通字〔2005〕84 号）

第一章　总　　则

第一条　为了规范交通警察在道路上的执勤执法行为，保障道路交通安全畅通，维护交通参与者和交通警察的合法权益，根据《中华人民共和国道路交通安全法》及其他有关规定，制定本规范。

第二条　交通警察在道路上执行维护交通秩序、纠正和处罚交通违法行为、处理交通事故、执行交通警卫任务、接受群众求助等任务，适用本规范。

第三条　交通警察在道路上执勤执法应当按照规定着装，佩戴人民警察标志，随身携带人民警察证件和执勤执法装备。执勤车辆应当保持车容整洁、车况良好、装备齐全。

第四条　各级公安机关交通管理部门应当建立交通警察道路执勤执法监督、检查和考核制度。对模范遵守法纪、严格执法的交通警察，应当予以表彰和奖励。

对违反规定执勤执法的，应当批评教育；情节严重的，给予党纪、政纪处分；构成犯罪的，依法追究法律责任。

第五条　省、市（地）、县级公安机关交通管理部门应当公开办事制度、办事程序，公布举报电话，自觉接受社会和群众的监督，认真受理群众的举报，坚决查处交通警察违法违纪问题。

第二章　常用执勤执法用语

第六条　查处交通违法行为时的执法用语：

（一）对交通违法的机动车驾驶人进行检查时：你好！请出示驾驶证、行驶证。

（二）责令交通违法行为人（含机动车驾驶人、非机动车驾驶人、行人、乘车人，下同）纠正违法行为时：你的（列举具体交通违法行为）违反了《道路交通安全法》第 XX 条和《实施条例》第 XX 条的规定，请严格遵守交通法规。谢谢合作。

（三）对非机动车驾驶人、行人、乘车人交通违法行为进行罚款时：你的（列举具体交通违法行为）违反了《道路交通安全法》第 XX 条和《实施条例》第XX条的规定，依法对你处以XX元的罚款。

（四）对机动车驾驶人进行罚款或者采取行政强制措施时：你的（列举具体交通违法行为）违反了《道路交通安全法》第XX条和《实施条例》第XX条的规定，依法对你处以XX元的罚款，记XX分或者扣留你的驾驶证或者机动车。

（五）告知交通违法行为人应享有的权利时：你有权陈述和申辩。

（六）听取交通违法行为人陈述和申辩或交通违法行为人表示不再陈述和申辩后，要求交通违法行为人在交通违法行为处罚决定书（或行政强制措施凭证）上签字时：请你在（指出具体位置）签名，并于十五日内到处罚决定书（或行政强制措施凭证）上载明的罚款代收机构缴纳罚款（或者XX交通管理部门接受处理）。如有异议，请于六十日内到XX单位申请行政复议或者在三个月内到XX法院提起行政诉讼。

（七）对交通违法行为人作出相应处理后，或者经检查未发现交通违法行为时：请注意遵守交通法规。谢谢合作。

（八）对于交通违法的机动车驾驶人提出当场交纳罚款时：对不起。依据法律规定，我们不能当场收缴罚款。

（九）对于交通违法驾驶人拒绝签收处罚决定书或者行政强制措施凭证时：拒绝签字，法律文书同样生效并视为送达。并在处罚决定书或者行政强制措施上注明当事人拒绝签字。

第三章　执勤执法基本要求

第七条　交通警察在道路上执勤执法应当配备下列装备：

（一）交通警察应当配备多功能反光腰带、反光背心、警用文书包、手持台、警务通等装备，必要时可以配备枪支、警棍、手铐、警绳等武器和警械。

（二）执勤警车应当配备发光指挥棒、反光锥筒、警示灯、停车示意牌、警戒带、照相机（或摄像机）、酒精检测仪、测速仪、灭火器、急救箱、牵引绳、拦车破胎器等必备装备；根据需要还应当配备枪支、防弹衣、防弹头盔、简易破拆工具、防化服等装备。

（三）执勤摩托车应当配备统一制式头盔、发光指挥棒、停车示意牌等装备。

（四）交通警察执勤执法装备，省级公安机关交通管理部门可以根据实际需要增加，但应当在全省范围内做到统一规范。

第八条　交通警察在道路上执勤执法时应当做到：

（一）警容严整，举止端庄，语言文明，动作规范，忠于职守，严格执法。

（二）查纠交通违法行为时应当先敬礼，使用规范用语。

（三）查处交通违法行为时，应当严格执行《道路交通违法行为处理程序规定》和《公安机关办理行政案件程序规定》，做到文明执法，主动提醒交通违法行为人遵守交通法规。

（四）依法扣留车辆时，应当采取措施，保证被扣留车辆的安全，提醒驾驶人妥善保管贵重物品，妥善处理随车易变质货物。

第九条 交通警察在道路上执勤执法时应当遵守以下规定：

（一）穿着反光背心，执勤警车应当开启警灯。

（二）驾驶警车巡逻执勤，应当按规定保持车速和车距，保证安全。

（三）在公路上执勤时，不得少于二人。需要设点执勤的，应当根据道路条件和交通状况，临时选择安全和不妨碍通行的地点进行，避免引发交通堵塞。

（四）保持联系畅通，服从统一指挥和调度。

第十条 交通警察在雾天、雨天、雪天等能见度低和道路通行条件恶劣的条件下设点执勤，应当遵守以下规定：

（一）在普通公路和高速公路（包括全封闭的高等级公路、城市快速路）上执勤，不得少于三人。

（二）需要在普通公路上设点执勤，应当在距执勤点200M、100M、50M处连续摆放发光或者反光的警告标志、警示灯、减速提示标牌、反光锥筒。

（三）需要在高速公路上设点执勤的，应当将执勤点设在出入口、收费站和服务区；因特殊情况需要在路段设置执勤点的，应当在距执勤点2KM、1KM、500M、200M、150M、100M、50M处连续摆放发光或者反光的警告标志、警示灯、减速提示标牌、反光锥筒，并确定专人负责安全警戒。

第十一条 交通警察在道路上执勤执法时应当严格执行安全防护规定，注意自身安全。

（一）除执行堵截严重暴力犯罪嫌疑人等特殊任务外，不得在行车道上拦截、检查车辆或者处罚交通违法行为。

（二）遇有交通违法行为人拒绝停车接受处理的，不得站在交通违法车辆前面强行拦截，或者脚踏车辆踏板，将头伸进车辆驾驶室，强行扒登车辆责令驾驶人停车。

（三）除交通违法行为人驾车逃跑后可能对公共安全和他人生命安全有严重威胁以外，交通警察不得驾驶机动车追缉，可采取记下车号，事后追究法律责任，或者通知前方执勤交通警察堵截等方法进行处理。

第十二条　交通警察上路执勤执法前应当明确执勤执法的任务、方法、要求和自身安全防护措施，检查安全防护装备。

公安交通管理部门应当定期对执勤执法情况进行总结讲评，发现和纠正存在的不足，明确改进措施，认真做好记录。

第十三条　交通警察在道路上执勤执法时，严禁下列行为：

（一）违法扣留车辆、机动车行驶证、驾驶证和车辆号牌。

（二）当场收取罚款不开具罚款收据，或者不如实填写罚款金额。

（三）利用职务便利索取、收受他人财物或者谋取其他利益。

（四）违法使用警报器、标志灯具。

（五）非执行紧急公务时拦截搭乘机动车。

（六）打骂或者故意为难交通违法行为人。

（七）因自身的过错与交通违法行为人或者围观群众发生纠纷或者冲突。

（八）从事非职责范围内的活动。

第四章　道路执勤基本规范

第一节　交通事故现场处置

第十四条　交通警察遇到适用简易程序处理的交通事故，应当负责维护事故现场秩序，做好现场调查、调解工作和相关记录，制作事故认定书，需要对交通违法行为人进行处罚的，应当制作当场处罚决定书，尽快清理现场，恢复交通；不需要进行处罚的，应当责成当事人立即撤离现场，恢复交通。

第十五条　交通警察遇到不适用简易程序处理的交通事故，应当遵守以下规定：

（一）立即向上级报告，组织抢救受伤人员，保护事故现场，维护现场秩序。

（二）控制交通肇事人，将无关人员疏散至道路以外，视情采取临时性交通管制措施，防止引发新的交通事故。

（三）处理事故的交通警察到达现场后，做好先期处置移交工作。

（四）勘查工作结束后，协助勘查人员清理现场，恢复交通。

第十六条　交通警察发现运载危险化学品车辆发生交通事故的，应当遵守以下规定：

（一）立即向上级报告。

（二）及时向驾驶人、押运人员及其他有关人员了解运载物品的情况和可能造成的危害程度，随时向上级报告。

（三）迅速封闭现场和道路交通，划定警戒区域，严禁无关车辆、人员进入，确保紧急救援通道畅通。

（四）协助有关部门做好现场施救工作。

（五）遇有发生危险品泄漏的事故，在了解所载物品性质前，交通警察不得进入警戒区域。

第二节　疏导交通堵塞

第十七条　交通警察遇到交通堵塞应当立即向上级报告，并采取先期处置措施。

第十八条　交通警察接到上级指令后，应当按照工作预案，选取分流点，并视情设置临时交通标志，积极指挥疏导车辆。

交通堵塞时，交通警察以指挥疏导交通和纠正交通违法行为为主，一般不处罚交通违法行为。

第十九条　交通警察发现违反规定占道挖掘或者未经许可擅自在道路上从事非交通行为妨碍通行的，应当及时制止，立即向上级报告，积极做好交通疏导工作。

第二十条　交通警察发现高速公路交通中断或者堵塞的，应当在距现场最近的出口提前实施分流；造成单向长时间堵塞且分流有困难的，应当在对向道路实施借道通行分流管制措施。

第三节　先期处置治安、刑事案件

第二十一条　交通警察遇到正在发生的治安、刑事案件或者根据上级指令赶赴治安、刑事案件现场时，应当采取以下措施：

（一）制止违法犯罪行为，控制嫌疑人。

（二）组织抢救伤者，排除险情，疏散围观群众。

（三）划定警戒区域，保护现场，维护好中心现场及周边道路交通秩序，确保现场处置通道畅通。

（四）进行现场询问，及时组织追缉、堵截。

（五）依法扣押违法犯罪证据。

（六）及时向上级报告案件（事件）性质、事态发展情况。

（七）做好向治安、刑侦等部门的移交工作。

第二十二条　交通警察发现因群体性事件而堵塞交通的，应当立即向上级报告，并维护现场交通秩序。

第二十三条　交通警察接受堵截任务后，应当迅速赶往指定地点，并按照预案实施堵截。

第二十四条　交通警察发现有被通缉的犯罪嫌疑车辆，应当扣留，并控制嫌疑人员，向上级报告，做好向有关部门的移交工作。

第四节　执行交通警卫任务

第二十五条　交通警察执行交通警卫任务，应当严格执行以下要求：

（一）遵守交通警卫工作纪律，严格按照不同级别的交通警卫任务的要求，适时采取交通分流、交通控制、交通管制等安全措施。

在确保警卫车辆安全畅通的前提下，尽量减少对社会车辆的影响。

（二）维护交通秩序，严密控制路面情况，及时发现和制止交通违法行为。遇有可能影响交通警卫任务的特殊情况或者车辆、行人强行冲击警卫车队等突发事件，应当及时采取有效措施控制车辆和人员，并迅速向上级报告。

（三）警卫车队到来时，应当按照任务要求合理站位，密切注意道路交通情况，及时有效处置各种突发事件。

（四）警卫任务结束后，应当按照指令迅速解除交通管制，加强指挥疏导，尽快恢复道路交通。

第五节　执行交通管制措施

第二十六条　交通警察在道路上执行交通管制措施，应当严格按照相关法律、法规规定和工作预案进行。

第二十七条　执行交通管制措施，应当提前告知群众，设置警示标志，提供车辆、行人绕行线路，做好交通指挥、疏导工作，维护交通秩序。

第二十八条　遇有突发事件或者雾、雨、雪等恶劣天气或者自然灾害性事故时，交通警察应当及时向上级报告，由上级机关根据工作预案决定采取限制或者禁止通行等交通管制措施。

第六节　受理群众求助

第二十九条　交通警察遇到遭受不法伤害、意外受伤、突然患病、遇险的人员或者公共财产需要紧急保护等《110接处警工作规则》所列举受理的群众求助，可以要求机动车驾驶人立即停车，提供帮助，积极配合做好施救工作，维护交通秩序。

第三十条　交通警察遇到职责范围以外但如不及时处置可能危及公共安全、国家财产安全和人民群众生命财产安全的紧急求助时，应当立即向上级报告。在相关部门或者单位进行处置时，应当予以配合。

第三十一条 交通警察遇到职责范围以外的非紧急求助，应当告知求助人向有关部门或者单位求助。

第三十二条 交通警察指挥疏导交通时不受理群众投诉，应当告知其到相关部门或者机构投诉。

第五章 道路执法基本规范

第一节 一般规定

第三十三条 交通警察在道路上执勤执法时发现机动车交通违法行为，应当指挥机动车驾驶人立即靠路边停车，查验驾驶人的驾驶证、行驶证、机动车牌照、检验合格标志、保险标志等合法证件以及交通违法信息。

第三十四条 交通警察在查处交通违法行为时，应当严格执行法律、法规、规章规定的程序。

第三十五条 交通警察对交通违法行为人做出当场处罚决定的，应立即发还驾驶证、行驶证等有关证件，放行车辆。

第二节 查处酒后驾驶机动车违法行为

第三十六条 查处机动车驾驶人酒后驾驶违法行为应当使用酒精检测仪、约束带、警绳等装备。

第三十七条 查处机动车驾驶人酒后驾驶违法行为应当按照以下规定进行：

（一）发现有酒后驾驶嫌疑的车辆，应当及时指挥机动车驾驶人立即停车接受检查，并要求驾驶人出示驾驶证。

（二）对确认没有酒后驾驶行为的驾驶人，应当立即放行。

对确认有酒后驾驶嫌疑的驾驶人，要求其下车接受酒精检测。

（三）使用酒精测试仪对有酒后驾驶嫌疑的驾驶人进行测试，测试结束后，应当告知检测结果；受测人违反测试要求的，应当重新测试。

（四）测试结果确认为酒后驾驶的，应当依照《道路交通违法行为处理程序规定》对交通违法行为人进行处理；测试结果确认为非酒后驾驶的，应当立即放行。

处理结束后，禁止饮酒后的驾驶人继续驾驶车辆。

（五）测试结果显示为醉酒后驾驶或者受测人对测试结果有异议的，应当及时将受测人带至医院做血液检测，并通知其家属或者单位。

第三十八条 对醉酒的驾驶人应当带至指定地点，强制约束至酒醒后依法处理。

第三节　查处机动车超载违法行为

第三十九条　对有超载嫌疑的车辆，应当指挥机动车驾驶人立即停车接受检查，并要求驾驶人出示驾驶证和行驶证。

第四十条　经检查，确认为超长、超宽、超高的，当场制作简易处罚程序决定书。

超限运输不可解体物品的车辆，对交通安全影响轻微的，依法处罚后放行；对交通安全有严重影响的，依法扣留车辆。

第四十一条　对于有超载嫌疑，需要使用称重设备核定的，应当引导车辆到指定地点进行。

检测结果为严重超载，驾驶人表示可立即消除违法状态，应当制作行政处罚决定书，待违法状态消除后放行车辆；驾驶人拒绝或者不能立即消除违法状态的，制作行政强制措施凭证，扣留车辆。

对于跨地区长途运输车辆超载的，依照有关规定进行处罚。

第四十二条　对于运送瓜果、蔬菜和鲜活产品的超载车辆，应当当场告知驾驶人违法行为的基本事实，依照有关规定处理，不得采取扣留车辆等行政强制措施。

第四十三条　对于客运机动车超载的，在依法处罚之后，应当责令驾驶人或者车主消除违法行为。

第四节　查处机动车超速违法行为

第四十四条　查处机动车超速违法行为应当使用测速仪、摄录设备等装备。

第四十五条　交通警察在公路上查处超速违法行为，应当遵守以下规定：

（一）在公路上设置测速点的，应当选择安全且不造成交通堵塞的地点进行。

（二）需要在路肩上设置测速点的，应当在测速点前方200M处设置警示标志、警示灯。测速点与查处点之间的距离不少于200M。

在高速公路上查处超速违法行为，应当通过固定电子监控设备或者装有测速设备的机动车进行流动测速。

第四十六条　查处机动车超速违法行为应按照以下规定进行：

（一）交通警察在测速点通过测速仪发现超速违法行为，应当及时通知查处点交通警察做好拦车准备。

（二）查处点交通警察接到超速车辆信息后，应当提前做好拦车准备，并在确保安全的前提下进行拦车。

（三）对超速低于百分之五十的，依照简易程序处罚；超过百分之五十的，采取扣留驾驶证强制措施，制作行政强制措施凭证。

第五节　查处机动车违法停车行为

第四十七条　查处机动车违法停车行为应当使用摄录设备、清障车等装备。

第四十八条　发现机动车违法停车行为，驾驶人在现场的，应当责令其驶离。

驾驶人不在现场的，应当摄录取证，在机动车挡风玻璃或摩托车座位上张贴违法停车告知单。严重妨碍其他车辆、行人通行的，应当指派清障车将机动车拖移至指定地点，并告知驾驶人。

第四十九条　驾驶人虽在现场但拒绝立即驶离的，应当摄录取证，依法对驾驶人的违法行为进行处理。

第五十条　交通警察在高速公路上发现机动车违法停车的，应当责令驾驶人立即驶离；车辆发生故障或者驾驶人不在现场的，应当指派清障车将机动车拖移至指定地点并告知驾驶人；无法拖移的，应当按照规定设置警告标志。

故障车辆可以在短时间内修复，且不占用行车道或者骑压车道分隔线停车的，可以不拖移车辆，但应当按照规定设置警告标志。

第五十一条　拖移违法停车机动车，应当保障交通安全，保证车辆不受损坏。

第六节　查处驾驶违法机动车

第五十二条　发现无牌车辆，交通警察应当指挥机动车驾驶人立即停车，并查验车辆合法证明和驾驶证。

驾驶人有驾驶证，且能够提供车辆合法证明的，告知其到有关部门办理移动证或临时号牌后放行；不能提供车辆合法证明的，应当依法扣留车辆，并制作行政强制措施凭证。

第五十三条　发现有拼装或报废嫌疑的机动车，交通警察应当指挥机动车驾驶人立即停车接受检查。

检查时应当按照行驶证上标注的生产厂家、发动机号、车架号等内容与车辆进行核对，确认无违法行为的，立即放行；确认为拼装或报废机动车的，扣留车辆和驾驶证，并制作行政强制措施凭证。

第五十四条　发现有被盗抢嫌疑的车辆，交通警察应当指挥机动车驾驶人立即停车接受检查。

检查时，应当运用查缉战术、分工协作进行检查，并与全国被盗抢机动车信息系统进行核对。

当场能够确认无违法行为的，立即放行。

当场不能确认有无违法行为的，应当将人、车分离，将车辆移至指定地点，进一步核实。

第七节　查处无证驾驶机动车违法行为

第五十五条　交通警察发现当事人驾驶车辆与准驾车型不符，可以扣留机动车，制作行政强制措施凭证交付当事人，要求当事人到指定地点接受进一步处理。

第五十六条　交通警察发现当事人无驾驶证或者持假驾驶证的，应当依照《道路交通违法行为处理程序规定》处理。

第五十七条　交通警察对驾驶人拒绝出示驾驶证接受检查的，可以依法扣留车辆。

第八节　查处运载危险化学品车辆违法行为

第五十八条　发现运载爆炸物品、易燃易爆化学物品以及剧毒、放射性等危险物品车辆有交通违法行为的，应当指挥机动车驾驶人停车接受检查，除要求驾驶人出示驾驶证、车辆行驶证外，还应当要求出示其他相关证件，依法予以处罚。

第五十九条　对于擅自进入危险化学品运输车辆禁止通行区域，或者不按指定的行车时间和路线行驶的，应当当场予以纠正，并依据《危险化学品安全管理条例》实施处罚。

第六十条　对于未随车携带《剧毒化学品公路运输通行证》的，应当禁止其继续行驶，并引导至安全地点停放，及时调查取证，并责令提供已依法领取通行证的证明，依据《剧毒化学品购买和公路运输许可证件管理办法》实施处罚。

第六十一条　对于未申领《剧毒化学品公路运输通行证》，擅自通过公路运输剧毒化学品的，应当扣留运输车辆，调查取证，依据《危险化学品安全管理条例》实施处罚。

第六十二条　对于未按照《剧毒化学品公路运输通行证》注明的运输车辆、驾驶人、押运人员、装载数量和运输路线、时间等事项运输的，应当引导至安全地点停放，调查取证，责令其消除违法行为，依据《危险化学品安全管理条例》和《剧毒化学品购买和公路运输许可证件管理办法》实施处罚。

第九节　查处军车及特种车辆违法行为

第六十三条　发现军队和武警部队的机动车有交通违法行为的，应当指挥机动车驾驶人立即停车，当场告知驾驶人违法行为基本事实，填写“军车交通违法、交通事故抄告记录单”，并要求驾驶人当场签名；当事人当场拒绝签名的，利用声像设备取证后，在“军（警）人交通违法行为通知书”上注明。

对正在执行紧急公务的军队和武警部队车辆，应当立即放行。

第六十四条　发现正在执行紧急任务的警车、消防车、救护车、工程抢险车等车辆有严重交通违法行为的，应当及时纠正，并记录车牌号抄告相关单位；非执行任务的，应当依法处罚。

第六十五条　交通警察在纠正军队、武警部队驾驶人交通违法行为和特种车辆交通违法行为时，要做到事实清楚，严格按程序办事，快速处理，避免与驾驶人发生冲突，尽量减少群众围观。

第六十六条　发现机动车非法安装警报器、标志灯具的，应当强制拆除，并收缴其非法装置。

第六章　附　　则

第六十七条　各省、自治区、直辖市公安厅、局可以根据本地实际，制定实施办法。

第六十八条　本规范自2006年1月1日起实施，1999年公安部交通管理局颁布的《道路交通管理执勤执法规范用语》（试行）同时废止。

公安部交通管理局《服务群众十六项措施》

（2007年5月23日　公交管〔2007〕103号）

为深入贯彻党的十六届六中全会精神，围绕构建社会主义和谐社会的总目标，按照“最大限度地增加和谐因素，最大限度地减少不和谐因素”的工作要求，公安部交通管理局针对目前群众关心、反映较多的一些交通管理问题，研究提出了《服务群众十六项措施》，并决定从2007年7月1日起陆续实施。其中，第1项至第10项从2007年7月1日起实施；第11项至第16项从2007年9月1日起实施。服务措施的主要内容包括：

一、在交警队、车辆管理所、事故处理单位设值日警官，受理群众咨询、投诉。公安机关交通管理部门领导定期接待群众来访，督办信访事项。

随着社会主义法治建设的深入开展，以及构建社会主义和谐社会治国理念的提出，提高交通管理的执法水平，保障人民群众的合法权益，是公安交通管理部门迫切需要解决的问题。目前，随着人们参与道路交通活动的增多，公安交通管理工作与人民群众的生产、生活关系越来越密切，群众对交通管理工作的意见和建议也不断增多。因此，必须加强对路面交通执法、交通事故处理、车辆和驾驶人管理等各项交通管理执法工作的监督。在交警队(包括交警大队、中队)、车辆管理所、事故处理单位建立值日警官制度，可以作为接受群众提供反映问题的渠道，及时将执法工作中发现的问题、产生的疑惑通过值日警官予以解决，将信访问题解决在源头，既有利于消除不和谐因素，又有利于规范执法工作。

2005 年底，公安部下发了《公安部关于建立健全信访工作长效机制的意见》，要求经侦、治安（户政）、刑侦、交通管理、派出所等涉及信访事项较多的部门、警种，要建立经常性的群众来访接待制度，相关领导要定期接待或约见信访人，当面听取信访人意见，亲自组织调查处理涉及本部门、本警种的信访事项，以充分发挥部门、警种职能优势，推动信访事项依法、及时、就地解决，同时转变作风、改进工作，促进严格、公正、文明执法。为进一步落实公安部的要求，规定公安交通管理部门要建立定期接待群众来访制度，督办信访事项，并及时反馈办理情况。

二、在采取临时限制通行、禁止通行等措施的路段和分流路口，设立指路标志，告知群众限制的原因、时间和绕行路线。

目前，召开“两会”、举办大型活动、道路施工等大型活动需要采取限制交通措施时，各地都能够按照《道路交通安全法》及其配套法规的有关规定，提前向社会公布。但对受恶劣气候条件影响、发生交通事故、交通警卫等需要采取的临时限制通行、禁止通行措施时，有些地方没有向群众明示交通管制的原因及分流指路标志，导致群众无法提前选择路线，长时间排队等候。为此，规定采取临时限制通行、禁止通行等措施或者管制措施时，应当在管制路段、分流路口设立指路标志，告知采取限制或管制措施的原因、预计持续时间以及绕行路线，以便群众提前选择线路绕行，避免排队等候。可能给相临省（区、市）交通情况造成影响的，还应当通报临省（区、市）的相关主管部门及时采取相应的告知措施。

三、交通肇事逃逸案件的受害人及其亲属可以向公安机关交通管理部门查询案件侦办情况，公安机关交通管理部门要向受害人及其亲属通报工作进展情况。

交通肇事逃逸案件社会危害性严重，但案件侦破率较低。在交通事故信访案件中，有相当一部分是因为交通肇事逃逸案件未侦破引起的。公安机关交通管理部门虽然投入了大量的人力、物力进行侦破，但往往没有与当事人及时沟通，导致当事人对案件侦破情况不了解，产生误解。为此，规定对于未侦破的交通肇事逃逸事故，公安机关交通管理部门应当定期向当事人反馈侦破工作进展情况，及时与当事人沟通，争取当事人对公安交通管理工作的支持。

四、对出具机动车合法有效证明、凭证或机动车驾驶证申请人考试合格的，车辆管理所办理机动车注册登记、核发机动车驾驶证的时限由5个工作日缩短为2个工作日。

目前，对出具合法有效证明、凭证或者驾驶证申请人考试合格后，车辆管理所办理机动车注册登记和驾驶证核发的时限均为5个工作日。随着公安部与国家发改委国产车公告网上通报系统、与海关总署进口车数据网上通报系统、机动车登记和驾驶证管理系统统一版软件等网络条件和技术手段的不断完善，以及车辆管理所工作岗位的优化调整，在更短时限内办理这些业务的条件已经具备。为保证群众尽快办理好机动车登记手续，保证新驾驶人通过考试后尽快领到驾驶证，减少群众往返次数和等候时间，规定对出具合法有效证明、凭证的，办理机动车注册登记的时限由5个工作日缩短为2个工作日。机动车驾驶证申请人考试合格的，车辆管理所核发机动车驾驶证的时限由5个工作日缩短为2个工作日。对实行按现行编码规则自编号牌号码的地方，无法在2个工作日内核发机动车号牌的，号牌制作完成后可以通过邮寄、特快专递等方式送达机动车所有人。

五、在车辆管理所及有条件的机动车安全检验机构设立交通违法处理窗口，在有条件的机动车安全检验机构设立检验合格标志核发窗口，群众可以就近接受交通违法处理或者申领检验合格标志。

目前，群众在办理驾驶证换证、机动车定期检验等业务时，经常发现有交通违法行为尚未处理，必须到交通违法行为发生地公安交通管理部门接受处罚后，才能再到车辆管理所以及机动车安全检验机构办理相关业务，导致多次往返。办理机动车定期检验，需要先到机动车安全检验机构检验合格后，再到车辆管理所领取机动车定期检验合格标志。对于机构检验与车辆管理所距离较远的地区，群众感到很不方便。为此，规定在车辆管理所以及有条件的机动车安全检验机构设立交通违法处理窗口，群众发现有交通违法行为尚未处理的，可以当场接受处罚后，继续办理换证、车辆检验等业务，不必再多次往返。同时，在有条件的机动车安全检验机构设立检验合格标志核发窗口，群众在机动车安全检验机构检验车辆合格后，可以当场领取检验合格标志，不必再到车辆管理所领取。

六、对机动车逾期未参加安全技术检验或机动车驾驶证有效期满未换领、机动车驾驶人逾期未提交身体条件证明的，车辆管理所向社会公告，提醒机动车所有人或机动车驾驶人及时办理。

《道路交通安全法》及其配套法规进一步严格了机动车检验和驾驶证管理制度。规定对逾期未换领机动车驾驶证或未按期提交身体条件证明超过一年的，其驾驶证将被注销；驾驶人达到一定年龄的，应当办理准驾车型降级换证手续。因此，公安机关交通管理部门有必要向群众告之相关规定，对机动车逾期未进行安全技术检验，或者逾期未换领驾驶证、提交身体条件证明的，通过广播、电视、报纸等新闻媒体向社会公告，条件具备的可以通过邮寄信函等形式告知机动车所有人或驾驶人，提醒群众及时前来办理，避免群众因不了解规定或者因其他原因忘记办理期限，导致驾驶证被注销。

七、通过计算机公开自动选择机动车号牌号码，由2个号码选1个增加为5个号码选1个。

选择机动车号牌号码是群众非常关心的问题。过去，机动车号牌由车辆管理所按照顺序向群众发放，群众不能自由选择。为此，2003年公安部推出的30项便民措施中，规定了车辆管理所核发机动车号牌必须通过计算机公开自动选择号牌号码，并允许群众从2个号码中选择1个，但一些群众仍选不到较为满意的号码。为了给群众提供更多的选择机会，北京、成都等一些车辆管理所推行了机动车号牌号码“5选1”、“6选1”的模式，受到群众的普遍欢迎。因此，规定所有机动车号牌号码实行计算机公开自动选号，并提供至少5个号码。

八、机动车报废后，机动车所有人可以按规定申请继续使用原机动车号牌号码。

目前，机动车报废后，号牌号码由车辆管理所收回，机动车所有人购买新车后，需要另外选择新的号牌号码。但实践中，有的机动车所有人由于个人喜好、使用方便等原因，希望继续使用原来的号牌号码。为了满足这些群众的需求，规定原机动车报废6个月内，机动车所有人购买新车办理注册登记时，可以申请继续使用原号牌号码，也可以重新选择新的号牌号码。机动车所有人超过6个月未提出继续使用号牌号码申请的，车辆管理所收回该机动车号牌并重新启用，供群众公开选取。为了防止有些人恶意买卖或变相买卖机动车号牌号码，规定申请继续使用报废机动车号牌号码的，机动车所有人拥有原机动车的时间应当在3年以上。同时规定，机动车报废前涉及道路交通安全违法行为或者交通事故未处理完毕的，机动车所有人不得申请使用原号牌号码。

九、机动车驾驶人因服兵役、出国（境）等原因，不能按期提交身体条件证明、换领机动车驾驶证的，可以申请延期。

目前，一些机动车驾驶人因服兵役、长期在国（境）外工作等原因，无法按期向驾驶证核发地公安机关交通管理部门提交身体条件证明或者换领驾驶证，导致驾驶证被注销。为此，规定对因服兵役、出国（境）等原因，无法按期提交身体条件证明或者换领驾驶证的，可以在规定的期限内向驾驶证核发地车辆管理所提出延期申请。申请时须提交机动车驾驶人服兵役、出国（境）的相关证明。延期期限为2年。延期期间，不会因未提交身体条件证明或者未换领驾驶证而被注销，待机动车驾驶人退役、回国后，再补办相应手续。但在延期期间，机动车驾驶人不得驾驶机动车。

十、在机动车驾驶证副页打印下一次换领驾驶证或者提交身体条件证明的时间等提示语。

目前，车辆管理所受理驾驶人提交身体条件证明时，为驾驶人出具提交回执，但许多驾驶人因未妥善保存回执等原因，往往不了解或者忘记下次提交身体条件证明的时间，导致驾驶证被注销。另外，还有一些达到一定年龄的驾驶人，因不知晓应当办理准驾车型降级换证手续而未及时办理。因此，规定在驾驶证副证上打印相关的提示语，签注提交身体条件证明时间或换领驾驶证时间，如“请于每年的×月提交身体条件证明”、“请于×年×月×日前申请换领新驾驶证”、“请于×年×月×日前办理准驾车型降级和驾驶证换证手续”等，方便驾驶人直观了解所持驾驶证何时应提交身体条件证明、何时应换领驾驶证。自7月1日起，车辆管理所核发、换发、补发机动车驾驶证时自动签注以上提示语；对以前核发的驾驶证，驾驶人主动要求补充签注的，车辆管理所应当当场予以签注或者免费换发副证。

十一、交通事故立案后，当事人在接受公安机关交通管理部门询问时，可以请委托的律师到场。律师可以查阅、复制、摘录交通事故的相关证据材料。

交通事故发生后，当事人关心的是事故认定的公正。为此，规定交通事故立案后，公安交通管理部门对当事人开展询问查证时，允许其委托的律师到场。律师可以查阅、复制、摘录事故现场图、现场勘查笔录、检验鉴定结果、当事人及证人询问笔录等相关证据材料，以强化监督，确保公正。

十二、在直辖市、省会市、自治区首府市和计划单列市，建立道路交通安全法律、法规和相关知识的多国语言考试题库。

目前，随着国际交往的频繁，在我国申请机动车驾驶证的外籍人员逐年增加。为方便外籍人员学习、了解我国的道路交通安全法律、法规，规定先在直辖市、省会市和计划单列市试行多语种考试，外籍人员在申请机动车驾驶证，参加道路交通安全法律、法规和相关知识考试时，可以选择中文、英文、法文、日文等语种进行考试。

十三、允许具备条件的汽车销售商、二手机动车交易市场代办机动车牌证。

2003年公安部推出的30项便民利民措施中，对具备条件的车辆交易市场，允许设置车辆牌证窗口，群众办完车辆交易后可直接办理牌证。这项措施出台后，深受群众欢迎。一些地方如上海、宁波等还将这一措施扩展至汽车销售商（品牌店）、二手机动车交易市场。据统计，2006年二手机动车的交易量达270多万辆，随着经济的发展，二手机动车交易量还将持续增加。另外，商务部、公安部等4部委联合下发的《二手车流通管理办法》（商务部令2005年第2号），允许汽车销售商（经营企业）收购和销售二手机动车。为适应这一发展形势，进一步方便群众办牌办证，规定允许具备条件的汽车销售商、二手机动车交易市场代办车辆牌证，群众购买机动车后可以直接办理注册、转移登记。车辆管理所派民警定期巡查审核，监督指导，并设立群众举报、投诉电话，对于发现违规办牌办证的，停止其办牌办证业务。

十四、交通事故当事人接到《交通事故认定书》3日内，可以向上一级公安机关交通管理部门申请复核。上一级公安机关交通管理部门复核结束后，召集事故各方当事人，当场宣布复核结果。

《道路交通安全法》颁布施行后，取消了原来交通事故责任重新认定的规定。交通事故当事人对公安交通管理部门作出的交通事故认定存在疑义的，没有规定相应的救济渠道。为保证依法公正处理道路交通事故，维护当事人的合法权利，公安交通管理部门送达《交通事故认定书》时，要告知当事人如果对交通事故认定有疑义，可以在3日内向上一级公安交通管理部门提出书面复核申请。上一级公安交通管理部门收到当事人书面复核申请后，要及时通知事故其他当事人。上一级公安交通管理部门自复核申请受理后30日内，对申请人提出的复核内容进行审查，并作出复核结论。复核结论作出后5日内，要召集事故各方当事人，当场宣布。复核前或复核期间，任何一方当事人向法院提起民事诉讼并经法院受理的，复核工作中止。

十五、各省、自治区选择1至2个地市，商财政、银行等部门，试行在地市范围内跨县（区）就近向银行缴纳交通违法罚款。

目前，除直辖市和部分设区市外，大部分城市由于受财政体制制约，交通违法行为人违反交通法规接受处罚后，必须向接受处罚的交警大队所在城区或县内的银行缴纳罚款，不能跨县、区缴纳，造成居住地较远的群众缴纳罚款不方便。因此，规定自9月1日起，每个省、自治区内选择1至2个设区市，在设区市内试行群众跨县（区）就近向银行缴纳罚款。

十六、在直辖市、省会市、自治区首府市、计划单列市，试行申请人通过互联网、声讯电话或者设在车辆管理所的计算机等方式自助预约考试。

根据《机动车驾驶证申领和使用规定》（公安部令第91号），驾驶人考试分为三个科目，每个科目考试前都需事先预约。目前，每次预约都是驾驶培训学校或申请人到车辆管理所办理，但由于窗口警力有限等原因，造成排队等候现象。实行驾驶培训学校或申请人在车辆管理所自助终端机上或通过互联网、声讯电话等自助约定考试时间和考试地点，可以增加考试预约方式的选择机会，群众足不出户即可进行考试预约。考虑到技术条件的制约，该措施拟先在直辖市、省会市、自治区首府市、计划单列市车辆管理所试行。

营运机动车管理

中华人民共和国道路运输条例

（2004年4月14日国务院第48次常务会议通过　2004年4月30日中华人民共和国国务院令第406号公布　自2004年7月1日起施行）

第一章　总　　则

第一条　为了维护道路运输市场秩序，保障道路运输安全，保护道路运输有关各方当事人的合法权益，促进道路运输业的健康发展，制定本条例。

第二条　从事道路运输经营以及道路运输相关业务的，应当遵守本条例。

前款所称道路运输经营包括道路旅客运输经营（以下简称客运经营）和道路货物运输经营（以下简称货运经营）；道路运输相关业务包括站（场）经营、机动车维修经营、机动车驾驶员培训。

第三条　从事道路运输经营以及道路运输相关业务，应当依法经营，诚实信用，公平竞争。

第四条　道路运输管理，应当公平、公正、公开和便民。

第五条　国家鼓励发展乡村道路运输，并采取必要的措施提高乡镇和行政村的通班车率，满足广大农民的生活和生产需要。

第六条　国家鼓励道路运输企业实行规模化、集约化经营。任何单位和个人不得封锁或者垄断道路运输市场。

第七条　国务院交通主管部门主管全国道路运输管理工作。

县级以上地方人民政府交通主管部门负责组织领导本行政区域的道路运输管理工作。

县级以上道路运输管理机构负责具体实施道路运输管理工作。

第二章 道路运输经营

第一节 客 运

第八条 申请从事客运经营的，应当具备下列条件：

（一）有与其经营业务相适应并经检测合格的车辆；

（二）有符合本条例第九条规定条件的驾驶人员；

（三）有健全的安全生产管理制度。

申请从事班线客运经营的，还应当有明确的线路和站点方案。

第九条 从事客运经营的驾驶人员，应当符合下列条件：

（一）取得相应的机动车驾驶证；

（二）年龄不超过60周岁；

（三）3年内无重大以上交通责任事故记录；

（四）经设区的市级道路运输管理机构对有关客运法律法规、机动车维修和旅客急救基本知识考试合格。

第十条 申请从事客运经营的，应当按照下列规定提出申请并提交符合本条例第八条规定条件的相关材料：

（一）从事县级行政区域内客运经营的，向县级道路运输管理机构提出申请；

（二）从事省、自治区、直辖市行政区域内跨2个县级以上行政区域客运经营的，向其共同的上一级道路运输管理机构提出申请；

（三）从事跨省、自治区、直辖市行政区域客运经营的，向所在地的省、自治区、直辖市道路运输管理机构提出申请。

依照前款规定收到申请的道路运输管理机构，应当自受理申请之日起20日内审查完毕，作出许可或者不予许可的决定。予以许可的，向申请人颁发道路运输经营许可证，并向申请人投入运输的车辆配发车辆营运证；不予许可的，应当书面通知申请人并说明理由。

对从事跨省、自治区、直辖市行政区域客运经营的申请，有关省、自治区、直辖市道路运输管理机构依照本条第二款规定颁发道路运输经营许可证前，应当与运输线路目的地的省、自治区、直辖市道路运输管理机构协商；协商不成的，应当报国务院交通主管部门决定。

客运经营者应当持道路运输经营许可证依法向工商行政管理机关办理有关登记手续。

第十一条 取得道路运输经营许可证的客运经营者，需要增加客运班线的，应当依照本条例第十条的规定办理有关手续。

第十二条 县级以上道路运输管理机构在审查客运申请时，应当考虑客运市场的供求状况、普遍服务和方便群众等因素。

同一线路有3个以上申请人时，可以通过招标的形式作出许可决定。

第十三条 县级以上道路运输管理机构应当定期公布客运市场供求状况。

第十四条 客运班线的经营期限为4年到8年。经营期限届满需要延续客运班线经营许可的，应当重新提出申请。

第十五条 客运经营者需要终止客运经营的，应当在终止前30日内告知原许可机关。

第十六条 客运经营者应当为旅客提供良好的乘车环境，保持车辆清洁、卫生，并采取必要的措施防止在运输过程中发生侵害旅客人身、财产安全的违法行为。

第十七条 旅客应当持有效客票乘车，遵守乘车秩序，讲究文明卫生，不得携带国家规定的危险物品及其他禁止携带的物品乘车。

第十八条 班线客运经营者取得道路运输经营许可证后，应当向公众连续提供运输服务，不得擅自暂停、终止或者转让班线运输。

第十九条 从事包车客运的，应当按照约定的起始地、目的地和线路运输。

从事旅游客运的，应当在旅游区域按照旅游线路运输。

第二十条 客运经营者不得强迫旅客乘车，不得甩客、敲诈旅客；不得擅自更换运输车辆。

第二十一条 客运经营者在运输过程中造成旅客人身伤亡，行李毁损、灭失，当事人对赔偿数额有约定的，依照其约定；没有约定的，参照国家有关港口间海上旅客运输和铁路旅客运输赔偿责任限额的规定办理。

第二节 货 运

第二十二条 申请从事货运经营的，应当具备下列条件：

（一）有与其经营业务相适应并经检测合格的车辆；

（二）有符合本条例第二十三条规定条件的驾驶人员；

（三）有健全的安全生产管理制度。

第二十三条 从事货运经营的驾驶人员，应当符合下列条件：

（一）取得相应的机动车驾驶证；

（二）年龄不超过60周岁；

（三）经设区的市级道路运输管理机构对有关货运法律法规、机动车维修和货物装载保管基本知识考试合格。

第二十四条 申请从事危险货物运输经营的，还应当具备下列条件：

（一）有5辆以上经检测合格的危险货物运输专用车辆、设备；

（二）有经所在地设区的市级人民政府交通主管部门考试合格，取得上岗资格证的驾驶人员、装卸管理人员、押运人员；

（三）危险货物运输专用车辆配有必要的通讯工具；

（四）有健全的安全生产管理制度。

第二十五条 申请从事货运经营的，应当按照下列规定提出申请并分别提交符合本条例第二十二条、第二十四条规定条件的相关材料：

（一）从事危险货物运输经营以外的货运经营的，向县级道路运输管理机构提出申请；

（二）从事危险货物运输经营的，向设区的市级道路运输管理机构提出申请。

依照前款规定收到申请的道路运输管理机构，应当自受理申请之日起20日内审查完毕，作出许可或者不予许可的决定。予以许可的，向申请人颁发道路运输经营许可证，并向申请人投入运输的车辆配发车辆营运证；不予许可的，应当书面通知申请人并说明理由。

货运经营者应当持道路运输经营许可证依法向工商行政管理机关办理有关登记手续。

第二十六条 货运经营者不得运输法律、行政法规禁止运输的货物。

法律、行政法规规定必须办理有关手续后方可运输的货物，货运经营者应当查验有关手续。

第二十七条 国家鼓励货运经营者实行封闭式运输，保证环境卫生和货物运输安全。

货运经营者应当采取必要措施，防止货物脱落、扬撒等。

运输危险货物应当采取必要措施，防止危险货物燃烧、爆炸、辐射、泄漏等。

第二十八条 运输危险货物应当配备必要的押运人员，保证危险货物处于押运人员的监管之下，并悬挂明显的危险货物运输标志。

托运危险货物的，应当向货运经营者说明危险货物的品名、性质、应急处置方法等情况，并严格按照国家有关规定包装，设置明显标志。

第三节　客运和货运的共同规定

第二十九条 客运经营者、货运经营者应当加强对从业人员的安全教育、职业道德教育，确保道路运输安全。

道路运输从业人员应当遵守道路运输操作规程，不得违章作业。驾驶人员连续驾驶时间不得超过4个小时。

第三十条 生产（改装）客运车辆、货运车辆的企业应当按照国家规定标定车辆的核定人数或者载重量，严禁多标或者少标车辆的核定人数或者载重量。

客运经营者、货运经营者应当使用符合国家规定标准的车辆从事道路运输经营。

第三十一条 客运经营者、货运经营者应当加强对车辆的维护和检测，确保车辆符合国家规定的技术标准；不得使用报废的、擅自改装的和其他不符合国家规定的车辆从事道路运输经营。

第三十二条 客运经营者、货运经营者应当制定有关交通事故、自然灾害以及其他突发事件的道路运输应急预案。应急预案应当包括报告程序、应急指挥、应急车辆和设备的储备以及处置措施等内容。

第三十三条 发生交通事故、自然灾害以及其他突发事件，客运经营者和货运经营者应当服从县级以上人民政府或者有关部门的统一调度、指挥。

第三十四条 道路运输车辆应当随车携带车辆营运证，不得转让、出租。

第三十五条 道路运输车辆运输旅客的，不得超过核定的人数，不得违反规定载货；运输货物的，不得运输旅客，运输的货物应当符合核定的载重量，严禁超载；载物的长、宽、高不得违反装载要求。

违反前款规定的，由公安机关交通管理部门依照《中华人民共和国道路交通安全法》的有关规定进行处罚。

第三十六条 客运经营者、危险货物运输经营者应当分别为旅客或者危险货物投保承运人责任险。

第三章 道路运输相关业务

第三十七条 申请从事道路运输站（场）经营的，应当具备下列条件：

（一）有经验收合格的运输站（场）；

（二）有相应的专业人员和管理人员；

（三）有相应的设备、设施；

（四）有健全的业务操作规程和安全管理制度。

第三十八条 申请从事机动车维修经营的，应当具备下列条件：

（一）有相应的机动车维修场地；

（二）有必要的设备、设施和技术人员；

（三）有健全的机动车维修管理制度；

（四）有必要的环境保护措施。

第三十九条 申请从事机动车驾驶员培训的，应当具备下列条件：

（一）有健全的培训机构和管理制度；

（二）有与培训业务相适应的教学人员、管理人员；

（三）有必要的教学车辆和其他教学设施、设备、场地。

第四十条 申请从事道路运输站（场）经营、机动车维修经营和机动车驾驶员培训业务的，应当向所在地县级道路运输管理机构提出申请，并分别附送符合本条例第三十七条、第三十八条、第三十九条规定条件的相关材料。县级道路运输管理机构应当自受理申请之日起15日内审查完毕，作出许可或者不予许可的决定，并书面通知申请人。

道路运输站（场）经营者、机动车维修经营者和机动车驾驶员培训机构，应当持许可证明依法向工商行政管理机关办理有关登记手续。

第四十一条 道路运输站（场）经营者应当对出站的车辆进行安全检查，禁止无证经营的车辆进站从事经营活动，防止超载车辆或者未经安全检查的车辆出站。

道路运输站（场）经营者应当公平对待使用站（场）的客运经营者和货运经营者，无正当理由不得拒绝道路运输车辆进站从事经营活动。

道路运输站（场）经营者应当向旅客和货主提供安全、便捷、优质的服务；保持站（场）卫生、清洁；不得随意改变站（场）用途和服务功能。

第四十二条 道路旅客运输站（场）经营者应当为客运经营者合理安排班次，公布其运输线路、起止经停站点、运输班次、始发时间、票价，调度车辆进站、发车，疏导旅客，维持上下车秩序。

道路旅客运输站（场）经营者应当设置旅客购票、候车、行李寄存和托运等服务设施，按照车辆核定载客限额售票，并采取措施防止携带危险品的人员进站乘车。

第四十三条 道路货物运输站（场）经营者应当按照国务院交通主管部门规定的业务操作规程装卸、储存、保管货物。

第四十四条 机动车维修经营者应当按照国家有关技术规范对机动车进行维修，保证维修质量，不得使用假冒伪劣配件维修机动车。

机动车维修经营者应当公布机动车维修工时定额和收费标准，合理收取费用。

第四十五条 机动车维修经营者对机动车进行二级维护、总成修理或者整车修理的，应当进行维修质量检验。检验合格的，维修质量检验人员应当签发机动车维修合格证。

机动车维修实行质量保证期制度。质量保证期内因维修质量原因造成机动车无法正常使用的，机动车维修经营者应当无偿返修。

机动车维修质量保证期制度的具体办法，由国务院交通主管部门制定。

第四十六条 机动车维修经营者不得承修已报废的机动车，不得擅自改装机动车。

第四十七条 机动车驾驶员培训机构应当按照国务院交通主管部门规定的教学大纲进行培训，确保培训质量。培训结业的，应当向参加培训的人员颁发培训结业证书。

第四章　国际道路运输

第四十八条　国务院交通主管部门应当及时向社会公布中国政府与有关国家政府签署的双边或者多边道路运输协定确定的国际道路运输线路。

第四十九条　申请从事国际道路运输经营的，应当具备下列条件：

（一）依照本条例第十条、第二十五条规定取得道路运输经营许可证的企业法人；

（二）在国内从事道路运输经营满3年，且未发生重大以上道路交通责任事故。

第五十条　申请从事国际道路运输的，应当向省、自治区、直辖市道路运输管理机构提出申请并提交符合本条例第四十九条规定条件的相关材料。省、自治区、直辖市道路运输管理机构应当自受理申请之日起20日内审查完毕，作出批准或者不予批准的决定。予以批准的，应当向国务院交通主管部门备案；不予批准的，应当向当事人说明理由。

国际道路运输经营者应当持批准文件依法向有关部门办理相关手续。

第五十一条　中国国际道路运输经营者应当在其投入运输车辆的显著位置，标明中国国籍识别标志。

外国国际道路运输经营者的车辆在中国境内运输，应当标明本国国籍识别标志，并按照规定的运输线路行驶；不得擅自改变运输线路，不得从事起止地都在中国境内的道路运输经营。

第五十二条　在口岸设立的国际道路运输管理机构应当加强对出入口岸的国际道路运输的监督管理。

第五十三条　外国国际道路运输经营者经国务院交通主管部门批准，可以依法在中国境内设立常驻代表机构。常驻代表机构不得从事经营活动。

第五章　执法监督

第五十四条　县级以上人民政府交通主管部门应当加强对道路运输管理机构实施道路运输管理工作的指导监督。

第五十五条　道路运输管理机构应当加强执法队伍建设，提高其工作人员的法制、业务素质。

道路运输管理机构的工作人员应当接受法制和道路运输管理业务培训、考核，考核不合格的，不得上岗执行职务。

第五十六条　上级道路运输管理机构应当对下级道路运输管理机构的执法活动进行监督。

道路运输管理机构应当建立健全内部监督制度，对其工作人员执法情况进行监督检查。

第五十七条 道路运输管理机构及其工作人员执行职务时，应当自觉接受社会和公民的监督。

第五十八条 道路运输管理机构应当建立道路运输举报制度，公开举报电话号码、通信地址或者电子邮件信箱。

任何单位和个人都有权对道路运输管理机构的工作人员滥用职权、徇私舞弊的行为进行举报。交通主管部门、道路运输管理机构及其他有关部门收到举报后，应当依法及时查处。

第五十九条 道路运输管理机构的工作人员应当严格按照职责权限和程序进行监督检查，不得乱设卡、乱收费、乱罚款。

道路运输管理机构的工作人员应当重点在道路运输及相关业务经营场所、客货集散地进行监督检查。

道路运输管理机构的工作人员在公路路口进行监督检查时，不得随意拦截正常行驶的道路运输车辆。

第六十条 道路运输管理机构的工作人员实施监督检查时，应当有2名以上人员参加，并向当事人出示执法证件。

第六十一条 道路运输管理机构的工作人员实施监督检查时，可以向有关单位和个人了解情况，查阅、复制有关资料。但是，应当保守被调查单位和个人的商业秘密。

被监督检查的单位和个人应当接受依法实施的监督检查，如实提供有关资料或者情况。

第六十二条 道路运输管理机构的工作人员在实施道路运输监督检查过程中，发现车辆超载行为的，应当立即予以制止，并采取相应措施安排旅客改乘或者强制卸货。

第六十三条 道路运输管理机构的工作人员在实施道路运输监督检查过程中，对没有车辆营运证又无法当场提供其他有效证明的车辆予以暂扣的，应当妥善保管，不得使用，不得收取或者变相收取保管费用。

第六章 法律责任

第六十四条 违反本条例的规定，未取得道路运输经营许可，擅自从事道路运输经营的，由县级以上道路运输管理机构责令停止经营；有违法所得的，没收违法所得，处违法所得2倍以上10倍以下的罚款；没有违法所得或者违法所得不足2万元的，处3万元以上10万元以下的罚款；构成犯罪的，依法追究刑事责任。

第六十五条 不符合本条例第九条、第二十三条规定条件的人员驾驶道路运输经营车辆的，由县级以上道路运输管理机构责令改正，处200元以上2000元以下的罚款；构成犯罪的，依法追究刑事责任。

第六十六条 违反本条例的规定，未经许可擅自从事道路运输站（场）经营、机动车维修经营、机动车驾驶员培训的，由县级以上道路运输管理机构责令停止经营；有违法所得的，没收违法所得，处违法所得2倍以上10倍以下的罚款；没有违法所得或者违法所得不足1万元的，处2万元以上5万元以下的罚款；构成犯罪的，依法追究刑事责任。

第六十七条 违反本条例的规定，客运经营者、货运经营者、道路运输相关业务经营者非法转让、出租道路运输许可证件的，由县级以上道路运输管理机构责令停止违法行为，收缴有关证件，处2000元以上1万元以下的罚款；有违法所得的，没收违法所得。

第六十八条 违反本条例的规定，客运经营者、危险货物运输经营者未按规定投保承运人责任险的，由县级以上道路运输管理机构责令限期投保；拒不投保的，由原许可机关吊销道路运输经营许可证。

第六十九条 违反本条例的规定，客运经营者、货运经营者不按照规定携带车辆营运证的，由县级以上道路运输管理机构责令改正，处警告或者20元以上200元以下的罚款。

第七十条 违反本条例的规定，客运经营者、货运经营者有下列情形之一的，由县级以上道路运输管理机构责令改正，处1000元以上3000元以下的罚款；情节严重的，由原许可机关吊销道路运输经营许可证：

（一）不按批准的客运站点停靠或者不按规定的线路、公布的班次行驶的；

（二）强行招揽旅客、货物的；

（三）在旅客运输途中擅自变更运输车辆或者将旅客移交他人运输的；

（四）未报告原许可机关，擅自终止客运经营的；

（五）没有采取必要措施防止货物脱落、扬撒等的。

第七十一条 违反本条例的规定，客运经营者、货运经营者不按规定维护和检测运输车辆的，由县级以上道路运输管理机构责令改正，处1000元以上5000元以下的罚款。

违反本条例的规定，客运经营者、货运经营者擅自改装已取得车辆营运证的车辆的，由县级以上道路运输管理机构责令改正，处5000元以上2万元以下的罚款。

第七十二条 违反本条例的规定，道路运输站（场）经营者允许无证经营的车辆进站从事经营活动以及超载车辆、未经安全检查的车辆出站或者无正当理由拒绝道路运输车辆进站从事经营活动的，由县级以上道路运输管理机构责令改正，处1万元以上3万元以下的罚款。

违反本条例的规定，道路运输站（场）经营者擅自改变道路运输站（场）的用途和服务功能，或者不公布运输线路、起止经停站点、运输班次、始发时间、票价的，由县级以上道路运输管理机构责令改正；拒不改正的，处3000元的罚款；有违法所得的，没收违法所得。

第七十三条 违反本条例的规定，机动车维修经营者使用假冒伪劣配件维修机动车，承修已报废的机动车或者擅自改装机动车的，由县级以上道路运输管理机构责令改正；有违法所得的，没收违法所得，处违法所得2倍以上10倍以下的罚款；没有违法所得或者违法所得不足1万元的，处2万元以上5万元以下的罚款，没收假冒伪劣配件及报废车辆；情节严重的，由原许可机关吊销其经营许可；构成犯罪的，依法追究刑事责任。

第七十四条 违反本条例的规定，机动车维修经营者签发虚假的机动车维修合格证，由县级以上道路运输管理机构责令改正；有违法所得的，没收违法所得，处违法所得2倍以上10倍以下的罚款；没有违法所得或者违法所得不足3000元的，处5000元以上2万元以下的罚款；情节严重的，由原许可机关吊销其经营许可；构成犯罪的，依法追究刑事责任。

第七十五条 违反本条例的规定，机动车驾驶员培训机构不严格按照规定进行培训或者在培训结业证书发放时弄虚作假的，由县级以上道路运输管理机构责令改正；拒不改正的，由原许可机关吊销其经营许可。

第七十六条 违反本条例的规定，外国国际道路运输经营者未按照规定的线路运输，擅自从事中国境内道路运输或者未标明国籍识别标志的，由省、自治区、直辖市道路运输管理机构责令停止运输；有违法所得的，没收违法所得，处违法所得2倍以上10倍以下的罚款；没有违法所得或者违法所得不足1万元的，处3万元以上6万元以下的罚款。

第七十七条 违反本条例的规定，道路运输管理机构的工作人员有下列情形之一的，依法给予行政处分；构成犯罪的，依法追究刑事责任：

（一）不依照本条例规定的条件、程序和期限实施行政许可的；

（二）参与或者变相参与道路运输经营以及道路运输相关业务的；

（三）发现违法行为不及时查处的；

（四）违反规定拦截、检查正常行驶的道路运输车辆的；

（五）违法扣留运输车辆、车辆营运证的；

（六）索取、收受他人财物，或者谋取其他利益的；

（七）其他违法行为。

第七章　附　　则

第七十八条 内地与香港特别行政区、澳门特别行政区之间的道路运输，参照本条例的有关规定执行。

第七十九条 外商可以依照有关法律、行政法规和国家有关规定，在中华人民共和国境内采用中外合资、中外合作、独资形式投资有关的道路运输经营以及道路运输相关业务。

第八十条 从事非经营性危险货物运输的，应当遵守本条例有关规定。

第八十一条 道路运输管理机构依照本条例发放经营许可证件和车辆营运证，可以收取工本费。工本费的具体收费标准由省、自治区、直辖市人民政府财政部门、价格主管部门会同同级交通主管部门核定。

第八十二条 出租车客运和城市公共汽车客运的管理办法由国务院另行规定。

第八十三条 本条例自2004年7月1日起施行。

国际道路运输管理规定

（2005年4月13日 中华人民共和国交通部令2005年第3号）

第一章 总 则

第一条 为规范国际道路运输经营活动，维护国际道路运输市场秩序，保护国际道路运输各方当事人的合法权益，促进国际道路运输业的发展，根据《道路运输条例》和我国政府与有关国家政府签署的汽车运输协定，制定本规定。

第二条 从事中华人民共和国与相关国家间的国际道路运输经营活动的，应当遵守本规定。

本规定所称国际道路运输，包括国际道路旅客运输、国际道路货物运输。

第三条 国际道路运输应当坚持平等互利、公平竞争、共同发展的原则。

国际道路运输管理应当公平、公正、公开和便民。

第四条 交通部主管全国国际道路运输管理工作。

省级人民政府交通主管部门负责组织领导本行政区域内的国际道路运输管理工作。

省级道路运输管理机构负责具体实施本行政区域内的国际道路运输管理工作。

第二章 经营许可

第五条 申请从事国际道路运输经营活动的，应当具备下列条件：

（一）已经取得国内道路运输经营许可证的企业法人。

（二）从事国内道路运输经营满3年，且近3年内未发生重大以上道路交通责任事故。

道路交通责任事故是指驾驶人员负同等或者以上责任的交通事故。

（三）驾驶人员符合第六条的条件。从事危险货物运输的驾驶员、装卸管理员、押运员，应当符合危险货物运输管理的有关规定。

（四）拟投入国际道路运输经营的运输车辆技术等级达到一级。

（五）有健全的安全生产管理制度。

第六条 从事国际道路运输的驾驶人员，应当符合下列条件：

（一）取得相应的机动车驾驶证；

（二）年龄不超过60周岁；

（三）经设区的市级道路运输管理机构分别对有关国际道路运输法规、外事规定、机动车维修、货物装载、保管和旅客急救基本知识考试合格，并取得《营运驾驶员从业资格证》；

（四）从事旅客运输的驾驶人员3年内无重大以上交通责任事故记录。

第七条 拟从事国际道路运输经营的，应当向所在地省级道路运输管理机构提出申请，并提交以下材料：

（一）国际道路运输经营申请表（式样见附件1）；

（二）《道路运输经营许可证》及复印件；

（三）法人营业执照及复印件；

（四）企业近3年内无重大以上道路交通责任事故证明；

（五）拟投入国际道路运输经营的车辆的道路运输证和拟购置车辆承诺书，承诺书包括车辆数量、类型、技术性能、购车时间等内容；

（六）拟聘用驾驶员的机动车驾驶证、从业资格证，近3年内无重大以上道路交通责任事故证明；

（七）国际道路运输的安全管理制度：包括安全生产责任制度、安全生产业务操作规程、安全生产监督检查制度、驾驶员和车辆安全生产管理制度等。

从事定期国际道路旅客运输的，还应当提交定期国际道路旅客班线运输的线路、站点、班次方案。

从事危险货物运输的，还应当提交驾驶员、装卸管理员、押运员的上岗资格证等。

第八条 已取得国际道路运输经营许可，申请新增定期国际旅客运输班线的，应当向所在地省级道路运输管理机构提出申请，提交下列材料：

（一）《道路运输经营许可证》及复印件；

（二）拟新增定期国际道路旅客班线运输的线路、站点、班次方案；

（三）拟投入国际道路旅客运输营运的车辆的道路运输证和拟购置车辆承诺书；

（四）拟聘用驾驶员的机动车驾驶证、从业资格证，驾驶员近3年内无重大以上道路交通责任事故证明。

第九条 省级道路运输管理机构收到申请后，应当按照《交通行政许可实施程序规定》要求的程序、期限，对申请材料进行审查，作出许可或者不予许可的决定。

决定予以许可的，应当向被许可人颁发《道路运输经营许可证》或者《道路旅客运输班线经营许可证明》。不能直接颁发经营证件的，应当向被许可人出具《国际道路运输经营许可决定书》（见附件2）或者《国际道路旅客运输班线经营许可决定书》（见附件3）。在出具许可决定之日起10日内，向被许可人颁发《道路运输经营许可证》或者《道路旅客运输班线经营许可证明》。

《道路运输经营许可证》应当注明经营范围；《道路旅客运输班线经营许可证明》应当注明班线起讫地、线路、停靠站点以及班次。

省级道路运输管理机构予以许可的，应当由省级交通主管部门向交通部备案。

对国际道路运输经营申请决定不予许可的，应当在受理之日起20日内向申请人送达《不予交通行政许可决定书》，并说明理由，告知申请人享有依法申请行政复议或者提起行政诉讼的权利。

第十条 非边境省、自治区、直辖市的申请人拟从事国际道路运输经营的，应当向所在地省级道路运输管理机构提出申请。受理该申请的省级道路运输管理机构在作出许可决定前，应当与运输线路拟通过口岸所在地的省级道路运输管理机构协商；协商不成的，由省级交通主管部门报交通部决定。交通部按照第九条第一款规定的程序作出许可或者不予许可的决定，通知所在地省级交通主管部门，并由所在地省级道路运输管理机构按照第九条第二款、第五款的规定颁发许可证件或者《不予交通行政许可决定书》。

第十一条 被许可人应当按照承诺书的要求购置运输车辆。购置的车辆和已有的车辆经道路运输管理机构核实符合条件的，道路运输管理机构向拟投入运输的车辆配发《道路运输证》。

第十二条 从事国际道路运输经营的申请人凭《道路运输经营许可证》及许可文件到外事、海关、检验检疫、边防检查等部门办理有关运输车辆、人员的出入境手续。

第十三条 国际道路运输经营者变更许可事项、扩大经营范围的，应当按照本规定办理许可申请。

国际道路运输经营者变更名称、地址等，应当向省级道路运输管理机构备案。

第十四条 国际道路旅客运输经营者在取得经营许可后，应当在180日内履行被许可的事项。有正当理由在180日内未经营或者停业时间超过180日的，应当告知省级道路运输管理机构。

国际道路运输经营者需要终止经营的，应当在终止经营之日30日前告知省级道路运输管理机构，办理有关注销手续。

第十五条 外国道路运输企业在我国境内设立国际道路运输常驻代表机构，应当向交通部提出申请，并提供以下材料：

（一）企业的董事长或总经理签署的申请书。内容包括常驻代表机构的名称、负责人、业务范围、驻在期限、驻在地点等；

（二）企业所在国家或地区有关商业登记当局出具的开业合法证明或营业注册副本；

（三）由所在国金融机构出具的资本信用证明书；

（四）企业委任常驻代表机构人员的授权书和常驻人员的简历及照片。

提交的外文资料需同时附中文翻译件。

第十六条 交通部应当按照《交通行政许可实施程序规定》要求的程序、期限，对申请材料进行审查，作出许可或者不予许可的决定。予以许可的，向外国道路运输企业出具并送达《外国（境外）运输企业在中国设立常驻代表机构许可决定书》（见附件4），同时通知外国（境外）运输企业在中国常驻代表机构所在地的省级交通主管部门；不予许可的，应当出具并送达《不予交通行政许可决定书》，并说明理由。

第三章 运营管理

第十七条 国际道路运输线路由起讫地、途经地国家交通主管部门协商确定。

交通部及时向社会公布中国政府与有关国家政府确定的国际道路运输线路。

第十八条 从事国际道路运输的车辆应当按照规定的口岸通过，进入对方国家境内后，应当按照规定的线路运行。

从事定期国际道路旅客运输的车辆，应当按照规定的行车路线、班次及停靠站点运行。

第十九条 外国国际道路运输经营者的车辆在中国境内运输，应当具有本国的车辆登记牌照、登记证件。驾驶人员应当持有与其驾驶的车辆类别相符的本国或国际驾驶证件。

第二十条 从事国际道路运输的车辆应当标明本国的国际道路运输国籍识别

标志。

省级道路运输管理机构按照交通部规定的《国际道路运输国籍识别标志》式样（见附件5），负责《国际道路运输国籍识别标志》的印制、发放、管理和监督使用。

第二十一条 进入我国境内从事国际道路运输的外国运输车辆，应当符合我国有关运输车辆外廓尺寸、轴荷以及载质量的规定。

我国与外国签署有关运输车辆外廓尺寸、轴荷以及载质量具体协议的，按协议执行。

第二十二条 我国从事国际道路旅客运输的经营者，应当使用《国际道路旅客运输行车路单》（见附件6）。

我国从事国际道路货物运输的经营者，应当使用《国际道路货物运单》（见附件7）。

第二十三条 进入我国境内运载不可解体大型物件的外国国际道路运输经营者，车辆超限的，应当遵守我国超限运输车辆行驶公路的相关规定，办理相关手续后，方可运输。

第二十四条 进入我国境内运输危险货物的外国国际道路运输经营者，应当遵守我国危险货物运输有关法律、法规和规章的规定。

第二十五条 禁止外国国际道路运输经营者从事我国国内道路旅客和货物运输经营。

外国国际道路运输经营者在我国境内应当在批准的站点上下旅客或者按照运输合同商定的地点装卸货物。运输车辆，要按照我国道路运输管理机构指定的停靠站（场）停放。

禁止外国国际道路运输经营者在我国境内自行承揽货物或者招揽旅客。

第二十六条 国际道路运输经营者应当使用符合国家规定标准的车辆从事国际道路运输经营，并定期进行运输车辆维护和检测。

第二十七条 国际道路运输经营者应当制定境外突发事件的道路运输应急预案。应急预案应当包括报告程序、应急指挥、应急车辆和设备的储备以及处置措施等内容。

第二十八条 国际道路旅客运输的价格，按边境口岸地省级交通主管部门与相关国家政府交通主管部门签订的协议执行。没有协议的，按边境口岸所在地省级物价部门核定的运价执行。

国际道路货物运输的价格，由国际道路货物运输的经营者自行确定。

第二十九条 对进出我国境内从事国际道路运输的外国运输车辆的费收，应当按照我国与相关国家政府签署的有关协定执行。

第四章 行车许可证管理

第三十条 国际道路运输实行行车许可证制度。

行车许可证是国际道路运输经营者在相关国家境内从事国际道路运输经营时行驶的通行凭证。

我国从事国际道路运输的车辆进出相关国家，应当持有相关国家的国际汽车运输行车许可证。

外国从事国际道路运输的车辆进出我国，应当持有我国国际汽车运输行车许可证。

第三十一条 我国国际汽车运输行车许可证分为《国际汽车运输行车许可证》和《国际汽车运输特别行车许可证》。

在我国境内从事国际道路旅客运输经营和一般货物运输经营的外国经营者，使用《国际汽车运输行车许可证》。

在我国境内从事国际道路危险货物运输经营的外国经营者，应当向拟通过口岸所在地的省级道路运输管理机构提出申请，由省级道路运输管理机构商有关部门批准后，向外国经营者的运输车辆发放《国际汽车运输特别行车许可证》。

第三十二条 《国际汽车运输行车许可证》、《国际汽车运输特别行车许可证》的式样，由交通部与相关国家政府交通主管部门商定。边境省级道路运输管理机构按照商定的式样，负责行车许可证的统一印制，并负责与相关国家交换。

交换过来的相关国家《国际汽车运输行车许可证》，由边境省级道路运输管理机构负责发放和管理。

我国从事国际道路运输的经营者，向拟通过边境口岸所在地的省级道路运输管理机构申领《国际汽车运输行车许可证》。

第三十三条 《国际汽车运输行车许可证》、《国际汽车运输特别行车许可证》实行一车一证，应当在有效期内使用。

运输车辆为半挂汽车列车、全挂汽车列车时，仅向牵引车发放行车许可证。

第三十四条 禁止伪造、变造、倒卖、转让、出租《国际汽车运输行车许可证》、《国际汽车运输特别行车许可证》。

第五章 监督检查

第三十五条 县级以上道路运输管理机构在本行政区域内依法实施国际道路运输监督检查工作。

口岸国际道路运输管理机构负责口岸地包括口岸查验现场的国际道路运输管理及监督检查工作。

口岸国际道路运输管理机构应当悬挂“中华人民共和国××口岸国际道路运输管理站”标识牌；在口岸查验现场悬挂“中国运输管理”的标识，并实行统一的国际道路运输查验签章（式样见附件8）。

道路运输管理机构和口岸国际道路运输管理机构工作人员在实施国际道路运输监督检查时，应当出示交通部统一制式的交通行政执法证件。

第三十六条 口岸国际道路运输管理机构在口岸具体负责如下工作：

（一）查验《国际汽车运输行车许可证》、《国际道路运输国籍识别标志》、国际道路运输有关牌证等。

（二）记录、统计出入口岸的车辆、旅客、货物运输量以及《国际汽车运输行车许可证》；定期向省级道路运输管理机构报送有关统计资料。

（三）监督检查国际道路运输的经营活动。

（四）协调出入口岸运输车辆的通关事宜。

第三十七条 国际道路运输经营者应当接受当地县级以上道路运输管理机构和口岸国际道路运输管理机构的检查。

第六章 法律责任

第三十八条 违反本规定，有下列行为之一的，由县级以上道路运输管理机构以及口岸国际道路运输管理机构责令停止经营；有违法所得的，没收违法所得，处违法所得2倍以上10倍以下的罚款；没有违法所得或者违法所得不足2万元的，处3万元以上10万元以下的罚款；构成犯罪的，依法追究刑事责任：

（一）未取得道路运输经营许可，擅自从事国际道路运输经营的；

（二）使用失效、伪造、变造、被注销等无效道路运输经营许可证件从事国际道路运输经营的；

（三）超越许可的事项，非法从事国际道路运输经营的。

第三十九条 违反本规定，非法转让、出租、伪造《道路运输经营许可证》、《道路旅客运输班线经营许可证明》、《国际汽车运输行车许可证》、《国际汽车运输特别行车许可证》、《国际道路运输国籍识别标志》的，由县级以上道路运输管理机构以及口岸国际道路运输管理机构责令停止违法行为，收缴有关证件，处2000元以上1万元以下的罚款；构成犯罪的，依法追究刑事责任。

第四十条 违反本规定，国际道路运输经营者的运输车辆不按照规定标明《国际道路运输国籍识别标志》、携带《国际汽车运输行车许可证》或者

《国际汽车运输特别行车许可证》的，由县级以上道路运输管理机构以及口岸国际道路运输管理机构责令改正，处20元以上200元以下的罚款。

第四十一条 违反本规定，国际道路运输经营者有下列情形之一的，由县级以上道路运输管理机构以及口岸国际道路运输管理机构责令改正，处1000元以上3000元以下的罚款；情节严重的，由原许可机关吊销道路运输经营许可证：

（一）不按批准的国际道路运输线路、站点、班次运输的；

（二）在运输途中擅自变更运输车辆或者将旅客移交他人运输的；

（三）未报告原许可机关，擅自终止国际道路旅客运输经营的。

第四十二条 国际道路运输经营者违反道路旅客、货物运输有关规定的，按照相关规定予以处罚。

第四十三条 外国国际道路运输经营者有下列行为之一，由县级以上道路运输管理机构以及口岸国际道路运输管理机构责令停止运输或责令改正，有违法所得的，没收违法所得，处违法所得2倍以上10倍以下的罚款，没有违法所得或者违法所得不足1万元的，处3万元以上6万元以下的罚款：

（一）未取得我国有效的《国际汽车运输行车许可证》或者《国际汽车运输特别行车许可证》，擅自进入我国境内从事国际道路运输经营或者运输危险货物的；

（二）从事我国国内道路旅客或货物运输的；

（三）在我国境内自行承揽货源或招揽旅客的；

（四）未按规定的运输线路、站点、班次、停靠站（场）运行的；

（五）未标明本国《国际道路运输国籍识别标志》的。

第四十四条 违反本规定，外国道路运输经营者，未经批准在我国境内设立国际道路运输常驻代表机构的，由省级道路运输管理机构予以警告，并责令改正。

第四十五条 县级以上道路运输管理机构以及口岸国际道路运输管理机构有下列行为之一的，对负有责任的主管人员和责任人员，视情节轻重，依法给予行政处分；造成严重后果、构成犯罪的，依法追究其刑事责任：

（一）不按照本规定规定的条件、程序和期限实施国际道路运输行政许可的；

（二）参与或者变相参与国际道路运输经营的；

（三）发现未经批准的单位和个人擅自从事国际道路运输经营活动，或者发现国际道路运输经营者有违法行为不及时查处的；

（四）违反规定拦截、检查正常行驶的道路运输车辆的；

（五）违法扣留运输车辆、车辆营运证的；

（六）索取、收受他人财物，或者谋取其他利益的；

（七）违法实施行政处罚的；

（八）其他违法行为。

第七章　附　　则

第四十六条　依照《道路运输条例》的规定，收取《道路运输经营许可证》、《道路运输证》、《道路旅客运输班线经营许可证明》、从业资格证、《国际汽车运输行车许可证》、《国际汽车运输特别行车许可证》、《国际道路运输国籍识别标志》等许可证件的工本费，具体收费标准由省、自治区、直辖市人民政府财政部门、价格主管部门会同同级交通主管部门核定。

第四十七条　本规定自2005年6月1日起施行。交通部1995年9月12日公布的《中华人民共和国出入境汽车运输管理规定》（交公路发〔1995〕860号）同时废止。

附件1：国际道路运输经营申请表（略）

附件2：国际道路运输经营许可决定书（略）

附件3：国际道路旅客运输班线经营许可决定书（略）

附件4：外国（境外）运输企业在中国设立常驻代表机构许可决定书（略）

附件5：国际道路运输国籍识别标志（略）

附件6：国际道路旅客运输行车路单（略）

附件7：国际道路货物运单（略）

附件8：国际道路运输查验签章（略）

超限运输车辆行驶公路管理规定

（2000年2月13日　中华人民共和国交通部令2000年第2号）

第一章　总　　则

第一条　为加强对超限运输车辆行驶公路的管理，维护公路完好，保障公路安全畅通，根据《中华人民共和国公路法》及有关法规，制定本规定。

第二条　在中华人民共和国境内公路上进行超限运输的单位和个人（以下简称“承运人”），均应遵守本规定。

第三条　本规定所称超限运输车辆是指在公路上行驶的、有下列情形之一的运输车辆：

（一）车货总高度从地面算起4米以上；

（二）车货总长18米以上；

（三）车货总宽度2.5米以上；

（四）单车、半挂列车、全挂列车车货总质量40000千克以上；集装箱半挂列车车货总质量46000千克以上；

（五）车辆轴载质量在下列规定值以上：

单轴（每侧单轮胎）载质量6000千克；

单轴（每侧双轮胎）载质量10000千克；

双联轴（每侧单轮胎）载质量10000千克；

双联轴（每侧各一单轮胎、双轮胎）载质量14000千克；

双联轴（每侧双轮胎）载质量18000千克；

三联轴（每侧单轮胎）载质量12000千克；

三联轴（每侧双轮胎）载质量22000千克。

第四条 超限运输车辆行驶公路的管理工作实行“统一管理、分级负责、方便运输、保障畅通”的原则。

国务院交通主管部门主管全国超限运输车辆行驶公路的管理工作。

县级以上地方人民政府交通主管部门主管本行政区域内超限运输车辆行驶公路的管理工作。

超限运输车辆行驶公路的具体行政管理工作，由县级以上地方人民政府交通主管部门设置的公路管理机构负责。

第五条 在公路上行驶的车辆的轴载质量应当符合《公路工程技术标准》的要求。但对有限定荷载要求的公路和桥梁，超限运输车辆不得行驶。

第二章 申请与审批

第六条 超限运输车辆行驶公路前，其承运人应按下列规定向公路管理机构提出书面申请：

（一）跨省（自治区、直辖市）行政区域进行超限运输的，由途经公路沿线省级公路管理机构分别负责审批，必要时可转报国务院交通主管部门统一进行协调。

（二）跨地（市）行政区域进行超限运输的，由省级公路管理机构负责审批。

（三）在本地（市）行政区域内进行超限运输的，由地（市）级公路管理机构负责审批。

第七条 承运人向公路管理机构申请超限运输车辆行驶公路时，除提交书面申请外，还应提供下列资料和证件：

（一）货物名称、重量、外廓尺寸及必要的总体轮廓图；

（二）运输车辆的厂牌型号、自载质量、轴载质量、轴距。轮数、轮胎单位压力、载货时总的外廓尺寸等有关资料；

（三）货物运输的起讫点、拟经过的路线和运输时间；

（四）车辆行驶证。

第八条 超限运输车辆行驶公路前，其承运人应根据具体情况分别依照下列规定的期限提出申请：

（一）对于车货总质量在40000千克以下，但其车货总高度、长度及宽度超过第三条第（一）、（二）、（三）项规定的超限运输，承运人应在起运前15日提出书面申请；

（二）对于车货总质量在40000千克以上（不含40000千克）、集装箱车货总质量在46000千克以上（含46000千克），100000千克以下的超限运输，承运人应在起运前1个月提出书面申请；

（三）对于车货总重在100000千克（不含100000千克）以上的超限运输，承运人应在起运前3个月提出书面申请。

第九条 公路管理机构在接到承运人的书面申请后，应在15日内进行审查并提出书面答复意见。

公路管理机构在审批超限运输时，应根据实际情况，对需经路线进行勘测，选定运输路线，计算公路、桥梁承载能力，制定通行与加固方案，并与承运人签订有关协议。

第十条 公路管理机构应根据制定的通行与加固方案以及签订的有关协议，对运输路线、桥涵等进行加固和改建，保障超限运输车辆安全行驶公路。

第十一条 公路管理机构进行的勘测、方案论证、加固、改造、护送等措施及修复损坏部分所需的费用，由承运人承担。

第十二条 公路管理机构对批准超限运输车辆行驶公路的，应签发《超限运输车辆通行证》（以下简称《通行证》）。

《通行证》式样由国务院交通主管部门统一制定，省级公路管理机构负责统一印制和管理。

第三章 通行管理

第十三条 超限运输车辆未经公路管理机构批准，不得在公路上行驶。

第十四条 承运人必须持有效《通行证》，并悬挂明显标志，按公路管理机构核定的时间、路线和时速行驶公路。

第十五条 承运人不得涂改、伪造、租借、转让《通行证》。

第十六条 超限运输车辆的型号及运载的物品必须与签发的《通行证》所要求的规格保持一致。

第十七条 超限运输车辆通过桥梁时，时速不得超过5公里，且应匀速居中行驶，严禁在桥上制动或变速。

第十八条 四级公路、等外公路和技术状况低于三类的桥梁，不得进行超限运输。

第十九条 公路管理机构应在公路桥梁、隧道及渡口设置限载、限宽、限高标志。

第二十条 公路管理机构可根据需要在公路上设置运输车辆轴载质量及车货总质量的检测装置，对超限运输车辆进行检测。对超过本规定第三条第（四）、（五）项限值标准且未办理超限运输手续的超限运输车辆，应责令承运人自行卸去超限的部分物品，并补办有关手续。

第二十一条 公路管理机构应加强对超限运输车辆行驶公路的现场管理，并可根据实际情况派员护送。

第二十二条 在公路上进行超限运输的承运人，应当接受公路管理人员依法实施的监督检查，并为其提供方便。

第四章 法律责任

第二十三条 违反本规定第十三条、第十四条规定，在公路上擅自超限运输的，县级以上交通主管部门或其授权委托的公路管理机构应当责令承运人停止违法行为，接受调查、处理，并可处以30000元以下的罚款。

对公路造成损害的，还应按公路赔（补）偿标准给予赔（补）偿。

第二十四条 违反本规定第十五条、第十六条规定的，按擅自超限行使公路论，县级以上交通主管部门或其授权委托的公路管理机构应当责令承运人停止违法行为，并可处以5000元以下的罚款。

第二十五条 承运人拒绝、阻碍公路管理人员依法执行职务未使用暴力、威胁方法的，依照治安管理处罚条例第十九条的规定处罚；构成犯罪的，依法追究刑事责任。

第二十六条 交通主管部门或公路管理机构的工作人员玩忽职守、徇私舞弊、滥用职权，构成犯罪的，依法追究刑事责任；尚不构成犯罪的，由所在单位或上级主管部门依法给予行政处分。

第五章 附 则

第二十七条 各省（自治区、直辖市）交通主管部门可根据本规定制定实施办法，并报国务院交通主管部门备案。

第二十八条 超限运输车辆行驶公路赔（补）偿费标准由各省（自治区、直辖市）人民政府交通主管部门会同同级财政、物价主管部门制定。

第二十九条 本规定第三条第（五）项中，经国家批准生产的单轴轴载质量大于10000千克、小于13000千克（含13000千克）的车辆，暂以国家核定的轴载质量视同轴载限值标准。

第三十条 本规定由交通部负责解释。

第三十一条 本规定自2000年4月1日起施行。

关于印发全国车辆超限超载长效治理实施意见的通知

（2007年10月18日 交公路发〔2007〕596号）

经国务院同意，交通部等九部委自2004年6月起在全国集中开展车辆超限超载治理工作（以下简称“治超工作”）。三年来，在国务院的统一部署下，在地方各级人民政府的高度重视和大力支持下，各地区、各有关部门密切配合，协同作战，坚持依法严管，重点突破，全国治超工作稳步推进，超限超载率大幅下降，道路交通安全形势有所好转，车辆生产、改装行为进一步规范，运输市场秩序明显好转。全国治超工作取得了明显的成绩。但治超是一项长期工作，目前取得的成果只是阶段性的，基础仍然脆弱，治理工作稍有放松就会出现反弹，加之一些深层次原因尚未得到根本解决，超限超载的利益驱动依然存在，今后治理工作的任务仍然十分艰巨。为深入贯彻落实《国务院办公厅关于加强车辆超限超载治理工作的通知》（国办发〔2005〕30号），进一步巩固和扩大治超成果，持续稳定地推进全国治超工作，现就建立治超工作长效机制提出如下实施意见，请各地区结合实际，认真组织落实。

一、指导思想

坚持以“三个代表”重要思想为指导，以全面贯彻落实科学发展观和积极推进社会主义和谐社会建设为统领，以保障人民生命财产安全、规范道路运输市场秩序、保护公路基础设施为目的，按照“依法严管、标本兼治、立足源头、长效治理”的总体要求，将治超工作纳入道路交通安全管理的日常工作内容，继续坚持全国统一领导、地方政府负责、部门指导协调、各方联合行动的工作机制，进一步加强和深化全国治超工作，并在治理中不断完善、在不断完善中深化治理，确保治超工作长期有效和持续稳定地开展。

二、工作目标

在三年集中治理的基础上，从2008年起，再用三年时间，着力构建治超工作的长效机制。要继续贯彻落实《国务院办公厅关于加强车辆超限超载治理工作的通知》，综合运用行政、法律、经济手段和各种技术措施，夯实基础，规范行为，确保治超工作持续长效开展。进一步巩固和扩大治理成果，从根本上规范车辆装载和运输行为，基本杜绝车辆“大吨小标”和非法改装现象，真正建立起规范、公平、有序的道路运输市场，维持良好的车辆生产、使用秩序和道路交通秩序，确保公路设施完好和公路交通安全。

（一）进一步建立健全公路管理法律体系，在现有法律、行政法规的基础上，根据国务院的立法工作计划，抓紧研究制定《公路保护条例》及其配套规章，加大对违法超限超载运输行为的打击力度。各地区也可以根据有关法律法规的规定和本地治理工作的实际需要，制定出台地方性治超工作的相关规定，逐步完善公路管理法律体系。

（二）建立健全路面治超监控网络。加强治超检测站点规范化建设，在全国建设一批标识统一、设施完备、管理规范、信息共享的治超检测站点和治超信息管理系统，完善全国治超路面监控网络。

（三）建立健全路面执法协作和联合治超机制。推进交通、公安部门依托治超检测站点的治超协调机制的制度化，加大路面管理和执法力度，始终保持严管态势。

（四）建立健全舆论监督机制。推进治超工作的舆论宣传工作日常化，实现治理力度与社会可接受程度相结合，依法行政与服务群众相结合，吸引公众自觉参与并监督治超工作。

（五）建立健全治超经费保障机制。将治超工作经费纳入正常的部门预算和公路养路费的支出范围，保证长效治超工作的有序开展。

（六）建立健全规范执法机制。全面加强队伍管理和制度建设，做到执法权限法定化、执法内容标准化、执法程序合法化、执法监督经常化、执法管理制度化。

三、职责分工

根据《国务院办公厅关于加强车辆超限超载治理工作的通知》的精神，全国治超工作要坚持全国统一领导、地方政府负责、部门指导协调、各方联合行动的工作机制。地方各级人民政府要把治超工作列入年度工作重点，实行目标责任制和责任追究制。在地方人民政府的领导下，各相关部门分别履行以下职责：

（一）交通部门

1. 组织路政等公路交通行政执法人员开展路面执法，查处违法超限运输车辆；

2. 派驻运管人员深入货站、码头、配载场及大型工程建材、大型化工产品等货物集散地，在源头进行运输装载行为监管和检查，防止车辆超限超载；

3. 负责治超检测站点及治超信息管理系统的建设和运行管理工作；

4. 建立货运企业及从业人员信息系统及信誉档案，登记、抄告超限超载运输车辆和企业等信息，并结合道路运输企业质量信誉考核制度，进行源头处罚；

5. 调整运力结构，采取措施鼓励道路货物运输实行集约化、网络化经营，鼓励采用集装箱、封闭厢式货车和多轴重型车运输；

6. 将路面执法中发现的非法改装、拼装车辆通报有关部门，配合有关部门开展非法改装、拼装车辆查处工作。

（二）公安部门

1. 加强车辆登记管理，禁止非法和违规车辆登记使用；

2. 配合维护治超检测站点的交通及治安秩序；

3. 组织交警开展路面执法，依法查处超载等交通违法行为；

4. 依法查处阻碍执行职务等违法犯罪行为。

（三）发展改革部门（含经贸部门、物价部门）

1. 加强车辆生产企业及产品公告管理，监督、检查汽车生产企业及产品，查处违规汽车生产企业及产品；

2. 指导和监督超限超载治理相关收费政策的执行，制定超限超载车辆卸载、货物保管、停车管理等收费标准。

（四）工商部门

查处非法拼装、改装汽车及非法买卖拼装、改装汽车行为，依法取缔非法拼装、改装汽车企业。

（五）质监部门

对治超工作所需的检测设备依法实施计量检定；定期公布经整治验收合格的承压类汽车罐车充装站单位名单；实施缺陷汽车召回制度；检查从事改装、拼装车辆生产企业的生产场所及标准执行情况，杜绝无标生产行为；实施车辆强制性产品认证制度，查处不符合认证要求的汽车生产企业及产品。

（六）安全监管部门

加强危险化学品充装单位的安全监管，严禁超载、混装；选择主要公路沿线的大中型化工企业作为危险化学品的超载车辆卸载基地；会同有关部门，对因超限超载发生的特别重大的伤亡事故进行调查处理，依法追究相关单位和人员的责任。

（七）法制部门

配合有关部门研究、起草治理超限超载工作的相关规范性文件，依法裁决相关行政复议案件。

（八）宣传部门

组织协调新闻单位做好超限超载治理工作的宣传报道，提高宣传工作的针对性和实效性。

（九）监察机关（纠风机构）

对相关部门在治理超限超载工作中的执法行为和行业作风进行监督、检查，查处行业不正之风及违纪违规等行为。

四、工作措施

（一）路面治理

1. 各级交通、公安部门要各司其职，密切配合，继续保持路面执法协作和联合治超机制。要以治超检测站点为依托，根据各自职责分工和法律规定，进一步加大路面执法力度，统一标准，共同做好超限超载治理工作。

2. 要按照“高速公路入口阻截劝返、普通公路站点执法监管、农村公路限宽限高保护”的总体要求，逐步建立健全全路网的治超监控网络，全面加强公路保护。同时坚持以治超检测站点为依托、以固定检测和流动稽查相结合的方式，逐步加大对超限超载车辆避站绕行、短途驳载等违法行为的打击力度。

各高速公路入口可依托收费站设立治超站点，也可利用高速公路服务区实施固定或流动稽查。普通干线公路路面治超可采用固定与流动相结合的办法，在重要路段及关键节点设立固定式治超站点，并根据超限超载运输规律开展流动稽查。对农村公路，要鼓励其管理主体，在重要出入口及节点位置，设置限宽限高设施，防止超限超载车辆驶入。

3. 对被查处的违法超限超载运输车辆，要责令停止行驶、责令车主对超限超载部分的货物实施卸载或采取强制卸载等纠正措施，消除违法行为。对公路造成损坏的，还应按赔（补）偿标准及实际损坏程度给予赔（补）偿。

4. 假冒军队、武警车辆超限超载严重的地区，要按照《关于继续深入开展打击盗用、仿造军车号牌专项斗争的通知》（政保发〔2007〕2号）要求，积极协调军警部门组成联合工作组，开展专项整治活动，严厉打击利用假冒军警车辆进行超限超载运输以及逃缴国家相关税费等违法行为。特别是对10吨以上的悬挂军车号牌、运载非军事装备的载货类假冒军车，一律先暂扣车辆，追缴其欠逃规费，依法从重处罚。构成犯罪的，依法追究刑事责任。

5. 各治超检测站点要建立治超信息管理系统，对查处的违法超限超载运输车辆，要建立违法超限超载数据库，实行违法车辆信息登记抄报和处理信息反馈制度，并逐步实现数据库的全国联网。

（二）源头监管

1. 发展改革（经贸）、工商、质监部门应当加强对车辆生产制造、销售企业的检查，并使检查工作制度化。发现机动车不符合国家标准强制性规定或虚假标定车辆技术数据的，由发展改革（经贸）部门逐级报请国家有关部门取消该产品《车辆生产企业及产品公告》资格；违规生产企业应当按照国家有关规定自行召回处理；拒不召回的，由质监部门责令限期召回；对生产、销售上述违规车辆产品的企业，按照相关法律、法规的规定给予处罚。

2. 公安机关交通管理部门应当严格按照《道路交通安全法》、《机动车登记规定》等有关法律、法规的规定，发放机动车登记证书、号牌和行驶证，对不符合机动车安全技术检验标准、《道路车辆外廓尺寸、轴荷及质量限值》强制性国家标准和《车辆生产企业及产品公告》的车辆不予登记和发放车辆号牌，并将相关信息抄告当地经贸和质监部门。

3. 对现场查处的违法超限超载驾驶人，公安机关交通管理部门要给予违法记分处理。对累积记分超过规定限值的驾驶人，应按照《道路交通安全法实施条例》的规定处理。

4. 工商、质监、发展改革（经贸）、公安、交通等有关部门应当加强对非法改装、拼装车辆的检查，对非法改装、拼装车辆的车主按相关法律、法规的规定给予处罚；对从事非法改装、拼装车辆的企业给予吊销经营许可证的处罚；对无经营许可证从事上述违法活动的企业，一律予以取缔。

5. 交通部门应加强道路运输货物装载场（站）检查，条件具备的地方要大力推行对重要货物装卸点、厂矿企业以及蔬菜基地等源头地点的运政管理人员派驻制度，加强对货物装载源头环节的全过程监管。同时，对为非法超限超载车辆配载并放行出场（站）的货物装载场（站）经营者，应责令改正并按相关规定给予处罚。

6. 公安机关交通管理部门、交通部门应加强对从事非法超限运输企业及从业人员的管理，建立运输企业及从业人员信誉档案，实行重点运输企业及从业人员黑名单制度。对一年内超限3次以上（含3次）的车辆或驾驶人，要列入黑名单予以曝光，并由原发证机关撤销其道路运输营运证或从业资格证。

（三）经济调节

1. 各地要进一步贯彻落实对10吨、15吨以上大型货运车辆分别给予20%、30%的通行费优惠政策，切实降低大吨位货车的运输成本。

2. 各地要根据本地实际情况，在确保突出治理效果的前提下，积极研究通过经济手段，消除超限超载车辆的非法利润。实施计重收费的地区，要根据交通部印发的《关于收费公路试行计重收费的指导意见》，统一计重收费模式，规范计重收费行为。同时，要正确处理好计重收费与治超执法的关系，确保计重收费与治超执法工作互相促进，互动互补，通过经济和行政手段对超限超载车辆实施全路网监控。

3. 对经交通部核准公布的道路货运汽车及汽车列车推荐车型，各地在报经省级人民政府同意后，可给予不超过15%的养路费减免优惠，以进一步鼓励多轴大型车辆发展。

4. 继续推进全国鲜活农产品“绿色通道”建设，对整车装载并合法运输鲜活农产品的车辆，各地要严格按照省级人民政府批准的要求，落实通行费减免优惠政策，进一步减轻农产品运输车辆的负担。

（四）保障措施

1. 加强组织领导。地方各级人民政府要从整顿和规范社会主义市场经济秩序和加强安全生产、促进道路运输事业健康发展的角度，按照“力度不减、机构不散、责任不变、措施不松”的原则，继续强化对治超工作的组织领导。各地要把治超工作列入本地政府年度工作的重点，明确各级治超办的人员和职责，其工作经费要纳入部门财政预算和养路费列支的范围。各级交通主管部门要把治超工作作为公路保护和路政管理的重要组成部分，各级公安机关交通管理部门要将治超工作作为道路交通安全管理的重点，确保治超工作长期有效地开展下去。

2. 完善工作机构。各地要继续保持地方政府牵头、各相关部门参与的治超工作联席会议制度，定期分析、研究治超工作形势，针对出现的新情况和新问题制定工作措施。各级交通部门要加强与相关部门的协调配合，不断完善联合治超执法制度，加强工作合力，保持治理工作力度，依法对违法超限运输实施严管重罚，推进治超工作平稳有序进行。各级交通部门和公路管理机构应明确或设立专门的超限运输管理机构，明确人员编制，落实治超管理工作人员。

3. 落实工作责任。各相关部门应将超限超载治理纳入日常管理工作一并布置、一并检查、一并考核，确保治超各项工作落实到位。各省、市、县级人民政府及有关部门要建立健全治超工作目标责任制和责任追究制，层层签订治超责任状，严格落实责任，并按照职责做好各自工作。上级主管部门要强化监管，监督检查各执法部门的职责履行到位情况。

4. 强化宣传工作。各相关部门应建立治超宣传保障机制，加大治超宣传教育工作力度，要把宣传教育始终贯穿到治超工作的全过程。各级宣传部门要支持和配合相关部门做好治超宣传工作。各地新闻媒体应根据超限超载治理要求，积极报道治超工作的进展情况，充分报道相关部门治超工作的做法和经验。

5. 规范治超行为。进一步完善治理超限超载的有关政策，加强监督检查，严禁发生乱收费、乱罚款和重复罚款等有关问题。

道路货物运输及站场管理规定

（2005年6月16日交通部令第6号公布　根据2008年7月23日交通运输部令第9号公布的《关于修改〈道路货物运输及站场管理规定〉的决定》修订）

第一章　总　　则

第一条　为规范道路货物运输和道路货物运输站（场）经营活动，维护道路货物运输市场秩序，保障道路货物运输安全，保护道路货物运输和道路货物运输站（场）有关各方当事人的合法权益，根据《中华人民共和国道路运输条例》及有关法律、行政法规的规定，制定本规定。

第二条　从事道路货物运输经营和道路货物运输站（场）经营的，应当遵守本规定。

本规定所称道路货物运输经营，是指为社会提供公共服务、具有商业性质的道路货物运输活动。道路货物运输包括道路普通货运、道路货物专用运输、道路大型物件运输和道路危险货物运输。

本规定所称道路货物专用运输，是指使用集装箱、冷藏保鲜设备、罐式容器等专用车辆进行的货物运输。

本规定所称道路货物运输站（场）（以下简称“货运站”），是指以场地设施为依托，为社会提供有偿服务的具有仓储、保管、配载、信息服务、装卸、理货等功能的综合货运站（场）、零担货运站、集装箱中转站、物流中心等经营场所。

第三条　道路货物运输和货运站经营者应当依法经营，诚实信用，公平竞争。

道路货物运输管理应当公平、公正、公开和便民。

第四条　鼓励道路货物运输实行集约化、网络化经营。鼓励采用集装箱、封闭厢式车和多轴重型车运输。

第五条　交通运输部主管全国道路货物运输和货运站管理工作。

县级以上地方人民政府交通运输主管部门负责组织领导本行政区域的道路货物运输和货运站管理工作。

县级以上道路运输管理机构具体实施本行政区域的道路货物运输和货运站管理工作。

第二章 经营许可

第六条 申请从事道路货物运输经营的，应当具备下列条件：

（一）有与其经营业务相适应并经检测合格的运输车辆：

1. 车辆技术要求：

（1）车辆技术性能应当符合国家标准《营运车辆综合性能要求和检验方法》（GB18565）的要求；

（2）车辆外廓尺寸、轴荷和载质量应当符合国家标准《道路车辆外廓尺寸、轴荷及质量限值》（GB1589）的要求。

2. 车辆其他要求：

（1）从事大型物件运输经营的，应当具有与所运输大型物件相适应的超重型车组；

（2）从事冷藏保鲜、罐式容器等专用运输的，应当具有与运输货物相适应的专用容器、设备、设施，并固定在专用车辆上；

（3）从事集装箱运输的，车辆还应当有固定集装箱的转锁装置。

（二）有符合规定条件的驾驶人员：

1. 取得与驾驶车辆相应的机动车驾驶证；

2. 年龄不超过60周岁；

3. 经设区的市级道路运输管理机构对有关道路货物运输法规、机动车维修和货物及装载保管基本知识考试合格，并取得从业资格证。

（三）有健全的安全生产管理制度，包括安全生产责任制度、安全生产业务操作规程、安全生产监督检查制度、驾驶员和车辆安全生产管理制度等。

第七条 申请从事货运站经营的，应当具备下列条件：

（一）有与其经营规模相适应的货运站房、生产调度办公室、信息管理中心、仓库、仓储库棚、场地和道路等设施，并经有关部门组织的工程竣工验收合格；

（二）有与其经营规模相适应的安全、消防、装卸、通讯、计量等设备；

（三）有与其经营规模、经营类别相适应的管理人员和专业技术人员；

（四）有健全的业务操作规程和安全生产管理制度。

第八条 申请从事道路货物运输经营的，应当向县级道路运输管理机构提出申请，并提供以下材料：

（一）《道路货物运输经营申请表》（见附件1）；

（二）负责人身份证明，经办人的身份证明和委托书；

（三）机动车辆行驶证、车辆检测合格证明复印件；拟投入运输车辆的承诺书，承诺书应当包括车辆数量、类型、技术性能、投入时间等内容；

（四）聘用或者拟聘用驾驶员的机动车驾驶证、从业资格证及其复印件；

（五）安全生产管理制度文本；

（六）法律、法规规定的其他材料。

第九条 申请从事货运站经营的，应当向县级道路运输管理机构提出申请，并提供以下材料：

（一）《道路货物运输站（场）经营申请表》（见附件2）；

（二）负责人身份证明，经办人的身份证明和委托书；

（三）经营道路货运站的土地、房屋的合法证明；

（四）货运站竣工验收证明；

（五）与业务相适应的专业人员和管理人员的身份证明、专业证书；

（六）业务操作规程和安全生产管理制度文本。

第十条 道路运输管理机构应当按照《中华人民共和国道路运输条例》、《交通行政许可实施程序规定》和本规定规范的程序实施道路货物运输经营和货运站经营的行政许可。

第十一条 道路运输管理机构对道路货运经营申请予以受理的，应当自受理之日起20日内作出许可或者不予许可的决定；道路运输管理机构对货运站经营申请予以受理的，应当自受理之日起15日内作出许可或者不予许可的决定。

第十二条 道路运输管理机构对符合法定条件的道路货物运输经营申请作出准予行政许可决定的，应当出具《道路货物运输经营许可决定书》（见附件3），明确许可事项。在10日内向被许可人颁发《道路运输经营许可证》，在《道路运输经营许可证》上注明经营范围。

道路运输管理机构对符合法定条件的货运站经营申请作出准予行政许可决定的，应当出具《道路货物运输站（场）经营许可决定书》（见附件4），明确许可事项。在10日内向被许可人颁发《道路运输经营许可证》，在《道路运输经营许可证》上注明经营范围。

对道路货物运输和货运站经营不予许可的，应当向申请人出具《不予交通行政许可决定书》。

第十三条 被许可人应当按照承诺书的要求投入运输车辆。购置车辆或者已有车辆经道路运输管理机构核实并符合条件的，道路运输管理机构向投入运输的车辆配发《道路运输证》。

第十四条 道路货物运输经营者和货运站经营者应当持《道路运输经营许可证》依法向工商行政管理机关办理有关登记手续。

第十五条 道路货物运输经营者设立子公司的，应当向设立地的道路运输管理机构申请经营许可；设立分公司的，应当向设立地的道路运输管理机构报备。

第十六条 从事货运代理（代办）等货运相关服务的经营者，应当依法到工商行政管理机关办理有关登记手续，并持有关登记证件到设立地的道路运输管理机构备案。

第十七条 道路货物运输和货运站经营者需要终止经营的，应当在终止经营之日30日前告知原许可的道路运输管理机构，并办理有关注销手续。

第十八条 道路货物运输经营者变更许可事项、扩大经营范围的，按本章有关许可规定办理。

道路货物运输和货运站经营者变更名称、地址等，应当向作出原许可决定的道路运输管理机构备案。

第三章 货运车辆管理

第十九条 道路货物运输经营者应当建立车辆技术管理制度，按照国家规定的技术规范对货运车辆进行定期维护，确保货运车辆技术状况良好。

货运车辆的维护作业项目和程序应当按照国家标准《汽车维护、检测、诊断技术规范》（GB18344）等有关技术标准的规定执行。

严禁任何单位和个人为道路货物运输经营者指定车辆维护企业；车辆二级维护执行情况不得作为路检路查项目。

第二十条 道路货物运输经营者应当定期进行货运车辆检测，车辆检测结合车辆定期审验的频率一并进行。

道路货物运输经营者在规定时间内，到符合国家相关标准的机动车综合性能检测机构进行检测。机动车综合性能检测机构按照国家标准《营运车辆综合性能要求和检验方法》（GB18565）和《道路车辆外廓尺寸、轴荷和质量限值》（GB1589）的规定进行检测，出具全国统一式样的检测报告。并依据检测结果，对照行业标准《营运车辆技术等级划分和评定要求》（JT/T198）评定车辆技术等级。货运车辆技术等级分为一级、二级和三级。

车籍所在地县级以上道路运输管理机构应当将车辆技术等级在《道路运输证》上标明。

第二十一条 县级以上道路运输管理机构应当定期对货运车辆进行审验，每年审验一次。

审验内容包括车辆技术档案、车辆结构及尺寸变动情况和违章记录等。

审验符合要求的，道路运输管理机构在《道路运输证》审验记录中注明；不符合要求的，应当责令限期改正或者办理变更手续。

第二十二条 机动车综合性能检测机构应当使用符合标准的设施、设备，严格按照国家有关营运车辆技术检测标准对货运车辆进行检测，对出具的车辆检测报告负责，并对已检测车辆建立检测档案。

第二十三条 禁止使用报废的、擅自改装的、拼装的、检测不合格的和其他不符合国家规定的车辆从事道路货物运输经营。

第二十四条 道路货物运输经营者和县级以上道路运输管理机构应当分别建立货运车辆技术档案和管理档案，并妥善保管。对相关内容的记载应当及时、完整和准确，不得随意更改。

道路货物运输经营者车辆技术档案主要内容为：车辆基本情况、主要部件更换情况、修理和二级维护记录（含出厂合格证）、技术等级评定记录、车辆变更记录、行驶里程记录、交通事故记录等。

道路运输管理机构管理档案主要内容为：车辆基本情况、二级维护和检测情况、技术等级记录、车辆变更记录、交通事故记录等。

道路货物运输车辆办理过户变更手续时，道路货物运输经营者应当将货运车辆技术档案完整移交。县级以上道路运输管理机构对经营者车辆技术档案建立情况实施监督管理。

第二十五条 道路货物运输经营者对达到国家规定的报废标准或者经检测不符合国家强制性标准要求的货运车辆，应当及时交回《道路运输证》，不得继续从事道路货物运输经营。

第四章 货运经营管理

第二十六条 道路货物运输经营者应当按照《道路运输经营许可证》核定的经营范围从事货物运输经营，不得转让、出租道路运输经营许可证件。

第二十七条 道路货物运输经营者应当对从业人员进行经常性的安全、职业道德教育和业务知识、操作规程培训。

第二十八条 道路货物运输经营者应当按照国家有关规定在其重型货运车辆、牵引车上安装、使用行驶记录仪，并采取有效措施，防止驾驶人员连续驾驶时间超过4个小时。

第二十九条 道路货物运输经营者应当要求其聘用的车辆驾驶员随车携带《道路运输证》。

《道路运输证》不得转让、出租、涂改、伪造。

第三十条 道路货物运输经营者应当聘用持有从业资格证的驾驶人员。

第三十一条 营运驾驶员应当驾驶与其从业资格类别相符的车辆。驾驶营运车辆时，应当随身携带从业资格证。

第三十二条 运输的货物应当符合货运车辆核定的载质量，载物的长、宽、高不得违反装载要求。禁止货运车辆违反国家有关规定超限、超载运输。

禁止使用货运车辆运输旅客。

第三十三条 道路货物运输经营者运输大型物件，应当制定道路运输组织方案。涉及超限运输的应当按照交通部颁布的《超限运输车辆行驶公路管理规定》办理相应的审批手续。

第三十四条 从事大型物件运输的车辆，应当按照规定装置统一的标志和悬挂标志旗；夜间行驶和停车休息时应当设置标志灯。

第三十五条 道路货物运输经营者不得运输法律、行政法规禁止运输的货物。

道路货物运输经营者在受理法律、行政法规规定限运、凭证运输的货物时，应当查验并确认有关手续齐全有效后方可运输。

货物托运人应当按照有关法律、行政法规的规定办理限运、凭证运输手续。

第三十六条 道路货物运输经营者不得采取不正当手段招揽货物、垄断货源。不得阻碍其他货运经营者开展正常的运输经营活动。

道路货物运输经营者应当采取有效措施，防止货物变质、腐烂、短少或者损失。

第三十七条 道路货物运输经营者和货物托运人应当按照《合同法》的要求，订立道路货物运输合同。

道路货物运输可以采用交通部颁布的《汽车货物运输规则》所推荐的道路货物运单签订运输合同。

第三十八条 国家鼓励实行封闭式运输。道路货物运输经营者应当采取有效的措施，防止货物脱落、扬撒等情况发生。

第三十九条 道路货物运输经营者应当制定有关交通事故、自然灾害、公共卫生以及其他突发公共事件的道路运输应急预案。应急预案应当包括报告程序、应急指挥、应急车辆和设备的储备以及处置措施等内容。

第四十条 发生交通事故、自然灾害、公共卫生以及其他突发公共事件，道路货物运输经营者应当服从县级以上人民政府或者有关部门的统一调度、指挥。

第四十一条 道路货物运输经营者应当严格遵守国家有关价格法律、法规和规章的规定，不得恶意压价竞争。

第四十二条 货运经营者（含危险货物运输经营者、国际道路货运经营者）、货运站经营者、货运相关服务经营者及搬运装卸经营者应当按照国家有关规定缴纳道路运输管理费。

第五章 货运站经营管理

第四十三条 货运站经营者应当按照经营许可证核定的许可事项经营，不得随意改变货运站用途和服务功能。

第四十四条 货运站经营者应当依法加强安全管理，完善安全生产条件，健全和落实安全生产责任制。

货运站经营者应当对出站车辆进行安全检查，防止超载车辆或者未经安全检查的车辆出站，保证安全生产。

第四十五条 货运站经营者应当按照货物的性质、保管要求进行分类存放，危险货物应当单独存放，保证货物完好无损。

第四十六条 货物运输包装应当按照国家规定的货物运输包装标准作业，包装物和包装技术、质量要符合运输要求。

第四十七条 货运站经营者应当按照规定的业务操作规程进行货物的搬运装卸。搬运装卸作业应当轻装、轻卸，堆放整齐，防止混杂、撒漏、破损，严禁有毒、易污染物品与食品混装。

第四十八条 货运站经营者应当严格执行价格规定，在经营场所公布收费项目和收费标准。严禁乱收费。

第四十九条 进入货运站经营的经营业户及车辆，经营手续必须齐全。

货运站经营者应当公平对待使用货运站的道路货物运输经营者，禁止无证经营的车辆进站从事经营活动，无正当理由不得拒绝道路货物运输经营者进站从事经营活动。

第五十条 货运站经营者不得垄断货源、抢装货物、扣押货物。

第五十一条 货运站要保持清洁卫生，各项服务标志醒目。

第五十二条 货运站经营者经营配载服务应当坚持自愿原则，提供的货源信息和运力信息应当真实、准确。

第五十三条 货运站经营者不得超限、超载配货，不得为无道路运输经营许可证或证照不全者提供服务；不得违反国家有关规定，为运输车辆装卸国家禁运、限运的物品。

第五十四条 货运站经营者应当制定有关突发公共事件的应急预案。应急预案应当包括报告程序、应急指挥、应急车辆和设备的储备以及处置措施等内容。

第五十五条 货运站经营者应当建立和完善各类台账和档案，并按要求报送有关信息。

第六章 监督检查

第五十六条 道路运输管理机构应当加强对道路货物运输经营和货运站经营活动的监督检查。

道路运输管理机构工作人员应当严格按照职责权限和法定程序进行监督

检查。

第五十七条 道路运输管理机构及其工作人员应当重点在货运站、货物集散地对道路货物运输、货运站经营活动实施监督检查。此外，根据管理需要，可以在公路路口实施监督检查，但不得随意拦截正常行驶的道路运输车辆，不得双向拦截车辆进行检查。

第五十八条 道路运输管理机构的工作人员实施监督检查时，应当有2名以上人员参加，并向当事人出示交通部统一制式的交通行政执法证件。

第五十九条 道路运输管理机构的工作人员可以向被检查单位和个人了解情况，查阅和复制有关材料。但是，应当保守被调查单位和个人的商业秘密。

被监督检查的单位和个人应当接受道路运输管理机构及其工作人员依法实施的监督检查，如实提供有关情况或者资料。

第六十条 道路运输管理人员在货运站、货物集散地实施监督检查过程中，发现货运车辆有超载行为的，应当立即予以制止，装载符合标准后方可放行。

第六十一条 道路货物运输经营者在许可的道路运输管理机构管辖区域外违法从事经营活动的，违法行为发生地的道路运输管理机构应当依法将当事人的违法事实、处罚结果记录到《道路运输证》上，并抄告作出道路运输经营许可的道路运输管理机构。

第六十二条 道路货物运输经营者违反本规定后拒不接受处罚的，县级以上道路运输管理机构可以暂扣其《道路运输证》等道路运输管理机构颁发的相关证件，签发待理证，待接受处罚后交还。

第六十三条 道路运输管理机构的工作人员在实施道路运输监督检查过程中，对没有《道路运输证》又无法当场提供其他有效证明的货运车辆可以予以暂扣，并出具《道路运输车辆暂扣凭证》(见附件5)。对暂扣车辆应当妥善保管，不得使用，不得收取或者变相收取保管费用。

违法当事人应当在暂扣凭证规定时间内到指定地点接受处理。逾期不接受处理的，道路运输管理机构可依法作出处罚决定，并将处罚决定书送达当事人。当事人无正当理由逾期不履行处罚决定的，道路运输管理机构可申请人民法院强制执行。

第七章 法律责任

第六十四条 违反本规定，有下列行为之一的，由县级以上道路运输管理机构责令停止经营；有违法所得的，没收违法所得，处违法所得2倍以上10倍以下的罚款；没有违法所得或者违法所得不足2万元的，处3万元以上10万元以下的罚款；构成犯罪的，依法追究刑事责任：

（一）未取得道路货物运输经营许可，擅自从事道路货物运输经营的；

（二）使用失效、伪造、变造、被注销等无效的道路运输经营许可证件从事道路货物运输经营的；

（三）超越许可的事项，从事道路货物运输经营的。

第六十五条 违反本规定，道路货物运输和货运站经营者非法转让、出租道路运输经营许可证件的，由县级以上道路运输管理机构责令停止违法行为，收缴有关证件，处2000元以上1万元以下的罚款；有违法所得的，没收违法所得。

第六十六条 违反本规定，取得道路货物运输经营许可的道路货物运输经营者使用无道路运输证的车辆参加货物运输的，由县级以上道路运输管理机构责令改正，处3000元以上1万元以下的罚款。

违反本规定，道路货物运输经营者不按照规定携带《道路运输证》的，由县级以上道路运输管理机构责令改正，处警告或者20元以上200元以下的罚款。

第六十七条 违反本规定，道路货物运输经营者、货运站经营者已不具备开业要求的有关安全条件、存在重大运输安全隐患的，由县级以上道路运输管理机构限期责令改正；在规定时间内不能按要求改正且情节严重的，由原许可机关吊销《道路运输经营许可证》或者吊销其相应的经营范围。

第六十八条 违反本规定，道路货物运输经营者有下列情形之一的，由县级以上道路运输管理机构责令改正，处1000元以上3000元以下的罚款；情节严重的，由原许可机关吊销道路运输经营许可证或者吊销其相应的经营范围：

（一）强行招揽货物的；

（二）没有采取必要措施防止货物脱落、扬撒的。

第六十九条 违反本规定，道路货物运输经营者不按规定维护和检测运输车辆的，由县级以上道路运输管理机构责令改正，处1000元以上5000元以下的罚款。

第七十条 违反本规定，道路货物运输经营者使用擅自改装或者擅自改装已取得《道路运输证》的车辆的，由县级以上道路运输管理机构责令改正，处5000元以上2万元以下的罚款。

第七十一条 违反本规定，有下列行为之一的，由县级以上道路运输管理机构责令停止经营；有违法所得的，没收违法所得，处违法所得2倍以上10倍以下的罚款；没有违法所得或者违法所得不足1万元的，处2万元以上5万元以下的罚款；构成犯罪的，依法追究刑事责任：

（一）未取得货运站经营许可，擅自从事货运站经营的；

（二）使用失效、伪造、变造、被注销等无效的道路运输经营许可证件从事货运站经营的；

（三）超越许可的事项，从事货运站经营的。

第七十二条 违反本规定，机动车综合性能检测机构不按国家有关技术规范进行检测、未经检测出具检测结果或者不如实出具检测结果的，由县级以上道路运输管理机构责令改正，没收违法所得，违法所得在5000元以上的，并处违法所得2倍以上5倍以下的罚款；没有违法所得或者违法所得不足5000元的，处5000元以上2万元以下的罚款；构成犯罪的，依法追究刑事责任。

第七十三条 违反本规定，货运站经营者对超限、超载车辆配载，放行出站的，由县级以上道路运输管理机构责令改正，处1万元以上3万元以下的罚款。

第七十四条 违反本规定，货运站经营者擅自改变道路运输站（场）的用途和服务功能，由县级以上道路运输管理机构责令改正；拒不改正的，处3000元的罚款；有违法所得的，没收违法所得。

第七十五条 违反本规定，货运经营者（含危险货物运输经营者、国际道路货运经营者）、货运站经营者、货运相关服务经营者及搬运装卸经营者未按规定期限缴纳道路运输管理费的，由县级以上道路运输管理机构责令补交，按日收取道路运输管理费1%的滞纳金，并处500元以上1000元以下的罚款。

违反本规定，货运经营者（含危险货物运输经营者、国际道路货运经营者）、货运站经营者、货运相关服务经营者及搬运装卸经营者使用伪造、转让、涂改道路运输管理费专用收据或者缴讫证的，由县级以上道路运输管理机构收缴其非法收据和缴讫证，并处500元以上1000元以下的罚款。

第七十六条 违反本规定，有下列行为之一的，由县级以上道路运输管理机构责令限期整改，整改不合格的，予以通报：

（一）没有建立货运车辆技术档案的；

（二）没有按照国家有关规定在货运车辆上安装行驶记录仪的；

（三）大型物件运输车辆不按规定悬挂、标明运输标志的；

（四）发生公共突发性事件，不接受当地政府统一调度安排的；

（五）因配载造成超限、超载的；

（六）运输没有限运证明物资的；

（七）未查验禁运、限运物资证明，配载禁运、限运物资的。

第七十七条 道路运输管理机构的工作人员违反本规定，有下列情形之一的，依法给予相应的行政处分；构成犯罪的，依法追究刑事责任：

（一）不依照本规定规定的条件、程序和期限实施行政许可的；

（二）参与或者变相参与道路货物运输和货运站经营的；

（三）发现违法行为不及时查处的；

（四）违反规定拦截、检查正常行驶的道路运输车辆的；

（五）违法扣留运输车辆、《道路运输证》的；

（六）索取、收受他人财物，或者谋取其他利益的；

（七）其他违法行为。

第八章　附　　则

第七十八条　道路货物运输经营者从事国际道路货物运输经营、危险货物运输活动，除一般行为规范适用本规定外，有关从业条件等特殊要求应当适用交通部制定的国际道路运输管理规定、道路危险货物运输管理规定。

第七十九条　中外合资、中外合作、独资形式投资道路货物运输和货运站经营业务的，按照《外商投资道路运输业管理规定》办理。

第八十条　道路运输管理机构依照规定发放道路货物运输经营许可证件和《道路运输证》，可以收取工本费。工本费的具体收费标准由省级人民政府财政、价格主管部门会同同级交通运输主管部门核定。

第八十一条　本规定自2005年8月1日起施行。交通部1993年5月19日发布的《道路货物运输业户开业技术经济条件（试行）》（交运发〔1993〕531号）、1996年12月2日发布的《道路零担货物运输管理办法》（交公路发〔1996〕1039号）、1997年5月22日发布的《道路货物运单使用和管理办法》（交通部令1997年第4号）、2001年4月5日发布的《道路货物运输企业经营资质管理规定（试行）》（交公路发〔2001〕154号）同时废止。

附件1：道路货物运输经营申请表（略）

附件2：道路货物运输站（场）经营申请表（略）

附件3：道路货物运输经营行政许可决定书（略）

附件4：道路货物运输站（场）经营行政许可决定书（略）

附件5：道路运输车辆暂扣凭证（略）

道路旅客运输及客运站管理规定

（2005年7月13日交通部令第10号公布　根据2008年7月23日交通运输部令第10号公布的《关于修改〈道路旅客运输及客运站管理规定〉的决定》修订）

第一章　总　　则

第一条　为规范道路旅客运输及道路旅客运输站经营活动，维护道路旅客运输市场秩序，保障道路旅客运输安全，保护旅客和经营者的合法权益，依据《中华人民共和国道路运输条例》及有关法律、行政法规的规定，制定本规定。

第二条 从事道路旅客运输（以下简称道路客运）经营以及道路旅客运输站（以下简称客运站）经营的，应当遵守本规定。

第三条 本规定所称道路客运经营，是指用客车运送旅客、为社会公众提供服务、具有商业性质的道路客运活动，包括班车（加班车）客运、包车客运、旅游客运。

（一）班车客运是指营运客车在城乡道路上按照固定的线路、时间、站点、班次运行的一种客运方式，包括直达班车客运和普通班车客运。加班车客运是班车客运的一种补充形式，在客运班车不能满足需要或者无法正常运营时，临时增加或者调配客车按客运班车的线路、站点运行的方式。

（二）包车客运是指以运送团体旅客为目的，将客车包租给用户安排使用，提供驾驶劳务，按照约定的起始地、目的地和路线行驶，按行驶里程或者包用时间计费并统一支付费用的一种客运方式。

（三）旅游客运是指以运送旅游观光的旅客为目的，在旅游景区内运营或者其线路至少有一端在旅游景区（点）的一种客运方式。

本规定所称客运站经营，是指以站场设施为依托，为道路客运经营者和旅客提供有关运输服务的经营活动。

第四条 道路客运和客运站管理应当坚持以人为本、安全第一的宗旨，遵循公平、公正、公开、便民的原则，打破地区封锁和垄断，促进道路运输市场的统一、开放、竞争、有序，满足广大人民群众的出行需求。

道路客运及客运站经营者应当依法经营，诚实信用，公平竞争，优质服务。

第五条 国家实行道路客运企业等级评定制度和质量信誉考核制度，鼓励道路客运经营者实行规模化、集约化、公司化经营，禁止挂靠经营。

第六条 交通运输部主管全国道路客运及客运站管理工作。

县级以上地方人民政府交通运输主管部门负责组织领导本行政区域的道路客运及客运站管理工作。

县级以上道路运输管理机构负责具体实施道路客运及客运站管理工作。

第二章 经营许可

第七条 班车客运的线路根据经营区域和营运线路长度分为以下四种类型：

一类客运班线：地区所在地与地区所在地之间的客运班线或者营运线路长度在800公里以上的客运班线。

二类客运班线：地区所在地与县之间的客运班线。

三类客运班线：非毗邻县之间的客运班线。

四类客运班线：毗邻县之间的客运班线或者县境内的客运班线。

本规定所称地区所在地，是指设区的市、州、盟人民政府所在城市市区；本规定所称县，包括县、旗、县级市和设区的市、州、盟下辖乡镇的区。

县城城区与地区所在地城市市区相连或者重叠的，按起讫客运站所在地确定班线起讫点所属的行政区域。

第八条 包车客运按照其经营区域分为省际包车客运和省内包车客运，省内包车客运分为市际包车客运、县际包车客运和县内包车客运。

第九条 旅游客运按照营运方式分为定线旅游客运和非定线旅游客运。

定线旅游客运按照班车客运管理，非定线旅游客运按照包车客运管理。

第十条 申请从事道路客运经营的，应当具备下列条件：

（一）有与其经营业务相适应并经检测合格的客车：

1. 客车技术要求：

（1）技术性能符合国家标准《营运车辆综合性能要求和检验方法》（GB18565）的要求；

（2）外廓尺寸、轴荷和质量符合国家标准《道路车辆外廓尺寸、轴荷和质量限值》（GB1589）的要求；

（3）从事高速公路客运或者营运线路长度在800公里以上的客运车辆，其技术等级应当达到行业标准《营运车辆技术等级划分和评定要求》（JT/T198）规定的一级技术等级；营运线路长度在400公里以上的客运车辆，其技术等级应当达到二级以上；其他客运车辆的技术等级应当达到三级以上。

本规定所称高速公路客运，是指营运线路中高速公路里程在200公里以上或者高速公路里程占总里程70%以上的道路客运。

2. 客车类型等级要求：

从事高速公路客运、旅游客运和营运线路长度在800公里以上的客运车辆，其车辆类型等级应当达到行业标准《营运客车类型划分及等级评定》（JT/T325）规定的中级以上。

3. 客车数量要求：

（1）经营一类客运班线的班车客运经营者应当自有营运客车100辆以上、客位3000个以上，其中高级客车在30辆以上、客位900个以上；或者自有高级营运客车40辆以上、客位1200个以上；

（2）经营二类客运班线的班车客运经营者应当自有营运客车50辆以上、客位1500个以上，其中中高级客车在15辆以上、客位450个以上；或者自有高级营运客车20辆以上、客位600个以上；

（3）经营三类客运班线的班车客运经营者应当自有营运客车10辆以上、客位200个以上；

（4）经营四类客运班线的班车客运经营者应当自有营运客车1辆以上；

（5）经营省际包车客运的经营者，应当自有中高级营运客车20辆以上、客位600个以上；

（6）经营省内包车客运的经营者，应当自有营运客车5辆以上、客位100个以上。

（二）从事客运经营的驾驶人员，应当符合下列条件：

1. 取得相应的机动车驾驶证；

2. 年龄不超过60周岁；

3. 3年内无重大以上交通责任事故记录；

4. 经设区的市级道路运输管理机构对有关客运法规、机动车维修和旅客急救基本知识考试合格而取得相应从业资格证。

本规定所称交通责任事故，是指驾驶人员负同等或者以上责任的交通事故。

（三）有健全的安全生产管理制度，包括安全生产操作规程、安全生产责任制、安全生产监督检查、驾驶人员和车辆安全生产管理的制度。

（四）申请从事道路客运班线经营，还应当有明确的线路和站点方案。

第十一条 申请从事客运站经营的，应当具备下列条件：

（一）客运站经有关部门组织的工程竣工验收合格，并且经道路运输管理机构组织的站级验收合格；

（二）有与业务量相适应的专业人员和管理人员；

（三）有相应的设备、设施，具体要求按照行业标准《汽车客运站级别划分及建设要求》（JT/T200）的规定执行；

（四）有健全的业务操作规程和安全管理制度，包括服务规范、安全生产操作规程、车辆发车前例检制度、安全生产责任制、危险品查堵、安全生产监督检查的制度。

第十二条 申请从事道路客运经营的，应当按照下列规定提出申请：

（一）从事县级行政区域内客运经营的，向县级道路运输管理机构提出申请；

（二）从事省、自治区、直辖市行政区域内跨2个县级以上行政区域客运经营的，向其共同的上一级道路运输管理机构提出申请；

（三）从事跨省、自治区、直辖市行政区域客运经营的，向所在地的省、自治区、直辖市道路运输管理机构提出申请。

第十三条 申请从事客运站经营的，应当向所在地县级道路运输管理机构提出申请。

第十四条 申请从事道路客运经营的，应当提供下列材料：

（一）申请开业的相关材料：

1.《道路旅客运输经营申请表》（见附件1）；

2. 企业章程文本；

3. 投资人、负责人身份证明及其复印件，经办人的身份证明及其复印件和委托书；

4. 安全生产管理制度文本；

5. 拟投入车辆承诺书，包括客车数量、类型及等级、技术等级、座位数以及客车外廓长、宽、高等。如果拟投入客车属于已购置或者现有的，应当提供行驶证、车辆技术等级证书（车辆技术检测合格证）、客车等级评定证明及其复印件；

6. 已聘用或者拟聘用驾驶人员的驾驶证和从业资格证及其复印件，公安部门出具的3年内无重大以上交通责任事故的证明。

（二）同时申请道路客运班线经营的，还应当提供下列材料：

1.《道路旅客运输班线经营申请表》（见附件2）；

2. 可行性报告，包括申请客运班线客流状况调查、运营方案、效益分析以及可能对其他相关经营者产生的影响等；

3. 进站方案。已与起讫点客运站和停靠站签订进站意向书的，应当提供进站意向书；

4. 运输服务质量承诺书。

第十五条 已获得相应道路班车客运经营许可的经营者，申请新增客运班线时，除提供第十四条第（二）项规定的材料外，还应当提供下列材料：

（一）《道路运输经营许可证》复印件；

（二）与所申请客运班线类型相适应的企业自有营运客车的行驶证、《道路运输证》复印件；

（三）拟投入车辆承诺书，包括客车数量、类型及等级、技术等级、座位数以及客车外廓长、宽、高等。如果拟投入客车属于已购置或者现有的，应当提供行驶证、车辆技术等级证书（车辆技术检测合格证）、客车等级评定证明及其复印件；

（四）拟聘用驾驶人员的驾驶证和从业资格证及其复印件，公安部门出具的3年内无重大以上交通责任事故的证明；

（五）经办人的身份证明及其复印件，所在单位的工作证明或者委托书。

第十六条 申请从事客运站经营的，应当提供下列材料：

（一）《道路旅客运输站经营申请表》（见附件3）；

（二）客运站竣工验收证明和站级验收证明；

（三）拟招聘的专业人员、管理人员的身份证明和专业证书及其复印件；

（四）负责人身份证明及其复印件，经办人的身份证明及其复印件和委托书；

（五）业务操作规程和安全管理制度文本。

第十七条 县级以上道路运输管理机构应当定期向社会公布本行政区域内的客运运力投放、客运线路布局、主要客流流向和流量等情况。

道路运输管理机构在审查客运申请时，应当考虑客运市场的供求状况、普遍服务和方便群众等因素。

第十八条 道路运输管理机构应当按照《中华人民共和国道路运输条例》和《交通行政许可实施程序规定》以及本规定规范的程序实施道路客运经营、道路客运班线经营和客运站经营的行政许可。

第十九条 道路运输管理机构对道路客运经营申请、道路客运班线经营申请予以受理的，应当自受理之日起20日内作出许可或者不予许可的决定；道路运输管理机构对客运站经营申请予以受理的，应当自受理之日起15日内作出许可或者不予许可的决定。

道路运输管理机构对符合法定条件的道路客运经营申请作出准予行政许可决定的，应当出具《道路客运经营行政许可决定书》（见附件4），明确许可事项，许可事项为经营范围、车辆数量及要求、客运班线类型；并在10日内向被许可人发放《道路运输经营许可证》，并告知被许可人所在地道路运输管理机构。

道路运输管理机构对符合法定条件的道路客运班线经营申请作出准予行政许可决定的，应当出具《道路客运班线经营行政许可决定书》（见附件5），明确许可事项，许可事项为经营主体、班车类别、起讫地及起讫站点、途经路线及停靠站点、日发班次、车辆数量及要求、经营期限；并在10日内向被许可人发放《道路客运班线经营许可证明》（见附件8），告知班线起讫地道路运输管理机构；属于跨省客运班线的，应当将《道路客运班线经营行政许可决定书》抄告途经上下旅客的和终到的省级道路运输管理机构。

道路运输管理机构对符合法定条件的客运站经营申请作出准予行政许可决定的，应当出具《道路旅客运输站经营行政许可决定书》（见附件6），并明确许可事项，许可事项为经营者名称、站场地址、站场级别和经营范围；并在10日内向被许可人发放《道路运输经营许可证》。

道路运输管理机构对不符合法定条件的申请作出不予行政许可决定的，应当向申请人出具《不予交通行政许可决定书》。

第二十条 受理跨省客运班线经营申请的省级道路运输管理机构，应当在受理申请后7日内发征求意见函并附《道路旅客运输班线经营申请表》传真给途经上下旅客的和目的地省级道路运输管理机构征求意见；相关省级道路运输管理机构应当在10日内将意见传真给受理申请的省级道路运输管理机构，不予同意的，应当依法注明理由，逾期不予答复的，视为同意。

相关省级道路运输管理机构对跨省客运班线经营申请持不同意见且协商不成的，由受理申请的省级道路运输管理机构通过其隶属的省级交通运输主管部门将各方书面意见和相关材料报交通运输部决定，并书面通知申请人。交通运输部应当自受理之日起20日内作出决定，并书面通知相关省级交通运输主管部门，由受理申请的省级道路运输管理机构按本规定第十九条、第二十二条的规定为申请人办理有关手续。

第二十一条 被许可人应当持《道路运输经营许可证》依法向工商行政管理机关办理登记手续。

第二十二条 被许可人应当按确定的时间落实拟投入车辆承诺书。道路运输管理机构已核实被许可人落实了拟投入车辆承诺书且车辆符合许可要求后，应当为投入运输的客车配发《道路运输证》；属于客运班车的，应当同时配发班车客运标志牌（见附件7)。正式班车客运标志牌尚未制作完毕的，应当先配发临时客运标志牌。

第二十三条 已取得相应道路班车客运经营许可的经营者需要增加客运班线的，应当按本规定第十二条的规定进行申请。

第二十四条 向不同级别的道路运输管理机构申请道路运输经营的，应当由最高一级道路运输管理机构核发《道路运输经营许可证》，并注明各级道路运输管理机构许可的经营范围，下级道路运输管理机构不再核发《道路运输经营许可证》。下级道路运输管理机构已向被许可人发放《道路运输经营许可证》的，上级道路运输管理机构应当按上述要求予以换发。

第二十五条 中外合资、中外合作、外商独资形式投资道路客运和客运站经营的，应当同时遵守《外商投资道路运输业管理规定》。

第二十六条 道路客运经营者设立子公司的，应当按规定向设立地道路运输管理机构申请经营许可；设立分公司的，应当向设立地道路运输管理机构报备。

第二十七条 对同一客运班线有3个以上申请人的，或者根据实际情况需要，道路运输管理机构可采取服务质量招投标的方式实施道路客运班线经营许可。

相关省级道路运输管理机构协商确定通过服务质量招投标方式，实施跨省客运班线经营许可的，可采取联合招标、各自分别招标等方式进行。一省不实行招投标的，不影响另外一省进行招投标。

道路旅客运输班线经营权服务质量招投标管理办法另行制定。

第二十八条 在道路客运班线经营许可过程中，任何单位和个人不得以对等投放运力等不正当理由拒绝、阻挠实施客运班线经营许可。

第二十九条 客运经营者、客运站经营者需要变更许可事项或者终止经营的，应当向原许可机关提出申请，按本章有关规定办理。

客运班线的经营主体、起讫地和日发班次变更和客运站经营主体、站址变更按照重新许可办理。

客运经营者和客运站经营者在取得全部经营许可证件后无正当理由超过180天不投入运营或者运营后连续180天以上停运的，视为自动终止经营。

第三十条 客运班线的经营期限由省级道路运输管理机构按《中华人民共和国道路运输条例》的有关规定确定。

第三十一条 客运班线经营者在经营期限内暂停、终止班线经营，应当提前30日向原许可机关申请。经营期限届满，需要延续客运班线经营的，应当在届满前60日提出申请。原许可机关应当依据本章有关规定作出许可或者不予许可的决定。予以许可的，重新办理有关手续。

客运经营者终止经营，应当在终止经营后10日内，将相关的《道路运输经营许可证》和《道路运输证》、客运标志牌交回原发放机关。

第三十二条 客运站经营者终止经营的，应当提前30日告知原许可机关和进站经营者。原许可机关发现关闭客运站可能对社会公众利益造成重大影响的，应当采取措施对进站车辆进行分流，并向社会公告。客运站经营者应当在终止经营后10日内将《道路运输经营许可证》交回原发放机关。

第三十三条 客运经营者在客运班线经营期限届满后申请延续经营，符合下列条件的，应当予以优先许可：

（一）经营者符合本规定第十条规定；

（二）经营者在经营该客运班线过程中，无特大运输安全责任事故；

（三）经营者在经营该客运班线过程中，无情节恶劣的服务质量事件；

（四）经营者在经营该客运班线过程中，无严重违法经营行为；

（五）按规定履行了普遍服务的义务。

第三章　客运车辆管理

第三十四条 客运经营者应当依据国家有关技术规范对客运车辆进行定期维护，确保客运车辆技术状况良好。

客运车辆的维护作业项目和程序应当按照国家标准《汽车维护、检测、诊断技术规范》（GB18344）等有关技术标准的规定执行。

严禁任何单位和个人为客运经营者指定车辆维护企业；车辆二级维护执行情况不得作为道路运输管理机构的路检路查项目。

第三十五条 客运经营者应当定期进行客运车辆检测，车辆检测结合车辆定期审验的频率一并进行。

客运经营者在规定时间内，到符合国家相关标准的机动车综合性能检测机构进行检测。机动车综合性能检测机构按照国家标准《营运车辆综合性能要求和检验方法》（GB18565）和《道路车辆外廓尺寸、轴荷和质量限值》（GB1589）的规定进行检测，出具全国统一式样的检测报告，并依据检测结果，对照行业标准《营运车辆技术等级划分和评定要求》（JT/T198）进行车辆技术等级评定。客运车辆技术等级分为一级、二级和三级。

车籍所在地县级以上道路运输管理机构应当将车辆技术等级在《道路运输证》上标明。

第三十六条 机动车综合性能检测机构应当使用符合国家和行业标准的设施、设备，严格按照国家和行业有关营运车辆技术检测标准对客运车辆进行检测，如实出具车辆检测报告，并建立车辆检测档案。

第三十七条 县级以上道路运输管理机构应当定期对客运车辆进行审验，每年审验一次。审验内容包括：

（一）车辆违章记录；

（二）车辆技术档案；

（三）车辆结构、尺寸变动情况；

（四）按规定安装、使用符合国家标准的行车记录仪情况；

（五）客运经营者为客运车辆投保承运人责任险情况。

审验符合要求的，道路运输管理机构在《道路运输证》审验记录栏中注明；不符合要求的，应当责令限期改正或者办理变更手续。

第三十八条 鼓励使用配置下置行李舱的客车从事道路客运。没有下置行李舱或者行李舱容积不能满足需求的客运车辆，可在客车车厢内设立专门的行李堆放区，但行李堆放区和乘客区必须隔离，并采取相应的安全措施。严禁行李堆放区内载客。

第三十九条 营运客车类型等级评定由县级以上道路运输管理机构依据行业标准《营运客车类型划分及等级评定》（JT/T325）和交通部颁布的《营运客车类型划分及等级评定规则》的要求实施。

第四十条 禁止使用报废的、擅自改装的、拼装的、检测不合格的客车以及其他不符合国家规定的车辆从事道路客运经营。

第四十一条 客运经营者和县级以上道路运输管理机构应当分别建立客运车辆技术档案和管理档案，并妥善保管。对相关内容的记载应当及时、完整和准确，不得随意更改。

客运经营者车辆技术档案主要内容应当包括：车辆基本情况、主要部件更换情况、修理和二级维护记录（含出厂合格证）、技术等级评定记录、类型及等级评定记录、车辆变更记录、行驶里程记录、交通事故记录等。

道路运输管理机构车辆管理档案主要内容应当包括：车辆基本情况、二级维护和检测记录、技术等级评定记录、类型及等级评定记录、车辆变更记录、交通事故记录等。

第四十二条 客运车辆办理过户变更手续时，客运经营者应当将车辆技术档案完整移交。县级以上道路运输管理机构应当对经营者车辆技术档案的建立情况实施监督管理。

第四十三条 客运经营者对达到国家规定的报废标准或者经检测不符合国家强制性标准要求的客运车辆，应当及时交回《道路运输证》，不得继续从事客运经营。

第四章 客运经营管理

第四十四条 客运经营者应当按照道路运输管理机构决定的许可事项从事客运经营活动，不得转让、出租道路运输经营许可证件。

第四十五条 道路客运企业的全资或者绝对控股的经营道路客运的子公司，其自有营运客车在10辆以上或者自有中高级营运客车5辆以上时，可按照其母公司取得的经营许可从事客运经营活动。

本条所称绝对控股是指母公司控制子公司实际资产51%以上。

第四十六条 道路客运班线属于国家所有的公共资源。班线客运经营者取得经营许可后，应当向公众提供连续运输服务，不得擅自暂停、终止或者转让班线运输。

第四十七条 客运班车应当按照许可的线路、班次、站点运行，在规定的途经站点进站上下旅客，无正当理由不得改变行驶线路，不得站外上客或者沿途揽客。

经许可机关同意，在农村客运班线上运营的班车可采取区域经营、循环运行、设置临时发车点等灵活的方式运营。

本规定所称农村客运班线，是指县内或者毗邻县间至少有一端在乡村的客运班线。

第四十八条 客运经营者不得强迫旅客乘车，不得中途将旅客交给他人运输或者甩客，不得敲诈旅客，不得擅自更换客运车辆，不得阻碍其他经营者的正常经营活动。

第四十九条 严禁客运车辆超载运行，在载客人数已满的情况下，允许再搭乘不超过核定载客人数10%的免票儿童。

客运车辆不得违反规定载货。

第五十条 客运经营者应当遵守有关运价规定，使用规定的票证，不得乱涨价、恶意压价、乱收费。

第五十一条 客运经营者（含国际道路客运经营者）、客运站经营者及客运相关服务经营者应当按照国家有关规定缴纳道路运输管理费。

第五十二条 客运经营者应当在客运车辆外部的适当位置喷印企业名称或者标识，在车厢内显著位置公示道路运输管理机构监督电话、票价和里程表。

第五十三条 客运经营者应当为旅客提供良好的乘车环境，确保车辆设备、设施齐全有效，保持车辆清洁、卫生，并采取必要的措施防止在运输过程中发生侵害旅客人身、财产安全的违法行为。

当运输过程中发生侵害旅客人身、财产安全的治安违法行为时，客运经营者在自身能力许可的情况下，应当及时向公安机关报告并配合公安机关及时终止治安违法行为。

客运经营者不得在客运车辆上从事播放淫秽录像等不健康的活动。

第五十四条 客运经营者应当为旅客投保承运人责任险。

第五十五条 客运经营者在运输过程中造成旅客人身伤亡，行李毁损、灭失，当事人对赔偿数额有约定的，依照其约定；没有约定的，参照国家有关港口间海上旅客运输和铁路旅客运输赔偿责任限额的规定办理。

第五十六条 客运经营者应当加强对从业人员的安全、职业道德教育和业务知识、操作规程培训。并采取有效措施，防止驾驶人员连续驾驶时间超过4个小时。

客运车辆驾驶人员应当遵守道路运输法规和道路运输驾驶员操作规程，安全驾驶，文明服务。

第五十七条 客运经营者应当制定突发公共事件的道路运输应急预案。应急预案应当包括报告程序、应急指挥、应急车辆和设备的储备以及处置措施等内容。

发生突发公共事件时，客运经营者应当服从县级及以上人民政府或者有关部门的统一调度、指挥。

第五十八条 客运经营者应当建立和完善各类台账和档案，并按要求及时报送有关资料和信息。

第五十九条 旅客应当持有效客票乘车，遵守乘车秩序，文明礼貌，携带免票儿童的乘客应当在购票时声明。不得携带国家规定的危险物品及其他禁止携带的物品乘车。

第六十条 客运车辆驾驶人员应当随车携带《道路运输证》、从业资格证等有关证件，在规定位置放置客运标志牌。客运班车驾驶人员还应当随车携带《道路客运班线经营许可证明》。

第六十一条 遇有下列情况之一，客运车辆可凭临时客运标志牌运行：

（一）原有正班车已经满载，需要开行加班车的；

（二）因车辆抛锚、维护等原因，需要接驳或者顶班的；

（三）正式班车客运标志牌正在制作或者不慎灭失，等待领取的。

第六十二条 凭临时客运标志牌运营的客车应当按正班车的线路和站点运

行。属于加班或者顶班的，还应当持有始发站签章并注明事由的当班行车路单；班车客运标志牌正在制作或者灭失的，还应当持有该条班线的《道路客运班线经营许可证明》或者《道路客运班线经营行政许可决定书》的复印件。

第六十三条 客运包车应当凭车籍所在地县级以上道路运输管理机构核发的包车客运标志牌，按照约定的时间、起始地、目的地和线路运行，并持有包车票或者包车合同，不得按班车模式定点定线运营，不得招揽包车合同外的旅客乘车。

客运包车除执行道路运输管理机构下达的紧急包车任务外，其线路一端应当在车籍所在地。

单程的去程包车回程载客时，应当向回程客源所在地县级以上道路运输管理机构备案。

非定线旅游客车可持注明客运事项的旅游客票或者旅游合同取代包车票或者包车合同。

第六十四条 省际临时客运标志牌（见附件9）、省际包车客运标志牌（见附件10）由省级道路运输管理机构按照交通部的统一式样印制，交由当地县以上道路运输管理机构向客运经营者核发。省际包车客运标志牌和加班车、顶班车、接驳车使用的省际临时客运标志牌在一个运次所需的时间内有效，因班车客运标志牌正在制作或者灭失而使用的省际临时客运标志牌有效期不得超过30天。

省内临时客运标志牌、省内包车客运标志牌样式及管理要求由各省级交通运输主管部门自行规定。

第六十五条 在春运、旅游“黄金周”或者发生突发事件等客流高峰期运力不足时，道路运输管理机构可临时调用车辆技术等级不低于三级的营运客车和社会非营运客车开行包车或者加班车。非营运客车凭县级以上道路运输管理机构开具的证明运行。

第五章 客运站经营

第六十六条 客运站经营者应当按照道路运输管理机构决定的许可事项从事客运站经营活动，不得转让、出租客运站经营许可证件，不得改变客运站用途和服务功能。

客运站经营者应当维护好各种设施、设备，保持其正常使用。

第六十七条 客运站经营者和进站发车的客运经营者应当依法自愿签订服务合同，双方按合同的规定履行各自的权利和义务。

客运站经营者应当按月和客运经营者结算运费。

第六十八条 客运站经营者应当依法加强安全管理，完善安全生产条件，健全和落实安全生产责任制。

客运站经营者应当对出站客车进行安全检查，采取措施防止危险品进站上车，按照车辆核定载客限额售票，严禁超载车辆或者未经安全检查的车辆出站，保证安全生产。

第六十九条 客运站经营者应当禁止无证经营的车辆进站从事经营活动，无正当理由不得拒绝合法客运车辆进站经营。

客运站经营者应当坚持公平、公正原则，合理安排发车时间，公平售票。

客运经营者在发车时间安排上发生纠纷，客运站经营者协调无效时，由当地县级以上道路运输管理机构裁定。

第七十条 客运站经营者应当公布进站客车的班车类别、客车类型等级、运输线路、起讫停靠站点、班次、发车时间、票价等信息，调度车辆进站发车，疏导旅客，维持秩序。

第七十一条 进站客运经营者应当在发车 30 分钟前备齐相关证件进站等待发车，不得误班、脱班、停班。进站客运经营者不按时派车辆应班，1 小时以内视为误班，1 小时以上视为脱班。但因车辆维修、肇事、丢失或者交通堵塞等特殊原因不能按时应班、并且已提前告知客运站经营者的除外。

进站客运经营者因故不能发班的，应当提前 1 日告知客运站经营者，双方要协商调度车辆顶班。

对无故停班达 3 日以上的进站班车，客运站经营者应当报告当地道路运输管理机构。

第七十二条 客运站经营者应当设置旅客购票、候车、乘车指示、行李寄存和托运、公共卫生等服务设施，向旅客提供安全、便捷、优质的服务，加强宣传，保持站场卫生、清洁。

在客运站从事客运站经营以外的其他经营活动时，应当遵守相应的法律、行政法规的规定。

第七十三条 客运站经营者应当严格执行价格管理规定，在经营场所公示收费项目和标准，严禁乱收费。

第七十四条 客运站经营者应当按规定的业务操作规程装卸、储存、保管行包。

第七十五条 客运站经营者应当制定公共突发事件应急预案。应急预案应当包括报告程序、应急指挥、应急设备的储备以及处置措施等内容。

第七十六条 客运站经营者应当建立和完善各类台账和档案，并按要求报送有关信息。

第六章 监督检查

第七十七条 道路运输管理机构应当加强对道路客运和客运站经营活动的监督检查。

道路运输管理机构工作人员应当严格按照法定职责权限和程序进行监督检查。

第七十八条 道路运输管理机构及其工作人员应当重点在客运站、旅客集散地对道路客运、客运站经营活动实施监督检查。此外，根据管理需要，可以在公路路口实施监督检查，但不得随意拦截正常行驶的道路运输车辆，不得双向拦截车辆进行检查。

第七十九条 道路运输管理机构的工作人员实施监督检查时，应当有2名以上人员参加，并向当事人出示交通部统一制式的交通行政执法证件。

第八十条 道路运输管理机构的工作人员可以向被检查单位和个人了解情况，查阅和复制有关材料。但应当保守被调查单位和个人的商业秘密。

被监督检查的单位和个人应当接受道路运输管理机构及其工作人员依法实施的监督检查，如实提供有关资料或者说明情况。

第八十一条 道路运输管理机构的工作人员在实施道路运输监督检查过程中，发现客运车辆有超载行为的，应当立即予以制止，并采取相应措施安排旅客改乘。

第八十二条 客运经营者在许可的道路运输管理机构管辖区域外违法从事经营活动的，违法行为发生地的道路运输管理机构应当依法将当事人的违法事实、处罚结果记录到《道路运输证》上，并抄告作出道路客运经营许可的道路运输管理机构。

第八十三条 客运经营者违反本规定后拒不接受处罚的，县级以上道路运输管理机构可以暂扣其《道路运输证》等道路运输管理机构颁发的相关证件，签发待理证，待接受处罚后交还。

第八十四条 道路运输管理机构的工作人员在实施道路运输监督检查过程中，对没有《道路运输证》又无法当场提供其他有效证明的客运车辆可以予以暂扣，并出具《道路运输车辆暂扣凭证》（见附件12）。对暂扣车辆应当妥善保管，不得使用，不得收取或者变相收取保管费用。

违法当事人应当在暂扣凭证规定的时间内到指定地点接受处理。逾期不接受处理的，道路运输管理机构可依法作出处罚决定，并将处罚决定书送达当事人。当事人无正当理由逾期不履行处罚决定的，道路运输管理机构可申请人民法院强制执行。

第七章 法律责任

第八十五条 违反本规定，有下列行为之一的，由县级以上道路运输管理机构责令停止经营；有违法所得的，没收违法所得，处违法所得2倍以上10倍以下的罚款；没有违法所得或者违法所得不足2万元的，处3万元以上10万元以下的罚款；构成犯罪的，依法追究刑事责任：

（一）未取得道路客运经营许可，擅自从事道路客运经营的；

（二）未取得道路客运班线经营许可，擅自从事班车客运经营的；

（三）使用失效、伪造、变造、被注销等无效的道路客运许可证件从事道路客运经营的；

（四）超越许可事项，从事道路客运经营的。

第八十六条 违反本规定，有下列行为之一的，由县级以上道路运输管理机构责令停止经营；有违法所得的，没收违法所得，处违法所得2倍以上10倍以下的罚款；没有违法所得或者违法所得不足1万元的，处2万元以上5万元以下的罚款；构成犯罪的，依法追究刑事责任：

（一）未取得客运站经营许可，擅自从事客运站经营的；

（二）使用失效、伪造、变造、被注销等无效的客运站许可证件从事客运站经营的；

（三）超越许可事项，从事客运站经营的。

第八十七条 违反本规定，客运经营者、客运站经营者非法转让、出租道路运输经营许可证件的，由县级以上道路运输管理机构责令停止违法行为，收缴有关证件，处2000元以上1万元以下的罚款；有违法所得的，没收违法所得。

第八十八条 违反本规定，客运经营者有下列行为之一，由县级以上道路运输管理机构责令限期投保；拒不投保的，由原许可机关吊销《道路运输经营许可证》或者吊销相应的经营范围：

（一）未为旅客投保承运人责任险的；

（二）未按最低投保限额投保的；

（三）投保的承运人责任险已过期，未继续投保的。

第八十九条 违反本规定，取得客运经营许可的客运经营者使用无《道路运输证》的车辆参加客运经营的，由县级以上道路运输管理机构责令改正，处3000元以上1万元以下的罚款。

违反本规定，客运经营者不按照规定携带《道路运输证》的，由县级以上道路运输管理机构责令改正，处警告或者20元以上200元以下的罚款。

第九十条 违反本规定，客运经营者（含国际道路客运经营者）、客运站经营者及客运相关服务经营者不按规定使用道路运输业专用票证或者转让、倒卖、伪造道路运输业专用票证的，由县级以上道路运输管理机构责令改正，处1000元以上3000元以下的罚款。

第九十一条 违反本规定，客运经营者有下列情形之一的，由县级以上道路运输管理机构责令改正，处1000元以上3000元以下的罚款；情节严重的，由原许可机关吊销《道路运输经营许可证》或者吊销相应的经营范围：

（一）客运班车不按批准的客运站点停靠或者不按规定的线路、班次行驶的；

（二）加班车、顶班车、接驳车无正当理由不按原正班车的线路、站点、班次行驶的；

（三）客运包车不按约定的起始地、目的地和线路行驶的；

（四）以欺骗、暴力等手段招揽旅客的；

（五）在旅客运输途中擅自变更运输车辆或者将旅客移交他人运输的；

（六）未报告原许可机关，擅自终止道路客运经营的。

第九十二条 违反本规定，客运经营者、客运站经营者已不具备开业要求的有关安全条件、存在重大运输安全隐患的，由县级以上道路运输管理机构责令限期改正；在规定时间内不能按要求改正且情节严重的，由原许可机关吊销《道路运输经营许可证》或者吊销相应的经营范围。

第九十三条 违反本规定，客运经营者不按规定维护和检测客运车辆的，由县级以上道路运输管理机构责令改正，处1000元以上5000元以下的罚款。

第九十四条 违反本规定，客运经营者使用擅自改装或者擅自改装已取得《道路运输证》的客运车辆的，由县级以上道路运输管理机构责令改正，处5000元以上2万元以下的罚款。

第九十五条 违反本规定，机动车综合性能检测机构不按照国家有关技术规范进行检测、未经检测出具检测结果或者不如实出具检测结果的，由县级以上道路运输管理机构责令改正，没收违法所得，违法所得在5000元以上的，并处违法所得2倍以上5倍以下的罚款；没有违法所得或者违法所得不足5000元的，处5000元以上2万元以下的罚款；构成犯罪的，依法追究刑事责任。

第九十六条 违反本规定，客运站经营者有下列情形之一的，由县级以上道路运输管理机构责令改正，处1万元以上3万元以下的罚款：

（一）允许无经营许可证件的车辆进站从事经营活动的；

（二）允许超载车辆出站的；

（三）允许未经安全检查或者安全检查不合格的车辆发车的；

（四）无正当理由拒绝客运车辆进站从事经营活动的。

第九十七条 违反本规定，客运站经营者有下列情形之一的，由县级以上道路运输管理机构责令改正；拒不改正的，处3000元的罚款；有违法所得的，没收违法所得：

（一）擅自改变客运站的用途和服务功能的；

（二）不公布运输线路、起讫停靠站点、班次、发车时间、票价的。

第九十八条 违反本规定，客运经营者（含国际道路客运经营者）、客运站经营者及客运相关服务经营者未按规定期限缴纳道路运输管理费的，由县级以上道路运输管理机构责令补交，按日收取道路运输管理费1%的滞纳金，并处500元以上1000元以下的罚款。

违反本规定，客运经营者（含国际道路客运经营者）、客运站经营者及客运相关服务经营者使用伪造、转让、涂改道路运输管理费专用收据或者缴讫证的，由县级以上道路运输管理机构收缴其非法收据和缴讫证，处500元以上1000元以下的罚款。

第九十九条 道路运输管理机构工作人员违反本规定，有下列情形之一的，依法给予行政处分；构成犯罪的，依法追究刑事责任：

（一）不依照规定的条件、程序和期限实施行政许可的；

（二）参与或者变相参与道路客运经营以及客运站经营的；

（三）发现违法行为不及时查处的；

（四）违反规定拦截、检查正常行驶的运输车辆的；

（五）违法扣留运输车辆、《道路运输证》的；

（六）索取、收受他人财物，或者谋取其他利益的；

（七）其他违法行为。

第八章 附 则

第一百条 出租汽车客运、城市公共汽车客运管理根据国务院的有关规定执行。

第一百零一条 客运经营者从事国际道路旅客运输经营活动，除一般行为规范适用本规定外，有关从业条件等特殊要求应当适用交通部制定的国际道路运输管理规定。

第一百零二条 道路运输管理机构依照本规定发放的道路运输经营许可证件和《道路运输证》，可以收取工本费。工本费的具体收费标准由省、自治区、直辖市人民政府财政、价格主管部门会同同级交通运输主管部门核定。

第一百零三条 本规定自2005年8月1日起施行。交通部1995年9月6日发布的《省际道路旅客运输管理办法》（交公路发〔1995〕828号）、1998年11月26日发布的《高速公路旅客运输管理规定》（交通部令1998年第8号）、1995年5月9日发布的《汽车客运站管理规定》（交通部令1995年第

2号)、2000年4月27日发布的《道路旅客运输企业经营资质管理规定(试行)》(交公路发〔2000〕225号)、1993年5月19日发布的《道路旅客运输业户开业技术经济条件(试行)》(交运发〔1993〕531号)同时废止。

附件1:道路旅客运输经营申请表(略)
附件2:道路旅客运输班线经营申请表(略)
附件3:道路旅客运输站经营申请表(略)
附件4:道路客运经营行政许可决定书(略)
附件5:道路客运班线经营行政许可决定书(略)
附件6:道路旅客运输站经营行政许可决定书(略)
附件7:班车客运标志牌(略)
附件8:道路客运班线经营许可证明(略)
附件9:省际临时客运标志牌(略)
附件10:省际包车客运标志牌(略)
附件11:道路客运标志牌制式规范(略)
附件12:道路运输车辆暂扣凭证(略)

交通行政许可监督检查及责任追究规定

(2004年11月22日　中华人民共和国交通部令2004年第11号)

第一条　为加强交通行政许可实施工作的监督检查,及时纠正和查处交通行政许可实施过程中的违法、违纪行为,保证交通行政机关正确履行行政许可的法定职责,根据《中华人民共和国行政许可法》(以下简称《行政许可法》),制定本规定。

第二条　交通行政许可监督检查及其责任追究,应当遵守《行政许可法》和有关法律、法规及本规定。

第三条　实施交通行政许可监督检查及责任追究,应当遵守合法、公正、公平、及时的原则,坚持有错必纠、违法必究,保障有关法律、法规和规章的正确实施。

第四条　县级以上交通主管部门应当建立健全行政许可监督检查制度和责任追究制度,加强对交通行政许可的监督。

上级交通主管部门应当加强对下级交通主管部门实施行政许可的监督检查,及时纠正交通行政许可实施中的违法违纪行为。

第五条　交通主管部门应当加强对法律、法规授权的交通行政许可实施组织实施交通行政许可的监督检查，督促其及时纠正交通行政许可实施中的违法违纪行为。

第六条 交通主管部门委托其他行政机关实施交通行政许可的，委托机关应当加强对受委托的行政机关实施交通行政许可的行为的监督检查，并对受委托的行政机关实施交通行政许可的后果承担法律责任。

第七条 交通行政许可实施机关应当建立健全内部监督制度，加强对本机关实施行政许可工作人员的内部监督。

第八条 交通主管部门、交通行政许可实施机关的法制工作机构、监察机关按照职责分工具体负责行政许可监督检查责任追究工作。

第九条 交通行政许可实施机关实施行政许可，应当自觉接受社会和公民的监督。

任何单位和个人都有权对交通行政许可实施机关及其工作人员不严格执行有关行政许可的法律、法规、规章以及在实施交通行政许可中的违法违纪行为进行检举、控告。

第十条 交通行政许可实施机关应当建立交通行政许可举报制度，公开举报电话号码、通信地址或者电子邮件信箱。

交通行政许可实施机关收到举报后，应当依据职责及时查处。

第十一条 实施交通行政许可监督检查的主要内容包括：

（一）交通行政许可申请的受理情况；

（二）交通行政许可申请的审查和决定的情况；

（三）交通行政许可实施机关依法履行对被许可人的监督检查职责的情况；

（四）实施交通行政许可过程中的其他相关行为。

第十二条 有下列情形之一的，作出交通行政许可决定的交通行政许可实施机关或者其上级交通主管部门，根据利害关系人的请求或者依据职权，可以撤销交通行政许可：

（一）交通行政机关工作人员滥用职权、玩忽职守作出准予交通行政许可决定的；

（二）超越法定职权作出准予交通行政许可决定的；

（三）违反法定程序作出准予交通行政许可决定的；

（四）对不具备申请资格或者不符合法定条件的申请人准予交通行政许可的；

（五）依法可以撤销交通行政许可的其他情形。

第十三条 交通行政许可实施机关及其工作人员违反《行政许可法》的规定，有下列情形之一的，由交通行政许可实施机关或者其上级交通主管部门或者监察部门责令改正；情节严重的，对直接负责的主管人员和其他直接责任人员依法给予行政处分：

（一）对符合法定条件的交通行政许可申请不予受理的；

（二）不依法公示应当公示的材料的；

（三）在受理、审查、决定交通行政许可过程中，未向申请人、利害关系人履行法定告知义务的；

（四）申请人提交的申请材料不齐全、不符合法定形式，不一次告知申请人必须补正的全部内容的；

（五）未依法说明不受理交通行政许可申请或者不予交通行政许可的理由的；

（六）依法应当举行听证而不举行听证的。

第十四条 交通行政许可实施机关实施交通行政许可，有下列情形之一的，由其上级交通主管部门或者监察部门责令改正，对直接负责的主管人员和其他直接责任人员依法给予行政处分；构成犯罪的，依法追究刑事责任：

（一）对不符合法定条件的申请人准予行政许可或者超越法定职权作出准予交通行政许可决定的；

（二）对符合法定条件的申请人不予交通行政许可或者不在法定期限内作出准予交通行政许可决定的；

（三）依法应当根据招标、拍卖结果或者考试成绩择优作出准予交通行政许可决定，未经招标、拍卖或者考试，或者不根据招标、拍卖结果或者考试成绩择优作出准予交通行政许可决定的。

第十五条 交通行政许可实施机关在实施行政许可的过程中，擅自收费或者超出法定收费项目和收费标准收费的，由其上级交通主管部门或者监察部门责令退还非法收取的费用，对直接负责的主管人员和其他直接责任人员给予行政处分。

第十六条 交通行政许可实施机关及其工作人员，在实施行政许可的过程中，截留、挪用、私分或者变相私分依法收取的费用的，由其上级交通主管部门或者监察部门予以追缴，并对直接负责的主管人员和其他直接责任人员给予行政处分；构成犯罪的应当移交司法机关，依法追究刑事责任。

第十七条 交通行政许可实施机关工作人员办理行政许可、实施监督检查，索取或者收受他人钱物、谋取不正当利益的，应当直接负责的主管人员和其他直接责任人员给予行政处分；构成犯罪的应当移交司法机关，依法追究刑事责任。

第十八条 交通主管部门不依法履行对被许可人的监督职责或者监督不力，造成严重后果的，由其上级交通主管部门或者监察部门责令改正，对直接负责的主管人员和其他直接责任人员依法给予行政处分；构成犯罪的，依法追究刑事责任。

第十九条 交通行政许可的实施机关及其工作人员违法实施行政许可，给当事人的合法权益造成损害的，应当按照《国家赔偿法》的有关规定给予赔偿，并责令有故意或者重大过失的直接负责的主管人员和其他直接责任人员承担相应的赔偿费用。

第二十条 交通主管部门、交通行政许可实施机关的法制工作机构具体负责对本机关负责实施行政许可的内设机构，下级交通主管部门，法律、法规授权的交通行政许可实施组织，受委托实施交通行政许可的行政机关实施行政许可进行执法监督。

法制工作机构发现交通行政许可实施机关实施交通行政许可违法，应当向法制工作机构所在机关提出意见，经机关负责人同意后，按下列规定作出决定：

（一）依法应当撤销行政许可的，决定撤销；

（二）依法应当责令改正的，决定责令改正。

收到责令改正决定的机关应当在10日内以书面形式向作出责令改正决定的机关报告纠正情况。

第二十一条 监察机关依照有关法律、行政法规规定对交通行政许可实施机关及其工作人员实施监察，作出处理决定。

第二十二条 交通行政许可实施机关及其工作人员拒不接受交通行政许可监督检查，或者拒不执行交通行政许可监督检查决定，由其上级交通主管部门或者监察部门对直接负责的主管人员和其他直接责任人员依法给予行政处分。

第二十三条 本规定自2005年1月1日起施行。

交通行政许可实施程序规定

（2004年11月22日 中华人民共和国交通部令2004年第10号）

第一条 为保证交通行政许可依法实施，维护交通行政许可各方当事人的合法权益，保障和规范交通行政机关依法实施行政管理，根据《中华人民共和国行政许可法》（以下简称《行政许可法》），制定本规定。

第二条 实施交通行政许可，应当遵守《行政许可法》和有关法律、法规及本规定规定的程序。

本规定所称交通行政许可，是指依据法律、法规、国务院决定、省级地方人民政府规章的设定，由本规定第三条规定的实施机关实施的行政许可。

第三条 交通行政许可由下列机关实施：

（一）交通部、地方人民政府交通主管部门、地方人民政府港口行政管理部门依据法定职权实施交通行政许可；

（二）海事管理机构、航标管理机关、县级以上道路运输管理机构在法律、法规授权范围内实施交通行政许可；

（三）交通部、地方人民政府交通主管部门、地方人民政府港口行政管理部门在其法定职权范围内，可以依据本规定，委托其他行政机关实施行政许可。

第四条 实施交通行政许可，应当遵循公开、公平、公正、便民、高效的原则。

第五条 实施交通行政许可，实施机关应当按照《行政许可法》的有关规定，将下列内容予以公示：

（一）交通行政许可的事项；

（二）交通行政许可的依据；

（三）交通行政许可的实施主体；

（四）受委托行政机关和受委托实施行政许可的内容；

（五）交通行政许可统一受理的机构；

（六）交通行政许可的条件；

（七）交通行政许可的数量；

（八）交通行政许可的程序和实施期限；

（九）依法需要举行听证的交通行政许可事项；

（十）需要申请人提交材料的目录；

（十一）申请书文本式样；

（十二）作出的准予交通行政许可的决定；

（十三）实施交通行政许可依法应当收费的法定项目和收费标准；

（十四）交通行政许可的监督部门和投诉渠道；

（十五）依法需要公示的其他事项。

已实行电子政务的实施机关应当公布网站地址。

第六条 交通行政许可的公示，可以采取下列方式：

（一）在实施机关的办公场所设置公示栏、电子显示屏或者将公示信息资料集中在实施机关的专门场所供公众查阅；

（二）在联合办理、集中办理行政许可的场所公示；

（三）在实施机关的网站上公示；

（四）法律、法规和规章规定的其他方式。

第七条 公民、法人或者其他组织，依法申请交通行政许可的，应当依法向交通行政许可实施机关提出。

申请人申请交通行政许可，应当如实向实施机关提交有关材料和反映真实情况，并对其申请材料实质内容的真实性负责。

第八条 申请人以书面方式提出交通行政许可申请的，应当填写本规定所规定的《交通行政许可申请书》（见附件1）。但是，法律、法规、规章对申请书格式文本已有规定的，从其规定。

依法使用申请书格式文本的，交通行政机关应当免费提供。

申请人可以通过信函、电报、电传、传真、电子数据交换和电子邮件等方式提交交通行政许可申请。

申请人以书面方式提出交通行政许可申请确有困难的，可以口头方式提出申请，交通行政机关应当记录申请人申请事项，并经申请人确认。

第九条 申请人可以委托代理人代为提出交通行政许可申请，但依法应当由申请人到实施机关办公场所提出行政许可申请的除外。

代理人代为提出申请的，应当出具载明委托事项和代理人权限的授权委托书，并出示能证明其身份的证件。

第十条 实施机关收到交通行政许可申请材料后，应当根据下列情况分别作出处理：

（一）申请事项依法不需要取得交通行政许可的，应当即时告知申请人不受理；

（二）申请事项依法不属于本实施机关职权范围的，应当即时作出不予受理的决定，并向申请人出具《交通行政许可申请不予受理决定书》（见附件2），同时告知申请人应当向有关行政机关提出申请；

（三）申请材料可以当场补全或者更正错误的，应当允许申请人当场补全或者更正错误；

（四）申请材料不齐全或者不符合法定形式，申请人当场不能补全或者更正的，应当当场或者在5日内向申请人出具《交通行政许可申请补正通知书》（见附件3），一次性告知申请人需要补正的全部内容；逾期不告知的，自收到申请材料之日起即为受理；

（五）申请事项属于本实施机关职权范围，申请材料齐全，符合法定形式，或者申请人已提交全部补正申请材料的，应当在收到完备的申请材料后受理交通行政许可申请，除当场作出交通行政许可决定的外，应当出具《交通行政许可申请受理通知书》（见附件4）。

《交通行政许可申请不予受理决定书》、《交通行政许可申请补正通知书》、《交通行政许可申请受理通知书》，应当加盖实施机关行政许可专用印章，注明日期。

第十一条 交通行政许可需要实施机关内设的多个机构办理的，该实施机关应当确定一个机构统一受理行政许可申请，并统一送达交通行政许可决定。

实施机关未确定统一受理内设机构的，由最先受理的内设机构作为统一受理内设机构。

第十二条 实施交通行政许可，应当实行责任制度。实施机关应当明确每一项交通行政许可申请的直接负责的主管人员和其他直接责任人员。

第十三条 实施机关受理交通行政许可申请后，应当对申请人提交的申请材料进行审查。

申请人提交的申请材料齐全、符合法定形式，实施机关能够当场作出决定的，应当当场作出交通行政许可决定，并向申请人出具《交通行政许可（当场）决定书》（见附件5）。

依照法律、法规和规章的规定，需要对申请材料的实质内容进行核实的，应当审查申请材料反映的情况是否与法定的行政许可条件相一致。

实施实质审查，应当指派两名以上工作人员进行。可以采用以下方式：

（一）当面询问申请人及申请材料内容有关的相关人员；

（二）根据申请人提交的材料之间的内容相互进行印证；

（三）根据行政机关掌握的有关信息与申请材料进行印证；

（四）请求其他行政机关协助审查申请材料的真实性；

（五）调取查阅有关材料，核实申请材料的真实性；

（六）对有关设备、设施、工具、场地进行实地核查；

（七）依法进行检验、勘验、监测；

（八）听取利害关系人意见；

（九）举行听证；

（十）召开专家评审会议审查申请材料的真实性。

依照法律、行政法规规定，实施交通行政许可应当通过招标、拍卖等公平竞争的方式作出决定的，从其规定。

第十四条 实施机关对交通行政许可申请进行审查时，发现行政许可事项直接关系他人重大利益的，应当告知利害关系人，向该利害关系人送达《交通行政许可征求意见通知书》（见附件6）及相关材料（不包括涉及申请人商业秘密的材料）。

利害关系人有权在接到上述通知之日起5日内提出意见，逾期未提出意见的视为放弃上述权利。

实施机关应当将利害关系人的意见及时反馈给申请人，申请人有权进行陈述和申辩。

实施机关作出行政许可决定应当听取申请人、利害关系人的意见。

第十五条 除当场作出交通行政许可决定外，实施机关应当自受理申请之日起20日内作出交通行政许可决定。20日内不能作出决定的，经实施机关负责人批准，可以延长10日，并应当向申请人送达《延长交通行政许可期限通知书》（见附件7），将延长期限的理由告知申请人。但是，法律、法规另有规定的，从其规定。

实施机关作出行政许可决定，依照法律、法规和规章的规定需要听证、招标、拍卖、检验、检测、检疫、鉴定和专家评审的，所需时间不计算在本条规定的期限内。实施机关应当向申请人送达《交通行政许可期限法定除外时间通知书》（见附件8），将所需时间书面告知申请人。

第十六条 申请人的申请符合法定条件、标准的，实施机关应当依法作出准予行政许可的决定，并出具《交通行政许可决定书》（见附件9）。

依照法律、法规规定实施交通行政许可，应当根据考试成绩、考核结果、检验、检测、检疫结果作出行政许可决定的，从其规定。

第十七条 实施机关依法作出不予行政许可的决定的，应当出具《不予交通行政许可决定书》（见附件10），说明理由，并告知申请人享有依法申请行政复议或者提起行政诉讼的权利。

第十八条 实施机关在作出准予或者不予许可决定后，应当在10日内向申请人送达《交通行政许可决定书》或者《不予交通行政许可决定书》。

《交通行政许可（当场）决定书》、《交通行政许可决定书》、《不予交通行政许可决定书》，应当加盖实施机关印章，注明日期。

第十九条 实施机关作出准予交通行政许可决定的，应当在作出决定之日起10日内，向申请人颁发加盖实施机关印章的下列行政许可证件：

（一）交通行政许可批准文件或者证明文件；

（二）许可证、执照或者其他许可证书；

（三）资格证、资质证或者其他合格证书；

（四）法律、法规、规章规定的其他行政许可证件。

第二十条 法律、法规、规章规定实施交通行政许可应当听证的事项，或者交通行政许可实施机关认为需要听证的其他涉及公共利益的行政许可事项，实施机关应当在作出交通行政许可决定之前，向社会发布《交通行政许可听证公告》（见附件11），公告期限不少于10日。

第二十一条 交通行政许可直接涉及申请人与他人之间重大利益冲突的，实施机关在作出交通行政许可决定前，应当告知申请人、利害关系人享有要求听证的权利，并出具《交通行政许可告知听证权利书》（见附件12）。

申请人、利害关系人在被告知听证权利之日起5日内提出听证申请的，实施机关应当在20日内组织听证。

第二十二条 听证按照《行政许可法》第四十八条规定的程序进行。

听证应当制作听证笔录。听证笔录应当包括下列事项：

（一）事由；

（二）举行听证的时间、地点和方式；

（三）听证主持人、记录人等；

（四）申请人姓名或者名称、法定代理人及其委托代理人；

（五）利害关系人姓名或者名称、法定代理人及其委托代理人；

（六）审查该行政许可申请的工作人员；

（七）审查该行政许可申请的工作人员的审查意见及证据、依据、理由；

（八）申请人、利害关系人的陈述、申辩、质证的内容及提出的证据；

（九）其他需要载明的事项。

听证笔录应当由听证参加人确认无误后签字或者盖章。

第二十三条 交通行政许可实施机关及其工作人员违反本规定的，按照《行政许可法》和《交通行政许可监督检查及责任追究规定》查处。

第二十四条 实施机关应当建立健全交通行政许可档案制度，及时归档、妥善保管交通行政许可档案材料。

第二十五条 实施交通行政许可对交通行政许可文书格式有特殊要求的，其文书格式由交通部另行规定。

第二十六条 本规定自2005年1月1日起施行。

附件：（略）

中华人民共和国公路法

（1997年7月3日第八届全国人民代表大会常务委员会第二十六次会议通过根据1999年10月31日第九届全国人民代表大会常务委员会第十二次会议《关于修改〈中华人民共和国公路法〉的决定》第一次修正 根据2004年8月28日第十届全国人民代表大会常务委员会第十一次会议《关于修改〈中华人民共和国公路法〉的决定》第二次修正中华人民共和国主席令第86号）

目　录

第一章 总 则

第一条 为了加强公路的建设和管理，促进公路事业的发展，适应社会主义现代化建设和人民生活的需要，制定本法。

第二条 在中华人民共和国境内从事公路的规划、建设、养护、经营、使用和管理，适用本法。

本法所称公路，包括公路桥梁、公路隧道和公路渡口。

第三条 公路的发展应当遵循全面规划、合理布局、确保质量、保障畅通、保护环境、建设改造与养护并重的原则。

第四条 各级人民政府应当采取有力措施，扶持、促进公路建设。公路建设应当纳入国民经济和社会发展计划。

国家鼓励、引导国内外经济组织依法投资建设、经营公路。

第五条 国家帮助和扶持少数民族地区、边远地区和贫困地区发展公路建设。

第六条 公路按其在公路路网中的地位分为国道、省道、县道和乡道，并按技术等级分为高速公路、一级公路、二级公路、三级公路和四级公路。具体划分标准由国务院交通主管部门规定。

新建公路应当符合技术等级的要求。原有不符合最低技术等级要求的等外公路，应当采取措施，逐步改造为符合技术等级要求的公路。

第七条 公路受国家保护，任何单位和个人不得破坏、损坏或者非法占用公路、公路用地及公路附属设施。

任何单位和个人都有爱护公路、公路用地及公路附属设施的义务，有权检举和控告破坏、损坏公路、公路用地、公路附属设施和影响公路安全的行为。

第八条 国务院交通主管部门主管全国公路工作。

县级以上地方人民政府交通主管部门主管本行政区域内的公路工作；但是，县级以上地方人民政府交通主管部门对国道、省道的管理、监督职责，由省、自治区、直辖市人民政府确定。

乡、民族乡、镇人民政府负责本行政区域内的乡道的建设和养护工作。

县级以上地方人民政府交通主管部门可以决定由公路管理机构依照本法规定行使公路行政管理职责。

第九条 禁止任何单位和个人在公路上非法设卡、收费、罚款和拦截车辆。

第十条 国家鼓励公路工作方面的科学技术研究，对在公路科学技术研究和应用方面作出显著成绩的单位和个人给予奖励。

第十一条 本法对专用公路有规定的，适用于专用公路。

专用公路是指由企业或者其他单位建设、养护、管理，专为或者主要为本企业或者本单位提供运输服务的道路。

第二章　公路规划

第十二条　公路规划应当根据国民经济和社会发展以及国防建设的需要编制，与城市建设发展规划和其他方式的交通运输发展规划相协调。

第十三条　公路建设用地规划应当符合土地利用总体规划，当年建设用地应当纳入年度建设用地计划。

第十四条　国道规划由国务院交通主管部门会同国务院有关部门并商国道沿线省、自治区、直辖市人民政府编制，报国务院批准。

省道规划由省、自治区、直辖市人民政府交通主管部门会同同级有关部门并商省道沿线下一级人民政府编制，报省、自治区、直辖市人民政府批准，并报国务院交通主管部门备案。

县道规划由县级人民政府交通主管部门会同同级有关部门编制，经本级人民政府审定后，报上一级人民政府批准。

乡道规划由县级人民政府交通主管部门协助乡、民族乡、镇人民政府编制，报县级人民政府批准。

依照第三款、第四款规定批准的县道、乡道规划，应当报批准机关的上一级人民政府交通主管部门备案。

省道规划应当与国道规划相协调。县道规划应当与省道规划相协调。乡道规划应当与县道规划相协调。

第十五条　专用公路规划由专用公路的主管单位编制，经其上级主管部门审定后，报县级以上人民政府交通主管部门审核。

专用公路规划应当与公路规划相协调。县级以上人民政府交通主管部门发现专用公路规划与国道、省道、县道、乡道规划有不协调的地方，应当提出修改意见，专用公路主管部门和单位应当作出相应的修改。

第十六条　国道规划的局部调整由原编制机关决定。国道规划需要作重大修改的，由原编制机关提出修改方案，报国务院批准。

经批准的省道、县道、乡道公路规划需要修改的，由原编制机关提出修改方案，报原批准机关批准。

第十七条　国道的命名和编号，由国务院交通主管部门确定；省道、县道、乡道的命名和编号，由省、自治区、直辖市人民政府交通主管部门按照国务院交通主管部门的有关规定确定。

第十八条　规划和新建村镇、开发区，应当与公路保持规定的距离并避免在公路两侧对应进行，防止造成公路街道化，影响公路的运行安全与畅通。

第十九条 国家鼓励专用公路用于社会公共运输。专用公路主要用于社会公共运输时，由专用公路的主管单位申请，或者由有关方面申请，专用公路的主管单位同意，并经省、自治区、直辖市人民政府交通主管部门批准，可以改划为省道、县道或者乡道。

第三章 公路建设

第二十条 县级以上人民政府交通主管部门应当依据职责维护公路建设秩序，加强对公路建设的监督管理。

第二十一条 筹集公路建设资金，除各级人民政府的财政拨款，包括依法征税筹集的公路建设专项资金转为的财政拨款外，可以依法向国内外金融机构或者外国政府贷款。

国家鼓励国内外经济组织对公路建设进行投资。开发、经营公路的公司可以依照法律、行政法规的规定发行股票、公司债券筹集资金。

依照本法规定出让公路收费权的收入必须用于公路建设。

向企业和个人集资建设公路，必须根据需要与可能，坚持自愿原则，不得强行摊派，并符合国务院的有关规定。

公路建设资金还可以采取符合法律或者国务院规定的其他方式筹集。

第二十二条 公路建设应当按照国家规定的基本建设程序和有关规定进行。

第二十三条 公路建设项目应当按照国家有关规定实行法人负责制度、招标投标制度和工程监理制度。

第二十四条 公路建设单位应当根据公路建设工程的特点和技术要求，选择具有相应资格的勘查设计单位、施工单位和工程监理单位，并依照有关法律、法规、规章的规定和公路工程技术标准的要求，分别签订合同，明确双方的权利义务。

承担公路建设项目的可行性研究单位、勘查设计单位、施工单位和工程监理单位，必须持有国家规定的资质证书。

第二十五条 公路建设项目的施工，须按国务院交通主管部门的规定报请县级以上地方人民政府交通主管部门批准。

第二十六条 公路建设必须符合公路工程技术标准。

承担公路建设项目的设计单位、施工单位和工程监理单位，应当按照国家有关规定建立健全质量保证体系，落实岗位责任制，并依照有关法律、法规、规章以及公路工程技术标准的要求和合同约定进行设计、施工和监理，保证公路工程质量。

第二十七条 公路建设使用土地依照有关法律、行政法规的规定办理。

公路建设应当贯彻切实保护耕地、节约用地的原则。

第二十八条 公路建设需要使用国有荒山、荒地或者需要在国有荒山、荒地、河滩、滩涂上挖砂、采石、取土的，依照有关法律、行政法规的规定办理后，任何单位和个人不得阻挠或者非法收取费用。

第二十九条 地方各级人民政府对公路建设依法使用土地和搬迁居民，应当给予支持和协助。

第三十条 公路建设项目的设计和施工，应当符合依法保护环境、保护文物古迹和防止水土流失的要求。

公路规划中贯彻国防要求的公路建设项目，应当严格按照规划进行建设，以保证国防交通的需要。

第三十一条 因建设公路影响铁路、水利、电力、邮电设施和其他设施正常使用时，公路建设单位应当事先征得有关部门的同意；因公路建设对有关设施造成损坏的，公路建设单位应当按照不低于该设施原有的技术标准予以修复，或者给予相应的经济补偿。

第三十二条 改建公路时，施工单位应当在施工路段两端设置明显的施工标志、安全标志。需要车辆绕行的，应当在绕行路口设置标志；不能绕行的，必须修建临时道路，保证车辆和行人通行。

第三十三条 公路建设项目和公路修复项目竣工后，应当按照国家有关规定进行验收；未经验收或者验收不合格的，不得交付使用。

建成的公路，应当按照国务院交通主管部门的规定设置明显的标志、标线。

第三十四条 县级以上地方人民政府应当确定公路两侧边沟（截水沟、坡脚护坡道，下同）外缘起不少于1米的公路用地。

第四章 公路养护

第三十五条 公路管理机构应当按照国务院交通主管部门规定的技术规范和操作规程对公路进行养护，保证公路经常处于良好的技术状态。

第三十六条 国家采用依法征税的办法筹集公路养护资金，具体实施办法和步骤由国务院规定。

依法征税筹集的公路养护资金，必须专项用于公路的养护和改建。

第三十七条 县、乡级人民政府对公路养护需要的挖砂、采石、取土以及取水，应当给予支持和协助。

第三十八条 县、乡级人民政府应当在农村义务工的范围内，按照国家有关规定组织公路两侧的农村居民履行为公路建设和养护提供劳务的义务。

第三十九条 为保障公路养护人员的人身安全，公路养护人员进行养护作业时，应当穿着统一的安全标志服；利用车辆进行养护作业时，应当在公路作业车辆上设置明显的作业标志。

公路养护车辆进行作业时，在不影响过往车辆通行的前提下，其行驶路线和方向不受公路标志、标线限制；过往车辆对公路养护车辆和人员应当注意避让。

公路养护工程施工影响车辆、行人通行时，施工单位应当依照本法第三十二条的规定办理。

第四十条 因严重自然灾害致使国道、省道交通中断，公路管理机构应当及时修复；公路管理机构难以及时修复时，县级以上地方人民政府应当及时组织当地机关、团体、企业事业单位、城乡居民进行抢修，并可以请求当地驻军支援，尽快恢复交通。

第四十一条 公路用地范围内的山坡、荒地，由公路管理机构负责水土保持。

第四十二条 公路绿化工作，由公路管理机构按照公路工程技术标准组织实施。

公路用地上的树木，不得任意砍伐；需要更新砍伐的，应当经县级以上地方人民政府交通主管部门同意后，依照《中华人民共和国森林法》的规定办理审批手续，并完成更新补种任务。

第五章 路政管理

第四十三条 各级地方人民政府应当采取措施，加强对公路的保护。

县级以上地方人民政府交通主管部门应当认真履行职责，依法做好公路保护工作，并努力采用科学的管理方法和先进的技术手段，提高公路管理水平，逐步完善公路服务设施，保障公路的完好、安全和畅通。

第四十四条 任何单位和个人不得擅自占用、挖掘公路。

因修建铁路、机场、电站、通信设施、水利工程和进行其他建设工程需要占用、挖掘公路或者使公路改线的，建设单位应当事先征得有关交通主管部门的同意；影响交通安全的，还须征得有关公安机关的同意。占用、挖掘公路或者使公路改线的，建设单位应当按照不低于该段公路原有的技术标准予以修复、改建或者给予相应的经济补偿。

第四十五条 跨越、穿越公路修建桥梁、渡槽或者架设、埋设管线等设施的，以及在公路用地范围内架设、埋设管线、电缆等设施的，应当事先经有关交通主管部门同意，影响交通安全的，还须征得有关公安机关的同意；所修建、架设或者埋设的设施应当符合公路工程技术标准的要求。对公路造成损坏的，应当按照损坏程度给予补偿。

第四十六条 任何单位和个人不得在公路上及公路用地范围内摆摊设点、堆放物品、倾倒垃圾、设置障碍、挖沟引水、利用公路边沟排放污物或者进行其他损坏、污染公路和影响公路畅通的活动。

第四十七条 在大中型公路桥梁和渡口周围200米、公路隧道上方和洞口外100米范围内，以及在公路两侧一定距离内，不得挖砂、采石、取土、倾倒废弃物，不得进行爆破作业及其他危及公路、公路桥梁、公路隧道、公路渡口安全的活动。

在前款范围内因抢险、防汛需要修筑堤坝、压缩或者拓宽河床的，应当事先报经省、自治区、直辖市人民政府交通主管部门会同水行政主管部门批准，并采取有效的保护有关的公路、公路桥梁、公路隧道、公路渡口安全的措施。

第四十八条 除农业机械因当地田间作业需要在公路上短距离行驶外，铁轮车、履带车和其他可能损害公路路面的机具，不得在公路上行驶。确需行驶的，必须经县级以上地方人民政府交通主管部门同意，采取有效的防护措施，并按照公安机关指定的时间、路线行驶。对公路造成损坏的，应当按照损坏程度给予补偿。

第四十九条 在公路上行驶的车辆的轴载质量应当符合公路工程技术标准要求。

第五十条 超过公路、公路桥梁、公路隧道或者汽车渡船的限载、限高、限宽、限长标准的车辆，不得在有限定标准的公路、公路桥梁上或者公路隧道内行驶，不得使用汽车渡船。超过公路或者公路桥梁限载标准确需行驶的，必须经县级以上地方人民政府交通主管部门批准，并按要求采取有效的防护措施；运载不可解体的超限物品的，应当按照指定的时间、路线、时速行驶，并悬挂明显标志。

运输单位不能按照前款规定采取防护措施的，由交通主管部门帮助其采取防护措施，所需费用由运输单位承担。

第五十一条 机动车制造厂和其他单位不得将公路作为检验机动车制动性能的试车场地。

第五十二条 任何单位和个人不得损坏、擅自移动、涂改公路附属设施。

前款公路附属设施，是指为保护、养护公路和保障公路安全畅通所设置的公路防护、排水、养护、管理、服务、交通安全、渡运、监控、通信、收费等设施、设备以及专用建筑物、构筑物等。

第五十三条 造成公路损坏的，责任者应当及时报告公路管理机构，并接受公路管理机构的现场调查。

第五十四条 任何单位和个人未经县级以上地方人民政府交通主管部门批准，不得在公路用地范围内设置公路标志以外的其他标志。

第五十五条 在公路上增设平面交叉道口，必须按照国家有关规定经过批准，并按照国家规定的技术标准建设。

第五十六条 除公路防护、养护需要的以外，禁止在公路两侧的建筑控制区内修建建筑物和地面构筑物；需要在建筑控制区内埋设管线、电缆等设施的，应当事先经县级以上地方人民政府交通主管部门批准。

前款规定的建筑控制区的范围，由县级以上地方人民政府按照保障公路运行安全和节约用地的原则，依照国务院的规定划定。

建筑控制区范围经县级以上地方人民政府依照前款规定划定后，由县级以上地方人民政府交通主管部门设置标桩、界桩。任何单位和个人不得损坏、擅自挪动该标桩、界桩。

第五十七条 除本法第四十七条第二款的规定外，本章规定由交通主管部门行使的路政管理职责，可以依照本法第八条第四款的规定，由公路管理机构行使。

第六章 收费公路

第五十八条 国家允许依法设立收费公路，同时对收费公路的数量进行控制。

除本法第五十九条规定可以收取车辆通行费的公路外，禁止任何公路收取车辆通行费。

第五十九条 符合国务院交通主管部门规定的技术等级和规模的下列公路，可以依法收取车辆通行费：

（一）由县级以上地方人民政府交通主管部门利用贷款或者向企业、个人集资建成的公路；

（二）由国内外经济组织依法受让前项收费公路收费权的公路；

（三）由国内外经济组织依法投资建成的公路。

第六十条 县级以上地方人民政府交通主管部门利用贷款或者集资建成的收费公路的收费期限，按照收费偿还贷款、集资款的原则，由省、自治区、直辖市人民政府依照国务院交通主管部门的规定确定。

有偿转让公路收费权的公路，收费权转让后，由受让方收费经营。收费权的转让期限由出让、受让双方约定并报转让收费权的审批机关审查批准，但最长不得超过国务院规定的年限。

国内外经济组织投资建设公路，必须按照国家有关规定办理审批手续；公路建成后，由投资者收费经营。收费经营期限按照收回投资并有合理回报的原则，由有关交通主管部门与投资者约定并按照国家有关规定办理审批手续，但最长不得超过国务院规定的年限。

第六十一条 本法第五十九条第一款第一项规定的公路中的国道收费权的转

让，必须经国务院交通主管部门批准；国道以外的其他公路收费权的转让，必须经省、自治区、直辖市人民政府批准，并报国务院交通主管部门备案。

前款规定的公路收费权出让的最低成交价，以国有资产评估机构评估的价值为依据确定。

第六十二条 受让公路收费权和投资建设公路的国内外经济组织应当依法成立开发、经营公路的企业（以下简称公路经营企业）。

第六十三条 收费公路车辆通行费的收费标准，由公路收费单位提出方案，报省、自治区、直辖市人民政府交通主管部门会同同级物价行政主管部门审查批准。

第六十四条 收费公路设置车辆通行费的收费站，应当报经省、自治区、直辖市人民政府审查批准。跨省、自治区、直辖市的收费公路设置车辆通行费的收费站，由有关省、自治区、直辖市人民政府协商确定；协商不成的，由国务院交通主管部门决定。同一收费公路由不同的交通主管部门组织建设或者由不同的公路经营企业经营的，应当按照“统一收费、按比例分成”的原则，统筹规划，合理设置收费站。

两个收费站之间的距离，不得小于国务院交通主管部门规定的标准。

第六十五条 有偿转让公路收费权的公路，转让收费权合同约定的期限届满，收费权由出让方收回。

由国内外经济组织依照本法规定投资建成并经营的收费公路，约定的经营期限届满，该公路由国家无偿收回，由有关交通主管部门管理。

第六十六条 依照本法第五十九条规定受让收费权或者由国内外经济组织投资建成经营的公路的养护工作，由各该公路经营企业负责。各该公路经营企业在经营期间应当按照国务院交通主管部门规定的技术规范和操作规程做好对公路的养护工作。在受让收费权的期限届满，或者经营期限届满时，公路应当处于良好的技术状态。

前款规定的公路的绿化和公路用地范围内的水土保持工作，由各该公路经营企业负责。

第一款规定的公路的路政管理，适用本法第五章的规定。该公路路政管理的职责由县级以上地方人民政府交通主管部门或者公路管理机构的派出机构、人员行使。

第六十七条 在收费公路上从事本法第四十四条第二款、第四十五条、第四十八条、第五十条所列活动的，除依照各该条的规定办理外，给公路经营企业造成损失的，应当给予相应的补偿。

第六十八条 收费公路的具体管理办法，由国务院依照本法制定。

第七章 监督检查

第六十九条 交通主管部门、公路管理机构依法对有关公路的法律、法规执行情况进行监督检查。

第七十条 交通主管部门、公路管理机构负有管理和保护公路的责任，有权检查、制止各种侵占、损坏公路、公路用地、公路附属设施及其他违反本法规定的行为。

第七十一条 公路监督检查人员依法在公路、建筑控制区、车辆停放场所、车辆所属单位等进行监督检查时，任何单位和个人不得阻挠。

公路经营者、使用者和其他有关单位、个人，应当接受公路监督检查人员依法实施的监督检查，并为其提供方便。

公路监督检查人员执行公务，应当佩戴标志，持证上岗。

第七十二条 交通主管部门、公路管理机构应当加强对所属公路监督检查人员的管理和教育，要求公路监督检查人员熟悉国家有关法律和规定，公正廉洁，热情服务，秉公执法，对公路监督检查人员的执法行为应当加强监督检查，对其违法行为应当及时纠正，依法处理。

第七十三条 用于公路监督检查的专用车辆，应当设置统一的标志和示警灯。

第八章 法律责任

第七十四条 违反法律或者国务院有关规定，擅自在公路上设卡、收费的，由交通主管部门责令停止违法行为，没收违法所得，可以处违法所得 3 倍以下的罚款，没有违法所得的，可以处 2 万元以下的罚款；对负有直接责任的主管人员和其他直接责任人员，依法给予行政处分。

第七十五条 违反本法第二十五条规定，未经有关交通主管部门批准擅自施工的，交通主管部门可以责令停止施工，并可以处 5 万元以下的罚款。

第七十六条 有下列违法行为之一的，由交通主管部门责令停止违法行为，可以处 3 万元以下的罚款：

（一）违反本法第四十四条第一款规定，擅自占用、挖掘公路的；

（二）违反本法第四十五条规定，未经同意或者未按照公路工程技术标准的要求修建桥梁、渡槽或者架设、埋设管线、电缆等设施的；

（三）违反本法第四十七条规定，从事危及公路安全的作业的；

（四）违反本法第四十八条规定，铁轮车、履带车和其他可能损害路面的机具擅自在公路上行驶的；

（五）违反本法第五十条规定，车辆超限使用汽车渡船或者在公路上擅自超限行驶的；

（六）违反本法第五十二条、第五十六条规定，损坏、移动、涂改公路附属设施或者损坏、挪动建筑控制区的标桩、界桩，可能危及公路安全的。

第七十七条 违反本法第四十六条的规定，造成公路路面损坏、污染或者影响公路畅通的，或者违反本法第五十一条规定，将公路作为试车场地的，由交通主管部门责令停止违法行为，可以处5000元以下的罚款。

第七十八条 违反本法第五十三条规定，造成公路损坏，未报告的，由交通主管部门处1000元以下的罚款。

第七十九条 违反本法第五十四条规定，在公路用地范围内设置公路标志以外的其他标志的，由交通主管部门责令限期拆除，可以处2万元以下的罚款；逾期不拆除的，由交通主管部门拆除，有关费用由设置者负担。

第八十条 违反本法第五十五条规定，未经批准在公路上增设平面交叉道口的，由交通主管部门责令恢复原状，处5万元以下的罚款。

第八十一条 违反本法第五十六条规定，在公路建筑控制区内修建建筑物、地面构筑物或者擅自埋设管线、电缆等设施的，由交通主管部门责令限期拆除，并可以处5万元以下的罚款。逾期不拆除的，由交通主管部门拆除，有关费用由建筑者、构筑者承担。

第八十二条 除本法第七十四条、第七十五条的规定外，本章规定由交通主管部门行使的行政处罚权和行政措施，可以依照本法第八条第四款的规定由公路管理机构行使。

第八十三条 阻碍公路建设或者公路抢修，致使公路建设或者抢修不能正常进行，尚未造成严重损失的，依照治安管理处罚条例第十九条的规定处罚。

损毁公路或者擅自移动公路标志，可能影响交通安全，尚不够刑事处罚的，依照治安管理处罚条例第二十条的规定处罚。

拒绝、阻碍公路监督检查人员依法执行职务未使用暴力、威胁方法的，依照治安管理处罚条例第十九条的规定处罚。

第八十四条 违反本法有关规定，构成犯罪的，依法追究刑事责任。

第八十五条 违反本法有关规定，对公路造成损害的，应当依法承担民事责任。

对公路造成较大损害的车辆，必须立即停车，保护现场，报告公路管理机构，接受公路管理机构的调查、处理后方得驶离。

第八十六条 交通主管部门、公路管理机构的工作人员玩忽职守、徇私舞弊、滥用职权，构成犯罪的，依法追究刑事责任；尚不构成犯罪的，依法给予行政处分。

第九章　附　　则

第八十七条　本法自1998年1月1日起施行。

中华人民共和国行政处罚法

（1996年3月17日第八届全国人民代表大会第四次会议通过
1996年3月17日中华人民共和国主席令第63号公布　自1996年10月1日起施行）

第一章　总　　则

第一条　为了规范行政处罚的设定和实施，保障和监督行政机关有效实施行政管理，维护公共利益和社会秩序，保护公民、法人或者其他组织的合法权益，根据宪法，制定本法。

第二条　行政处罚的设定和实施，适用本法。

第三条　公民、法人或者其他组织违反行政管理秩序的行为，应当给予行政处罚的，依照本法由法律、法规或者规章规定，并由行政机关依照本法规定的程序实施。

没有法定依据或者不遵守法定程序的，行政处罚无效。

第四条　行政处罚遵循公正、公开的原则。

设定和实施行政处罚必须以事实为依据，与违法行为的事实、性质、情节以及社会危害程度相当。

对违法行为给予行政处罚的规定必须公布；未经公布的，不得作为行政处罚的依据。

第五条　实施行政处罚，纠正违法行为，应当坚持处罚与教育相结合，教育公民、法人或者其他组织自觉守法。

第六条　公民、法人或者其他组织对行政机关所给予的行政处罚，享有陈述权、申辩权；对行政处罚不服的，有权依法申请行政复议或者提起行政诉讼。

公民、法人或者其他组织因行政机关违法给予行政处罚受到损害的，有权依法提出赔偿要求。

第七条　公民、法人或者其他组织因违法受到行政处罚，其违法行为对他人造成损害的，应当依法承担民事责任。

违法行为构成犯罪，应当依法追究刑事责任，不得以行政处罚代替刑事处罚。

第二章　行政处罚的种类和设定

第八条　行政处罚的种类：

（一）警告；

（二）罚款；

（三）没收违法所得、没收非法财物；

（四）责令停产停业；

（五）暂扣或者吊销许可证、暂扣或者吊销执照；

（六）行政拘留；

（七）法律、行政法规规定的其他行政处罚。

第九条　法律可以设定各种行政处罚。

限制人身自由的行政处罚，只能由法律设定。

第十条　行政法规可以设定除限制人身自由以外的行政处罚。

法律对违法行为已经作出行政处罚规定，行政法规需要作出具体规定的，必须在法律规定的给予行政处罚的行为、种类和幅度的范围内规定。

第十一条　地方性法规可以设定除限制人身自由、吊销企业营业执照以外的行政处罚。

法律、行政法规对违法行为已经作出行政处罚规定，地方性法规需要作出具体规定的，必须在法律、行政法规规定的给予行政处罚的行为、种类和幅度的范围内规定。

第十二条　国务院部、委员会制定的规章可以在法律、行政法规规定的给予行政处罚的行为、种类和幅度的范围内作出具体规定。

尚未制定法律、行政法规的，前款规定的国务院部、委员会制定的规章对违反行政管理秩序的行为，可以设定警告或者一定数量罚款的行政处罚。罚款的限额由国务院规定。

国务院可以授权具有行政处罚权的直属机构依照本条第一款、第二款的规定，规定行政处罚。

第十三条　省、自治区、直辖市人民政府和省、自治区人民政府所在地的市人民政府以及经国务院批准的较大的市人民政府制定的规章可以在法律、法规规定的给予行政处罚的行为、种类和幅度的范围内作出具体规定。

尚未制定法律、法规的，前款规定的人民政府制定的规章对违反行政管理秩序的行为，可以设定警告或者一定数量罚款的行政处罚。罚款的限额由省、自治区、直辖市人民代表大会常务委员会规定。

第十四条　除本法第九条、第十条、第十一条、第十二条以及第十三条的规定外，其他规范性文件不得设定行政处罚。

第三章　行政处罚的实施机关

第十五条　行政处罚由具有行政处罚权的行政机关在法定职权范围内实施。

第十六条　国务院或者经国务院授权的省、自治区、直辖市人民政府可以决定一个行政机关行使有关行政机关的行政处罚权，但限制人身自由的行政处罚权只能由公安机关行使。

第十七条　法律、法规授权的具有管理公共事务职能的组织可以在法定授权范围内实施行政处罚。

第十八条　行政机关依照法律、法规或者规章的规定，可以在其法定权限内委托符合本法第十九条规定条件的组织实施行政处罚。行政机关不得委托其他组织或者个人实施行政处罚。

委托行政机关对受委托的组织实施行政处罚的行为应当负责监督，并对该行为的后果承担法律责任。

受委托组织在委托范围内，以委托行政机关名义实施行政处罚；不得再委托其他任何组织或者个人实施行政处罚。

第十九条　受委托组织必须符合以下条件：

（一）依法成立的管理公共事务的事业组织；

（二）具有熟悉有关法律、法规、规章和业务的工作人员；

（三）对违法行为需要进行技术检查或者技术鉴定的，应当有条件组织进行相应的技术检查或者技术鉴定。

第四章　行政处罚的管辖和适用

第二十条　行政处罚由违法行为发生地的县级以上地方人民政府具有行政处罚权的行政机关管辖。法律、行政法规另有规定的除外。

第二十一条　对管辖发生争议的，报请共同的上一级行政机关指定管辖。

第二十二条　违法行为构成犯罪的，行政机关必须将案件移送司法机关，依法追究刑事责任。

第二十三条　行政机关实施行政处罚时，应当责令当事人改正或者限期改正违法行为。

第二十四条　对当事人的同一个违法行为，不得给予两次以上罚款的行政处罚。

第二十五条　不满14周岁的人有违法行为的，不予行政处罚，责令监护人加以管教；已满14周岁不满18周岁的人有违法行为的，从轻或者减轻行政处罚。

第二十六条 精神病人在不能辨认或者不能控制自己行为时有违法行为的，不予行政处罚，但应当责令其监护人严加看管和治疗。间歇性精神病人在精神正常时有违法行为的，应当给予行政处罚。

第二十七条 当事人有下列情形之一的，应当依法从轻或者减轻行政处罚：

（一）主动消除或者减轻违法行为危害后果的；

（二）受他人胁迫有违法行为的；

（三）配合行政机关查处违法行为有立功表现的；

（四）其他依法从轻或者减轻行政处罚的。

违法行为轻微并及时纠正，没有造成危害后果的，不予行政处罚。

第二十八条 违法行为构成犯罪，人民法院判处拘役或者有期徒刑时，行政机关已经给予当事人行政拘留的，应当依法折抵相应刑期。

违法行为构成犯罪，人民法院判处罚金时，行政机关已经给予当事人罚款的，应当折抵相应罚金。

第二十九条 违法行为在 2 年内未被发现的，不再给予行政处罚。法律另有规定的除外。

前款规定的期限，从违法行为发生之日起计算；违法行为有连续或者继续状态的，从行为终了之日起计算。

第五章 行政处罚的决定

第三十条 公民、法人或者其他组织违反行政管理秩序的行为，依法应当给予行政处罚的，行政机关必须查明事实；违法事实不清的，不得给予行政处罚。

第三十一条 行政机关在作出行政处罚决定之前，应当告知当事人作出行政处罚决定的事实、理由及依据，并告知当事人依法享有的权利。

第三十二条 当事人有权进行陈述和申辩。行政机关必须充分听取当事人的意见，对当事人提出的事实、理由和证据，应当进行复核；当事人提出的事实、理由或者证据成立的，行政机关应当采纳。

行政机关不得因当事人申辩而加重处罚。

第一节 简易程序

第三十三条 违法事实确凿并有法定依据，对公民处以 50 元以下、对法人或者其他组织处以 1000 元以下罚款或者警告的行政处罚的，可以当场作出行政处罚决定。当事人应当依照本法第四十六条、第四十七条、第四十八条的规定履行行政处罚决定。

第三十四条 执法人员当场作出行政处罚决定的，应当向当事人出示执法身份证件，填写预定格式、编有号码的行政处罚决定书。行政处罚决定书应当当场交付当事人。

前款规定的行政处罚决定书应当载明当事人的违法行为、行政处罚依据、罚款数额、时间、地点以及行政机关名称，并由执法人员签名或者盖章。

执法人员当场作出的行政处罚决定，必须报所属行政机关备案。

第三十五条 当事人对当场作出的行政处罚决定不服的，可以依法申请行政复议或者提起行政诉讼。

第二节 一般程序

第三十六条 除本法第三十三条规定的可以当场作出的行政处罚外，行政机关发现公民、法人或者其他组织有依法应当给予行政处罚的行为的，必须全面、客观、公正地调查，收集有关证据；必要时，依照法律、法规的规定，可以进行检查。

第三十七条 行政机关在调查或者进行检查时，执法人员不得少于两人，并应当向当事人或者有关人员出示证件。当事人或者有关人员应当如实回答询问，并协助调查或者检查，不得阻挠。询问或者检查应当制作笔录。

行政机关在收集证据时，可以采取抽样取证的方法；在证据可能灭失或者以后难以取得的情况下，经行政机关负责人批准，可以先行登记保存，并应当在7日内及时作出处理决定，在此期间，当事人或者有关人员不得销毁或者转移证据。

执法人员与当事人有直接利害关系的，应当回避。

第三十八条 调查终结，行政机关负责人应当对调查结果进行审查，根据不同情况，分别作出如下决定：

（一）确有应受行政处罚的违法行为的，根据情节轻重及具体情况，作出行政处罚决定；

（二）违法行为轻微，依法可以不予行政处罚的，不予行政处罚；

（三）违法事实不能成立的，不得给予行政处罚；

（四）违法行为已构成犯罪的，移送司法机关。

对情节复杂或者重大违法行为给予较重的行政处罚，行政机关的负责人应当集体讨论决定。

第三十九条 行政机关依照本法第三十八条的规定给予行政处罚，应当制作行政处罚决定书。行政处罚决定书应当载明下列事项：

（一）当事人的姓名或者名称、地址；

（二）违反法律、法规或者规章的事实和证据；

（三）行政处罚的种类和依据；

（四）行政处罚的履行方式和期限；

（五）不服行政处罚决定，申请行政复议或者提起行政诉讼的途径和期限；

（六）作出行政处罚决定的行政机关名称和作出决定的日期。

行政处罚决定书必须盖有作出行政处罚决定的行政机关的印章。

第四十条 行政处罚决定书应当在宣告后当场交付当事人；当事人不在场的，行政机关应当在7日内依照民事诉讼法的有关规定，将行政处罚决定书送达当事人。

第四十一条 行政机关及其执法人员在作出行政处罚决定之前，不依照本法第三十一条、第三十二条的规定向当事人告知给予行政处罚的事实、理由和依据，或者拒绝听取当事人的陈述、申辩，行政处罚决定不能成立；当事人放弃陈述或者申辩权利的除外。

第三节 听证程序

第四十二条 行政机关作出责令停产停业、吊销许可证或者执照、较大数额罚款等行政处罚决定之前，应当告知当事人有要求举行听证的权利；当事人要求听证的，行政机关应当组织听证。当事人不承担行政机关组织听证的费用。听证依照以下程序组织：

（一）当事人要求听证的，应当在行政机关告知后3日内提出；

（二）行政机关应当在听证的7日前，通知当事人举行听证的时间、地点；

（三）除涉及国家秘密、商业秘密或者个人隐私外，听证公开举行；

（四）听证由行政机关指定的非本案调查人员主持；当事人认为主持人与本案有直接利害关系的，有权申请回避；

（五）当事人可以亲自参加听证，也可以委托1至2人代理；

（六）举行听证时，调查人员提出当事人违法的事实、证据和行政处罚建议；当事人进行申辩和质证；

（七）听证应当制作笔录；笔录应当交当事人审核无误后签字或者盖章。

当事人对限制人身自由的行政处罚有异议的，依照治安管理处罚条例有关规定执行。

第四十三条 听证结束后，行政机关依照本法第三十八条的规定，作出决定。

第六章 行政处罚的执行

第四十四条 行政处罚决定依法作出后，当事人应当在行政处罚决定的期限内，予以履行。

第四十五条 当事人对行政处罚决定不服申请行政复议或者提起行政诉讼的，行政处罚不停止执行，法律另有规定的除外。

第四十六条 作出罚款决定的行政机关应当与收缴罚款的机构分离。

除依照本法第四十七条、第四十八条的规定当场收缴的罚款外，作出行政处罚决定的行政机关及其执法人员不得自行收缴罚款。

当事人应当自收到行政处罚决定书之日起15日内，到指定的银行缴纳罚款。银行应当收受罚款，并将罚款直接上缴国库。

第四十七条 依照本法第三十三条的规定当场作出行政处罚决定，有下列情形之一的，执法人员可以当场收缴罚款：

（一）依法给予20元以下的罚款的；

（二）不当场收缴事后难以执行的。

第四十八条 在边远、水上、交通不便地区，行政机关及其执法人员依照本法第三十三条、第三十八条的规定作出罚款决定后，当事人向指定的银行缴纳罚款确有困难，经当事人提出，行政机关及其执法人员可以当场收缴罚款。

第四十九条 行政机关及其执法人员当场收缴罚款的，必须向当事人出具省、自治区、直辖市财政部门统一制发的罚款收据；不出具财政部门统一制发的罚款收据的，当事人有权拒绝缴纳罚款。

第五十条 执法人员当场收缴的罚款，应当自收缴罚款之日起2日内，交至行政机关；在水上当场收缴的罚款，应当自抵岸之日起2日内交至行政机关；行政机关应当在2日内将罚款缴付指定的银行。

第五十一条 当事人逾期不履行行政处罚决定的，作出行政处罚决定的行政机关可以采取下列措施：

（一）到期不缴纳罚款的，每日按罚款数额的3%加处罚款；

（二）根据法律规定，将查封、扣押的财物拍卖或者将冻结的存款划拨抵缴罚款；

（三）申请人民法院强制执行。

第五十二条 当事人确有经济困难，需要延期或者分期缴纳罚款的，经当事人申请和行政机关批准，可以暂缓或者分期缴纳。

第五十三条 除依法应当予以销毁的物品外，依法没收的非法财物必须按照国家规定公开拍卖或者按照国家有关规定处理。

罚款、没收违法所得或者没收非法财物拍卖的款项，必须全部上缴国库，任何行政机关或者个人不得以任何形式截留、私分或者变相私分；财政部门不得以任何形式向作出行政处罚决定的行政机关返还罚款、没收的违法所得或者返还没收非法财物的拍卖款项。

第五十四条 行政机关应当建立健全对行政处罚的监督制度。县级以上人民政府应当加强对行政处罚的监督检查。

公民、法人或者其他组织对行政机关作出的行政处罚，有权申诉或者检举；行政机关应当认真审查，发现行政处罚有错误的，应当主动改正。

第七章 法律责任

第五十五条 行政机关实施行政处罚，有下列情形之一的，由上级行政机关或者有关部门责令改正，可以对直接负责的主管人员和其他直接责任人员依法给予行政处分：

（一）没有法定的行政处罚依据的；

（二）擅自改变行政处罚种类、幅度的；

（三）违反法定的行政处罚程序的；

（四）违反本法第十八条关于委托处罚的规定的。

第五十六条 行政机关对当事人进行处罚不使用罚款、没收财物单据或者使用非法定部门制发的罚款、没收财物单据的，当事人有权拒绝处罚，并有权予以检举。上级行政机关或者有关部门对使用的非法单据予以收缴销毁，对直接负责的主管人员和其他直接责任人员依法给予行政处分。

第五十七条 行政机关违反本法第四十六条的规定自行收缴罚款的，财政部门违反本法第五十三条的规定向行政机关返还罚款或者拍卖款项的，由上级行政机关或者有关部门责令改正，对直接负责的主管人员和其他直接责任人员依法给予行政处分。

第五十八条 行政机关将罚款、没收的违法所得或者财物截留、私分或者变相私分的，由财政部门或者有关部门予以追缴，对直接负责的主管人员和其他直接责任人员依法给予行政处分；情节严重构成犯罪的，依法追究刑事责任。

执法人员利用职务上的便利，索取或者收受他人财物、收缴罚款据为己有，构成犯罪的，依法追究刑事责任；情节轻微不构成犯罪的，依法给予行政处分。

第五十九条 行政机关使用或者损毁扣押的财物，对当事人造成损失的，应当依法予以赔偿，对直接负责的主管人员和其他直接责任人员依法给予行政处分。

第六十条 行政机关违法实行检查措施或者执行措施，给公民人身或者财产造成损害、给法人或者其他组织造成损失的，应当依法予以赔偿，对直接负责的主管人员和其他直接责任人员依法给予行政处分；情节严重构成犯罪的，依法追究刑事责任。

第六十一条 行政机关为牟取本单位私利，对应当依法移交司法机关追究刑事责任的不移交，以行政处罚代替刑罚，由上级行政机关或者有关部门责令纠正；拒不纠正的，对直接负责的主管人员给予行政处分；徇私舞弊、包庇纵容违法行为的，比照刑法第一百八十八条的规定追究刑事责任。

第六十二条 执法人员玩忽职守，对应当予以制止和处罚的违法行为不予制止、处罚，致使公民、法人或者其他组织的合法权益、公共利益和社会秩序遭受损害的，对直接负责的主管人员和其他直接责任人员依法给予行政处分；情节严重构成犯罪的，依法追究刑事责任。

第八章 附 则

第六十三条 本法第四十六条罚款决定与罚款收缴分离的规定，由国务院制定具体实施办法。

第六十四条 本法自1996年10月1日起施行。

本法公布前制定的法规和规章关于行政处罚的规定与本法不符合的，应当自本法公布之日起，依照本法规定予以修订，在1997年12月31日前修订完毕。

中华人民共和国合同法（节录）

（1999年3月15日第九届全国人民代表大会第二次会议通过 1999年3月15日中华人民共和国主席令第15号公布 自1999年10月1日起施行）

……

第十七章 运输合同

第一节 一般规定

第二百八十八条 运输合同是承运人将旅客或者货物从起运地点运输到约定地点，旅客、托运人或者收货人支付票款或者运输费用的合同。

第二百八十九条 从事公共运输的承运人不得拒绝旅客、托运人通常、合理的运输要求。

第二百九十条 承运人应当在约定期间或者合理期间内将旅客、货物安全运输到约定地点。

第二百九十一条 承运人应当按照约定的或者通常的运输路线将旅客、货物运输到约定地点。

第二百九十二条 旅客、托运人或者收货人应当支付票款或者运输费用。承运人未按照约定路线或者通常路线运输增加票款或者运输费用的，旅客、托运人或者收货人可以拒绝支付增加部分的票款或者运输费用。

第二节 客运合同

第二百九十三条 客运合同自承运人向旅客交付客票时成立，但当事人另有约定或者另有交易习惯的除外。

第二百九十四条 旅客应当持有效客票乘运。旅客无票乘运、超程乘运、越级乘运或者持失效客票乘运的，应当补交票款，承运人可以按照规定加收票款。旅客不交付票款的，承运人可以拒绝运输。

第二百九十五条 旅客因自己的原因不能按照客票记载的时间乘坐的，应当在约定的时间内办理退票或者变更手续。逾期办理的，承运人可以不退票款，并不再承担运输义务。

第二百九十六条 旅客在运输中应当按照约定的限量携带行李。超过限量携带行李的，应当办理托运手续。

第二百九十七条 旅客不得随身携带或者在行李中夹带易燃、易爆、有毒、有腐蚀性、有放射性以及有可能危及运输工具上人身和财产安全的危险物品或者其他违禁物品。

旅客违反前款规定的，承运人可以将违禁物品卸下、销毁或者送交有关部门。旅客坚持携带或者夹带违禁物品的，承运人应当拒绝运输。

第二百九十八条 承运人应当向旅客及时告知有关不能正常运输的重要事由和安全运输应当注意的事项。

第二百九十九条 承运人应当按照客票载明的时间和班次运输旅客。承运人迟延运输的，应当根据旅客的要求安排改乘其他班次或者退票。

第三百条 承运人擅自变更运输工具而降低服务标准的，应当根据旅客的要求退票或者减收票款；提高服务标准的，不应当加收票款。

第三百零一条 承运人在运输过程中，应当尽力救助患有急病、分娩、遇险的旅客。

第三百零二条 承运人应当对运输过程中旅客的伤亡承担损害赔偿责任，但伤亡是旅客自身健康原因造成的或者承运人证明伤亡是旅客故意、重大过失造成的除外。

前款规定适用于按照规定免票、持优待票或者经承运人许可搭乘的无票旅客。

第三百零三条 在运输过程中旅客自带物品毁损、灭失，承运人有过错的，应当承担损害赔偿责任。

旅客托运的行李毁损、灭失的，适用货物运输的有关规定。

第三节　货运合同

第三百零四条　托运人办理货物运输，应当向承运人准确表明收货人的名称或者姓名或者凭指示的收货人，货物的名称、性质、重量、数量，收货地点等有关货物运输的必要情况。

因托运人申报不实或者遗漏重要情况，造成承运人损失的，托运人应当承担损害赔偿责任。

第三百零五条　货物运输需要办理审批、检验等手续的，托运人应当将办理完有关手续的文件提交承运人。

第三百零六条　托运人应当按照约定的方式包装货物。对包装方式没有约定或者约定不明确的，适用本法第一百五十六条的规定。

托运人违反前款规定的，承运人可以拒绝运输。

第三百零七条　托运人托运易燃、易爆、有毒、有腐蚀性、有放射性等危险物品的，应当按照国家有关危险物品运输的规定对危险物品妥善包装，作出危险物标志和标签，并将有关危险物品的名称、性质和防范措施的书面材料提交承运人。

托运人违反前款规定的，承运人可以拒绝运输，也可以采取相应措施以避免损失的发生，因此产生的费用由托运人承担。

第三百零八条　在承运人将货物交付收货人之前，托运人可以要求承运人中止运输、返还货物、变更到达地或者将货物交给其他收货人，但应当赔偿承运人因此受到的损失。

第三百零九条　货物运输到达后，承运人知道收货人的，应当及时通知收货人，收货人应当及时提货。收货人逾期提货的，应当向承运人支付保管费等费用。

第三百一十条　收货人提货时应当按照约定的期限检验货物。对检验货物的期限没有约定或者约定不明确，依照本法第六十一条的规定仍不能确定的，应当在合理期限内检验货物。收货人在约定的期限或者合理期限内对货物的数量、毁损等未提出异议的，视为承运人已经按照运输单证的记载交付的初步证据。

第三百一十一条　承运人对运输过程中货物的毁损、灭失承担损害赔偿责任，但承运人证明货物的毁损、灭失是因不可抗力、货物本身的自然性质或者合理损耗以及托运人、收货人的过错造成的，不承担损害赔偿责任。

第三百一十二条　货物的毁损、灭失的赔偿额，当事人有约定的，按照其约定；没有约定或者约定不明确，依照本法第六十一条的规定仍不能确定的，按照交付或者应当交付时货物到达地的市场价格计算。法律、行政法规对赔偿额的计算方法和赔偿限额另有规定的，依照其规定。

第三百一十三条 两个以上承运人以同一运输方式联运的，与托运人订立合同的承运人应当对全程运输承担责任。损失发生在某一运输区段的，与托运人订立合同的承运人和该区段的承运人承担连带责任。

第三百一十四条 货物在运输过程中因不可抗力灭失，未收取运费的，承运人不得要求支付运费；已收取运费的，托运人可以要求返还。

第三百一十五条 托运人或者收货人不支付运费、保管费以及其他运输费用的，承运人对相应的运输货物享有留置权，但当事人另有约定的除外。

第三百一十六条 收货人不明或者收货人无正当理由拒绝受领货物的，依照本法第一百零一条的规定，承运人可以提存货物。

第四节　多式联运合同

第三百一十七条 多式联运经营人负责履行或者组织履行多式联运合同，对全程运输享有承运人的权利，承担承运人的义务。

第三百一十八条 多式联运经营人可以与参加多式联运的各区段承运人就多式联运合同的各区段运输约定相互之间的责任，但该约定不影响多式联运经营人对全程运输承担的义务。

第三百一十九条 多式联运经营人收到托运人交付的货物时，应当签发多式联运单据。按照托运人的要求，多式联运单据可以是可转让单据，也可以是不可转让单据。

第三百二十条 因托运人托运货物时的过错造成多式联运经营人损失的，即使托运人已经转让多式联运单据，托运人仍然应当承担损害赔偿责任。

第三百二十一条 货物的毁损、灭失发生于多式联运的某一运输区段的，多式联运经营人的赔偿责任和责任限额，适用调整该区段运输方式的有关法律规定。货物毁损、灭失发生的运输区段不能确定的，依照本章规定承担损害赔偿责任。

……

公安机关办理行政案件程序规定

（2006年8月24日公安部令第88号公布　自公布之日起施行）

第一章　总　　则

第一条 为了规范公安机关办理行政案件程序，保障公安机关在办理行政案件中正确履行职责，保护公民、法人和其他组织的合法权益，根据《中华人民共和国行政处罚法》、《中华人民共和国治安管理处罚法》等有关法律、行政法规，制定本规定。

第二条 本规定所称行政案件，是指公安机关依照法律、法规和规章的规定对违法行为人决定行政处罚以及强制戒毒、收容教育等强制措施的案件。

第三条 公安机关办理行政案件应当以事实为根据，以法律为准绳。

第四条 公安机关办理行政案件应当遵循合法、公正、公开、及时的原则，尊重和保障人权，保护公民的人格尊严。

第五条 公安机关办理行政案件应当坚持教育与处罚相结合的原则，教育公民、法人和其他组织自觉守法。

第六条 公安机关办理未成年人的行政案件，应当根据未成年人的身心特点，保障其合法权益。

第七条 公安机关办理行政案件，在少数民族聚居或者多民族共同居住的地区，应当使用当地通用的语言进行询问。对不通晓当地通用语言文字的当事人，应当为他们提供翻译。

第八条 公安机关工作人员在办案中玩忽职守、徇私舞弊、滥用职权、索取或者收受他人财物的，依法给予行政处分；构成犯罪的，依法追究刑事责任。

第二章 管 辖

第九条 行政案件由违法行为发生地的公安机关管辖。由违法行为人居住地公安机关管辖更为适宜的，可以由违法行为人居住地公安机关管辖，但是涉及卖淫、嫖娼，引诱、容留、介绍卖淫，赌博的案件除外。

对违法行为发生地公安机关移交违法行为人居住地公安机关管辖的行政案件，违法行为发生地公安机关在移交前应当及时收集固定相关证据，并配合违法行为人居住地公安机关开展调查取证工作。

第十条 几个公安机关都有权管辖的行政案件，由最初受理的公安机关管辖。必要时，可以由主要违法行为地公安机关管辖。

第十一条 对管辖权发生争议的，报请共同的上一级公安机关指定管辖。

对于重大、复杂的案件，上级公安机关可以直接办理或者指定管辖。

第十二条 铁路公安机关负责调查处理列车上，火车站工作区域内，铁路系统的机关、厂、段、所、队等单位内发生的案件，以及在铁路线上放置障碍物或者损毁、移动铁路设施等可能影响铁路运输安全，盗窃铁路设施的案件。

港航公安机关负责调查处理港航系统的轮船上、港口、码头工作区域内和机关、厂、所、队等单位内发生的案件。

民航公安机关负责调查处理民航管理机构管理的机场工作区域以及民航系统的机关、厂、所、队等单位内和民航飞机上发生的案件。

国有林区的森林公安机关负责调查处理林区内发生的案件。

第十三条 公安机关和军队互涉公安行政案件的管辖分工由公安部和中国人民解放军总政治部另行规定。

第三章 回 避

第十四条 公安机关负责人、办案人民警察有下列情形之一的，应当回避，案件当事人及其法定代理人有权要求他们回避：

（一）是本案的当事人或者当事人的近亲属的；

（二）本人或者其近亲属与本案有利害关系的；

（三）与本案当事人有其他关系，可能影响案件公正处理的。

第十五条 办案人民警察的回避，由其所属的公安机关决定；公安机关负责人的回避，由上一级公安机关决定。

第十六条 公安机关负责人、办案人民警察提出回避申请的，应当说明理由。

第十七条 当事人及其法定代理人要求公安机关负责人、办案人民警察回避的，应当提出申请，并说明理由。口头提出申请的，公安机关应当记录在案。

第十八条 对当事人及其法定代理人提出的回避申请，公安机关应当在二日内作出决定并通知申请人。

第十九条 公安机关负责人、办案人民警察具有应当回避的情形之一，本人没有申请回避，当事人及其法定代理人也没有申请他们回避的，有权决定他们回避的公安机关负责人可以指令他们回避。

第二十条 在行政案件调查过程中，鉴定人和翻译人员需要回避的，适用本章的规定。

第二十一条 在公安机关作出回避决定前，办案人民警察不得停止对行政案件的调查。

第二十二条 被决定回避的公安机关负责人、办案人民警察、鉴定人和翻译人员，在回避决定作出以前所进行的与案件有关的活动是否有效，由作出回避决定的公安机关根据案件情况决定。

第四章 证 据

第二十三条 公安机关办理行政案件的证据种类主要有：

（一）书证；

（二）物证；

（三）视听资料、电子证据；

（四）被侵害人陈述和其他证人证言；

（五）违法嫌疑人的陈述和申辩；

（六）鉴定意见；

（七）检测结论；

（八）勘验、检查笔录，现场笔录。

证据必须经过查证属实，才能作为定案的根据。

第二十四条 公安机关必须依照法定程序，收集能够证实违法嫌疑人是否违法、违法情节轻重的证据。

严禁刑讯逼供和以威胁、引诱、欺骗等非法手段收集证据。以非法手段取得的证据不能作为定案的根据。

第二十五条 公安机关向有关单位和个人收集、调取证据时，应当告知其必须如实提供证据。

第二十六条 凡知道案件情况的人，都有作证的义务。

生理上、精神上有缺陷或者年幼，不能辨别是非、不能正确表达的人，不能作为证人。

第二十七条 公安机关及其人民警察在办理行政案件时，对涉及的国家秘密、商业秘密或者个人隐私，应当保密。

第五章 期间与送达

第二十八条 期间以时、日、月计算，期间开始之时或者日不计算在内。期间不包括路途上的时间。期间届满的最后一日是节假日的，以节假日后的第一日为期间届满的日期。

第二十九条 公安机关送达法律文书，应当遵守下列规定：

（一）办案人民警察依照简易程序作出当场处罚决定的，应当将决定书当场交付被处罚人，并由被处罚人在备案的决定书上签名或者盖章；被处罚人拒绝签名和盖章的，由办案人民警察在备案的决定书上注明；

（二）除本款第一项规定外，公安机关作出行政处罚决定和其他行政处理决定，应当在宣告后将决定书当场交付被处理人，并由被处理人在附卷的决定书上签名或者盖章，即为送达；被处理人拒绝签名和盖章的，由办案人民警察在附卷的决定书上注明；被处理人不在场的，公安机关应当在作出决定的七日内将决定书送达被处理人，治安管理处罚决定应当在二日内送达。

送达法律文书应当首先采取直接送达方式，交给受送达人本人；受送达人不在的，可以交付其成年家属、所在单位的负责人员或者其居住地居

（村）民委员会代收。受送达人本人或者代收人拒绝接收或者拒绝签名和盖章的，送达人可以邀请其邻居或者其他见证人到场，说明情况，把文书留在受送达人处，在送达回执上注明拒绝的事由、送达日期，由送达人、见证人签名或者捺指印，即视为送达。

无法直接送达的，委托其他公安机关代为送达，或者邮寄送达。

经采取上述送达方式仍无法送达的，可以公告送达。公告的范围和方式应当便于公民知晓，公告期限不得少于六十日。

第六章　简易程序

第三十条　违法事实确凿，且具有下列情形之一的，人民警察可以当场作出处罚决定，有违禁品的，可以当场收缴：

（一）对违反治安管理行为人或者道路交通违法行为人处二百元以下罚款或者警告的；

（二）对有其他违法行为的个人处五十元以下罚款或者警告、对单位处一千元以下罚款或者警告的；

（三）法律规定可以当场处罚的其他情形。

卖淫、嫖娼，引诱、容留、介绍卖淫，拉客招嫖和赌博案件，不适用当场处罚。

第三十一条　当场处罚，应当按照下列程序实施：

（一）向违法行为人表明执法身份，指明其违法事实；

（二）对违法行为人的陈述和申辩，应当充分听取；违法行为人提出的事实、理由或者证据成立的，应当采纳；

（三）填写当场处罚决定书并当场交付被处罚人；

（四）当场收缴罚款的，同时填写罚款收据，交付被处罚人；不当场收缴罚款的，应当告知被处罚人在规定期限内到指定的银行缴纳罚款。

第三十二条　适用简易程序处罚的，可以由人民警察一人作出行政处罚决定。

人民警察当场作出行政处罚决定的，应当于作出决定后的二十四小时内报所属公安机关备案。在旅客列车、民航飞机、水上作出行政处罚决定的，应当在返回后的二十四小时内报所属公安机关备案。

第七章　调查取证

第一节　一般规定

第三十三条　公安机关对行政案件进行调查时，应当全面、及时、合法地收集、调取证据材料，并予以审查、核实。

第三十四条 需要调查的案件事实包括：

（一）违法嫌疑人的基本情况；

（二）违法行为是否存在；

（三）违法行为是否为违法嫌疑人实施；

（四）实施违法行为的时间、地点、手段、后果以及其他情节；

（五）违法嫌疑人有无法定从重、从轻、减轻以及不予处罚的情形；

（六）与案件有关的其他事实。

第三十五条 公安机关在调查取证时，人民警察不得少于两人，并应当向被调查取证人员表明执法身份。

第三十六条 人民警察对查获或者到案的违法嫌疑人应当进行安全检查，发现管制刀具、武器、易燃易爆等危险品的，应当立即予以扣押。安全检查不需要开具检查证。

第三十七条 违法嫌疑人在醉酒状态中，对本人有危险或者对他人的人身、财产或者公共安全有威胁的，可以对其采取保护性措施约束至酒醒，也可以通知其所属单位或者家属将其领回看管。对行为举止失控的醉酒人，可以使用约束带或者警绳等进行约束，但是不得使用手铐、脚镣等警械。

约束过程中，应当注意监护。确认醉酒人酒醒后，应当立即解除约束，并进行询问。约束时间不计算在询问查证时间内。

第二节 受 案

第三十八条 公安机关对报案、控告、举报、群众扭送或者违法嫌疑人投案，以及其他行政主管部门、司法机关移送的案件，应当及时受理，进行登记，并分别作出以下处理：

（一）对属于本单位管辖范围内的事项，应当及时调查处理；

（二）对属于公安机关职责范围，但不属于本单位管辖的，应当在受理后的二十四小时内移送有管辖权的单位处理，并告知报案人；

（三）对不属于公安机关职责范围内的事项，告知当事人向其他有关主管机关报案或者投案。

公安机关及其人民警察在日常执法执勤中发现的违法行为，按照前款所列情形分别处理。

第三十九条 属于公安机关职责范围但不属于本单位管辖的案件，具有下列情形之一的，受理案件或者发现案件的公安机关及其人民警察应当依法先行采取必要的强制措施或者其他处置措施，再移送有管辖权的单位处理：

（一）违法嫌疑人正在实施危害行为的；

（二）违法嫌疑人正在逃跑的；

（三）有人员伤亡，需要立即采取救治措施的；

（四）违法嫌疑人已被抓获或者被发现的；

（五）国家、集体或者公民利益正在遭受重大损害的；

（六）其他应当采取紧急措施的情形。

行政案件移送管辖的，询问查证时间和扣押等措施的期限重新计算。

第四十条 报案人不愿意公开自己的姓名和报案行为的，公安机关应当在受案登记时注明，并为其保密。

第四十一条 公安机关对报案人提供的有关证据材料、物品等应当登记，并妥善保管。移送案件时，应当将有关证据材料和物品一并移交。

第四十二条 公安机关对发现或者受理的案件暂时无法确定为刑事案件或者行政案件的，可以按照行政案件的程序办理。在办理过程中，认为涉嫌构成犯罪的，应当按照《公安机关办理刑事案件程序规定》办理。

第三节 询 问

第四十三条 公安机关询问违法嫌疑人，可以到违法嫌疑人住处或者单位进行，也可以将违法嫌疑人传唤到其所在市、县内的指定地点进行。

第四十四条 需要传唤违法嫌疑人接受调查的，经公安派出所或者县级以上公安机关办案部门负责人批准，使用传唤证传唤。对现场发现的违法嫌疑人，人民警察经出示工作证件，可以口头传唤，并在询问笔录中注明违法嫌疑人到案经过、到案时间和离开时间。

公安机关应当将传唤的原因和依据告知被传唤人。对无正当理由不接受传唤或者逃避传唤的违反治安管理行为人以及法律规定可以强制传唤的其他违法行为人，可以强制传唤。强制传唤时，可以依法使用手铐、警绳等约束性警械。

第四十五条 公安机关应当及时将传唤原因和处所通过电话、手机短信、传真等方式通知被传唤人家属。

公安机关传唤违法嫌疑人时，其家属在场的，应当当场将传唤原因和处所口头告知其家属，并在询问笔录中注明。

被传唤人拒不提供家属联系方式或者有其他无法通知的情形的，可以不予通知，但应当在询问笔录中注明。

第四十六条 使用传唤证传唤的，违法嫌疑人被传唤到案后和询问查证结束后，应当由其在传唤证上填写到案时间和询问查证结束时间并签名。拒绝填写或者签名的，办案人民警察应当在传唤证上注明。

第四十七条 对被传唤的违法嫌疑人，公安机关应当及时询问查证，询问查证的时间不得超过八小时；案情复杂，违法行为依法可能适用行政拘留处罚的，询问查证的时间不得超过二十四小时。

不得以连续传唤的形式变相拘禁违法嫌疑人。

第四十八条 对于投案自首或者群众扭送的违法嫌疑人，公安机关应当立即进行询问查证，并在询问笔录中记明违法嫌疑人到案经过、到案时间和离开时间。询问查证时间适用本规定第四十七条第一款的规定。

第四十九条 询问同案的违法嫌疑人、被侵害人或者其他证人，应当分别进行。

第五十条 首次询问违法嫌疑人时，应当问明违法嫌疑人的姓名、出生日期、户籍所在地、现住址、身份证件种类及号码，是否曾受过刑事处罚或者行政拘留、劳动教养、收容教育、强制戒毒、收容教养等情况。必要时，还应当问明其家庭主要成员、工作单位、文化程度等情况。

违法嫌疑人为外国人的，首次询问时还应当问明其国籍、出入境证件种类及号码、签证种类、入境时间、入境事由等情况。必要时，还应当问明其在华关系人等情况。

第五十一条 询问时，应当告知被询问人对询问有如实回答的义务以及对与本案无关的问题有拒绝回答的权利。

第五十二条 询问不满十六周岁的未成年人时，应当通知其父母或者其他监护人到场，其父母或者其他监护人不能到场的，可以通知其教师到场。确实无法通知或者通知后未到场的，应当在询问笔录中注明。

第五十三条 询问聋哑人，应当有通晓手语的人参加，并在询问笔录中注明被询问人的聋哑情况以及翻译人的姓名、住址、工作单位和联系方式。

对不通晓当地通用的语言文字的被询问人，应当为其配备翻译人员，并在询问笔录中注明翻译人的姓名、住址、工作单位和联系方式。

第五十四条 询问笔录应当交被询问人核对，对没有阅读能力的，应当向其宣读。记录有误或者遗漏的，应当允许被询问人更正或者补充，并要求其在修改处捺指印。被询问人确认笔录无误后，应当在询问笔录上逐页签名或者捺指印。拒绝签名和捺指印的，办案人民警察应当在询问笔录中注明。

办案人民警察、翻译人员应当在询问笔录上签名。

询问时，在文字记录的同时，可以根据需要录音、录像。

第五十五条 违法嫌疑人、被侵害人或者其他证人请求自行提供书面材料的，应当准许。必要时，办案人民警察也可以要求违法嫌疑人、被侵害人或者其他证人自行书写。违法嫌疑人、被侵害人或者其他证人应当在其提供的书面材料的末页上签名。办案人民警察收到书面材料后，应当在首页右上方写明收到日期，并签名。

第五十六条 询问违法嫌疑人时，应当认真听取违法嫌疑人的陈述和申辩。对违法嫌疑人的陈述和申辩，应当认真核查。

第五十七条 询问违法嫌疑人时，需要运用证据证实违法嫌疑人违法行为的，应当防止泄露调查工作秘密。

第五十八条 询问被侵害人或者其他证人，可以到其单位、学校、住所或者其居住地居（村）民委员会进行。必要时，也可以通知其到公安机关提供证言。

第五十九条 询问被侵害人或者其他证人前，应当了解被询问人的身份以及被侵害人、其他证人、违法嫌疑人之间的关系。

办案人民警察不得向被侵害人或者其他证人泄露案情或者表示对案件的看法。

第四节 勘验、检查

第六十条 办案人民警察对于违法行为案发现场，必要时可以进行勘验，及时提取与案件有关的证据材料，判断案件性质，确定调查方向和范围。

现场勘验参照刑事案件现场勘验的有关规定执行。

第六十一条 公安机关对与违法行为有关的场所、物品、人身可以进行检查。检查时，人民警察不得少于两人，并应当出示工作证件和县级以上公安机关开具的检查证。对确有必要立即进行检查的，人民警察经出示工作证件，可以当场检查。

公安机关及其人民警察对机关、团体、企业、事业单位或者公共场所进行日常监督检查，依照有关法律、法规和规章执行，不适用前款规定。

检查公民住所必须持有县级以上公安机关开具的检查证。但是，有证据表明或者有群众报警公民住所内正在发生危害公共安全或者公民人身安全的案（事）件，或者违法存放危险物质，不立即检查可能对公共安全或者公民人身、财产安全造成重大危害的，人民警察经出示工作证件，可以立即检查。

第六十二条 对违法嫌疑人进行检查时，应当尊重被检查人的人格，不得以有损人格尊严的方式进行检查。

检查妇女的身体，应当由女性工作人员进行。

依法对卖淫、嫖娼人员进行性病检查，应当由医生进行。

第六十三条 检查场所或者物品时，应当注意避免对被检查物品造成不必要的损坏。

检查场所时，应当有被检查人或者其他见证人在场。

第六十四条 检查情况应当制作检查笔录。检查笔录由检查人员、被检查人或者见证人签名；被检查人不在场或者拒绝签名的，办案人民警察应当在检查笔录中注明。

第五节　鉴定、检测

第六十五条　为了查明案情，需要对行政案件中有争议的专门性技术问题进行鉴定的，公安机关应当指派或者聘请具有专门知识的人员进行。

第六十六条　公安机关应当为鉴定提供必要的条件，及时送交有关检材和比对样本等原始材料，介绍与鉴定有关的情况，并且明确提出要求鉴定解决的问题，但是不得暗示或者强迫鉴定人作出某种鉴定意见。

第六十七条　对精神病的鉴定，由省级人民政府指定的医院、公安机关的安康医院或者其他有鉴定资格的精神病医院进行。

对人身伤害的鉴定由法医进行。

卫生行政主管部门许可的医疗机构具有执业资格的医生出具的诊断证明，可以作为公安机关认定人身伤害程度的依据。

第六十八条　人身伤害案件具有下列情形之一的，公安机关应当进行伤情鉴定：

（一）受伤程度较重，可能构成轻伤以上伤害程度的；

（二）被侵害人要求作伤情鉴定的；

（三）违法嫌疑人、被侵害人对伤害程度有争议的；

（四）其他应当作伤情鉴定的情形。

第六十九条　对需进行伤情鉴定的案件，被侵害人拒绝提供诊断证明或者拒绝进行伤情鉴定的，公安机关应当将有关情况记录在案，并可以根据已认定的事实作出处理决定。

经公安机关通知，被侵害人无正当理由逾期不作伤情鉴定的，视为拒绝鉴定。

第七十条　涉案物品价值不明或者难以确定的，公安机关应当委托价格鉴定机构估价。

根据当事人提供的购买发票等票据能够认定价值的涉案物品，或者价值明显不够刑事立案标准的涉案物品，公安机关可以不进行价格鉴定。

第七十一条　鉴定人鉴定后，应当出具鉴定意见。鉴定意见应当载明委托人、委托鉴定的事项、提交鉴定的相关材料、鉴定的时间、依据和结论性意见等内容，并由鉴定人签名或者盖章。通过分析得出鉴定意见的，应当有分析过程的说明。

鉴定人对鉴定意见负责，不受任何机关、团体、企业、事业单位和个人的干涉。多人参加鉴定，对鉴定意见有不同意见的，应当注明。

第七十二条　公安机关应当及时将鉴定意见告知违法嫌疑人和被侵害人。

违法嫌疑人或者被侵害人对鉴定意见有异议的，可以在三日内提出重新鉴定的申请，经公安机关审查批准后，进行重新鉴定。重新鉴定以一次为限。

当事人是否申请重新鉴定，不影响案件的正常办理。

公安机关认为必要时，也可以直接决定进行重新鉴定。

第七十三条 鉴定具有下列情形之一的，公安机关应当进行重新鉴定：

（一）鉴定程序违法，可能影响鉴定意见正确性的；

（二）鉴定人不具备鉴定所需专门知识的；

（三）鉴定意见明显依据不足的；

（四）鉴定人故意作虚假鉴定的；

（五）鉴定人应当回避而没有回避的；

（六）其他应当重新鉴定的情形。

第七十四条 重新鉴定，公安机关应当另行指派或者聘请鉴定人。

第七十五条 对有吸毒嫌疑的人，公安机关可以对其进行人体毒品成分检测。

第七十六条 对有酒后驾驶机动车辆嫌疑的人，公安交通人民警察可以对其进行酒精度检测。

第七十七条 初次鉴定、检测费用由公安机关承担。

重新鉴定费用由申请人承担，但原鉴定具有本规定第七十三条第一项至第五项情形之一或者其他违法鉴定情形的除外。

第六节 辨 认

第七十八条 为了查明案情，办案人民警察可以让违法嫌疑人、被侵害人或者其他证人对与违法行为有关的物品、场所或者违法嫌疑人进行辨认。

第七十九条 辨认应当在办案人民警察的主持下进行。组织辨认前，应当向辨认人详细询问辨认对象的具体特征，但应当避免辨认人见到辨认对象。

第八十条 多名辨认人对同一辨认对象进行辨认时，应当分别进行。

第八十一条 辨认时，应当将辨认对象混杂在其他对象中，不得给辨认人任何暗示。

辨认违法嫌疑人时，被辨认的人数不得少于七人；对违法嫌疑人照片进行辨认的，不得少于十人的照片。

第八十二条 对违法嫌疑人的辨认，辨认人不愿意暴露身份的，可以在不暴露辨认人的情况下进行，办案人民警察应当为其保守秘密。

第八十三条 辨认经过和结果，应当制作辨认笔录，由办案人民警察和辨认人签名或者捺指印。

第七节 抽样取证

第八十四条 办案人民警察收集证据时，可以采取抽样取证的方法。

抽样取证应当采取随机的方式，抽取样品的数量以能够认定本品的品质特征为限。

第八十五条 抽样取证时，应当有被抽样物品的持有人或者见证人在场，并开具抽样取证证据清单。

第八十六条 抽样取证证据清单由办案人民警察和被抽样物品的持有人或者见证人签名。被抽样物品的持有人拒绝签名的，办案人民警察应当在抽样取证证据清单上注明。抽样取证证据清单由办案人民警察和被抽样物品的持有人各执一份。

第八十七条 公安机关对抽取的样品应当及时进行检验。经检验，能够作为证据使用的，应当及时采取证据保全措施。不属于证据的，应当及时返还样品，样品有减损的，应当予以补偿。

第八节 证据保全

第八十八条 公安机关办理行政案件，对与案件有关的需要作为证据的物品，可以扣押。

对与案件无关的物品，不得扣押。对已经扣押的物品，经查明与案件无关的，应当立即解除扣押。

对被侵害人或者善意第三人合法占有的财产，不得扣押，应当予以登记，写明登记财物的名称、规格、数量、特征，并由占有人签名或者捺指印。必要时，可以进行拍照。

第八十九条 公安机关人民警察扣押物品时，应当会同被扣押物品的持有人查点清楚，当场开列扣押物品清单一式两份，写明扣押的理由，被扣押物品的名称、规格、数量、特征，由办案人民警察和被扣押物品的持有人签名后，一份交给被扣押物品的持有人，一份附卷。有见证人的，还应当由见证人签名。

对可以作为证据使用的录音带、录像带、电子数据存储介质，在扣押时应当予以检查，记明案由、内容以及录取和复制的时间、地点等，并妥为保管。

第九十条 公安机关人民警察扣押物品，应当在扣押后的十二小时内向所属公安机关办案部门或者公安派出所负责人报告；公安机关办案部门或者公安派出所负责人认为不宜扣押的，应当立即解除扣押。

第九十一条 对于扣押的物品，应当妥善保管，不得挪用、调换或者损毁。

对容易腐烂变质及其他不易保管的物品，经公安机关负责人批准，在拍照或者录像后变卖或者拍卖，变卖或者拍卖的价款暂予保存，待结案后按有关规定处理。

对属于被侵害人或者善意第三人合法占有的财物，应当在登记、拍照或者录像、估价后及时返还，并在案卷中注明返还的理由，将原物照片、清单和领取手续存卷备查。

对不宜入卷的物证，应当拍照入卷，原物在结案后按照有关规定处理。

第九十二条 扣押期限为三十日，案情重大、复杂的，经公安机关负责人批准可以延长三十日；法律、法规另有规定的除外。逾期不作出处理决定的，公安机关应当将被扣押物品退还当事人。

对扣押物品需要进行鉴定、检测、检验的，鉴定、检测、检验期间不计入扣押期间，但应当将鉴定、检测、检验时间告知当事人。

第九十三条 行政案件变更管辖时，与案件有关的财物及其孳息应当随案移交。移交时，由接收人、移交人当面查点清楚，并在交接单据上共同签名。

第九十四条 在证据可能灭失或者以后难以取得的情况下，经公安机关负责人批准，可以先行登记保存。

对先行登记保存的证据，应当在七日内作出处理决定。逾期不作出处理决定的，视为自动解除。

第九十五条 对证据先行登记保存时，应当会同证据的持有人或者见证人对证据的名称、数量、特征等进行登记，开具先行登记保存证据清单。必要时，应当对登记保存的证据进行拍照。

先行登记保存证据清单由办案人民警察和证据持有人或者见证人签名。证据持有人拒绝签名的，办案人民警察应当在先行登记保存证据清单上注明。先行登记保存证据清单一式两份，一份附卷，一份交当事人。

第九十六条 先行登记保存期间，证据持有人及其他人员不得损毁或者转移证据。

第八章 听证程序

第一节 一般规定

第九十七条 公安机关在作出下列行政处罚决定之前，应当告知违法嫌疑人有要求举行听证的权利：

（一）责令停产停业；

（二）吊销许可证或者执照；

（三）较大数额罚款；

（四）法律、法规和规章规定违法嫌疑人可以要求举行听证的其他情形。

前款第三项所称“较大数额罚款”，是指对个人处以二千元以上罚款，对单位处以一万元以上罚款，对违反边防出入境管理法律、法规和规章的个人处以六千元以上罚款。对依据地方性法规或者地方政府规章作出的罚款处罚，适用听证的罚款数额按照地方规定执行。

第九十八条 听证由公安机关法制部门组织实施。

公安机关内设机构依法以自己的名义作出行政处罚决定的，由该机构非本案调查人员组织听证。

第九十九条 公安机关不得因违法嫌疑人提出听证要求而加重处罚。

第一百条 听证人员应当就行政案件的事实、证据、程序、适用法律等方面全面听取当事人陈述和申辩。

第二节 听证人员和听证参加人

第一百零一条 听证设听证主持人一名，负责组织听证；记录员一名，负责制作听证笔录。必要时，可以设听证员一至二名，协助听证主持人进行听证。

听证主持人由公安机关负责人指定。

本案调查人员不得担任听证主持人、听证员或者记录员。

第一百零二条 听证主持人在听证活动中行使下列职权：

（一）确定举行听证的时间、地点；

（二）决定听证是否公开举行；

（三）要求听证参加人到场参加听证，提供或者补充证据；

（四）决定听证的延期、中止或者终止；

（五）主持听证，并就案件的事实、理由、证据、程序、适用法律等组织质证和辩论；

（六）维持听证秩序，对违反听证纪律的行为予以制止；

（七）决定其他听证员、记录员的回避；

（八）依法享有的其他职权。

第一百零三条 听证参加人包括：

（一）当事人及其代理人；

（二）本案办案人民警察；

（三）证人、鉴定人、翻译人员；

（四）其他有关人员。

第一百零四条 当事人在听证活动中享有下列权利：

（一）申请回避；

（二）委托一至二人代理参加听证；

（三）进行陈述、申辩和质证；

（四）核对、补正听证笔录；

（五）依法享有的其他权利。

第一百零五条 与听证案件处理结果有直接利害关系的其他公民、法人或者其他组织，作为第三人申请参加听证的，应当允许。为查明案情，必要时，听证主持人也可以通知其参加听证。

第一百零六条 听证参加人应当按时到达指定的地点出席听证会，遵守听证纪律，如实回答听证人员的询问。

第三节 听证的告知、申请和受理

第一百零七条 对适用听证程序的行政案件，办案单位在提出处罚意见后，应当告知违法嫌疑人拟作出的行政处罚和有要求举行听证的权利。

第一百零八条 违法嫌疑人要求听证的，应当在公安机关告知后三日内提出申请。

第一百零九条 违法嫌疑人放弃听证或者撤回听证要求后，处罚决定作出前，又提出听证要求的，只要在听证申请有效期限内，应当允许。

第一百一十条 公安机关收到听证申请后，应当在二日内决定是否受理。认为听证申请人的要求不符合听证条件，决定不予受理的，应当制作不予受理听证通知书，告知听证申请人。逾期不通知听证申请人的，视为受理。

第一百一十一条 公安机关受理听证后，应当在举行听证的七日前将举行听证通知书送达听证申请人，并将举行听证的时间、地点通知其他听证参加人。

第四节 听证的举行

第一百一十二条 听证应当在公安机关收到听证申请之日起十日内举行。

除涉及国家秘密、商业秘密、个人隐私的行政案件外，听证公开举行。

第一百一十三条 听证申请人不能按期参加听证的，可以申请延期，是否准许，由听证主持人决定。

第一百一十四条 两个以上违法嫌疑人分别对同一行政案件提出听证要求的，可以合并举行。

第一百一十五条 同一行政案件中有两个以上违法嫌疑人，其中部分违法嫌疑人提出听证申请的，应当在听证举行后一并决定。

第一百一十六条 听证开始时，听证主持人核对听证参加人；宣布案由；宣布听证员、记录员和翻译人员名单；告知当事人在听证中的权利和义务；询问当事人是否提出回避申请；对不公开听证的行政案件，宣布不公开听证的理由。

第一百一十七条 听证开始后，首先由办案人民警察提出听证申请人违法的事实、证据和法律依据及行政处罚意见。

第一百一十八条 办案人民警察提出证据时，应当向听证会出示。对证人证言、鉴定意见、勘验笔录和其他作为证据的文书，应当当场宣读。

第一百一十九条 听证申请人可以就办案人民警察提出的违法事实、证据和法律依据以及行政处罚意见进行陈述、申辩和质证，并可以提出新的证据。

第三人可以陈述事实，提出新的证据。

第一百二十条 听证过程中，当事人及其代理人有权申请通知新的证人到会作证，调取新的证据。对上述申请，听证主持人应当当场作出是否同意的决定；申请重新鉴定的，按照本规定第七章第五节有关规定办理。

第一百二十一条 听证申请人、第三人和办案人民警察应当围绕案件的事实、证据、程序、适用法律、处罚种类和幅度等问题进行辩论。

第一百二十二条 辩论结束后，听证主持人应当听取听证申请人、第三人、办案人民警察各方最后陈述意见。

第一百二十三条 听证过程中，遇有下列情形之一，听证主持人可以中止听证：

（一）需要通知新的证人到会、调取新的证据或者需要重新鉴定或者勘验的；

（二）因当事人提出回避申请，致使听证不能继续进行的；

（三）其他需要中止听证的。

中止听证的情形消除后，听证主持人应当及时恢复听证。

第一百二十四条 听证过程中，遇有下列情形之一，应当终止听证：

（一）听证申请人撤回听证申请的；

（二）听证申请人及其代理人无正当理由拒不出席或者未经听证主持人许可中途退出听证的；

（三）听证申请人死亡或者作为听证申请人的法人或者其他组织被撤销、解散的；

（四）听证过程中，听证申请人或者其代理人扰乱听证秩序，不听劝阻，致使听证不能正常进行的；

（五）其他需要终止听证的。

第一百二十五条 听证参加人和旁听人员应当遵守听证会场纪律。对违反听证会场纪律的，听证主持人应当警告制止；对不听制止，干扰听证正常进行的旁听人员，责令其退场。

第一百二十六条 记录员应当将举行听证的情况记入听证笔录。听证笔录应当载明下列内容：

（一）案由；

（二）举行听证的时间、地点和方式；

（三）听证人员的姓名、职务；

（四）听证参加人的姓名、单位或者住址；

（五）办案人民警察陈述的事实、证据和法律依据以及行政处罚意见；

（六）听证申请人或者其代理人的陈述和申辩；

（七）第三人陈述的事实和理由；

（八）办案人民警察、听证申请人或者其代理人、第三人质证、辩论的内容；

（九）证人陈述的事实；

（十）听证申请人、第三人、办案人民警察的最后陈述意见；

（十一）其他事项。

第一百二十七条 听证笔录应当交听证申请人阅读或者向其宣读。听证笔录中的证人陈述部分，应当交证人阅读或者向其宣读。听证申请人或者证人认为听证笔录有误的，可以请求补充或者改正。听证申请人或者证人审核无误后签名或者捺指印。拒绝签名和捺指印的，由记录员在听证笔录中记明情况。

听证笔录经听证主持人审阅后，由听证主持人、听证员和记录员签名。

第一百二十八条 听证结束后，听证主持人应当写出听证报告书，连同听证笔录一并报送公安机关负责人。

第一百二十九条 听证报告书应当包括下列内容：

（一）案由；

（二）听证人员和听证参加人的基本情况；

（三）举行听证的时间、地点和方式；

（四）听证会的基本情况；

（五）案件事实；

（六）处理意见和建议。

第一百三十条 公安机关负责人应当根据听证情况，按照本规定第九章的规定作出处理决定。

第九章 行政处罚的适用与决定

第一节 行政处罚的适用

第一百三十一条 违反治安管理行为在六个月内没有被公安机关发现，其他违法行为在二年内没有被公安机关发现的，不再给予行政处罚。

前款规定的期限，从违法行为发生之日起计算，违法行为有连续或者继续状态的，从行为终了之日起计算。

被侵害人在违法行为追究时效内向公安机关控告，公安机关应当受理而不受理的，不受本条第一款追究时效的限制。

第一百三十二条 公安机关实施行政处罚时，应当责令违法行为人改正或者限期改正违法行为。

第一百三十三条 对违法行为人的同一个违法行为，不得给予两次以上罚款的行政处罚。

第一百三十四条 不满十四周岁的人有违法行为的，不予行政处罚，但是应当责令其监护人严加管教。已满十四周岁不满十八周岁的人有违法行为的，从轻或者减轻行政处罚。

第一百三十五条 精神病人在不能辨认或者不能控制自己行为时有违法行为的，不予行政处罚，但应当责令其监护人严加看管和治疗。间歇性精神病人在精神正常时有违法行为的，应当给予行政处罚。尚未完全丧失辨认或者控制自己行为能力的精神病人有违法行为的，应当予以行政处罚，但可以从轻或者减轻行政处罚。

第一百三十六条 违法行为人有下列情形之一的，应当从轻、减轻处罚或者不予处罚：

（一）主动消除或者减轻违法行为危害后果，并取得被侵害人谅解的；

（二）受他人胁迫或者诱骗的；

（三）有立功表现的；

（四）主动投案，向公安机关如实陈述自己的违法行为的；

（五）其他依法应当从轻、减轻或者不予行政处罚的。

违法行为轻微并及时纠正，没有造成危害后果的，不予行政处罚。

第一百三十七条 违法行为人有下列情形之一的，应当从重处罚：

（一）有较严重后果的；

（二）教唆、胁迫、诱骗他人实施违法行为的；

（三）对报案人、控告人、举报人、证人等打击报复的；

（四）六个月内曾受过治安管理处罚或者一年内因同类违法行为受到两次以上公安行政处罚的；

（五）刑事处罚执行完毕、劳动教养解除或者受治安管理处罚后六个月内，或者在缓刑期间，违反治安管理的。

第一百三十八条 一人有两种以上违法行为的，分别决定，合并执行，可以制作一份决定书，分别写明对每种违法行为的处理内容和合并执行的内容。

一个案件有多个违法行为人的，分别决定，可以制作一式多份决定书，写明给予每个人的处理决定，分别送达每一个违法行为人。

第一百三十九条 对决定给予行政拘留处罚的人，在处罚前因同一行为已经被采取强制措施限制人身自由的时间应当折抵。限制人身自由一日，折抵执行行政拘留一日。询问查证和继续盘问时间不予折抵。

第一百四十条 违法行为人有下列情形之一的，依法应当给予行政拘留处罚的，应当作出处罚决定，但不送达拘留所执行：

（一）已满十四周岁不满十六周岁的；

（二）已满十六周岁不满十八周岁，初次违反治安管理或者其他公安行政管理的；

（三）七十周岁以上的；

（四）孕妇或者正在哺乳自己不满一周岁婴儿的妇女。

第二节 行政处罚的决定

第一百四十一条 公安机关办理治安案件的期限，自受理之日起不得超过三十日；案情重大、复杂的，经上一级公安机关批准，可以延长三十日。其他行政案件，有法定办案期限的，按照法定期限办理。

为了查明案情进行鉴定、检测的期间，不计入办案期限。

第一百四十二条 公安机关在办理行政案件中必须查明违法事实；违法事实不清的，不得作出行政处罚决定。

违法嫌疑人不讲真实姓名、住址，身份不明，但只要违法事实清楚，证据确实充分的，可以按其自报的姓名、贴附照片作出处罚决定，并在相关法律文书中注明。

第一百四十三条 公安机关在作出行政处罚决定前，应当告知违法嫌疑人拟作出行政处罚决定的事实、理由及依据，并告知违法嫌疑人依法享有陈述权和申辩权。

适用一般程序作出行政处罚决定的，采用书面形式或者笔录形式告知。

第一百四十四条 对违法行为事实清楚，证据确实充分，依法应当予以行政处罚，因违法行为人逃跑等原因无法履行告知义务的，公安机关可以采取公告方式予以告知。自公告之日起七日内，违法嫌疑人未提出申辩的，可以依法作出行政处罚决定。

第一百四十五条 违法嫌疑人有权进行陈述和申辩。对违法嫌疑人提出的事实、理由和证据，公安机关应当进行复核。

公安机关不得因违法嫌疑人申辩而加重处罚。

第一百四十六条 对行政案件进行审核、审批时，应当审查下列内容：

（一）违法嫌疑人的基本情况；

（二）案件事实是否清楚，证据是否确实充分；

（三）案件定性是否准确；

（四）适用法律、法规和规章是否正确；

（五）办案程序是否合法；

（六）拟作出的处理决定是否适当。

第一百四十七条 公安机关根据行政案件的不同情况分别作出如下处理决定：

（一）确有违法行为，应当给予行政处罚的，根据其情节和危害后果的轻重，作出行政处罚决定；

（二）确有违法行为，但有依法不予行政处罚情形的，作出不予行政处罚决定；有违法所得和非法财物的，应当予以追缴或者收缴；

（三）违法事实不能成立的，作出不予处罚决定；

（四）对需要给予强制戒毒、收容教育等处理的，依法作出决定；

（五）对符合劳动教养条件的，依法呈报劳动教养；

（六）违法行为涉嫌构成犯罪的，转为刑事案件办理或者移送有权处理的主管机关、部门办理，无需撤销行政案件。公安机关已经作出行政处理决定的，应当附卷；

（七）发现违法行为人有其他违法行为的，在依法作出行政处罚或者其他行政处理决定的同时，通知有关行政主管部门处理。

治安案件有被侵害人的，公安机关应当将决定书复印件送达被侵害人。无法送达的，应当注明。

第一百四十八条 对县级以上的各级人民代表大会代表予以行政拘留的，作出处罚决定前应当经该级人民代表大会主席团或者人民代表大会常务委员会许可。

第一百四十九条 公安机关在作出行政处罚决定时，应当告知被处罚人有申请行政复议、提起行政诉讼等救济权利。

第一百五十条 公安机关作出行政拘留处罚的，应当及时将处罚情况和执行场所通知被处罚人家属。

被处罚人拒不提供家属联系方式或者有其他无法通知情形的，公安机关可以不予通知，但应当在决定书中注明。

第一百五十一条 公安机关办理的刑事案件，尚不够刑事处罚，依法应当给予公安行政处罚或者其他行政处理的，依照本章规定作出处理决定。办理刑事案件中取得的证据，可以作为行政处罚或者其他行政处理的根据。

第十章 治安调解

第一百五十二条 对于因民间纠纷引起的殴打他人、故意伤害、侮辱、诽谤、诬告陷害、故意损毁财物、干扰他人正常生活、侵犯隐私等情节较轻的治安案件，具有下列情形之一的，公安机关可以调解处理：

（一）亲友、邻里、同事、在校学生之间因琐事发生纠纷引起的；

（二）行为人的侵害行为系由被侵害人事前的过错行为引起的；

（三）其他适用调解处理更易化解矛盾的。

对不构成违反治安管理行为的民间纠纷，应当告知当事人向人民法院或者人民调解组织申请处理。

第一百五十三条 有下列情形之一的，不适用调解处理：

（一）雇凶伤害他人的；

（二）结伙斗殴或者其他寻衅滋事的；

（三）多次实施违反治安管理行为的；

（四）当事人明确表示不愿意调解处理的；

（五）其他不宜调解处理的。

第一百五十四条 公安机关调解处理案件，应当首先查明事实，收集证据，并遵循合法、公正、自愿、及时的原则，注重教育和疏导，化解矛盾。

第一百五十五条 当事人中有不满十六周岁未成年人的，调解时应当通知其父母或者其他监护人到场。

第一百五十六条 对因邻里纠纷引起的治安案件进行调解时，可以邀请当事人居住地的居（村）民委员会的人员或者双方当事人熟悉的人员参加帮助调解。

第一百五十七条 调解一般为一次，必要时可以增加一次。调解达成协议的，在公安机关主持下制作调解协议书，双方当事人应当在调解协议书上签名，并履行调解协议。

调解协议书应当包括双方当事人、调解人员、案件情况、协议内容、履行期限和方式等内容。

第一百五十八条 调解达成协议并履行的，公安机关不再处罚。对调解未达成协议或者达成协议后不履行的，公安机关应当对违反治安管理行为人依法予以处罚；对违法行为造成的损害赔偿纠纷，应当告知当事人向人民法院提起民事诉讼。

调解案件的办案期限从调解未达成协议或者调解达成协议不履行之日起开始计算。

第十一章　涉案财物的处理

第一百五十九条 公安机关在作出行政处罚决定时，对涉案财物应当一并作出处理。

第一百六十条 公安机关在办理行政案件中查获的下列物品应当依法予以收缴：

（一）毒品、淫秽物品等违禁品；

（二）赌具和赌资；

（三）吸食、注射毒品的器具；

（四）伪造、变造的公文、证件、证明文件、票证、印章等；

（五）倒卖的有价票证；

（六）直接用于实施违法行为的本人所有的工具；

（七）其他法律、法规规定可以收缴的非法财物。

前款第六项所列的工具，除非有证据表明属于他人合法所有，可以直接认定为违法行为人本人所有。

违法所得的财物应当依法予以追缴或者没收。

多名违法行为人共同实施违法行为，违法所得或者非法财物无法分清所有人的，作为共同违法所得或者非法财物予以处理。

第一百六十一条 收缴由县级以上公安机关决定。但是，违禁品，吸食、注射毒品的器具以及非法财物价值在五百元以下且当事人对财物价值无异议的，公安派出所可以收缴。

追缴由县级以上公安机关决定。但是，追缴违法所得的财物应当退还被侵害人的，公安派出所可以追缴。

第一百六十二条 公安机关对收缴和追缴的财物，经原决定机关负责人批准，按照下列规定分别处理：

（一）属于被侵害人或者善意第三人的合法财物，应当及时返还；

（二）没有被侵害人的，登记造册，按照规定上缴国库或者依法变卖或者拍卖后，将所得款项上缴国库；

（三）违禁品、没有价值的物品，或者价值轻微，无法变卖或者拍卖的物品，统一登记造册后予以销毁；

（四）对无法变卖或者拍卖的危险物品，由县级以上公安机关主管部门组织销毁或者交有关厂家回收。

第一百六十三条 对应当退还原主的财物，通知原主在六个月内来领取；原主不明确的，应当采取公告方式告知原主认领。在通知原主或者公告后六个月内，无人认领的，按无主财物处理，登记后上缴国库，或者依法变卖或者拍卖后，将所得款项上缴国库。遇有特殊情况的，可酌情延期处理，延长期限最长不超过三个月。

第十二章 执　　行

第一百六十四条 公安机关依法作出行政处罚决定后，被处罚人应当在行政处罚决定的期限内予以履行。被处罚人逾期不履行行政处罚决定的，作出行政处罚决定的公安机关可以采取下列措施：

（一）将依法查封、扣押的被处罚人的财物拍卖或者变卖抵缴罚款。拍卖或者变卖的价款超过罚款数额的，余额部分应当及时退还被处罚人；

（二）不能采取第一项措施的，每日按罚款数额的百分之三加处罚款；

（三）法律没有规定由公安机关强制执行的，申请人民法院强制执行。

第一百六十五条 被处罚人对行政处罚决定不服申请行政复议或者提起行政诉讼的，行政处罚不停止执行，但法律另有规定的除外。

第一百六十六条 公安机关作出罚款决定，被处罚人应当自收到行政处罚决定书之日起十五日内，到指定的银行缴纳罚款。有下列情形之一的，公安机关及其办案人民警察可以当场收缴罚款，法律另有规定的，从其规定：

（一）对违反治安管理行为人处五十元以下罚款和对违反交通管理的行人、乘车人和非机动车驾驶人处罚款，被处罚人没有异议的；

（二）对违反治安管理、交通管理以外的违法行为人当场处二十元以下罚款的；

（三）在边远、水上、交通不便地区以及旅客列车上，被处罚人向指定银行缴纳罚款确有困难，经被处罚人提出的；

（四）被处罚人在当地没有固定住所，不当场收缴事后难以执行的。

对有前款第一项和第三项情形之一的，办案人民警察应当要求被处罚人签名确认。

第一百六十七条 公安机关及其办案人民警察当场收缴罚款的，应当出具省级或者国家财政部门统一制发的罚款收据。对不出具省级或者国家财政部门统一制发的罚款收据的，被处罚人有权拒绝缴纳罚款。

第一百六十八条 办案人民警察应当自收缴罚款之日起二日内，将当场收缴的罚款交至其所属公安机关；在水上当场收缴的罚款，应当自抵岸之日起二日内将当场收缴的罚款交至其所属公安机关；在旅客列车上当场收缴的罚款，应当自返回之日起二日内将当场收缴的罚款交至其所属公安机关。

公安机关应当自收到罚款之日起二日内将罚款缴付指定的银行。

第一百六十九条 被处罚人确有经济困难，经被处罚人申请和作出行政处罚决定的公安机关批准，可以暂缓或者分期缴纳。

第一百七十条 公安机关作出吊销许可证或者执照处罚的，应当在被吊销的许可证或者执照上加盖吊销印章后收缴。被处罚人拒不缴销证件的，公安机关可以公告宣布作废。吊销许可证或者执照的机关不是发证机关的，作出决定的机关应当在处罚决定生效后及时通知发证机关。

第一百七十一条 公安机关作出取缔决定的，可以采取在经营场所张贴公告等方式予以公告，责令被取缔者立即停止非法经营活动；有违法所得的，依法予以没收或者追缴。拒不停止非法经营活动的，公安机关可以依法没收或者收缴其专门用于从事非法经营活动的工具、设备。已经取得营业执照的，公安机关应当通知工商行政管理部门依法撤销其营业执照。

第一百七十二条 对拒不执行公安机关依法作出的责令停产停业决定的，公安机关可以依法申请人民法院强制执行。

第一百七十三条 对被决定行政拘留的人，由作出决定的公安机关送达拘留所执行。对抗拒执行的，可以使用约束性警械。

第一百七十四条 被处罚人不服行政拘留处罚决定，申请行政复议或者提起行政诉讼的，可以向作出行政拘留决定的公安机关提出暂缓执行行政拘留的申请；口头提出申请的，公安机关人民警察应当予以记录，并由申请人签名或者捺指印。

被处罚人在行政拘留执行期间，提出暂缓执行行政拘留申请的，拘留所应当立即将申请转交作出行政拘留决定的公安机关。

第一百七十五条 公安机关应当在收到被处罚人提出暂缓执行行政拘留申请之时起二十四小时内作出决定。

公安机关认为暂缓执行行政拘留不致发生社会危险，且被处罚人或者其近亲属提出符合条件的担保人，或者按每日行政拘留二百元的标准交纳保证金的，应当作出暂缓执行行政拘留的决定；认为不宜暂缓执行的，应当告知申请人。

被处罚人已送达拘留所执行的，公安机关应当立即将暂缓执行行政拘留决定送达拘留所，拘留所应当立即释放被处罚人。

第一百七十六条 有下列情形之一的，不宜暂缓执行行政拘留：

（一）被处罚人暂缓执行行政拘留后可能逃跑的；

（二）被处罚人还有其他违法犯罪嫌疑，正在被调查或者侦查的；

（三）公安机关认为不宜暂缓执行行政拘留的其他情形。

第一百七十七条 在暂缓执行行政拘留期间，被处罚人应当遵守下列规定：

（一）在行政复议和行政诉讼中不得干扰证人作证、伪造证据或者串供；

（二）不得逃避、拒绝或者阻碍处罚的执行。

在暂缓执行行政拘留期间，公安机关不得妨碍被处罚人依法行使行政复议和行政诉讼权利。

第一百七十八条 担保人应当符合下列条件：

（一）与本案无牵连；

（二）享有政治权利，人身自由未受到限制或者剥夺；

（三）在当地有常住户口和固定住所；

（四）有能力履行担保义务。

第一百七十九条 公安机关经过审查认为担保人符合条件的，由担保人出具保证书，并到公安机关将被担保人领回。

第一百八十条 担保人应当履行下列义务：

（一）保证被担保人遵守本规定第一百七十七条的规定；

（二）发现被担保人伪造证据、串供或者逃跑的，及时向公安机关报告。

担保人不履行担保义务，致使被担保人逃避行政拘留处罚执行的，公安机关可以对担保人处以三千元以下罚款，并对被担保人恢复执行行政拘留。

担保人履行了担保义务，但被担保人仍逃避行政拘留处罚执行的，或者被处罚人逃跑后，担保人积极帮助公安机关抓获被处罚人的，可以从轻或者不予处罚。

第一百八十一条 担保人在暂缓执行行政拘留期间，不愿继续担保或者丧失担保条件的，应当责令被处罚人重新提出担保人或者交纳保证金。不提出担保人又不交纳保证金的，恢复执行行政拘留。

第一百八十二条 保证金应当由银行代收。在银行非营业时间，公安机关可以先行收取，并在收到保证金后的三日内存入指定的银行账户。

第一百八十三条 行政拘留并处罚款的，罚款不因暂缓执行行政拘留而暂缓执行。

第一百八十四条 行政拘留处罚被撤销或者开始执行时，公安机关应当将保证金退还交纳人。

被决定行政拘留的人逃避行政拘留处罚执行的，由决定行政拘留的公安机关作出没收或者部分没收保证金的决定，恢复执行行政拘留。

第一百八十五条 被处罚人对公安机关没收保证金的决定不服的，可以依法申请行政复议或者提起行政诉讼。

第一百八十六条 除依法应当销毁的物品外，公安机关依法没收或者收缴、追缴的违法所得和非法财物，必须按照国家有关规定处理或者上缴国库。

罚款、没收或者收缴的违法所得和非法财物拍卖或者变卖的款项和没收的保证金，必须全部上缴国库，不得以任何形式截留、私分或者变相私分。

第十三章 涉外行政案件的办理

第一百八十七条 办理涉外行政案件，应当维护国家主权和利益，坚持平等原则和对等原则。

第一百八十八条 对外国人国籍的确认，以其入境时有效证件上所表明的国籍为准；国籍有疑问或者国籍不明的，由公安机关出入境管理部门协助查明。

第一百八十九条 违法行为人为享有外交特权和豁免权的外国人的，办案公安机关应当将其身份、证件及违法行为等基本情况记录在案，保存有关证据，并尽快将有关情况层报省级公安机关，由省级公安机关商同级人民政府外事部门处理。

对享有外交特权和豁免权的外国人，不得采取限制人身自由和查封、扣押财物的强制措施。

第一百九十条 公安机关办理涉外行政案件，使用中华人民共和国通用的语言文字。对不通晓我国语言文字的，公安机关应当为其提供翻译；当事人通晓我国语言文字而不需要他人翻译的，应当出具书面声明。

经公安机关批准，外国籍当事人可以自己聘请翻译，翻译费由其个人承担。

第一百九十一条 对非法入境、非法居留的外国人，可以依法采取拘留审查或者监视居住措施，也可以在对其非法入境、非法居留行为处理后，直接遣送出境。

对应当拘留审查，但正在怀孕、哺乳自己不满一周岁婴儿的外国妇女、患有严重疾病以及其他不宜拘留审查的外国人，可以监视居住。

经审查，有其他违法犯罪嫌疑的，移送有关机关处理；无其他违法犯罪嫌疑的，在对其非法入境、非法居留行为处理后，遣送出境。

第一百九十二条 对外国人的拘留审查、监视居住或者遣送出境由县级以上公安机关决定。但县级公安机关在作出决定前，应当报上一级公安机关批准。

第一百九十三条 对外国人拘留审查时间，不得超过一个月；对于案情重大、复杂的，经上一级公安机关批准，可以延长一个月。

对外国人监视居住时间，不得超过三个月；对案情重大、复杂的，经上一级公安机关批准，可以延长至六个月。

对无法立即遣送出境，释放后无法保证安全的，经省级公安机关批准，拘留审查和监视居住时间可延长至国籍认定并被遣送出境为止。

第一百九十四条 缩短外国人在中国停留的期限或者取消在中国居留的资格，由地（市）级以上公安机关决定。

第一百九十五条 对外国人处以驱逐出境或者限期出境的，由公安部决定。

省级以下公安机关承办的行政案件，需要对外国人处以驱逐出境或者限期出境的，由省级公安机关报公安部决定后，由承办机关宣布并执行，同时通报同级人民政府外事部门。

对外国人处以罚款或者行政拘留需并处驱逐出境、限期出境的，其罚款或者行政拘留由承办机关决定并执行，驱逐出境或者限期出境按本条前两款规定办理。

第一百九十六条 对外国人处以罚款或者行政拘留并处限期出境或者驱逐出境的，应当于罚款或者行政拘留执行完毕后执行限期出境或者驱逐出境。

第一百九十七条 被决定限期出境、缩短停留期限或者取消居留资格的外国人，未在指定期限内自动离境的，由公安机关遣送出境。

第一百九十八条 公安机关办理涉外行政案件，应当按照国家有关办理涉外案件的规定，严格执行请示报告、内部通报、对外通知等各项制度。

第一百九十九条 对外国人作出行政拘留、拘留审查、监视居住或者其他限制人身自由的决定后，决定或者批准机关应当在四十八小时内将外国人的姓名、性别、入境时间、护照或者其他身份证件号码，案件发生的时间、地点及有关情况，违法的主要事实，已采取的措施及其法律依据等情况报告省级公安机关；省级公安机关应当在规定期限内，将有关情况通知该外国人所属国家的驻华使馆、领馆，并通报同级人民政府外事部门。当事人要求不通知使馆、领馆的，可以不通知，但应当由其本人提出书面请求。

第二百条 外国人在行政拘留、拘留审查、监视居住或者其他限制人身自由期间死亡的，有关省级公安机关应当通知该外国人所属国家驻华使馆、领馆，同时报告公安部并通报同级人民政府外事部门。

第二百零一条 外国人在行政拘留、拘留审查、监视居住或者其他限制人身自由期间，其所属国家驻华外交、领事官员要求探视的，决定机关应当及时安排。该外国人拒绝其所属国家驻华外交、领事官员探视的，公安机关可以不予安排，但应当由其本人出具书面声明。

第二百零二条 办理涉外行政案件，本章未作规定的，适用其他各章的有关规定。

第十四章　案件终结

第二百零三条 行政案件有下列情形之一的，应当予以结案：

（一）作出不予处罚决定的；

（二）适用调解程序的案件达成协议并已履行的；

（三）作出行政处罚等处理决定，且已执行的；

（四）违法行为涉嫌构成犯罪，转为刑事案件办理的。

第二百零四条 经过调查，发现行政案件有下列情形之一的，经公安派出所或者县级公安机关办案部门以上负责人批准，终止调查：

（一）没有违法事实的；

（二）违法行为已过追究时效的；

（三）违法嫌疑人死亡的；

（四）其他需要终止调查的情形。

公安机关终止调查时，违法嫌疑人已被采取行政强制措施的，应当立即解除。

第二百零五条 公安机关对在办理行政案件过程中形成的文书材料，应当按照一案一卷原则建立案卷，并按照有关规定在结案或者终止案件调查后将案卷移交档案部门保管或者自行保管。

第二百零六条 行政案件的案卷应当包括下列内容：

（一）受案登记表或者其他发现案件的记录；

（二）证据材料；

（三）决定文书；

（四）在办理案件中形成的其他法律文书。

第二百零七条 行政案件的法律文书及定性依据材料应当齐全完整，不得损毁、伪造。

第十五章 附 则

第二百零八条 执行本规定所需要的法律文书式样，由公安部制定。公安部没有制定式样，执法工作中需要的其他法律文书，省级公安机关可以制定式样。

第二百零九条 本规定所称“以上”、“以下”、“内”皆包括本数或者本级。

第二百一十条 依据法律、法规和规章授权具有独立执法主体资格的公安机关业务部门，在适用本规定办理行政案件过程中，可以以自己的名义进行。没有法律、法规和规章授权的公安机关业务部门，一律不得以自己的名义作出处理决定。

第二百一十一条 本规定自公布之日起施行，2003 年 8 月 26 日发布的《公安机关办理行政案件程序规定》同时废止。公安部其他规章对办理行政案件程序有特别规定的，按照特别规定办理；没有特别规定的，按照本规定办理。

中华人民共和国行政复议法

（1999 年 4 月 29 日第九届全国人民代表大会常务委员会第九次会议通过 1999 年 4 月 29 日中华人民共和国主席令第 16 号公布 自 1999 年 10 月 1 日起施行）

第一章 总 则

第一条 为了防止和纠正违法的或者不当的具体行政行为，保护公民、法人和其他组织的合法权益，保障和监督行政机关依法行使职权，根据宪法，制定本法。

第二条 公民、法人或者其他组织认为具体行政行为侵犯其合法权益，向行政机关提出行政复议申请，行政机关受理行政复议申请、作出行政复议决定，适用本法。

第三条 依照本法履行行政复议职责的行政机关是行政复议机关。行政复议机关负责法制工作的机构具体办理行政复议事项，履行下列职责：

（一）受理行政复议申请；

（二）向有关组织和人员调查取证，查阅文件和资料；

（三）审查申请行政复议的具体行政行为是否合法与适当，拟订行政复议决定；

（四）处理或者转送对本法第七条所列有关规定的审查申请；

（五）对行政机关违反本法规定的行为依照规定的权限和程序提出处理建议；

（六）办理因不服行政复议决定提起行政诉讼的应诉事项；

（七）法律、法规规定的其他职责。

第四条 行政复议机关履行行政复议职责，应当遵循合法、公正、公开、及时、便民的原则，坚持有错必纠，保障法律、法规的正确实施。

第五条 公民、法人或者其他组织对行政复议决定不服的，可以依照行政诉讼法的规定向人民法院提起行政诉讼，但是法律规定行政复议决定为最终裁决的除外。

第二章 行政复议范围

第六条 有下列情形之一的，公民、法人或者其他组织可以依照本法申请行政复议：

（一）对行政机关作出的警告、罚款、没收违法所得、没收非法财物、责令停产停业、暂扣或者吊销许可证、暂扣或者吊销执照、行政拘留等行政处罚决定不服的；

（二）对行政机关作出的限制人身自由或者查封、扣押、冻结财产等行政强制措施决定不服的；

（三）对行政机关作出的有关许可证、执照、资质证、资格证等证书变更、中止、撤销的决定不服的；

（四）对行政机关作出的关于确认土地、矿藏、水流、森林、山岭、草原、荒地、滩涂、海域等自然资源的所有权或者使用权的决定不服的；

（五）认为行政机关侵犯合法的经营自主权的；

（六）认为行政机关变更或者废止农业承包合同，侵犯其合法权益的；

（七）认为行政机关违法集资、征收财物、摊派费用或者违法要求履行其他义务的；

（八）认为符合法定条件，申请行政机关颁发许可证、执照、资质证、资格证等证书，或者申请行政机关审批、登记有关事项，行政机关没有依法办理的；

（九）申请行政机关履行保护人身权利、财产权利、受教育权利的法定职责，行政机关没有依法履行的；

（十）申请行政机关依法发放抚恤金、社会保险金或者最低生活保障费，行政机关没有依法发放的；

（十一）认为行政机关的其他具体行政行为侵犯其合法权益的。

第七条 公民、法人或者其他组织认为行政机关的具体行政行为所依据的下列规定不合法，在对具体行政行为申请行政复议时，可以一并向行政复议机关提出对该规定的审查申请：

（一）国务院部门的规定；

（二）县级以上地方各级人民政府及其工作部门的规定；

（三）乡、镇人民政府的规定。

前款所列规定不含国务院部、委员会规章和地方人民政府规章。规章的审查依照法律、行政法规办理。

第八条 不服行政机关作出的行政处分或者其他人事处理决定的，依照有关法律、行政法规的规定提出申诉。

不服行政机关对民事纠纷作出的调解或者其他处理，依法申请仲裁或者向人民法院提起诉讼。

第三章 行政复议申请

第九条 公民、法人或者其他组织认为具体行政行为侵犯其合法权益的，可以自知道该具体行政行为之日起60日内提出行政复议申请；但是法律规定的申请期限超过60日的除外。

因不可抗力或者其他正当理由耽误法定申请期限的，申请期限自障碍消除之日起继续计算。

第十条 依照本法申请行政复议的公民、法人或者其他组织是申请人。

有权申请行政复议的公民死亡的，其近亲属可以申请行政复议。有权申请行政复议的公民为无民事行为能力人或者限制民事行为能力人的，其法定代理人可以代为申请行政复议。有权申请行政复议的法人或者其他组织终止的，承受其权利的法人或者其他组织可以申请行政复议。

同申请行政复议的具体行政行为有利害关系的其他公民、法人或者其他组织，可以作为第三人参加行政复议。

公民、法人或者其他组织对行政机关的具体行政行为不服申请行政复议的，作出具体行政行为的行政机关是被申请人。

申请人、第三人可以委托代理人代为参加行政复议。

第十一条 申请人申请行政复议，可以书面申请，也可以口头申请；口头申请的，行政复议机关应当当场记录申请人的基本情况、行政复议请求、申请行政复议的主要事实、理由和时间。

第十二条 对县级以上地方各级人民政府工作部门的具体行政行为不服的，由申请人选择，可以向该部门的本级人民政府申请行政复议，也可以向上一级主管部门申请行政复议。

对海关、金融、国税、外汇管理等实行垂直领导的行政机关和国家安全机关的具体行政行为不服的，向上一级主管部门申请行政复议。

第十三条 对地方各级人民政府的具体行政行为不服的，向上一级地方人民政府申请行政复议。

对省、自治区人民政府依法设立的派出机关所属的县级地方人民政府的具体行政行为不服的，向该派出机关申请行政复议。

第十四条 对国务院部门或者省、自治区、直辖市人民政府的具体行政行为不服的，向作出该具体行政行为的国务院部门或者省、自治区、直辖市人民政府申请行政复议。对行政复议决定不服的，可以向人民法院提起行政诉讼；也可以向国务院申请裁决，国务院依照本法的规定作出最终裁决。

第十五条 对本法第十二条、第十三条、第十四条规定以外的其他行政机关、组织的具体行政行为不服的，按照下列规定申请行政复议：

（一）对县级以上地方人民政府依法设立的派出机关的具体行政行为不服的，向设立该派出机关的人民政府申请行政复议；

（二）对政府工作部门依法设立的派出机构依照法律、法规或者规章规定，以自己的名义作出的具体行政行为不服的，向设立该派出机构的部门或者该部门的本级地方人民政府申请行政复议；

（三）对法律、法规授权的组织的具体行政行为不服的，分别向直接管理该组织的地方人民政府、地方人民政府工作部门或者国务院部门申请行政复议；

（四）对两个或者两个以上行政机关以共同的名义作出的具体行政行为不服的，向其共同上一级行政机关申请行政复议；

（五）对被撤销的行政机关在撤销前所作出的具体行政行为不服的，向继续行使其职权的行政机关的上一级行政机关申请行政复议。

有前款所列情形之一的，申请人也可以向具体行政行为发生地的县级地方人民政府提出行政复议申请，由接受申请的县级地方人民政府依照本法第十八条的规定办理。

第十六条 公民、法人或者其他组织申请行政复议，行政复议机关已经依法受理的，或者法律、法规规定应当先向行政复议机关申请行政复议、对行政复议决定不服再向人民法院提起行政诉讼的，在法定行政复议期限内不得向人民法院提起行政诉讼。

公民、法人或者其他组织向人民法院提起行政诉讼，人民法院已经依法受理的，不得申请行政复议。

第四章 行政复议受理

第十七条 行政复议机关收到行政复议申请后，应当在5日内进行审查，对不符合本法规定的行政复议申请，决定不予受理，并书面告知申请人；对符合本法规定，但是不属于本机关受理的行政复议申请，应当告知申请人向有关行政复议机关提出。

除前款规定外，行政复议申请自行政复议机关负责法制工作的机构收到之日起即为受理。

第十八条 依照本法第十五条第二款的规定接受行政复议申请的县级地方人民政府，对依照本法第十五条第一款的规定属于其他行政复议机关受理的行政复议申请，应当自接到该行政复议申请之日起7日内，转送有关行政复议机关，并告知申请人。接受转送的行政复议机关应当依照本法第十七条的规定办理。

第十九条 法律、法规规定应当先向行政复议机关申请行政复议、对行政复议决定不服再向人民法院提起行政诉讼的，行政复议机关决定不予受理或者受理后超过行政复议期限不作答复的，公民、法人或者其他组织可以自收到不予受理决定书之日起或者行政复议期满之日起15日内，依法向人民法院提起行政诉讼。

第二十条 公民、法人或者其他组织依法提出行政复议申请，行政复议机关无正当理由不予受理的，上级行政机关应当责令其受理；必要时，上级行政机关也可以直接受理。

第二十一条 行政复议期间具体行政行为不停止执行；但是，有下列情形之一的，可以停止执行：

（一）被申请人认为需要停止执行的；

（二）行政复议机关认为需要停止执行的；

（三）申请人申请停止执行，行政复议机关认为其要求合理，决定停止执行的；

（四）法律规定停止执行的。

第五章 行政复议决定

第二十二条 行政复议原则上采取书面审查的办法，但是申请人提出要求或者行政复议机关负责法制工作的机构认为有必要时，可以向有关组织和人员调查情况，听取申请人、被申请人和第三人的意见。

第二十三条 行政复议机关负责法制工作的机构应当自行政复议申请受理之日起7日内，将行政复议申请书副本或者行政复议申请笔录复印件发送被申请人。被申请人应当自收到申请书副本或者申请笔录复印件之日起10日内，提出书面答复，并提交当初作出具体行政行为的证据、依据和其他有关材料。

申请人、第三人可以查阅被申请人提出的书面答复、作出具体行政行为的证据、依据和其他有关材料，除涉及国家秘密、商业秘密或者个人隐私外，行政复议机关不得拒绝。

第二十四条 在行政复议过程中，被申请人不得自行向申请人和其他有关组织或者个人收集证据。

第二十五条 行政复议决定作出前，申请人要求撤回行政复议申请的，经说明理由，可以撤回；撤回行政复议申请的，行政复议终止。

第二十六条 申请人在申请行政复议时，一并提出对本法第七条所列有关规定的审查申请的，行政复议机关对该规定有权处理的，应当在30日内依法处理；无权处理的，应当在7日内按照法定程序转送有权处理的行政机关依法处理，有权处理的行政机关应当在60日内依法处理。处理期间，中止对具体行政行为的审查。

第二十七条 行政复议机关在对被申请人作出的具体行政行为进行审查时，认为其依据不合法，本机关有权处理的，应当在30日内依法处理；无权处理的，应当在7日内按照法定程序转送有权处理的国家机关依法处理。处理期间，中止对具体行政行为的审查。

第二十八条 行政复议机关负责法制工作的机构应当对被申请人作出的具体行政行为进行审查，提出意见，经行政复议机关的负责人同意或者集体讨论通过后，按照下列规定作出行政复议决定：

（一）具体行政行为认定事实清楚，证据确凿，适用依据正确，程序合法，内容适当的，决定维持；

（二）被申请人不履行法定职责的，决定其在一定期限内履行；

（三）具体行政行为有下列情形之一的，决定撤销、变更或者确认该具体行政行为违法；决定撤销或者确认该具体行政行为违法的，可以责令被申请人在一定期限内重新作出具体行政行为：

1. 主要事实不清、证据不足的；

2. 适用依据错误的；

3. 违反法定程序的；

4. 超越或者滥用职权的；

5. 具体行政行为明显不当的。

（四）被申请人不按照本法第二十三条的规定提出书面答复、提交当初作出具体行政行为的证据、依据和其他有关材料的，视为该具体行政行为没有证据、依据，决定撤销该具体行政行为。

行政复议机关责令被申请人重新作出具体行政行为的，被申请人不得以同一的事实和理由作出与原具体行政行为相同或者基本相同的具体行政行为。

第二十九条 申请人在申请行政复议时可以一并提出行政赔偿请求，行政复议机关对符合国家赔偿法的有关规定应当给予赔偿的，在决定撤销、变更具体行政行为或者确认具体行政行为违法时，应当同时决定被申请人依法给予赔偿。

申请人在申请行政复议时没有提出行政赔偿请求的，行政复议机关在依法决定撤销或者变更罚款，撤销违法集资、没收财物、征收财物、摊派费用以及对财产的查封、扣押、冻结等具体行政行为时，应当同时责令被申请人返还财产，解除对财产的查封、扣押、冻结措施，或者赔偿相应的价款。

第三十条 公民、法人或者其他组织认为行政机关的具体行政行为侵犯其已经依法取得的土地、矿藏、水流、森林、山岭、草原、荒地、滩涂、海域等自然资源的所有权或者使用权的，应当先申请行政复议；对行政复议决定不服的，可以依法向人民法院提起行政诉讼。

根据国务院或者省、自治区、直辖市人民政府对行政区划的勘定、调整或者征用土地的决定，省、自治区、直辖市人民政府确认土地、矿藏、水流、森林、山岭、草原、荒地、滩涂、海域等自然资源的所有权或者使用权的行政复议决定为最终裁决。

第三十一条 行政复议机关应当自受理申请之日起60日内作出行政复议决定；但是法律规定的行政复议期限少于60日的除外。情况复杂，不能在规定期限内作出行政复议决定的，经行政复议机关的负责人批准，可以适当延长，并告知申请人和被申请人；但是延长期限最多不超过30日。

行政复议机关作出行政复议决定，应当制作行政复议决定书，并加盖印章。

行政复议决定书一经送达，即发生法律效力。

第三十二条 被申请人应当履行行政复议决定。

被申请人不履行或者无正当理由拖延履行行政复议决定的，行政复议机关或者有关上级行政机关应当责令其限期履行。

第三十三条 申请人逾期不起诉又不履行行政复议决定的，或者不履行最终裁决的行政复议决定的，按照下列规定分别处理：

（一）维持具体行政行为的行政复议决定，由作出具体行政行为的行政机关依法强制执行，或者申请人民法院强制执行；

（二）变更具体行政行为的行政复议决定，由行政复议机关依法强制执行，或者申请人民法院强制执行。

第六章 法律责任

第三十四条 行政复议机关违反本法规定，无正当理由不予受理依法提出的行政复议申请或者不按照规定转送行政复议申请的，或者在法定期限内不作出行政复议决定的，对直接负责的主管人员和其他直接责任人员依法给予警告、记过、记大过的行政处分；经责令受理仍不受理或者不按照规定转送行政复议申请，造成严重后果的，依法给予降级、撤职、开除的行政处分。

第三十五条 行政复议机关工作人员在行政复议活动中，徇私舞弊或者有其他渎职、失职行为的，依法给予警告、记过、记大过的行政处分；情节严重的，依法给予降级、撤职、开除的行政处分；构成犯罪的，依法追究刑事责任。

第三十六条 被申请人违反本法规定，不提出书面答复或者不提交作出具体行政行为的证据、依据和其他有关材料，或者阻挠、变相阻挠公民、法人或者其他组织依法申请行政复议的，对直接负责的主管人员和其他直接责任人员依法给予警告、记过、记大过的行政处分；进行报复陷害的，依法给予降级、撤职、开除的行政处分；构成犯罪的，依法追究刑事责任。

第三十七条 被申请人不履行或者无正当理由拖延履行行政复议决定的，对直接负责的主管人员和其他直接责任人员依法给予警告、记过、记大过的行政处分；经责令履行仍拒不履行的，依法给予降级、撤职、开除的行政处分。

第三十八条 行政复议机关负责法制工作的机构发现有无正当理由不予受理行政复议申请、不按照规定期限作出行政复议决定、徇私舞弊、对申请人打击报复或者不履行行政复议决定等情形的，应当向有关行政机关提出建议，有关行政机关应当依照本法和有关法律、行政法规的规定作出处理。

第七章 附则

第三十九条 行政复议机关受理行政复议申请，不得向申请人收取任何费用。行政复议活动所需经费，应当列入本机关的行政经费，由本级财政予以保障。

第四十条 行政复议期间的计算和行政复议文书的送达，依照民事诉讼法关于期间、送达的规定执行。

本法关于行政复议期间有关“5日”、“7日”的规定是指工作日，不含节假日。

第四十一条 外国人、无国籍人、外国组织在中华人民共和国境内申请行政复议，适用本法。

第四十二条 本法施行前公布的法律有关行政复议的规定与本法的规定不一致的，以本法的规定为准。

第四十三条 本法自1999年10月1日起施行。1990年12月24日国务院发布、1994年10月9日国务院修订发布的《行政复议条例》同时废止。

中华人民共和国行政诉讼法

（1989年4月4日第七届全国人民代表大会第二次会议通过 1989年4月4日中华人民共和国主席令第16号公布 1990年10月1日起施行）

第一章 总 则

第一条 为保证人民法院正确、及时审理行政案件，保护公民、法人和其他组织的合法权益，维护和监督行政机关依法行使行政职权，根据宪法制定本法。

第二条 公民、法人或者其他组织认为行政机关和行政机关工作人员的具体行政行为侵犯其合法权益，有权依照本法向人民法院提起诉讼。

第三条 人民法院依法对行政案件独立行使审判权，不受行政机关、社会团体和个人的干涉。

人民法院设行政审判庭，审理行政案件。

第四条 人民法院审理行政案件，以事实为根据，以法律为准绳。

第五条 人民法院审理行政案件，对具体行政行为是否合法进行审查。

第六条 人民法院审理行政案件，依法实行合议、回避、公开审判和两审终审制度。

第七条 当事人在行政诉讼中的法律地位平等。

第八条 各民族公民都有用本民族语言、文字进行行政诉讼的权利。

在少数民族聚居或者多民族共同居住的地区，人民法院应当用当地民族通用的语言、文字进行审理和发布法律文书。

人民法院应当对不通晓当地民族通用的语言、文字的诉讼参与人提供翻译。

第九条 当事人在行政诉讼中有权进行辩论。

第十条 人民检察院有权对行政诉讼实行法律监督。

第二章 受案范围

第十一条 人民法院受理公民、法人和其他组织对下列具体行政行为不服提起的诉讼：

（一）对拘留、罚款、吊销许可证和执照、责令停产停业、没收财物等行政处罚不服的；

（二）对限制人身自由或者对财产的查封、扣押、冻结等行政强制措施不服的；

（三）认为行政机关侵犯法律规定的经营自主权的；

（四）认为符合法定条件申请行政机关颁发许可证和执照，行政机关拒绝颁发或者不予答复的；

（五）申请行政机关履行保护人身权、财产权的法定职责，行政机关拒绝履行或者不予答复的；

（六）认为行政机关没有依法发给抚恤金的；

（七）认为行政机关违法要求履行义务的；

（八）认为行政机关侵犯其他人身权、财产权的。

除前款规定外，人民法院受理法律、法规规定可以提起诉讼的其他行政案件。

第十二条 人民法院不受理公民、法人或者其他组织对下列事项提起的诉讼：

（一）国防、外交等国家行为；

（二）行政法规、规章或者行政机关制定、发布的具有普遍约束力的决定、命令；

（三）行政机关对行政机关工作人员的奖惩、任免等决定；

（四）法律规定由行政机关最终裁决的具体行政行为。

第三章 管 辖

第十三条 基层人民法院管辖第一审行政案件。

第十四条 中级人民法院管辖下列第一审行政案件：

（一）确认发明专利权的案件、海关处理的案件；

（二）对国务院各部门或者省、自治区、直辖市人民政府所作的具体行政行为提起诉讼的案件；

（三）本辖区内重大、复杂的案件。

第十五条 高级人民法院管辖本辖区内重大、复杂的第一审行政案件。

第十六条 最高人民法院管辖全国范围内重大、复杂的第一审行政案件。

第十七条 行政案件由最初作出具体行政行为的行政机关所在地人民法院管辖。经复议的案件，复议机关改变原具体行政行为的，也可以由复议机关所在地人民法院管辖。

第十八条 对限制人身自由的行政强制措施不服提起的诉讼，由被告所在地或者原告所在地人民法院管辖。

第十九条 因不动产提起的行政诉讼，由不动产所在地人民法院管辖。

第二十条 两个以上人民法院都有管辖权的案件，原告可以选择其中一个人民法院提起诉讼。原告向两个以上有管辖权的人民法院提起诉讼的，由最先收到起诉状的人民法院管辖。

第二十一条 人民法院发现受理的案件不属于自己管辖时，应当移送有管辖权的人民法院。受移送的人民法院不得自行移送。

第二十二条 有管辖权的人民法院由于特殊原因不能行使管辖权的，由上级人民法院指定管辖。

人民法院对管辖权发生争议，由争议双方协商解决。协商不成的，报它们的共同上级人民法院指定管辖。

第二十三条 上级人民法院有权审判下级人民法院管辖的第一审行政案件，也可以把自己管辖的第一审行政案件移交下级人民法院审判。

下级人民法院对其管辖的第一审行政案件，认为需要由上级人民法院审判的，可以报请上级人民法院决定。

第四章 诉讼参加人

第二十四条 依照本法提起诉讼的公民、法人或者其他组织是原告。

有权提起诉讼的公民死亡，其近亲属可以提起诉讼。

有权提起诉讼的法人或者其他组织终止，承受其权利的法人或者其他组织可以提起诉讼。

第二十五条 公民、法人或者其他组织直接向人民法院提起诉讼的，作出具体行政行为的行政机关是被告。

经复议的案件，复议机关决定维持原具体行政行为的，作出原具体行政行为的行政机关是被告；复议机关改变原具体行政行为的，复议机关是被告。

两个以上行政机关作出同一具体行政行为的，共同作出具体行政行为的行政机关是共同被告。

由法律、法规授权的组织所作的具体行政行为，该组织是被告。由行政机关委托的组织所作的具体行政行为，委托的行政机关是被告。

行政机关被撤销的，继续行使其职权的行政机关是被告。

第二十六条 当事人一方或者双方为二人以上，因同一具体行政行为发生的行政案件，或者因同样的具体行政行为发生的行政案件、人民法院认为可以合并审理的，为共同诉讼。

第二十七条 同提起诉讼的具体行政行为有利害关系的其他公民、法人或者其他组织，可以作为第三人申请参加诉讼，或者由人民法院通知参加诉讼。

第二十八条 没有诉讼行为能力的公民，由其法定代理人代为诉讼。法定代理人互相推诿代理责任的，由人民法院指定其中一人代为诉讼。

第二十九条 当事人、法定代理人，可以委托一至二人代为诉讼。

律师、社会团体、提起诉讼的公民的近亲属或者所在单位推荐的人，以及经人民法院许可的其他公民，可以受委托为诉讼代理人。

第三十条 代理诉讼的律师，可以依照规定查阅本案有关材料，可以向有关组织和公民调查，收集证据。对涉及国家秘密和个人隐私的材料，应当依照法律规定保密。

经人民法院许可，当事人和其他诉讼代理人可以查阅本案庭审材料，但涉及国家秘密和个人隐私的除外。

第五章 证 据

第三十一条 证据有以下几种：

（一）书证；

（二）物证；

（三）视听资料；

（四）证人证言；

（五）当事人的陈述；

（六）鉴定结论；

（七）勘验笔录、现场笔录。

以上证据经法庭审查属实，才能作为定案的根据。

第三十二条 被告对作出的具体行政行为负有举证责任，应当提供作出该具体行政行为的证据和所依据的规范性文件。

第三十三条 在诉讼过程中，被告不得自行向原告和证人收集证据。

第三十四条 人民法院有权要求当事人提供或者补充证据。

人民法院有权向有关行政机关以及其他组织、公民调取证据。

第三十五条 在诉讼过程中，人民法院认为对专门性问题需要鉴定的，应当交由法定鉴定部门鉴定；没有法定鉴定部门的，由人民法院指定的鉴定部门鉴定。

第三十六条 在证据可能灭失或者以后难以取得的情况下，诉讼参加人可以向人民法院申请保全证据，人民法院也可以主动采取保全措施。

第六章 起诉和受理

第三十七条 对属于人民法院受案范围的行政案件，公民、法人或者其他组织可以先向上一级行政机关或者法律、法规规定的行政机关申请复议，对复议不服的，再向人民法院提起诉讼；也可以直接向人民法院提起诉讼。

法律、法规规定应当先向行政机关申请复议，对复议不服再向人民法院提起诉讼的，依照法律、法规的规定。

第三十八条 公民、法人或者其他组织向行政机关申请复议的，复议机关应当在收到申请书之日起两个月内作出决定。法律、法规另有规定的除外。

申请人不服复议决定的，可以在收到复议决定书之日起十五日内向人民法院提起诉讼。复议机关逾期不作决定的，申请人可以在复议期满之日起十五日内向人民法院提起诉讼。法律另有规定的除外。

第三十九条 公民、法人或者其他组织直接向人民法院提起诉讼的，应当在知道作出具体行政行为之日起三个月内提出。法律另有规定的除外。

第四十条 公民、法人或者其他组织因不可抗力或者其他特殊情况耽误法定期限的，在障碍消除后的十日内，可以申请延长期限，由人民法院决定。

第四十一条 提起诉讼应当符合下列条件：

（一）原告是认为具体行政行为侵犯其合法权益的公民、法人或者其他组织；

（二）有明确的被告；

（三）有具体的诉讼请求和事实根据；

（四）属于人民法院受案范围和受诉人民法院管辖。

第四十二条 人民法院接到起诉状，经审查，应当在七日内立案或者作出裁定不予受理。原告对裁定不服的，可以提起上诉。

第七章 审理和判决

第四十三条 人民法院应当在立案之日起五日内，将起诉状副本发送被告。

被告应当在收到起诉状副本之日起十日内向人民法院提交作出具体行政行为的有关材料，并提出答辩状。人民法院应当在收到答辩状之日起五日内，将答辩状副本发送原告。

被告不提出答辩状的，不影响人民法院审理。

第四十四条 诉讼期间，不停止具体行政行为的执行。但有下列情形之一的，停止具体行政行为的执行：

（一）被告认为需要停止执行的；

（二）原告申请停止执行，人民法院认为该具体行政行为的执行会造成难以弥补的损失，并且停止执行不损害社会公共利益，裁定停止执行的；

（三）法律、法规规定停止执行的。

第四十五条 人民法院公开审理行政案件，但涉及国家秘密、个人隐私和法律另有规定的除外。

第四十六条 人民法院审理行政案件，由审判员组成合议庭，或者由审判员、陪审员组成合议庭。合议庭的成员，应当是三人以上的单数。

第四十七条 当事人认为审判人员与本案有利害关系或者有其他关系可能影响公正审判，有权申请审判人员回避。

审判人员认为自己与本案有利害关系或者有其他关系，应当申请回避。

前两款规定，适用于书记员、翻译人员、鉴定人、勘验人。

院长担任审判长时的回避，由审判委员会决定；审判人员的回避，由院长决定；其他人员的回避，由审判长决定。当事人对决定不服的，可以申请复议。

第四十八条 经人民法院两次合法传唤，原告无正当理由拒不到庭的，视为申请撤诉；被告无正当理由拒不到庭的，可以缺席判决。

第四十九条 诉讼参与人或者其他人有下列行为之一的，人民法院可以根据情节轻重，予以训诫、责令具结悔过或者处一千元以下的罚款、十五日以下的拘留；构成犯罪的，依法追究刑事责任：

（一）有义务协助执行的人，对人民法院的协助执行通知书，无故推拖、拒绝或者妨碍执行的；

（二）伪造、隐藏、毁灭证据的；

（三）指使、贿买、胁迫他人作伪证或者威胁、阻止证人作证的；

（四）隐藏、转移、变卖、毁损已被查封、扣押、冻结的财产的；

（五）以暴力、威胁或者其他方法阻碍人民法院工作人员执行职务或者扰乱人民法院工作秩序的；

（六）对人民法院工作人员、诉讼参与人、协助执行人侮辱、诽谤、诬陷、殴打或者打击报复的。

罚款、拘留须经人民法院院长批准。当事人不服的，可以申请复议。

第五十条 人民法院审理行政案件，不适用调解。

第五十一条 人民法院对行政案件宣告判决或者裁定前，原告申请撤诉的，或者被告改变其所作的具体行政行为，原告同意并申请撤诉的，是否准许，由人民法院裁定。

第五十二条 人民法院审理行政案件，以法律和行政法规、地方性法规为依据。地方性法规适用于本行政区域内发生的行政案件。

人民法院审理民族自治地方的行政案件，并以该民族自治地方的自治条例和单行条例为依据。

第五十三条 人民法院审理行政案件，参照国务院部、委根据法律和国务院的行政法规、决定、命令制定、发布的规章以及省、自治区、直辖市和省、自治区的人民政府所在地的市和经国务院批准的较大的市的人民政府根据法律和国务院的行政法规制定、发布的规章。

人民法院认为地方人民政府制定、发布的规章与国务院部、委制定、发布的规章不一致的，以及国务院部、委制定、发布的规章之间不一致的，由最高人民法院送请国务院作出解释或者裁决。

第五十四条 人民法院经过审理，根据不同情况，分别作出以下判决：

（一）具体行政行为证据确凿，适用法律、法规正确，符合法定程序的，判决维持。

（二）具体行政行为有下列情形之一的，判决撤销或者部分撤销，并可以判决被告重新作出具体行政行为：

1. 主要证据不足的；
2. 适用法律、法规错误的；
3. 违反法定程序的；
4. 超越职权的；
5. 滥用职权的。

（三）被告不履行或者拖延履行法定职责的，判决其在一定期限内履行。

（四）行政处罚显失公正的，可以判决变更。

第五十五条 人民法院判决被告重新作出具体行政行为的，被告不得以同一的事实和理由作出与原具体行政行为基本相同的具体行政行为。

第五十六条 人民法院在审理行政案件中，认为行政机关的主管人员、直接责任人员违反政纪的，应当将有关材料移送该行政机关或者其上一级行政机关或者监察、人事机关；认为有犯罪行为的，应当将有关材料移送公安、检察机关。

第五十七条 人民法院应当在立案之日起三个月内作出第一审判决。有特殊情况需要延长的，由高级人民法院批准，高级人民法院审理第一审案件需要延长的，由最高人民法院批准。

第五十八条 当事人不服人民法院第一审判决的，有权在判决书送达之日起十五日内向上一级人民法院提起上诉。当事人不服人民法院第一审裁定的，有权在裁定书送达之日起十日内向上一级人民法院提起上诉。逾期不提起上诉的，人民法院的第一审判决或者裁定发生法律效力。

第五十九条 人民法院对上诉案件，认为事实清楚的，可以实行书面审理。

第六十条 人民法院审理上诉案件，应当在收到上诉状之日起两个月内作出终审判决。有特殊情况需要延长的，由高级人民法院批准，高级人民法院审理上诉案件需要延长的，由最高人民法院批准。

第六十一条 人民法院审理上诉案件，按照下列情形，分别处理：

（一）原判决认定事实清楚，适用法律、法规正确的，判决驳回上诉，维持原判；

（二）原判决认定事实清楚，但适用法律、法规错误的，依法改判；

（三）原判决认定事实不清，证据不足，或者由于违反法定程序可能影响案件正确判决的，裁定撤销原判，发回原审人民法院重审，也可以查清事实后改判。当事人对重审案件的判决、裁定，可以上诉。

第六十二条 当事人对已经发生法律效力的判决、裁定，认为确有错误的，可以向原审人民法院或者上一级人民法院提出申诉，但判决、裁定不停止执行。

第六十三条 人民法院院长对本院已经发生法律效力的判决、裁定，发现违反法律、法规规定认为需要再审的，应当提交审判委员会决定是否再审。

上级人民法院对下级人民法院已经发生法律效力的判决、裁定，发现违反法律、法规规定的，有权提审或者指令下级人民法院再审。

第六十四条 人民检察院对人民法院已经发生法律效力的判决、裁定，发现违反法律、法规规定的，有权按照审判监督程序提出抗诉。

第八章 执 行

第六十五条 当事人必须履行人民法院发生法律效力的判决、裁定。

公民、法人或者其他组织拒绝履行判决、裁定的，行政机关可以向第一审人民法院申请强制执行，或者依法强制执行。

行政机关拒绝履行判决、裁定的，第一审人民法院可以采取以下措施：

（一）对应当归还的罚款或者应当给付的赔偿金，通知银行从该行政机关的账户内划拨；

（二）在规定期限内不履行的，从期满之日起，对该行政机关按日处五十元至一百元的罚款；

（三）向该行政机关的上一级行政机关或者监察、人事机关 提出司法建议。接受司法建议的机关，根据有关规定进行处理，并将处理情况告知人民法院；

（四）拒不履行判决、裁定，情节严重构成犯罪的，依法追究主管人员和直接责任人员的刑事责任。

第六十六条 公民、法人或者其他组织对具体行政行为在法定期限内不提起诉讼又不履行的，行政机关可以申请人民法院强制执行，或者依法强制执行。

第九章 侵权赔偿责任

第六十七条 公民、法人或者其他组织的合法权益受到行政机关或者行政机关工作人员作出的具体行政行为侵犯造成损害的，有权请求赔偿。

公民、法人或者其他组织单独就损害赔偿提出请求，应当先由行政机关解决。对行政机关的处理不服，可以向人民法院提起诉讼。

赔偿诉讼可以适用调解。

第六十八条 行政机关或者行政机关工作人员作出的具体行政行为侵犯公民、法人或者其他组织的合法权益造成损害的，由该行政机关或者该行政机关工作人员所在的行政机关负责赔偿。

行政机关赔偿损失后，应当责令有故意或者重大过失的行政机关工作人员承担部分或者全部赔偿费用。

第六十九条 赔偿费用，从各级财政列支。各级人民政府可以责令有责任的行政机关支付部分或者全部赔偿费用。具体办法由国务院规定。

第十章 涉外行政诉讼

第七十条 外国人、无国籍人、外国组织在中华人民共和国进行行政诉讼，适用本法。法律另有规定的除外。

第七十一条 外国人、无国籍人、外国组织在中华人民共和国进行行政诉讼，同中华人民共和国公民、组织有同等的诉讼权利和义务。

外国法院对中华人民共和国公民、组织的行政诉讼权利加以限制的，人民法院对该国公民、组织的行政诉讼权利，实行对等原则。

第七十二条 中华人民共和国缔结或者参加的国际条约同本法有不同规定的，适用该国际条约的规定。中华人民共和国声明保留的条款除外。

第七十三条 外国人、无国籍人、外国组织在中华人民共和国进行行政诉讼，委托律师代理诉讼的，应当委托中华人民共和国律师机构的律师。

第十一章　附　　则

第七十四条　人民法院审理行政案件，应当收取诉讼费用。诉讼费用由败诉方承担，双方都有责任的由双方分担。收取诉讼费用的具体办法另行规定。

第七十五条　本法自1990年10月1日起施行。

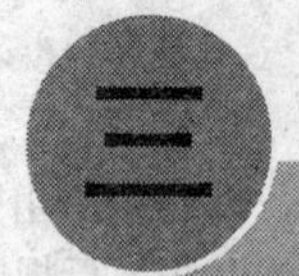

机动车报废

报废汽车回收管理办法

（2001年6月16日　中华人民共和国国务院令第307号）

第一条　为了规范报废汽车回收活动，加强对报废汽车回收的管理，保障道路交通秩序和人民生命财产安全，保护环境，制定本办法。

第二条　本办法所称报废汽车（包括摩托车、农用运输车，下同），是指达到国家报废标准，或者虽未达到国家报废标准，但发动机或者底盘严重损坏，经检验不符合国家机动车运行安全技术条件或者国家机动车污染物排放标准的机动车。

本办法所称拼装车，是指使用报废汽车发动机、方向机、变速器、前后桥、车架（以下统称“五大总成”）以及其他零配件组装的机动车。

第三条　国家经济贸易委员会负责组织全国报废汽车回收（含拆解，下同）的监督管理工作，国务院公安、工商行政管理等有关部门在各自的职责范围内负责报废汽车回收有关的监督管理工作。

县级以上地方各级人民政府经济贸易管理部门对本行政区域内报废汽车回收活动实施监督管理。县级以上地方各级人民政府公安、工商行政管理等有关部门在各自的职责范围内对本行政区域内报废汽车回收活动实施有关的监督管理。

第四条　国家鼓励汽车报废更新，具体办法由国家经济贸易委员会会同财政部制定。

第五条　县级以上地方各级人民政府应当加强对报废汽车回收监督管理工作的领导，组织各有关部门依法采取措施，防止并依法查处违反本办法规定的行为。

第六条 国家对报废汽车回收业实行特种行业管理，对报废汽车回收企业实行资格认定制度。

除取得报废汽车回收企业资格认定的外，任何单位和个人不得从事报废汽车回收活动。

不具备条件取得报废汽车回收企业资格认定或者未取得报废汽车回收企业资格认定，从事报废汽车回收活动的，任何单位和个人均有权举报。

第七条 报废汽车回收企业除应当符合有关法律、行政法规规定的设立企业的条件外，还应当具备下列条件：

（一）注册资本不低于50万元人民币，依照税法规定为一般纳税人；

（二）拆解场地面积不低于5000平方米；

（三）具备必要的拆解设备和消防设施；

（四）年回收拆解能力不低于500辆；

（五）正式从业人员不少于20人，其中专业技术人员不少于5人；

（六）没有出售报废汽车、报废“五大总成”、拼装车等违法经营行为记录；

（七）符合国家规定的环境保护标准。

设立报废汽车回收企业，还应当符合国家经济贸易委员会关于报废汽车回收行业统一规划、合理布局的要求。

第八条 拟从事报废汽车回收业务的，应当向省、自治区、直辖市人民政府经济贸易管理部门提出申请。省、自治区、直辖市人民政府经济贸易管理部门应当自收到申请之日起30个工作日内，按照本办法第七条规定的条件对申请审核完毕；特殊情况下，可以适当延长，但延长的时间不得超过30个工作日。经审核符合条件的，颁发《资格认定书》；不符合条件的，驳回申请并说明理由。

申请人取得《资格认定书》后，应当依照废旧金属收购业治安管理办法的规定向公安机关申领《特种行业许可证》。

申请人持《资格认定书》和《特种行业许可证》向工商行政管理部门办理登记手续，领取营业执照后，方可从事报废汽车回收业务。

省、自治区、直辖市经济贸易管理部门应当将本行政区域内取得资格认定的报废汽车回收企业，报国家经济贸易委员会备案，并由国家经济贸易委员会予以公布。

第九条 经济贸易管理、公安、工商行政管理等部门必须严格依照本办法和其他有关法律、行政法规的规定，依据各自的职责对从事报废汽车回收业务的申请进行审查；不符合规定条件的，不得颁发有关证照。

第十条 报废汽车拥有单位或者个人应当及时向公安机关办理机动车报废手续。公安机关应当于受理当日，向报废汽车拥有单位或者个人出具《机动车报废证明》，并告知其将报废汽车交售给报废汽车回收企业。

任何单位或者个人不得要求报废汽车拥有单位或者个人将报废汽车交售给指定的报废汽车回收企业。

第十一条 报废汽车回收企业凭《机动车报废证明》收购报废汽车，并向报废汽车拥有单位或者个人出具《报废汽车回收证明》。

报废汽车拥有单位或者个人凭《报废汽车回收证明》，向汽车注册登记地的公安机关办理注销登记。

《报废汽车回收证明》样式由国家经济贸易委员会规定。任何单位和个人不得买卖或者伪造、变造《报废汽车回收证明》。

第十二条 报废汽车拥有单位或者个人应当及时将报废汽车交售给报废汽车回收企业。

任何单位或者个人不得将报废汽车出售、赠予或者以其他方式转让给非报废汽车回收企业的单位或者个人；不得自行拆解报废汽车。

第十三条 报废汽车回收企业对回收的报废汽车应当逐车登记；发现回收的报废汽车有盗窃、抢劫或者其他犯罪嫌疑的，应当及时向公安机关报告。

报废汽车回收企业不得拆解、改装、拼装、倒卖有犯罪嫌疑的汽车及其“五大总成”和其他零配件。

第十四条 报废汽车回收企业必须拆解回收的报废汽车；其中，回收的报废营运客车，应当在公安机关的监督下解体。拆解的“五大总成”应当作为废金属，交售给钢铁企业作为冶炼原料；拆解的其他零配件能够继续使用的，可以出售，但必须标明“报废汽车回用件”。

报废汽车回收企业拆解报废汽车，应当遵守国家环境保护法律、法规，采取有效措施，防治污染。

第十五条 禁止任何单位或者个人利用报废汽车“五大总成”以及其他零配件拼装汽车。

禁止报废汽车整车、“五大总成”和拼装车进入市场交易或者以其他任何方式交易。

禁止拼装车和报废汽车上路行驶。

第十六条 县级以上地方人民政府经济贸易管理部门依据职责，对报废汽车回收企业实施经常性的监督检查，发现报废汽车回收企业不再具备规定条件的，应当立即告知原审批发证部门撤销《资格认定书》、《特种行业许可证》，注销营业执照。

第十七条 公安机关依照本办法以及废旧金属收购业治安管理办法和机动车修理业、报废机动车回收业治安管理办法的规定，对报废汽车回收企业的治安状况实施监督，堵塞销赃渠道。

第十八条 工商行政管理部门依据职责，对报废汽车回收企业的经营活动实施监督；对未取得报废汽车回收企业资格认定，擅自从事报废汽车回收活动的，应当予以查封、取缔。

第十九条 报废汽车的收购价格，按照金属含量折算，参照废旧金属市场价格计价。

第二十条 违反本办法第六条的规定，未取得报废汽车回收企业资格认定，擅自从事报废汽车回收活动的，由工商行政管理部门没收非法回收的报废汽车、“五大总成”以及其他零配件，送报废汽车回收企业拆解，没收违法所得；违法所得在2万元以上的，并处违法所得2倍以上5倍以下的罚款；违法所得不足2万元或者没有违法所得的，并处2万元以上5万元以下的罚款；属经营单位的，吊销营业执照。

第二十一条 违反本办法第十一条的规定，买卖或者伪造、变造《报废汽车回收证明》的，由公安机关没收违法所得，并处1万元以上5万元以下的罚款；属报废汽车回收企业，情节严重的，由原审批发证部门分别吊销《资格认定书》、《特种行业许可证》、营业执照。

第二十二条 违反本办法第十二条的规定，将报废汽车出售、赠予或者以其他方式转让给非报废汽车回收企业的单位或者个人的，或者自行拆解报废汽车的，由公安机关没收违法所得，并处2000元以上2万元以下的罚款。

第二十三条 违反本办法第十三条的规定，报废汽车回收企业明知或者应知是有盗窃、抢劫或者其他犯罪嫌疑的汽车、“五大总成”以及其他零配件，未向公安机关报告，擅自拆解、改装、拼装、倒卖的，由公安机关依法没收汽车、“五大总成”以及其他零配件，处1万元以上5万元以下的罚款；由原审批发证部门分别吊销《资格认定书》、《特种行业许可证》、营业执照；构成犯罪的，依法追究刑事责任。

第二十四条 违反本办法第十四条的规定，出售不能继续使用的报废汽车零配件或者出售的报废汽车零配件未标明“报废汽车回用件”的，由工商行政管理部门没收违法所得，并处2000元以上1万元以下的罚款。

第二十五条 违反本办法第十五条的规定，利用报废汽车“五大总成”以及其他零配件拼装汽车或者出售报废汽车整车、“五大总成”、拼装车的，由工商行政管理部门没收报废汽车整车、“五大总成”以及其他零配件、拼装车，没收违法所得；违法所得在5万元以上的，并处违法所得2倍以上5倍以下的罚款；违法所得不足5万元或者没有违法所得的，并处5万元以上10万元以下的罚款；属报废汽车回收企业的，由原审批发证部门分别吊销《资格认定书》、《特种行业许可证》、营业执照。

第二十六条 违反本办法第十五条的规定，报废汽车上路行驶的，由公安机关收回机动车号牌和机动车行驶证，责令报废汽车拥有单位或者个人依照本办法的规定办理注销登记，可以处2000元以下的罚款；拼装车上路行驶的，由公安机关没收拼装车，送报废汽车回收企业拆解，并处2000元以上5000元以下的罚款。

第二十七条 违反本办法第九条的规定，负责报废汽车回收企业审批发证的部门对不符合条件的单位或者个人发给有关证照的，对部门正职负责人、直接负责的主管人员和其他直接责任人员给予降级或者撤职的行政处分；其中，对承办审批的有关工作人员，还应当调离原工作岗位，不得继续从事审批工作；构成犯罪的，依法追究刑事责任。

第二十八条 负责报废汽车回收监督管理的部门及其工作人员，不依照本办法的规定履行监督管理职责的，发现不再具备条件的报废汽车回收企业不及时撤销有关证照的，发现有本办法规定的违法行为不予查处的，对部门正职负责人、直接负责的主管人员和其他直接责任人员，给予记大过、降级或者撤职的行政处分；构成犯罪的，依法追究刑事责任。

第二十九条 政府工作人员有下列情形之一的，依法给予降级直至开除公职的行政处分；构成犯罪的，依法追究刑事责任：

（一）纵容、包庇违反本办法规定的行为的；

（二）向有违反本办法规定行为的当事人通风报信，帮助逃避查处的；

（三）阻挠、干预有关部门对违反本办法规定的行为依法查处，造成严重后果的。

第三十条 军队报废汽车的回收管理办法另行制定。

第三十一条 本办法自公布之日起施行。

国家经济贸易委员会、国家计划委员会、国内贸易部、机械工业部、公安部、国家环境保护局关于发布《汽车报废标准》的通知

（1997年7月15日　国经贸经〔1997〕456号）

各省、自治区、直辖市、计划单列市经贸委（经委、计经委），计委、内贸（物资）厅（局）、供销合作社、冶金厅（局）、汽车更新领导小组办公室、机械厅（局）、交通厅（局）、公安厅（局）、环境保护局：

随着国民经济的发展，我国汽车保有量迅速增大，1986年制订的《汽车报废标准》已不适应汽车生产和交通运输发展以及交通安全、节能、环保

等需要。经国务院领导同志同意，现将修订后的《汽车报废标准》印发你们，请遵照执行。

汽车报废标准

（1997 年修订）

凡在我国境内注册的民用汽车，属下列情况之一的应当报废：

一、轻、微型载货汽车（含越野型）、矿山作业专用车累计行驶 30 万公里，重、中型载货汽车（含越野型）累计行驶 40 万公里，特大、大、中、轻、微型客车（含越野型）轿车累计行驶 50 万公里，其他车辆累计行驶 45 万公里；

二、轻、微型载货汽车（含越野型）、带拖挂的载货汽车、矿山作业专用车及各类出租汽车使用 8 年，其他车辆使用 10 年；

三、因各种原因造成车辆严重损坏或技术状况低劣，无法修复的；

四、车型淘汰，已无配件来源的；

五、汽车经长期使用，耗油量超过国家定型车出厂标准规定值 15% 的；

六、经修理和调整仍达不到国家对机动车运行安全技术条件要求的；

七、经修理和调整或采用排气污染控制技术后，排放污染物仍超过国家规定的汽车排放标准的。

除 19 座以下出租车和轻、微型载货汽车（含越野型）外，对达到上述使用年限的客、货车辆，经公安车辆管理部门依据国家机动车安全排放有关规定严格检验，性能符合规定的，可延缓报废，但延长期不得超过本标准第二条规定年限的一半。对于吊车、消防车、钻探车等从事专门作业的车辆，还可根据实际使用和检验情况，再延长使用年限。所有延长使用年限的车辆，都需按公安部规定增加检验次数，不符合国家有关汽车安全排放规定的应当强制报废。

八、本标准自发布之日起施行。在本标准发布前已达到本标准规定报废条件的车辆，允许在本标准发布后 12 个月之内报废。本标准由全国汽车更新领导小组办公室负责解释。

国家经济贸易委员会、国家计划委员会、公安部、国家环境保护局关于调整轻型载货汽车报废标准的通知

（1998年7月7日　国经贸经〔1998〕407号）

各省、自治区、直辖市、计划单列市经贸委（经委、计经委）、计委、公安厅（局）、环境保护局、汽车更新领导小组办公室：

为了鼓励技术进步、节约资源、保护环境及公平竞争，现决定将《汽车报废标准》（1997年修订）中轻型载货汽车（含越野型）的行驶里程、使用年限及办理延缓的报废标准调整为：

一、累计行驶40万公里；

二、使用10年；

三、达到使用年限，汽车性能仍符合有关规定的，允许办理最长不超过5年的延缓报废。延缓报废的审定工作，按国经贸经〔1997〕456号文件的有关规定办理。

轻型载货汽车是指厂定最大总质量大于1.8吨、小于等于6吨的载货汽车。

请遵照执行。

公安部关于加强右置方向盘汽车管理的通知

（2000年9月8日　公交管〔2000〕183号）

各省、自治区、直辖市公安厅、局，新疆生产建设兵团公安局：

1997年公安部下发的《关于实施〈汽车报废标准〉有关事项的通知》（公交管〔1997〕261号）规定，从2000年9月1日起，在我国境内注册的右置方向盘汽车不得在道路上行驶。由于多种原因，目前仍有一些右置方向盘汽车上道路行驶，其中包括正常进口的汽车、地方政府和有关团体接受外国赠送的汽车，也有一些执法部门没收处理的走私汽车。为了进一步强化我

国机动车安全技术法规和通行原则的贯彻实施，巩固打击走私汽车犯罪的成果，保障交通安全，经报国务院批准，公安部发布了《公安部关于右置方向盘汽车管理有关问题的通告》。为了做好通告的贯彻实施工作，进一步加强右置方向盘汽车管理，特通知如下：

一、自公安部通告发布之日起，对于右置方向盘汽车或者右置方向盘改为左置方向盘的汽车，一律不予办理注册登记。一律不得批准右置方向盘改为左置方向盘。

二、对现有的右置方向盘汽车进行清理。对于已领取车辆号牌并达到报废标准的右置方向盘汽车，要督促车主尽快办理报废手续，不得批准延缓报废。对已办理牌证尚未达到报废标准的右置方向盘汽车，允许继续上道路行驶；达到报废标准后，按照前款规定办理。

三、对于无牌无证、利用假牌假证、挪用车辆号牌的右置方向盘汽车，按照《关于印发〈关于执行〈关于禁止非法拼（组）装汽车、摩托车的通告〉的实施细则〉的通知》（〔1999〕外经贸机电发第628号）第八条规定执行，并不得上报申领《没收走私汽车、摩托车证明书》。

四、对已达到报废标准仍上道路行驶的右置方向盘汽车，要注销车辆号牌和行驶证，送指定解体厂解体。对其中的外地车辆，应先与车辆注册地车管所核实，确属达到报废标准的，就地送指定解体厂解体，并由当地交警支队向注册地车管所出具强制报废证明；注册地车管所凭证明办理注销手续。

五、香港、澳门特别行政区入出内地的右置方向盘汽车不适用上述规定。

六、公安部通告发布后擅自将右置方向盘汽车改为左置方向盘汽车的，仍按照右置方向盘汽车对待。

七、以前有关规定与本通知不符的，按本通知执行。执行中遇到的问题，请及时报部交通管理局。

国家经济贸易委员会、国家发展计划委员会、公安部、国家环境保护总局关于调整汽车报废标准若干规定的通知

（2000年12月18日　国经贸资源〔2000〕1202号）

各省、自治区、直辖市、计划单列市及新疆生产建设兵团经贸委（经委）、

计委、公安厅（局）、环境保护局（厅）、汽车更新领导小组办公室：

为了鼓励技术进步、节约资源，促进汽车消费，现决定将1997年制定的汽车报废标准中非营运载客汽车和旅游载客汽车的使用年限及办理延缓的报废标准调整为：

一、9座（含9座）以下非营运载客汽车（包括轿车、含越野型）使用15年。

二、旅游载客汽车和9座以上非营运载客汽车使用10年。

三、上述车辆达到报废年限后需继续使用的，必须依据国家机动车安全、污染物排放有关规定进行严格检验，检验合格后可延长使用年限。但旅游载客汽车和9座以上非营运载客汽车可延长使用年限最长不超过10年。

四、对延长使用年限的车辆，应当按照公安交通管理部门和环境保护部门的规定，增加检验次数。一个检验周期内连续三次检验不符合要求的，应注销登记，不允许再上路行驶。

五、营运车辆转为非营运车辆或非营运车辆转为营运车辆，一律按营运车辆的规定报废。

六、本通知没有调整的内容和其他类型的汽车（包括右置方向盘汽车），仍按照国家经贸委等部门《关于发布〈汽车报废标准〉的通知》（国经贸经〔1997〕456号）和《关于调整轻型载货汽车报废标准的通知》（国经贸经〔1998〕407号）执行。

七、本通知所称非营运载客汽车是指：单位和个人不以获取运输利润为目的的自用载客汽车；旅游载客汽车是指：经各级旅游主管部门批准的旅行社专门运载游客的自用载客汽车。

八、本通知自发布之日起施行。

公安部关于实施《关于调整汽车报废标准若干规定的通知》有关问题的通知

（2001年1月6日　公交管〔2001〕2号）

各省、自治区、直辖市公安厅、局，新疆生产建设兵团公安局：

根据国家经济贸易委员会等四部委《关于调整汽车报废标准若干规定的通知》（国经贸资源〔2000〕1202号）精神，现将实施调整后的汽车报废标准有关问题通知如下：

一、旅游载客汽车和9座以上非营运载客汽车达到报废标准后要求继续使用的，按照公安部《关于实施〈汽车报废标准〉有关事项的通知》（公交管[1997]261号）第二条规定审批。旅游载客汽车每年定期检验4次；9座以上非营运载客汽车每年定期检验2次，超过15年的，从第16年起每年定期检验4次。

二、9座（含9座）以下非营运载客汽车达到报废标准后要求继续使用的，不需要审批。每年定期检验2次，超过20年的，从第20年起每年定期检验4次。

三、上述车辆定期检验时，连续3次检验都不符合国家标准《机动车运行安全技术条件》（GB7258）规定的，公安交通管理部门应当收回机动车号牌和《机动车行驶证》，通知机动车所有人办理注销登记。

四、上述车辆达到报废标准后，公安交通管理部门不得办理注册登记和转籍过户登记。

五、2000年12月18日之前，应当按照原报废标准报废但未办理完毕注销登记的车辆，比照《关于调整汽车报废标准若干规定的通知》（国经贸资源[2000]1202号）规定执行。

六、右置方向盘汽车报废的管理．按照公安部《关于加强右置方向盘汽车管理的通知》(公交管[2000]183号）规定执行。本通知未涉及的其他规定，按照公安部《关于实施〈汽车报废标准〉有关事项的通知》（公交管[1997]261号）执行。

本通知自发布之日起实施。

老旧汽车报废更新补贴资金管理暂行办法

（2002年12月20日　财建〔2002〕742号）

第一章　总　　则

第一条　根据《报废汽车回收管理办法》（2001年国务院第307号令）和《国务院批转财政部、国家计委等部门〈交通和车辆税费改革实施方案〉的通知》（国发〔2000〕34号）要求，为规范管理和使用老旧汽车报废更新专项补贴资金（以下简称补贴资金），特制定本办法。

第二条　本办法所称老旧汽车，是指根据《报废汽车回收管理办法》第二条规定，经公安车辆管理部门认定达达到相关报废标准规定，依法办理了报废手续，并按规定送资质认定企业回收拆解的汽车（不包括因事故造成的报废车）。

第三条 本办法所称补贴资金，是指根据《国务院批转财政部、国家计委等部门〈交通和车辆税费改革实施方案〉的通知》规定，从车辆购置税中安排的专项用于老旧汽车报废更新补贴的资金。

第四条 补贴资金实行专款专用，年终结余可结转下年度继续使用。

财政部、国家经贸委根据每年补贴资金来源和老旧汽车数量及其分布情况，制定全国补贴车辆的范围和具体补贴标准，并及时向社会公告。

符合条件的老旧汽车单辆补贴金额，原则上不高于同型车辆的单辆车辆购置税金额。

第二章 补贴资金的管理和发放

第五条 各省、自治区、直辖市、计划单列市经贸委（经委、商委）（以下简称省经贸委）会同同级财政厅（局）（以下简称省财政厅），根据财政部、国家经贸委对外公布的补贴车辆范围及补贴标准，结合本地区上年度汽车报废拆解情况提出本年度老旧汽车补贴资金书面申请报告，并附详细的分地区补贴车辆及所需资金数，于当年3月底前报国家经贸委和财政部各一份，由国家经贸委汇总后报财政部审核，财政部会同国家经贸委于当年4月底前将补贴资金下达给省财政厅。各省财政厅要及时将补贴资金下达给各地（市、州）财政部门（以下简称市财政局）。

第六条 符合补贴规定的老旧汽车车主凭据《报废汽车回收证明》和单位、个人有效身份证明到当地（市、州）经贸管理部门（以下简称市经贸委）申请补贴资金，各市经贸委会同市财政局对申请补贴的车辆进行审核，审核无误后，发给车主《报废汽车补贴资金发放通知单》。

《报废汽车补贴资金发放通知单》是车主领取补贴资金的凭证，由财政部负责统一印制，国家经贸委负责于每年7月底前向各省经贸委发放，并由各省经贸委于每年8月底前发放给各市经贸委。

第七条 补贴资金的发放时间为每年的9月1日至11月30日。

第八条 当年年末未发放给车主的《报废汽车补贴资金发放通知单》作废；已分配到各地而未发放给车主的补贴资金，经各市经贸委与本市财政局核对无误后，将未发放资金统一纳入下一年度补贴资金总量中统筹安排，专款专用。

第三章 监督管理

第九条 各地每年补贴资金发放的具体情况，由各市经贸委与本市财政局及公安车辆管理部门进行核实后，作为工作档案留存，并由专人负责管理。

第十条 各市经贸委会同本市财政局于每年1月底前将上年度补贴资金实施情况报表上报本省经贸委及省财政厅各一份。各省经贸委汇总报表后，会同本省财政厅于2月底前联合上报国家经贸委及财政部各一份，国家经贸委负责汇总全国老旧汽车报废更新补贴资金实施情况报表，并将汇总报表报财政部备查。

第十一条 各省财政厅及经贸委要加强对当地补贴资金实施情况的监督管理，每年要组织重点抽查。

凡未按规定上报补贴资金实施情况或所报补贴资金实施情况不真实的地区，暂缓安排该地区补贴资金，并在全国范围内通报批评。

第十二条 对违反规定、徇私舞弊、骗取补贴资金的各级管理机关、单位及个人，依照国务院《报废汽车回收管理办法》等有关规定进行处罚；构成刑事犯罪的，依法追究刑事责任。

任何单位或个人均有权对补贴资金的发放情况进行监督、举报。

第四章 附 则

第十三条 本办法由财政部会同国家经贸委负责解释。

第十四条 各省财政厅及省经贸委可结合当地实际情况制定本地区补贴资金管理和发放实施细则，并报国家经贸委和财政部备案。

第十五条 本办法自发布之日起施行。

2008年老旧汽车报废更新补贴资金的车辆补贴范围及补贴标准公告

（2008年4月30日）

根据《财政部、国家经贸委关于发布〈老旧汽车报废更新补贴资金管理暂行办法〉的通知》（财建〔2002〕742号）等有关规定，现将2008年老旧汽车报废更新补贴资金的车辆补贴范围及补贴标准公告如下：

一、2008年1月1日－12月31日期间交售给报废汽车回收企业的，注册登记日期在2000年1月1日－2004年12月31日，车长大于4.8米（含4.8米）、小于7.5米的农村客运车辆，补贴标准为每辆车10000元人民币。

符合上述补贴范围的老旧汽车车主，可按有关规定，凭中华人民共和国道路运输证、运输管理部门出具的意见、《报废汽车回收证明》和有效身份证明等凭据申请补贴资金。

二、2008年1月1日－12月31日期间交售给报废汽车回收企业的，注册登记日期在1999年1月1日－2001年12月31日且使用年限在7－9年之间的下列车型：

一是车长7.5米以上（含7.5米）且乘座人数（包括驾驶人）23人以上（含23人）的载客汽车，补贴标准为每辆车4000元人民币。

二是车长9米以上（含9米）且当年更新的汽车排放标准符合国三阶段要求（北京当年更新的汽车排放标准符合国四阶段要求）的城市公交车，补贴标准为每辆车15000元人民币。

三是总质量在12000kg（千克）以上（含12000kg）的载货汽车及准牵引总质量在12000kg（千克）以上（含12000kg）的半挂牵引车，补贴标准为每辆车4000元人民币。没有动力装置的全挂车、半挂车不属于补贴范围。

符合上述补贴范围的老旧汽车车主，可按有关规定，凭《报废汽车回收证明》、有效身份证明和更新车辆购车发票等凭据申请补贴资金。

关于机动车报废法律适用问题的复函

（2005年1月10日　环函〔2005〕7号）

北京市环境保护局：

你局《关于“机动车报废”的法律适用问题的请示》（京环保法字〔2004〕644号）收悉。经研究，函复如下：

经国务院批准，原国家经贸委、原国家计委、原国内贸易部、原机械部、公安部、原国家环保局1997年发布的《汽车报废标准》规定，凡在我国境内注册的民用汽车，经修理和调整或采用排气污染控制技术后，排放污染物仍超过国家规定的汽车排放标准的，应当报废。

《大气污染防治法》第7条规定：省、自治区、直辖市人民政府制定机动车船大气污染物地方排放标准严于国家排放标准的，须报经国务院批准。

凡是向已有地方排放标准的区域排放大气污染物的，应当执行地方排放标准。

2002年国务院批准了北京市的《车用汽油机排气污染物排放标准》、《汽油车双怠速污染物排放标准》、《柴油车自由加速烟度排放标准》、《摩托车、轻便摩托车排气污染物排放标准》、《汽车柴油机全负荷烟度排放标准》、《农用运输车及运输用拖拉机自由加速烟度排放标准》、《汽油车稳态加载污染物排放标准》、《轻型汽油车简易瞬态工况污染物排放标准》和《柴油车加载减速烟度排放标准》等9项地方机动车排放标准。按国务院规定，对同一时段生产的同一车型不能采用一种以上的测量方法和排放限值。

农用运输车报废标准

（2001年3月13日　国经贸资源〔2001〕234号）

一、本标准适用于在中华人民共和国境内注册的农用运输车（包括三轮农用运输车和四轮农用运输车，下同）。

二、农用运输车有下列情形之一的应当报废：

（一）三轮农用运输车和装配单缸柴油机的四轮农用运输车，使用期限达6年的；

（二）装配多缸柴油机的四轮农用运输车，使用期限达9年的；

（三）装配多缸柴油机的四轮农用运输车，累计行驶里程达25万公里的；

（四）因各种原因造成农用运输车严重损坏或者技术状况低劣，无法修复的；

（五）长期使用后，整车耗油量超过企业定型车出厂标准规定值15%的；

（六）不符合国家标准《机动车运行安全技术条件》(GB7258－1997)，经修理和调整后仍达不到要求的；

（七）排放污染物超过国家或地方规定的排放标准，经修理、调整或采用尾气污染控制技术后，仍不符合要求的。

三、达到报废年限或者累计行驶里程的农用运输车，依据国家机动车安全、污染物排放有关标准检验合格的，可以适当延长使用年限，但最长不得超过3年。

延长使用年限的车辆，应当按照公安交通管理部门和环境保护部门的规定，增加检验次数，一个检验周期内连续两次检验不符合标准要求的，应当强制报废。

四、本标准自发布之日起实施。

在本标准发布时已达到本标准规定的报废条件的车辆，可以在本标准发布后12个月内报废。

五、本标准由国家经济贸易委员会负责解释。

摩托车报废标准暂行规定

（2002年8月23日　国家经济贸易委员会、国家发展计划委员会、公安部、国家环境保护总局令第33号）

第一条　为保障道路交通和人民群众生命财产安全，鼓励技术进步，节约能源，保护环境，根据《报废汽车回收管理办法》，制定本规定。

第二条　本规定适用于在中华人民共和国境内注册的摩托车。

本规定所称摩托车，是指轻便两轮摩托车、轻便三轮摩托车、两轮摩托车、边三轮摩托车、正三轮摩托车。

第三条　有下列情形之一的摩托车应当报废：

（一）累计行驶里程达到10万公里的轻便两轮摩托车、轻便三轮摩托车、两轮摩托车和边三轮摩托车，累计行驶里程达到8万公里的正三轮摩托车；

（二）使用年限达到8—10年的轻便两轮摩托车、轻便三轮摩托车、两轮摩托车和边三轮摩托车，使用年限达到7—9年的正三轮摩托车。具体使用年限由省、自治区、直辖市人民政府有关部门在以上使用年限内，结合本地实际情况确定；

（三）车辆严重损坏，无法修复的；

（四）摩托车燃油消耗量超过国家《公告》确定的相应排量定型车出厂标准规定值百分之二十的；

（五）经修理和调整仍达不到国家机动车运行安全技术条件要求的；

（六）经修理、调整或者采用排放控制技术后，排气污染物或噪音仍然超过国家或地方排放标准的。

第四条　摩托车达到使用年限或累计行驶里程后，依据国家机动车运行安全技术条件和国家机动车污染物排放标准检验合格的车辆，可延长使用年限，但延长年限最长不超过3年。

对延长使用年限的车辆，应当按照公安交通管理部门和环境保护部门的规定，增加检验次数，一个检验周期内连续三次检验不合格的，应当强制报废。

第五条 对符合报废条件的摩托车，由公安交通管理部门注销登记，并禁止上路行驶。

第六条 本规定自2002年10月1日起施行。在本规定施行前已经达到报废条件的车辆，应当自本规定施行之日起12个月内报废。

第七条 本规定由国家经济贸易委员会负责解释。

违法行为处罚

道路交通安全违法行为处理程序规定

（2004 年 4 月 30 日　中华人民共和国公安部令第 69 号）

第一章　总　　则

第一条　根据《中华人民共和国道路交通安全法》及其实施条例，制定本规定。

第二条　公安机关交通管理部门及其交通警察对道路交通安全违法行为（以下简称违法行为）的处理程序，在法定职权范围内依照本规定实施。

第三条　公安机关交通管理部门及其交通警察对违法行为的处理，应当遵循合法、及时、公正、公开和处罚与教育相结合的原则。对应当给予处罚的，依据违法行为的事实和法律、法规的规定作出处罚决定。

第四条　对交通警察执勤、执法中当场发现的违法行为的处罚由违法行为地的公安机关交通管理部门管辖。

对交通技术监控资料记录的违法行为的处罚可以由违法行为地或者机动车号牌核发地的公安机关交通管理部门管辖。

第五条　对违法行为人处以罚款或者暂扣机动车驾驶证处罚的，由县级以上公安机关交通管理部门作出处罚决定。

对处以吊销机动车驾驶证处罚的，由设区的市公安机关交通管理部门作出处罚决定。

对违法行为人处以行政拘留的，由县、市公安局、公安分局或者相当于县一级的公安机关作出处罚决定。

第六条　对管辖权有异议的，报请共同的上级公安机关交通管理部门，上级公安机关交通管理部门应当及时确定管辖主体，并通知争议各方。

第二章 现场处理程序

第一节 现场处罚

第七条 交通警察对于当场发现的违法行为，认为情节轻微、未影响道路通行和安全的，应当口头告知其违法行为的基本事实、依据，向违法行为人提出警告，纠正违法行为后放行。

对个人处以二百元以下罚款的，可以适用简易程序，由交通警察当场作出处罚决定。

对违法行为人按照一般程序给予处罚，需要采取行政强制措施的，制作行政强制措施凭证，并兼作道路交通安全违法行为处理通知书。

对违法行为人按照一般程序给予处罚，不需要采取行政强制措施的，由交通警察当场制作道路交通安全违法行为处理通知书。

第八条 对违法行为人当场处以罚款处罚的，应当按照下列程序实施：

（一）口头告知其违法行为的基本事实、拟作出的行政处罚、依据及其依法享有的权利；

（二）听取违法行为人的陈述和申辩，违法行为人提出的事实、理由或者证据成立的，应当采纳；

（三）制作简易程序处罚决定书；

（四）简易程序处罚决定书应当由被处罚人签名、交通警察签名或者盖章、公安机关交通管理部门盖章。当事人拒绝签名的，交通警察应当在简易程序处罚决定书上注明；

（五）将简易程序处罚决定书当场交付被处罚人；当事人拒收的，交通警察应当在简易程序处罚决定书上注明。

公安机关交通管理部门按照简易程序作出处罚决定的，可以由一名交通警察实施。

交通警察应当在二日内将简易程序处罚决定书（一式三联）存档联交所属公安机关交通管理部门存档。

第九条 对违法行为人按照一般程序给予处罚的，应当按照下列程序制发道路交通安全违法行为处理通知书：

（一）口头告知其违法行为的基本事实、拟作出的处罚、依据及其依法享有的权利；

（二）听取违法行为人的陈述和申辩，违法行为人提出的事实、理由或者证据成立的，应当采纳；

（三）制作道路交通安全违法行为处理通知书；

（四）道路交通安全违法行为处理通知书应当由违法行为人签名、交通警察签名或者盖章、公安机关交通管理部门盖章。当事人拒绝签名的，交通警察应当在道路交通安全违法行为处理通知书上注明；

（五）将道路交通安全违法行为处理通知书当场交付当事人；当事人拒收的，交通警察应当在道路交通安全违法行为处理通知书上注明。

制发道路交通安全违法行为处理通知书，可以由一名交通警察实施。

交通警察应当在二十四小时内将道路交通安全违法行为处理通知书（一式二联）存档联交所属公安机关交通管理部门。

第二节　行政强制措施的现场适用

第十条　交通警察在执法过程中，因制止违法行为、避免危害发生、防止证据灭失的需要或者机动车驾驶人累积记分满12分的，可以依法采取下列行政强制措施：

（一）扣留车辆；

（二）扣留机动车驾驶证；

（三）拖移机动车；

（四）收缴非法装置；

（五）检验体内酒精、国家管制的精神药品、麻醉药品含量。

第十一条　需要采取扣留车辆、扣留机动车驾驶证、检验体内酒精、国家管制的精神药品、麻醉药品含量行政强制措施的，按照下列程序实施：

（一）口头告知违法行为人或者机动车所有人、管理人违法行为的基本事实、拟作出行政强制措施的种类、依据及其依法享有的权利；

（二）听取当事人的陈述和申辩，当事人提出的事实、理由或者证据成立的，应当采纳；

（三）制作行政强制措施凭证；

（四）行政强制措施凭证应当由当事人签名、交通警察签名或者盖章、公安机关交通管理部门盖章。当事人拒绝签名的，交通警察应当在行政强制措施凭证上注明；

（五）将行政强制措施凭证当场交付当事人。当事人拒收的，交通警察应当在行政强制措施凭证上注明。

公安机关交通管理部门作出行政强制措施决定的，可以由一名交通警察实施。

交通警察应当在二十四小时内将行政强制措施凭证（一式二联）存档联交所属公安机关交通管理部门。

第十二条　行政强制措施凭证应当载明下列事项：

（一）当事人基本情况和车辆牌号、类型；

（二）违法事实和采取行政强制措施的依据；

（三）申请行政复议或者提起行政诉讼的途径和期限；

（四）当事人签名；

（五）交通警察签名或者盖章，公安机关交通管理部门盖章；

（六）填发的日期。

第十三条 有下列情形之一的，因无其他机动车驾驶人代替驾驶、违法行为尚未消除、需要调查或者证据保全等原因不能立即放行的，可以扣留车辆：

（一）未悬挂机动车号牌，未放置检验合格标志、保险标志，或者未携带行驶证、机动车驾驶证的；

（二）具有使用伪造、变造或者其他车辆的机动车登记证书、号牌、行驶证、检验合格标志、保险标志嫌疑的；

（三）未按照规定投保机动车第三者责任强制保险的；

（四）公路客运车辆或者货运机动车超载的；

（五）具有被盗抢嫌疑的；

（六）机动车属于拼装或者已达到报废标准的；

（七）非机动车驾驶人拒绝接受罚款处罚的。

第十四条 交通警察应当在实施行政强制措施后二十四小时内，将被扣留车辆交到所属公安机关交通管理部门。

公安机关交通管理部门扣留车辆的，不得扣留车辆所载货物。对车辆所载货物应当通知当事人自行处理，当事人无法自行处理或者不自行处理的，应当记录并防止灭失。对容易腐烂、灭损或者不具备保管条件的其他物品，经县级以上公安机关交通管理部门负责人批准，可以在拍照或者录像后变卖，变卖所得按有关规定处理。

第十五条 需要对机动车来历证明进行调查核实的，扣留机动车时间不得超过十五日；需要延长的，经县级以上公安机关交通管理部门负责人批准，可以延长至三十日。但机动车驾驶人或者所有人、管理人在三十日内没有提供被扣留机动车合法来历证明、没有补办相应手续，或者不来接受处理的除外。

第十六条 有下列情形之一的，可以扣留机动车驾驶证：

（一）饮酒、醉酒后驾驶机动车的；

（二）机动车驾驶人将机动车交由未取得机动车驾驶证或者机动车驾驶证被吊销、暂扣的人驾驶的；

（三）机动车行驶超过规定时速百分之五十的；

（四）驾驶拼装或者已达到报废标准的机动车的；

（五）发生重大交通事故，构成犯罪的；

（六）在一个记分周期内累积记分达到12分的。

第十七条 交通警察应当在扣留机动车驾驶证后二十四小时内，将被扣留机动车驾驶证交到所属公安机关交通管理部门。

有第十六条第（一）、（二）、（三）、（四）、（五）项情形的，扣留机动车驾驶证至作出处罚决定之日；只对违法行为人作出罚款处罚的，作出处罚决定后，应当立即发还机动车驾驶证。有第十六条第（六）项情形的，扣留机动车驾驶证至考试合格之日。

第十八条 违反机动车停放、临时停车规定，驾驶人不在现场或者虽在现场但拒绝立即驶离，妨碍其他车辆、行人通行的，公安机关交通管理部门及其交通警察可以将机动车拖移至不妨碍交通的地点或者指定的地点。

第十九条 公安机关交通管理部门应当公开拖车查询电话，并通过标志牌或者其他方式告知当事人。当事人可以通过电话查询接受处理的地点、期限和被拖移机动车的停放地点。

第二十条 拖移机动车应当按照下列程序实施：

（一）因违反机动车停放、临时停车规定，驾驶人不在现场，妨碍其他车辆、行人通行时拖移机动车的，公安机关交通管理部门应当通过拍照等方式记录违法事实；

（二）将违反停车规定的机动车拖移至指定的地点；

（三）违法行为人接受处理后，应当及时发还机动车。

公安机关交通管理部门不得将车辆拖移至停车收费价格明显高于当地平均停车收费水平的停车场停放。

第二十一条 有下列情形之一的，可以收缴非法装置：

（一）非法安装警报器、标志灯具的；

（二）自行车、三轮车安装动力装置的；

（三）加装其他与注册登记项目不符且影响车辆安全的装置的。

第二十二条 交通警察收缴非法装置的，应当在二十四小时内，将被收缴的非法装置交到所属公安机关交通管理部门。对收缴的非法装置除作为证据保存外，经县级以上公安机关交通管理部门批准后，予以销毁。

第二十三条 车辆驾驶人有下列情形之一的，对其检验体内酒精、国家管制的精神药品、麻醉药品含量：

（一）对酒精呼吸测试的酒精含量有异议的；

（二）经呼吸测试超过醉酒临界值的；

（三）酒后驾驶车辆发生交通事故的；

（四）涉嫌服用国家管制的精神药品、麻醉药品后驾驶机动车的。

第二十四条 检验违法行为人体内酒精、国家管制的精神药品、麻醉药品含量的，应当按照下列程序实施：

（一）由交通警察将违法行为人带到医疗机构进行抽血或者提取尿液；

（二）对酒后行为失控的，可以使用约束带或者警绳等约束性警械；

（三）公安机关交通管理部门应当将抽取的血液或者提取的尿液及时送交有检验资格的机构进行检测，并将检测结果书面告知违法行为人。

检验违法行为人体内酒精、国家管制的精神药品、麻醉药品含量的，应当通知其家属。但无法通知的除外。

第三章　非现场处理程序

第一节　非现场处罚

第二十五条　根据交通技术监控记录资料，对违法的机动车所有人、管理人或者驾驶人处二百元以下罚款的，可以适用简易程序作出处罚决定。

依照法律、法规规定对违法行为人作出二百元（不含）以上罚款、暂扣或者吊销机动车驾驶证、对单位处以罚款的，应当进行调查，收集证据，并按照一般程序作出处罚决定。

第二十六条　根据交通技术监控记录资料，对违法的机动车所有人、管理人或者驾驶人处二百元以下罚款的，应当按照本规定第八条作出处罚决定。

公安机关交通管理部门应当提供交通技术监控资料记录的违法行为的查询方式供机动车所有人、管理人或者驾驶人查询。

第二十七条　按照一般程序作出处罚的，应当按照下列程序实施：

（一）询问当事人违法行为的基本情况，并制作笔录。当事人拒绝接受询问、签名或者盖章的，在询问笔录上注明；

（二）书面告知当事人违法行为的基本事实、拟作出的行政处罚、依据及其依法享有的权利；

（三）对当事人陈述、申辩进行复核。复核结果应当在笔录中注明，由当事人签名、复核人签名或者盖章、公安机关交通管理部门盖章；当事人拒绝签名的，在笔录上注明；

（四）制作公安交通管理行政处罚决定书；

（五）公安交通管理行政处罚决定书应当由当事人签名、公安机关交通管理部门盖章，当事人拒绝签名的，交通警察应当当场在公安交通管理行政处罚决定书上注明；

（六）公安交通管理行政处罚决定书应当在宣告后当场交付当事人。当事人不在场的，应当在七日内依照《公安机关办理行政案件程序规定》的有关规定，将公安交通管理行政处罚决定书送达当事人。

公安机关交通管理部门按照一般程序作出处罚决定的，应当由二名以上交通警察实施。

第二十八条 公安交通管理行政处罚决定书应当载明被处罚人的基本情况、车辆牌号、车辆类型、违法事实和证据、处罚的依据、处罚的种类、处罚机关名称及依法享有的复议、诉讼权利等内容，并由被处罚人签名、交通警察签名或者盖章、公安机关交通管理部门盖章。

第二十九条 公安机关交通管理部门对非本辖区（以设区的市为界，下同）机动车有违法行为记录的，可以将记录违法行为的信息、证据转至机动车号牌核发地公安机关交通管理部门。

机动车号牌核发地公安机关交通管理部门应当告知违法行为人或者机动车所有人、管理人违法行为的基本事实、拟作出的行政处罚、依据及其依法享有的权利，接受处理的地点、期限，不接受处理的后果。

违法行为人或者机动车所有人、管理人对事实无异议的，由机动车号牌核发地公安机关交通管理部门按本规定作出处罚决定。违法行为人或者机动车所有人、管理人对事实有异议的，核发地公安机关交通管理部门告知其到违法行为地公安机关交通管理部门接受处理。

第三十条 一人有两种以上违法行为的，分别裁决，合并执行，可以制作一份公安交通管理行政处罚决定书。但处罚主体不一致的，应当分别制作公安交通管理行政处罚决定书。

一人只有一种违法行为，同时并处两个以上处罚种类且涉及两个处罚主体的，应当分别制作公安交通管理行政处罚决定书。

第三十一条 对违法行为事实清楚，需要按照一般程序处以罚款的，应当自处理之时起二十四小时内作出处罚决定；处以暂扣机动车驾驶证的，应当自处理之日起三日内作出处罚决定；处以吊销机动车驾驶证的，应当自处理之日起七日内作出处罚决定。

第二节 收缴机动车、牌证和强制排除妨碍

第三十二条 公安机关交通管理部门对扣留的拼装或者已达到报废标准的机动车，经县级以上公安机关交通管理部门批准后，予以收缴并强制报废；有其他违法犯罪嫌疑的，移交公安机关有关部门处理。

第三十三条 伪造、变造或者使用伪造、变造的机动车登记证书、号牌、行驶证、检验合格标志、保险标志、机动车驾驶证或者使用其他车辆的机动车登记证书、号牌、行驶证、检验合格标志、保险标志，被收缴的，应当按照下列规定处理：

（一）对使用伪造、变造的机动车登记证书、号牌、行驶证、检验合格标志、保险标志、机动车驾驶证的，依法处罚后并予以销毁；

（二）对使用其他车辆的机动车登记证书、号牌、行驶证、检验合格标志、保险标志的，依法处罚后转至核发地车辆管理所；

有其他违法犯罪嫌疑的，移交公安机关有关部门处理。

第三十四条 拒不拆除在道路两侧及隔离带上种植树木、其他植物或者设置广告牌、管线等，遮挡路灯、交通信号灯、交通标志，妨碍安全视距的，公安机关交通管理部门应当向违法行为人送达排除妨碍通知书，规定履行期限，告知不履行的后果。违法行为人在规定期限内拒不履行的，予以处罚并强制排除妨碍。

第三十五条 强制排除妨碍，公安机关交通管理部门及其交通警察可以当场实施。无法当场实施的，按照下列程序实施：

（一）经公安机关交通管理部门负责人批准，可以委托或者组织没有利害关系的单位予以强制排除妨碍；

（二）执行强制排除妨碍时，公安机关交通管理部门应当派员到场进行监督。

第四章　处罚的执行

第三十六条 对行人、乘车人、非机动车驾驶人处以罚款，交通警察当场收缴的，交通警察应当在简易程序处罚决定书上注明，由被处罚人签名确认。被处罚人拒绝签名的，交通警察应当在处罚决定书上注明。

交通警察当场收缴罚款的，应当开具省、自治区、直辖市财政部门统一制发的罚款收据；不开具省、自治区、直辖市财政部门统一制发的罚款收据的，当事人有权拒绝缴纳罚款。

第三十七条 公安机关交通管理部门对非本辖区机动车驾驶人，给予暂扣机动车驾驶证处罚的，应当在作出处罚决定后十五日内，将公安交通管理转递通知书和机动车驾驶证转至核发地车辆管理所。

违法行为人要求不将机动车驾驶证转至核发地车辆管理所的，应当准许，并在行政处罚决定书上注明。

第三十八条 公安机关交通管理部门对机动车驾驶人，给予吊销机动车驾驶证处罚的，应当在作出处罚决定后十五日内，将公安交通管理转递通知书和机动车驾驶证转至核发地车辆管理所。

第五章　其 他 规 定

第三十九条 对违法行为需要记分的，记分分值标准按照《机动车驾驶证申领和使用规定》附件3执行。

对非本辖区机动车驾驶人的违法行为给予记分或者扣留机动车驾驶证的，作出决定的公安机关交通管理部门应当在二日内将违法行为信息转至机动车驾驶证核发地公安机关交通管理部门。

第四十条 因累积记分满 12 分被扣留机动车驾驶证的，经机动车驾驶证核发地车辆管理所考试合格后发还机动车驾驶证。

对非本辖区机动车驾驶人要求在违法行为地考试的，公安机关交通管理部门可以准许，考试合格后发还机动车驾驶证，并将考试合格的信息转至核发地公安机关交通管理部门。

机动车驾驶证核发地公安机关交通管理部门应当根据转递信息清除机动车驾驶人的累积记分。

第四十一条 公路客运车辆载客超过核定乘员、货运机动车超过核定载质量的，公安机关交通管理部门应当扣留机动车，并按照下列规定消除违法状态：

（一）违法行为人可以自行消除违法状态的，应当在公安机关交通管理部门的监督下，自行将超载的乘车人转运、货物卸载；

（二）违法行为人无法自行消除违法状态的，对超载的乘车人，公安机关交通管理部门应当及时通知有关部门联系转运；对超载的货物，应当在指定的场地卸载，并由违法行为人与指定场地的保管方签订卸载货物的保管合同。

消除违法状态的费用由违法行为人承担。违法状态消除后，应当立即发还被扣留的机动车。

第四十二条 机动车所有人以欺骗、贿赂等不正当手段取得机动车登记的，应当收缴机动车登记证书、号牌、行驶证，撤销机动车登记。

机动车驾驶人以欺骗、贿赂等不正当手段取得驾驶许可的，应当收缴机动车驾驶证，撤销机动车驾驶许可。

第四十三条 撤销机动车登记和驾驶许可的，按照下列程序实施：

（一）经设区的市公安机关交通管理部门负责人批准，制作撤销决定书送达违法行为人；

（二）将收缴的机动车登记证书、号牌、行驶证、机动车驾驶证连同撤销决定书转至核发地车辆管理所；

（三）无法收缴的，公告作废。

第四十四条 简易程序案卷包括简易程序处罚决定书。一般程序案卷包括行政强制措施凭证（道路交通安全违法行为处理通知书）、证据材料、行政处罚决定书。

在处理违法行为过程中形成的其他文书应当一并存入案卷。

第四十五条 对违法行为人给予行政处罚、采取行政强制措施和撤销机动车登记或者机动车驾驶许可的，按照本规定文书要求或者所附文书式样填发。其他文书，按照公安部制定的统一文书式样填发。

法律文书可以用电子文档保存。

第六章　附　　则

第四十六条　本规定中下列用语的含义：

（一）“违法行为人”，是指违反道路交通安全法律、法规规定的公民、法人及其他组织。

（二）“违法行为地”，包括违法行为发生地、违法行为发现地。

（三）“县级以上公安机关交通管理部门”，是指县级以上公安机关交通管理部门或者相当于同级的公安机关交通管理部门。“设区的市公安机关交通管理部门”，是指设区的市公安机关交通管理部门或者相当于同级的公安机关交通管理部门。

第四十七条　本规定没有规定的违法行为处理程序，依照《公安机关办理行政案件程序规定》执行。

第四十八条　本规定所称以上、以下，除特别注明的外，包括本数在内。

本规定所称的“二日”、“三日”、“五日”、“七日”、“十五日”，是指工作日，不包括节假日。

第四十九条　本规定自2004年5月1日起施行。1999年12月10日公安部发布的《交通违章处理程序规定》（公安部第46号令）同时废止。2004年4月30日前公安部发布的其他规定与本规定不一致的，以本规定为准。

附件：（略）

公安部关于下发《交通违法行为代码》的通知

（2004年7月5日　公交管〔2004〕118号）

各省、自治区、直辖市公安厅、局，交通管理局、处：

为贯彻实施《道路交通安全法》和《道路交通安全法实施条例》，规范道路交通安全违法处理行为，统一信息数据交换平台，我局组织编制的中华人民共和国公共安全行业标准《道路交通违法管理信息代码第1部分：交通违法行为代码》已经完成报批稿。考虑到各地实际工作需要，现将《交通违法行为代码》印发给你们（以公布的标准为准），请各地结合本地实际情况，认真贯彻执行，并将执行中遇到的问题及时反馈我局。

交通违法行为代码

1　代码的结构和表示形式

代码的结构

本代码由四位数学组成，按交通法中通行原则进行分类，排列顺序从左到右依次为一位行为分类代码，一位计分分类代码，二位数字顺序码。具体结构如下：

行为分类代码

表示在道路交通法中的所处的分类代码，见表1。

表1　行为分类代码

行为分类	第一位代码
机动车通行	1
非机动车通行	2
行人、乘车人通行	3
高速公路通行	4
其他规定	5
省、自治区、直辖市的实施细则规定	7
各市（地区、自治州、盟）的地方法规	8

记分分类代码

表示交通违法行为记分的分类代码，见表2。

表2　记分分类代码

记分分类	第二位代码
不记分	0
记1分	1
记2分	2
记3分	3
记6分	6
记12分	7

顺序码

表示在同一行为分类中出现的行为的顺序码。

2　**代码表**

违法行为代码见表3。

表3 违法行为代码表

代码	违法行为	依据	记分分值	罚款金额（元）	行政处罚	其它措施
	机动车通行					
1001	驾驶拼装的机动车上道路行驶的	《法》第100条第2款		200～2000	吊销	收缴、强制报废
1002	驾驶已达报废标准的车辆上道路行驶的	《法》第100条第2款		200～2000	吊销	收缴、强制报废
1003	造成交通事故后逃逸的，构成犯罪的	《法》第101条第2款			吊销	终身禁驾
1004	违反道路交通安全法律、法规的规定，发生重大事故，构成犯罪的	《法》第101条第1款			吊销	
1005	未取得驾驶证驾驶机动车的	《法》第99条第1项第1种行为		200～2000	可以并处拘留15天以下	
1006	驾驶证被吊销期间驾驶机动车的	《法》第99条第1项第2种行为		200～2000	可以并处拘留15天以下	
1007	把机动车交给未取得机动车驾驶证的人驾驶的	《法》第99条第2项第1种行为		200～2000	可以并处吊销	
1008	把机动车交给机动车驾驶证被吊销的人驾驶的	《法》第99条第2项第2种行为		200～2000	可以并处吊销	
1009	把机动车交给机动车驾驶证被暂扣的人驾驶的	《法》第99条第2项第3种行为		200～2000	可以并处吊销	
1010	驾驶人在驾驶证超过有效期仍驾驶机动车的	《条例》第28条第3种行为、《法》第99条第1项		200～2000	可以并处拘留15天以下	
1011	非法安装警报器的	《法》第97条第1款第1种行为、《法》第15条		200～2000		强制拆除、收缴
1012	非法安装标志灯具的	《法》第97条第1款第2种行为、《法》第15条		200～2000		强制拆除、收缴

代码	违法行为	依据	记分分值	罚款金额（元）	行政处罚	其它措施
1013	驾驶证丢失期间仍驾驶机动车的	《条例》第28条第1种行为、《法》第90条、95条		20～200		扣车
1014	驾驶证损毁期间仍驾驶机动车的	《条例》第28条第2种行为、《法》第90条		20～200		
1015	驾驶证被依法扣留期间仍驾驶机动车的	《条例》第28条第4种行为、《法》第90条、95条		20～200		扣车
1016	违法记分达到12分仍驾驶机动车的	《条例》第28条第6种行为、《法》第90条		20～200		扣车
1017	不按规定投保机动车第三者责任险的	《法》第98条第1款		2倍保费		扣车
1018	机动车不在机动车道内行驶的	《法》第36条第1种行为、第90条		20～200		
1019	机动车违反规定使用专用车道的	《法》第37条、第90条		20～200		
1020	机动车驾驶人不服从交警指挥的	《法》第38条第1种行为、第90条		20～200		
1021	遇前方机动车停车排队等候或者缓慢行驶时，从前方车辆两侧穿插行驶的	《法》第45条第1款、第90条、《条例》第53条第2款第1种行为		20～200		
1022	遇前方机动车停车排队等候或者缓慢行驶时，从前方车辆两侧超越行驶的	《法》第45条第1款、第90条、《条例》第53条第2款第2种行为		20～200		
1023	遇前方机动车停车排队等候或者缓慢行驶时，未依次交替驶入车道减少后的路口、路段的	《法》第45条第2款、第90条、《条例》第53条第3款		20～200		

代码	违法行为	依　据	记分分值	罚款金额（元）	行政处罚	其它措施
1024	在没有交通信号灯、交通标志、交通标线或者交警指挥的交叉路口遇到停车排队等候或者缓慢行驶时，机动车未依次交替通行的	《法》第45条第2款第2种行为、第90条		20~200		
1025	遇前方机动车停车排队等候或者缓慢行驶时，在人行横道、网状线区域内停车等候的	《条例》第53条第2款第2种行为、《法》第90条		20~200		
1026	行经铁路道口，不按规定通行的	《法》第46条、第90条		20~200		
1027	机动车载货长度、宽度、高度超过规定的	《法》第48条第1款第1种、第90条、《条例》第54条第1款		20~200		
1028	机动车载物行驶时遗洒、飘散载运物的	《法》第48条第1款第2种行为、第90条《条例》第62条第5项第1种行为		20~200		
1029	运载超限物品时不按规定的时间、路线、速度行驶的	《法》第48条第2款第1种行为、第90条		20~200		
1030	运载超限物品时未悬挂明显标志的	《法》第48条第2款第2种行为、第90条		20~200		
1031	运载危险物品未经批准的	《法》第48条第3款第1种行为、第90条		20~200		
1032	运载危险物品时不按规定的时间、路线、速度行驶的	《法》第48条第3款第2种行为、第90条		20~200		
1033	运载危险物品时未悬挂警示标志的	《法》第48条第3款第3种行为、第90条		20~200		

代码	违法行为	依　据	记分分值	罚款金额（元）	行政处罚	其它措施
1034	运载危险物品时未采取必要的安全措施的	《法》第48条第3款第4种行为、第90条		20～200		
1035	客运机动车违反规定载货的	《法》第49条第2种行为、第90条、《条例》第54条第2款		20～200		
1036	货运机动车违反规定载人的	《法》第50条、第90条、《条例》第55条第2项		20～200		
1037	未将故障车辆移到不妨碍交通的地方停放的	《法》第52条第1种行为、《法》第90条		20～200		
1038	不避让正在作业的道路养护车、工程作业车的	《法》第54条第1款、第90条		20～200		
1039	机动车违反规定停放、临时停车且驾驶人不在现场或驾驶人虽在现场拒绝立即驶离，妨碍其它车辆、行人通行的	《法》第56条第1款、第93条第2款、第90条、《条例》第63条		20～200		可以拖移机动车
1040	机动车喷涂、粘贴标识或者车身广告影响安全驾驶的	《条例》第13条第3款、《法》第90条		20～200		
1041	道路养护施工作业车辆、机械作业时未开启示警灯和危险报警闪光灯的	《条例》第35条第1款、《法》第90条		20～200		
1042	机动车不按规定车道行驶的	《条例》第44条第1款、《法》第90条		20～200		
1043	变更车道时影响正常行驶的机动车的	《条例》第44条第2款、《法》第90条		20～200		
1044	在禁止掉头或者禁止左转弯标志、标线的地点掉头的	《条例》第49条第1款第1种行为、《法》第90条		20～200		

代码	违法行为	依　据	记分分值	罚款金额（元）	行政处罚	其它措施
1045	在容易发生危险的路段掉头的	《条例》第49条第1款、第2种行为、《法》第90条		20～200		
1046	掉头时妨碍正常行驶的车辆和行人通行的	《条例》第49条第2款、《法》第90条		20～200		
1047	机动车未按规定鸣喇叭示意的	《条例》第59条第2款、《法》第90条		20～200		
1048	在禁止鸣喇叭的区域或者路段鸣喇叭的	《条例》第62条第8项、《法》第90条		20～200		
1049	在机动车驾驶室的前后窗范围内悬挂、放置妨碍驾驶人视线的物品的	《条例》第62条第2项、《法》第90条		20～200		
1050	机动车行经漫水路或漫水桥时未低速通过的	《条例》第64条、《法》第90条		20～200		
1051	机动车载运超限物品行经铁路道口时不按指定的道口、时间通过的	《条例》第65条第1款、《法》第90条		20～200		
1052	机动车载运超限物品行经铁路道口时不按指定的时间通过的	《条例》第65条第1款、《法》第90条		20～200		
1053	机动车行经渡口，不服从渡口管理人员指挥，不依次待渡的	《条例》第65条第2款、第1种行为、《法》第90条		20～200		
1054	上下渡船时，不低速慢行的	《条例》第65条第2款第2种行为、《法》第90条		20～200		
1055	特种车辆违反规定使用警报器的	《法》第53条第2款第1种行为、第90条、《条例》第66条		20～200		

代码	违法行为	依据	记分分值	罚款金额（元）	行政处罚	其它措施
1056	特种车辆违反规定使用标志灯具的	《法》第53条第2款、第2种行为、第90条、《条例》第66条		20～200		
1057	机动车在单位院内居民居住区内不低速行驶的	《条例》第67条第1种行为、《法》第90条		20～200		
1058	机动车在单位院内居民居住区内不避让行人的	《条例》第67条第2种行为、《法》第90条		20～200		
1059	驾驶摩托车手离车把的	《条例》第62条第6项第1种行为、《法》第90条		20～200		
1060	驾驶摩托车在车把上悬挂物品的	《条例》第62条第6项第2种行为、《法》第90条		20～200		
1061	拖拉机驶入大中城市中心城区内道路的	《法》第55条第1款第2种行为、第90条		20～200		
1062	拖拉机驶入其它禁止通行道路的	《法》第55条第1款第3种行为、第90条		20～200		
1063	拖拉机载人的	《法》第55条第2款、第90条		20～200		
1064	拖拉机牵引多辆挂车的	《条例》第56条第1项第3种行为、《法》第90条		20～200		
1065	学习驾驶人不按指定路线上道路学习驾驶的	《条例》第20条第2款第1种行为、《法》第90条		20～200		
1066	学习驾驶人不按指定时间上道路学习驾驶的	《条例》第20条第2款第2种行为、《法》第90条		20～200		

代码	违法行为	依　据	记分分值	罚款金额（元）	行政处罚	其它措施
1067	学习驾驶人使用非教练车上道路驾驶的	《条例》第20条第2款第3种行为、《法》第90条		20～200		
1068	学习驾驶人在教练不随车指导下上道路驾驶车辆的	《条例》第20条第2款第4种行为、《条例》第104条第4项、《法》第90条		20～200		
1069	使用教练车时有与教学无关的人员乘坐的	《条例》第20条第2款第5种行为、《法》第90条		20～200		
1070	实习期内未粘贴或悬挂实习标志的	《条例》第22条第2款、《法》第90条		20～200		
1071	上道路行驶的机动车未放置检验合格标志的	《法》第95条第1款第2种行为、第90条		20～200		扣车
1072	驾驶安全设施不全的机动车的	《法》第21条第1种行为、第90条		20～200		
1073	驾驶机件不符合技术标准的机动车的	《法》第21条第2种行为、第90条		20～200		
1101	驾驶人未按规定使用安全带的	《法》第51条第1种行为、第90条	1	20～200		
1102	不按规定使用灯光的	《法》第90条、《条例》第47条、48条第5项、51条第3项、57条、58条、59条第1款、61条第51项	1	20～200		
1103	不按规定会车的	《法》第90条、《条例》第48条	1	20～200		
1104	不按规定倒车的	《法》第90条、《条例》第50条	1	20～200		
1105	摩托车后座乘坐不满十二周岁未成年人的	《法》第90条、《条例》第55条第3项第1种行为	1	20～200		

代码	违法行为	依　据	记分分值	罚款金额（元）	行政处罚	其它措施
1106	驾驶轻便摩托车载人的	《法》第90条、《条例》第55条第3项第2条行为	1	20～200		
1107	在车门、车厢没有关好的行车的	《法》第90条、《条例》第62条第1项	1	20～200		
1108	上道路行驶的机动车未放置保险标志的	《法》第95条第1款第3种行为、第90条	1	20～200		扣车
1109	未随车携带行驶证的	《法》第95条第1款第4种行为、第90条	1	20～200		扣车
1110	未随车携带驾驶证的	《法》第95条第1款第5种行为、《法》第90条	1	20～200		扣车
1201	机动车载物超过核定载质量未达30%的	《法》第48条第1款第1种行为、第92条第2款第1种行为、第90条	2	200～500		
1202	公路客运车辆载额超过核定载客人数未达20%的	《法》第92条第1款第1种行为	2	200～500		
1203	机动车在没有划分机动车道、非机动车道和人行道的道路上，不在道路中间通行的	《法》第36条第2种行为、《法》第90条	2	20～200		
1204	行经人行横道，未减速行驶的	《法》第47条第1款第1种行为、《法》第90条	2	20～200		
1205	遇行人正在通过人行横道时未停车让行的	《法》第47条第1款第2种行为、《法》第90条	2	20～200		
1206	行经没有交通信号的道路时，遇行人横过道路未避让的	《法》第47条第2款、《法》第90条	2	20～200		

代码	违法行为	依　据	记分分值	罚款金额（元）	行政处罚	其它措施
1207	驾驶摩托车时驾驶人未按规定戴安全头盔的	《法》第51条第3种行为、《法》第90条	2	20~200		
1208	机动车通过有灯控路口时，不按所需行进方向驶入导向车道的	《条例》第51条第1项、《法》第90条	2	20~200		
1209	左转弯时，未靠路口中心点左侧转变的	《条例》第51条第3项第1种行为、《法》第90条	2	20~200		
1210	通过路口遇放行信号不依次通过的	《条例》第51条第4项、《法》第90条	2	20~200		
1211	通过路口遇停止信号时，停在停止线以内或路口内的	《条例》第51条第5项、《法》第90条	2	20~200		
1212	通过路口向右转弯遇同车道内有车等候放行信号时，不依次停车等候的	《条例》第51条第6项、《法》第90条	2	20~200		
1213	牵引故障机动车时，被牵引的机动车除驾驶人外载人的	《条例》第61条第1项第1种行为、《法》第90条	2	20~200		
1214	牵引故障机动车时，被牵引的机动车拖带挂车的	《条例》第61条第1项第2种行为、《法》第90条	2	20~200		
1215	牵引故障机动车时，被牵引的机动车宽度大于牵引的机动车的	《条例》第61条第2项、《法》第90条	2	20~200		
1216	使用软连接装置牵引故障机动车时，牵引车与被牵引车之间未保持安全距离的	《条例》第61条第3项、《法》第90条	2	20~200		
1217	牵引制动失效的被牵引车，未使用硬连接牵引装置的	《条例》第61条第4项、《法》第90条	2	20~200		

代码	违法行为	依　据	记分分值	罚款金额（元）	行政处罚	其它措施
1218	使用汽车吊车牵引车辆的	《条例》第61条第2款第1种行为、《法》第90条	2	20～200		
1219	使用轮式专用机械牵引车辆的	《条例》第61条第2款第2种行为、《法》第90条	2	20～200		
1220	使用摩托车牵引车辆的	《条例》第61条第2款第3种行为、《法》第90条	2	20～200		
1221	牵引摩托车的	《条例》第61条第2款第4种行为、《法》第90条	2	20～200		
1222	未使用专用清障车拖曳转向或照明、信号装置失效的机动车的	《条例》第61条第3款、《法》第90条	2	20～200		
1223	驾驶时拨打接听手持电话的	《条例》第62条第3项第1种行为、《法》第90条	2	20～200		
1224	驾驶时观看电视的	《条例》第62条第3项第2种行为、《法》第90条	2	20～200		
1225	驾驶时有其他妨碍安全行车的行为的	《条例》第62条第3项第3种行为、《法》第90条	2	20～200		
1226	连续驾驶机动车超过4小时未停车休息或停车休息时间少于20分钟的	《条例》第62条第7项、《法》第90条	2	20～200		
1227	在同车道行驶中，不按规定与前车保持必要的安全距离的	《法》第43条第1项、《法》第90条	2	20～200		
1228	路口遇有交通阻塞时未依次等候的	《条例》第53条第1款、《法》第90条	2	20～200		
1229	机动车违反禁令标志指示的	《法》第90条	2	20～200		

代码	违法行为	依　据	记分分值	罚款金额（元）	行政处罚	其它措施
1230	机动车违反禁止标线指示的	《法》第90条	2	20~200		
1231	机动车违反警告标志指示的	《法》第90条	2	20~200		
1232	机动车违反警告标线指示的	《法》第90条	2	20~200		
1233	实习期内驾驶公共汽车的	《条例》第22条第3款第1种行为、《法》第90条	2	20~200		
1234	实习期内驾驶营运客车的	《条例》第22条第3款第2种行为、《法》第90条	2	20~200		
1235	实习期内驾驶执行任务的特种车辆的	《条例》第22条第3款第3种行为、《法》第90条	2	20~200		
1236	实习期内驾驶载有危险物品的机动车的	《条例》第22条第3款第4种行为、《法》第90条	2	20~200		
1237	实习期内驾驶的机动车牵引挂车的	《条例》第22条第3款第5种行为、《法》第90条	2	20~200		
1238	机动车载人超过核定人数的	《法》第49条第1种行为、第90条、《条例》第55条第1项	2	20~200		
1301	机动车逆向行驶的	《法》第35条第1种行为、《法》第90条	3	20~200		
1302	机动车不按交通信号灯规定通行的	《法》第38条第1种行为、第90条、《条例》第38、40、41、42、43条	3	20~200		

代码	违法行为	依　　据	记分分值	罚款金额（元）	行政处罚	其它措施
1303	机动车行驶超过规定时速50%以下的	《法》第42条第1款、第90条、《条例》第45条、46条	3	20～200		
1304	从前车右侧超车的	《条例》第47条第4种行为、《法》第90条	3	20～200		
1305	前车左转弯时超车的	《法》第43条第1项第1种行为、第90条	3	20～200		
1306	前车掉头时超车的	《法》第43条第1项第2种行为、第90条	3	20～200		
1307	前车超车时超车的	《法》第43条第1项第3种行为、第90条	3	20～200		
1308	与对面来车有会车可能时超车的	《法》第43条第2项、第90条	3	20～200		
1309	超越执行紧急任务的警车、消防车、救护车、工程救险车的	《法》第43条第3项、第90条	3	20～200		
1310	在铁路道口、路口、窄桥、弯道、陡坡、隧道、人行横道、交通流量大的路段等地点超车的	《法》第43条第4项第1种行为、第90条	3	20～200		
1311	车辆在道路上发生故障或事故后，妨碍交通又难以移动的，不按规定设置警告标志或未按规定使用警示灯光的	《法》第52条第2种行为、第90条、《条例》第60条	3	20～200		
1312	准备进入环形路口不让已在路口内的机动车先行的	《条例》第51条第2项、《法》第90条	3	20～200		

代码	违法行为	依　据	记分分值	罚款金额（元）	行政处罚	其它措施
1313	转弯的机动车未让直行的车辆、行人先行的	《条列》第51条第7项第1种行为、第52条第3项、《法》第90条	3	20～200		
1314	相对方向行驶的右转弯机动车不让左转弯车辆先行的	《条例》第51条第7项第2种行为、第52条第4项、《法》第90条	3	20～200		
1315	机动车通过无灯控或交警指挥的路口、不按交通标志、标线指示让优先通行的一方先行的	《条例》第52条第1项、《法》第90条	3	20～200		
1316	机动车通过无灯控、交警指挥、交通标志标线控制的路口，不让右方道路的来车先行的	《条例》第52条第2项、《法》第90条	3	20～200		
1317	载货汽车牵引多辆挂车的	《条例》第56条第1项第1种行为、《法》第90条	3	20～200		
1318	半挂牵引车牵引多辆挂车的	《条例》第56条第1项第2种行为、《法》第90条	3	20～200		
1319	挂车的灯光信号、制动、连接、安全防护等装置不符合国家标准的	《条例》第56条第1项第4种行为、《法》第90条	3	20～200		
1320	小型载客汽车牵引旅居挂车以外的且总质量700千克以上挂车的	《条例》第56条第2项第1种行为、《法》第90条	3	20～200		
1321	挂车载人的	《条例》第56条第2项第2种行为、《法》第90条	3	20～200		
1322	载货汽车牵引挂车的载质量超过汽车本身的载质量的	《条例》第56条第3项第1种行为、《法》第90条	3	20～200		

代码	违法行为	依　　据	记分分值	罚款金额（元）	行政处罚	其它措施
1323	大型载客汽车牵引挂车的	《条例》第56条第2款第1种行为、《法》第90条	3	20～200		
1324	中型载客汽车牵引挂车的	《条例》第56条第2款第2种行为、《法》第90条	3	20～200		
1325	低速载货汽车牵引挂车的	《条例》第56条第2款第3种行为、《法》第90条	3	20～200		
1326	三轮机动车汽车牵引挂车的	《条例》第56条第2款第4种行为、《法》第90条	3	20～200		
1327	机动车在发生故障或事故后，不按规定使用灯光的	《条例》第60条、《法》第90条	3	20～200		
1328	驾驶机动车下陡坡时熄火、空档滑行的	《条例》第62条第4项、《法》第90条	3	20～200		
1329	故意遮挡机动车号牌的	《法》第95条第2款第1种行为、第90条	3	20～200		
1330	故意污损机动车号牌的	《法》第95条第2款第2种行为、第90条	3	20～200		
1331	不按规定安装机动车号牌的	《法》第95条第2款第3种行为、第90条	3	20～200		
1332	上道路行驶的机动车未悬挂机动车号牌的	《法》第95条第1款第1种行为、第90条	3	20～200		扣车
1333	不避让执行任务的特种车辆的	《法》第53条第1款、第90条	3	20～200		

代码	违法行为	依　据	记分分值	罚款金额（元）	行政处罚	其它措施
1334	机动车不避让盲人的	《法》第64条第2款第2种行为、第90条	3	20～200		
1601	公路客运车辆载客超过额定乘员20%的	《法》第92条第1款第2种行为	6	500～2000		扣车
1602	机动车载物超过核定载质量30%的	《法》第92条第2款第2种行为	6	500～2000		扣车
1603	机动车行驶超过规定时速50%的	《法》第99条第1款第4项	6	200～2000	可以并处吊销	
1604	饮酒后驾驶机动车的	《法》第91条第1款第1种行为	6	200～500	暂扣1～3月	
1605	饮酒后驾驶营运机动车的	《法》第91条第2款第1种行为	6	500	暂扣3月	
1606	公路客运车辆违反规定载货的	《法》第92条第1款	6	500～2000		
1607	货运机动车违反规定载客的	《法》第50条第1款、《法》第92条第2款、《条例》第55条第2项	6	500～2000		
1701	使用他人机动车驾驶证驾驶机动车的	《法》第19条第1款、《条例》第28条、第90条	12	20～200		
1702	醉酒后驾驶机动车的	《法》第91条第1款第2种行为	12	并处500～2000	暂扣3～6个月拘留15天以下	
1703	醉酒后驾驶营运机动车的	《法》第91条第2款第2种行为	12	并处2000	暂扣6个月拘留15天以下	
1704	在驾驶证暂扣期间仍驾驶机动车的	《法》第99条第1款第3种行为、《条例》第28条第5种行为	12	200～2000	可以并处拘留15天以下	

代码	违法行为	依　据	记分分值	罚款金额（元）	行政处罚	其它措施
1705	造成交通事故后逃逸，尚不构成犯罪的	《法》第99条第3项	12	200～2000	可以并处拘留15天以下	
1706	机动车违反交通管制规定强行通行，不听劝阻的	《法》第99条第6项	12	200～2000	可以并处拘留15天以下	
1707	逾期3个月未缴纳罚款的	《法》第108条第1款	12			扣证
1708	连续两次逾期未缴纳罚款的	《法》第108条第1款	12			扣证
1709	驾驶与驾驶证载明的准驾车型不相符合的车辆的	《法》第19条第4款、第99条第1款第1种行为、《条例》第104条第2项	12	200～2000	可以并处拘留15天以下	
	非机动车通行					
2001	非机动车造成交通事故后逃逸，尚不构成犯罪的	《法》第99条第3项		200～2000	可以并处拘留15天以下	
2002	非机动车违反交通管制的规定强行通行，不听劝阻的	《法》第99条第6项		200～2000	可以并处拘留15天以下	
2003	非机动车未依法登记，上道路行驶的	《法》第18条第1款		5～50		
2004	非机动车逆向行驶的	《法》第35条第2种行为、89条		5～50		
2005	没有非机动车道的道路上，非机动车不靠车行道右侧行驶的	《法》第36条、第57条第2种行为、89条		5～50		
2006	非机动车违反规定使用其他车辆专用车道的	《法》第37条第2种行为、89条		5～50		

代码	违法行为	依　据	记分分值	罚款金额（元）	行政处罚	其它措施
2007	非机动车不按照交通信号规定通行的	《法》第38条第1种行为、《条例》第38条、40条、41条、42条、43条、89条		5～50		
2008	非机动车驾驶人不服从交警指挥的	《法》第38条第2种行为、89条		5～50		
2009	非机动车未在非机动车道内行驶的	《法》第57条第1种行为、89条		5～50		
2010	醉酒驾驶、驾驭非机动车、畜力车的	《条例》第72条第3项、第73条第1项、89条		5～50		
2011	驾驶残疾人机动轮椅车超速行驶的	《法》第58条第1种行为、89条		5～50		
2012	驾驶电动自行车超速行驶的	《法》第58条第2种行为、89条		5～50		
2013	非机动车不按规定载物的	《条例》第71条、《法》89条		5～50		
2014	非机动车不在规定地点停放的	《法》第59条第1种行为、89条		5～50		
2015	非机动车停放时妨碍其他车辆和行人通行的	《法》第59条第2种行为、89条		5～50		
2016	非机动车通过路口，转弯的非机动车不让直行的车辆、行人优先通行的	《条例》第68条第1项、《法》89条		5～50		
2017	非机动车通过路口，遇有前方路口交通阻塞时，强行进入的	《条例》第68条第2项、《法》89条		5～50		
2018	非机动车通过路口，向左转弯时，不靠路口中心点右侧转弯的	《条例》第68条第3项、《法》89条		5～50		
2019	非机动车遇停止信号时，停在停止线以内或路口内的	《条例》第68条第4项、《法》89条		5～50		

代码	违法行为	依　据	记分分值	罚款金额（元）	行政处罚	其它措施
2020	非机动车向右转弯遇同车道内有车等候放行信号不能转弯时，不依次等候的	《条例》第68条第5项、《法》89条		5～50		
2021	行经无灯控或交警指挥的路口，不让标志、标线指示优先通行的一方先行的	《条例》第69条第1项、《法》89条		5～50		
2022	行经无灯控、交警指挥或标志、标线控制的路口，无交通标志标线，不让右方道路的来车先行的	《条例》第69条第2项、《法》89条		5～50		
2023	行经无灯控或交警指挥的路口，右转弯的非机动车不让左转弯的车辆先行的	《条例》第69条第3项、《法》89条		5～50		
2024	驾驶自行车、电动自行车、三轮车在路段上横过机动车道时不下车推行的	《条例》第70条第1款第1种行为、《法》89条		5～50		
2025	有人行横道时，非机动车不从人行横道横过机动车道的	《条例》第70条第1款第2种行为、《法》89条		5～50		
2026	有行人过街设施时，非机动车不从行人过街设施横过机动车道的	《条例》第70条第1款第3种行为、《法》89条		5～50		
2027	非机动车借道行驶后不迅速驶回非机动车道的	《条例》第70条第2款、《法》89条		5～50		
2028	非机动车转弯时未减速慢行，伸手示意，突然猛拐的	《条例》第72条第4项第1种行为、《法》89条		5～50		
2029	非机动车超车时妨碍被超越的车辆行驶的	《条例》第72条第4项第2种行为、《法》89条		5～50		

代码	违法行为	依　据	记分分值	罚款金额（元）	行政处罚	其它措施
2030	驾驶非机动车牵引车辆的	《条例》第72条第5项第1种行为、《法》89条		5~50		
2031	驾驶非机动车攀扶车辆的	《条例》第72条第5项第2种行为、《法》89条		5~50		
2032	非机动车被其他车辆牵引的	《条例》第72条第5项第3种行为、《法》89条		5~50		
2033	驾驶非机动车时双手离把的	《条例》第72条第5项第4种行为、《法》89条		5~50		
2034	驾驶非机动车时手中持物的	《条例》第72条第5项第5种行为、《法》89条		5~50		
2035	驾驶非机动车时扶身并行的	《条例》第72条第6项第1种行为、《法》89条		5~50		
2036	驾驶非机动车时互相追逐的	《条例》第72条第6项第2种行为、《法》89条		5~50		
2037	驾驶非机动车时曲折竟驶的	《条例》第72条第6项第3种行为、《法》89条		5~50		
2038	在道路上骑独轮自行车的	《条例》第72条第7项第1种行为、《法》89条		5~50		
2039	在道路上骑2人以上骑行的自行车的	《条例》第72条第7项第2种行为、《法》89条		5~50		
2040	非下肢残疾的人驾驶残疾人机动轮椅车的	《条例》第72条第8项、《法》89条		5~50		

代码	违法行为	依据	记分分值	罚款金额（元）	行政处罚	其它措施
2041	自行车加装动力装置的	《条例》第72条第9项第1种行为、《法》89条		5~50		
2042	三轮车加装动力装置的	《条例》第72条第9项第2种行为、《法》89条		5~50		
2043	在道路上学习驾驶非机动车的	《条例》第72条第10项、《法》89条		5~50		
2044	非机动车不避让盲人的	《法》第64条第2款第2种行为、《法》89条		5~50		
2045	驾驭畜力车横过道路时，驾驭人未下车牵引牲畜的	《法》第60条、89条		5~50		
2046	畜力车并行的	《条例》第73条第2项第1种行为、《法》89条		5~50		
2047	驾驶畜力车时驾驭人离开车辆的	《条例》第73条第2项第2种行为、《法》89条		5~50		
2048	驾驶畜力车时在容易发生危险的路段超车时	《条例》第73条第3项第1种行为、《法》89条		5~50		
2049	驾驶两轮畜力车不下车牵引牲畜的	《条例》第73条第3项第2种行为、《法》89条		5~50		
2050	使用未经驯服的牲畜驾车的	《条例》第73条第4项第1种行为、《法》89条		5~50		
2051	随车幼畜未拴系的	《条例》第73条第4项第2种行为、《法》89条		5~50		

代码	违法行为	依　据	记分分值	罚款金额（元）	行政处罚	其它措施
2052	停放畜力车时未拉紧车闸的	《条例》第73条第5项第1种行为、《法》89条		5~50		
2053	停放畜力车时未拴系牲畜的	《条例》第73条第5项第2种行为、《法》89条		5~50		
2054	未满12周岁驾驶自行车、三轮车的	《条例》第72条第1项、《法》89条		5~50		
2055	未满16周岁驾驶、驾驭电动自行车、残疾人机动轮椅、畜力车的	《条例》第72条第2项、《法》89条		5~50		
	行人和乘车人通行					
3001	行人违反交通信号通行的	《法》第38条、第62条、89条、《条例》第38条第2款、39条、43条		5~50		
3002	行人不服从交警指挥的	《法》第38条第3种行为、89条		5~50		
3003	行人不在人行道内行走的	《法》第61条、89条		5~50		
3004	行人在没有划分机动车道、非机动车道和人行道的道路上，不靠路边行走的	《法》第36条、61条、89条		5~50		
3005	行人横过道路未走人行横道或过街设施的	《法》第62条、89条、《条例》第75条第1种、第2种行为		5~50		
3006	行人跨越道路隔离设施的	《法》第63条第1种行为、89条		5~50		
3007	行人倚坐道路隔离设施的	《法》第63条第2种行为、89条		5~50		
3008	行人扒车的	《法》第63条第3种行为、89条		5~50		

代码	违法行为	依　据	记分分值	罚款金额（元）	行政处罚	其它措施
3009	行人强行拦车的	《法》第63条第4种行为、89条		5~50		
3010	行人实施其他妨碍交通安全的行为的	《法》第63条第5种行为、89条		5~50		
3011	学龄前儿童以及不能辨认或不能控制自己行为的精神疾病患者、智力障碍者在道路上通行时，没有其监护人或对其负有管理职责的人带领的	《法》第64条第1款、《法》89条		5~50		
3012	盲人在道路上通行，未使用导盲手段的	《法》第64条第2款第1种行为、89条		5~50		
3013	行人不按规定通过铁路道口的	《法》第65条、89条		5~50		
3014	在道路上使用滑行工具的	《条例》第74条第1项、《法》89条		5~50		
3015	行人在车行道内坐卧、停留、嬉闹的	《条例》第74条第2项、《法》89条		5~50		
3016	行人有追车、抛物击车等妨碍道路交通安全的行为的	《条例》第74条第1项、《法》89条		5~50		
3017	行人不按规定横过机动车道的	《法》第62条、89条、《条例》第75条第3种行为		5~50		
3018	行人列队在道路上通行时每横列超过2人的	《条例》第76条、《法》89条		5~50		
3019	机动车行驶时，乘坐人员未按规定使用安全带的	《法》第51条第1种行为、89条		5~50		
3020	乘坐摩托车不戴安全头盔的	《法》第51条第2种行为、89条		5~50		
3021	乘车人携带易燃、易爆等危险物品的	《法》第66条第1种行为、89条		5~50		
3022	乘车人向车外抛洒物品的	《法》第66条第2种行为、89条		5~50		
3023	乘车人有影响驾驶人安全驾驶的行为的	《法》第66条第3种行为、89条		5~50		

代码	违法行为	依　据	记分分值	罚款金额（元）	行政处罚	其它措施
3024	在机动车道上拦乘机动车的	《条例》第77条第1项第1种行为、《法》第89条		5~50		
3025	在机动车道上从机动车左侧上下车的	《条例》第77条第2项第1种行为、《法》第89条		5~50		
3026	开关车门妨碍其他车辆和行人通行的	《条例》第77条第3项第1种行为、《法》第89条		5~50		
3027	机动车行驶中乘坐人员干扰驾驶的	《条例》第77条第4项第1种行为、《法》第89条		5~50		
3028	机动车行驶中乘坐人员将身体任何部分伸出车外的	《条例》第77条第4项第2种行为、《法》第89条		5~50		
3029	乘车人在机动车行驶中跳车的	《条例》第77条第4项第3种行为、《法》第89条		5~50		
3030	乘坐两轮摩托车未正向骑坐的	《条例》第77条第5项、《法》第89条		5~50		
	高速公路特别规定					
4001	行人进入高速公路的	《法》第67条第1种行为、89条		5~50		
4002	拖拉机驶入高速公路的	《法》第55条第1款第1种行为、第67条第3种行为、第90条		20~200		
4003	非机动车进入高速公路的	《法》第67条第2种行为、89条		5~50		
4004	在高速公路上车辆发生故障或事故后，车上人员未迅速转移到右侧路肩上或者应急车道内的	《法》第68条第1款第3种行为、89条		5~50		

代码	违法行为	依　据	记分分值	罚款金额（元）	行政处罚	其它措施
4005	机动车从匝道进入或驶离高速公路时不按规定使用灯光的	《条例》第79条第1款第1种行为、第2款、《法》第90条		20～200		
4006	机动车从匝道进入高速公路时妨碍已在高速公路内的机动车正常行驶的	《条例》第79条第1款第2种行为、《法》第90条		20～200		
4007	在高速公路的路肩上行驶的	《条例》第82条第3项第2种行为、《法》第90条		20～200		
4008	非紧急情况下在高速公路应急车道上行驶的	《条例》第82条第4项第1种行为、《法》第90条		20～200		
4009	机动车在高速公路上通过施工作业路段，不减速行驶的	《条例》第84条、《法》第90条		20～200		
4201	在高速公路匝道上超车的	《条例》第82条第2项第1种行为、《法》第90条	2	20～200		
4202	在高速公路加速车道上超车的	《条例》第82条第2项第2种行为、《法》第90条	2	20～200		
4203	在高速公路减速车道上超车的	《条例》第82条第2项第3种行为、《法》第90条	2	20～200		
4301	驾驶设计最高时速低于70公里的机动车进入高速公路的	《法》第67条第4种行为、《法》第90条	3	20～200		
4302	机动车在高速公路上发生故障或交通事故后，驾驶人不按规定使用危险报警闪光灯的	《法》第68条第1款第1种行为、《法》第90条	3	20～200		
4303	高速公路上车辆发生故障或交通事故后，不按规定设置警告标志的	《法》第68条第1款第2种行为、《法》第90条	3	20～200		

代码	违法行为	依据	记分分值	罚款金额（元）	行政处罚	其它措施
4304	在高速公路上违反规定拖曳故障车、肇事车的	《法》第68条第2款、《法》第90条	3	20~200		
4305	在高速公路上超速不足50%的	《条例》第78条、《法》第90条	3	20~200		
4306	在高速公路上正常情况下以低于规定最低时速行驶的	《条例》第78条第1款第2种行为、《法》第90条	3	20~200		
4307	低能见度气象条件下在高速公路上不按规定行驶的	《条例》第81条、《法》第90条	3	20~200		
4308	在高速公路上骑、轧车行道分界线的	《条例》第82条第3项第1种行为、《法》第90条	3	20~200		
4309	在高速公路上行驶的载货汽车车厢载人的	《条例》第83条第1种行为、《法》第90条	3	20~200		
4310	在高速公路上行驶的两轮摩托车载人的	《条例》第83条第2种行为、《法》第90条	3	20~200		
4601	在高速公路上倒车的	《条例》第82条第1项第1种行为、《法》第90条	6	20~200		
4602	在高速公路上逆行的	《条例》第82条第1项第2种行为、《法》第90条	6	20~200		
4603	在高速公路上穿越中央分隔带掉头的	《条例》第82条第1项第3种行为、《法》第90条	6	20~200		
4604	在高速公路上的车道内停车的	《条例》第82条第1项第4种行为、《法》第90条	6	20~200		
4605	非紧急情况下在高速公路应急车道上停车的	《条例》第82条第4项第2种行为、《法》第90条	6	20~200		

代码	违法行为	依　据	记分分值	罚款金额（元）	行政处罚	其它措施
4606	在高速公路上试车或学习驾驶机动车的	《条例》第82条第5项、《法》第90条	6	20～200		
	其他规定					
5001	伪造、变造机动车登记证书的	《法》第16条第3项、《法》第96条第1款第1种行为		200～2000		扣车
5002	伪造、变造机动车号牌的	《法》第16条第3项、《法》第96条第1款第2种行为		200～2000		扣车
5003	伪造、变造机动车行驶证的	《法》第16条第3项、《法》第96条第1款第3种行为		200～2000		扣车
5004	伪造、变造机动车检验合格标志的	《法》第16条第3项、《法》第96条第1款第4种行为		200～2000		扣车
5005	伪造、变造机动车保险标志的	《法》第16条第3项、《法》第96条第1款第5种行为		200～2000		扣车
5006	伪造、变造机动车驾驶证的	《法》第96条第1款第6种行为		200～2000		扣车
5007	使用伪造、变造的机动车登记证书的	《法》第16条第3项、《法》第96条第1款第7种行为		200～2000		扣车
5008	使用伪造、变造的机动车号牌的	《法》第16条第3项、《法》第96条第1款第8种行为		200～2000		扣车
5009	使用伪造、变造的机动车行驶证的	《法》第16条第3项、《法》第96条第1款第9种行为		200～2000		扣车
5010	使用伪造、变造的机动车检验合格标志的	《法》第16条第3项、《法》第96条第1款第10种行为		200～2000		扣车

代码	违法行为	依　据	记分分值	罚款金额（元）	行政处罚	其它措施
5011	使用伪造、变造的机动车保险标志的	《法》第16条第3项、《法》第96条第1款第11种行为		200～2000		扣车
5012	使用伪造、变造的机动车驾驶证的	《法》第16条第3项、《法》第96条第1款第12种行为		200～2000		扣车
5013	使用其他车辆的机动车登记证书的	《法》第96条第1款第13种行为		200～2000		扣车
5014	使用其他车辆的机动车号牌的	《法》第96条第1款第14种行为		200～2000		扣车
5015	使用其他车辆的机动车行驶证的	《法》第96条第1款第15种行为		200～2000		扣车
5016	使用其他车辆的机动车检验合格标志的	《法》第96条第1款第16种行为		200～2000		扣车
5017	使用其他车辆的机动车保险标志的	《法》第96条第1款第17种行为		200～2000		扣车
5018	强迫驾驶人违反交通安全法律、法规和安全驾驶要求驾驶机动车，造成交通事故但尚不构成犯罪的	《法》第99条第5项第1种行为		200～2000	可以并处拘留15天以下	
5019	故意损毁交通设施，造成危害后果，尚不构成犯罪的	《法》第99条第7项第1种行为		200～2000	可以并处拘留15天以下	
5020	故意移动交通设施，造成危害后果，尚不构成犯罪的	《法》第99条第7项第2种行为		200～2000	可以并处拘留15天以下	
5021	故意涂改交通设施，造成危害后果，尚不构成犯罪的	《法》第99条第7项第3种行为		200～2000	可以并处拘留15天以下	
5022	非法拦截机动车，不听劝阻，造成交通严重阻塞、较大财产损失的	《法》第99条第8项第1种行为		200～2000	可以并处拘留15天以下	

代码	违法行为	依据	记分分值	罚款金额（元）	行政处罚	其它措施
5023	非法扣留机动车辆，不听劝阻，造成交通严重阻塞、较大财产损失的	《法》第99条第8项第2种行为		200～2000	可以并处拘留15天以下	
5024	道路两侧及隔离带上种植物或设置广告牌、管线等，遮挡路灯、交通信号灯、交通标志，妨碍安全视距拒不排除障碍的	《法》第106条第2种行为		200～2000		强制排除妨碍
5025	道路两侧及隔离带上种植物或设置广告牌、管线等，遮挡路灯、交通信号灯、交通标志，妨碍安全视距的	《法》第106条第1种行为				责令排除妨碍
5026	擅自挖掘道路影响交通安全的	《法》第104条第1款第1种行为		罚款，赔偿损失		
5027	擅自占用道路施工影响交通安全的	《法》第104条第1款第2种行为		罚款，赔偿损失		
5028	从事其他影响交通安全活动的	《法》第104条第1款第3种行为		罚款，赔偿损失		
5029	出售已达到报废标准的机动车的	《法》第100条第3款		销售金额等额		收缴、强制报废
5030	其他机动车喷涂特种车特定标志图案的	《法》第15条第1款、第90条		20～200		
5031	生产拼装机动车的	《法》第16条第1项第1种行为、第103条第4款第1种行为		产品价值三至五倍罚款		
5032	生产擅自改装的机动车的	《法》第16条第1项第2种行为、第103条第4款第3种行为		产品价值三至五倍罚款		

代码	违法行为	依据	记分分值	罚款金额（元）	行政处罚	其它措施
5033	销售拼装机动车的	《法》第103条第4款第2种行为		产品价值三至五倍罚款		
5034	销售擅自改装的机动车的	《法》第103条第4款第4种行为		产品价值三至五倍罚款		
5035	服用国家管制的精神药品或麻醉药品仍继续驾驶的	《法》第22条第2款第1种行为、《条例》第104条第3项、《法》第90条		20～200		可以拖移机动车
5036	患有妨碍安全驾驶机动车的疾病仍继续驾驶的	《法》第22条第2款第2种行为、《条例》第104条第3项、《法》第90条		20～200		可以拖移机动车
5037	过度疲劳仍继续驾驶的	《法》第22条第2款第1种行为、第90条、《条例》第62条第7项、第104条第3项		20～200		可以拖移机动车
5038	未按规定喷涂放大的牌号的	《条例》第13条第1款、《法》第90条		20～200		
5039	对符合暂扣和吊销机动车驾驶证情形，机动车驾驶证被扣留后驾驶人无正当理由逾期未接受处理的	《法》第110条			吊销	
5040	以欺骗、贿赂手段取得机动车牌证的	《条例》第103条				撤销登记、3年内不得申请机动车登记
5041	以欺骗、贿赂手段取得驾驶证的	《条例》第103条				撤销许可、3年内不得申请机动车驾驶许可

代码	违法行为	依　据	记分分值	罚款金额（元）	行政处罚	其它措施
5042	12个月内累积记分达到12分拒不参加学习也不接受考试的	《条例》第25条				停止使用
5043	车辆被扣留后，经公告三个月后仍不来接受处理的	《法》第112条第3款				对扣留的车辆依法处理
5044	机动车安全技术检验机构出具虚假检验结果的	《法》第94条第2款		五至十倍罚款		撤销检验资格
5045	擅自停止使用停车场或改作他用的	《法》第33条第1款				
5046	运输单位的客运车辆载客或货运车辆超载，经处罚不改的（对直接负责的主管人员）	《法》第92条第4款		2000~5000		
5047	改变机动车型号、发动机号、车架号或者车辆识别代号的	《法》第16条第2款				
5048	未经许可，占用道路从事非交通活动的	《法》第31条				
5049	1年内醉酒后驾驶机动车被处罚两次以上的	《法》第91条第3款			吊销	5年内不得驾驶营运机动车

现共有违法行为333种，其中：机动车通行171种，非机动车通行55种，行人、乘车人通行30种，高速公路通行28种，其他规定49种。

公安部交通管理局关于增加交通违法行为代码的通知

（2005年8月23日　公交管办〔2005〕228号）

各省、自治区、直辖市公安厅、局交通管理局、处：

现将运输剧毒化学品交通违法行为代码印发给你们，请结合本地实际情况，认真贯彻执行。

附：《运输剧毒化学品交通违法行为代码》

运输剧毒化学品交通违法行为代码

代码	违法行为	依据	记分分值	罚款金额（元）	行政处罚	其它措施
1239	运输剧毒化学品机动车超过核定载质量未达30%的	《法》第48条第1款第1种行为、第92条第2款第1种行为、第90条	2	200~500		
1339	运输剧毒化学品机动车超过规定时速50%以下的	《法》第42条第1款、第90条、《条例》第45条、46条、《办法》第18条第2款	3	20~200		
1608	运输剧毒化学品机动车超过核定载质量30%的	《法》第92条第2款第2种行为	6	500~2000		扣车
1609	运输剧毒化学品机动车超过规定时速50%的	《法》第99条第1款第4项、《办法》第18条第2款	6	200~2000	可以并处吊销	

注：表中，《道路交通安全法》简称《法》，《道路交通安全法实施条例》简称《条例》，《剧毒化学品购买和公路运输许可证管理办法》简称《办法》。

中华人民共和国公安部关于调整部分交通违法行为代码的通知

（2007年2月9日）

各省、自治区、直辖市公安厅、局交通管理局、处：

为贯彻落实《机动车驾驶证申领和使用规定》（公安部令第91号，2007年4月1日起实施），我局对部分交通违法行为代码作了相应的调整，请各地认真贯彻执行。

附件：调整记分的交通违法行为代码

调整记分的交通违法行为代码

一、新增加的违法行为代码（6条）

新代码	名称	说明	原代码
1241	驾驶公路客运车辆以外的载客汽车载人超过核定人数未达20%	《法》第49条第1种行为	1238
1242	公路客运车辆以外的载客汽车违反规定载货的	《法》第49条第2种行为	无
1340	上道路行驶的机动车未按规定定期进行安全技术检验的	《法》第13条，《条例》第16条	无
1341	驾驶公路客运车辆以外的载客汽车载人超过核定人数20%以上的	《法》第49条第1种行为	1238
1611	连续驾驶公路客运车辆超过4小时未停车休息或者停车休息时间少于20分钟的	《条例》第62条第7项、《法》第90条	1226
1612	连续驾驶危险物品运输车辆超过4小时未停车休息或者停车休息时间少于20分钟的	《条例》第62条第7项、《法》第90条	1226

二、提高记分分值的违法行为代码（17条）

新代码	名称	说明	原代码
1111	机动车载货长度、宽度、高度超过规定的	《法》第48条第1款第1种、第90条、《条例》第54条第1款	1027
1112	机动车载物行驶时遗洒、飘散载运物的	《法》第48条第1款第2种行为、第90条、《条例》第62条第5项第1种行为	1028
1113	运载超限物品时不按规定的时间、路线、速度行驶的	《法》第48条第2款第1种行为、第90条	1029

新代码	名称	说明	原代码
1114	运载超限物品时未悬挂明显标志的	《法》第48条第2款第2种行为、第90条	1030
1240	驾驶人未按规定使用安全带的	《法》第51条第1种行为、第90条	1101
1613	上道路行驶的机动车未悬挂机动车号牌的	《法》第95条第1款第1种行为、第90条	1332
1614	故意遮挡机动车号牌的	《法》第95条第2款第1种行为、第90条	1329
1615	故意污损机动车号牌的	《法》第95条第2款第2种行为、第90条	1330
1616	不按规定安装机动车号牌的	《法》第95条第2款第3种行为、第90条	1331
1617	运载危险物品时不按规定的时间、路线、速度行驶的	《法》第48条第3款第2种行为、第90条	1032
1618	运载危险物品时未悬挂警示标志的	《法》第48条第3款第3种行为、第90条	1033
1619	运载危险物品时未采取必要的安全措施的	《法》第48条第3款第4种行为、说明90条	1034
1621	公路客运车辆载客超过核定载客人数未达20%的	《法》第92条第1款第1种行为	1202
1710	公路客运车辆载客超过额定乘员20%的	《法》第92条第1款第2种行为	1601
1711	饮酒后驾驶营运机动车的	《法》第91条第2款第1种行为	1605
5601	使用伪造、变造的机动车号牌的	《法》第16条第3项、《法》第96条第1款第8种行为	5008
5602	使用其他车辆的机动车号牌的	《法》第96条第1款第14种行为	5014

三、降低记分分值的违法行为代码（10条）

新代码	名称	说明	原代码
1074	不按规定倒车的	《法》第90条、《条例》第50条	1104
1075	在车门、车厢没有关好时行车的	《法》第90条、《条例》第62条第1项	1107
1076	机动车在没有划分机动车道、非机动车道和人行道的道路上，不在道路中间通行的	《法》第36条第2种行为、《法》第90条	1203
1077	驾驶机动车下陡坡时熄火、空档滑行的	《条例》第62条第4项、《法》第90条	1328
1078	机动车违反交通管制规定强行通行，不听劝阻的	《法》第99条第6项	1706
1081	除客运、危险物品运输车辆外，连续驾驶机动车超过4小时未停车休息或停车休息时间少于20分钟的	《条例》第62条第7项、《法》第90条	1226
1082	使用他人机动车驾驶证驾驶机动车的	《法》第19条第一款、《条例》第28条、第90条	1701
1610	在驾驶证暂扣期间仍驾驶机动车的	《法》第99条第1款第3种行为、《条例》第28条第5种行为	1704
4010	在高速公路上骑、轧车行道分界线的	《条例》第82条第3项第1种行为、《法》第90条	4308
4011	在高速公路上试车或学习驾驶机动车的	《条例》第82条第5项、《法》第90条	4606

四、取消记分的违法行为代码（2条）

代码	名称	说明
1707	逾期3个月未缴纳罚款的	《法》第108条第1款
1708	连续两次逾期未缴纳罚款的	《法》第108条第1款

五、原代码保留2年，自2009年4月1日起废止。

车辆驾驶人员血液、呼气酒精含量阈值与检验

（GB 19522—2004）

（2004年5月31日国家质量监督检验检疫总局发布　自2004年5月31日起实施）

前　言

本标准的全部技术内容为强制性。

本标准附录A为规范性附录。

本标准由中华人民共和国公安部提出。

本标准由公安部道路交通管理标准化技术委员会归口。

本标准起草单位：重庆市公安局交通管理局、上海市公安局交巡警总队。

本标准主要起草人：张志维、赵新才、侯心一、吴建平、蒋志全、王坚。

车辆驾驶人员血液、呼气酒精含量阈值与检验

1　范围

本标准规定了车辆驾驶人员饮酒及醉酒驾车时血液、呼气中的酒精含量阈值和检验方法。

本标准适用于驾车中的车辆驾驶人员。

2　规范性引用文件

下列文件中的条款通过本标准的引用而成为本标准的条款。凡是注日期的引用文件，其随后所有的修改单（不包括勘误的内容）或修订版均不适用于本标准，然而，鼓励根据本标准达成协议的各方研究是否可使用这些文件的最新版本。凡是不注日期的引用文件，其最新版本适用于本标准。

GA/T105　血、尿中乙醇、甲醇、正丙醇、乙醛、丙酮、异丙酮、正丁醇、异戊醇的定性分析及乙醇、甲醇、正丙醇的定量分析方法

GA307　呼出气体酒精含量探测器

3 术语和定义

下列术语和定义适用于本标准。

3.1 车辆驾驶人员 vehicle drivers

机动车驾驶人员和非机动车驾驶人员。

3.2 酒精含量 alcohol concentration

车辆驾驶人员血液或呼气中的酒精浓度。

3.3 饮酒驾车 drinking drive

车辆驾驶人员血液中的酒精含量大于或者等于20mg/100ml，小于80mg/100ml的驾驶行为。

3.4 醉酒驾车 drunk drive

车辆驾驶人员血液中的酒精含量大于或者等于80mg/100ml的驾驶行为。

4 酒精含量值

4.1 血液酒精含量临界值

车辆驾驶人员血液中的酒精含量临界值见表1。

表1 车辆驾驶人员血液酒精含量临界值

行为类别	对　象	临界值（mg/100ml）
饮酒驾车	车辆驾驶人员	20
醉酒驾车	车辆驾驶人员	80

4.2 血液与呼气酒精含量换算

车辆驾驶人员呼气酒精含量检验结果可按标准GA307换算成血液酒精含量值。

5 检验方法

5.1 呼气酒精含量检验

5.1.1 对饮酒后驾车的嫌疑人员可检验其呼气酒精含量。呼气酒精含量采用呼出气体酒精含量探测器进行检验。呼气酒精含量检验结果应记录并签字。

5.1.2 呼气酒精含量探测器的技术指标和性能应符合GA307标准规定，并具备被动探测呼出气体酒精的功能。

5.1.3 呼气酒精含量检验的具体步骤，按照呼出气体酒精含量探测器的操作要求进行。

5.2 血液酒精含量检验

5.2.1 对需要检验血液中酒精含量的，应及时抽取血样。抽取血样应由专业人员按要求进行，不应采用酒精或者挥发性有机药品对皮肤进行消毒；抽出血样中应添加抗凝剂，防止血液凝固；装血样的容器应洁净、干燥，装入血样后不留空间并密封，低温保存，及时送检。

5.2.2 血液酒精含量检验方法按照GA/T105标准规定。

6 其他

6.1 嫌疑饮酒后驾车的人员拒绝配合呼气酒精含量检验和血液酒精含量检验的，以呼出气体酒精含量探测器被动探测到的呼气酒精定性结果，作为醉酒驾车的依据。

6.2 对未达到本标准4.1条规定饮酒驾车血液酒精含量值的车辆驾驶人员；或者不具备呼气、血液酒精含量检验条件的，应进行人体平衡的步行回转试验或者单腿直立试验，评价驾驶能力。步行回转试验、单腿直立试验的具体方法、要求和评价标准，见附录A。

附录A
（规范性附录）
人体平衡试验

A.1 平衡试验的要求

步行回转试验和单腿直立试验应在结实、干燥、不滑、照明良好的环境下进行。对年龄超过60岁，身体有缺陷影响自身平衡的人不进行此项试验。被试人员鞋后跟不应高于5cm。在试验时，试验人员与被试人员应保持1m以上距离。

A.2 步行回转试验

A.2.1 步行回转试验即被试人员沿着一条直线行走九步，边走边大声数步数（1，2，3，…9），然后转身按原样返回。试验时，分讲解和行走两个阶段进行。讲解阶段，被试人员按照脚跟对脚尖的方式站立在直线的一端，两手在身体两侧自然下垂，听试验人员的试验过程讲解。行走阶段，被试人员在得到试验人员行走指令后，开始行走。

A.2.2 试验中，试验人员观察以下八个指标，符合二个以上的，视为暂时丧失驾驶能力。

1）在讲解过程中，被试人员失去平衡（失去原来的脚跟对脚尖的姿态）；

2）讲解结束之前，开始行走；

3）为保持自身平衡，在行走时停下来；

4）行走时，脚跟与脚尖不能互相碰撞，至少间隔1.5cm；

5）行走时偏离直线；

6）用手臂进行平衡（手臂离开原位置15cm以上）；

7）失去平衡或转弯不当；

8）走错步数。

A.3 单腿直立试验

A.3.1 单腿直立试验即被试人员一只脚站立，向前提起另一只脚距地面15cm以上，脚趾向前，脚底平行地面，并大声用千位数计数（1001，1002，1003，…），持续三十秒钟。试验时，分讲解、平衡与计数两个阶段。讲解阶段，被试人员双脚同时站立，两手在身体两侧自然下垂，听试验人员的试验过程讲解。平衡与计数阶段，被试人员一只脚站立并开始计数。

A.3.2 试验中，试验人员观察以下四个指标，符合二个以上的，视为暂时丧失驾驶能力。

1）在平衡时发生摇晃，前后、左右摇摆15cm以上；

2）用手臂进行平衡，手臂离开原位置15cm以上；

3）为保持平衡单脚跳；

4）放下提起的脚。

交通事故处理

道路交通事故处理程序规定

（2008 年 8 月 17 日公安部令第 104 号公布　自 2009 年 1 月 1 日起施行）

第一章　总　　则

第一条　为了规范道路交通事故处理程序，保障公安机关交通管理部门依法履行职责，保护道路交通事故当事人的合法权益，根据《中华人民共和国道路交通安全法》及其实施条例等有关法律、法规，制定本规定。

第二条　公安机关交通管理部门处理道路交通事故，应当遵循公正、公开、便民、效率的原则。

第三条　交通警察处理道路交通事故，应当取得相应等级的处理道路交通事故资格。

第二章　管　　辖

第四条　道路交通事故由发生地的县级公安机关交通管理部门管辖。未设立县级公安机关交通管理部门的，由设区市公安机关交通管理部门管辖。

第五条　道路交通事故发生在两个以上管辖区域的，由事故起始点所在地公安机关交通管理部门管辖。

对管辖权有争议的，由共同的上一级公安机关交通管理部门指定管辖。指定管辖前，最先发现或者最先接到报警的公安机关交通管理部门应当先行救助受伤人员，进行现场前期处理。

第六条　上级公安机关交通管理部门在必要的时候，可以处理下级公安机关交通管理部门管辖的道路交通事故，或者指定下级公安机关交通管理部门限时将案件移送其他下级公安机关交通管理部门处理。

案件管辖发生转移的，处理时限从移送案件之日起计算。

第七条 军队、武警部队人员、车辆发生道路交通事故的，按照本规定处理。需要对现役军人给予行政处罚或者追究刑事责任的，移送军队、武警部队有关部门。

第三章 报警和受理

第八条 道路交通事故有下列情形之一的，当事人应当保护现场并立即报警：

（一）造成人员死亡、受伤的；

（二）发生财产损失事故，当事人对事实或者成因有争议的，以及虽然对事实或者成因无争议，但协商损害赔偿未达成协议的；

（三）机动车无号牌、无检验合格标志、无保险标志的；

（四）载运爆炸物品、易燃易爆化学物品以及毒害性、放射性、腐蚀性、传染病病源体等危险物品车辆的；

（五）碰撞建筑物、公共设施或者其他设施的；

（六）驾驶人无有效机动车驾驶证的；

（七）驾驶人有饮酒、服用国家管制的精神药品或者麻醉药品嫌疑的；

（八）当事人不能自行移动车辆的。

发生财产损失事故，并具有前款第二项至第五项情形之一，车辆可以移动的，当事人可以在报警后，在确保安全的原则下对现场拍照或者标划停车位置，将车辆移至不妨碍交通的地点等候处理。

第九条 公路上发生道路交通事故的，驾驶人必须在确保安全的原则下，立即组织车上人员疏散到路外安全地点，避免发生次生事故。驾驶人已因道路交通事故死亡或者受伤无法行动的，车上其他人员应当自行组织疏散。

第十条 公安机关及其交通管理部门接到道路交通事故报警，应当记录下列内容：

（一）报警方式、报警时间、报警人姓名、联系方式，电话报警的，还应当记录报警电话；

（二）发生道路交通事故时间、地点；

（三）人员伤亡情况；

（四）车辆类型、车辆牌号，是否载有危险物品、危险物品的种类等；

（五）涉嫌交通肇事逃逸的，还应当询问并记录肇事车辆的车型、颜色、特征及其逃逸方向、逃逸驾驶人的体貌特征等有关情况。

报警人不报姓名的，应当记录在案。报警人不愿意公开姓名的，应当为其保密。

第十一条 公安机关交通管理部门接到道路交通事故报警或者出警指令后，应当按照规定立即派交通警察赶赴现场。有人员伤亡或者其他紧急情况的，应当及时通知急救、医疗、消防等有关部门。发生一次死亡三人以上事故或者其他有重大影响的道路交通事故，应当立即向上一级公安机关交通管理部门报告，并通过所属公安机关报告当地人民政府；涉及营运车辆的，通知当地人民政府有关行政管理部门；涉及爆炸物品、易燃易爆化学物品以及毒害性、放射性、腐蚀性、传染病病源体等危险物品的，应当立即通过所属公安机关报告当地人民政府，并通报有关部门及时处理；造成道路、供电、通讯等设施损毁的，应当通报有关部门及时处理。

第十二条 当事人未在道路交通事故现场报警，事后请求公安机关交通管理部门处理的，公安机关交通管理部门应当按照本规定第十条的规定予以记录，并在三日内作出是否受理的决定。经核查道路交通事故事实存在的，公安机关交通管理部门应当受理，并告知当事人；经核查无法证明道路交通事故事实存在，或者不属于公安机关交通管理部门管辖的，应当书面告知当事人，并说明理由。

第四章 自行协商和简易程序

第十三条 机动车与机动车、机动车与非机动车发生财产损失事故，当事人对事实及成因无争议的，可以自行协商处理损害赔偿事宜。车辆可以移动的，当事人应当在确保安全的原则下对现场拍照或者标划事故车辆现场位置后，立即撤离现场，将车辆移至不妨碍交通的地点，再进行协商。

非机动车与非机动车或者行人发生财产损失事故，基本事实及成因清楚的，当事人应当先撤离现场，再协商处理损害赔偿事宜。

对应当自行撤离现场而未撤离的，交通警察应当责令当事人撤离现场；造成交通堵塞的，对驾驶人处以200元罚款；驾驶人有其他道路交通安全违法行为的，依法一并处罚。

第十四条 具有本规定第十三条规定情形，当事人自行协商达成协议的，填写道路交通事故损害赔偿协议书，并共同签名。损害赔偿协议书内容包括事故发生的时间、地点、天气、当事人姓名、机动车驾驶证号、联系方式、机动车种类和号牌、保险凭证号、事故形态、碰撞部位、赔偿责任等内容。

第十五条 对仅造成人员轻微伤或者具有本规定第八条第一款第二项至第八项规定情形之一的财产损失事故，公安机关交通管理部门可以适用简易程序处理，但是有交通肇事犯罪嫌疑的除外。

适用简易程序的，可以由一名交通警察处理。

第十六条 交通警察适用简易程序处理道路交通事故时，应当在固定现场证据后，责令当事人撤离现场，恢复交通。拒不撤离现场的，予以强制撤离；对当事人不能自行移动车辆的，交通警察应当将车辆移至不妨碍交通的地点。具有本规定第八条第一款第六项、第七项情形之一的，按照《道路交通安全法实施条例》第一百零四条规定处理。

撤离现场后，交通警察应当根据现场固定的证据和当事人、证人叙述等，认定并记录道路交通事故发生的时间、地点、天气、当事人姓名、机动车驾驶证号、联系方式、机动车种类和号牌、保险凭证号、交通事故形态、碰撞部位等，并根据当事人的行为对发生道路交通事故所起的作用以及过错的严重程度，确定当事人的责任，制作道路交通事故认定书，由当事人签名。

第十七条 当事人共同请求调解的，交通警察应当当场进行调解，并在道路交通事故认定书上记录调解结果，由当事人签名，交付当事人。

第十八条 有下列情形之一的，不适用调解，交通警察可以在道路交通事故认定书上载明有关情况后，将道路交通事故认定书交付当事人：

（一）当事人对道路交通事故认定有异议的；

（二）当事人拒绝在道路交通事故认定书上签名的；

（三）当事人不同意调解的。

第五章 调 查

第一节 一般规定

第十九条 除简易程序外，公安机关交通管理部门对道路交通事故进行调查时，交通警察不得少于二人。

交通警察调查时应当向被调查人员出示《人民警察证》，告知被调查人依法享有的权利和义务，向当事人发送联系卡。联系卡载明交通警察姓名、办公地址、联系方式、监督电话等内容。

第二十条 交通警察调查道路交通事故时，应当客观、全面、及时、合法地收集证据。

第二节 现场处置和现场调查

第二十一条 交通警察到达事故现场后，应当立即进行下列工作：

（一）划定警戒区域，在安全距离位置放置发光或者反光锥筒和警告标志，确定专人负责现场交通指挥和疏导，维护良好道路通行秩序。因道路交通事故导致交通中断或者现场处置、勘查需要采取封闭道路等交通管制措施的，还应当在事故现场来车方向提前组织分流，放置绕行提示标志，避免发生交通堵塞。

（二）组织抢救受伤人员；

（三）指挥勘查、救护等车辆停放在便于抢救和勘查的位置，开启警灯，夜间还应当开启危险报警闪光灯和示廓灯；

（四）查找道路交通事故当事人和证人，控制肇事嫌疑人。

第二十二条 道路交通事故造成人员死亡的，应当经急救、医疗人员确认，并由医疗机构出具死亡证明。尸体应当存放在殡葬服务单位或者有停尸条件的医疗机构。

第二十三条 交通警察应当对事故现场进行调查，做好下列工作：

（一）勘查事故现场，查明事故车辆、当事人、道路及其空间关系和事故发生时的天气情况；

（二）固定、提取或者保全现场证据材料；

（三）查找当事人、证人进行询问，并制作询问笔录；

（四）其他调查工作。

第二十四条 交通警察勘查道路交通事故现场，应当按照有关法规和标准的规定，拍摄现场照片，绘制现场图，提取痕迹、物证，制作现场勘查笔录。发生一次死亡三人以上道路交通事故的，应当进行现场摄像。

现场图、现场勘查笔录应当由参加勘查的交通警察、当事人或者见证人签名。当事人、见证人拒绝签名或者无法签名以及无见证人的，应当记录在案。

第二十五条 痕迹或者证据可能因时间、地点、气象等原因导致灭失的，交通警察应当及时固定、提取或者保全。

车辆驾驶人有饮酒或者服用国家管制的精神药品、麻醉药品嫌疑的，公安机关交通管理部门应当按照《道路交通安全违法行为处理程序规定》及时抽血或者提取尿样，送交有检验资格的机构进行检验；车辆驾驶人当场死亡的，应当及时抽血检验。

第二十六条 交通警察应当检查当事人的身份证件、机动车驾驶证、机动车行驶证、保险标志等；对交通肇事嫌疑人可以依法传唤。

第二十七条 交通警察勘查事故现场完毕后，应当清点并登记现场遗留物品，迅速组织清理现场，尽快恢复交通。

现场遗留物品能够现场发还的，应当现场发还并做记录；现场无法确定所有人的，应当妥善保管，待所有人确定后，及时发还。

第二十八条 因收集证据的需要，公安机关交通管理部门可以扣留事故车辆及机动车行驶证，并开具行政强制措施凭证。扣留的车辆及机动车行驶证应当妥善保管。

公安机关交通管理部门不得扣留事故车辆所载货物。对所载货物在核实重量、体积及货物损失后，通知机动车驾驶人或者货物所有人自行处理。无法通知当事人或者当事人不自行处理的，按照《公安机关办理行政案件程序规定》的有关规定办理。

第二十九条 因收集证据的需要，公安机关交通管理部门可以扣押与事故有关的物品，并开具扣押物品清单一式两份，一份交给被扣押物品的持有人，一份附卷。扣押的物品应当妥善保管。

扣押期限不得超过三十日，案情重大、复杂的，经本级公安机关负责人或者上一级公安机关交通管理部门负责人批准可以延长三十日；法律、法规另有规定的除外。

第三十条 公安机关交通管理部门经过现场调查认为不属于道路交通事故的，应当书面通知当事人，并将案件移送有关部门或者告知当事人处理途径。

公安机关交通管理部门在调查过程中，发现当事人有交通肇事犯罪嫌疑的，应当按照《公安机关办理刑事案件程序规定》立案侦查。发现当事人有其他违法犯罪嫌疑的，应当及时移送有关部门，移送不影响事故的调查和处理。

第三十一条 投保机动车交通事故责任强制保险的车辆发生道路交通事故，因抢救受伤人员需要保险公司支付抢救费用的，公安机关交通管理部门书面通知保险公司。

抢救受伤人员需要道路交通事故社会救助基金垫付费用的，公安机关交通管理部门书面通知道路交通事故社会救助基金管理机构。

第三节 交通肇事逃逸查缉

第三十二条 公安机关交通管理部门应当根据管辖区域和道路情况，制定交通肇事逃逸案件查缉预案。

发生交通肇事逃逸案件后，公安机关交通管理部门应当根据当事人陈述、证人证言、交通事故现场痕迹、遗留物等线索，及时启动查缉预案，布置堵截和查缉。

第三十三条 案发地公安机关交通管理部门可以通过发协查通报、向社会公告等方式要求协查、举报交通肇事逃逸车辆或者侦破线索。发出协查通报或者向社会公告时，应当提供交通肇事逃逸案件基本事实、交通肇事逃逸车辆情况、特征及逃逸方向等有关情况。

第三十四条 接到协查通报的公安机关交通管理部门，应当立即布置堵截或者排查。发现交通肇事逃逸车辆或者嫌疑车辆的，应当予以扣留，依法传唤交通肇事逃逸人或者与协查通报相符的嫌疑人，并及时将有关情况通知案发地公安机关交通管理部门。案发地公安机关交通管理部门应当立即派交通警察前往办理移交。

第三十五条 公安机关交通管理部门查获交通肇事逃逸车辆后，应当按原范围发出撤销协查通报。

第三十六条 公安机关交通管理部门侦办交通肇事逃逸案件期间，交通肇事逃逸案件的受害人及其家属向公安机关交通管理部门询问案件侦办情况的，公安机关交通管理部门应当告知。

第四节 检验、鉴定

第三十七条 需要进行检验、鉴定的，公安机关交通管理部门应当自事故现场调查结束之日起三日内委托具备资格的鉴定机构进行检验、鉴定。尸体检验应当在死亡之日起三日内委托。

对现场调查结束之日起三日后需要检验、鉴定的，应当报经上一级公安机关交通管理部门批准。

对精神病的鉴定，应当由省级人民政府指定的医院进行。

第三十八条 公安机关交通管理部门应当与检验、鉴定机构约定检验、鉴定完成的期限，约定的期限不得超过二十日。超过二十日的，应当报经上一级公安机关交通管理部门批准，但最长不得超过六十日。

第三十九条 卫生行政主管部门许可的医疗机构具有执业资格的医生为道路交通事故受伤人员出具的诊断证明，公安机关交通管理部门可以作为认定人身伤害程度的依据。

第四十条 检验尸体不得在公众场合进行。检验中需要解剖尸体的，应当征得其家属的同意。

解剖未知名尸体，应当报经县级以上公安机关或者上一级公安机关交通管理部门负责人批准。

第四十一条 检验尸体结束后，应当书面通知死者家属在十日内办理丧葬事宜。无正当理由逾期不办理的应记录在案，并经县级以上公安机关负责人批准，由公安机关处理尸体，逾期存放的费用由死者家属承担。

对未知名尸体，由法医提取人身识别检材，并对尸体拍照、采集相关信息后，由公安机关交通管理部门填写未知名尸体信息登记表，并在设区市级以上报纸刊登认尸启事。登报后三十日仍无人认领的，由县级以上公安机关负责人或者上一级公安机关交通管理部门负责人批准处理尸体。

第四十二条 检验、鉴定机构应当在约定或者规定的期限内完成检验、鉴定，并出具书面检验、鉴定报告，由检验、鉴定人签名并加盖机构印章。检验、鉴定报告应当载明以下事项：

（一）委托人；

（二）委托事项；

（三）提交的相关材料；

（四）检验、鉴定的时间；

（五）依据和结论性意见，通过分析得出结论性意见的，应当有分析过程的说明。

第四十三条 公安机关交通管理部门应当在收到检验、鉴定报告之日起二日内，将检验、鉴定报告复印件送达当事人。

当事人对检验、鉴定结论有异议的，可以在公安机关交通管理部门送达之日起三日内申请重新检验、鉴定，经县级公安机关交通管理部门负责人批准后，进行重新检验、鉴定。重新检验、鉴定应当另行委托检验、鉴定机构或者由原检验、鉴定机构另行指派鉴定人。公安机关交通管理部门应当在收到重新检验、鉴定报告之日起二日内，将重新检验、鉴定报告复印件送达当事人。重新检验、鉴定以一次为限。

第四十四条 检验、鉴定结论确定之日起五日内，公安机关交通管理部门应当通知当事人领取扣留的事故车辆、机动车行驶证以及扣押的物品。

对驾驶人逃逸的无主车辆或者经通知当事人三十日后仍不领取的车辆，经公告三个月仍不来接受处理的，对扣留的车辆依法处理。

第六章 认定与复核

第一节 道路交通事故认定

第四十五条 道路交通事故认定应当做到程序合法、事实清楚、证据确实充分、适用法律正确、责任划分公正。

第四十六条 公安机关交通管理部门应当根据当事人的行为对发生道路交通事故所起的作用以及过错的严重程度，确定当事人的责任。

（一）因一方当事人的过错导致道路交通事故的，承担全部责任；

（二）因两方或者两方以上当事人的过错发生道路交通事故的，根据其行为对事故发生的作用以及过错的严重程度，分别承担主要责任、同等责任和次要责任；

（三）各方均无导致道路交通事故的过错，属于交通意外事故的，各方均无责任。

一方当事人故意造成道路交通事故的，他方无责任。

省级公安机关可以根据有关法律、法规制定具体的道路交通事故责任确定细则或者标准。

第四十七条 公安机关交通管理部门应当自现场调查之日起十日内制作道路交通事故认定书。交通肇事逃逸案件在查获交通肇事车辆和驾驶人后十日内制作道路交通事故认定书。对需要进行检验、鉴定的，应当在检验、鉴定结论确定之日起五日内制作道路交通事故认定书。

发生死亡事故，公安机关交通管理部门应当在制作道路交通事故认定书前，召集各方当事人到场，公开调查取得证据。证人要求保密或者涉及国家秘密、商业秘密以及个人隐私的证据不得公开。当事人不到场的，公安机关交通管理部门应当予以记录。

第四十八条 道路交通事故认定书应当载明以下内容：

（一）道路交通事故当事人、车辆、道路和交通环境等基本情况；

（二）道路交通事故发生经过；

（三）道路交通事故证据及事故形成原因的分析；

（四）当事人导致道路交通事故的过错及责任或者意外原因；

（五）作出道路交通事故认定的公安机关交通管理部门名称和日期。

道路交通事故认定书应当由办案民警签名或者盖章，加盖公安机关交通管理部门道路交通事故处理专用章，分别送达当事人，并告知当事人向公安机关交通管理部门申请复核、调解和直接向人民法院提起民事诉讼的权利、期限。

第四十九条 逃逸交通事故尚未侦破，受害一方当事人要求出具道路交通事故认定书的，公安机关交通管理部门应当在接到当事人书面申请后十日内制作道路交通事故认定书，并送达受害一方当事人。道路交通事故认定书应当载明事故发生的时间、地点、受害人情况及调查得到的事实，有证据证明受害人有过错的，确定受害人的责任；无证据证明受害人有过错的，确定受害人无责任。

第五十条 道路交通事故成因无法查清的，公安机关交通管理部门应当出具道路交通事故证明，载明道路交通事故发生的时间、地点、当事人情况及调查得到的事实，分别送达当事人。

第二节 复 核

第五十一条 当事人对道路交通事故认定有异议的，可以自道路交通事故认定书送达之日起三日内，向上一级公安机关交通管理部门提出书面复核申请。

复核申请应当载明复核请求及其理由和主要证据。

第五十二条 上一级公安机关交通管理部门收到当事人书面复核申请后五日内，应当作出是否受理决定。有下列情形之一的，复核申请不予受理，并书面通知当事人。

（一）任何一方当事人向人民法院提起诉讼并经法院受理的；

（二）人民检察院对交通肇事犯罪嫌疑人批准逮捕的；

（三）适用简易程序处理的道路交通事故；

（四）车辆在道路以外通行时发生的事故。

公安机关交通管理部门受理复核申请的，应当书面通知各方当事人。

第五十三条 上一级公安机关交通管理部门自受理复核申请之日起三十日内，对下列内容进行审查，并作出复核结论：

（一）道路交通事故事实是否清楚，证据是否确实充分，适用法律是否正确；

（二）道路交通事故责任划分是否公正；

（三）道路交通事故调查及认定程序是否合法。

复核原则上采取书面审查的办法，但是当事人提出要求或者公安机关交通管理部门认为有必要时，可以召集各方当事人到场，听取各方当事人的意见。

复核审查期间，任何一方当事人就该事故向人民法院提起诉讼并经法院受理的，公安机关交通管理部门应当终止复核。

第五十四条 上一级公安机关交通管理部门经审查认为原道路交通事故认定事实不清、证据不确实充分、责任划分不公正、或者调查及认定违反法定程序的，应当作出复核结论，责令原办案单位重新调查、认定。

上一级公安机关交通管理部门经审查认为原道路交通事故认定事实清楚、证据确实充分、适用法律正确、责任划分公正、调查程序合法的，应当作出维持原道路交通事故认定的复核结论。

第五十五条 上一级公安机关交通管理部门作出复核结论后，应当召集事故各方当事人，当场宣布复核结论。当事人没有到场的，应当采取其他法定形式将复核结论送达当事人。

上一级公安机关交通管理部门复核以一次为限。

第五十六条 上一级公安机关交通管理部门作出责令重新认定的复核结论后，原办案单位应当在十日内依照本规定重新调查，重新制作道路交通事故认定书，撤销原道路交通事故认定书。

重新调查需要检验、鉴定的，原办案单位应当在检验、鉴定结论确定之日起五日内，重新制作道路交通事故认定书，撤销原道路交通事故认定书。

重新制作道路交通事故认定书的，原办案单位应当送达各方当事人，并书面报上一级公安机关交通管理部门备案。

第七章 处罚执行

第五十七条 公安机关交通管理部门应当在作出道路交通事故认定之日起五日内，对当事人的道路交通安全违法行为依法作出处罚。

第五十八条 对发生道路交通事故构成犯罪，依法应当吊销驾驶人机动车驾驶证的，应当在人民法院作出有罪判决后，由设区市公安机关交通管理部门依法吊销机动车驾驶证；同时具有逃逸情形的，公安机关交通管理部门应当同时依法作出终生不得重新取得机动车驾驶证的决定。

第五十九条 专业运输单位六个月内两次发生一次死亡三人以上道路交通事故，且单位或者车辆驾驶人对事故承担全部责任或者主要责任的，专业运输单位所在地的公安机关交通管理部门应当报经设区市公安机关交通管理部门批准后，作出责令限期消除安全隐患的决定，禁止未消除安全隐患的机动车上道路行驶，并通报道路交通事故发生地及运输单位属地的人民政府有关行政管理部门。

第八章 损害赔偿调解

第六十条 当事人对道路交通事故损害赔偿有争议，各方当事人一致请求公安机关交通管理部门调解的，应当在收到道路交通事故认定书或者上一级公安机关交通管理部门维持原道路交通事故认定的复核结论之日起十日内，向公安机关交通管理部门提出书面申请。

第六十一条 公安机关交通管理部门应当按照合法、公正、自愿、及时的原则，并采取公开方式进行道路交通事故损害赔偿调解。调解时允许旁听，但是当事人要求不予公开的除外。

第六十二条 公安机关交通管理部门应当与当事人约定调解的时间、地点，并于调解时间三日前通知当事人。口头通知的，应当记入调解记录。调解参加人因故不能按期参加调解的，应当在预定调解时间一日前通知承办的交通警察，请求变更调解时间。

第六十三条 参加损害赔偿调解的人员包括：

（一）道路交通事故当事人及其代理人；

（二）道路交通事故车辆所有人或者管理人；

（三）公安机关交通管理部门认为有必要参加的其他人员。

委托代理人应当出具由委托人签名或者盖章的授权委托书。授权委托书应当载明委托事项和权限。

参加调解时当事人一方不得超过三人。

第六十四条 公安机关交通管理部门应当按照下列规定日期开始调解，并于十日内制作道路交通事故损害赔偿调解书或者道路交通事故损害赔偿调解终结书：

（一）造成人员死亡的，从规定的办理丧葬事宜时间结束之日起；

（二）造成人员受伤的，从治疗终结之日起；

（三）因伤致残的，从定残之日起；

（四）造成财产损失的，从确定损失之日起。

第六十五条 交通警察调解道路交通事故损害赔偿，按照下列程序实施：

（一）告知道路交通事故各方当事人的权利、义务；

（二）听取当事人各方的请求；

（三）根据道路交通事故认定书认定的事实以及《中华人民共和国道路交通安全法》第七十六条的规定，确定当事人承担的损害赔偿责任；

（四）计算损害赔偿的数额，确定各方当事人各自承担的比例，人身损害赔偿的标准按照《最高人民法院关于审理人身损害赔偿案件适用法律若干问题的解释》规定执行，财产损失的修复费用、折价赔偿费用按照实际价值或者评估机构的评估结论计算；

（五）确定赔偿履行方式及期限。

第六十六条 经调解达成协议的，公安机关交通管理部门应当当场制作道路交通事故损害赔偿调解书，由各方当事人签字，分别送达各方当事人。

调解书应当载明以下内容：

（一）调解依据；

（二）道路交通事故认定书认定的基本事实和损失情况；

（三）损害赔偿的项目和数额；

（四）各方的损害赔偿责任及比例；

（五）赔偿履行方式和期限；

（六）调解日期。

经调解各方当事人未达成协议的，公安机关交通管理部门应当终止调解，制作道路交通事故损害赔偿调解终结书送达各方当事人。

第六十七条 有下列情形之一的，公安机关交通管理部门应当终止调解，并记录在案：

（一）在调解期间有一方当事人向人民法院提起民事诉讼的；

（二）一方当事人无正当理由不参加调解的；

（三）一方当事人调解过程中退出调解的。

第九章 涉外道路交通事故处理

第六十八条 外国人在中华人民共和国境内发生道路交通事故的，除按照本规定执行外，还应当按照办理涉外案件的有关法律、法规、规章的规定执行。

公安机关交通管理部门处理外国人发生的道路交通事故，应当告知当事人我国法律、法规规定的当事人在处理道路交通事故中的权利和义务。

第六十九条 外国人发生道路交通事故，在未处理完毕前，公安机关可以依法不准其出境。

第七十条 外国人发生道路交通事故并承担全部责任或者主要责任的，公安机关交通管理部门应当告知道路交通事故损害赔偿权利人可以向人民法院提出采取诉前财产保全措施的请求。

第七十一条 公安机关交通管理部门在处理道路交通事故过程中，使用中华人民共和国通用的语言文字。对不通晓我国语言文字的，应当为其提供翻译；当事人通晓我国语言文字而不需要他人翻译的，应当出具书面声明。

经公安机关交通管理部门批准，外国籍当事人可以自己聘请翻译，翻译费由当事人承担。

第七十二条 享有外交特权与豁免的外国人发生道路交通事故时，交通警察认为应当给予暂扣或者吊销机动车驾驶证处罚的，可以扣留其机动车驾驶证。需要检验、鉴定车辆的，公安机关交通管理部门应当征得其同意，并在检验、鉴定后立即发还；其不同意检验、鉴定的，记录在案，不强行检验、鉴定。需要对享有外交特权和豁免的外国人进行调查的，可以约谈，谈话时仅限于与道路交通事故有关的内容；本人不接受调查的，记录在案。

公安机关交通管理部门应当根据收集的证据，制作道路交通事故认定书送达当事人，当事人拒绝接收的，送达至其所在机构。

享有外交特权与豁免的外国人拒绝接受调查或者检验、鉴定的，其损害赔偿事宜通过外交途径解决。

第七十三条 公安机关交通管理部门处理享有外交特权与豁免的外国人发生人员死亡事故的，应当将其身份、证件及事故经过、损害后果等基本情况记录在案，并将有关情况迅速通报省级人民政府外事部门和该外国人所属国家的驻华使馆或者领馆。

第七十四条 外国驻华领事机构、国际组织、国际组织驻华代表机构享有特权与豁免的人员发生道路交通事故的，公安机关交通管理部门参照本规定第七十三条、第七十四条规定办理，但《中华人民共和国领事特权与豁免条例》、中国已参加的国际公约以及我国与有关国家或者国际组织缔结的协议有不同规定的除外。

第十章 执法监督

第七十五条 公安机关警务督察部门可以依法对公安机关交通管理部门及其交通警察处理交通事故工作进行现场督察，查处违法违纪行为。

上级公安机关交通管理部门对下级公安机关交通管理部门处理道路交通事故工作进行监督，发现错误应当及时纠正。

第七十六条 交通警察违反本规定，故意或者过失造成认定事实错误、适用法律错误、违反法定程序或者其他执法错误的，应当依照有关规定，根据其违法事实、情节、后果和责任程度，追究执法过错责任人员行政责任、经济责任和刑事责任；造成严重后果、恶劣影响的，还应当追究公安机关交通管理部门领导责任。

第七十七条 交通警察或者公安机关检验、鉴定人员需要回避的，由本级公安机关交通管理部门负责人或者检验、鉴定人员所属的公安机关决定。公安机关交通管理部门负责人需要回避的，由公安机关负责人或者上一级公安机关交通管理部门负责人决定。

对当事人提出的回避申请，公安机关交通管理部门应当在二日内作出决定，并通知申请人。

第七十八条 人民法院、人民检察院审理、审查道路交通事故案件，需要公安机关交通管理部门提供有关证据的，公安机关交通管理部门应当在接到调卷公函之日起三日内，或者按照其时限要求，将道路交通事故案件调查材料正本移送人民法院或者人民检察院。

第七十九条 公安机关交通管理部门对查获交通肇事逃逸车辆及人员提供有效线索或者协助的人员、单位，应当给予表彰和奖励。

公安机关交通管理部门及其交通警察接到协查通报不配合协查并造成严重后果的，由公安机关或者上级公安机关交通管理部门追究有关人员和单位主管领导的责任。

第八十条 除涉及国家秘密、商业秘密或者个人隐私，以及应当事人、证人要求保密的内容外，当事人及其代理人收到道路交通事故认定书后，可以查阅、复制、摘录公安机关交通管理部门处理道路交通事故的证据材料。公安机关交通管理部门对当事人复制的证据材料应当加盖公安机关交通管理部门事故处理专用章。

第十一章 附 则

第八十一条 道路交通事故处理资格等级管理规定由公安部另行制定，资格证书式样全国统一。

第八十二条 公安机关交通管理部门应当在邻省、市（地）、县交界的国、省、县道上，以及辖区内交通流量集中的路段，设置标有管辖地公安机关交通管理部门名称及道路交通事故报警电话号码的提示牌。

第八十三条 车辆在道路以外通行时发生的事故，公安机关交通管理部门接到报案的，参照本规定处理。涉嫌犯罪的，及时移送有关部门。

第八十四条 执行本规定所需要的法律文书式样，由公安部制定。公安部没有制定式样，执法工作中需要的其他法律文书，省级公安机关可以制定式样。

当事人自行协商处理损害赔偿事宜的，可以自行制作协议书，但应当符合本规定第十四条关于协议书内容的规定。

第八十五条 本规定中下列用语的含义：

（一）“交通肇事逃逸”，是指发生道路交通事故后，道路交通事故当事人为逃避法律追究，驾驶车辆或者遗弃车辆逃离道路交通事故现场的行为。

（二）“检验、鉴定结论确定”，是指检验、鉴定报告复印件送达当事人之日起三日内，当事人未申请重新检验、鉴定的，以及公安机关交通管理部门批准重新检验、鉴定，检验、鉴定机构出具检验、鉴定意见的。

（三）本规定所称的“一日”、“二日”、“三日”、“五日”、“十日”、“二十日”，是指工作日，不包括节假日。

（四）本规定所称的“以上”、“以下”均包括本数在内。

（五）“县级（以上）公安机关交通管理部门”，是指县级（以上）人民政府公安机关交通管理部门或者相当于同级的公安机关交通管理部门。“设区市公安机关交通管理部门”，是指设区的市人民政府公安机关交通管理部门或者相当于同级的公安机关交通管理部门。“设区市公安机关”，是指设区的市人民政府公安机关或者相当于同级的公安机关。

（六）“死亡事故”，是指造成人员死亡的道路交通事故。

（七）“财产损失事故”，是指仅造成财产损失的道路交通事故。

第八十六条 本规定没有规定的道路交通事故案件办理程序，依照《公安机关办理行政案件程序规定》、《公安机关办理刑事案件程序规定》的有关规定执行。

第八十七条 本规定自2009年1月1日起施行。2004年4月30日发布的《交通事故处理程序规定》（公安部令第70号）同时废止。本规定施行后，与本规定不一致的，以本规定为准。

交通事故处理工作规范

（2005年3月8日 公安部发布）

第一章 总 则

第一条 为规范公安机关交通管理部门依法公正处理交通事故，提高办案质量和工作效率，保护当事人的合法权益，根据《中华人民共和国道路交通安全法》（以下简称《道路交通安全法》）、《中华人民共和国道路交通安全法实施条例》（以下简称《实施条例》）和《交通事故处理程序规定》，制定本规范。

第二条 本规范适用于公安机关交通管理部门交通事故处理工作。

第三条 公安机关交通管理部门及其交通警察应当严格执行有关法律、法规、规章、技术标准和交通事故处理人员自身安全防护的规定，公开、公正、便民、高效地处理交通事故。

第四条 公安机关交通管理部门办理交通事故案件实行办案人员负责、分级管理和领导审批制度。

第五条 交通警察必须进行培训，考试合格的，方能取得处理交通事故资格。

第六条 各级公安机关交通管理部门应当根据实际，设置相应的交通事故处理专门机构。

第七条 各级公安机关交通管理部门应当根据辖区的交通事故情况和现场勘查工作需要，为交通事故处理机构配备现场勘查车、通讯器材、现场勘查器材、现场安全及防护装备、计算机、检验鉴定仪器和其他必要的装备，并保证完好，正常运用。

各级公安机关交通管理部门应当不断提高交通事故处理机构的科技装备和先进技术应用水平。

第八条 公安机关交通管理部门应当建立交通事故专用档案室（库），并设立档案查阅室。档案室（库）应当按照档案管理的有关规定，安装必要的防护设施，确保安全。

公安机关交通管理部门应当建立交通事故物证技术室（库）。

第九条 各级公安机关交通管理部门应当制定交通事故处理及追逃办案经费预算，保证办案所需经费。

第十条 各级公安机关交通管理部门应当制定道路群死群伤和载运危险品车辆交通事故应急处置预案和交通肇事逃逸案件查缉预案，并与相邻省、地(市)、县级公安机关交通管理部门建立协作、查缉机制。

第二章 报警的受理与处理

第十一条 地（市）、县级公安机关交通事故处理机构应当建立24小时值班备勤制度，并根据辖区的交通事故情况，确定值班备勤人员数量，最低不得少于二人。

第十二条 公安机关交通管理部门接到电话报警或者当面报警的，受理人员应当做好接警记录，询问交通事故发生的时间、地点、车辆类型、车辆牌号、是否载有危险物品、人员伤亡等简要情况；涉嫌交通肇事逃逸的，还应当详细询问肇事车辆的颜色、特征及其逃逸方向等情况，并按规定填写“受理交通事故案件登记表”。

公安机关交通管理部门应按规定为报警人保密。

第十三条 交通警察执勤巡逻发现交通事故的，应当报告指挥中心或者值班室（以下简称指挥中心），并先期处置事故现场。

第十四条 接报警后，受理人员应当按照处置权限，或者直接处理，或者立即请示本单位值班领导后进行处理：

（一）指派执勤或者处理事故的交通警察赶赴现场进行调查处理；

（二）属于上报范围的，立即报告上一级公安机关交通管理部门和当地人民政府；

（三）属于交通肇事逃逸的，立即按照交通肇事逃逸案件查缉预案处置，组织堵截、追缉，通报相邻省、地（市）、县级公安机关交通管理部门布控、协查；

（四）有人员伤亡或者运载危险物品车辆发生交通事故的，应当同时通知急救、医疗、消防等有关部门赶赴交通事故现场；

（五）营运车辆发生人员死亡交通事故的，及时通知该营运车辆所属行业行政主管部门；

（六）对不属于交通事故的，告诉当事人向有关部门报告，或者转告有关部门。

第十五条 当事人自行撤离现场，未达成协议，在现场报警的，公安机关交通管理部门应当立即派交通警察赶赴现场处理。

第十六条 对当事人自行撤离现场，事后报警的，公安机关交通管理部门应当要求当事人提供有各方当事人签名的“交通事故协议书”或者文字记录材料，或者交通事故原始现场的照片、录像等证据。

根据当事人提供的证据，公安机关交通管理部门确定交通事故类别，决定交通事故处理的适用程序。

第十七条 对当事人自行撤离现场，事后报警又未提供交通事故证据材料，无法查证交通事故事实的，公安机关交通管理部门制作“交通事故处理通知书”，交付当事人，告知当事人直接向人民法院提起民事诉讼。

第十八条 对当事人自行撤离现场，达成协议一方当事人不履行，事后报警的，公安机关交通管理部门制作“交通事故处理（不受理）通知书”，交付当事人，告知当事人直接向人民法院提起民事诉讼。

第十九条 发生下列交通事故，公安机关交通管理部门应当立即报告本级公安机关和当地人民政府，并逐级上报省级公安机关交通管理部门：

（一）一次死亡三人以上交通事故的；

（二）运载危险物品的车辆发生交通事故的；

（三）发生副省（部）级以上领导伤、亡交通事故的；

（四）发生涉外人员死亡交通事故的；

（五）高速公路上发生十辆以上机动车相撞交通事故的；

（六）发生涉及公安机关人员死亡交通事故的；

（七）因交通事故引发群体性事件或者涉及其他社会安全事件的。

第二十条 发生一次死亡五人以上，副省（部）级以上领导伤、亡，涉外死亡以及高速公路上十辆以上机动车相撞的交通事故，公安机关交通管理部门应当按照特大道路交通事故信息报告制度，立即将交通事故情况逐级上报公安部交通管理局。

第三章 出 警

第二十一条 公安机关交通管理部门接到出警指令后，白天应当在5分钟内出警，夜间应当在10分钟内出警。

第二十二条 发生适用简易程序处理的交通事故，公安机关交通管理部门可以派出一名交通警察处理。

发生适用一般程序处理的交通事故，公安机关交通管理部门应当根据交通事故情况，派出两名或者两名以上交通警察处理。

第二十三条 发生人员死亡的交通事故，县级公安机关交通管理部门负责人应当到现场组织、指挥现场救援和调查取证工作。

发生一次死亡三人以上及其他有重大影响的交通事故，地（市）级公安机关交通管理部门的负责人应当到现场组织、指挥现场救援和调查取证工作。

第二十四条 交通警察赶赴现场处理交通事故，应当按照规定穿着反光背心，夜间佩戴发光或者反光器具，配备必要警用装备，携带交通事故现场勘查器材。

第四章 现场处置

第二十五条 交通事故现场勘查车应当装备下列器材：

（一）警灯、警报器、扩音设备等警示器材；

（二）现场勘查工具、现场照明设备等勘查器材；

（三）急救包等救援工具；

（四）反光或者发光锥筒、警戒带、警告标志、告示牌等安全防护器材；

（五）其他必需的装备。

第二十六条 交通警察勘查现场应当携带下列勘验用具：

（一）放大镜、痕迹物证提取工具、物证收集袋等勘验用具；

（二）标记用笔、测量工具、指南针、现场勘查笔录纸、绘图纸、笔、尺等记录、绘图用具；

（三）摄像机、照相机、胶卷等拍摄照片用具；

（四）询问、讯问笔录纸、印泥等现场调查用具；

（五）其他必需的用具。

第二十七条 交通警察到达现场后发现有受伤人员的，应当立即组织施救。急救、医疗人员到达现场的，交通警察应当积极协助急救、医疗人员抢救受伤人员。因抢救伤员需要变动现场的，应当标明受伤人员的原始位置。交通事故当事人在现场已死亡的，由医疗、急救机构医生确认、签名。

交通警察应当指挥事故车辆驾驶人、乘客等当事人在安全地带等候。

第二十八条 交通警察应当根据现场情况，划定警戒区，白天在距离现场来车方向五十米至一百五十米外或者路口处放置发光或者反光锥筒、警告标志、告示牌等，发光或反光锥筒应间隔20米设置1个。派交通警察或者使用车载可变信息屏显示文字、标志，指挥或者引导车辆、行人绕行。夜间或者雨、雪、雾等能见度低的气象条件下，延长警示距离。

高速公路，白天在距离现场来车方向二百米外停放警车示警，放置发光或者反光锥筒、警告标志、告示牌等，发光或反光锥筒间隔30米设置1个，派交通警察警戒并指挥过往车辆减速、变更车道。夜间或者雨、雪、雾等能见度低于500米时，在距离现场来车方向五百米至一千米外停放警车示警，放置发光或者反光锥筒、警告标志、告示牌等，发光或反光锥筒应间隔20米设置1个。

第二十九条 交通警察应当指挥现场勘查车、指挥车等车辆依次停放在警戒线内的来车方向，并引导急救车、消防车停放在事故车辆附近便于施救的位置，并告知现场勘查车、指挥车、急救车、消防车开启警灯，夜间还应当开启危险报警闪光灯和示廓灯。

第三十条 遇有运载易燃、易爆、剧毒、易腐蚀、放射性等危险物品的车辆发生交通事故，应当立即报告当地人民政府，通知有关部门到现场处理。按照有关应急预案的规定，启动相应级别的响应机制。公安机关交通管理部门要根据人民政府、应急指挥部或者有关负责部门的指令，协同有关部门划定隔离区，封闭道路、疏散过往车辆、人员，禁止无关人员、车辆进入现场。待险情消除后方可勘查现场。

第三十一条 交通警察到达现场后，应当确认肇事人，查验肇事人身份证件、机动车驾驶证、工作证及机动车行驶证等有关证件，审查证件的真伪，验明身份。勘查现场期间，责令肇事人不得离开现场或者与无关人员谈论交通事故情况。遇有造成人员伤亡的交通事故，视情况可以对肇事人依法采取必要的强制措施。

第三十二条 交通警察应当根据现场勘验等情况，确认案件的性质。对属于交通事故的，按规定进行调查取证。对不属于交通事故的，交通警察要根据案件性质作出进一步处理。属于公安机关有关部门负责的案件，应当移送有关部门处理；属于其他部门负责的案件，应当通知相关部门、单位，待相关部门、单位人员到达后，移交案件。

第三十三条 交通警察到达现场后，确认案件不属于本单位管辖的，应当报告本单位通知有管辖权的公安机关交通管理部门。对管辖权发生争议的，报告上一级公安机关交通管理部门确认并通知有管辖权的公安机关交通管理部门处理。最先到达现场的交通警察应当开展救助伤员、现场警戒、勘查现场等处置工作；待有管辖权的公安机关交通管理部门人员到达后，移交案件及现场勘查材料。

有管辖权的公安机关交通管理部门接收案件后，应当审核案件材料，并按规定开展调查。

第五章 现场勘查

第三十四条 交通警察应当向现场人员了解交通事故基本情况，寻找证人，记录有关情况和证人的联系方法，在勘查现场同时或者之后进行询问。

第三十五条 交通警察应当按照现场勘查有关法规、标准的规定和勘验技术要求，认真细致地勘查现场、调查取证。

第三十六条 交通警察应当按照《道路交通事故勘验照相》等标准，拍摄、制作“交通事故照片”。死亡两人以上的，应当对尸体进行编号，逐一拍照，并记录尸体的原始位置。

对死亡三人以上的交通事故现场，还应当摄像。

第三十七条 交通警察应当按照《道路交通事故现场图绘制》、《道路交通事故图型符号》等标准，绘制“交通事故现场图”。

第三十八条 交通警察应当按照《交通事故痕迹物证勘验》等标准，勘验、采集、提取痕迹、物证，并制作“交通事故现场勘查笔录”。

第三十九条 现场勘查完毕，应当对现场图、现场勘查笔录进行复核，发现错误应及时更正。

确认无误后，应当由勘查现场的交通警察、当事人或者见证人在“交通事故现场图”上签名。当事人不在现场、拒绝签名或者无见证人的，应当在“交通事故现场图”上注明。

第四十条 现场勘查结束后，交通警察应当向当事人发送联系卡。

第四十一条 现场勘查结束后，交通警察应当组织清理现场，登记、保存当事人遗留物品和有使用价值的物品。通知殡葬服务单位或者有停尸条件的医疗机构将尸体运走存放。能移动的事故车辆应当立即移走，无法移动的，将事故车辆拖移至不妨碍交通的地点或停车场内；对暂时无法拖移的，须开启事故车辆的危险报警灯并按规定在车后设置危险警告标志。清理现场恢复交通后，交通警察方可撤离现场。

第四十二条　公安机关交通管理部门应当及时核查交通事故伤亡人员身份，并告知其家属伤者就医的医疗机构或者存放尸体的单位。

第四十三条　对因条件限制或案情复杂，现场勘查有困难的事故现场，经县一级公安机关交通管理部门负责人批准，可以保留部分或全部现场，并视现场范围大小安排警力进行警戒，待条件具备后再继续勘查。保留全部现场的，原警戒线不得撤除；保留部分现场的，只对所保留部分进行警戒。

第六章　调 查 取 证

第四十四条　对交通事故，交通警察应当自勘查现场之时起 24 小时以内办理立案手续，填写“交通事故立案登记表”，经交通事故处理机构负责人审批予以立案。对不属于交通事故的，报经公安机关交通管理部门负责人审批，制作“交通事故处理（不立案）通知书”，载明接处警和调查的事实，不予立案的依据，当事人的权利等事项，在三日内送达报警人；无法送达的，应当注明。

第四十五条　交通警察应当检查各方当事人的身份证件、机动车驾驶证、工作证及机动车行驶证、检验合格标志和保险标志，核查、验明、记录每一个当事人的身份。

对没有证件并经上网核查没有其身份证、驾驶证登记记录的肇事人，可以依法实施传唤，并将其带回公安机关进一步核查。

第四十六条　交通警察应当确认肇事人、其他当事人、证人，按照《公安机关办理行政案件程序规定》及时对肇事人、其他当事人、证人进行讯（询）问或者由其自行书写陈述，并制作“讯（询）问笔录”、“交通事故当事人陈述材料”，告知肇事人、其他当事人、证人依法享有的权利和义务。对需要保密的内容，应当依法保密。

对发生有人员伤亡的交通事故，交通警察应当在 24 小时以内对肇事人、其他当事人、证人进行讯（询）问工作。肇事人、其他当事人、证人因伤情严重无法接受讯（询）问的，应当记录在案，并告知其所住医疗机构，待其能够接受讯（询）问时，立即通知办案交通警察。

第四十七条　交通警察在接触、询问当事人过程中，发现当事人呼气有酒精气味或者精神恍惚的，其他当事人提出该当事人有饮酒或者服用国家管制的精神药品、麻醉药品嫌疑的，应当按照《道路交通安全违法行为处理程序规定》第二十三条、第二十四条的规定，将该当事人带至医疗机构抽血或者提取尿液，及时送交有检验资格的机构进行检测，并将检测结果书面告知当事人。

第四十八条 交通警察认为对当事人应当给予暂扣或者吊销机动车驾驶证处罚的，可以扣留其机动车驾驶证，当场制作“公安交通管理行政强制措施凭证”，并交付当事人。

第四十九条 对因检验、鉴定需要扣留事故车辆及其行驶证的，交通警察应当当场制作“公安交通管理行政强制措施凭证”，交付当事人，并告知当事人扣留车辆、证件的期限。

第五十条 公安机关交通管理部门可以调取车辆行驶记录仪、GPS、交通技术监控设备的记录资料作为调查交通事故的证据材料。

第五十一条 肇事驾驶人驾驶车辆或者遗弃车辆逃逸的，对已确定肇事车辆逃跑路线和方向的，交通警察要立即报告指挥中心及时布置堵截和追缉。

对已确定的肇事逃逸嫌疑人，公安机关交通管理部门可以通过宣传媒体或者向有关地区公安机关交通管理部门发布协查通报。

对涉嫌交通肇事罪逃逸的犯罪嫌疑人，从立为刑事案件之日起经两周工作未能抓获，符合刑事拘留条件的，经县级公安机关批准，按照规定办理上网通缉手续。抓获犯罪嫌疑人后，予以撤销。

对已掌握车型、颜色或者断续车号的，要立即组织警力在划定的车辆范围内进行排查。

第五十二条 对肇事嫌疑人或嫌疑车辆，应当组织受害者、目击者证人进行辨认，交通警察不得给辨认人任何暗示。

辨认嫌疑人时，被辨认的人数不得少于七人；对犯罪嫌疑人照片进行辨认时，被辨认的照片不得少于十张。

辨认肇事嫌疑车辆时，被辨认的车辆不得少于七辆。

交通警察对受害者、目击者证人辨认过程要做好记录，并让受害者、目击者证人签字。

第五十三条 公安机关交通管理部门应当指派或者委托法医对当事人的人体损伤、尸体进行检验鉴定，并出具“人体损伤程度鉴定书”、“交通事故尸体检验报告”。涉嫌交通肇事罪的，由公安机关交通管理部门按照办理刑事案件的规定对尸体进行检验鉴定。对尸体检验鉴定完成后，应当制作“尸体处理通知书”，通知死者亲属在十日内办理丧葬事宜。无正当理由逾期不办理的，经县级公安机关负责人批准，由公安机关处理尸体，逾期存放的费用由死者家属承担。

对未知名尸体，由法医提取人身识别检材，采集其他相关信息后，填写“未知名尸体信息登记表”，报地（市）级公安机关刑事侦查部门。七日内无人认领未知名尸体或身份无法确定的，应当及时在地（市）级报纸上刊登启示。从启示刊登之日起十日后无人认领的，由公安机关交通管理部门报县级以上公安机关负责人或者上一级公安机关交通管理部门负责人批准，由公安机关处理尸体。对未知名尸体的骨灰存放一年，存放证留档备查。一年后，公安机关交通管理部门通知殡葬部门处理骨灰。

第五十四条 公安机关交通管理部门应当指派或委托专业机构对事故车辆进行检验、鉴定，并由检验机构出具“交通事故车辆技术检验报告”。自送达当事人检验、鉴定结论复印件之日起，三日内当事人对检验、鉴定结果无异议的，公安机关交通管理部门应当通知当事人领取事故车辆和机动车行驶证。对弃车逃逸等无主车辆或者经通知当事人十日后仍不领取，并经公告三个月不来接受处理的，依据《道路交通安全法》第一百一十二条的规定处理；对无牌证、无检验合格标志、达到报废标准、未投保机动车第三者责任强制保险的车辆，依据《道路交通安全法》第九十五条、第九十六条、第九十八条、第一百条的规定处理。

第五十五条 公安机关交通管理部门自行或者指派、委托进行检验、鉴定的，应当在二十日内完成；需要延期的，县级公安机关交通管理部门填写“检验、鉴定延期报告书”，报经地（市）级公安机关交通管理部门批准后可以延长十日；检验、鉴定周期超过上述时限的，由地（市）级公安机关交通管理部门事故处理机构填写“检验、鉴定延期报告书”，报省级公安机关交通管理部门批准。

第五十六条 公安机关交通管理部门应当在接到检验、鉴定结果后二日内将检验、鉴定结论复印件送达当事人。当事人在三日内提出重新检验、鉴定申请的，县级公安机关交通管理部门应当另行指派或者委托技术职称、级别等同或者高于第一次检验、鉴定的专业技术人员、有资格的鉴定机构进行重新检验、鉴定。重新检验、鉴定、评估以一次为限；结论以重新检验、鉴定、评估结论为准。

第五十七条 公安机关交通管理部门应当对检验、鉴定、评估结论进行审查：

（一）委托人及委托鉴定内容是否符合规定；

（二）委托鉴定的材料是否真实；

（三）鉴定人或者鉴定机构是否具有资格；

（四）鉴定时间是否符合规定时限；

（五）鉴定使用的方法及鉴定结论的依据是否科学。

对符合规定的可以作为证据使用；对不符合规定的，应当要求重新检验、鉴定、评估，或者不予采信。

第五十八条 公安机关交通管理部门应当对调查取得的证据进行审查：

（一）证据是否是原件、原物，复印件、复制品与原件、原物是否相符；

（二）证据的形式、取证程序是否符合法律规定；

（三）证据的内容是否真实；

（四）证人或者提供证据的人与当事人有无利害关系。

对收集的各种证据，应当从各证据与案件事实的关联程度、各证据之间的联系等方面进行综合审查。符合规定的证据，可以作为交通事故认定的依据；不符合规定的，则不能作为交通事故认定的依据。

第七章　交通事故认定

第五十九条　交通警察应当自勘查现场之日起七日内，交通肇事逃逸案件在破获案件后七日内，需要检验、鉴定的在检验、鉴定结果确定后三日内，向交通事故处理机构负责人提交“交通事故调查报告书”。调查报告应当载明下列内容：

（一）交通事故当事人、车辆、道路的基本情况；

（二）交通事故的基本事实；

（三）交通事故的证据、检验、鉴定结论；

（四）交通事故成因分析；

（五）当事人的责任。

因交通事故当事人处于抢救状态无法取证，而现有证据不足以判明案件事实等特殊原因，经上一级公安机关交通管理部门批准，中止交通事故认定，提交“交通事故调查报告书”的时间相应顺延。当中止认定的原因消失后，应当及时提交“交通事故调查报告书”。

第六十条　交通事故处理机构负责人应当在二日内对“交通事故调查报告书”进行审核；对复杂、疑难案件，交通事故处理机构负责人应当组织专家小组研究，就以下内容进行审核：

（一）交通事故事实是否清楚，调查取证是否全面、及时、合法；

（二）对当事人行为的认定有无证据；

（三）适用程序是否合法；

（四）适用法律、法规是否准确；

（五）当事人的行为与交通事故的因果关系是否成立，责任认定是否符合认定规则。

审核发现问题的，应当限期由承办人补充、修改。

第六十一条　对“交通事故调查报告书”经审核同意后，交通警察应当按照规定制作“交通事故认定书”，通知各方当事人到场，公开相关证据，说明认定的理由和依据，宣布交通事故认定结果，并将“交通事故认定书”分别送达各方当事人。对通知后无正当理由拒不到场的当事人记录在案。

第六十二条　各级公安机关交通管理部门应当成立由具有交通事故处理高级资格的交通警察组成的交通事故处理专家小组，负责交通事故认定的审核、复核工作。

上级公安机关交通管理部门对承办单位的交通事故认定工作进行监督检查，检查中或者接群众投诉经审查发现“交通事故认定书”存在错误的，应当作出撤销该“交通事故认定书”的决定，由承办单位在规定期限内另行制作“交通事故认定书”。

对承办单位拒不执行上级公安机关交通管理部门决定的，按照《公安机关内部执法监督规定》予以撤销或者变更，同时按照《公安机关执法过错责任追究规定》进行错案追究。

第八章　处罚执行

第六十三条　公安机关交通管理部门经过调查，确认当事人的道路交通安全违法行为后，应当在损害赔偿调解之前，按照《道路交通安全违法行为处理程序规定》，对当事人给予相应的处罚。

第六十四条　县级公安机关交通管理部门对需要吊销当事人机动车驾驶证的，将交通事故案件报地（市）级公安机关交通管理部门，地（市）级公安机关交通管理部门对交通事故案件进行审核。符合法定条件的，地（市）级公安机关交通管理部门应当按照道路交通违法处罚一般程序处理。当事人提出申请要求听证的，按照《公安机关办理行政案件程序规定》第八章“听证程序”的规定执行。地（市）级公安机关交通管理部门经听证程序后，对决定吊销当事人机动车驾驶证处罚的，制作“公安交通管理行政处罚决定书”，并送达当事人。

适用《道路交通安全法》第一百零一条，对当事人构成犯罪吊销机动车驾驶证的，应当待人民法院判决其构成犯罪后，再按照道路交通违法处罚一般程序作出吊销其机动车驾驶证的处罚决定。

第六十五条　对给予吊销当事人机动车驾驶证处罚的，交通事故处理机构应当标记（将机动车驾驶证右上角剪切）吊销，复印存入交通事故案卷。地（市）级公安机关交通管理部门制作“公安交通管理转递通知书”，连同被吊销的机动车驾驶证一并转至机动车驾驶证核发地车辆管理所，由核发地车辆管理所注销其机动车驾驶证。对给予吊销当事人机动车驾驶证并终生不得重新取得机动车驾驶证（包括对无驾驶证人员终生不得取得机动车驾驶证）处罚的，由核发地车辆管理所将对其终生不得重新取得机动车驾驶证的决定记入全国公安交通管理信息系统备案。

第六十六条　对六个月内发生两起一次死亡三人以上的交通事故，且单位或者车辆驾驶人对交通事故承担全部责任或者主要责任的专业运输单位，由该专业运输单位所在地县级公安机关交通管理部门提出意见报经地（市）级公安机关交通管理部门批准，县级公安机关交通管理部门制作“消除安全隐患通知书”送达该单位，责令其消除安全隐患；对未消除安全隐患的，禁止其机动车上道路行驶，并通报该专业运输单位所属行业行政主管部门和安全监管部门。

事故发生地的县级公安机关交通管理部门应当将专业运输单位车辆肇事情况和处理意见转递专业运输单位所在地县级公安机关交通管理部门，并由专业运输单位所在地县级公安机关交通管理部门依法处理。

第六十七条 对需要给予拘留处罚的，应当按照《公安机关办理行政案件程序规定》的规定，由县级公安机关交通管理部门提出处罚意见，报送县、市公安局、公安分局或者相当于县一级的公安机关裁决，制作“公安行政处罚决定书”，按规定告知当事人的权利，将当事人移送有关部门执行拘留处罚。

第六十八条 在调查交通事故过程中，发现当事人有交通肇事犯罪嫌疑的，公安机关交通管理部门应当及时将办理交通事故处理程序转为办理刑事案件程序，按照《公安机关办理刑事案件程序规定》，予以立案侦查，补充办理刑事案件手续、文书，并依法对犯罪嫌疑人采取刑事拘留等强制措施。侦查终结后，以县级公安机关的名义制作“起诉意见书”，告知受害人同时提出附带民事诉讼，连同案卷材料一并移送人民检察院审查。

对当事人有其他犯罪嫌疑的，将案件移交有关业务部门处理。

第九章　损害赔偿调解

第六十九条 公安机关交通管理部门应当对交通事故当事各方的“交通事故损害赔偿调解申请书”进行审核：

（一）申请人是否具有交通事故损害赔偿权利人、义务人主体资格；

（二）申请书是否在收到交通事故认定书之日起10日内提出；

（三）当事人在申请中对检验、鉴定或者交通事故认定是否有异议。

符合前款规定的，公安机关交通管理部门应当予以受理。申请人资格不符的，公安机关交通管理部门应当告知当事人更改。当事人申请超过法定时限或者对检验、鉴定结论、交通事故认定有异议的，公安机关交通管理部门制作“交通事故处理（不调解）通知书”，说明公安机关交通管理部门不予调解的理由和依据，送达当事人并告知其可以向人民法院提起民事诉讼。

第七十条 对造成人员死亡的交通事故，调解从规定的办理丧葬事宜结束之日起开始；对造成人员受伤的交通事故，调解从治疗终结之日起开始；对受伤人员因伤致残的交通事故，调解从定残之日起开始，如果受伤人员自愿放弃伤残评定的，从收到受伤人员书面证明之日起开始；对造成财产损失的交通事故，从确定损失之日起开始。

对具备上述调解开始时间的交通事故，公安机关交通管理部门应当与当事人约定调解的时间、地点，并于调解时间三日前通知当事人。当事人请求变更调解时间的，公安机关交通管理部门应当通知其他当事人，并另行约定调解时间。

第七十一条 公安机关交通管理部门在调解前应当对调解参加人的资格进行审核：

（一）是否属于交通事故当事人及其代理人，委托代理人提供的授权“委托书”是否载明委托事项和委托权限，并有委托人（当事人）签名或者盖章；

（二）是否是交通事故车辆所有人或者管理人；

（三）是否是经公安机关交通管理部门同意的其他人员。

对不具备资格的，公安机关交通管理部门应当告知其更换调解参加人或者退出调解。经审核调解参加人符合规定的，进入调解程序。

第七十二条 公安机关交通管理部门按照规定，在十天调解期限内调解一次。调解采取公开方式进行，调解时间应当提前公布，调解时允许旁听，但是当事人要求不予公开的除外。公安机关交通管理部门应当指派两名交通警察按照下列程序主持调解：

（一）宣布调解开始，介绍主持调解的交通警察；宣布调解纪律；介绍当事各方调解参加人，告知调解参加人的权利；

（二）介绍交通事故的基本情况；

（三）宣读交通事故认定书；

（四）分析当事人的行为对发生交通事故所起的作用以及过错的严重程度；宣讲道路交通安全法律、法规的有关规定，对当事人进行教育；

（五）根据交通事故认定书认定的当事人责任以及《道路交通安全法》第七十六条的规定，确定当事人承担的损害赔偿责任；

（六）计算人身损害赔偿和财产损失总额，并由当事人对提供的损害赔偿证明相互质证，确定交通事故损害赔偿总额和各方当事人分担的数额；

（七）协商确定赔偿方式、时间。

主持调解的交通警察应当记录调解过程，制作“交通事故调解记录”。

第七十三条 公安机关交通管理部门应当参照省、自治区、直辖市以及经济特区和计划单列市人民法院依据《最高人民法院关于审理人身损害赔偿案件适用法律若干问题的解释》（法释〔2003〕20号）确定的本地每年度交通事故伤亡人员人身损害赔偿的具体标准进行调解。人身损害赔偿项目包括：医疗费、误工费、护理费、交通费、住宿费、伙补费、营养费、残疾赔偿金、残疾辅助器具费、丧葬费、被抚养人生活费、死亡赔偿金。

第七十四条 对未知名死者的人身损害赔偿，其身份暂按城镇居民计算，年龄暂按法医鉴定报告的大约年龄段取中间年龄记算。核查出未知名尸体身份后，按照实际身份、年龄重新计算。公安机关交通管理部门应当将其所得赔偿费交付有关部门保存，其损害赔偿权利人确认后，通知有关部门交付损害赔偿权利人。

第七十五条 经调解达成协议的，交通警察制作“交通事故损害赔偿调解书”，由各方当事人签名，交通警察签名并加盖公安机关交通管理部门交通事故处理专用章，分别送交各方当事人。

经调解未达成协议或者当事人在调解过程中放弃调解的，交通警察应当终结调解，制作“交通事故损害赔偿调解终结书”，交通警察签名并加盖公安机关交通管理部门交通事故处理专用章，分别送交各方当事人。

第十章 简易程序

第七十六条 交通警察到达适用简易程序处理的交通事故现场后，应当将现场勘查车或者巡逻车辆停在现场事故车辆后面，将当事人带至路边处理；需要当事人将车辆移走时，应当指挥过往车辆停车让行，当事人将车辆移至路外后，交通警察要立即将现场勘查车或者巡逻车辆移至路外不妨碍交通的地方。当事人已自行撤离现场的，应当将现场勘查车或者巡逻车辆停在路外不妨碍交通的地方。事故车辆不能移动的，应当立即通知施救车辆拖吊。

第七十七条 遇当事人未撤离现场的，交通警察应当在确定现场基本事实后，责令当事人撤离现场。

交通警察应当在“事故认定书”的基本情况栏内记录交通事故发生的时间、地点、天气、当事人姓名、机动车驾驶证号、联系方式、机动车牌号、保险凭证号；在“交通事故事实”栏内记录交通事故形态、碰撞部位等，并由当事人签名。

对当事人拒不撤离现场的，交通警察应当依据《实施条例》第八十九条的规定，调动清障车辆将事故车辆强制拖离现场。

第七十八条 对当事人已自行撤离现场的，交通警察应当根据现场调查或者当事人提供的有各方当事人签名的交通事故协议书或者文字记录材料，交通事故原始现场的照片、录像，证人证言等证据，在“事故认定书”上记录后，由当事人签名。

第七十九条 交通警察根据当事人的行为对发生交通事故所起的作用以及过错的严重程度，确定各方当事人的责任，在“责任及调解结果”栏内记录并当场向当事人宣布。

第八十条 当事人共同请求调解的，交通警察应当当场进行调解，并在“责任及调解结果”栏内记录调解结果，由当事人签名后，将“事故认定书”

当场交付当事人。

第八十一条 当事人提供不出交通事故证据材料、不接受调解、调解未达成协议或者当事人不签名的，交通警察应当在“责任及调解结果”栏内载明有关情况。将“事故认定书”当场交付当事人，告知当事人向人民法院提起民事诉讼。

第八十二条 交通警察应当按照《道路交通安全违法行为处理程序规定》，对当事人实施的道路交通安全违法行为作出处罚决定。适用当场处罚的，应当制作“公安交通管理简易程序处罚决定书”，并交付当事人。需要采取扣留车辆或者扣留机动车驾驶证强制措施的，应当制作“公安交通管理行政强制措施凭证”，并交付当事人。

第十一章　交通事故档案管理

第八十三条 公安机关交通管理部门应当按照《交通事故案卷文书》标准，建立交通事故档案。交通事故案件办结后，按规定编号，装订成册，顺序排放，妥善保存。公安机关交通管理部门应当确定专人负责交通事故档案管理。

第八十四条 适用简易程序处理的交通事故，应当按照交通事故统计月度装订成册，每册填写索引。

适用一般程序处理的交通事故，应当分正卷、副卷，一案一档。

道路以外的交通事故，可以参照前两款规定另行建档、保存。

第八十五条 法院、人民检察院审理、审查交通事故案件，需要调用案件材料的，公安机关交通管理部门应当按规定的时间将交通事故正卷正本移交给人民法院或者人民检察院。复制交通事故正卷副本与交通事故副卷一并存档。

第八十六条 当事人及其代理人收到交通事故认定书后，要求查阅交通事故证据材料的，除涉及国家秘密、商业秘密或者个人隐私，以及应当事人、证人要求保密的内容外，公安机关交通管理部门应当提供。

当事人及其代理人应当提交书面的“当事人查阅证据申请”，明确查阅、复制、摘录的具体内容，经交通事故处理机构负责人同意，安排其查阅。当事人及其代理人可以自费复制证据材料，公安机关交通管理部门应当在当事人复制的材料上加盖交通事故处理专用章。事后将“当事人复制证据申请”与交通事故副卷一并存档。

第十二章　附　则

第八十七条 事故现场警示标牌、锥筒等具体放置标准及巡逻警车停放位置另行规定。

第八十八条 交通事故受伤人员在医疗机构抢救期间所需抢救费用，依据国务院有关机动车第三者责任强制保险和道路交通事故社会救助基金的规定，由交通警察依据《实施条例》第九十条的规定，制作“交通事故抢救费支付（垫付）通知书”，通知事故车辆投保的保险公司支付或者通知道路交通事故社会救助基金管理机构垫付。

第八十九条 公安机关交通管理部门处理交通事故，记录时间使用“年、月、日、时（24小时制）、分”，记录距离使用“公里、米、厘米”，痕迹勘验需要时应当精细到“毫米”，事故分类使用“死亡、伤人、财产损失”。

第九十条 本规范从2005年5月1日起施行。此前公安部发布的有关其他规定与本规范不一致的，以本规范为准。

交通事故痕迹物证勘验

（GA 41—2005）

（2005年1月27日公安部发布　2005年5月1日实施）

1 范　围

本标准规定了道路交通事故（以下简称交通事故）痕迹、物证勘验的主要内容、原则和要求。

本标准适用于公安机关交通管理部门对交通事故现场有关痕迹、物证的勘验。

2 规范性引用文件

下列文件中的条款通过本标准的引用而成为本标准的条款。凡是注日期的引用文件，其随后所有的修改单（不包括勘误的内容）或修订版均不适用于本标准，然而，鼓励根据本标准达成协议的各方研究是否可使用这些文件的最新版本。凡是不注日期的引用文件，其最新版本适用于本标准。

GB 7258　机动车运行安全技术条件

GB/T 19056　汽车行驶记录仪

GB19522　车辆驾驶人员血液、呼气酒精含量阈值与检验

GA49　道路交通事故现场图绘制

GA 50　道路交通事故勘验照相

GA 268　道路交通事故尸体检验

3 术语和定义

下列术语和定义适用于本标准。

3.1 交通事故痕迹物 the trace and physical evidence of road traffic accident

交通事故现场或从交通事故现场带走能证明交通事故真实情况的物品、物质和痕迹。交通事故痕迹物证主要包括在事故车辆、人体、现场遗留的固定物、附着物、散落物或各种痕迹。

3.2 附着物 the attachments

在交通事故中形成，沾附在事故车辆、人体、路面及其他物体表面能证明交通事故真实情况的物质。如油漆、油脂、塑料、橡胶、毛发、纤维、血迹、人体组织、木屑、植物枝叶及尘土等微量附着物质。

3.3 散落物 the debris

遗留在交通事故现场，能够证明交通事故真实情况的物品或物质。如：损坏脱离的车辆零部件、玻璃碎片、油漆碎片、橡胶碎片、车辆装载物、结构性土沙碎块、人体抛落在地面上的穿戴物品和携带物品、人体被分离的器官组织，从其他物体上掉落在地面上的树皮、断枝、水泥及石头碎块等。

3.4 地面痕迹 the trace on the road

交通事故发生过程中，事故车辆车体及相关部件、人体以及与事故有关的物件等与地面接触而遗留在交通事故现场的印迹。

3.5 地面轮胎痕迹 the tyre trace on the road

车辆轮胎相对于地面作滚动、滑移等运动时，留在地面上的印迹。

3.6 滚印 the imprints

车辆轮胎相对于地面作纯滚动运动时，留在地面上的印迹。能清晰反映轮胎面花纹形态、花纹组合形态，胎面磨损和机械损伤等特征。

3.7 压印 the scuffmarks

车辆轮胎受制动力作用，沿行进方向相对于地面作滚动、滑移复合运动时，留在地面上的印迹。特征为胎面痕迹在车辆行进方向有所延长。

3.8 拖印 the skidmarks

车辆轮胎受制动力作用，沿行进方向相对于地面作滑移运动时，留在地面上的印迹。特征为带状，不显示胎面花纹，宽度与胎面宽度基本一致。

3.9 侧滑印 the yawmarks

车辆轮胎受制动力或碰撞冲击力或转向离心力的作用，偏离原行进方向相对于地面作横向滑移运动时，留在地面上的印迹。特征为印迹宽度一般大于或小于轮胎胎面宽度，一般不显示胎面花纹。

3.10 挫划印 the road scars

物体在地面上形成的刮擦印迹或沟槽。

3.11 车体痕迹 the trace of vehicle

车辆在交通事故中与其他车辆、人体、物体接触，造成车辆变形和破损遗留在车体上的印迹，以及车体上的灰尘或其他附着物等缺失留下的痕迹。

3.12 人体痕迹 the trace of body

在交通事故中与车辆、道路、物体接触，遗留在人体衣着和体表上的印迹。

3.13 其他痕迹 other trace

交通事故中车辆、物体或人体与树木、道路交通设施、建筑物等接触，遗留在树木、道路交通设施、建筑物等表面的印迹。

4 勘验原则和一般要求

4.1 勘验原则

4.1.1 勘验工作应及时、全面、客观、缜密。

4.1.2 勘验工作应严格依照有关法律法规相关规定进行。

4.1.3 勘验工作应运用科学手段和方法，采用先进技术。

4.2 勘验的一般要求

4.2.1 勘验工作应由具备交通事故处理资格的交通警察或有关专业技术人员担任。

4.2.2 勘验工作应采用必要的现场保护装备，采取有效的措施，确保勘验人员的安全。

4.2.3 勘验工作应配务相应的甚验车辆、甚验器材等装备。

4.2.4 勘验人员应根据各类交通事故的特点，仔细观察交通事故痕迹和物证的形态及特征，勘验交通事故现场痕迹、物证。

a）勘验发生交通事故的事故车辆、人员、现场路面和有关物体及其状态、痕迹位置。

b）勘验发生交通事故的事故车辆、人员行进路线的痕迹、物证。

c）勘验事故车辆、人员、现场路面、有关物体接触部位、受力方向及有关的地面遗留物；在事故接触部位及周围寻找事故可疑物，重点勘验第一次接触的痕迹、物证及其相对位置。

4.2.5 勘验中发现痕迹为承受体的，应勘验、确定相应的造型体，勘验和确定造型体和承受体接触部位。对于连续发生多次接触，应准确认定造型体和承受体第一次接触时的具体部位。

4.2.6 勘验中应测量事故车辆、人体、现场路面及有关物体的相对位置，进行定位，明确基准，测量各类痕迹的位置、形状、尺寸等；测量时应以道路边缘、标线、车辆的一侧或地面为基准。测量可用卷尺、激光测距仪、超声波测距仪或摄影测量等方法。测量的最小单位为厘米。测量误差；距离小于50cm时，最大误差允许为0.5cm；距离为50cm至10cm时，最大误差不得超过1%；距离超过10m时，最大误差不得超过10 cm。

4.2.7 勘验中应首先使用照相法固定和提取有价值的痕迹和物证。测量大面积的痕迹、物证，应在被照物旁放置相应的比例尺，对于微量痕迹、物证应在被照物旁放置10cm长带毫米刻度的比例尺，比例尺应放置在痕迹物证旁1cm以内，与痕迹、物证处于同一平面，刻度一侧朝向痕迹、物证，不得遮掩，妨碍观察；提取时应尽量不损坏提取物，并注明提取物名称、提取人、提取时间、地点、部位、天气、提取方法等情况。对提取的微量痕迹、物证要妥善保管，及时送检。

4.2.8 痕迹、物证位置、种类、形状、尺寸等的勘验和提取应在交通事故现场勘验笔录中载明。

4.2.9 勘验照相按照GA50执行。

4.2.10 勘验绘图按照GA49执行。

5 勘验的具体要求

5.1 勘验设备要求

5.1.1 交通事故勘查车

交通事故勘查车应备有反光指示牌、反光锥筒、警戒带、反光背心、手持照明灯或车载照明设备等。

5.1.2 测量仪器

a）应配备卷尺或激光（超声波）测距仪等设备。

b）根据需要配行坡度仪、附着系数测定仪、摄影测量系统等。

5.1.3 现场照相、摄像设备

a）现场勘验照相应配备彩色胶片照相或数码照相机，数码照相机的技术要求，照片分辨率应达到500万像素；

b）现场勘验摄像应配备摄像机。

5.1.4 提取工具和器材

现场甚检应根据需要配备静电吸迹器、灰尘痕迹固定剂、长波紫外灯、手术刀柄、手术刀片、镊子、纱布、指纹提取工具（一体式指纹刷、磁性笔和吸耳球、指纹胶纸和衬纸）、物证通用标签、物证收集瓶、硫酸纸物证袋、塑料袋、载玻片、提取板盒等现场勘验提取工具和器材。

5.1.5 其他器材

现场甚验应根据需要配备不干胶、比例尺、放大镜、铅笔、玉石笔、卡钳、钢丝钳、指南针、印泥、录音设备、绘图用照明灯、脱脂棉、酒精、医用胶布、手套、口罩、毛巾、肥皂等现场勘验常用器材。

5.2 勘验准备

在抢救伤亡人员过程中需要移动事故车辆、人体或有关物体，应做好相应的标记或通过照相、摄像固定。

5.3 痕迹物证发现、固定、保全、提取和测量

5.3.1 痕迹物证发现

a）根据交通事故的类型及其特点，通过观察事故发生时所接触到的物体和接触部位所显现出来的异常现象，确定勘验的重点部位。

b）仔细观察交通事故现场，在交通事故现场地面、事故车辆、伤亡人员及其他有关物体的接触部位寻找发现可疑物；注意发现留在现场的地面痕迹、人体痕迹、车体痕迹及其他痕迹；注意发现路面上的其他痕迹和车体外、车体内痕迹。

c）采用先进科学的手段和方法发现痕迹物证。

5.3.2 痕迹物证固定

痕迹物证采用照相、摄像、绘图和笔录等方法固定。

5.3.3 痕迹物证保全

a）痕迹、物证因故不能及时提取时，应采取保护措施，防止痕迹和物证的破坏和灭失；

b）方向盘等车体上遗留的指纹或轮胎上存在事故物证的车辆，应先行提取，方能移动车辆：

c）现场路面上的交通事故痕迹和物证，应在勘验、测量和照相之后，立即进行提取；

d）事故车辆和物证采用妥善方法，将交通事故痕迹和物证部位保护起来。防止人员触摸或因天气变化造成痕迹和物证的损坏或灭失；

e）不便立即送检的易挥发性样品，应使用清洁的玻璃瓶、塑料瓶或塑料袋密封，并低温保存。

5.3.4 痕迹物证提取

5.3.4.1 一般要求

a）确认或疑似交通事故痕迹、物证，应当进行提取；

b）在勘验和提取物证的过程中，要防止所提的物证被污染。提取物证之前，不得在物证部位及附近用粉笔、圆珠笔或蜡笔等勾画。提取物证所用的各种工具、包装物、容器等必须干净，用同一工具提取不同部位的物证时，每提取一次，必须把工具擦拭干净。提取各种物证，特别是提取油脂、

血迹、人体组织等，不得重复使用同一工具，不得用手直接接触物证；

c）对所发现的全部有关痕迹和各类实物，在提取之前应将其形状、数量、颜色、所在地点等分别编号记录。对发现的实物可直接提取，但必须分别包装，特别是对某些需进行化验的物质（如血迹、汽油等），包装时应严防污染或相互混杂。对某些分离物或脱落物，在包装时应注意其边沿不被损坏。对交通事故中伤亡者衣服上的车轮花纹痕迹等，应连同衣服提取；对地面上的平面或立体痕迹，应当细心提取。

5.3.4.2 直接提取

能反映交通事故痕迹及与形成交通事故痕迹有关的小件物品、易分解车辆零部件，应将物品和有关零部件全部直接提取。

5.3.4.3 间接提取

无法进行直接提取的交通事故痕迹，根据需要采用相应的照相或摄像法、静电吸附法、石膏灌注法、硅橡胶提取法、硬塑料提取法、复印法等技术手段进行提取。

a）拍摄的痕迹影像应完整、清晰、不变形，能反映痕迹的适当部位特征，并附以毫米比例尺；

b）遗留在光滑路面上的加层轮胎花纹痕迹，可采用静电吸附法提取；

c）遗留在路面上的立体痕迹，如泥土路面上的足迹、轮胎花纹痕迹等，可采用石膏灌注法进行提取；

d）对于有一定弹性而且不易断裂和破碎物体表面的痕迹，可用硅橡胶加一定量过氧化物的方法固化提取；

e）对于车辆或物体表面较大面积的痕迹可用硬塑料提取；

f）对于光滑平面上的指纹，如机动车方向盘、车门把手和车辆表面的可疑指纹，可用金属粉末提取。

5.3.4.4 散落物的提取

a）散落在现场地面的玻璃碎片、油漆碎片、塑料碎片、车辆零部件及装载物等固体物质，可用镊子夹取；

b）沾有事故物证的较大物品以及散落在事故车辆内的鞋只、钮扣、手套、人体组织等，提取时不得用手直接接触交通事故痕迹和附着物部位。

5.3.4.5 附着物的提取

a）沾附在小件物品及易分解车辆零部件表面的物质，应将有关物品和零部件全部提取；

b）沾附在车体或其他较大物体表面的固体物质，可根据物质性质，用刀片刮、镊子夹等方法提取。必要时，为防止物证丢失，可采用剪、挖、锯等方法将物证连同部分载体一并提取；

c）血液、油脂等液体物质可用滤纸、纱布或脱脂棉擦取。

5.3.4.6 提取对照样品

a）肇事逃逸车辆本身的物质或装载物遗留在现场时，勘验人员应将现场遗留物，细心提取，妥善保存。待查到可疑车辆后，从可疑车辆的有关部位，提取与现场遗留物外观相似的物质作为对照样品，进行比对检验；

b）勘验可疑车辆时，如果发现可疑附着物，应从被撞车辆、伤亡人体或现场其他物体表面提取对照样品，进行比对检验。

5.3.5 痕迹物证测量

a）对已确定的交通事故痕迹、物证，应测量和记录其位置、长度、宽度、高度和方向；

b）测量记录车辆碰撞损坏变形形状及变形量（长、宽、高或深度）；

c）测量记录交通事故现场路面坡度、转弯半径、附着系数等情况。

5.4 地面痕迹勘验

5.4.1 地面轮胎痕迹勘验要求如下：

a）勘验地面轮胎痕迹的种类、形状、方向、长度、宽度、痕迹中的附着情况，以及轮胎的规格、花纹等；

b）交通事故逃逸现场应勘验逃逸车辆两侧轮胎痕迹的间距和前后轮胎痕迹止点的间距，判明逃逸车辆的类型和行进方向；

c）勘验滚印、压印、拖印、侧滑印、挫划印分段点相对路面边缘的垂直距离、痕迹与道路中心线的夹角，痕迹的滑移、旋转方向及旋转度数；

d）滚印、压印、拖印、侧滑印、挫划印及痕迹突变点应分别勘验；弧形痕迹应分段勘验；轮胎跳动引起的间断痕迹应作为连续痕迹勘验，根据需要记录间断痕迹之间的距离；

e）根据装备制动防抱死装置（ABS）车辆制动痕迹多为压印，偶尔为轻微拖印，且轻淡、不易发现，易消失等特征，及时、仔细勘验痕迹的起止点。

5.4.2 勘验车辆或其他物体留在地面上的挫划痕迹的长度、宽度、深度，痕迹中心或起止点距道路边缘的距离；确定痕迹的造型体。

5.4.3 勘验与交通事故有关的地面散落物、血迹、类人体组织等的种类、形状、颜色，及其分布位置；确定主要散落物第一次着地点和着地方向。

5.4.4 水泥、沥青、块石路面上的痕迹被尘土、散落物覆盖时，在不妨碍其他项目勘验的前提下，可照相后清除覆盖物再勘验。

5.4.5 根据需要制作痕迹模型，提取地面的橡胶粉末、轮胎的橡胶片、轮胎胎面上的附着物等，进行检验、鉴定。

5.5 车体痕迹勘验

5.5.1 勘验车体上各种痕迹产生的原因。勘验车辆与其他车辆、人员、物体第一次接触的部位和受力方向，确定另一方相应的接触部位。

5.5.2 勘验车体上各种痕迹的长度、宽度、凹陷深度、痕迹上、下边缘距离地面的高度，痕迹与车体相关一侧的距离。

5.5.3 勘验车辆部件损坏、断裂、变形情况。

5.5.4 与车辆照明系统有关的交通事故，应提取车辆的灯泡、灯丝及其碎片。

5.5.5 车辆与人发生的交通事故，要特别注意勘验、提取车体上的纤维、毛发、血迹、类人体组织、漆片等附着物。

5.5.6 需要确定车辆驾驶人的，应提取方向盘、变速杆、驾驶室门和踏脚板等处的手、足痕迹及附着物。

5.6 人体痕迹勘验

5.6.1 一般要求

勘验人体痕迹之前，应先照相或现场调查、走访，记录受害人在现场的原始位置。人体痕迹勘验应从外到里进行，先衣着后体表。

5.6.2 勘验衣着痕迹

a）勘验衣着上有无勾挂、撕裂、开缝、脱扣等破损痕迹，有无油漆、油污等附着物，鞋底有无挫划痕迹；

b）勘验衣着上痕迹、附着物的位置、形状、特征，造成痕迹的作用力方向，痕迹中心距足跟的距离；

c）根据需要勘验衣着的名称、产地、颜色、新旧程度等特征及穿着顺序，提取必要的衣着物证。

5.6.3 勘验体表痕迹

a）交通事故尸体的体表痕迹由法医或勘验人员勘验；伤者的体表痕迹一般由医院诊断检查。根据需要可由法医检查或由勘验人员在医务人员协助下检查；

b）检查性别、体长、体型等体表特征；

c）勘验体表损伤的部位、类型、形状尺寸，造成损伤的作用力方向；损伤部位距足跟的距离。损伤部位的附着情况；

d）根据需要提取伤、亡人员的衣着、血液、组织液；毛发、体表上的附着物等，进行检查、鉴定。

5.7 其他痕迹、物证勘验

5.7.1 勘验树木、道路交通设施、建筑物等固定物上痕迹的长度、宽度、深度及距离地面的高度，确定造型体。

5.7.2 提取有关脱落物或部件碎片，注意保护断口形态，留作整体分离的物证。

5.7.3 交通事故逃逸现场应提取现场遗留的所有与交通事故有关的痕迹、物证。

5.7.4 从车辆上掉落的沙土、油脂、装载物品等，可以反映车辆的使用情况，特别是从轮胎上脱落的泥块，能反映车辆的行驶状态和轮胎花纹的局部形态。对这些物证均应提取，并妥善保管。以便检验鉴定。

5.7.5 在有电子监控设备的路段，应及时提取监控设备所记录的车辆信息。

5.8 送检

交通事故痕迹物证进行勘验、测量和记录，尚不能满足事故认定的需要，应提取有价值的痕迹、物证，送交专业技术人员或具备资格的检验鉴定机构进行检验、鉴定。对提取的微量痕迹、物证要妥善保管，及时送检。

a）事故车辆行驶速度的技术鉴定：对于装有符合 GB/T 19056 的汽车行驶记录仪的事故车辆可从汽车行驶记录仪直接提取有关数据；对于发生碰撞事故后安全气囊打开的事故车辆可从安全气囊记录模块中提取数据；

b）对酒后驾驶车辆的当事人，应提取血液进行酒精浓度检测，检测按照 GB 19522 执行；

c）事故机动车安全性能技术鉴定按照 GB 7258 的有关规定执行；

d）对未知名尸体，应提取人身识别检材，进行 DNA 鉴定。

交通事故勘验照相

（GA 50—2005）

（2005 年 9 月 7 日公安部发布　2005 年 11 月 1 日实施）

1　范围

本标准规定了道路交通事故勘验照相与视频图像采集的要求和视频图像的贮存及照片归档。

本标准适用于公安机关交通管理部门对道路交通事故现场、车辆、交通参与人及痕迹物证的勘验照相和视频图像采集。

2　术语和定义

下列术语和定义适用于本标准。

2.1　现场　spot

发生交通事故和存在与交通事故有关痕迹物证的场所。

2.2　方位照相　photography of　orientation

以整个现场和现场周围环境为拍摄对象，反映交通事故现场所处的位置及其与周围事物的关系的专门照相。视角应覆盖整个现场范围；一张照片无法涵盖的，可以使用回转连续拍摄法或者直线连续拍摄法拍摄。

2.3 概览照相 photography of general scene

以整个现场或现场中心地段为拍摄内容，反映现场的全貌以及现场有关车辆、尸体、物品、痕迹的位置及相互间关系的专门照相。以现场中心物体为基点，沿现场道路走向的相对两向位或者多向位分别拍摄。各向位拍摄的概览照相，其成像中各物体间的相对位置应当基本一致，上一个视角的结束部分与下一个视角的开始部分应有联系。

2.4 中心照相 photography of center

在较近距离拍摄交通事故现场中心、重要局部、痕迹的位置及其与有关物体之间的联系的专门照相。

2.5 细目照相 photography of details

采用近距或微距拍摄交通事故现场路面、车辆、人体上的痕迹及有关物体特征的专门照相。照相机及镜头主光轴与被摄痕迹面相垂直。视角应当覆盖整个痕迹；一张照片无法覆盖的，可以分段拍摄。

2.6 视频图像采集 to gather video image

使用摄录设备拍摄、贮存反映交通事故过程与交通事故现场信息，并由计算机进行终端显示、打印的方式。

3 要求

3.1 一般要求

3.1.1 交通事故现场勘查，应采采用现场方位照相、概览照相、中心照相、细目照相以及视频图像采集等方式客观、全面、清晰地反映交通事故现场相关信息，其内容应当与交通事故现场勘查笔录的记载相一致。

3.1.2 概览照相、中心照相、细目照相所反映的内容应有关联。

3.1.3 勘验照相与视频图像采集不得有艺术夸张，无视认障碍，长镜头画面连续完整无剪辑，单镜头单幅画面无组合，照片图像视认性完整良好，影像清晰，与交通事故相关的视频图像应保持真实完整。受客观条件限制无法准确记录现场信息的，可在该限制条件消除后及时进行补充照相。

3.1.4 拍摄痕迹时，应当放置比例标尺。比例标尺的长度一般为50mm，当痕迹长度大于500mm 时，可用卷尺作为比例标尺。比例标尺放置在痕迹旁 10 mm 以内，与痕迹处于同一平面，刻度一侧朝向痕迹，不得遮掩、妨碍观察。被摄物体为深色的，应当放置白底黑字比例标尺；被摄物体为浅色的，应当放置黑底白色比例标尺。

3.1.5 使用数码照相机、摄像机，照相机成像分辨率不低于 2272 × 1704 像素（400 万像素），摄像机应在 100 万以上像素。

3.2 现场环境照相

运用方位照相、概览照相方式拍摄。

3.2.1 拍摄交通事故现场环境、现场位置和现场概貌。

3.2.2 拍摄交通事故现场周围的地形、地貌、道路走向、路面状况、交通标志和现场所处位置等。

3.2.3 拍摄交通事故现场有关车辆、尸体、物体的位置、状态等。

3.3 痕迹勘验照相

运用中心照相、细目照相方式拍摄。

3.3.1 拍摄现场中心和物体分离痕迹、物体表面痕迹、路面痕迹、人体衣着痕迹以及现场遗留物等

3.3.2 拍摄交通事故现场中心部位或重要局部。

3.3.3 拍摄交通事故现场路面、车辆、人体或物体上的各种有关痕迹。

3.3.4 拍摄车辆与其他车辆、人员、物体的接触部位，车内死、伤者的分布状态、位置，车辆档位、方向盘、仪表盘等。

3.3.5 拍摄与交通事故有关并且具有证据作用的物体的形状、大小及颜色等特征。

3.3.6 物体分离痕迹拍摄：

a）分离物在原物体中的具体位置；

b）分离端面的痕迹特征；

c）原物体的基本状况及内部结构特征。

3.3.7 物体表面痕迹拍摄：

a）痕迹在物体上具体位置；

b）痕迹的形状、大小、深浅、颜色；

c）造形客体与承受客体的比对照片；

d）有必要采集细微痕迹进行检验认定的，可按照所需比例直接放大的相提取。

3.3.8 路面痕迹拍摄：

a）痕迹在路面上特定位置和起止距离；

b）痕迹形态、深浅和颜色；

c）路面痕迹的造型客体及其与痕迹的相互位置。

3.3.9 人体附着痕迹拍摄：

a）痕迹附着在人体、衣着上的具体位置；

b）附着在人体、衣着表面上痕迹的形状、大小、颜色；

c）每个痕迹应单独拍摄；同一部位多层次衣着和体表都有痕迹的，根据需要分别提取拍摄。遗留物拍摄：

3.3.10 遗留物拍摄：

a）遗留物在现场中的原始位置；

b）遗留物的形状、体积特征，并充分反映物品的质地。

3.3.11 需要反映物品立体形状的，拍摄不得少于两个侧面。

3.3.12 需要确认驾驶人的，应当提取人体手印足迹照片。

3.3.13 需要鉴定的，应拍摄本体物与原形照片。

3.4 车辆检验照相

运用中心照相和细目照相方式拍摄。

3.4.1 拍摄交通事故车辆的整车及损坏部位、号牌、铭牌等。

3.4.2 拍摄分解检验的车辆及共部件的损坏情况、形态等。

3.4.3 对直接造成交通事故的故障与损坏的机件，根据需要拍摄该机件的损坏状态。

3.5 人体照相

运用中心照相和细目照相的方式拍摄。

3.5.1 人体损伤痕迹拍摄：

a）人体损伤痕迹的具体位置；

b）人体损伤痕迹的形状、大小、特征，显现创伤程度。拍摄人体损伤痕迹和创口，应放置比例标尺；

c）在不影响对伤员救护的前提下，尽可能拍摄损伤痕迹的原始状况。

3.5.2 尸体拍摄：

a）尸体在现场的位置；

b）尸体全身正、侧面原始着装、裸体照片；

c）多人死亡交通事故，应拍摄尸体按编号顺序排列的场面；

d）尸体面部无法辨认的，应拍摄该死者的有关证件照片和显著体表特征照片；

e）对无名尸体，应拍摄其生前的痣、痘、疤痕、纹身、生理缺陷、疾病残疾、畸形或者缺损等生理、病理特征和整容后的正面半身照片。

f）对尸表检验应根据法医鉴定需要拍摄重要局部创、损伤痕迹；

g）尸体头部有损伤痕迹的应剪去局部毛发，显现损伤痕迹后拍摄。

3.5.3 对造成交通死亡事故以及无身份证明的肇事者，拍摄显示其身高比例的半身标准近照；对在现场的肇事者，应将其安置于可表明与肇事相关的车辆、物体一侧拍摄。

4 交通事故照片

4.1 照片册封面与内页

4.1.1 照片册封面与内页的幅面尺寸为297mm×210mm（国际标准A4

型纸，以下简称 A4 型纸）。

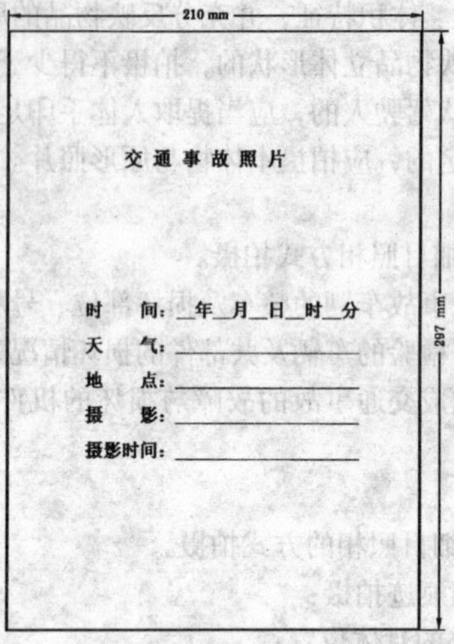

210 mm

交 通 事 故 照 片

时　间：__年__月__日__时__分

天　气：________

地　点：________

摄　影：________

摄影时间：________

297 mm

图 1

4.1.2 封面（样式见图 1）项目包括：

a）名称：交通事故照片；

b）时间：交通事故发生的年、月、日、时、分；

c）天气：交通事故发生时的气象状况；

d）地点：交通事故发生的道路位置的正式名称；

e）摄影：执行照相的人员姓名，以及监控点的机号、编排代号；

f）摄影时间：执行拍摄时的年、月、日、时、分。

注：年份用四位阿拉伯数字，时间用 24 小时制填写。

4.1.3 印制封面时，名称使用 2 号宋体，其余文字用 4 号宋体。

4.2 照片裱贴用纸

4.2.1 单页内页粘贴纸型、规格为 A4 型纸。

4.2.2 联页折叠的内页粘贴纸，折叠页幅面尺寸为 297 mm×（185 ±5）mm。

4.3 照片规格

4.3.1 照片应使用光面相纸制作。

4.3.2 照片尺寸规格：单幅照片为 127 mm× 89 mm；需要对照片进行接片的，其接片的长度与宽度根据实际需要制作。

4.3.3 制作照片不留白边，不做花边。

4.4 编排裱贴

4.4.1 交通事故照片，一般应按照现场方位照片、概览照片、中心照片、痕迹勘验照片、车辆检验照片、肇事人照片的顺序编排，亦可根据需要按照案卷材料分类编排。

4.4.2 检验鉴定照片应附于鉴定书后。

4.4.3 照片裱贴应该使用防霉化的胶水。

4.4.4 裱贴后遇照片联页叠夹时，应加隔防粘透明纸。

4.5 照片标示

4.5.1 照片标示可使用计算机编排打印或手工标示，手工标示应使用蓝、黑墨水或档案专用圆珠笔书写，字迹端正清楚。

4.5.2 标示方法：

a）直线标示：用直线划在照片中的标示物，顶端为所示物，下端顺延出照片后依次由左往右或由上往下排列编号，按照编号加注文字和数据。

b）框形标示：在局部照片外围划框形线，用箭头指向引入整体照片中的具体位置。

c）箭头标示：在照片具体部位用箭头引出，表示人、车和行进方向、道路走向或其他需要标明、认定的物体。

d）符号标示：用各种符号表明照片中的具体物品的位置，加注文字和数据。

4.5.3 照片标示不覆盖重要痕迹、物证影相。线条、符号标示，使用红色或黑色线条。

5 视频图像贮存

5.1 视频图像应贮存人计算机。

5.2 一次死亡3人以上交通事故视频图像应刻录光盘保存，保存期限与该交通事故案卷一致。

6 入卷归档

6.1 交通事故照片装订成册后归入交通事故案卷。

6.2 对肇事人追究刑事责任的交通事故，分别制作一式2份照片归人案卷的正本和副本。

6.3 交通事故的照相底片可随卷或单独保存，数码照相机拍摄的图像文件存人计算机，保存期限与该交通事故案卷一致。

公安部交通管理局关于车行道边缘线有关问题的答复

（1992年12月10日　公交管〔1992〕187号）

北京市公安交通管理局：

你局12月7日请示：车道中心线（包括隔离带、设施等）两侧所划的车行道边缘线之间的区域，行人或车辆能否通行？现答复如下：

车道中心线（包括隔离带、隔离设施等）两侧所划的车行道边缘线，是为了保证车辆高速行驶的安全和保护道路设施，两条边缘线之间的区域，禁止行人和车辆通行。违者按交通违章论处；造成交通事故的，应当根据当事人的违章行为与交通事故之间的因果关系，以及违章行为在交通事故中的作用，认定当事人的交通事故责任。

此复

中华人民共和国刑法（节录）

（1979年7月1日第五届全国人民代表大会第二次会议通过　1997年3月14日第八届全国人民代表大会第五次会议修订　1997年3月14日中华人民共和国主席令第83号公布　自1997年10月1日起施行　根据1998年12月29日第九届全国人民代表大会常务委员会第六次会议通过的《全国人民代表大会常务委员会关于惩治骗购外汇、逃汇和非法买卖外汇犯罪的决定》、1999年12月25日第九届全国人民代表大会常务委员会第十三次会议通过的《中华人民共和国刑法修正案》、2001年8月31日第九届全国人民代表大会常务委员会第二十三次会议通过的《中华人民共和国刑法修正案（二）》、2001年12月29日第九届全国人民代表大会常务委员会第二十五次会议通过的《中华人民共和国刑法修正案（三）》、2002年12月28日第九届全国人民代表大会常务委员会第三十一次会议通过的《中华人民共和国刑法修正案（四）》、2005年2月28日第十届全国人民代表大会常务委员会第十四次会议通过的《中华人民共和国刑法修正案（五）》、2006年6月29日第十届全国人民代表大会常务委员会第二十二次会议通过的《中华人民共和国刑法修正案（六）》修订）

……

第一百三十三条　违反交通运输管理法规，因而发生重大事故，致人重伤、死亡或者使公私财产遭受重大损失的，处三年以下有期徒刑或者拘役；交通运输肇事后逃逸或者有其他特别恶劣情节的，处三年以上七年以下有期徒刑；因逃逸致人死亡的，处七年以上有期徒刑。

……

最高人民法院关于审理交通肇事刑事案件具体应用法律若干问题的解释

（2000 年 11 月 15 日　法释〔2000〕33 号）

为依法惩处交通肇事犯罪活动，根据刑法有关规定，现将审理交通肇事刑事案件具体应用法律的若干问题解释如下：

第一条　从事交通运输人员或者非交通运输人员，违反交通运输管理法规发生重大交通事故，在分清事故责任的基础上，对于构成犯罪的，依照刑法第一百三十三条的规定定罪处罚。

第二条　交通肇事具有下列情形之一的，处 3 年以下有期徒刑或者拘役：

（一）死亡 1 人或者重伤 3 人以上，负事故全部或者主要责任的；

（二）死亡 3 人以上，负事故同等责任的；

（三）造成公共财产或者他人财产直接损失，负事故全部或者主要责任，无能力赔偿数额在 30 万元以上的。

交通肇事致 1 人以上重伤，负事故全部或者主要责任，并具有下列情形之一的，以交通肇事罪定罪处罚：

（一）酒后、吸食毒品后驾驶机动车辆的；

（二）无驾驶资格驾驶机动车辆的；

（三）明知是安全装置不全或者安全机件失灵的机动车辆而驾驶的；

（四）明知是无牌证或者已报废的机动车辆而驾驶的；

（五）严重超载驾驶的；

（六）为逃避法律追究逃离事故现场的。

第三条　“交通运输肇事后逃逸”，是指行为人具有本解释第二条第一款规定和第二款第（一）至（五）项规定的情形之一，在发生交通事故后，为逃避法律追究而逃跑的行为。

第四条　交通肇事具有下列情形之一的，属于“有其他特别恶劣情节”，处 3 年以上 7 年以下有期徒刑：

（一）死亡 2 人以上或者重伤 5 人以上，负事故全部或者主要责任的；

（二）死亡6人以上，负事故同等责任的；

（三）造成公共财产或者他人财产直接损失，负事故全部或者主要责任，无能力赔偿数额在60万元以上的。

第五条 “因逃逸致人死亡”，是指行为人在交通肇事后为逃避法律追究而逃跑，致使被害人因得不到救助而死亡的情形。

交通肇事后，单位主管人员、机动车辆所有人、承包人或者乘车人指使肇事人逃逸，致使被害人因得不到救助而死亡的，以交通肇事罪的共犯论处。

第六条 行为人在交通肇事后为逃避法律追究，将被害人带离事故现场后隐藏或者遗弃，致使被害人无法得到救助而死亡或者严重残疾的，应当分别依照刑法第二百三十二条、第二百三十四条第二款的规定，以故意杀人罪或者故意伤害罪定罪处罚。

第七条 单位主管人员、机动车辆所有人或者机动车辆承包人指使、强令他人违章驾驶造成重大交通事故，具有本解释第二条规定情形之一的，以交通肇事罪定罪处罚。

第八条 在实行公共交通管理的范围内发生重大交通事故的，依照刑法第一百三十三条和本解释的有关规定办理。

在公共交通管理的范围外，驾驶机动车辆或者使用其他交通工具致人伤亡或者致使公共财产或者他人财产遭受重大损失，构成犯罪的，分别依照刑法第一百三十四条、第一百三十五条、第二百三十三条等规定定罪处罚。

第九条 各省、自治区、直辖市高级人民法院可以根据本地实际情况，在30万元至60万元、60万元至100万元的幅度内，确定本地区执行本解释第二条第一款第（三）项、第四条第（三）项的起点数额标准，并报最高人民法院备案。

人体重伤鉴定标准

（1990年3月29日　司发［1990］070号）

第一章　总　　则

第一条 本标准依照《中华人民共和国刑法》第八十五条规定，以医学和法医学的理论和技术为基础，结合我国法医检案的实践经验，为重伤的鉴定提供科学依据和统一标准。

第二条 重伤是指使人肢体残废、毁人容貌、丧失听觉、丧失视觉、丧失其他器官功能或者其他对于人身健康有重大伤害的损伤。

第三条 评定损伤程度，必须坚持实事求是的原则，具体伤情具体分析。

损伤程度包括损伤当时原发生病变、与损伤有直接联系的并发症，以及损伤引起的后遗症。

鉴定时，应依据人体损伤当时的伤情及其损伤的后果或者结局，全面分析，综合评定。

第四条 鉴定损伤程度的鉴定人，应当由法医师或者具有法医学鉴定资格的人员担任，也可以由司法机关委托、聘请的主治医师以上人员担任。鉴定时，鉴定人有权了解与损伤有关的案情、调阅案卷和病历、勘验现场，有关单位有责任予以配合。鉴定人应当遵守有关法律规定，保守案件秘密。

第五条 损伤程度的鉴定，应当在判决前完成。

第二章 肢体残废

第六条 肢体残废是指由各种致伤因素致使肢体缺失或者肢体虽然完整但已丧失功能。

第七条 肢体缺失是指下列情形之一：

（一）任何一手拇指缺失超过指间关节；

（二）一手除拇指外，任何三指缺失均超过近侧指间关节，或者两手除拇指外，任何四指缺失均超过近侧指间关节；

（三）缺失任何两指及其相连的掌骨；

（四）缺失一足50%或者足跟50%；

（五）缺失一足第一趾和其余任何二趾，或者一足除第一趾外，缺失四趾；

（六）两足缺失五个以上的足趾；

（七）缺失任何一足第一趾及其相连的跖骨；

（八）一足除第一趾外，缺失任何三趾及其相连的跖骨；

第八条 肢体虽然完整，但是已丧失功能，是指下列情形之一：

（一）肩关节强直畸形或者关节运动活动度丧失达50%[1]；

（二）肘关节活动限制在伸直位，活动度小于90度或者限制在功能位，活动度小于10度；

（三）肱骨骨折并发假关节、畸形愈合严重影响上肢功能；

（四）前臂骨折畸形愈合强直在旋前位或者旋后位；

（五）前臂骨折致使腕和掌或者手指功能严重障碍；

（六）前臂软组织损伤致使腕和掌或者手指功能严重障碍；

（七）腕关节强直、挛缩畸形或者关节运动活动度丧失达50%；

（八）掌指骨骨折影响一手功能，不能对指和握物[2]；

（九）一手拇指挛缩畸形，不能对指和握物；

（十）一手除拇指外，其余任何三指挛缩畸形，不能对指和握物；

（十一）髋关节强直、挛缩畸形或者关节运动活动度丧失达50%；

（十二）膝关节强直、挛缩畸形屈曲超过30度或者关节运动活动度丧失达50%；

（十三）任何一侧膝关节十字韧带损伤造成旋转不稳定，其功能严重障碍；

（十四）踝关节强直、挛缩畸形或者关节运动活动度丧失达50%；

（十五）股骨干骨折并发假关节、畸形愈合缩短超过5厘米、成角畸形超过30度或者严重旋转畸形；

（十六）股骨颈骨折不愈合、股骨头坏死或者畸形愈合严重影响下肢功能；

（十七）胫腓骨骨折并发假关节、畸形愈合缩短超过5厘米、成角畸形超过30度或者严重旋转畸形；

（十八）四肢长骨（肱骨、桡骨、尺骨、股骨、胫腓骨）开放性、闭合性骨折并发慢性骨髓炎；

（十九）肢体软组织疤痕挛缩，影响大关节运动功能，活动度丧失达50%；

（二十）肢体重要神经（臂丛及其重要分支、腰骶丛及其重要分支）损伤，严重影响肢体运动功能；

（二十一）肢体重要血管损伤，引起血液循环障碍，严重影响肢体功能。

第三章　容貌毁损

第九条　毁人容貌是指毁损他人面容[3]，致使容貌显著变形、丑陋或者功能障碍。

第十条　眼部毁损是指下列情形之一：

（一）一侧眼球缺失或者萎缩；

（二）任何一侧眼睑下垂完全覆盖瞳孔；

（三）眼睑损伤显著影响面容；

（四）一侧眼部损伤致成鼻泪管全部断裂、内眦韧带断裂影响面容；

（五）一侧眼眶骨折显著塌陷。

第十一条　耳廓毁损是指下列情形之一：

（一）一侧耳廓缺损达50%或者两侧耳廓缺损总面积超过一耳60%；

（二）耳廓损伤致使显著变形。

第十二条　鼻缺损、塌陷或者歪曲致使显著变形。

第十三条 口唇损伤显著影响面容。

第十四条 颧骨损伤致使张口度（上下切牙切缘间距）小于1.5厘米；颧骨骨折错位愈合致使面容显著变形。

第十五条 上、下颌骨和颞颌关节毁损是指下列情形之一：

（一）上、下颌骨骨折致使面容显著变形；

（二）牙齿脱落或者折断共七个以上；

（三）颞颌关切损伤致使张口度小于1.5厘米或者下颌骨健侧向伤侧偏斜，致使面下部显著不对称。

第十六条 其他容貌毁损是指下列情形之一：

（一）面部损伤留有明显块状疤痕，单块面积大于4平方厘米，两块面积大于7平方厘米，三块以上总面积大于9平方厘米或者留有明显条状疤痕，单条长于5厘米，两条累计长度长于8厘米、三条以上累计总长度长于10厘米，致使眼睑、鼻、口唇、面颊等部位容貌毁损或者功能障碍。

（二）面神经损伤造成一侧大部面肌瘫痪，形成眼睑闭合不全，口角歪斜；

（三）面部损伤留有片状细小疤痕、明显色素沉着或者明显色素减退，范围达面部面积30%；

（四）面颈部深二度以上烧、烫伤后导致疤痕挛缩显著影响面容或者颈部活动严重障碍。

第四章　丧失听觉[4]

第十七条 损伤后，一耳语音听力减退在91分贝以上。

第十八条 损伤后，两耳语音听力减退在60分贝以上。

第五章　丧失视觉[5]

第十九条 各种损伤致使视觉丧失是指下列情形之一：

（一）损伤后，一眼盲；

（二）损伤后，两眼低视力，其中一眼低视力为2级。

第二十条 眼损伤或者颅脑损伤致使视野缺损（视野半径小于10度）。

第六章　丧失其他器官功能

第二十一条 丧失其他器官功能是指丧失听觉、视觉之外的其他器官的功能或者功能严重障碍。条文另有规定的，依照规定。

第二十二条 眼损伤或者颅脑损伤后引起不能恢复的复视，影响工作和生活。

第二十三条 上、下颌骨骨折或者口腔内组织、器官损伤（如舌损伤等）致使语言、咀嚼或者吞咽能力明显障碍。

第二十四条 喉损伤后引起不能恢复的失音、严重嘶哑。

第二十五条 咽、食管损伤留有疤痕性狭窄导致吞咽困难。

第二十六条 鼻、咽、喉损伤留有疤痕性狭窄导致呼吸困难[6]。

第二十七条 女性两侧乳房损伤丧失哺乳能力。

第二十八条 肾损伤并发肾性高血压、肾功能严重障碍。

第二十九条 输尿管损伤留有狭窄致使肾积水、肾功能严重障碍。

第三十条 尿道损伤留有尿道狭窄引起排尿困难、肾功能严重障碍。

第三十一条 肛管损伤致使严重大便失禁或者肛管严重狭窄。

第三十二条 骨盆骨折致使骨盆腔内器官功能严重障碍。

第三十三条 子宫、附件损伤后期并发内生殖器萎缩或者影响内生殖器发育。

第三十四条 阴道损伤累及周围器官造成瘘管或者形成疤痕致其功能严重障碍。

第三十五条 阴茎损伤后引起阴茎缺损、严重畸形致其功能严重障碍。

第三十六条 睾丸或者输精管损伤丧失生殖能力。

第七章　其他对于人体健康的重大损伤

第三十七条 其他对于人体健康的重大损伤是指上述几种重伤之外的在受伤当时危及生命或者在损伤过程中能够引起威胁生命的并发症，以及其他严重影响人体健康的损伤。

第一节　颅脑损伤

第三十八条 头皮撕脱伤范围达头皮面积25%并伴有失血性休克；头皮损伤致使头皮丧失生存能力，范围达头皮面积25%。

第三十九条 颅盖骨折（如线形、凹陷、粉碎等）伴有脑实质及血管损伤，出现脑受压症状和体征；硬脑膜破裂。

第四十条 开放性颅脑损伤。

第四十一条 颅底骨折伴有面、听神经损伤或者脑脊液漏长期不愈。

第四十二条 颅脑损伤当时出现昏迷（30分钟以上）和神经系统体征，如单瘫、偏瘫、失语等。

第四十三条 颅脑损伤，经脑CT扫描显示脑挫伤，但是必须伴有神经系统症状和体征。

第四十四条 颅脑损伤致成硬脑膜外血肿、硬脑膜下血肿或者脑内血肿。

第四十五条 外伤性蛛网膜下腔出血伴有神经系统症状和体征。
第四十六条 颅脑损伤引起颅内感染，如脑膜炎、脑脓肿等。
第四十七条 颅脑损伤除嗅神经之外引起其他脑神经不易恢复的损伤。
第四十八条 颅脑损伤引起外伤性癫痫。
第四十九条 颅脑损伤导致严重器质性精神障碍。
第五十条 颅脑损伤致使神经系统实质性损害引起的症状与病征，如颈内动脉——海绵窦瘘、下丘脑——垂体功能障碍等。

第二节 颈部损伤

第五十一条 咽喉、气管、颈部、口腔底部及其邻近组织的损伤引起呼吸困难。
第五十二条 颈部损伤引起一侧颈动脉、椎动脉血栓形成，颈动静脉瘘或者假性动脉瘤。
第五十三条 颈部损伤累及臂丛，严重影响上肢功能；颈部损伤累及胸膜顶部致成气胸引起呼吸困难。
第五十四条 甲状腺损伤伴有喉返神经损伤致其功能严重障碍。
第五十五条 胸导管损伤。
第五十六条 咽、食管损伤引起局部脓肿、纵隔炎或者败血症。
第五十七条 颈部损伤导致异物存留在颈深部，影响相应组织、器官功能。

第三节 胸部损伤

第五十八条 胸部损伤引起血胸或者气胸，并发生呼吸困难。
第五十九条 肋骨骨折致使呼吸困难。
第六十条 胸骨骨折致使呼吸困难。
第六十一条 胸部损伤致成纵隔气肿、呼吸窘迫综合征或者气管、支气管破裂。
第六十二条 气管、食管损伤致成纵隔炎、纵隔脓肿、纵隔气肿、血气胸或者脓胸。
第六十三条 心脏损伤；胸部大血管损伤。
第六十四条 胸部损伤致成脓胸、肺脓肿、肺不张、支气管胸膜瘘、食管胸膜瘘或者支气管食管瘘。
第六十五条 胸部的严重挤压致使血液循环障碍、呼吸运动障碍、颅内出血。
第六十六条 女性一侧乳房缺失。

第四节 腹部损伤

第六十七条 胃、肠、胆道系统穿孔、破裂。

第六十八条 肝、脾、胰等器官破裂；因损伤致使这些器官形成血肿、脓肿。

第六十九条 肾破裂；尿外渗须手术治疗（包含肾动脉栓塞术）。

第七十条 输尿管损伤致使尿外渗。

第七十一条 腹部损伤致成腹膜炎、败血症、肠梗阻或者肠瘘等。

第七十二条 腹部损伤致使腹腔积血，须手术治疗。

第五节 骨盆部损伤

第七十三条 骨盆骨折严重变形。

第七十四条 尿道破裂、断裂须行手术修补。

第七十五条 膀胱破裂。

第七十六条 阴囊撕脱伤范围达阴囊皮肤面积50%；两侧睾丸缺失。

第七十七条 损伤引起子宫或者附件穿孔、破裂。

第七十八条 孕妇损伤引起早产、死胎、胎盘早期剥离、流产并发失血性休克或者严重感染。

第七十九条 幼女外阴或者阴道严重损伤。

第六节 脊柱和脊髓损伤

第八十条 脊柱骨折或者脱位，伴有脊髓损伤或者多根脊神经损伤。

第八十一条 脊髓实质性损伤影响脊髓功能，如肢体活动功能、性功能或者大小便严重障碍。

第七节 其他损伤

第八十二条 烧、烫伤。

（一）成人烧、烫伤总面积（一度烧、烫伤面积不计算在内，下同）在30%以上或者三度在10%以上；儿童总面积在10%以上或者三度在5%以上。

烧、烫伤面积低于上述程度但有下列情形之一：

1. 出现休克；
2. 吸入有毒气体中毒；
3. 严重呼吸道烧伤；
4. 伴有并发症导致严重后果；
5. 其他类似上列情形的。

（二）特殊部位（如面、手、会阴等）的深二度烧、烫伤，严重影响外形和功能，参照本标准有关条文。

第八十三条 冻伤出现耳、鼻、手、足等部位坏死及功能严重障碍，参照本标准有关条文。

第八十四条 电击损伤伴有严重并发症或者遗留功能障碍，参照本标准有关条文。

第八十五条 物理、化学或者生物等致伤因素引起损伤，致使器官功能严重障碍，参照本标准有关条文。

第八十六条 损伤导致异物存留在脑、心、肺等重要器官内。

第八十七条 损伤引起创伤性休克、失血性休克或者感染性休克。

第八十八条 皮下组织出血范围达全身体表面积30%；肌肉及深部组织出血，伴有并发症或者遗留严重功能障碍。

第八十九条 损伤引起脂肪栓塞综合征。

第九十条 损伤引起挤压综合征。

第九十一条 各种原因引起导呼吸障碍，出现窒息征象并伴有并发症或者遗留功能障碍。

第八章 附 则

第九十二条 符合《中华人民共和国刑法》第八十五条的损伤，本标准未作规定的，可以比照本标准相应的条文作出鉴定。

前款规定的鉴定应由地（市）级以上法医学鉴定机构作出或者予以复核。

第九十三条 三处（种）以上损伤均接近本标准有关条文的规定，可视具体情况，综合评定为重伤或者不评定为重伤。

第九十四条 本标准所说有以上、以下都连本数在内。

第九十五条 本标准仅适用于《中华人民共和国刑法》规定的重伤的法医学鉴定。

第九十六条 本标准自1990年7月1日起施行。1986年发布的《人体重伤鉴定标准（试行）》同时废止。

本标准施行前，已作出鉴定尚未判决的，仍适用1986年发布的《人体重伤鉴定标准（试行）》。

《人体重伤鉴定标准》说明

〔1〕鉴定关节运动活动度，应从被检关节的整体功能判定，可参照临床

常用的正常人体关节活动度值进行综合分析后做出。检查时，须了解该关节过去的功能状态，并与腱侧关节运动活动度比对。

〔2〕对指活动是指拇指的指腹与其余各指的指腹相对合的动作。

〔3〕面容的范围是指前额发际下，两耳根前与下颌下缘之间的区域，包括额部、眶部、鼻部、口唇部、颏部、颧部、颊部、腮腺咬肌部和耳廓。

〔4〕鉴定听力减退的方法：

①听力检查宜用纯音听力计以气导为标准，听力级单位为分贝（db），一般采用500、1000和2000赫兹三个频率的平均值。这一平均值相当于生活语音的听力阈值。

②听力减退在25分贝以下的，应属于听力正常。

③损伤后，两耳听力减退按如下方法计算：

（较好耳的听力减退×5＋较差耳的听力减退×1）除以6。如计算结果，听力减退在60分贝以上就属于重伤。

④老年性听力损伤修正，按60岁开始，每年递减0.5分贝。

⑤有关听力检查，鉴定人认为必要时，可选择适当的方法（如声阻抗、耳蜗电图、听觉脑干诱发电位等）进行测定。

〔5〕鉴定视力障碍方法：

①凡损伤眼裸视或加用镜片（包括接触镜、针孔镜等）远距视力可达到正常视力范围（0.8以上）或者接近正常视力范围（0.4—0.8）的都不作视力障碍论。视力障碍（0.3以下）者分级见下表：

<table>
<tr><th colspan="4">视力障碍</th></tr>
<tr><th rowspan="3">级别</th><th colspan="3">低视力及盲目分级标准</th></tr>
<tr><th colspan="3">最好矫正视力</th></tr>
<tr><th colspan="2">最好视力低于</th><th>最低视力等于或优于</th></tr>
<tr><td rowspan="2">低视力</td><td>1</td><td>0.3</td><td>0.1</td></tr>
<tr><td>2</td><td>0.1</td><td>0.05(三米指数)</td></tr>
<tr><td rowspan="3">盲目</td><td>3</td><td>0.05</td><td>0.02(一米指数)</td></tr>
<tr><td>4</td><td>0.02</td><td>光感</td></tr>
<tr><td>5</td><td colspan="2">无光感</td></tr>
</table>

如中心视力好而视野缩小，以注视点为中心，视野半径小于10°而大于5°者为3级；如半径小于5°者为4级。

评定视力障碍，应以“远距视力”为标准，参考“近距视力”。

②中心视力检查法：用通用标准视力表检查远距视力和近距视力。对颅脑损伤者，应作中心暗点、生理盲点和视野检查。对有复视的更应详细检

查，分析复视性质与程度。

③有关视力检查，鉴定人认为必要时，可选择适当的方法（如视觉电生理）进行测定。

〔6〕呼吸困难是由于通气的需要量超过呼吸器官的通气能力所引起。症状：自觉气短、空气不够用、胸闷不适。体征：呼吸频率增快，幅度加深或变浅，或者伴有周期节律异常，鼻翼扇动，紫绀等。实验室检查：

①动脉血液气体分析，动脉血氧分压可在 8.0KPa（60mmHG）以下；

②胸部 X 线检查；

③肺功能测验。

诊断呼吸困难，必须同时伴有症状和体征。实验室检查以资参考。

人体轻伤鉴定标准（试行）

（1990 年 4 月 2 日　法（司）发［1990］6 号）

第一章　总　　则

第一条　本标准根据《中华人民共和国刑法》有关规定，以医学和法医学的理论与技术为基础，结合法医检案的实践经验制定，为轻伤鉴定提供依据。

第二条　轻伤是指物理、化学及生物等各种外界因素作用于人体，造成组织、器官结构的一定程度的损害或者部分功能障碍，尚未构成重伤又不属轻微伤害的损伤。

第三条　鉴定损伤程度，应该以外界因素对人体直接造成的原发性损害及后果为依据，包括损伤当时的伤情、损伤后引起的并发症和后遗症等，全面分析，综合评定。

第四条　鉴定人应当由法医师或者具有法医学鉴定资格的人员担任；也可以由司法机关聘请或者委托的主治医师以上人员担任。

鉴定人有权了解案情、调阅案卷、病历和勘验现场，有关单位有责任予以配合。

鉴定人必须坚持实事求是的原则，应用科学的检测方法，保守案件秘密，遵守有关法律规定。

第二章　头颈部损伤

第五条　帽状腱膜下血肿。

头皮撕脱伤面积达 20 平方厘米（儿童达 10 平方厘米）；头皮外伤性缺

损面积达10平方厘米（儿童达5平方厘米）。

第六条 头皮锐器创口累计长度在8厘米，儿童达6厘米；钝器创口累计长度达6厘米，儿童达4厘米。

第七条 颅骨单纯性骨折。

第八条 头部损伤确证出现短暂的意识障碍和近事遗忘。

第九条 眼损伤。

（一）眼睑损伤影响面容或者功能的；

（二）眶部单纯性骨折；

（三）泪器部分损伤及功能障碍；

（四）眼球部分结构损伤，影响面容或者功能的；

（五）损伤致视力减退，两眼矫正视力减退至0.7以下（较伤前视力下降0.2以上），单眼矫正视力减退至0.5以下（较伤前视力下降0.3以上）；原单眼为低视力者，伤后视力减退1个级别。

视野轻度缺损；

（六）外伤性斜视。

第十条 鼻损伤。

（一）鼻骨粉碎性骨折，或者鼻骨线形骨折伴有明显移位的；

（二）鼻损伤明显影响鼻外形或者功能的。

第十一条 耳损伤。

（一）耳廓损伤明显变形；一侧耳廓缺损达一耳的10%，或者两侧耳廓缺损累计达一耳的15%；

（二）外伤性鼓膜穿孔；

（三）外耳道损伤致外耳道狭窄；

（四）耳损伤造成一耳听力减退达41分贝，两耳听力减退达30分贝。

第十二条 口腔损伤。

（一）口唇损伤影响面容、发音或者进食；

（二）牙齿脱落或者折断2枚以上；

（三）口腔组织、器官损伤，影响语言、咀嚼或者吞咽功能的；

（四）涎腺损伤伴有功能障碍。

第十三条 颧骨骨折或者上、下颌骨骨折；颞下颌关节损伤致张口度（上下切牙切缘间距）小于3厘米。

第十四条 面部软组织单个创口长度达3.5厘米（儿童达3厘米），或者创口累计长度达5厘米（儿童达4厘米）或者颌面部穿透创。

第十五条 面部损伤后留有明显瘢痕，单条长3厘米或者累计长度达4厘米；单块面积2平方厘米或者累计面积达3平方厘米；影响面容的色素改变6平方厘米。

第十六条　面神经损伤致使部分面肌瘫痪影响面容及功能的。

第十七条　颈部软组织单个创口长度达5厘米或者累计创口长度达8厘米。

未达到上款规定但有运动功能障碍的。

第十八条　参部损伤出现窒息征象的。

第十九条　颈部损伤伤及甲状腺、咽喉、气管或者食管的。

第三章　肢体损伤

第二十条　肢体软组织挫伤占体表总面积6%以上。

第二十一条　肢体皮肤及皮下组织单个创口长度达10厘米（儿童达8厘米）或者创口累计总长度达15厘米（儿童达12厘米）；伤及感觉神经、血管、肌腱影响功能的。

第二十二条　皮肤外伤性缺损须植皮的。

第二十三条　手损伤。

（一）1节指骨（不含第2至5指末节）粉碎性骨折或者2节指骨线形骨折；

（二）缺失半个指节；

（三）损伤后出现轻度挛缩、畸形、关节活动受限或者侧方不稳；

（四）舟骨骨折、月骨脱位或者掌骨完全性骨折。

第二十四条　足损伤。

（一）2节趾骨骨折；

（二）缺失1个趾节；

（三）骨2节骨折；跗骨、距骨、跟骨骨折；踝关节骨折或者蹠跗关节脱位。撕脱骨折除外。

第二十五条　四肢长骨骨折；髌骨骨折。

第二十六条　肢体大关节脱位、关节韧带部分撕裂、半月板损伤或者肢体软组织损伤后瘢痕挛缩致关节功能障碍。

第四章　躯干部和会阴部损伤

第二十七条　躯干部软组织挫伤比照第二十条。

第二十八条　躯干部创口比照第二十一条。

第二十九条　躯干部穿透创未伤及内脏器官或者重要血管、神经的。

第三十条　胸部损伤引起气胸、血胸或者较大面积的单纯性皮下气肿，未出现呼吸困难。

第三十一条　胸部受挤压，出现窒息征象。

第三十二条　肩胛骨、锁骨或者胸骨骨折；胸锁关节或者肩锁关节脱位。

第三十三条 肋骨骨折（一处单纯性肋骨线形骨折除外）。

第三十四条 女性乳房损伤导致一侧乳房明显变形或者部分缺失；一侧乳房乳腺导管损伤。

第三十五条 腹部闭合性损伤确证胃、肠、肝、脾或者胰损伤。

第三十六条 外伤性血尿（显微镜检查红细胞 >10/高倍视野）持续时间超过二周。

第三十七条 会阴部软组织挫伤达10平方厘米（儿童酌减）或者血肿二周内不能完全吸收的。

第三十八条 阴茎挫伤致排尿困难；阴茎部分缺损、畸形；阴囊撕脱伤、阴囊血肿、鞘膜积血；一侧睾丸脱位、扭转或者萎缩。

第三十九条 会阴、阴囊创口长度达2厘米；阴茎创口长度达1厘米。

第四十条 外伤性肛裂、肛瘘或者肛管狭窄。

第四十一条 阴道撕裂伤、子宫或者附件损伤。

第四十二条 损伤致孕妇难免流产。

第四十三条 外伤性脊柱骨折或者脱位；外伤性椎间盘突出；外伤影响脊髓功能，短期内能恢复的。

第四十四条 骨盆骨折。

第五章 其他损伤

第四十五条 烧、烫伤。

（一）烧烫伤占体表面积

浅Ⅱ度5%以上（儿童3%以上）；

深Ⅱ度2%以上（儿童1%以上）；

Ⅲ度0.1%以上。

（二）头、手、会阴部二度以上烧烫伤，影响外形、容貌或者活动功能的。

（三）呼吸道烧烫伤。

第四十六条 冻伤比照本标准相关条文。

第四十七条 电烧伤当时伴有意识障碍或者全身抽搐。

第四十八条 损伤致异物存留深部软组织内。

第四十九条 各种损伤出血出现休克前期症状体征的。

第五十条 多部位软组织挫伤比照第二十条。

第五十一条 多部位软组织创伤比照第二十一条。

第五十二条 其他物理性、化学性、生物性损伤，致人体组织、器官结构轻度损害或者部分功能障碍的比照本标准相关条文。

第六章 附 则

第五十三条 多种损伤均未达本标准的，不能简单相加作为轻伤。若有三种（类）损伤均接近本标准的，可视具体情况，综合评定。

第五十四条 本标准所定各种数据冠有“以上”或者“以下”的均含本数。

第五十五条 本标准适用于《中华人民共和国刑法》规定的伤害他人身体健康的法医学鉴定。

第五十六条 本标准自1990年7月1日起试行。

人体轻微伤的鉴定

（GA/T 146－1996）

（1996年7月25日公安部发布 自1997年1月1日起实施）

1 范 围

本标准规定了人体轻微损伤的评定的原则方法及内容。

本标准适用于各级公、检、法、司及院校系统进行损伤评定。

本标准适用于一切违反民法通则和《中华人民共和国治安管理处罚条例》所造成的轻微损害。

2 总 则

2.1 本标准根据民法通则和中华人民共和国治安管理处罚条例的有关规定，以医学和法医学的理论及技术为基础，结合我国法医工作的实践经验，为鉴定轻微伤提供科学依据。

2.2 轻微伤是指造成人体局部组织器官结构的轻微损伤或短暂的功能障碍。

2.3 鉴定人应当由公安机关及有关执法部门委托的法医人员或经培训过的兼职法医人员担任。鉴定人进行鉴定时，有权了解有关案情、现场勘查情况和调阅病例档案。有关部门必须给予协助。

2.4 鉴定时，应坚持实事求是的原则，依据人体损伤当时的伤情并结合损伤的预后作出综合评定。

2.5 轻微伤的鉴定应在被鉴定者损伤消失前作出评定。

2.6 本标准为轻微损伤的下限，上限与轻伤鉴定标准（试行稿）衔接，未达到本标准的为不构成轻微伤。

3　头颈部损伤

3.1　头皮擦伤面积在 $5cm^2$ 以上；头皮挫伤；头皮下血肿。

3.2　头皮创。

3.3　头部外伤后，确有神经症状。

3.4　面部软组织非贯通性创。

3.5　面部损伤后留有瘢痕，外伤后面部存留色素异常。

3.6　面部表浅擦伤面积在 $2cm^2$ 以上；划伤长度在4cm以上。

3.7　眼部挫伤。

3.8　眼部外伤后影响外观。

3.9　眼外伤造成视力下降。

3.10　耳损伤造成一耳听力减退26dB以上。外伤后引起听觉器官的其他改变。

3.11　耳廓创在1cm以上;耳廓缺损。

3.12　外伤后鼻出血；鼻骨线形骨折。

3.13　口腔粘膜破损，舌损伤。

3.14　涎腺其导管损伤。

3.15　外伤致使牙齿脱落或者牙齿缺损。

3.16　外伤致使牙齿松动2枚以上或三度松动1枚以上。

3.17　外伤致下颌关节活动受限。

3.18　颈部软组织创口长度在1cm以上。

3.19　颈部皮肤擦伤，长度在5cm以上，面积在 $4cm^2$ 以上，或挫伤面积在 $2cm^2$ 以上。

4　躯干部和会阴部损伤

4.1　躯干部软组织挫伤面积在 $15cm^2$ 以上，擦伤面积在 $20cm^2$ 以上，躯干皮下血肿。

4.2　躯干皮肤及皮下组织单个创口长度在1cm以上或者创口累计长度在1.5cm以上，刺创深达肌层。

4.3　肋骨一处单纯性线性骨折；确证肋软骨骨折。

4.4　女性乳房浅表损伤。

4.5　外伤后血尿。

4.6　会阴部软组织挫伤。

4.7　会阴、阴囊、阴茎单纯性创口。

4.8　阴囊、阴茎挫伤。

4.9　脊柱韧带损伤。

4.10　损伤致孕妇先兆流产的。

5　四肢损伤

5.1　肢体软组织挫伤面积在 $15cm^2$ 以上；擦伤面积在 $20cm^2$ 以上。

5.2　肢体皮肤及皮下组织创口长度在1cm以上，刺创深达肌层。

5.3　肢体关节、肌腱损伤，伴有临床体症。

5.4　手、足骨骨折。

5.5　外伤致指（趾）甲脱落，甲床暴露，甲床出血。

6　其他损伤

6.1　烧烫伤

6.1.1　躯干、四肢一度烧烫伤，面积在 $20cm^2$ 以上，或浅二度烧烫伤面积在 $4cm^2$ 以上；深二度烧烫伤。

6.1.2　面部一度烧烫伤，面积在 $10cm^2$ 以上；浅二度烧烫伤。

6.1.3　颈部一度烧烫伤面积在 $15cm^2$ 以上；浅二度烧烫伤面积在 $2cm^2$。

6.1.4　烫伤达真皮层。

6.2　牙齿咬合致使皮肤破损。

6.3　损伤致异物存留体内。

6.4　其他物理、化学、生物因素所致的轻微损伤。参照相应条款。

附录　A（标准的附录）

附加说明

A1　本标准未作规定的轻微损伤，可以比照本标准相应的条款作出鉴定。

A2　未成年人损伤下限为本标准损伤的50%；妊娠期、哺乳期妇女损伤下限为本标准损伤的60%。

A3　两种接近本标准以上的损伤，可综合评定；同类损伤可以累计。

A4　本标准所说的以上、以下都连本数在内。

最高人民检察院关于在厂（矿）区内机动车造成伤亡事故的犯罪案件如何定性处理问题的批复

（1992 年 3 月 23 日　高检发研字〔1992〕3 号）

四川省人民检察院：

你院川检研（1991）7 号《关于在厂（矿）区内机动车辆作业期间发生的伤亡事故定性处罚的请示》收悉。经研究，现批复如下：

在厂（矿）区内机动车作业期间发生的伤亡事故案件，应当根据不同情况，区别对待：在公共交通管理范围内，因违反交通运输规章制度，发生重大事故，应按刑法第一百一十三条①规定处理，违反安全生产规章制度，发生重大伤亡事故，造成严重后果的，应按刑法第一百一十四条规定处理；在公共交通管理范围外发生的，应当定重大责任事故罪。

---

①该批复引用的是第五届全国人民代表大会常务委员会 1979 年 7 月 6 日公布的《中华人民共和国刑法》。1997 年 3 月 14 日第八届全国人民代表大会第五次会议对 1979 年刑法作了重大修订，条文数量增加，条文顺序也进行了调整。本批复涉及的刑法第一百一十三条和第一百一十四条规定已分别被调整为现行刑法的第一百三十三条和第一百三十四条。

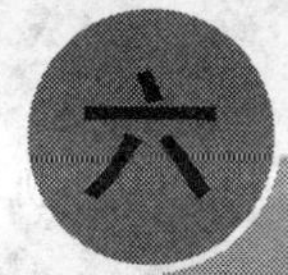

保险费用与理赔

机动车交通事故责任强制保险条例

（2006年3月1日国务院第127次常务会议通过　2006年3月21日中华人民共和国国务院令第462号公布　自2006年7月1日起施行）

第一章　总　则

第一条　为了保障机动车道路交通事故受害人依法得到赔偿，促进道路交通安全，根据《中华人民共和国道路交通安全法》、《中华人民共和国保险法》，制定本条例。

第二条　在中华人民共和国境内道路上行驶的机动车的所有人或者管理人，应当依照《中华人民共和国道路交通安全法》的规定投保机动车交通事故责任强制保险。

机动车交通事故责任强制保险的投保、赔偿和监督管理，适用本条例。

第三条　本条例所称机动车交通事故责任强制保险，是指由保险公司对被保险机动车发生道路交通事故造成本车人员、被保险人以外的受害人的人身伤亡、财产损失，在责任限额内予以赔偿的强制性责任保险。

第四条　国务院保险监督管理机构（以下称保监会）依法对保险公司的机动车交通事故责任强制保险业务实施监督管理。

公安机关交通管理部门、农业（农业机械）主管部门（以下统称机动车管理部门）应当依法对机动车参加机动车交通事故责任强制保险的情况实施监督检查。对未参加机动车交通事故责任强制保险的机动车，机动车管理部门不得予以登记，机动车安全技术检验机构不得予以检验。

公安机关交通管理部门及其交通警察在调查处理道路交通安全违法行为和道路交通事故时，应当依法检查机动车交通事故责任强制保险的保险标志。

第二章 投 保

第五条 中资保险公司（以下称保险公司）经保监会批准，可以从事机动车交通事故责任强制保险业务。

为了保证机动车交通事故责任强制保险制度的实行，保监会有权要求保险公司从事机动车交通事故责任强制保险业务。

未经保监会批准，任何单位或者个人不得从事机动车交通事故责任强制保险业务。

第六条 机动车交通事故责任强制保险实行统一的保险条款和基础保险费率。保监会按照机动车交通事故责任强制保险业务总体上不盈利不亏损的原则审批保险费率。

保监会在审批保险费率时，可以聘请有关专业机构进行评估，可以举行听证会听取公众意见。

第七条 保险公司的机动车交通事故责任强制保险业务，应当与其他保险业务分开管理，单独核算。

保监会应当每年对保险公司的机动车交通事故责任强制保险业务情况进行核查，并向社会公布；根据保险公司机动车交通事故责任强制保险业务的总体盈利或者亏损情况，可以要求或者允许保险公司相应调整保险费率。

调整保险费率的幅度较大的，保监会应当进行听证。

第八条 被保险机动车没有发生道路交通安全违法行为和道路交通事故的，保险公司应当在下一年度降低其保险费率。在此后的年度内，被保险机动车仍然没有发生道路交通安全违法行为和道路交通事故的，保险公司应当继续降低其保险费率，直至最低标准。被保险机动车发生道路交通安全违法行为或者道路交通事故的，保险公司应当在下一年度提高其保险费率。多次发生道路交通安全违法行为、道路交通事故，或者发生重大道路交通事故的，保险公司应当加大提高其保险费率的幅度。在道路交通事故中被保险人没有过错的，不提高其保险费率。降低或者提高保险费率的标准，由保监会会同国务院公安部门制定。

第九条 保监会、国务院公安部门、国务院农业主管部门以及其他有关部门应当逐步建立有关机动车交通事故责任强制保险、道路交通安全违法行为和道路交通事故的信息共享机制。

第十条 投保人在投保时应当选择具备从事机动车交通事故责任强制保险业务资格的保险公司，被选择的保险公司不得拒绝或者拖延承保。

保监会应当将具备从事机动车交通事故责任强制保险业务资格的保险公司向社会公示。

第十一条 投保人投保时，应当向保险公司如实告知重要事项。

重要事项包括机动车的种类、厂牌型号、识别代码、牌照号码、使用性质和机动车所有人或者管理人的姓名（名称）、性别、年龄、住所、身份证或者驾驶证号码（组织机构代码）、续保前该机动车发生事故的情况以及保监会规定的其他事项。

第十二条 签订机动车交通事故责任强制保险合同时，投保人应当一次支付全部保险费；保险公司应当向投保人签发保险单、保险标志。保险单、保险标志应当注明保险单号码、车牌号码、保险期限、保险公司的名称、地址和理赔电话号码。

被保险人应当在被保险机动车上放置保险标志。

保险标志式样全国统一。保险单、保险标志由保监会监制。任何单位或者个人不得伪造、变造或者使用伪造、变造的保险单、保险标志。

第十三条 签订机动车交通事故责任强制保险合同时，投保人不得在保险条款和保险费率之外，向保险公司提出附加其他条件的要求。

签订机动车交通事故责任强制保险合同时，保险公司不得强制投保人订立商业保险合同以及提出附加其他条件的要求。

第十四条 保险公司不得解除机动车交通事故责任强制保险合同；但是，投保人对重要事项未履行如实告知义务的除外。

投保人对重要事项未履行如实告知义务，保险公司解除合同前，应当书面通知投保人，投保人应当自收到通知之日起5日内履行如实告知义务；投保人在上述期限内履行如实告知义务的，保险公司不得解除合同。

第十五条 保险公司解除机动车交通事故责任强制保险合同的，应当收回保险单和保险标志，并书面通知机动车管理部门。

第十六条 投保人不得解除机动车交通事故责任强制保险合同，但有下列情形之一的除外：

（一）被保险机动车被依法注销登记的；

（二）被保险机动车办理停驶的；

（三）被保险机动车经公安机关证实丢失的。

第十七条 机动车交通事故责任强制保险合同解除前，保险公司应当按照合同承担保险责任。

合同解除时，保险公司可以收取自保险责任开始之日起至合同解除之日止的保险费，剩余部分的保险费退还投保人。

第十八条 被保险机动车所有权转移的，应当办理机动车交通事故责任强制保险合同变更手续。

第十九条 机动车交通事故责任强制保险合同期满，投保人应当及时续保，并提供上一年度的保险单。

第二十条 机动车交通事故责任强制保险的保险期间为1年，但有下列情形之一的，投保人可以投保短期机动车交通事故责任强制保险：

（一）境外机动车临时入境的；

（二）机动车临时上道路行驶的；

（三）机动车距规定的报废期限不足1年的；

（四）保监会规定的其他情形。

第三章 赔 偿

第二十一条 被保险机动车发生道路交通事故造成本车人员、被保险人以外的受害人人身伤亡、财产损失的，由保险公司依法在机动车交通事故责任强制保险责任限额范围内予以赔偿。

道路交通事故的损失是由受害人故意造成的，保险公司不予赔偿。

第二十二条 有下列情形之一的，保险公司在机动车交通事故责任强制保险责任限额范围内垫付抢救费用，并有权向致害人追偿：

（一）驾驶人未取得驾驶资格或者醉酒的；

（二）被保险机动车被盗抢期间肇事的；

（三）被保险人故意制造道路交通事故的。

有前款所列情形之一，发生道路交通事故的，造成受害人的财产损失，保险公司不承担赔偿责任。

第二十三条 机动车交通事故责任强制保险在全国范围内实行统一的责任限额。责任限额分为死亡伤残赔偿限额、医疗费用赔偿限额、财产损失赔偿限额以及被保险人在道路交通事故中无责任的赔偿限额。

机动车交通事故责任强制保险责任限额由保监会会同国务院公安部门、国务院卫生主管部门、国务院农业主管部门规定。

第二十四条 国家设立道路交通事故社会救助基金（以下简称救助基金）。有下列情形之一时，道路交通事故中受害人人身伤亡的丧葬费用、部分或者全部抢救费用，由救助基金先行垫付，救助基金管理机构有权向道路交通事故责任人追偿：

（一）抢救费用超过机动车交通事故责任强制保险责任限额的；

（二）肇事机动车未参加机动车交通事故责任强制保险的；

（三）机动车肇事后逃逸的。

第二十五条 救助基金的来源包括：

（一）按照机动车交通事故责任强制保险的保险费的一定比例提取的资金；

（二）对未按照规定投保机动车交通事故责任强制保险的机动车的所有

人、管理人的罚款；

（三）救助基金管理机构依法向道路交通事故责任人追偿的资金；

（四）救助基金孳息；

（五）其他资金。

第二十六条 救助基金的具体管理办法，由国务院财政部门会同保监会、国务院公安部门、国务院卫生主管部门、国务院农业主管部门制定试行。

第二十七条 被保险机动车发生道路交通事故，被保险人或者受害人通知保险公司的，保险公司应当立即给予答复，告知被保险人或者受害人具体的赔偿程序等有关事项。

第二十八条 被保险机动车发生道路交通事故的，由被保险人向保险公司申请赔偿保险金。保险公司应当自收到赔偿申请之日起1日内，书面告知被保险人需要向保险公司提供的与赔偿有关的证明和资料。

第二十九条 保险公司应当自收到被保险人提供的证明和资料之日起5日内，对是否属于保险责任作出核定，并将结果通知被保险人；对不属于保险责任的，应当书面说明理由；对属于保险责任的，在与被保险人达成赔偿保险金的协议后10日内，赔偿保险金。

第三十条 被保险人与保险公司对赔偿有争议的，可以依法申请仲裁或者向人民法院提起诉讼。

第三十一条 保险公司可以向被保险人赔偿保险金，也可以直接向受害人赔偿保险金。但是，因抢救受伤人员需要保险公司支付或者垫付抢救费用的，保险公司在接到公安机关交通管理部门通知后，经核对应当及时向医疗机构支付或者垫付抢救费用。

因抢救受伤人员需要救助基金管理机构垫付抢救费用的，救助基金管理机构在接到公安机关交通管理部门通知后，经核对应当及时向医疗机构垫付抢救费用。

第三十二条 医疗机构应当参照国务院卫生主管部门组织制定的有关临床诊疗指南，抢救、治疗道路交通事故中的受伤人员。

第三十三条 保险公司赔偿保险金或者垫付抢救费用，救助基金管理机构垫付抢救费用，需要向有关部门、医疗机构核实有关情况的，有关部门、医疗机构应当予以配合。

第三十四条 保险公司、救助基金管理机构的工作人员对当事人的个人隐私应当保密。

第三十五条 道路交通事故损害赔偿项目和标准依照有关法律的规定执行。

第四章 罚 则

第三十六条 未经保监会批准，非法从事机动车交通事故责任强制保险业务的，由保监会予以取缔；构成犯罪的，依法追究刑事责任；尚不构成犯罪的，由保监会没收违法所得，违法所得20万元以上的，并处违法所得1倍以上5倍以下罚款；没有违法所得或者违法所得不足20万元的，处20万元以上100万元以下罚款。

第三十七条 保险公司未经保监会批准从事机动车交通事故责任强制保险业务的，由保监会责令改正，责令退还收取的保险费，没收违法所得，违法所得10万元以上的，并处违法所得1倍以上5倍以下罚款；没有违法所得或者违法所得不足10万元的，处10万元以上50万元以下罚款；逾期不改正或者造成严重后果的，责令停业整顿或者吊销经营保险业务许可证。

第三十八条 保险公司违反本条例规定，有下列行为之一的，由保监会责令改正，处5万元以上30万元以下罚款；情节严重的，可以限制业务范围、责令停止接受新业务或者吊销经营保险业务许可证：

（一）拒绝或者拖延承保机动车交通事故责任强制保险的；

（二）未按照统一的保险条款和基础保险费率从事机动车交通事故责任强制保险业务的；

（三）未将机动车交通事故责任强制保险业务和其他保险业务分开管理，单独核算的；

（四）强制投保人订立商业保险合同的；

（五）违反规定解除机动车交通事故责任强制保险合同的；

（六）拒不履行约定的赔偿保险金义务的；

（七）未按照规定及时支付或者垫付抢救费用的。

第三十九条 机动车所有人、管理人未按照规定投保机动车交通事故责任强制保险的，由公安机关交通管理部门扣留机动车，通知机动车所有人、管理人依照规定投保，处依照规定投保最低责任限额应缴纳的保险费的2倍罚款。

机动车所有人、管理人依照规定补办机动车交通事故责任强制保险的，应当及时退还机动车。

第四十条 上道路行驶的机动车未放置保险标志的，公安机关交通管理部门应当扣留机动车，通知当事人提供保险标志或者补办相应手续，可以处警告或者20元以上200元以下罚款。

当事人提供保险标志或者补办相应手续的，应当及时退还机动车。

第四十一条 伪造、变造或者使用伪造、变造的保险标志，或者使用其他机动车的保险标志，由公安机关交通管理部门予以收缴，扣留该机动车，处200元以上2000元以下罚款；构成犯罪的，依法追究刑事责任。

当事人提供相应的合法证明或者补办相应手续的，应当及时退还机动车。

第五章　附　　则

第四十二条　本条例下列用语的含义：

（一）投保人，是指与保险公司订立机动车交通事故责任强制保险合同，并按照合同负有支付保险费义务的机动车的所有人、管理人。

（二）被保险人，是指投保人及其允许的合法驾驶人。

（三）抢救费用，是指机动车发生道路交通事故导致人员受伤时，医疗机构参照国务院卫生主管部门组织制定的有关临床诊疗指南，对生命体征不平稳和虽然生命体征平稳但如果不采取处理措施会产生生命危险，或者导致残疾、器官功能障碍，或者导致病程明显延长的受伤人员，采取必要的处理措施所发生的医疗费用。

第四十三条　机动车在道路以外的地方通行时发生事故，造成人身伤亡、财产损失的赔偿，比照适用本条例。

第四十四条　中国人民解放军和中国人民武装警察部队在编机动车参加机动车交通事故责任强制保险的办法，由中国人民解放军和中国人民武装警察部队另行规定。

第四十五条　机动车所有人、管理人自本条例施行之日起3个月内投保机动车交通事故责任强制保险；本条例施行前已经投保商业性机动车第三者责任保险的，保险期满，应当投保机动车交通事故责任强制保险。

第四十六条　本条例自2006年7月1日起施行。

机动车交通事故责任强制保险责任限额

（2008年版）

一、被保险机动车在道路交通事故中有责任的赔偿限额为：

死亡伤残赔偿限额：110000元人民币。

医疗费用赔偿限额：10000元人民币。

财产损失赔偿限额：2000元人民币。

二、被保险机动车在道路交通事故中无责任的赔偿限额为：

死亡伤残赔偿限额：11000元人民币。

医疗费用赔偿限额：1000元人民币。

财产损失赔偿限额：100元人民币。

机动车交通事故责任强制保险费率浮动暂行办法

（2007 年 6 月 27 日　保监发〔2007〕52 号）

一、根据国务院《机动车交通事故责任强制保险条例》第八条的有关规定，制定本办法。

二、从 2007 年 7 月 1 日起签发的机动车交通事故责任强制保险（以下简称交强险）保单，按照本办法，实行交强险费率与道路交通事故相联系浮动。

三、交强险费率浮动因素及比率如下：

浮动因素			浮动比率
与道路交通事故相联系的浮动 A	A1	上一个年度未发生有责任道路交通事故	-10%
	A2	上两个年度未发生有责任道路交通事故	-20%
	A3	上三个及以上年度未发生有责任道路交通事故	-30%
	A4	上一个年度发生一次有责任不涉及死亡的道路交通事故	0%
	A5	上一个年度发生两次及两次以上有责任道路交通事故	10%
	A6	上一个年度发生有责任道路交通死亡事故	30%

四、交强险最终保险费计算方法是：交强险最终保险费 = 交强险基础保险费 × （1 + 与道路交通事故相联系的浮动比率 A）

五、交强险基础保险费根据中国保监会批复中国保险行业协会《关于中国保险行业协会制定机动交通事故责任强制保险行业协会条款费率的批复》（保监产险〔2006〕638 号）执行。

六、交强险费率浮动标准根据被保险机动车所发生的道路交通事故计算。摩托车和拖拉机暂不浮动。

七、与道路交通事故相联系的浮动比率 A 为 A1 至 A6 其中之一，不累加。同时满足多个浮动因素的，按照向上浮动或者向下浮动比率的高者计算。

八、仅发生无责任道路交通事故的，交强险费率仍可享受向下浮动。

九、浮动因素计算区间为上期保单出单日至本期保单出单日之间。

十、与道路交通事故相联系浮动时，应根据上年度交强险已赔付的赔案浮动。上年度发生赔案但还未赔付的，本期交强险费率不浮动，直至赔付后的下一年度交强险费率向上浮动。

十一、几种特殊情况的交强险费率浮动方法

（一）首次投保交强险的机动车费率不浮动。

（二）在保险期限内，被保险机动车所有权转移，应当办理交强险合同变更手续，且交强险费率不浮动。

（三）机动车临时上道路行驶或境外机动车临时入境投保短期交强险的，交强险费率不浮动。其他投保短期交强险的情况下，根据交强险短期基准保险费并按照上述标准浮动。

（四）被保险机动车经公安机关证实丢失后追回的，根据投保人提供的公安机关证明，在丢失期间发生道路交通事故的，交强险费率不向上浮动。

（五）机动车上一期交强险保单满期后未及时续保的，浮动因素计算区间仍为上期保单出单日至本期保单出单日之间。

（六）在全国车险信息平台联网或全国信息交换前，机动车跨省变更投保地时，如投保人能提供相关证明文件的，可享受交强险费率向下浮动。不能提供的，交强险费率不浮动。

十二、交强险保单出单日距离保单起期最长不能超过三个月。

十三、除投保人明确表示不需要的，保险公司应当在完成保险费计算后、出具保险单以前，向投保人出具《机动车交通事故责任强制保险费率浮动告知书》（附件），经投保人签章确认后，再出具交强险保单、保险标志。投保人有异议的，应告知其有关道路交通事故的查询方式。

十四、已经建立车险联合信息平台的地区，通过车险联合信息平台实现交强险费率浮动。除当地保险监管部门认可的特殊情形以外，《机动车交通事故责任强制保险费率浮动告知书》和交强险保单必须通过车险信息平台出具。

未建立车险信息平台的地区，通过保险公司之间相互报盘、简易理赔共享查询系统或者手工方式等，实现交强险费率浮动。

十五、本办法适用于从2007年7月1日起签发的交强险保单。2007年7月1日前已签发的交强险保单不适用本办法。

附件：

机动车交通事故责任强制保险费率浮动告知单

尊敬的投保人：

您的机动车投保基本信息如下：

车牌号码：　　　　　　　号牌种类：

发动机号：　　　　　　识别代码（车架号）：

浮动因素计算区间：　年　月　日零时至　年　月　日二十四时

根据中国保险监督管理委员会批准的机动车交通事故责任强制保险（以下简称交强险）费率，您的机动车交强险基础保险费是：人民币　　　　　元。

您的机动车从上年度投保以来至今，发生的有责任道路交通事故记录如下：

序号	赔付时间	是否造成受害人死亡

或者：您的机动车在上　个年度内未发生道路交通事故。

根据中国保险监督管理委员会公布的《机动车交通事故责任强制保险费率浮动暂行办法》，与道路交通事故相联系的费率浮动比率为：　　%。

交强险最终保险费 = 交强险基础保险费 ×（1 + 与道路交通事故相联系的浮动比率）

本次投保的应交保险费：人民币　　元（大写：　　）

以上告知，如无异议，请您签字（签章）确认。

投保人签字（盖章）：______

日期：______年____月____日

关于中国保险行业协会调整机动车交通事故责任强制保险费率的批复

（2008 年 1 月 11 日　保监产险〔2008〕27 号）

中国保险行业协会：

你协会《关于上报机动车交通事故责任强制保险费率方案的请示》（中

保协发〔2008〕3号）收悉。经研究，批复如下：

一、同意你协会制定的《机动车交通事故责任强制保险费率方案》（2008版）。

二、调整后的机动车交通事故责任强制保险（以下简称“交强险”）费率方案从2008年2月1日零时起执行。现行的交强险保单采取加盖批注的方式可继续使用至2008年3月31日。

三、调整后的交强险费率方案实施后，截至2008年2月1日零时保险期间尚未结束的交强险保单项下的机动车在2008年2月1日零时后发生道路交通事故的，按照调整后的责任限额执行；在2008年2月1日零时前发生道路交通事故的，仍按原责任限额执行。除《机动车交通事故责任强制保险条例》规定的情形外，不得解除交强险合同。

附件：机动车交通事故责任强制保险费率方案（2008版）

机动车交通事故责任强制保险费率方案（2008版）

机动车交通事故责任强制保险费率方案（以下简称费率方案）适用于经中国保险监督管理委员会批准的机动车交通事故责任强制保险业务。

本费率方案由机动车交通事故责任强制保险基础费率表及说明、机动车交通事故责任强制保险费率浮动办法、保险费的计算办法和解除保险合同保费计算办法等4个部分组成。

一、机动车交通事故责任强制保险基础费率表及说明

《机动车交通事故责任强制保险基础费率表》详见附表。

《机动车交通事故责任强制保险基础费率表》结构、费率水平全国统一（除拖拉机和低速载货汽车）。现将表中需说明事项明确如下：

（一）机动车种类

机动车交通事故责任强制保险按机动车种类、使用性质分为家庭自用汽车、非营业客车、营业客车、非营业货车、营业货车、特种车、摩托车和拖拉机8种类型。

1. 家庭自用汽车：是指家庭或个人所有，且用途为非营业性的客车。

2. 非营业客车：是指党政机关、企事业单位、社会团体、使领馆等机构从事公务或在生产经营活动中不以直接或间接方式收取运费或租金的客车，包括党政机关、企事业单位、社会团体、使领馆等机构为从事公务或在生产经营活动中承租且租赁期限为1年或1年以上的客车。

非营业客车分为：党政机关、事业团体客车，企业客车。

用于驾驶教练、邮政公司用于邮递业务、快递公司用于快递业务的客车、警车、普通囚车、医院的普通救护车、殡葬车按照其行驶证上载明的核定载客数，适用对应的企业非营业客车的费率。

3. 营业客车：是指用于旅客运输或租赁，并以直接或间接方式收取运费或租金的客车。

营业客车分为：城市公交客车，公路客运客车，出租、租赁客车。

旅游客运车按照其行驶证上载明的核定载客数，适用对应的公路客运车费率。

4. 非营业货车：是指党政机关、企事业单位、社会团体自用或仅用于个人及家庭生活，不以直接或间接方式收取运费或租金的货车（包括客货两用车）。货车是指载货机动车、厢式货车、半挂牵引车、自卸车、电瓶运输车、装有起重机械但以载重为主的起重运输车。

用于驾驶教练、邮政公司用于邮递业务、快递公司用于快递业务的货车按照其行驶证上载明的核定载质量，适用对应的非营业货车的费率。

5. 营业货车：是指用于货物运输或租赁，并以直接或间接方式收取运费或租金的货车（包括客货两用车）。货车是指载货机动车、厢式货车、半挂牵引车、自卸车、电瓶运输车、装有起重机械但以载重为主的起重运输车。

6. 特种车：是指用于各类装载油料、气体、液体等专用罐车；或用于清障、清扫、清洁、起重、装卸（不含自卸车）、升降、搅拌、挖掘、推土、压路等的各种专用机动车，或适用于装有冷冻或加温设备的厢式机动车；或车内装有固定专用仪器设备，从事专业工作的监测、消防、运钞、医疗、电视转播、雷达、X 光检查等机动车；或专门用于牵引集装箱箱体（货柜）的集装箱拖头。

特种车按其用途共分成 4 类，不同类型机动车采用不同收费标准：

特种车一：油罐车、汽罐车、液罐车；

特种车二：专用净水车、特种车一以外的罐式货车，以及用于清障、清扫、清洁、起重、装卸（不合自卸车）、升降、搅拌、挖掘、推土、冷藏、保温等的各种专用机动车；

特种车三：装有固定专用仪器设备从事专业工作的监测、消防、运钞、医疗、电视转播等的各种专用机动车；

特种车四：集装箱拖头。

7. 摩托车：是指以燃料或电瓶为动力的各种两轮、三轮摩托车。

摩托车分成 3 类：50CC 及以下，50CC－250CC（含）、250CC 以上及侧三轮。

正三轮摩托车按照排气量分类执行相应的费率。

8. 拖拉机按其使用性质分为兼用型拖拉机和运输型拖拉机。

兼用型拖拉机是指以田间作业为主，通过铰接连接牵引挂车可进行运输作业的拖拉机。兼用型拖拉机分为 14.7KW 及以下和 14.7KW 以上两种。

运输型拖拉机是指货箱与底盘一体，不通过牵引挂车可运输作业的拖拉机。运输型拖拉机分为 14.7KW 及以下和 14.7KW 以上两种。

低速载货汽车参照运输型拖拉机 14.7KW 以上的费率执行。

9. 挂车：是指就其设计和技术特征需机动车牵引才能正常使用的一种无动力的道路机动车。

挂车根据实际的使用性质并按照对应吨位货车的 30% 计算。

装置有油罐、汽罐、液罐的挂车按特种车一的 30% 计算。

10. 补充说明

《机动车交通事故责任强制保险基础费率表》中各车型的座位和吨位的分类都按照“含起点不含终点”的原则来解释（表中另有说明的除外）。各车型的座位按行驶证上载明的核定载客数计算；吨位按行驶证上载明的核定载质量计算。

（二）基础保险费的计算

1. 一年期基础保险费的计算

投保一年期机动车交通事故责任强制保险的，根据《机动车交通事故责任强制保险基础费率表》中相对应的金额确定基础保险费。

2. 短期基础保险费的计算

投保保险期间不足一年的机动车交通事故责任强制保险的，按短期费率系数计收保险费，不足一个月按一个月计算。具体为：先按《机动车交通事故责任强制保险基础费率表》中相对应的金额确定基础保险费，再根据投保期限选择相对应的短期月费率系数，两者相乘即为短期基础保险费。

短期月费率系数表

保险期间（月）	1	2	3	4	5	6	7	8	9	10	11	12
短期月费率系数（%）	10	20	30	40	50	60	70	80	85	90	95	100

短期基础保险费 = 年基础保险费 × 短期月费率系数

二、机动车交通事故责任强制保险基础费率浮动因素和浮动比率按照《机动车交通事故责任强制保险费率浮动暂行办法》（保监发〔2007〕52 号）执行。

三、保险费的计算办法

交强险最终保险费 = 交强险基础保险费 ×（1 + 与道路交通事故相联系的浮动比率）

四、解除保险合同保费计算办法

根据《机动车交通事故责任强制保险条例》规定解除保险合同时，保险人应按如下标准计算退还投保人保险费。

1. 投保人已交纳保险费，但保险责任尚未开始的，全额退还保险费；

2. 投保人已交纳保险费，但保险责任已开始的，退回未到期责任部分保险费：

退还保险费 = 保险费 ×（1 - 已了责任天数保险期间天数）

附表：

机动车交通事故责任强制保险基础费率表

（2008 版）

金额单位：人民币元

车辆大类	序号	车辆明细分类	保费
一、家庭自用车	1	家庭自用汽车 6 座以下	950
	2	家庭自用汽车 6 座及以上	1，100
二、非营业客车	3	企业非营业汽车 6 座以下	1，000
	4	企业非营业汽车 6 - 10 座	1，130
	5	企业非营业汽车 10 - 20 座	1，220
	6	企业非营业汽车 20 座以上	1，270
	7	机关非营业汽车 6 座以下	950
	8	机关非营业汽车 6 - 10 座	1，070
	9	机关非营业汽车 10 - 20 座	1，140
	10	机关非营业汽车 20 座以上	1，320

三、营业客车	11	营业出租租赁6座以下	1，800
	12	营业出租租赁6－10座	2，360
	13	营业出租租赁10－20座	2，400
	14	营业出租租赁20－36座	2，560
	15	营业出租租赁36座以上	3，530
	16	营业城市公交6－10座	2，250
	17	营业城市公交10－20座	2，520
	18	营业城市公交20－36座	3，020
	19	营业城市公交36座以上	3，140
	20	营业公路客运6－10座	2，350
	21	营业公路客运10－20座	2，620
	22	营业公路客运20－36座	3，420
	23	营业公路客运36座以上	4，690
四、非营业货车	24	非营业货车2吨以下	1，200
	25	非营业货车2－5吨	1，470
	26	非营业货车5－10吨	1，650
	27	非营业货车10吨以上	2，220
五、营业货车	28	营业货车2吨以下	1，850
	29	营业货车2－5吨	3，070
	30	营业货车5－10吨	3，450
	31	营业货车10吨以上	4，480
六、特种车	32	特种车一	3，710
	33	特种车二	2，430
	34	特种车三	1，080
	35	特种车四	3，980
七、摩托车	36	摩托车50CC及以下	80
	37	摩托车50CC－250CC（含）	120
	38	摩托车250CC以上及侧三轮	400
八、拖拉机	39	兼用型拖拉机14.7KW及以下	按保监产险〔2007〕53号实行地区差别费率
	40	兼用型拖拉机14.7KW以上	
	41	运输型拖拉机14.7KW及以下	
	42	运输型拖拉机14.7KW以上	

1. 座位和吨位的分类都按照“含起点不含终点”的原则来解释。

2. 特种车一：油罐车、汽罐车、液罐车；特种车二：专用净水车、特种车一以外的罐式货车，以及用于清障、清扫、清洁、起重、装卸、升降、搅拌、挖掘、推土、冷藏、保温等的各种专用机动车；特种车三：装有固定专用仪器设备从事专业工作的监测、消防、运钞、医疗、电视转播等的各种专用机动车；特种车四：集装箱拖头。

3. 挂车根据实际的使用性质并按照对应吨位货车的30%计算。

4. 低速载货汽车参照运输型拖拉机14.7kw以上的费率执行。

关于印发《交强险承保、理赔实务规程》(2008版)和《交强险互碰赔偿处理规则》(2008版)的通知

(2008年1月30日　中保协发〔2008〕54号)

各财产保险会员公司：

中国保险行业协会在中国保监会指导下，组织行业项目组制定了《交强险承保、理赔实务规程》(以下简称：实务)(2008版)和《交强险互碰赔偿处理规则》(以下简称：互碰规则)(2008版)》，经向中国保监会报备，现印发给你们，请遵照执行。有关事项如下：

一、关于“实务”和“互碰规则”的实施效力

2008版实务是在2006版《交强险承保理赔实务规程行业指导性要点》和2007版《交强险(保费测算与违章信息挂钩)承保理赔实务要点》等基础上，综合补充修订的。从事强制保险业务的保险公司，必须参照本实务，结合公司实际，对交强险及与商业险相衔接的具体实务进行细化，制定本公司的实务流程

2008版实务实施之时，2007版以前相关文件同时废止。地方相关实务规定与本实务不符的，以本实务为准。

二、其它事项提示

(一)有关承保

1. 请各公司在业务程序调整完成后，即可按照新的交强险费率：责任限额提前承保保险期间起期在2月1日之后的交强险业务。

2. 承保实务的调整，进一步明确了三轮汽车、特殊类型的挂车的费率适用问题，请各公司据此对业务程序进行相应调整。

3. 对旧的摩托车、拖拉机定额保单，可以采取加盖印章的方式对责任限额、费率进行特别约定。

(二)有关理赔

理赔实务中的“无责财产赔付简化处理机制”和“满限额提前结案机制”以及“无保险代赔”的实施时间，按照保监发〔2008〕2号文精神，从2008年2月1日零时后发生保险事故的为处理赔案切换时限。

(三)未建平台的地方

未建平台的地方机构，应按照实务要求，妥善保管相关资料和数据，为

上平台补录信息做准备。

（四）进行快速处理试点的地方

北京、上海等实行道路交通事故快速处理机制试点的地区，应在法律法规允许的框架下，积极推进试点，不断总结经验，逐步在全国推广。

特此通知

附件：《交强险承保、理赔实务规程》（2008版），《交强险互碰赔偿处理规则》（2008版）

交强险承保实务规程（2008版）

第一节　说明和告知

一、保险人须履行的告知义务

（一）向投保人介绍《机动车交通事故责任强制保险条款》（以下简称交强险），主要包括：保险责任、各项赔偿限额、责任免除、投保人义务、被保险人义务、赔偿处理等内容。其中关于责任免除事项的内容必须明确说明。

（二）向投保人明确说明，保险公司按照《交强险费率浮动暂行办法》的有关规定实行交强险的费率浮动。

（三）向投保人明确说明，保险人按照国务院卫生主管部门组织制定交通事故人员创伤临床诊疗指南和国家基本医疗保险标准审核医疗费用。

（四）告知投保人不要重复投保交强险，即使多份投保也只能获得一份保险保障。

（五）告知有挡风玻璃的车辆投保人应将保险标志贴在车内挡风玻璃右上角；告知无挡风玻璃的车辆驾驶人应将保险标志随车携带。

（六）告知投保人如何查询交通安全违法行为、交通事故记录。

二、投保人须履行的告知义务

（一）投保人应提供以下告知资料

1. 已经建立车险信息平台的地区

投保人按各地保监局以及行业协会制定的单证简化方法提交相关单证。

2. 对于尚未建立车险信息平台的地区

①投保人首次投保交强险的，应提供行驶证复印件。新车尚未取得行驶证的，应提供新车购置发票复印件或出厂合格证复印件，待车辆获得牌照号码办理批改手续时，再提供行驶证复印件。

②在原承保公司续保交强险的业务，投保人不需再提供资料。

③对于从其他保险公司转保的业务，投保人应提供行驶证复印件、上期

交强险保险单原件或其他能证明上年已投保交强险的书面文件。

（二）投保人应对以下重要事项如实告知

1. 机动车种类、厂牌型号、识别代码、发动机号、牌照号码（临时移动证编码或临时号牌）、使用性质；

2. 机动车所有人或者管理人的姓名（名称）、性别、年龄、住址、身份证或驾驶证号码（组织机构代码）；

3. 机动车交通事故记录（仅无车险信息平台地区的转保业务须提供）；

4. 保监会规定的其他告知事项。

（三）应提供准确、便捷的联系方式

投保人应准确提供联系电话、通讯地址、邮政编码等联系方式，便于保险人提供保险服务。

（四）解除合同时应及时交还相关单证

交强险合同解除时，投保人应将保险单、保险标志交还保险人进行核销。

第二节　投保单填写与录入

一、投保人应在保险人的指导下真实、准确地填写投保单的各项信息，并在投保单上签字或签章，填写要求如下：

（一）对于在原承保公司续保的业务，车辆信息以及投保人、被保险人信息均未发生变更的，投保单仅需填写上年保单号即可；信息发生变化的，仅需填写上年保单号和变更后的相关信息；

（二）对于新保或从其他承保公司转保过来的业务，投保单至少应当载明机动车的种类、厂牌型号、识别代码、号牌号码（临时移动证编码或临时号牌）、发动机号、使用性质，投保机动车所有人或者管理人的姓名（名称）、性别、年龄、住所、身份证或者驾驶证号码（组织机构代码）。投保机动车以往年度交通安全违法行为、交通事故记录（仅无车险信息平台地区须提供）。

二、规范号牌号码的录入格式

号牌号码由汉字、大写字母、阿拉伯数字组成，录入时一律不允许添加点、杠、斜杠或其它任何符号。投保时还未上牌的新车，若当地交管部门对号牌号码的录入规则有特殊要求的，可按交管部门的要求进行录入，没有要求的，不作统一规定，允许为空。核发正式号牌后投保人应书面通知保险人办理批改手续。

三、投保人提供的资料复印件应附贴于投保单背面并加盖骑缝章。

四、保险期间的起期须在保险人接受投保人的投保申请日之后。

五、交强险的保险期间为1年，但有下列情形之一的，投保人可以投保短期保险：

（一）临时入境的境外机动车；

（二）距报废期限不足一年的机动车；

（三）临时上道路行驶的机动车（例如：领取临时牌照的机动车，临时提车，到异地办理注册登记的新购机动车等）；

（四）保监会规定的其他情形。

第三节　保险费计算

一、保险人须按照保监会审批的《交强险费率方案》和《交强险费率浮动暂行办法》计算并收取保险费。

二、投保短期保险的，按照短期月费率计算保费。

三、保险费必须一次全部收取，不得分期收费。

四、“半挂牵引车”的吨位按下列规则确定：

1. 机动车行驶证中记载有“核定载质量”的，以核定载质量为准；

2. 机动车行驶证中没有记载“核定载质量”的，以该车“准牵引总质量”作为吨位；

3. 通过上述两种方式仍无法确定吨位的，视为10吨以上货车。

五、低速载货汽车与三轮汽车均参照运输型拖拉机14.7 KW以上的费率执行。

六、“挂车”按下列规则确定费率：

1. 一般挂车根据实际的使用性质并按照对应吨位货车的30%计算。

2. 装置有油罐、汽罐、液罐的挂车按特种车一的30%计算。

3. 装置有油罐、汽罐、液罐以外罐体的挂车，按特种车二费率的30%计算。

4. 装置有冷藏、保温等设备的挂车，按特种车二费率的30%计算。

5. 装置有固定专业仪器设备从事专业工作的挂车，按特种车三费率的30%计算。

七、除保监会审批的《交强险费率浮动暂行办法》中规定的费率优惠外，保险人不得给予投保人任何返还、折扣和额外优惠。

八、保险公司在签发保险单以前，应当向投保人出具《交强险费率浮动告知单》，经投保人签章（个人车辆签字即可）确认后，再出具保险单、保险标志。对于首次投保交强险的车辆，保险人不需要出具《交强险费率浮动告知单》。

第四节　出具保险单、保险标志

一、保险人必须在收取保险费后方可出具保险单、保险标志。

二、保险单必须单独编制保险单号码并通过业务处理系统出具。

三、交强险必须单独出具保险单、保险标志、发票。保险单、保险标志必须使用保监会监制的交强险保险单、保险标志，不得使用商业保险单证代替。

四、交强险保险单和交强险定额保险单由正本和副本组成。正本由投保人或被保险人留存；业务留存联（第一联）和财务留存联由保险公司留存，公安交管部门留存联由保险公司加盖印章后交投保人或被保险人，由其在注册登记或检验时交公安交管部门留存。

五、交强险标志分为内置型交强险标志和便携型交强险标志两种。

具有前挡风玻璃的投保车辆应签发内置型保险标志；不具有前挡风玻璃的投保车辆应签发便携型保险标志。如：无挡风玻璃的摩托车、拖拉机、挂车可签发便携式保险标志。

内置型保险标志可不加盖业务章，便携式保险标志必须加盖保险公司业务专用章。

六、交强险单证和交强险标志的使用应符合下列要求：

（一）除摩托车、拖拉机或其他经保监会同意的业务可以使用定额保险单外，其他投保车辆必须使用交强险保单。定额保险单可以手工出单并手工填写发票，但必须在出具保险单后的 7 个工作日内，准确补录到业务处理系统中。

（二）保险公司签发交强险单证或交强险标志时，有关内容不得涂改，涂改后的交强险单证或交强险标志无效。

（三）未取得牌照的新车，可以用车辆发动机号或车辆识别代码代替号牌号码打印在交强险保险标志上。

（四）已生效的交强险单证或交强险标志发生损毁或者遗失时，交强险单证或交强险标志所有人应向保险公司申请补办。保险公司在收到补办申请后的 5 个工作日内，完成对被保险人申请的审核，并通过业务系统重新打印保险单、保险标志。重新打印的交强险单证或保险标志应与原交强险单证或交强险标志的内容一致。新保险单、保险标志的印刷流水号码与原保险单号码能够通过系统查询到对应关系。

第五节　保险合同变更和终止

一、合同解除

投保人对重要事项未履行如实告知义务，保险人解除合同前，应当书面通知投保人，投保人应当自收到通知之日起 5 日内履行如实告知义务；投保人在上述期限内履行如实告知义务的，保险人不得解除合同。

保险人解除合同的，保险人应收回交强险保险单、保险标志，并书面通知机动车管理部门。对于投保人无法提供保险单和交强险标志的，投保人应向保险公司书面说明情况并签字（章）确认，保险公司同意后可办理退保手续。

二、除下列情况外，保险人不得接受投保人解除合同的申请：

（一）被保险机动车被依法注销登记的；

（二）被保险机动车办理停驶的；

（三）被保险机动车经公安机关证实丢失的；

（四）投保人重复投保交强险的；

（五）被保险机动车被转卖、转让、赠送至车籍所在地以外的地方（车籍所在地按地市级行政区划划分）；

（六）新车因质量问题被销售商收回或因相关技术参数不符合国家规定交管部门不予上户的。

办理合同解除手续时，投保人应提供相应的证明材料。

投保人因重复投保解除交强险合同的，只能解除保险起期在后面的保险合同，保险人金额退还起期在后面的保险合同的保险费，出险时由起期在前的保险合同负责赔偿。

被保险机动车被转卖、转让、赠送至车籍所在地以外的地方，投保人须持车辆新入户地区的交强险保单、机动车所有权转移证明办理原保单的退保手续，且退保时间须在新交强险保单起保日后。除被保险机动车被转卖、转让、赠送至车籍所在地以外的地方外，被保险机动车所有权发生转移时，保险人不得接受投保人解除保险合同的申请，应要求投保人按照《条例》的要求办理交强险合同变更手续。

新车因质量问题或相关技术参数不符合国家规定导致投保人放弃购买车辆或交管部门不予上户的，投保人能提供产品质量缺陷证明、销售商退车证明或交管部门的不予上户证明的，保险人可在收回交强险保单和保险标志情况下解除保险合同。

三、发生以下变更事项时，保险人应对保险单进行批改，并根据变更事项增加或减少保险费：

（一）被保险机动车转卖、转让、赠送他人（指本地过户）；

（二）被保险机动车变更使用性质；

（三）变更其他事项。

禁止批改交强险的保险期间。

上述批改按照日费率增加或减少保险费。

四、发生下列情形时，保险人应对保险单进行批改，并按照保单年度重新核定保险费计收：

（一）投保人未如实告知重要事项，对保险费计算有影响的，并造成按照保单年度重新核定保险费上升的；

（二）在保险合同有效期限内，被保险机动车因改装、加装、使用性质改变等导致危险程度增加，未及时通知保险人，且未办理批改手续的。

附件一：

机动车交通事故责任强制保险费率浮动告知单

尊敬的投保人：

您的机动车投保基本信息如下：

车牌号码：　　　　　　　　　　　号牌种类：

发动机号：　　　　　　　　　　　识别代码（车架号）：

浮动因素计算区间：　　年　　月　　日零时至　　年　　月　　日二十四时

根据中国保险监督管理委员会批准的机动车交通事故责任强制保险（以下简称交强险）费率，您的机动车交强险基础保险费是：人民币　　　元。

您的机动车从上年度投保以来至今，发生的有责任道路交通事故记录如下：

序号	赔付时间	是否造成受害人死亡

或者：您的机动车在上　　　个年度内未发生道路交通事故。

根据中国保险监督管理委员会公布的《机动车交通事故责任强制保险费率浮动暂行办法》，与道路交通事故相联系的费率浮动比率为：　　%。

交强险最终保险费　　　交强险基础保险费 x（1 + 与道路交通事故相联系的浮动比率）

本次投保的应交保险费：人民币　　　元（大写：　　）

以上告知，如无异议，请您签字（签章）确认。

投保人签字（盖章）：________

日期：____年____月____日

附件二：

未履行如实告知义务通知书

投保人：__________________

您于____年____月____日在__________________公司投保的（牌照号码）机动车，保险单号__________________，未对履行如实告知义务。为了保证您能及时获得保险保障，请于5日内与我公司联系，履行如实告知义务。因您方原因未能于5日内履行如实告知义务，根据《机动车交通事故责任强制保险条例》，我公司将解除本保险合同。

保险人签章：

年　　月　　日

联系人：

联系电话：

附件三：

机动车交通事故责任强制保险合同解除通知书

投保人：___________

您于____年____月____日在______________________公司投保的（牌照号码）机动车，保险单号__________________，因未能履行如实告知义务，根据《机动车交通事故责任强制保险条例》规定，我公司将与您解除本保险合同。

被保险人签收：　　　　　　　　保险人（签章）：

日期：　年　月　日　　　　　　日期：　年

月　日

附件四：

机动车交通事故责任强制保险合同解除申请书

保险人：______________________________

本人投保的__________________（牌照号码）机动车、保险单号__________________，因____（原因），向你公司申请办理解除机动车交通事故责任强制保险合同。

特此申请

投保人签章：

年　　月　　日

附件五：

机动车交通事故责任强制保险单证、标志补办申请

________（保险公司名称）：

________（申请人名称/姓名）因________________致交强险________车的保险单/定额保险单/批单/标志）于____年____月____日（损毁/遗失），特申请补办。

机动车交强险基本信息如下：

号牌号码：________发动机号：________
保险期间：____年____月____日零时至____年____月日二十四时
申请人身份证号码（组织机构代码）：________

申请人签章（签字）：

年　　月　　日

附件六：

机动车交通事故责任强制保险合同解除通报书

________（机动车管理部门）：

________（投保人名称/姓名），于______年______月______日在________公司投保的________（牌照号码）机动车、保险单号________________，因（原因），已办理解除机动车交通事故责任强制保险合同。

特此通报

保险人签章：

年____月____日

交强险理赔实务规程（2008版）

第一节　接报案和理赔受理

一、接到被保险人或者受害人报案后，应询问有关情况，并立即告知被保险人或者受害人具体的赔偿程序等有关事项。

涉及人员伤亡，或事故损失超过交强险分项赔偿限额，或事故一方没有投保交强险的，应提醒事故当事人立即向当地交通管理部门报案。

二、保险人应对报案情况进行详细记录，并录入业务系统统一管理。

三、被保险机动车发生交通事故的，应由被保险人向保险人申请赔偿保险金。保险人应当自收到赔偿申请之日起1个工作日内，以索赔须知的方式书面告知被保险人需要向保险公司提供的与赔偿有关的证明和资料。

索赔须知必须通俗、易懂，并根据实际案情勾选以下与赔偿有关的证明和资料：

（1）索赔申请书，机动车行驶证，机动车驾驶证，被保险人身份证明，领取赔款人身份证明。

（2）事故证明材料：交通事故责任认定书，调解书（或简易事故处理书，交通事故自行协商处理协议书，或法院、仲裁机构的裁决书、调解书、判决书）。

（3）损失情况证明：车辆定损单，车辆修理发票，财产损失清单。

（4）人员费用证明：医院诊断证明，医疗费报销凭证，误工证明及收入情况证明，伤残鉴定书，死亡证明，被扶养人证明材料，户籍证明。

第二节　查勘和定损

一、事故各方机动车的保险人在接到客户报案后，有责方车辆的保险公司应进行查勘，对受害人的损失进行核定。无责方车辆涉及人员伤亡赔偿的，无责方保险公司也应进行查勘定损。

二、事故任何一方的估计损失超过交强险赔偿限额的，应提醒事故各方当事人依法进行责任划分。

三、事故涉及多方保险人，但存在一方或多方保险人未能进行查勘定损的案件，未能进行查勘定损的保险人，可委托其他保险人代为查勘定损；受委托方保险人可与委托方保险人协商收取一定费用。接受委托的保险人，应向委托方的被保险人提供查勘报告、事故/损失照片和由事故各方签字确认的损失情况确认书。

第三节　垫付和追偿

一、抢救费用垫付条件

同时满足以下条件的，可垫付受害人的抢救费用。

（一）符合《机动车交通事故责任强制保险条例》第二十二条规定的情形；

（二）接到公安机关交通管理部门要求垫付的通知书；

（三）受害人必须抢救，且抢救费用已经发生，抢救医院提供了抢救费用单据和明细项目；

（四）不属于应由道路交通事故社会救助基金垫付的抢救费用。

二、垫付标准

（一）按照交通事故人员创伤临床诊疗指南和抢救地的国家基本医疗保险的标准，在交强险医疗费用赔偿限额或无责任医疗费用赔偿限额内垫付抢救费用。

（二）被抢救人数多于一人且在不同医院救治的，在医疗费用赔偿限额或无责任医疗费用赔偿限额内按人数进行均摊；也可以根据医院和交警的意见，在限额内酌情调整。

三、垫付方式

自收到交警部门出具的书面垫付通知、伤者病历/诊断证明、抢救费用单据和明细之日起，及时向抢救受害人的医院出具《承诺垫付抢救费用担保函》，或将垫付款项划转至抢救医院在银行开立的专门账户，不进行现金垫付。

四、追偿

对于所有垫付的案件，保险人垫付后有权向致害人追偿。追偿收入在扣减相关法律费用（诉讼费、律师费、执行费等）、追偿费用后，全额冲减垫付款。

第四节　赔 偿 处 理

一、赔偿原则

保险人在交强险责任范围内负责赔偿被保险机动车因交通事故造成的对受害人的损害赔偿责任。

二、赔偿时限

保险公司自收到被保险人提供的证明和资料之日起5日内，对是否属于保险责任作出核定，并将结果通知被保险人；对属于保险责任的，在与被保险人达成赔偿保险金的协议后10日内，赔偿保险金。对不属于保险责任的，应当书面说明理由。

三、抢救费用支付

因抢救受害人需要保险人支付抢救费用的，保险人在接到公安机关交通管理部门的书面通知和医疗机构出具的抢救费用清单后，先行支付受害人的抢救费用。支付标准和支付方式参照本实务第三节二、三的规定执行。

交通事故不属于保险责任或者应由道路交通事故社会救助基金垫付的抢救费用，保险人不予以支付。

四、赔款计算

（一）基本计算公式

保险人在交强险各分项赔偿限额内，对受害人死亡伤残费用、医疗费用、财产损失分别计算赔偿：

1. 总赔款 = ∑各分项损失赔款 = 死亡伤残费用赔款 + 医疗费用赔款 + 财产损失赔款

2. 各分项损失赔款 = 各分项核定损失承担金额，即：

死亡伤残费用赔款 = 死亡伤残费用核定承担金额

医疗费用赔款 = 医疗费用核定承担金额

财产损失赔款 = 财产损失核定承担金额

3. 各分项核定损失承担金额超过交强险各分项赔偿限额的，各分项损失赔款等于交强险各分项赔偿限额。

注：“受害人”为被保险机动车的受害人，不包括被保险机动车本车车上人员、被保险人，下同。

（二）当保险事故涉及多个受害人时

1. 基本计算公式中的相应项目表示为：

各分项损失赔款 = ∑各受害人各分项核定损失承担金额，即：

死亡伤残费用赔款 = ∑各受害人死亡伤残费用核定承担金额

医疗费用赔款 = ∑各受害人医疗费用核定承担金额

财产损失赔款 = ∑各受害人财产损失核定承担金额

2. 各受害人各分项核定损失承担金额之和超过被保险机动车交强险相应分项赔偿限额的，各分项损失赔款等于交强险各分项赔偿限额。

3. 各受害人各分项核定损失承担金额之和超过被保险机动车交强险相应分项赔偿限额的，各受害人在被保险机动车交强险分项赔偿限额内应得到的赔偿为：

被保险机动车交强险对某一受害人分项损失的赔偿金额 = 交强险分项赔偿限额 ×［事故中某一受害人的分项核定损失承担金额/（∑各受害人分项核定损失承担金额）］。

（三）当保险事故涉及多辆肇事机动车时

1. 各被保险机动车的保险人分别在各自的交强险各分项赔偿限额内，

对受害人的分项损失计算赔偿。

2. 各方机动车按其适用的交强险分项赔偿限额占总分项赔偿限额的比例，对受害人的各分项损失进行分摊。

某分项核定损失承担金额 = 该分项损失金额 × ［适用的交强险该分项赔偿限额/（∑各致害方交强险该分项赔偿限额）］

注：①肇事机动车中的无责任车辆，不参与对其他无责车辆和车外财产损失的赔偿计算，仅参与对有责方车辆损失或车外人员伤亡损失的赔偿计算。

②无责方车辆对有责方车辆损失应承担的赔偿金额，由有责方在本方交强险无责任财产损失赔偿限额项下代赔。

一方全责，一方无责的，无责方对全责方车辆损失应承担的赔偿金额为全责方车辆损失，以交强险无责任财产损失赔偿限额为限。

一方全责，多方无责的，无责方对全责方车辆损失应承担的赔偿金额为全责方车辆损失，以各无责方交强险无责任财产损失赔偿限额之和为限。

多方有责，一方无责的，无责方对各有责方车辆损失应承担的赔偿金额以交强险无责任财产损失赔偿限额为限，在各有责方车辆之间平均分配。

多方有责，多方无责的，无责方对各有责方车辆损失应承担的赔偿金额以各无责方交强险无责任财产损失赔偿限额之和为限，在各有责方车辆之间平均分配。

③肇事机动车中应投保而未投保交强险的车辆，视同投保机动车参与计算。

④对于相关部门最终未进行责任认定的事故，统一适用有责任限额计算。

3. 肇事机动车均有责任且适用同一限额的，简化为各方机动车对受害人的各分项损失进行平均分摊：

（1）对于受害人的机动车、机动车上人员、机动车上财产损失：

某分项核定损失承担金额 = 受害人的该分项损失金额 ÷（N－1）

（2）对于受害人的非机动车、非机动车上人员、行人、机动车外财产损失：

某分项核定损失承担金额 = 受害人的该分项损失金额 ÷ N

注：①N 为事故中所有肇事机动车的辆数。

②肇事机动车中应投保而未投保交强险的车辆，视同投保机动车参与计算。

4. 初次计算后，如果有致害方交强险限额未赔足，同时有受害方损失没有得到充分补偿，则对受害方的损失在交强险剩余限额内再次进行分配，在交强险限额内补足。对于待分配的各项损失合计没有超过剩余赔偿限额的，按分配结果赔付各方；超过剩余赔偿限额的，则按每项分配金额占各项分配金额总和的比例乘以剩余赔偿限额分摊；直至受损各方均得到足额赔偿或应赔付方交强险无剩余限额。

（四）受害人财产损失需要施救的，财产损失赔款与施救费累计不超过财产损失赔偿限额。

（五）主车和挂车在连接使用时发生交通事故，主车与挂车的交强险保险人分别在各自的责任限额内承担赔偿责任。

若交通管理部门未确定主车、挂车应承担的赔偿责任，主车、挂车的保险人对各受害人的各分项损失平均分摊，并在对应的分项赔偿限额内计算赔偿。

主车与挂车由不同被保险人投保的，在连接使用时发生交通事故，按互为三者的原则处理。

（六）被保险机动车投保一份以上交强险的，保险期间起期在前的保险合同承担赔偿责任，起期在后的不承担赔偿责任。

（七）对被保险人依照法院判决或者调解承担的精神损害抚慰金，原则上在其他赔偿项目足额赔偿后，在死亡伤残赔偿限额内赔偿。

（八）死亡伤残费用和医疗费用的核定标准

按照《最高人民法院〈关于审理人身损害赔偿案件适用法律若干问题的解释〉》规定的赔偿范围、项目和标准，公安部颁布的《道路交通事故受伤人员伤残评定》（GB18667－2002），以及交通事故人员创伤临床诊疗指南和交通事故发生地的基本医疗标准核定人身伤亡的赔偿金额。

例 1：A、B 两机动车发生交通事故，两车均有责任。A、B 两车车损分别为 2000 元、5000 元，B 车车上人员医疗费用 7000 元，死亡伤残费用 6 万元，另造成路产损失 1000 元。设两车适用的交强险财产损失赔偿限额为 2000 元，医疗费用赔偿限额为 1 万元，死亡伤残赔偿限额为 11 万元，则：

（一）A 车交强险赔偿计算

A 车交强险赔偿金额＝受害人死亡伤残费用赔款＋受害人医疗费用赔款＋受害人财产损失赔款

＝B 车车上人员死亡伤残费用核定承担金额＋B 车车上人员医疗费用核定承担金额＋财产损失核定承担金额

1. B 车车上人员死亡伤残费用核定承担金额＝60000÷（2－1）＝60000 元

2. B 车车上人员医疗费用核定承担金额＝7000÷（2－1）＝7000 元

3. 财产损失核定承担金额＝路产损失核定承担金额＋B 车损核定承担金额

＝1000÷2＋5000÷（2－1）＝5500 元，超过财产损失赔偿限额，按限额赔偿，赔偿金额为2000元。

其中，A车交强险对B车损的赔款=财产损失赔偿限额×B车损核定承担金额÷（路产损失核定承担金额+B车损核定承担金额）

=2000×［5000÷（1000÷2+5000）］=1818.18元

其中，A车交强险对路产损失的赔款=财产损失赔偿限额×路产损失核定承担金额÷（路产损失核定承担金额+B车损核定承担金额）

=2000×［（1000÷2）÷（1000÷2+5000）］=181.82元

4. A车交强险赔偿金额=60000+7000+2000=69000元

（二）B车交强险赔偿计算

B车交强险赔偿金额=路产损失核定承担金额+A车损核定承担金额

=1000÷2+2000÷（2-1）=2500元，超过财产损失赔偿限额，按限额赔偿，赔偿金额为2000元。

例2：A、B两机动车发生交通事故，A车全责，B车无责，A、B两车车损分别为2000元、5000元，另造成路产损失1000元。设A车适用的交强险财产损失赔偿限额为2000元，B车适用的交强险无责任财产损失限额为100元，则：

（一）A车交强险赔偿计算

A车交强险赔偿金额=B车损失核定承担金额+路产损失核定承担金额

=5000+1000=6000元，超过财产损失赔偿限额，按限额赔偿，赔偿金额为2000元。

（二）B车交强险赔偿计算

B车交强险赔偿金额=A车损核定承担金额

=2000元，超过无责任财产损失赔偿限额，按限额赔偿，赔偿金额为100元。

B车对A车损失应承担的100元赔偿金额，由A车保险人在交强险无责财产损失赔偿限额项下代赔。

第五节 支付赔款

一、支付赔款

有关赔付情况应按规定及时上传至机动车事故责任交强险信息平台。未建立机动车交通事故责任交强险信息平台的，保险人支付赔款后应在保险单正本上加盖“×年×月×日出险，负××（全部、主要、同等、次要）责任，××（有无）造成死亡”条形章。

二、单证分割

如果交强险和商业三者险在不同的保险公司投保，如损失金额超过交强险责任限额，由交强险承保公司留存已赔偿部分发票或费用凭据原件，将需要商业保险赔付的项目原始发票或发票复印件，加盖保险人赔款专用章，交被保险人办理商业险索赔事宜。

第六节 直接向受害人支付赔款的赔偿处理

一、发生受害人人身伤亡或财产损失，且符合下列条件之一的，保险人可以受理受害人的索赔：

（一）被保险人出具书面授权书；

（二）人民法院签发的判决书或执行书；

（三）被保险人死亡、失踪、逃逸、丧失索赔能力或书面放弃索赔权利；

（四）法律规定的其他情形。

二、受害人索赔时应当向保险人提供以下材料：

（一）人民法院签发的判决书或执行书，或交警部门出具的交通事故责任认定书和调解书原件；

（二）受害人的有效身份证明；

（三）受害人人身伤残程度证明以及有关损失清单和费用单据；

（四）其他与确认保险事故的性质、原因、损失程度等有关的证明和资料。

经被保险人书面授权的，还应提供被保险人书面授权书。

三、赔款计算

保险事故涉及多个受害人的，在所有受害人均提出索赔申请，且受害人所有材料全部提交后，保险人方可计算赔款。

（一）事故中所有受害人的分项核定损失之和在交强险分项赔偿限额之内的，按实际损失计算赔偿。

（二）各受害人各分项核定损失承担金额之和超过被保险机动车交强险相应分项赔偿限额的，各受害人在被保险机动车交强险分项赔偿限额内应得到的赔偿为：

被保险机动车交强险对某一受害人分项损失的赔偿金额 = 交强险分项赔偿限额 × ［事故中某一受害人的分项核定损失承担金额/（Σ各受害人分项核定损失承担金额）］。

例 3：A 车肇事造成两行人甲、乙受伤，甲医疗费用 7500 元，乙医疗费用 5000 元。设 A 车适用的交强险医疗费用赔偿限额为 10000 元，则 A 车交强险对甲、乙的赔款计算为：

A 车交强险赔偿金额 = 甲医疗费用 + 乙医疗费用

= 7500 + 5000 = 12500 元，大于适用的交强险医疗费用赔偿限额，赔付 10000 元。

甲获得交强险赔偿：10000×7500/（7500+5000）=6000元

乙获得交强险赔偿：10000×5000/（7500+5000）=4000元

第七节　结案和归档

一、理赔单证

保险人向被保险人或受害人支付赔款后，将赔案所有单证按赔案号进行归档。必备单证包括：

（一）保单抄件；

（二）报案记录、被保险人书面索赔申请；

（三）查勘报告、现场照片及损失项目照片、损失情况确认书、医疗费用原始票据及费用清单、赔款计算书（以上原始票据，由查勘定损公司留存）。

（四）行驶证及驾驶证复印件，被保险人和受害人的身份证明复印件（如直接支付给受害人）；

（五）公安机关交通管理部门或法院等机构出具的合法事故证明、有关法律文件及其他证明，当事人自行协商处理的协议书；

（六）其他能够确认保险事故性质、原因、损失程度等的有关证明、协议及文字记录；

（七）赔款收据、领取赔款授权书。

二、满限额提前结案处理机制

（一）适用条件

同时满足以下条件，属于交强险赔偿责任的事故：

1. 涉及人员伤亡，医疗费用支出已超过交强险医疗费用赔偿限额或估计死亡伤残费用明显超过交强险死亡伤残赔偿限额；

2. 被保险人申请并提供必要的单据。

（二）基本原则

对于涉及人员伤亡的事故，损失金额明显超过保险车辆适用的交强险医疗费用赔偿限额或死亡伤残赔偿限额的，保险公司可以根据被保险人的申请及相关证明材料，在交强险限额内先予赔偿结案，待事故处理完毕、损失金额确定后，再对剩余部分在商业险项下赔偿。

相关证明材料包括：

1. 索赔申请书，机动车行驶证，机动车驾驶证，被保险人身份证明，领取赔款人身份证明；

2. 交通事故责任认定书；

3. 人员费用证明：医院诊断证明，医疗费报销凭证；死亡证明，被扶养人证明等。

（三）基本流程

1. 被保险人提出索赔申请。

2. 被保险人提供必要单证。

3. 保险公司在收到索赔申请和相关单证后进行审核，对于根据现有材料能够确定赔款金额明显超过医疗费用限额或死亡伤残限额的案件，应由医疗审核人员签署意见，在5日内先予支付赔款。不再涉及交强险赔付的，对交强险进行结案处理。

交强险互碰赔偿处理规则
（2008版）

本《规则》根据交强险理赔实务的基本原则制定，为交强险理赔实务的补充。

一、标准处理机制

（一）均投保了交强险的两辆或多辆机动车互碰，不涉及车外财产损失和人员伤亡

1. 两辆机动车互碰，两车均有责

双方机动车交强险均在交强险财产损失赔偿限额内，按实际损失承担对方机动车的损害赔偿责任。

例1：A、B两车互碰，各负同等责任。A车损失3500元，B车损失3200元，则两车交强险赔付结果为：A车保险公司在交强险项下赔偿B车损失2000元；B车保险公司在交强险项下赔偿A车损失2000元。

对于A车剩余的1500元损失，按商业险条款规定，根据责任比例在商业车险项下赔偿。即如A车投保了车损险、B车投保了商业三者险，则在B车的商业三者险项下赔偿750元，在A车的车损险项下赔偿750元。

2. 两辆机动车互碰，一方全责、一方无责

无责方机动车交强险在无责任财产损失赔偿限额内承担全责方机动车的损害赔偿责任，全责方机动车交强险在财产损失赔偿限额内承担无责方机动车的损害赔偿责任。无责方车辆对全责方车辆损失应承担的赔偿金额，由全责方在本方交强险无责任财产损失赔偿限额项下代赔。

例2：A、B两车互碰造成双方车损，A车全责（损失1000元），B车无责（损失1500元）。设B车适用的交强险无责任赔偿限额为100元，则两车交强险赔付结果为：

A车交强险赔付B车1500元，

B车交强险赔付A车100元。

B 车对 A 车损失应承担的 100 元赔偿金额，由 A 车保险公司在本方交强险无责任财产损失赔偿限额项下代赔。

3. 多辆机动车互碰，部分有责（含全责）、部分无责（1）一方全责，多方无责

所有无责方视为一个整体，在各自交强险无责任财产损失赔偿限额内，对全责方车辆损失按平均分摊的方式承担损害赔偿责任；全责方对各无责方在交强险财产损失赔偿限额内承担损害赔偿责任，无责方之间不互相赔偿。无责方车辆对全责方车辆损失应承担的赔偿金额，由全责方在本方交强险相应无责任财产损失赔偿限额内代赔。

例3：A、B、C 三车互碰造成三方车损，A 车全责（损失 600 元），B 车无责（损失 600 元），C 车无责（损失 800 元）。设 B、C 车适用的交强险无责任赔偿限额为 100 元，则赔付结果为：

A 车交强险赔付 B 车 600 元，赔付 C 车 800 元，

B 车、C 车交强险分别赔付 A 车：100 元，共赔付 200 元。由 A 车保险公司在本方交强险两个无责任财产损失赔偿限额内代赔。

（2）多方有责，一方或多方无责

所有无责方视为一个整体，在各自交强险无责任财产损失赔偿限额内，对有责方损失按平均分摊的方式承担损害赔偿责任；有责方对各方车辆损失在交强险财产损失赔偿限额内承担损害赔偿责任，无责方之间不互相赔偿。无责方车辆对有责方车辆损失应承担的赔偿金额，由各有责方在本方交强险无责任财产损失赔偿限额内代赔。

多方有责，一方无责的，无责方对各有责方车辆损失应承担的赔偿金额以交强险无责任财产损失赔偿限额为限，在各有责方车辆之间平均分配。

多方有责，多方无责的，无责方对各有责方车辆损失应承担的赔偿金额以各无责方交强险无责任财产损失赔偿限额之和为限，在各有责方车辆之间平均分配。

例4：A、B、C、D 四车互碰造成各方车损，A 车主责（损失 1000 元），B 车次责（损失 600 元），C 车无责（损失 800 元）、D 车无责（损失 500 元）。设 C、D 两车适用的交强险无责任赔偿限额为 100 元，则赔付结果为：

1. C 车、D 车交强险共应赔付 200 元，对 A 车、B 车各赔偿 $(100+100)/2=100$ 元，由 A 车、B 车保险公司在本方交强险无责任财产损失赔偿限额内代赔。

2. A 车交强险赔偿金额 = B 车损核定承担金额 + C 车损核定承担金额 + D 车损核定承担金额

$=(600-100)+800/2+500/2=1150$ 元

3. B 车交强险赔偿金额 = A 车损核定承担金额 + C 车损核定承担金额 +

D车损核定承担金额

=（1000-100）+800/2+500/2=1550元

（二）均投保了交强险的两辆或多辆机动车互碰，涉及车外财产损失

有责方在其适用的交强险财产损失赔偿限额内，对各方车辆损失和车外财产损失承担相应的损害赔偿责任。

所有无责方视为一个整体，在各自交强险无责任财产损失赔偿限额内，对有责方损失按平均分摊的方式承担损害赔偿责任。无责方之间不互相赔偿，无责方也不对车外财产损失进行赔偿。

无责方车辆对有责方车辆损失应承担的赔偿金额，由各有责方在本方交强险无责任财产损失赔偿限额内代赔。

例5：A、B、C三车互碰造成三方车损，A车主责（损失600元），B车无责（损失500元），C车次责（损失300元），车外财产损失400元。则A车、B车、C车的交强险赔付计算结果为：

（1）先计算出无责方对有责方的赔款

B车交强险应赔付A车、C车各100/2=50元。由A车、C车在各自交强险无责任财产损失赔偿限额内代赔。

（2）有责方再对车外财产、各方车损进行分摊

A车交强险赔款=（500+400）/2+（300-50）=700元 C车交强险赔款=（500+400）/2+（600-50）=1000元（3）计算有责方交强险和代赔款之和

A车交强险赔款+代赔款=700+50=750元

C车交强险赔款+代赔款=1000+50=1050元

（三）均投保了交强险的两辆或多辆机动车发生事故，造成人员伤亡

1. 肇事机动车均有责且适用相同责任限额的，各机动车按平均分摊的方式，在各自交强险分项赔偿限额内计算赔偿。

例6：A、B两机动车发生交通事故，两车均有事故责任，A、B车损分别为2000元、5000元，B车车上人员医疗费用7000元，死亡伤残费用6万元，另造成路产损失1000元。则A车交强险初次赔付计算结果为：

①B车车上人员死亡伤残费用核定承担金额=60000/（2-1）=60000元

②B车车上人员医疗费用核定承担金额=7000/（2-1）=7000元

③财产损失核定承担金额=1000/2+5000/（2-1）=5500元（超过财产损失赔偿限额，按限额赔偿，赔偿金额为2000元）。

A车交强险赔偿金额=60000+7000+2000=69000元 其中，A车交强险对B车损的赔款=2000×[（5000/（500+5000））=1818.18元；

A车交强险对路产损失的赔款=2000×[500/（500+5000）]=181.82

元。

2. 肇事机动车中有部分适用无责任赔偿限额的，按各机动车交强险赔偿限额占总赔偿限额的比例，在各自交强险分项赔偿限额内计算赔偿。

例7：A、B、C三车发生交通事故，造成第三方人员甲受伤，A、B两车各负50%的事故责任，C车和受害人甲无事故责任，受害人支出医疗费用4500元。设适用的交强险医疗费用赔偿限额为10000元，交强险无责任医疗费用赔偿限额为1000元，则A、B、C三车对受害人甲应承担的赔偿金额分别为：

A车交强险医疗费用赔款＝4500×［10000/（10000＋10000＋1000）］＝2142.86元。

B车交强险医疗费用赔款＝4500×［10000/（10000＋10000＋1000）］＝2142.86元

C车交强险医疗费用赔款＝4500×［1000/（10000＋10000＋1000）］＝214.28元

3. 支付、垫付抢救费金额参照以上方式计算。

二、无责财产赔付简化处理机制

（一）适用条件

同时满足以下条件的双方或多方事故，适用无责财产赔付简化处理机制：

1. 两方或多方机动车互碰，各方均投保交强险；

2. 交警认定或根据法律法规能够协商确定事故责任，部分有责、部分无责。

3. 无责方车号、交强险保险人明确。

（二）基本原则

1. 无责代赔仅适用于车辆损失部分的赔偿，对于人员伤亡部分不进行代赔。

2. 对于应由无责方交强险承担的对有责方车辆损失的赔偿责任，由有责方承保公司在单独的交强险无责任财产损失代赔偿限额内代赔。代赔偿限额为无责方交强险无责任财产损失赔偿限额之和，在各有责方之间平均分配。

3. 各保险公司之间对代赔金额进行分类统计，但不进行清算。

4. 有责方代赔的部分不影响交强险费率浮动。

5. 各无责方车辆不参与对其他无责车辆和车外财产损失的赔偿计算。

（三）基本流程

1. 出险后，由有责方向其承保公司报案，无责方不必向其承保公司报案。

保险公司接报案时应提醒客户注意记录对方车牌号、被保险人名称、驾驶证号码、联系方式、交强险保险公司等信息。

当事人根据法律法规自行协商处理事故或要求自行协商处理的，应指导客户填写《机动车交通事故快速处理协议书》。

2. 原则上由有责方保险公司对双方车辆进行查勘、定损，拍摄事故照片，出具查勘报告、定损单，查勘报告和定损单应由当事人签字确认。

3. 对于本应由无责方交强险承担的对有责方车损的赔偿责任，由有责方承保公司在本方交强险无责任财产损失代赔偿限额内代为赔偿。

有责方交强险项下合计赔款为：

①有责方交强险赔款 = 其他有责方车损核定承担金额 + 无责方车损核定承担金额 + 车外财产损失核定承担金额（≤2000 元）

②有责方保险公司无责代赔部分 = 有责方车损（≤无责方车辆数 × 无责任财产损失赔偿限额/有责方车辆数）

③有责方保险公司交强险合计赔款 = ① + ②

4. 为准确统计无责代赔数量和金额，有责方保险公司应对代赔款项加注“无责代赔”标识，并在查勘报告、业务系统中记录无责方车号、保险公司名称。

5. 有责方保险公司代赔后，应将无责方车号、代赔金额等有关数据上传至交强险信息平台。

（四）注意事项

1. 当事人协商确定事故责任的，保险公司有权通过查勘、比对等方式，对事故原因和协商结果进行核实。

2. 满足无责代赔条件，无责方已经支付赔款，并向己方保险公司索赔的，应提供付款证明或有责方保险公司未代赔的证明材料。

3. 对于人员伤亡损失，有责方保险公司原则上不予代赔，仍应由无责方被保险人或其授权委托人向其承保公司索赔。

对于不符合无责代赔条件，仍需无责方自行向其承保公司索赔的，应及时告知双方当事人。

三、特殊情况处理

（一）一方投保交强险，一方仅投保商业险或无保险的机动车发生事故

1. 一方机动车投保交强险，另一方仅投保商业险

依照《条例》，军队、武警机动车参加交强险的办法由中国人民解放军、中国人民武装警察部队另行规定。在相关规定出台前，对于仅投保商业三者险的军队、武警机动车，与投保交强险的车辆互碰，按以下方式计算赔偿：

（1）对于军队、武警车辆，按照其所投保商业险条款和特别约定的规定

计算赔偿。

（2）对于与军队、武警车辆碰撞的车辆，在计算其车损险赔款时，根据损失补偿原则，不扣除对方交强险应赔偿部分。

（3）两车同时碰撞车外财产或行人，按照事故责任比例，承保交强险的在交强险限额内承担受害人的损失，承保原商业三者险的在商业险限额内按条款规定承担受害人的损失。

例 8：A、B 共同造成车外财产 C 的损失，A 主责，B 次责，C 损失 5000 元。交警调解确定 A 承担 60% 的损失，B 承担 40% 的损失，A 投保了交强险，B 为军队车辆，未投保交强险。则 A 交强险对 C 的赔偿金额应为：

$5000 \times 60\% = 3000$ 元 > 2000 元（交强险财产损失赔偿限额）

因此，A 交强险对 C 的赔偿金额为 2000 元。

2. 一方机动车投保交强险，另一方无保险

2006 年 10 月 1 日以后发生保险车辆与应投保而未投保交强险的机动车碰撞的事故，所有无保险的机动车均视同投保交强险参与赔款计算。

（1）原则上认为无保险车辆应该承担相当于交强险的赔偿责任。在计算本方车损赔款时，应当扣除对方相当于交强险的赔偿金额。

（2）但如果本车损失确实不能得到对方相当于交强险赔偿（如已按交警调解结果履行赔偿责任，或法院判决未要求对方承担相当于交强险的赔偿责任），可由本方交强险先行代为赔付。

对方无责，保险公司可先行在另一个交强险无责任赔偿限额内赔付全责方的本车车损和车上人员伤亡损失（道路交通事故社会救助基金成立后，由基金垫付的抢救费部分应予扣除）。

对方有责，保险公司可先行在另一个交强险赔偿限额内赔付本车车损和车上人员伤亡损失。

（3）为准确统计代赔数量和金额，应对代赔款项加注“无保险代赔”标识，代赔部分在另一个交强险限额内列支。

（4）保险公司代赔后应要求被保险人签具权益转让书，转让追偿的权利。

（5）应注意防范无保险车辆惧怕罚款，已私下向被保险车辆支付赔款，被保险人又向保险公司重复索赔的情况。

（二）关于挂靠同一单位的机动车互碰的赔偿方式

对于被保险人（营业性车队、挂靠单位等）为同一人，但投保人（所有人）为不同自然人的机动车互碰，可按互为三者的原则，由各方机动车交强险在其分项赔偿限额内，按实际损失承担对方机动车（车辆、车上人员、车上财产）的损害赔偿责任。

注：此种处理方式仅适用于投保人在投保时如实向保险人告知了车辆属

于挂靠的情况，并且在保险合同中明确体现。如果在保单中体现为投保人完全相同（即不能体现出实际的所有人），则将视互碰的各车为同一被保险人所有，不能在交强险项下进行赔偿。

（三）交警调解各方机动车承担本方车辆损失

当地行业协会有相关规定的，按行业协会相关规定处理。行业协会没有相关规定的，按以下方式处理：1. 能够找到事故对方机动车并勘验损失的，对事故对方车辆损失在本方交强险赔偿限额内计算赔偿，超过限额部分在商业车险项下按过错责任比例计算赔偿。

例9：A、B两车互碰，各负同等责任。A车损失3500元，B车损失3200元，交警调解结果为各自修理本方车辆。在能够勘验双方车辆损失的情况下，A车保险公司在交强险项下赔偿B车损失2000元；B车保险公司在交强险项下赔偿A车损失2000元。对于A车剩余的1500元损失，如A车投保了车损险、B车投保了商业三责险，则可以在B车的商业三责险项下赔偿750元，在A车的车损险项下赔偿750元。

2. 事故对方已无法找到并勘验损失，被保险机动车无法得到对方赔偿的，可对被保险机动车的车辆损失在本方机动车交强险赔偿限额内计算赔偿，超过限额部分在本方机动车商业车损险项下按条款规定计算赔偿。

例10：A、B两车互碰，各负同等责任。A车损失3500元，B车损失3200元。交警调解结果为各自修理本方车辆。在无法找到B车勘验损失的情况下，A车保险公司可在交强险项下赔偿A车损失2000元。对于A车的剩余的1500元损失，如A车投保了车损险，则在A车的车损险项下按条款规定计算赔偿。

（四）关于新旧交强险限额切换问题

对于限额调整前承保的存续保单，在新限额实施当日零时自动扩展限额。

保险事故发生时间在新限额实施前的，按旧限额标准赔付；保险事故发生时间在新限额实施后的，按新限额标准赔付。

四、理算程序

第一步：确定哪些损失属于本方机动车交强险受害人的损失；

第二步：判断是否满足无责代赔处理机制，如满足，按简化方式计算。如不满足则进入以下步骤；

第三步：确定本方机动车交强险项下的分项核定损失承担金额。根据肇事机动车的分项赔偿限额占总分项赔偿限额的比例分摊，各方机动车适用限额一致的，按平均分摊的方式计算；

第四步：对于分项核定损失承担金额没有超过交强险赔偿限额的，按分摊结果赔付；分项核定损失承担金额超过交强险赔偿限额的，在交强险限额内，按受害人分项核定损失承担金额占总分项核定损失承担金额的比例分摊；

第五步：判断交强险限额是否用足，若有受害方没有得到全额赔付，同时又有需赔付方交强险限额未用足，则在交强险限额内补足。对于待分配的各项损失合计没有超过剩余赔偿限额的，按分配结果赔付各方；超过剩余赔偿限额的，则按每项分配金额占各项分配金额总和的比例乘以剩余赔偿限额分摊；直至受损各方均得到足额赔偿或应赔付方交强险无剩余限额。

中华人民共和国保险法

（1995年6月30日第八届全国人民代表大会常务委员会第十四次会议通过　根据2002年10月28日第九届全国人民代表大会常务委员会第三十次会议《关于修改〈中华人民共和国保险法〉的决定》修正）

第一章　总　　则

第一条　为了规范保险活动，保护保险活动当事人的合法权益，加强对保险业的监督管理，促进保险事业的健康发展，制定本法。

第二条　本法所称保险，是指投保人根据合同约定，向保险人支付保险费，保险人对于合同约定的可能发生的事故因其发生所造成的财产损失承担赔偿保险金责任，或者当被保险人死亡、伤残、疾病或者达到合同约定的年龄、期限时承担给付保险金责任的商业保险行为。

第三条　在中华人民共和国境内从事保险活动，适用本法。

第四条　从事保险活动必须遵守法律、行政法规，尊重社会公德，遵循自愿原则。

第五条　保险活动当事人行使权利、履行义务应当遵循诚实信用原则。

第六条　经营商业保险业务，必须是依照本法设立的保险公司。其他单位和个人不得经营商业保险业务。

第七条　在中华人民共和国境内的法人和其他组织需要办理境内保险的，应当向中华人民共和国境内的保险公司投保。

第八条　保险公司开展业务，应当遵循公平竞争的原则，不得从事不正当竞争。

第九条　国务院保险监督管理机构依照本法负责对保险业实施监督管理。

第二章 保险合同

第一节 一般规定

第十条 保险合同是投保人与保险人约定保险权利义务关系的协议。

投保人是指与保险人订立保险合同，并按照保险合同负有支付保险费义务的人。

保险人是指与投保人订立保险合同，并承担赔偿或者给付保险金责任的保险公司。

第十一条 投保人和保险人订立保险合同，应当遵循公平互利、协商一致、自愿订立的原则，不得损害社会公共利益。

除法律、行政法规规定必须保险的以外，保险公司和其他单位不得强制他人订立保险合同。

第十二条 投保人对保险标的应当具有保险利益。

投保人对保险标的不具有保险利益的，保险合同无效。

保险利益是指投保人对保险标的具有的法律上承认的利益。

保险标的是指作为保险对象的财产及其有关利益或者人的寿命和身体。

第十三条 投保人提出保险要求，经保险人同意承保，并就合同的条款达成协议，保险合同成立。保险人应当及时向投保人签发保险单或者其他保险凭证，并在保险单或者其他保险凭证中载明当事人双方约定的合同内容。

经投保人和保险人协商同意，也可以采取前款规定以外的其他书面协议形式订立保险合同。

第十四条 保险合同成立后，投保人按照约定交付保险费；保险人按照约定的时间开始承担保险责任。

第十五条 除本法另有规定或者保险合同另有约定外，保险合同成立后，投保人可以解除保险合同。

第十六条 除本法另有规定或者保险合同另有约定外，保险合同成立后，保险人不得解除保险合同。

第十七条 订立保险合同，保险人应当向投保人说明保险合同的条款内容，并可以就保险标的或者被保险人的有关情况提出询问，投保人应当如实告知。

投保人故意隐瞒事实，不履行如实告知义务的，或者因过失未履行如实告知义务，足以影响保险人决定是否同意承保或者提高保险费率的，保险人有权解除保险合同。

投保人故意不履行如实告知义务的，保险人对于保险合同解除前发生的保险事故，不承担赔偿或者给付保险金的责任，并不退还保险费。

投保人因过失未履行如实告知义务，对保险事故的发生有严重影响的，保险人对于保险合同解除前发生的保险事故，不承担赔偿或者给付保险金的责任，但可以退还保险费。

保险事故是指保险合同约定的保险责任范围内的事故。

第十八条 保险合同中规定有关于保险人责任免除条款的，保险人在订立保险合同时应当向投保人明确说明，未明确说明的，该条款不产生效力。

第十九条 保险合同应当包括下列事项：

（一）保险人名称和住所；

（二）投保人、被保险人名称和住所，以及人身保险的受益人的名称和住所；

（三）保险标的；

（四）保险责任和责任免除；

（五）保险期间和保险责任开始时间；

（六）保险价值；

（七）保险金额；

（八）保险费以及支付办法；

（九）保险金赔偿或者给付办法；

（十）违约责任和争议处理；

（十一）订立合同的年、月、日。

第二十条 投保人和保险人在前条规定的保险合同事项外，可以就与保险有关的其他事项作出约定。

第二十一条 在保险合同有效期内，投保人和保险人经协商同意，可以变更保险合同的有关内容。

变更保险合同的，应当由保险人在原保险单或者其他保险凭证上批注或者附贴批单，或者由投保人和保险人订立变更的书面协议。

第二十二条 投保人、被保险人或者受益人知道保险事故发生后，应当及时通知保险人。

被保险人是指其财产或者人身受保险合同保障，享有保险金请求权的人，投保人可以为被保险人。

受益人是指人身保险合同中由被保险人或者投保人指定的享有保险金请求权的人，投保人、被保险人可以为受益人。

第二十三条 保险事故发生后，依照保险合同请求保险人赔偿或者给付保险金时，投保人、被保险人或者受益人应当向保险人提供其所能提供的与确认保险事故的性质、原因、损失程度等有关的证明和资料。

保险人依照保险合同的约定，认为有关的证明和资料不完整的，应当通知投保人、被保险人或者受益人补充提供有关的证明和资料。

第二十四条 保险人收到被保险人或者受益人的赔偿或者给付保险金的请求后，应当及时作出核定，并将核定结果通知被保险人或者受益人；对属于保险责任的，在与被保险人或者受益人达成有关赔偿或者给付保险金额的协议后十日内，履行赔偿或者给付保险金义务。保险合同对保险金额及赔偿或者给付期限有约定的，保险人应当依照保险合同的约定，履行赔偿或者给付保险金义务。

保险人未及时履行前款规定义务的，除支付保险金外，应当赔偿被保险人或者受益人因此受到的损失。

任何单位或者个人都不得非法干预保险人履行赔偿或者给付保险金的义务，也不得限制被保险人或者受益人取得保险金的权利。

保险金额是指保险人承担赔偿或者给付保险金责任的最高限额。

第二十五条 保险人收到被保险人或者受益人的赔偿或者给付保险金的请求后，对不属于保险责任的，应当向被保险人或者受益人发出拒绝赔偿或者拒绝给付保险金通知书。

第二十六条 保险人自收到赔偿或者给付保险金的请求和有关证明、资料之日起六十日内，对其赔偿或者给付保险金的数额不能确定的，应当根据已有证明和资料可以确定的最低数额先予支付；保险人最终确定赔偿或者给付保险金的数额后，应当支付相应的差额。

第二十七条 人寿保险以外的其他保险的被保险人或者受益人，对保险人请求赔偿或者给付保险金的权利，自其知道保险事故发生之日起二年不行使而消灭。

人寿保险的被保险人或者受益人对保险人请求给付保险金的权利，自其知道保险事故发生之日起五年不行使而消灭。

第二十八条 被保险人或者受益人在未发生保险事故的情况下，谎称发生了保险事故，向保险人提出赔偿或者给付保险金的请求的，保险人有权解除保险合同，并不退还保险费。

投保人、被保险人或者受益人故意制造保险事故的，保险人有权解除保险合同，不承担赔偿或者给付保险金的责任，除本法第六十五条第一款另有规定外，也不退还保险费。

保险事故发生后，投保人、被保险人或者受益人以伪造、变造的有关证明、资料或者其他证据，编造虚假的事故原因或者夸大损失程度的，保险人对其虚报的部分不承担赔偿或者给付保险金的责任。

投保人、被保险人或者受益人有前三款所列行为之一，致使保险人支付保险金或者支出费用的，应当退回或者赔偿。

第二十九条 保险人将其承担的保险业务，以分保形式，部分转移给其他保险人的，为再保险。

应再保险接受人的要求，再保险分出人应当将其自负责任及原保险的有关情况告知再保险接受人。

第三十条 再保险接受人不得向原保险的投保人要求支付保险费。

原保险的被保险人或者受益人，不得向再保险接受人提出赔偿或者给付保险金的请求。

再保险分出人不得以再保险接受人未履行再保险责任为由，拒绝履行或者迟延履行其原保险责任。

第三十一条 对于保险合同的条款，保险人与投保人、被保险人或者受益人有争议时，人民法院或者仲裁机关应当作有利于被保险人和受益人的解释。

第三十二条 保险人或者再保险接受人对在办理保险业务中知道的投保人、被保险人、受益人或者再保险分出人的业务和财产情况及个人隐私，负有保密的义务。

第二节 财产保险合同

第三十三条 财产保险合同是以财产及其有关利益为保险标的的保险合同。

本节中的财产保险合同，除特别指明的外，简称合同。

第三十四条 保险标的的转让应当通知保险人，经保险人同意继续承保后，依法变更合同。但是，货物运输保险合同和另有约定的合同除外。

第三十五条 货物运输保险合同和运输工具航程保险合同，保险责任开始后，合同当事人不得解除合同。

第三十六条 被保险人应当遵守国家有关消防、安全、生产操作、劳动保护等方面的规定，维护保险标的的安全。

根据合同的约定，保险人可以对保险标的的安全状况进行检查，及时向投保人、被保险人提出消除不安全因素和隐患的书面建议。

投保人、被保险人未按照约定履行其对保险标的安全应尽的责任的，保险人有权要求增加保险费或者解除合同。

保险人为维护保险标的的安全，经被保险人同意，可以采取安全预防措施。

第三十七条 在合同有效期内，保险标的危险程度增加的，被保险人按照合同约定应当及时通知保险人，保险人有权要求增加保险费或者解除合同。

被保险人未履行前款规定的通知义务的，因保险标的危险程度增加而发生的保险事故，保险人不承担赔偿责任。

第三十八条 有下列情形之一的，除合同另有约定外，保险人应当降低保险费，并按日计算退还相应的保险费：

（一）据以确定保险费率的有关情况发生变化，保险标的的危险程度明显减少；

（二）保险标的的保险价值明显减少。

第三十九条 保险责任开始前，投保人要求解除合同的，应当向保险人支付手续费，保险人应当退还保险费。保险责任开始后，投保人要求解除合同的，保险人可以收取自保险责任开始之日起至合同解除之日止期间的保险费，剩余部分退还投保人。

第四十条 保险标的的保险价值，可以由投保人和保险人约定并在合同中载明，也可以按照保险事故发生时保险标的的实际价值确定。

保险金额不得超过保险价值；超过保险价值的，超过的部分无效。

保险金额低于保险价值的，除合同另有约定外，保险人按照保险金额与保险价值的比例承担赔偿责任。

第四十一条 重复保险的投保人应当将重复保险的有关情况通知各保险人。

重复保险的保险金额总和超过保险价值的，各保险人的赔偿金额的总和不得超过保险价值。除合同另有约定外，各保险人按照其保险金额与保险金额总和的比例承担赔偿责任。

重复保险是指投保人对同一保险标的、同一保险利益、同一保险事故分别向二个以上保险人订立保险合同的保险。

第四十二条 保险事故发生时，被保险人有责任尽力采取必要的措施，防止或者减少损失。

保险事故发生后，被保险人为防止或者减少保险标的的损失所支付的必要的、合理的费用，由保险人承担；保险人所承担的数额在保险标的的损失赔偿金额以外另行计算，最高不超过保险金额的数额。

第四十三条 保险标的发生部分损失的，在保险人赔偿后三十日内，投保人可以终止合同；除合同约定不得终止合同的以外，保险人也可以终止合同。保险人终止合同的，应当提前十五日通知投保人，并将保险标的未受损失部分的保险费，扣除自保险责任开始之日起至终止合同之日止期间的应收部分后，退还投保人。

第四十四条 保险事故发生后，保险人已支付了全部保险金额，并且保险金额相等于保险价值的，受损保险标的的全部权利归于保险人；保险金额低于保险价值的，保险人按照保险金额与保险价值的比例取得受损保险标的的部分权利。

第四十五条 因第三者对保险标的的损害而造成保险事故的，保险人自向被保险人赔偿保险金之日起，在赔偿金额范围内代位行使被保险人对第三者请求赔偿的权利。

前款规定的保险事故发生后，被保险人已经从第三者取得损害赔偿的，保险人赔偿保险金时，可以相应扣减被保险人从第三者已取得的赔偿金额。

保险人依照第一款行使代位请求赔偿的权利，不影响被保险人就未取得赔偿的部分向第三者请求赔偿的权利。

第四十六条 保险事故发生后，保险人未赔偿保险金之前，被保险人放弃对第三者的请求赔偿的权利的，保险人不承担赔偿保险金的责任。

保险人向被保险人赔偿保险金后，被保险人未经保险人同意放弃对第三者请求赔偿的权利的，该行为无效。

由于被保险人的过错致使保险人不能行使代位请求赔偿的权利的，保险人可以相应扣减保险赔偿金。

第四十七条 除被保险人的家庭成员或者其组成人员故意造成本法第四十五条第一款规定的保险事故以外，保险人不得对被保险人的家庭成员或者其组成人员行使代位请求赔偿的权利。

第四十八条 在保险人向第三者行使代位请求赔偿权利时，被保险人应当向保险人提供必要的文件和其所知道的有关情况。

第四十九条 保险人、被保险人为查明和确定保险事故的性质、原因和保险标的的损失程度所支付的必要的、合理的费用，由保险人承担。

第五十条 保险人对责任保险的被保险人给第三者造成的损害，可以依照法律的规定或者合同的约定，直接向该第三者赔偿保险金。

责任保险是指以被保险人对第三者依法应负的赔偿责任为保险标的的保险。

第五十一条 责任保险的被保险人因给第三者造成损害的保险事故而被提起仲裁或者诉讼的，除合同另有约定外，由被保险人支付的仲裁或者诉讼费用以及其他必要的、合理的费用，由保险人承担。

第三节 人身保险合同

第五十二条 人身保险合同是以人的寿命和身体为保险标的的保险合同。

本节中的人身保险合同，除特别指明的外，简称合同。

第五十三条 投保人对下列人员具有保险利益：

（一）本人；

（二）配偶、子女、父母；

（三）前项以外与投保人有抚养、赡养或者扶养关系的家庭其他成员、近亲属。

除前款规定外，被保险人同意投保人为其订立合同的，视为投保人对被保险人具有保险利益。

第五十四条 投保人申报的被保险人年龄不真实，并且其真实年龄不符合合同约定的年龄限制的，保险人可以解除合同，并在扣除手续费后，向投保人退还保险费，但是自合同成立之日起逾二年的除外。

投保人申报的被保险人年龄不真实，致使投保人支付的保险费少于应付保险费的，保险人有权更正并要求投保人补交保险费，或者在给付保险金时按照实付保险费与应付保险费的比例支付。

投保人申报的被保险人年龄不真实，致使投保人实付保险费多于应付保险费的，保险人应当将多收的保险费退还投保人。

第五十五条 投保人不得为无民事行为能力人投保以死亡为给付保险金条件的人身保险，保险人也不得承保。

父母为其未成年子女投保的人身保险，不受前款规定限制，但是死亡给付保险金额总和不得超过保险监督管理机构规定的限额。

第五十六条 以死亡为给付保险金条件的合同，未经被保险人书面同意并认可保险金额的，合同无效。

依照以死亡为给付保险金条件的合同所签发的保险单，未经被保险人书面同意，不得转让或者质押。

父母为其未成年子女投保的人身保险，不受第一款规定限制。

第五十七条 投保人于合同成立后，可以向保险人一次支付全部保险费，也可以按照合同约定分期支付保险费。

合同约定分期支付保险费的，投保人应当于合同成立时支付首期保险费，并应当按期支付其余各期的保险费。

第五十八条 合同约定分期支付保险费，投保人支付首期保险费后，除合同另有约定外，投保人超过规定的期限六十日未支付当期保险费的，合同效力中止，或者由保险人按照合同约定的条件减少保险金额。

第五十九条 依照前条规定合同效力中止的，经保险人与投保人协商并达成协议，在投保人补交保险费后，合同效力恢复。但是，自合同效力中止之日起二年内双方未达成协议的，保险人有权解除合同。

保险人依照前款规定解除合同，投保人已交足二年以上保险费的，保险人应当按照合同约定退还保险单的现金价值；投保人未交足二年保险费的，保险人应当在扣除手续费后，退还保险费。

第六十条 保险人对人身保险的保险费，不得用诉讼方式要求投保人支付。

第六十一条 人身保险的受益人由被保险人或者投保人指定。

投保人指定受益人时须经被保险人同意。

被保险人为无民事行为能力人或者限制民事行为能力人的，可以由其监护人指定受益人。

第六十二条 被保险人或者投保人可以指定一人或者数人为受益人。

受益人为数人的，被保险人或者投保人可以确定受益顺序和受益份额；未确定受益份额的，受益人按照相等份额享有受益权。

第六十三条 被保险人或者投保人可以变更受益人并书面通知保险人。保险人收到变更受益人的书面通知后，应当在保险单上批注。

投保人变更受益人时须经被保险人同意。

第六十四条 被保险人死亡后，遇有下列情形之一的，保险金作为被保险人的遗产，由保险人向被保险人的继承人履行给付保险金的义务：

（一）没有指定受益人的；

（二）受益人先于被保险人死亡，没有其他受益人的；

（三）受益人依法丧失受益权或者放弃受益权，没有其他受益人的。

第六十五条 投保人、受益人故意造成被保险人死亡、伤残或者疾病的，保险人不承担给付保险金的责任。投保人已交足二年以上保险费的，保险人应当按照合同约定向其他享有权利的受益人退还保险单的现金价值。

受益人故意造成被保险人死亡或者伤残的，或者故意杀害被保险人未遂的，丧失受益权。

第六十六条 以死亡为给付保险金条件的合同，被保险人自杀的，除本条第二款规定外，保险人不承担给付保险金的责任，但对投保人已支付的保险费，保险人应按照保险单退还其现金价值。

以死亡为给付保险金条件的合同，自成立之日起满二年后，如果被保险人自杀的，保险人可以按照合同给付保险金。

第六十七条 被保险人故意犯罪导致其自身伤残或者死亡的，保险人不承担给付保险金的责任。投保人已交足二年以上保险费的，保险人应当按照保险单退还其现金价值。

第六十八条 人身保险的被保险人因第三者的行为而发生死亡、伤残或者疾病等保险事故的，保险人向被保险人或者受益人给付保险金后，不得享有向第三者追偿的权利。但被保险人或者受益人仍有权向第三者请求赔偿。

第六十九条 投保人解除合同，已交足二年以上保险费的，保险人应当自接到解除合同通知之日起三十日内，退还保险单的现金价值；未交足二年保险费的，保险人按照合同约定在扣除手续费后，退还保险费。

第三章 保险公司

第七十条 保险公司应当采取下列组织形式：

（一）股份有限公司；

（二）国有独资公司。

第七十一条 设立保险公司，必须经保险监督管理机构批准。

第七十二条 设立保险公司，应当具备下列条件：

（一）有符合本法和公司法规定的章程；

（二）有符合本法规定的注册资本最低限额；

（三）有具备任职专业知识和业务工作经验的高级管理人员；

（四）有健全的组织机构和管理制度；

（五）有符合要求的营业场所和与业务有关的其他设施。

保险监督管理机构审查设立申请时，应当考虑保险业的发展和公平竞争的需要。

第七十三条 设立保险公司，其注册资本的最低限额为人民币二亿元。

保险公司注册资本最低限额必须为实缴货币资本。

保险监督管理机构根据保险公司业务范围、经营规模，可以调整其注册资本的最低限额。但是，不得低于第一款规定的限额。

第七十四条 申请设立保险公司，应当提交下列文件、资料：

（一）设立申请书，申请书应当载明拟设立的保险公司的名称、注册资本、业务范围等；

（二）可行性研究报告；

（三）保险监督管理机构规定的其他文件、资料。

第七十五条 设立保险公司的申请经初步审查合格后，申请人应当依照本法和公司法的规定进行保险公司的筹建。具备本法第七十二条规定的设立条件的，向保险监督管理机构提交正式申请表和下列有关文件、资料：

（一）保险公司的章程；

（二）股东名册及其股份或者出资人及其出资额；

（三）持有公司股份百分之十以上的股东资信证明和有关资料；

（四）法定验资机构出具的验资证明；

（五）拟任职的高级管理人员的简历和资格证明；

（六）经营方针和计划；

（七）营业场所和与业务有关的其他设施的资料；

（八）保险监督管理机构规定的其他文件、资料。

第七十六条 保险监督管理机构自收到设立保险公司的正式申请文件之日起六个月内，应当作出批准或者不批准的决定。

第七十七条 经批准设立的保险公司，由批准部门颁发经营保险业务许可证，并凭经营保险业务许可证向工商行政管理机关办理登记，领取营业执照。

第七十八条 保险公司自取得经营保险业务许可证之日起六个月内无正当理由未办理公司设立登记的，其经营保险业务许可证自动失效。

第七十九条 保险公司成立后应当按照其注册资本总额的百分之二十提取保证金，存入保险监督管理机构指定的银行，除保险公司清算时用于清偿债务外，不得动用。

第八十条 保险公司在中华人民共和国境内外设立分支机构，须经保险监督管理机构批准，取得分支机构经营保险业务许可证。

保险公司分支机构不具有法人资格，其民事责任由保险公司承担。

第八十一条 保险公司在中华人民共和国境内外设立代表机构，须经保险监督管理机构批准。

第八十二条 保险公司有下列变更事项之一的，须经保险监督管理机构批准：

（一）变更名称；

（二）变更注册资本；

（三）变更公司或者分支机构的营业场所；

（四）调整业务范围；

（五）公司分立或者合并；

（六）修改公司章程；

（七）变更出资人或者持有公司股份百分之十以上的股东；

（八）保险监督管理机构规定的其他变更事项。

保险公司更换董事长、总经理，应当报经保险监督管理机构审查其任职资格。

第八十三条 保险公司的组织机构，适用公司法的规定。

第八十四条 国有独资保险公司设立监事会。监事会由保险监督管理机构、有关专家和保险公司工作人员的代表组成，对国有独资保险公司提取各项准备金、最低偿付能力和国有资产保值增值等情况以及高级管理人员违反法律、行政法规或者章程的行为和损害公司利益的行为进行监督。

第八十五条 保险公司因分立、合并或者公司章程规定的解散事由出现，经保险监督管理机构批准后解散。保险公司应当依法成立清算组，进行清算。

经营有人寿保险业务的保险公司，除分立、合并外，不得解散。

第八十六条 保险公司违反法律、行政法规，被保险监督管理机构吊销经营保险业务许可证的，依法撤销。由保险监督管理机构依法及时组织清算组，进行清算。

第八十七条 保险公司不能支付到期债务，经保险监督管理机构同意，由人民法院依法宣告破产。保险公司被宣告破产的，由人民法院组织保险监督管理机构等有关部门和有关人员成立清算组，进行清算。

第八十八条 经营有人寿保险业务的保险公司被依法撤销的或者被依法宣告破产的，其持有的人寿保险合同及准备金，必须转移给其他经营有人寿保险业务的保险公司；不能同其他保险公司达成转让协议的，由保险监督管理机构指定经营有人寿保险业务的保险公司接受。

转让或者由保险监督管理机构指定接受前款规定的人寿保险合同及准备金的，应当维护被保险人、受益人的合法权益。

第八十九条 保险公司依法破产的，破产财产优先支付其破产费用后，按照下列顺序清偿：

（一）所欠职工工资和劳动保险费用；

（二）赔偿或者给付保险金；

（三）所欠税款；

（四）清偿公司债务。

破产财产不足清偿同一顺序清偿要求的，按照比例分配。

第九十条 保险公司依法终止其业务活动，应当注销其经营保险业务许可证。

第九十一条 保险公司的设立、变更、解散和清算事项，本法未作规定的，适用公司法和其他有关法律、行政法规的规定。

第四章 保险经营规则

第九十二条 保险公司的业务范围：

（一）财产保险业务，包括财产损失保险、责任保险、信用保险等保险业务；

（二）人身保险业务，包括人寿保险、健康保险、意外伤害保险等保险业务。

同一保险人不得同时兼营财产保险业务和人身保险业务；但是，经营财产保险业务的保险公司经保险监督管理机构核定，可以经营短期健康保险业务和意外伤害保险业务。

保险公司的业务范围由保险监督管理机构依法核定。保险公司只能在被核定的业务范围内从事保险经营活动。

保险公司不得兼营本法及其他法律、行政法规规定以外的业务。

第九十三条 经保险监督管理机构核定，保险公司可以经营前条规定的保险业务的下列再保险业务：

（一）分出保险；

（二）分入保险。

第九十四条 保险公司应当根据保障被保险人利益、保证偿付能力的原则，提取各项责任准备金。

保险公司提取和结转责任准备金的具体办法由保险监督管理机构制定。

第九十五条 保险公司应当按照已经提出的保险赔偿或者给付金额，以及已经发生保险事故但尚未提出的保险赔偿或者给付金额，提取未决赔款准备金。

第九十六条 除依照前二条规定提取准备金外，保险公司应当依照有关法律、行政法规及国家财务会计制度的规定提取公积金。

第九十七条 为了保障被保险人的利益，支持保险公司稳健经营，保险公司应当按照保险监督管理机构的规定提存保险保障基金。

保险保障基金应当集中管理，统筹使用。

保险保障基金管理使用的具体办法由保险监督管理机构制定。

第九十八条 保险公司应当具有与其业务规模相适应的最低偿付能力。保险公司的实际资产减去实际负债的差额不得低于保险监督管理机构规定的数额；低于规定数额的，应当增加资本金，补足差额。

第九十九条 经营财产保险业务的保险公司当年自留保险费，不得超过其实有资本金加公积金总和的四倍。

第一百条 保险公司对每一危险单位，即对一次保险事故可能造成的最大损失范围所承担的责任，不得超过其实有资本金加公积金总和的百分之十；超过的部分，应当办理再保险。

第一百零一条 保险公司对危险单位的计算办法和巨灾风险安排计划，应当报经保险监督管理机构核准。

第一百零二条 保险公司应当按照保险监督管理机构的有关规定办理再保险。

第一百零三条 保险公司需要办理再保险分出业务的，应当优先向中国境内的保险公司办理。

第一百零四条 保险监督管理机构有权限制或者禁止保险公司向中国境外的保险公司办理再保险分出业务或者接受中国境外再保险分入业务。

第一百零五条 保险公司的资金运用必须稳健，遵循安全性原则，并保证资产的保值增值。

保险公司的资金运用，限于在银行存款、买卖政府债券、金融债券和国务院规定的其他资金运用形式。

保险公司的资金不得用于设立证券经营机构，不得用于设立保险业以外的企业。

保险公司运用的资金和具体项目的资金占其资金总额的具体比例，由保险监督管理机构规定。

第一百零六条 保险公司及其工作人员在保险业务活动中不得有下列行为：

（一）欺骗投保人、被保险人或者受益人；

（二）对投保人隐瞒与保险合同有关的重要情况；

（三）阻碍投保人履行本法规定的如实告知义务，或者诱导其不履行本法规定的如实告知义务；

（四）承诺向投保人、被保险人或者受益人给予保险合同规定以外的保险费回扣或者其他利益；

（五）故意编造未曾发生的保险事故进行虚假理赔，骗取保险金。

第五章　保险业的监督管理

第一百零七条　关系社会公众利益的保险险种、依法实行强制保险的险种和新开发的人寿保险险种等的保险条款和保险费率，应当报保险监督管理机构审批。保险监督管理机构审批时，遵循保护社会公众利益和防止不正当竞争的原则。审批的范围和具体办法，由保险监督管理机构制定。

其他保险险种的保险条款和保险费率，应当报保险监督管理机构备案。

第一百零八条　保险监督管理机构应当建立健全保险公司偿付能力监管指标体系，对保险公司的最低偿付能力实施监控。

第一百零九条　保险监督管理机构有权检查保险公司的业务状况、财务状况及资金运用状况，有权要求保险公司在规定的期限内提供有关的书面报告和资料。

保险公司依法接受监督检查。

保险监督管理机构有权查询保险公司在金融机构的存款。

第一百一十条　保险公司未按照本法规定提取或者结转各项准备金，或者未按照本法规定办理再保险，或者严重违反本法关于资金运用的规定的，由保险监督管理机构责令该保险公司采取下列措施限期改正：

（一）依法提取或者结转各项准备金；

（二）依法办理再保险；

（三）纠正违法运用资金的行为；

（四）调整负责人及有关管理人员。

第一百一十一条　依照前条规定，保险监督管理机构作出限期改正的决定后，保险公司在限期内未予改正的，由保险监督管理机构决定选派保险专业人员和指定该保险公司的有关人员，组成整顿组织，对该保险公司进行整顿。

整顿决定应当载明被整顿保险公司的名称、整顿理由、整顿组织和整顿期限，并予以公告。

第一百一十二条　整顿组织在整顿过程中，有权监督该保险公司的日常业务。该保险公司的负责人及有关管理人员，应当在整顿组织的监督下行使自己的职权。

第一百一十三条　在整顿过程中，保险公司的原有业务继续进行，但是保险监督管理机构有权停止开展新的业务或者停止部分业务，调整资金运用。

第一百一十四条　被整顿的保险公司经整顿已纠正其违反本法规定的行为，恢复正常经营状况的，由整顿组织提出报告，经保险监督管理机构批准，整顿结束。

第一百一十五条 保险公司违反本法规定，损害社会公共利益，可能严重危及或者已经危及保险公司的偿付能力的，保险监督管理机构可以对该保险公司实行接管。

接管的目的是对被接管的保险公司采取必要措施，以保护被保险人的利益，恢复保险公司的正常经营。被接管的保险公司的债权债务关系不因接管而变化。

第一百一十六条 接管组织的组成和接管的实施办法，由保险监督管理机构决定，并予公告。

第一百一十七条 接管期限届满，保险监督管理机构可以决定延期，但接管期限最长不得超过二年。

第一百一十八条 接管期限届满，被接管的保险公司已恢复正常经营能力的，保险监督管理机构可以决定接管终止。

接管组织认为被接管的保险公司的财产已不足以清偿所负债务的，经保险监督管理机构批准，依法向人民法院申请宣告该保险公司破产。

第一百一十九条 保险公司应当于每一会计年度终了后三个月内，将上一年度的营业报告、财务会计报告及有关报表报送保险监督管理机构，并依法公布。

第一百二十条 保险公司应当于每月月底前将上一月的营业统计报表报送保险监督管理机构。

第一百二十一条 保险公司必须聘用经保险监督管理机构认可的精算专业人员，建立精算报告制度。

第一百二十二条 保险公司的营业报告、财务会计报告、精算报告及其他有关报表、文件和资料必须如实记录保险业务事项，不得有虚假记载、误导性陈述和重大遗漏。

第一百二十三条 保险人和被保险人可以聘请依法设立的独立的评估机构或者具有法定资格的专家，对保险事故进行评估和鉴定。

依法受聘对保险事故进行评估和鉴定的评估机构和专家，应当依法公正地执行业务。因故意或者过失给保险人或者被保险人造成损害的，依法承担赔偿责任。

依法受聘对保险事故进行评估和鉴定的评估机构收取费用，应当依照法律、行政法规的规定办理。

第一百二十四条 保险公司应当妥善保管有关业务经营活动的完整账簿、原始凭证及有关资料。

前款规定的账簿、原始凭证及有关资料的保管期限，自保险合同终止之日起计算，不得少于十年。

第六章　保险代理人和保险经纪人

第一百二十五条　保险代理人是根据保险人的委托，向保险人收取代理手续费，并在保险人授权的范围内代为办理保险业务的单位或者个人。

第一百二十六条　保险经纪人是基于投保人的利益，为投保人与保险人订立保险合同提供中介服务，并依法收取佣金的单位。

第一百二十七条　保险人委托保险代理人代为办理保险业务的，应当与保险代理人签订委托代理协议，依法约定双方的权利和义务及其他代理事项。

第一百二十八条　保险代理人根据保险人的授权代为办理保险业务的行为，由保险人承担责任。

保险代理人为保险人代为办理保险业务，有超越代理权限行为，投保人有理由相信其有代理权，并已订立保险合同的，保险人应当承担保险责任；但是保险人可以依法追究越权的保险代理人的责任。

第一百二十九条　个人保险代理人在代为办理人寿保险业务时，不得同时接受两个以上保险人的委托。

第一百三十条　因保险经纪人在办理保险业务中的过错，给投保人、被保险人造成损失的，由保险经纪人承担赔偿责任。

第一百三十一条　保险代理人、保险经纪人在办理保险业务活动中不得有下列行为：

（一）欺骗保险人、投保人、被保险人或者受益人；

（二）隐瞒与保险合同有关的重要情况；

（三）阻碍投保人履行本法规定的如实告知义务，或者诱导其不履行本法规定的如实告知义务；

（四）承诺向投保人、被保险人或者受益人给予保险合同规定以外的其他利益；

（五）利用行政权力、职务或者职业便利以及其他不正当手段强迫、引诱或者限制投保人订立保险合同。

第一百三十二条　保险代理人、保险经纪人应当具备保险监督管理机构规定的资格条件，并取得保险监督管理机构颁发的经营保险代理业务许可证或者经纪业务许可证，向工商行政管理机关办理登记，领取营业执照，并缴存保证金或者投保职业责任保险。

第一百三十三条　保险代理人、保险经纪人应当有自己的经营场所，设立专门账簿记载保险代理业务或者经纪业务的收支情况，并接受保险监督管理机构的监督。

第一百三十四条　保险代理手续费和经纪人佣金，只限于向具有合法资格的保险代理人、保险经纪人支付，不得向其他人支付。

第一百三十五条 保险公司应当设立本公司保险代理人登记簿。

第一百三十六条 保险公司应当加强对保险代理人的培训和管理，提高保险代理人的职业道德和业务素质，不得唆使、误导保险代理人进行违背诚信义务的活动。

第一百三十七条 本法第一百零九条、第一百一十九条的规定，适用于保险代理人和保险经纪人。

第七章 法律责任

第一百三十八条 投保人、被保险人或者受益人有下列行为之一，进行保险欺诈活动，构成犯罪的，依法追究刑事责任：

（一）投保人故意虚构保险标的，骗取保险金的；

（二）未发生保险事故而谎称发生保险事故，骗取保险金的；

（三）故意造成财产损失的保险事故，骗取保险金的；

（四）故意造成被保险人死亡、伤残或者疾病等人身保险事故，骗取保险金的；

（五）伪造、变造与保险事故有关的证明、资料和其他证据，或者指使、唆使、收买他人提供虚假证明、资料或者其他证据，编造虚假的事故原因或者夸大损失程度，骗取保险金的。

有前款所列行为之一，情节轻微，尚不构成犯罪的，依照国家有关规定给予行政处罚。

第一百三十九条 保险公司及其工作人员在保险业务中隐瞒与保险合同有关的重要情况，欺骗投保人、被保险人或者受益人，或者拒不履行保险合同约定的赔偿或者给付保险金的义务，构成犯罪的，依法追究刑事责任；尚不构成犯罪的，由保险监督管理机构对保险公司处以五万元以上三十万元以下的罚款；对有违法行为的工作人员，处以二万元以上十万元以下的罚款；情节严重的，限制保险公司业务范围或者责令停止接受新业务。

保险公司及其工作人员阻碍投保人履行如实告知义务，或者诱导其不履行如实告知义务，或者承诺向投保人、被保险人或者受益人给予非法的保险费回扣或者其他利益，构成犯罪的，依法追究刑事责任；尚不构成犯罪的，由保险监督管理机构责令改正，对保险公司处以五万元以上三十万元以下的罚款；对有违法行为的工作人员，处以二万元以上十万元以下的罚款；情节严重的，限制保险公司业务范围或者责令停止接受新业务。

第一百四十条 保险代理人或者保险经纪人在其业务中欺骗保险人、投保人、被保险人或者受益人，构成犯罪的，依法追究刑事责任；尚不构成犯罪的，由保险监督管理机构责令改正，并处以五万元以上三十万元以下的罚款；情节严重的，吊销经营保险代理业务许可证或者经纪业务许可证。

第一百四十一条 保险公司及其工作人员故意编造未曾发生的保险事故进行虚假理赔，骗取保险金，构成犯罪的，依法追究刑事责任。

第一百四十二条 违反本法规定，擅自设立保险公司或者非法从事商业保险业务活动的，由保险监督管理机构予以取缔；构成犯罪的，依法追究刑事责任；尚不构成犯罪的，由保险监督管理机构没收违法所得，并处以违法所得一倍以上五倍以下的罚款，没有违法所得或者违法所得不足二十万元的，处以二十万元以上一百万元以下的罚款。

第一百四十三条 违反本法规定，超出核定的业务范围从事保险业务或者兼营本法及其他法律、行政法规规定以外的业务，构成犯罪的，依法追究刑事责任；尚不构成犯罪的，由保险监督管理机构责令改正，责令退还收取的保险费，没收违法所得，并处以违法所得一倍以上五倍以下的罚款；没有违法所得或者违法所得不足十万元的，处以十万元以上五十万元以下的罚款；逾期不改正或者造成严重后果的，责令停业整顿或者吊销经营保险业务许可证。

第一百四十四条 违反本法规定，未经批准，擅自变更保险公司的名称、章程、注册资本、公司或者分支机构的营业场所等事项的，由保险监督管理机构责令改正，并处以一万元以上十万元以下的罚款。

第一百四十五条 违反本法规定，有下列行为之一的，由保险监督管理机构责令改正，并处以五万元以上三十万元以下的罚款；情节严重的，可以限制业务范围、责令停止接受新业务或者吊销经营保险业务许可证：

（一）未按照规定提存保证金或者违反规定动用保证金的；

（二）未按照规定提取或者结转各项责任准备金或者未按照规定提取未决赔款准备金的；

（三）未按照规定提取保险保障基金、公积金的；

（四）未按照规定办理再保险分出业务的；

（五）违反规定运用保险公司资金的；

（六）未经批准设立分支机构或者代表机构的；

（七）未经批准分立、合并的；

（八）未按照规定将应当报送审批的险种的保险条款和保险费率报送审批的。

第一百四十六条 违反本法规定，有下列行为之一的，由保险监督管理机构责令改正，逾期不改正的，处以一万元以上十万元以下的罚款：

（一）未按照规定报送有关报告、报表、文件和资料的；

（二）未按照规定将应当报送备案的险种的保险条款和保险费率报送备

案的。

第一百四十七条 违反本法规定，有下列行为之一，构成犯罪的，依法追究刑事责任；尚不构成犯罪的，由保险监督管理机构责令改正，处以十万元以上五十万元以下的罚款；情节严重的，可以限制业务范围、责令停止接受新业务或者吊销经营保险业务许可证：

（一）提供虚假的报告、报表、文件和资料的；

（二）拒绝或者妨碍依法检查监督的。

第一百四十八条 违反本法规定，有下列行为之一的，由保险监督管理机构责令改正，处以五万元以上三十万元以下的罚款：

（一）超额承保，情节严重的；

（二）为无民事行为能力人承保以死亡为给付保险金条件的保险的。

第一百四十九条 违反本法规定，未取得经营保险代理业务许可证或者经纪业务许可证，非法从事保险代理业务或者经纪业务活动的，由保险监督管理机构予以取缔；构成犯罪的，依法追究刑事责任；尚不构成犯罪的，由保险监督管理机构没收违法所得，并处以违法所得一倍以上五倍以下的罚款，没有违法所得或者违法所得不足十万元的，处以十万元以上五十万元以下的罚款。

第一百五十条 对违反本法规定尚未构成犯罪的行为负有直接责任的保险公司高级管理人员和其他直接责任人员，保险监督管理机构可以区别不同情况予以警告，责令予以撤换，处以二万元以上十万元以下的罚款。

第一百五十一条 违反本法规定，给他人造成损害的，应当依法承担民事责任。

第一百五十二条 对不符合本法规定条件的设立保险公司的申请予以批准，或者对不符合保险代理人、保险经纪人条件的申请予以批准，或者有滥用职权、玩忽职守的其他行为，构成犯罪的，依法追究刑事责任；尚不构成犯罪的，依法给予行政处分。

第八章　附　　则

第一百五十三条 海上保险适用海商法的有关规定；海商法未作规定的，适用本法的有关规定。

第一百五十四条 中外合资保险公司、外资独资保险公司、外国保险公司分公司适用本法规定；法律、行政法规另有规定的，适用其规定。

第一百五十五条 国家支持发展为农业生产服务的保险事业，农业保险由法律、行政法规另行规定。

第一百五十六条 本法规定的保险公司以外的其他性质的保险组织，由法律、行政法规另行规定。

第一百五十七条 本法施行前按照国务院规定经批准设立的保险公司继续保留，其中不完全具备本法规定的条件的，应当在规定的期限内达到本法规定的条件。具体办法由国务院规定。

第一百五十八条 本法自1995年10月1日起施行。

中国保险监督管理委员会
关于规范商业机动车辆保险
条款费率管理的通知

（2006年7月1日 保监发［2006］75号）

各财产保险公司、各保监局、中国保险行业协会：

2006年7月1日实施的机动车交通事故责任强制保险（以下简称交强险）有利于促进财产保险业诚信规范经营，有利于保险行业的健康发展，有利于社会的和谐稳定。各保险公司要抓住这一有利时机，积极推动产品创新，不断完善产品体系，确保实现商业机动车辆保险与交强险的顺利衔接、实现财产保险业持续、快速、健康发展。现就有关事宜通知如下：

一、保险公司应及时开发与交强险相衔接的商业机动车辆保险产品。商业机动车辆保险的赔偿原则应符合《中华人民共和国道路交通安全法》的有关规定。其中，保险公司应在交强险各分项赔偿限额以上开发商业机动车第三者责任保险产品，费率结构应与交强险基本一致，具体车型分类可作细化。

二、中国保险行业协会可以开发商业机动车保险行业基本条款费率（以下简称中保协条款费率）。保险公司可根据实际情况，选择使用中保协条款费率或自主开发。选择使用中保协条款费率的，不得对其进行任何修改，也不得对各套中保协条款费率随意进行组合，但可在中保协条款费率基础上开发补充性机动车辆保险产品。

三、保险公司及中国保险行业协会申报商业机动车辆保险条款费率，应符合法律法规要求和行业规范。申报材料应完整准确。精算报告中应列明测算的数据基础、精算方法和过程，确保费率水平的科学合理。手续费率以及其他附加费用率的设置应合理、适当，具体标准应当列明。手续费率标准可根据产品类型或销售渠道不同有所差异，同一类型或渠道的每一保单手续费率不得超过精算报告中列明的标准。

四、保险公司及中国保险行业协会申请调整条款费率的间隔期原则上不低于6个月。其中，调整中保协条款费率应由中国保险行业协会向保监会提出申请，经保监会批准后，保险公司可自愿选择使用。如保险公司需继续使用调整前的中保协条款费率，应将其作为自主开发产品重新向中国保监会申报。

五、保险公司各分支机构应当严格执行经中国保监会批准的商业机动车辆保险条款费率，不得擅自修改。自2006年7月1日起，各保监局不再受理保险公司分支机构调整机动车辆保险费率的申请。

六、保险公司签发保单时应向投保人提供相应的保险条款。自2006年10月1日起，保险公司向投保人提供的保险条款，在条款名称后应当有保监会批复的条款编号。

七、自2006年7月1日起，保险公司应当使用经中国保监会批准的与交强险相衔接的新商业机动车辆保险产品，原机动车辆保险产品停止销售。

八、本通知自下发之日起实施。未尽事项，按照《财产保险公司保险条款和保险费率管理办法》及其相关规定执行。

最高人民法院对保监会关于新的人身损害赔偿审理标准是否适用于未到期机动车第三者责任保险合同问题的答复意见

（2004年6月17日）

自2004年5月1日，最高人民法院《关于审理人身损害赔偿案件适用法律若干问题的解释》（以下简称《解释》）正式实施后，对于人身损害赔偿项目、标准和计算方法的规定较原《道路交通事故处理办法》有了很大变化。保监会就新的人身损害赔偿审理标准是否适用于未到期机动车第三者责任保险合同问题向最高人民法院进行了咨询。日前，最高人民法院对保监会咨询的有关问题作了答复。最高人民法院认为：

《合同法》第四条规定，“当事人依法享有自愿订立合同的权利，任何单位和个人不得非法干预。”该条所确定的自愿原则是《合同法》中一项基本原则，应当适用于保险合同的订立。《保险法》第四条也规定，从事保险活动必须遵循自愿原则。因此，投保人与保险人在保险合同中有关“保险人按照《道路交通事故处理办法》① 规定的人身损害赔偿范围、项目和标准以

①《道路交通事故处理办法》已失效。

及保险合同的约定，在保险单载明的责任限额内承担赔偿责任”的约定只是保险人应承担的赔偿责任的计算方法，而不是强制执行的标准，它不因《道路交通事故处理办法》的失效而无效。《解释》施行后，保险合同的当事人既可以继续履行2004年5月1日前签订的机动车第三者责任保险合同，也可以经协商依法变更保险合同。

中国保险监督管理委员会办公室关于保险车辆肇事逃逸是否属于保险除外责任的复函

（2002年9月20日　保监办函［2002］84号）

香港民安保险有限公司深圳分公司：

你公司《关于保险车辆肇事逃逸是否属于保险除外责任的请示》（民保深报〔2002〕33号）收悉。经研究，答复如下：

《深圳市机动车辆保险条款》（保监发〔1999〕32号）未将保险车辆肇事逃逸列为除外责任，保险公司应按现行条款执行，不能套用除外责任中“被保险人及其驾驶员的故意行为”作出拒赔决定。

事故损害赔偿

中华人民共和国民法通则（节录）

（1986年4月12日第六届全国人民代表大会第四次会议通过　1986年4月12日中华人民共和国主席令第37号公布　1987年1月1日起施行）

……

第六章　民事责任

第一节　一般规定

第一百零六条　公民、法人违反合同或者不履行其他义务的，应当承担民事责任。

公民、法人由于过错侵害国家的、集体的财产，侵害他人财产、人身的，应当承担民事责任。

没有过错，但法律规定应当承担民事责任的，应当承担民事责任。

第一百零七条　因不可抗力不能履行合同或者造成他人损害的，不承担民事责任，法律另有规定的除外。

第一百零八条　债务应当清偿。暂时无力偿还的，经债权人同意或者人民法院裁决，可以由债务人分期偿还。有能力偿还拒不偿还的，由人民法院判决强制偿还。

第一百零九条　因防止、制止国家的、集体的财产或者他人的财产、人身遭受侵害而使自己受到损害的，由侵害人承担赔偿责任，受益人也可以给予适当的补偿。

第一百一十条 对承担民事责任的公民、法人需要追究行政责任的，应当追究行政责任；构成犯罪的，对公民、法人的法定代表人应当依法追究刑事责任。

第二节 违反合同的民事责任

第一百一十一条 当事人一方不履行合同义务或者履行合同义务不符合约定条件的，另一方有权要求履行或者采取补救措施，并有权要求赔偿损失。

第一百一十二条 当事人一方违反合同的赔偿责任，应当相当于另一方因此所受到的损失。

当事人可以在合同中约定，一方违反合同时，向另一方支付一定数额的违约金；也可以在合同中约定对于违反合同而产生的损失赔偿额的计算方法。

第一百一十三条 当事人双方都违反合同的，应当分别承担各自应负的民事责任。

第一百一十四条 当事人一方因另一方违反合同受到损失的，应当及时采取措施防止损失的扩大；没有及时采取措施致使损失扩大的，无权就扩大的损失要求赔偿。

第一百一十五条 合同的变更或者解除，不影响当事人要求赔偿损失的权利。

第一百一十六条 当事人一方由于上级机关的原因，不能履行合同义务的，应当按照合同约定向另一方赔偿损失或者采取其他补救措施，再由上级机关对它因此受到的损失负责处理。

第三节 侵权的民事责任

第一百一十七条 侵占国家的、集体的财产或者他人财产的，应当返还财产，不能返还财产的，应当折价赔偿。

损坏国家的、集体的财产或者他人财产的，应当恢复原状或者折价赔偿。

受害人因此遭受其他重大损失的，侵害人并应当赔偿损失。

第一百一十八条 公民、法人的著作权（版权）、专利权、商标专用权、发现权、发明权和其他科技成果权受到剽窃、篡改、假冒等侵害的，有权要求停止侵害，消除影响，赔偿损失。

第一百一十九条 侵害公民身体造成伤害的，应当赔偿医疗费、因误工减少的收入、残废者生活补助费等费用；造成死亡的，并应当支付丧葬费、死者生前扶养的人必要的生活费等费用。

第一百二十条 公民的姓名权、肖像权、名誉权、荣誉权受到侵害的，有权要求停止侵害，恢复名誉，消除影响，赔礼道歉，并可以要求赔偿损失。

法人的名称权、名誉权、荣誉权受到侵害的，适用前款规定。

第一百二十一条 国家机关或者国家机关工作人员在执行职务中，侵犯公民、法人的合法权益造成损害的，应当承担民事责任。

第一百二十二条 因产品质量不合格造成他人财产、人身损害的，产品制造者、销售者应当依法承担民事责任。运输者、仓储者对此负有责任的，产品制造者、销售者有权要求赔偿损失。

第一百二十三条 从事高空、高压、易燃、易爆、剧毒、放射性、高速运输工具等对周围环境有高度危险的作业造成他人损害的，应当承担民事责任；如果能够证明损害是由受害人故意造成的，不承担民事责任。

第一百二十四条 违反国家保护环境防止污染的规定，污染环境造成他人损害的，应当依法承担民事责任。

第一百二十五条 在公共场所、道旁或者通道上挖坑、修缮安装地下设施等，没有设置明显标志和采取安全措施造成他人损害的，施工人应当承担民事责任。

第一百二十六条 建筑物或者其他设施以及建筑物上的搁置物、悬挂物发生倒塌、脱落、坠落造成他人损害的，它的所有人或者管理人应当承担民事责任，但能够证明自己没有过错的除外。

第一百二十七条 饲养的动物造成他人损害的，动物饲养人或者管理人应当承担民事责任；由于受害人的过错造成损害的，动物饲养人或者管理人不承担民事责任；由于第三人的过错造成损害的，第三人应当承担民事责任。

第一百二十八条 因正当防卫造成损害的，不承担民事责任。正当防卫超过必要的限度，造成不应有的损害的，应当承担适当的民事责任。

第一百二十九条 因紧急避险造成损害的，由引起险情发生的人承担民事责任。如果危险是由自然原因引起的，紧急避险人不承担民事责任或者承担适当的民事责任。因紧急避险采取措施不当或者超过必要的限度，造成不应有的损害的，紧急避险人应当承担适当的民事责任。

第一百三十条 2 人以上共同侵权造成他人损害的，应当承担连带责任。

第一百三十一条 受害人对于损害的发生也有过错的，可以减轻侵害人的民事责任。

第一百三十二条 当事人对造成损害都没有过错的，可以根据实际情况，由当事人分担民事责任。

第一百三十三条 无民事行为能力人、限制民事行为能力人造成他人损害的，由监护人承担民事责任。监护人尽了监护责任的，可以适当减轻他的民事责任。

有财产的无民事行为能力人、限制民事行为能力人造成他人损害的，从本人财产中支付赔偿费用。不足部分，由监护人适当赔偿，但单位担任监护人的除外。

第四节　承担民事责任的方式

第一百三十四条　承担民事责任的方式主要有：

（一）停止侵害；

（二）排除妨碍；

（三）消除危险；

（四）返还财产；

（五）恢复原状；

（六）修理、重作、更换；

（七）赔偿损失；

（八）支付违约金；

（九）消除影响、恢复名誉；

（十）赔礼道歉。

以上承担民事责任的方式，可以单独适用，也可以合并适用。

人民法院审理民事案件，除适用上述规定外，还可以予以训诫、责令具结悔过、收缴进行非法活动的财物和非法所得，并可以依照法律规定处以罚款、拘留。

……

最高人民法院关于审理人身损害赔偿案件适用法律若干问题的解释

（2003年12月26日　法释〔2003〕20号）

为正确审理人身损害赔偿案件，依法保护当事人的合法权益，根据《中华人民共和国民法通则》（以下简称民法通则）、《中华人民共和国民事诉讼法》（以下简称民事诉讼法）等有关法律规定，结合审判实践，就有关适用法律的问题作如下解释：

第一条　因生命、健康、身体遭受侵害，赔偿权利人起诉请求赔偿义务人赔偿财产损失和精神损害的，人民法院应予受理。

本条所称“赔偿权利人”，是指因侵权行为或者其他致害原因直接遭受人身损害的受害人、依法由受害人承担扶养义务的被扶养人以及死亡受害人的近亲属。

本条所称“赔偿义务人”，是指因自己或者他人的侵权行为以及其他致害原因依法应当承担民事责任的自然人、法人或者其他组织。

第二条 受害人对同一损害的发生或者扩大有故意、过失的，依照民法通则第一百三十一条的规定，可以减轻或者免除赔偿义务人的赔偿责任。但侵权人因故意或者重大过失致人损害，受害人只有一般过失的，不减轻赔偿义务人的赔偿责任。

适用民法通则第一百零六条第三款规定确定赔偿义务人的赔偿责任时，受害人有重大过失的，可以减轻赔偿义务人的赔偿责任。

第三条 二人以上共同故意或者共同过失致人损害，或者虽无共同故意、共同过失，但其侵害行为直接结合发生同一损害后果的，构成共同侵权，应当依照民法通则第一百三十条规定承担连带责任。

二人以上没有共同故意或者共同过失，但其分别实施的数个行为间接结合发生同一损害后果的，应当根据过失大小或者原因力比例各自承担相应的赔偿责任。

第四条 二人以上共同实施危及他人人身安全的行为并造成损害后果，不能确定实际侵害行为人的，应当依照民法通则第一百三十条规定承担连带责任。共同危险行为人能够证明损害后果不是由其行为造成的，不承担赔偿责任。

第五条 赔偿权利人起诉部分共同侵权人的，人民法院应当追加其他共同侵权人作为共同被告。赔偿权利人在诉讼中放弃对部分共同侵权人的诉讼请求的，其他共同侵权人对被放弃诉讼请求的被告应当承担的赔偿份额不承担连带责任。责任范围难以确定的，推定各共同侵权人承担同等责任。

人民法院应当将放弃诉讼请求的法律后果告知赔偿权利人，并将放弃诉讼请求的情况在法律文书中叙明。

第六条 从事住宿、餐饮、娱乐等经营活动或者其他社会活动的自然人、法人、其他组织，未尽合理限度范围内的安全保障义务致使他人遭受人身损害，赔偿权利人请求其承担相应赔偿责任的，人民法院应予支持。

因第三人侵权导致损害结果发生的，由实施侵权行为的第三人承担赔偿责任。安全保障义务人有过错的，应当在其能够防止或者制止损害的范围内承担相应的补充赔偿责任。安全保障义务人承担责任后，可以向第三人追偿。赔偿权利人起诉安全保障义务人的，应当将第三人作为共同被告，但第三人不能确定的除外。

第七条 对未成年人依法负有教育、管理、保护义务的学校、幼儿园或者其他教育机构，未尽职责范围内的相关义务致使未成年人遭受人身损害，或者未成年人致他人人身损害的，应当承担与其过错相应的赔偿责任。

第三人侵权致未成年人遭受人身损害的，应当承担赔偿责任。学校、幼儿园等教育机构有过错的，应当承担相应的补充赔偿责任。

第八条 法人或者其他组织的法定代表人、负责人以及工作人员，在执行职务中致人损害的，依照民法通则第一百二十一条的规定，由该法人或者其他组织承担民事责任。上述人员实施与职务无关的行为致人损害的，应当由行为人承担赔偿责任。

属于《国家赔偿法》赔偿事由的，依照《国家赔偿法》的规定处理。

第九条 雇员在从事雇佣活动中致人损害的，雇主应当承担赔偿责任；雇员因故意或者重大过失致人损害的，应当与雇主承担连带赔偿责任。雇主承担连带赔偿责任的，可以向雇员追偿。

前款所称"从事雇佣活动"，是指从事雇主授权或者指示范围内的生产经营活动或者其他劳务活动。雇员的行为超出授权范围，但其表现形式是履行职务或者与履行职务有内在联系的，应当认定为"从事雇佣活动"。

第十条 承揽人在完成工作过程中对第三人造成损害或者造成自身损害的，定作人不承担赔偿责任。但定作人对定作、指示或者选任有过失的，应当承担相应的赔偿责任。

第十一条 雇员在从事雇佣活动中遭受人身损害，雇主应当承担赔偿责任。雇佣关系以外的第三人造成雇员人身损害的，赔偿权利人可以请求第三人承担赔偿责任，也可以请求雇主承担赔偿责任。雇主承担赔偿责任后，可以向第三人追偿。

雇员在从事雇佣活动中因安全生产事故遭受人身损害，发包人、分包人知道或者应当知道接受发包或者分包业务的雇主没有相应资质或者安全生产条件的，应当与雇主承担连带赔偿责任。

属于《工伤保险条例》调整的劳动关系和工伤保险范围的，不适用本条规定。

第十二条 依法应当参加工伤保险统筹的用人单位的劳动者，因工伤事故遭受人身损害，劳动者或者其近亲属向人民法院起诉请求用人单位承担民事赔偿责任的，告知其按《工伤保险条例》的规定处理。

因用人单位以外的第三人侵权造成劳动者人身损害，赔偿权利人请求第三人承担民事赔偿责任的，人民法院应予支持。

第十三条 为他人无偿提供劳务的帮工人，在从事帮工活动中致人损害的，被帮工人应当承担赔偿责任。被帮工人明确拒绝帮工的，不承担赔偿责任。帮工人存在故意或者重大过失，赔偿权利人请求帮工人和被帮工人承担连带责任的，人民法院应予支持。

第十四条 帮工人因帮工活动遭受人身损害的，被帮工人应当承担赔偿责任。被帮工人明确拒绝帮工的，不承担赔偿责任；但可以在受益范围内予以适当补偿。

帮工人因第三人侵权遭受人身损害的，由第三人承担赔偿责任。第三人不能确定或者没有赔偿能力的，可以由被帮工人予以适当补偿。

第十五条 为维护国家、集体或者他人的合法权益而使自己受到人身损害，因没有侵权人、不能确定侵权人或者侵权人没有赔偿能力，赔偿权利人请求受益人在受益范围内予以适当补偿的，人民法院应予支持。

第十六条 下列情形，适用民法通则第一百二十六条的规定，由所有人或者管理人承担赔偿责任，但能够证明自己没有过错的除外：

(一) 道路、桥梁、隧道等人工建造的构筑物因维护、管理瑕疵致人损害的；

(二) 堆放物品滚落、滑落或者堆放物倒塌致人损害的；

(三) 树木倾倒、折断或者果实坠落致人损害的。

前款第（一）项情形，因设计、施工缺陷造成损害的，由所有人、管理人与设计、施工者承担连带责任。

第十七条 受害人遭受人身损害，因就医治疗支出的各项费用以及因误工减少的收入，包括医疗费、误工费、护理费、交通费、住宿费、住院伙食补助费、必要的营养费，赔偿义务人应当予以赔偿。

受害人因伤致残的，其因增加生活上需要所支出的必要费用以及因丧失劳动能力导致的收入损失，包括残疾赔偿金、残疾辅助器具费、被扶养人生活费，以及因康复护理、继续治疗实际发生的必要的康复费、护理费、后续治疗费，赔偿义务人也应当予以赔偿。

受害人死亡的，赔偿义务人除应当根据抢救治疗情况赔偿本条第一款规定的相关费用外，还应当赔偿丧葬费、被扶养人生活费、死亡补偿费以及受害人亲属办理丧葬事宜支出的交通费、住宿费和误工损失等其他合理费用。

第十八条 受害人或者死者近亲属遭受精神损害，赔偿权利人向人民法院请求赔偿精神损害抚慰金的，适用《最高人民法院关于确定民事侵权精神损害赔偿责任若干问题的解释》予以确定。

精神损害抚慰金的请求权，不得让与或者继承。但赔偿义务人已经以书面方式承诺给予金钱赔偿，或者赔偿权利人已经向人民法院起诉的除外。

第十九条 医疗费根据医疗机构出具的医药费、住院费等收款凭证，结合病历和诊断证明等相关证据确定。赔偿义务人对治疗的必要性和合理性有异议的，应当承担相应的举证责任。

医疗费的赔偿数额，按照一审法庭辩论终结前实际发生的数额确定。器官功能恢复训练所必要的康复费、适当的整容费以及其他后续治疗费，赔偿权利人可以待实际发生后另行起诉。但根据医疗证明或者鉴定结论确定必然发生的费用，可以与已经发生的医疗费一并予以赔偿。

第二十条 误工费根据受害人的误工时间和收入状况确定。

误工时间根据受害人接受治疗的医疗机构出具的证明确定。受害人因伤致残持续误工的，误工时间可以计算至定残日前一天。

受害人有固定收入的，误工费按照实际减少的收入计算。受害人无固定收入的，按照其最近三年的平均收入计算；受害人不能举证证明其最近三年的平均收入状况的，可以参照受诉法院所在地相同或者相近行业上一年度职工的平均工资计算。

第二十一条 护理费根据护理人员的收入状况和护理人数、护理期限确定。

护理人员有收入的，参照误工费的规定计算；护理人员没有收入或者雇佣护工的，参照当地护工从事同等级别护理的劳务报酬标准计算。护理人员原则上为一人，但医疗机构或者鉴定机构有明确意见的，可以参照确定护理人员人数。

护理期限应计算至受害人恢复生活自理能力时止。受害人因残疾不能恢复生活自理能力的，可以根据其年龄、健康状况等因素确定合理的护理期限，但最长不超过二十年。

受害人定残后的护理，应当根据其护理依赖程度并结合配制残疾辅助器具的情况确定护理级别。

第二十二条 交通费根据受害人及其必要的陪护人员因就医或者转院治疗实际发生的费用计算。交通费应当以正式票据为凭；有关凭据应当与就医地点、时间、人数、次数相符合。

第二十三条 住院伙食补助费可以参照当地国家机关一般工作人员的出差伙食补助标准予以确定。

受害人确有必要到外地治疗，因客观原因不能住院，受害人本人及其陪护人员实际发生的住宿费和伙食费，其合理部分应予赔偿。

第二十四条 营养费根据受害人伤残情况参照医疗机构的意见确定。

第二十五条 残疾赔偿金根据受害人丧失劳动能力程度或者伤残等级，按照受诉法院所在地上一年度城镇居民人均可支配收入或者农村居民人均纯收入标准，自定残之日起按二十年计算。但六十周岁以上的，年龄每增加一岁减少一年；七十五周岁以上的，按五年计算。

受害人因伤致残但实际收入没有减少，或者伤残等级较轻但造成职业妨害严重影响其劳动就业的，可以对残疾赔偿金作相应调整。

第二十六条 残疾辅助器具费按照普通适用器具的合理费用标准计算。伤情有特殊需要的，可以参照辅助器具配制机构的意见确定相应的合理费用标准。

辅助器具的更换周期和赔偿期限参照配制机构的意见确定。

第二十七条 丧葬费按照受诉法院所在地上一年度职工月平均工资标准，以六个月总额计算。

第二十八条 被扶养人生活费根据扶养人丧失劳动能力程度，按照受诉法院所在地上一年度城镇居民人均消费性支出和农村居民人均年生活消费支出标准计算。被扶养人为未成年人的，计算至十八周岁；被扶养人无劳动能力又无其他生活来源的，计算二十年。但六十周岁以上的，年龄每增加一岁减少一年；七十五周岁以上的，按五年计算。

被扶养人是指受害人依法应当承担扶养义务的未成年人或者丧失劳动能力又无其他生活来源的成年近亲属。被扶养人还有其他扶养人的，赔偿义务人只赔偿受害人依法应当负担的部分。被扶养人有数人的，年赔偿总额累计不超过上一年度城镇居民人均消费性支出额或者农村居民人均年生活消费支出额。

第二十九条 死亡赔偿金按照受诉法院所在地上一年度城镇居民人均可支配收入或者农村居民人均纯收入标准，按二十年计算。但六十周岁以上的，年龄每增加一岁减少一年；七十五周岁以上的，按五年计算。

第三十条 赔偿权利人举证证明其住所地或者经常居住地城镇居民人均可支配收入或者农村居民人均纯收入高于受诉法院所在地标准的，残疾赔偿金或者死亡赔偿金可以按照其住所地或者经常居住地的相关标准计算。

被扶养人生活费的相关计算标准，依照前款原则确定。

第三十一条 人民法院应当按照民法通则第一百三十一条以及本解释第二条的规定，确定第十九条至第二十九条各项财产损失的实际赔偿金额。

前款确定的物质损害赔偿金与按照第十八条第一款规定确定的精神损害抚慰金，原则上应当一次性给付。

第三十二条 超过确定的护理期限、辅助器具费给付年限或者残疾赔偿金给付年限，赔偿权利人向人民法院起诉请求继续给付护理费、辅助器具费或者残疾赔偿金的，人民法院应予受理。赔偿权利人确需继续护理、配制辅助器具，或者没有劳动能力和生活来源的，人民法院应当判令赔偿义务人继续给付相关费用五至十年。

第三十三条 赔偿义务人请求以定期金方式给付残疾赔偿金、被扶养人生活费、残疾辅助器具费的，应当提供相应的担保。人民法院可以根据赔偿义务人的给付能力和提供担保的情况，确定以定期金方式给付相关费用。但一审法庭辩论终结前已经发生的费用、死亡赔偿金以及精神损害抚慰金，应当一次性给付。

第三十四条 人民法院应当在法律文书中明确定期金的给付时间、方式以及每期给付标准。执行期间有关统计数据发生变化的，给付金额应当适时进行相应调整。

定期金按照赔偿权利人的实际生存年限给付，不受本解释有关赔偿期限的限制。

第三十五条 本解释所称“城镇居民人均可支配收入”、“农村居民人均纯收入”、“城镇居民人均消费性支出”、“农村居民人均年生活消费支出”、“职工平均工资”，按照政府统计部门公布的各省、自治区、直辖市以及经济特区和计划单列市上一年度相关统计数据确定。

“上一年度”，是指一审法庭辩论终结时的上一统计年度。

第三十六条 本解释自2004年5月1日起施行。2004年5月1日后新受理的一审人身损害赔偿案件，适用本解释的规定。已经作出生效裁判的人身损害赔偿案件依法再审的，不适用本解释的规定。

在本解释公布施行之前已经生效施行的司法解释，其内容与本解释不一致的，以本解释为准。

最高人民法院关于确定民事侵权精神损害赔偿责任若干问题的解释

（2001年3月8日 法释〔2001〕7号）

为在审理民事侵权案件中正确确定精神损害赔偿责任，根据《中华人民共和国民法通则》等有关法律规定，结合审判实践经验，对有关问题作如下解释：

第一条 自然人因下列人格权利遭受非法侵害，向人民法院起诉请求赔偿精神损害的，人民法院应当依法予以受理：

（一）生命权、健康权、身体权；

（二）姓名权、肖像权、名誉权、荣誉权；

（三）人格尊严权、人身自由权。

违反社会公共利益、社会公德侵害他人隐私或者其他人格利益，受害人以侵权为由向人民法院起诉请求赔偿精神损害的，人民法院应当依法予以受理。

第二条 非法使被监护人脱离监护，导致亲子关系或者近亲属间的亲属关系遭受严重损害，监护人向人民法院起诉请求赔偿精神损害的，人民法院应当依法予以受理。

第三条 自然人死亡后，其近亲属因下列侵权行为遭受精神痛苦，向人民法院起诉请求赔偿精神损害的，人民法院应当依法予以受理：

（一）以侮辱、诽谤、贬损、丑化或者违反社会公共利益、社会公德的其他方式，侵害死者姓名、肖像、名誉、荣誉；

（二）非法披露、利用死者隐私，或者以违反社会公共利益、社会公德的其他方式侵害死者隐私；

（三）非法利用、损害遗体、遗骨，或者以违反社会公共利益、社会公德的其他方式侵害遗体、遗骨。

第四条 具有人格象征意义的特定纪念物品，因侵权行为而永久性灭失或者毁损，物品所有人以侵权为由，向人民法院起诉请求赔偿精神损害的，人民法院应当依法予以受理。

第五条 法人或者其他组织以人格权利遭受侵害为由，向人民法院起诉请求赔偿精神损害的，人民法院不予受理。

第六条 当事人在侵权诉讼中没有提出赔偿精神损害的诉讼请求，诉讼终结后又基于同一侵权事实另行起诉请求赔偿精神损害的，人民法院不予受理。

第七条 自然人因侵权行为致死，或者自然人死亡后其人格或者遗体遭受侵害，死者的配偶、父母和子女向人民法院起诉请求赔偿精神损害的，列其配偶、父母和子女为原告；没有配偶、父母和子女的，可以由其他近亲属提起诉讼，列其他近亲属为原告。

第八条 因侵权致人精神损害，但未造成严重后果，受害人请求赔偿精神损害的，一般不予支持，人民法院可以根据情形判令侵权人停止侵害、恢复名誉、消除影响、赔礼道歉。

因侵权致人精神损害，造成严重后果的，人民法院除判令侵权人承担停止侵害、恢复名誉、消除影响、赔礼道歉等民事责任外，可以根据受害人一方的请求判令其赔偿相应的精神损害抚慰金。

第九条 精神损害抚慰金包括以下方式：

（一）致人残疾的，为残疾赔偿金；

（二）致人死亡的，为死亡赔偿金；

（三）其他损害情形的精神抚慰金。

第十条 精神损害的赔偿数额根据以下因素确定：

（一）侵权人的过错程度，法律另有规定的除外；

（二）侵害的手段、场合、行为方式等具体情节；

（三）侵权行为所造成的后果；

（四）侵权人的获利情况；

（五）侵权人承担责任的经济能力；

（六）受诉法院所在地平均生活水平。

法律、行政法规对残疾赔偿金、死亡赔偿金等有明确规定的，适用法律、行政法规的规定。

第十一条 受害人对损害事实和损害后果的发生有过错的，可以根据其过错程度减轻或者免除侵权人的精神损害赔偿责任。

第十二条 在本解释公布施行之前已经生效施行的司法解释，其内容有与本解释不一致的，以本解释为准。

最高人民法院关于民事诉讼证据的若干规定

（2001年12月21日 法释〔2001〕33号）

为保证人民法院正确认定案件事实，公正、及时审理民事案件，保障和便利当事人依法行使诉讼权利，根据《中华人民共和国民事诉讼法》（以下简称《民事诉讼法》）等有关法律的规定，结合民事审判经验和实际情况，制定本规定。

一、当事人举证

第一条 原告向人民法院起诉或者被告提出反诉，应当附有符合起诉条件的相应的证据材料。

第二条 当事人对自己提出的诉讼请求所依据的事实或者反驳对方诉讼请求所依据的事实有责任提供证据加以证明。

没有证据或者证据不足以证明当事人的事实主张的，由负有举证责任的当事人承担不利后果。

第三条 人民法院应当向当事人说明举证的要求及法律后果，促使当事人在合理期限内积极、全面、正确、诚实地完成举证。

当事人因客观原因不能自行收集的证据，可申请人民法院调查收集。

第四条 下列侵权诉讼，按照以下规定承担举证责任：

（一）因新产品制造方法发明专利引起的专利侵权诉讼，由制造同样产品的单位或者个人对其产品制造方法不同于专利方法承担举证责任；

（二）高度危险作业致人损害的侵权诉讼，由加害人就受害人故意造成损害的事实承担举证责任；

（三）因环境污染引起的损害赔偿诉讼，由加害人就法律规定的免责事由及其行为与损害结果之间不存在因果关系承担举证责任；

（四）建筑物或者其他设施以及建筑物上的搁置物、悬挂物发生倒塌、脱落、坠落致人损害的侵权诉讼，由所有人或者管理人对其无过错承担举证责任；

（五）饲养动物致人损害的侵权诉讼，由动物饲养人或者管理人就受害人有过错或者第三人有过错承担举证责任；

（六）因缺陷产品致人损害的侵权诉讼，由产品的生产者就法律规定的免责事由承担举证责任；

（七）因共同危险行为致人损害的侵权诉讼，由实施危险行为的人就其行为与损害结果之间不存在因果关系承担举证责任；

（八）因医疗行为引起的侵权诉讼，由医疗机构就医疗行为与损害结果之间不存在因果关系及不存在医疗过错承担举证责任。

有关法律对侵权诉讼的举证责任有特殊规定的，从其规定。

第五条 在合同纠纷案件中，主张合同关系成立并生效的一方当事人对合同订立和生效的事实承担举证责任；主张合同关系变更、解除、终止、撤销的一方当事人对引起合同关系变动的事实承担举证责任。

对合同是否履行发生争议的，由负有履行义务的当事人承担举证责任。

对代理权发生争议的，由主张有代理权一方当事人承担举证责任。

第六条 在劳动争议纠纷案件中，因用人单位作出开除、除名、辞退、解除劳动合同、减少劳动报酬、计算劳动者工作年限等决定而发生劳动争议的，由用人单位负举证责任。

第七条 在法律没有具体规定，依本规定及其他司法解释无法确定举证责任承担时，人民法院可以根据公平原则和诚实信用原则，综合当事人举证能力等因素确定举证责任的承担。

第八条 诉讼过程中，一方当事人对另一方当事人陈述的案件事实明确表示承认的，另一方当事人无需举证。但涉及身份关系的案件除外。

对一方当事人陈述的事实，另一方当事人既未表示承认也未否认，经审判人员充分说明并询问后，其仍不明确表示肯定或者否定的，视为对该项事实的承认。

当事人委托代理人参加诉讼的，代理人的承认视为当事人的承认。但未经特别授权的代理人对事实的承认直接导致承认对方诉讼请求的除外；当事人在场但对其代理人的承认不作否认表示的，视为当事人的承认。

当事人在法庭辩论终结前撤回承认并经对方当事人同意，或者有充分证据证明其承认行为是在受胁迫或者重大误解情况下作出且与事实不符的，不能免除对方当事人的举证责任。

第九条 下列事实，当事人无需举证证明：

（一）众所周知的事实；

（二）自然规律及定理；

（三）根据法律规定或者已知事实和日常生活经验法则，能推定出的另一事实；

（四）已为人民法院发生法律效力的裁判所确认的事实；

（五）已为仲裁机构的生效裁决所确认的事实；

（六）已为有效公证文书所证明的事实。

前款（一）、（三）、（四）、（五）、（六）项，当事人有相反证据足以推翻的除外。

第十条 当事人向人民法院提供证据，应当提供原件或者原物。如需自己保存证据原件、原物或者提供原件、原物确有困难的，可以提供经人民法院核对无异的复制件或者复制品。

第十一条 当事人向人民法院提供的证据系在中华人民共和国领域外形成的，该证据应当经所在国公证机关予以证明，并经中华人民共和国驻该国使领馆予以认证，或者履行中华人民共和国与该所在国订立的有关条约中规定的证明手续。

当事人向人民法院提供的证据是在香港、澳门、台湾地区形成的，应当履行相关的证明手续。

第十二条 当事人向人民法院提供外文书证或者外文说明资料，应当附有中文译本。

第十三条 对双方当事人无争议但涉及国家利益、社会公共利益或者他人合法权益的事实，人民法院可以责令当事人提供有关证据。

第十四条 当事人应当对其提交的证据材料逐一分类编号，对证据材料的来源、证明对象和内容作简要说明，签名盖章，注明提交日期，并依照对方当事人人数提出副本。

人民法院收到当事人提交的证据材料，应当出具收据，注明证据的名称、份数和页数以及收到的时间，由经办人员签名或者盖章。

二、人民法院调查收集证据

第十五条 《民事诉讼法》第六十四条规定的“人民法院认为审理案件需要的证据”，是指以下情形：

（一）涉及可能有损国家利益、社会公共利益或者他人合法权益的事实；

（二）涉及依职权追加当事人、中止诉讼、终结诉讼、回避等与实体争议无关的程序事项。

第十六条 除本规定第十五条规定的情形外，人民法院调查收集证据，应当依当事人的申请进行。

第十七条 符合下列条件之一的，当事人及其诉讼代理人可以申请人民法院调查收集证据：

（一）申请调查收集的证据属于国家有关部门保存并须人民法院依职权调取的档案材料；

（二）涉及国家秘密、商业秘密、个人隐私的材料；

（三）当事人及其诉讼代理人确因客观原因不能自行收集的其他材料。

第十八条 当事人及其诉讼代理人申请人民法院调查收集证据，应当提交书面申请。申请书应当载明被调查人的姓名或者单位名称、住所地等基本情况、所要调查收集的证据的内容、需要由人民法院调查收集证据的原因及其要证明的事实。

第十九条 当事人及其诉讼代理人申请人民法院调查收集证据，不得迟于举证期限届满前7日。

人民法院对当事人及其诉讼代理人的申请不予准许的，应当向当事人或其诉讼代理人送达通知书。当事人及其诉讼代理人可以在收到通知书的次日起3日内向受理申请的人民法院书面申请复议一次。人民法院应当在收到复议申请之日起5日内作出答复。

第二十条 调查人员调查收集的书证，可以是原件也可以是经核对无误的副本或者复制件。是副本或者复制件的，应当在调查笔录中说明来源和取证情况。

第二十一条 调查人员调查收集的物证应当是原物。被调查人提供原物确有困难的，可以提供复制品或者照片。提供复制品或者照片的，应当在调查笔录中说明取证情况。

第二十二条 调查人员调查收集计算机数据或者录音、录像等视听资料的，应当要求被调查人提供有关资料的原始载体。提供原始载体确有困难的，可以提供复制件。提供复制件的，调查人员应当在调查笔录中说明其来源和制作经过。

第二十三条 当事人依据《民事诉讼法》第七十四条的规定向人民法院申请保全证据，不得迟于举证期限届满前7日。

当事人申请保全证据的，人民法院可以要求其提供相应的担保。

法律、司法解释规定诉前保全证据的，依照其规定办理。

第二十四条 人民法院进行证据保全，可以根据具体情况，采取查封、扣押、拍照、录音、录像、复制、鉴定、勘验、制作笔录等方法。

人民法院进行证据保全，可以要求当事人或者诉讼代理人到场。

第二十五条 当事人申请鉴定，应当在举证期限内提出。符合本规定第二十七条规定的情形，当事人申请重新鉴定的除外。

对需要鉴定的事项负有举证责任的当事人，在人民法院指定的期限内无正当理由不提出鉴定申请或者不预交鉴定费用或者拒不提供相关材料，致使对案件争议的事实无法通过鉴定结论予以认定的，应当对该事实承担举证不能的法律后果。

第二十六条 当事人申请鉴定经人民法院同意后，由双方当事人协商确定有鉴定资格的鉴定机构、鉴定人员，协商不成的，由人民法院指定。

第二十七条 当事人对人民法院委托的鉴定部门作出的鉴定结论有异议申请重新鉴定，提出证据证明存在下列情形之一的，人民法院应予准许：

（一）鉴定机构或者鉴定人员不具备相关的鉴定资格的；

（二）鉴定程序严重违法的；

（三）鉴定结论明显依据不足的；

（四）经过质证认定不能作为证据使用的其他情形。

对有缺陷的鉴定结论，可以通过补充鉴定、重新质证或者补充质证等方法解决的，不予重新鉴定。

第二十八条 一方当事人自行委托有关部门作出的鉴定结论，另一方当事人有证据足以反驳并申请重新鉴定的，人民法院应予准许。

第二十九条 审判人员对鉴定人出具的鉴定书，应当审查是否具有下列内容：

（一）委托人姓名或者名称、委托鉴定的内容；

（二）委托鉴定的材料；

（三）鉴定的依据及使用的科学技术手段；

（四）对鉴定过程的说明；

（五）明确的鉴定结论；

（六）对鉴定人鉴定资格的说明；

（七）鉴定人员及鉴定机构签名盖章。

第三十条 人民法院勘验物证或者现场，应当制作笔录，记录勘验的时间、地点、勘验人、在场人、勘验的经过、结果，由勘验人、在场人签名或者盖章。对于绘制的现场图应当注明绘制的时间、方位、测绘人姓名、身份等内容。

第三十一条 摘录有关单位制作的与案件事实相关的文件、材料，应当注明出处，并加盖制作单位或者保管单位的印章，摘录人和其他调查人员应当在摘录件上签名或者盖章。

摘录文件、材料应当保持内容相应的完整性，不得断章取义。

三、举证时限与证据交换

第三十二条 被告应当在答辩期届满前提出书面答辩，阐明其对原告诉讼请求及所依据的事实和理由的意见。

第三十三条 人民法院应当在送达案件受理通知书和应诉通知书的同时向当事人送达举证通知书。举证通知书应当载明举证责任的分配原则与要求、可以向人民法院申请调查取证的情形、人民法院根据案件情况指定的举证期限以及逾期提供证据的法律后果。

举证期限可以由当事人协商一致，并经人民法院认可。

由人民法院指定举证期限的，指定的期限不得少于 30 日，自当事人收到案件受理通知书和应诉通知书的次日起计算。

第三十四条 当事人应当在举证期限内向人民法院提交证据材料，当事人在举证期限内不提交的，视为放弃举证权利。

对于当事人逾期提交的证据材料，人民法院审理时不组织质证。但对方当事人同意质证的除外。

当事人增加、变更诉讼请求或者提起反诉的，应当在举证期限届满前提出。

第三十五条 诉讼过程中，当事人主张的法律关系的性质或者民事行为的效力与人民法院根据案件事实作出的认定不一致的，不受本规定第三十四条规定的限制，人民法院应当告知当事人可以变更诉讼请求。

当事人变更诉讼请求的，人民法院应当重新指定举证期限。

第三十六条 当事人在举证期限内提交证据材料确有困难的，应当在举证期限内向人民法院申请延期举证，经人民法院准许，可以适当延长举证期限。当事人在延长的举证期限内提交证据材料仍有困难的，可以再次提出延期申请，是否准许由人民法院决定。

第三十七条 经当事人申请，人民法院可以组织当事人在开庭审理前交换证据。

人民法院对于证据较多或者复杂疑难的案件，应当组织当事人在答辩期届满后、开庭审理前交换证据。

第三十八条 交换证据的时间可以由当事人协商一致并经人民法院认可，也可以由人民法院指定。

人民法院组织当事人交换证据的，交换证据之日举证期限届满。当事人申请延期举证经人民法院准许的，证据交换日相应顺延。

第三十九条 证据交换应当在审判人员的主持下进行。

在证据交换的过程中，审判人员对当事人无异议的事实、证据应当记录在卷；对有异议的证据，按照需要证明的事实分类记录在卷，并记载异议的理由。通过证据交换，确定双方当事人争议的主要问题。

第四十条 当事人收到对方交换的证据后提出反驳并提出新证据的，人民法院应当通知当事人在指定的时间进行交换。

证据交换一般不超过两次。但重大、疑难和案情特别复杂的案件，人民法院认为确有必要再次进行证据交换的除外。

第四十一条 《民事诉讼法》第一百二十五条第一款规定的“新的证据”，是指以下情形：

（一）一审程序中的新的证据包括：当事人在一审举证期限届满后新发

现的证据；当事人确因客观原因无法在举证期限内提供，经人民法院准许，在延长的期限内仍无法提供的证据。

（二）二审程序中的新的证据包括：一审庭审结束后新发现的证据；当事人在一审举证期限届满前申请人民法院调查取证未获准许，二审法院经审查认为应当准许并依当事人申请调取的证据。

第四十二条 当事人在一审程序中提供新的证据的，应当在一审开庭前或者开庭审理时提出。

当事人在二审程序中提供新的证据的，应当在二审开庭前或者开庭审理时提出；二审不需要开庭审理的，应当在人民法院指定的期限内提出。

第四十三条 当事人举证期限届满后提供的证据不是新的证据的，人民法院不予采纳。

当事人经人民法院准许延期举证，但因客观原因未能在准许的期限内提供，且不审理该证据可能导致裁判明显不公的，其提供的证据可视为新的证据。

第四十四条 《民事诉讼法》第一百七十九条第一款第（一）项规定的“新的证据”，是指原审庭审结束后新发现的证据。

当事人在再审程序中提供新的证据的，应当在申请再审时提出。

第四十五条 一方当事人提出新的证据的，人民法院应当通知对方当事人在合理期限内提出意见或者举证。

第四十六条 由于当事人的原因未能在指定期限内举证，致使案件在二审或者再审期间因提出新的证据被人民法院发回重审或者改判的，原审裁判不属于错误裁判案件。一方当事人请求提出新的证据的另一方当事人负担由此增加的差旅、误工、证人出庭作证、诉讼等合理费用以及由此扩大的直接损失，人民法院应予支持。

四、质　　证

第四十七条 证据应当在法庭上出示，由当事人质证。未经质证的证据，不能作为认定案件事实的依据。

当事人在证据交换过程中认可并记录在卷的证据，经审判人员在庭审中说明后，可以作为认定案件事实的依据。

第四十八条 涉及国家秘密、商业秘密和个人隐私或者法律规定的其他应当保密的证据，不得在开庭时公开质证。

第四十九条 对书证、物证、视听资料进行质证时，当事人有权要求出示证据的原件或者原物。但有下列情况之一的除外：

（一）出示原件或者原物确有困难并经人民法院准许出示复制件或者复

制品的；

（二）原件或者原物已不存在，但有证据证明复制件、复制品与原件或原物一致的。

第五十条 质证时，当事人应当围绕证据的真实性、关联性、合法性，针对证据证明力有无以及证明力大小，进行质疑、说明与辩驳。

第五十一条 质证按下列顺序进行：

（一）原告出示证据，被告、第三人与原告进行质证；

（二）被告出示证据，原告、第三人与被告进行质证；

（三）第三人出示证据，原告、被告与第三人进行质证。

人民法院依照当事人申请调查收集的证据，作为提出申请的一方当事人提供的证据。

人民法院依照职权调查收集的证据应当在庭审时出示，听取当事人意见，并可就调查收集该证据的情况予以说明。

第五十二条 案件有两个以上独立的诉讼请求的，当事人可以逐个出示证据进行质证。

第五十三条 不能正确表达意志的人，不能作为证人。

待证事实与其年龄、智力状况或者精神健康状况相适应的无民事行为能力人和限制民事行为能力人，可以作为证人。

第五十四条 当事人申请证人出庭作证，应当在举证期限届满10日前提出，并经人民法院许可。

人民法院对当事人的申请予以准许的，应当在开庭审理前通知证人出庭作证，并告知其应当如实作证及作伪证的法律后果。

证人因出庭作证而支出的合理费用，由提供证人的一方当事人先行支付，由败诉一方当事人承担。

第五十五条 证人应当出庭作证，接受当事人的质询。

证人在人民法院组织双方当事人交换证据时出席陈述证言的，可视为出庭作证。

第五十六条 《民事诉讼法》第七十条规定的“证人确有困难不能出庭”，是指有下列情形：

（一）年迈体弱或者行动不便无法出庭的；

（二）特殊岗位确实无法离开的；

（三）路途特别遥远，交通不便难以出庭的；

（四）因自然灾害等不可抗力的原因无法出庭的；

（五）其他无法出庭的特殊情况。

前款情形，经人民法院许可，证人可以提交书面证言或者视听资料或者通过双向视听传输技术手段作证。

第五十七条 出庭作证的证人应当客观陈述其亲身感知的事实。证人为聋哑人的，可以其他表达方式作证。

证人作证时，不得使用猜测、推断或者评论性的语言。

第五十八条 审判人员和当事人可以对证人进行询问。证人不得旁听法庭审理；询问证人时，其他证人不得在场。人民法院认为有必要的，可以让证人进行对质。

第五十九条 鉴定人应当出庭接受当事人质询。

鉴定人确因特殊原因无法出庭的，经人民法院准许，可以书面答复当事人的质询。

第六十条 经法庭许可，当事人可以向证人、鉴定人、勘验人发问。

询问证人、鉴定人、勘验人不得使用威胁、侮辱及不适当引导证人的言语和方式。

第六十一条 当事人可以向人民法院申请由1至2名具有专门知识的人员出庭就案件的专门性问题进行说明。人民法院准许其申请的，有关费用由提出申请的当事人负担。

审判人员和当事人可以对出庭的具有专门知识的人员进行询问。

经人民法院准许，可以由当事人各自申请的具有专门知识的人员就有案件中的问题进行对质。

具有专门知识的人员可以对鉴定人进行询问。

第六十二条 法庭应当将当事人的质证情况记入笔录，并由当事人核对后签名或者盖章。

五、证据的审核认定

第六十三条 人民法院应当以证据能够证明的案件事实为依据依法作出裁判。

第六十四条 审判人员应当依照法定程序，全面、客观地审核证据，依据法律的规定，遵循法官职业道德，运用逻辑推理和日常生活经验，对证据有无证明力和证明力大小独立进行判断，并公开判断的理由和结果。

第六十五条 审判人员对单一证据可以从下列方面进行审核认定：

（一）证据是否原件、原物，复印件、复制品与原件、原物是否相符；

（二）证据与本案事实是否相关；

（三）证据的形式、来源是否符合法律规定；

（四）证据的内容是否真实；

（五）证人或者提供证据的人，与当事人有无利害关系。

第六十六条 审判人员对案件的全部证据，应当从各证据与案件事实的关联程度、各证据之间的联系等方面进行综合审查判断。

第六十七条 在诉讼中，当事人为达成调解协议或者和解的目的作出妥协所涉及的对案件事实的认可不得在其后的诉讼中作为对其不利的证据。

第六十八条 以侵害他人合法权益或者违反法律禁止性规定的方法取得的证据，不能作为认定案件事实的依据。

第六十九条 下列证据不能单独作为认定案件事实的依据：

（一）未成年人所作的与其年龄和智力状况不相当的证言；

（二）与一方当事人或者其代理人有利害关系的证人出具的证言；

（三）存有疑点的视听资料；

（四）无法与原件、原物核对的复印件、复制品；

（五）无正当理由未出庭作证的证人证言。

第七十条 一方当事人提出的下列证据，对方当事人提出异议但没有足以反驳的相反证据的，人民法院应当确认其证明力：

（一）书证原件或者与书证原件核对无误的复印件、照片、副本、节录本；

（二）物证原物或者与物证原物核对无误的复制件、照片、录像资料等；

（三）有其他证据佐证并以合法手段取得的、无疑点的视听资料或者与视听资料核对无误的复制件；

（四）一方当事人申请人民法院依照法定程序制作的对物证或者现场的勘验笔录。

第七十一条 人民法院委托鉴定部门作出的鉴定结论，当事人没有足以反驳的相反证据和理由的，可以认定其证明力。

第七十二条 一方当事人提出的证据，另一方当事人认可或者提出的相反证据不足以反驳的，人民法院可以确认其证明力。

一方当事人提出的证据，另一方当事人有异议并提出反驳证据，对方当事人对反驳证据认可的，可以确认反驳证据的证明力。

第七十三条 双方当事人对同一事实分别举出相反的证据，但都没有足够的依据否定对方证据的，人民法院应当结合案件情况，判断一方提供证据的证明力是否明显大于另一方提供证据的证明力，并对证明力较大的证据予以确认。

因证据的证明力无法判断导致争议事实难以认定的，人民法院应当依据举证责任分配的规则作出裁判。

第七十四条 诉讼过程中，当事人在起诉状、答辩状、陈述及其委托代理人的代理词中承认的对己方不利的事实和认可的证据，人民法院应当予以确认，但当事人反悔并有相反证据足以推翻的除外。

第七十五条 有证据证明一方当事人持有证据无正当理由拒不提供，如果对方当事人主张该证据的内容，不利于证据持有人，可以推定该主张成立。

第七十六条 当事人对自己的主张，只有本人陈述而不能提出其他相关证据的，其主张不予支持。但对方当事人认可的除外。

第七十七条 人民法院就数个证据对同一事实的证明力，可以依照下列原则认定：

（一）国家机关、社会团体依职权制作的公文书证的证明力一般大于其他书证；

（二）物证、档案、鉴定结论、勘验笔录或者经过公证、登记的书证，其证明力一般大于其他书证、视听资料和证人证言；

（三）原始证据的证明力一般大于传来证据；

（四）直接证据的证明力一般大于间接证据；

（五）证人提供的对与其有亲属或者其他密切关系的当事人有利的证言，其证明力一般小于其他证人证言。

第七十八条 人民法院认定证人证言，可以通过对证人的智力状况、品德、知识、经验、法律意识和专业技能等的综合分析作出判断。

第七十九条 人民法院应当在裁判文书中阐明证据是否采纳的理由。

对当事人无争议的证据，是否采纳的理由可以不在裁判文书中表述。

六、其　他

第八十条 对证人、鉴定人、勘验人的合法权益依法予以保护。

当事人或者其他诉讼参与人伪造、毁灭证据，提供假证据，阻止证人作证，指使、贿买、胁迫他人作伪证，或者对证人、鉴定人、勘验人打击报复的，依照《民事诉讼法》第一百零二条的规定处理。

第八十一条 人民法院适用简易程序审理案件，不受本解释中第三十二条、第三十三条第三款和第七十九条规定的限制。

第八十二条 本院过去的司法解释，与本规定不一致的，以本规定为准。

第八十三条 本规定自2002年4月1日起施行。2002年4月1日尚未审结的一审、二审和再审民事案件不适用本规定。

本规定施行前已经审理终结的民事案件，当事人以违反本规定为由申请再审的，人民法院不予支持。

本规定施行后受理的再审民事案件，人民法院依据《民事诉讼法》第一百八十四条的规定进行审理的，适用本规定。

最高人民法院民一庭关于经常居住地在城镇的农村居民因交通事故伤亡如何计算赔偿费用的复函

（2006年4月3日　〔2006〕民他字第25号）

云南省高级人民法院：

你院《关于罗金会等五人与云南昭通交通运输集团公司旅客运输合同纠纷一案所涉法律理解及适用问题的请示》收悉。经研究，答复如下：人身损害赔偿案件中，残疾赔偿金、死亡赔偿金和被扶养人生活费的计算，应当根据案件的实际情况，结合受害人住所地、经常居住地等因素，确定适用城镇居民人均可支配收入（人均消费性支出）或者农村居民人均纯收入（人均年生活消费支出）的标准。本案中，受害人唐顺亮虽然农村户口，但在城市经商、居住，其经常居住地和主要收入来源地均为城市，有关损害赔偿费用应当根据当地城镇居民的相关标准计算。

道路交通事故受伤人员伤残评定

（GB **18667－2002**）

（国家质量监督检验检疫总局2002年12月1日发布　自发布之日起施行）

前　言

本标准的全部技术内容为强制性。

本标准是在充分总结吸收1992年公安部发布的中华人民共和国公共安全行业标准《道路交通事故受伤人员伤残评定》（GA35－1992）执行的经验和国内外最新研究成果基础上起草形成。本标准进一步完善了伤残等级10级分类法。在全面规范人体伤残程度的同时，还建立了多等级伤残和肢体功能丧失的综合计算数学方法，引入了肩关节复合体的概念并建立了功能丧失的计算方法，为解决多处伤残和肢体功能丧失的计算及肩胛带伤残的评定问题提供了依据。

本标准自实施之日起，代替GA35－1992。

本标准的附录 A、附录 C 为规范性附录，附录 B 为资料性附录。

本标准由中华人民共和国公安部提出。

本标准由公安部交通管理标准化技术委员会归口。

本标准起草单位：重庆市公安局交通管理局。

本标准主要起草人：张志维、赵新才、黄小七、王世其、宋鸿。

道路交通事故受伤人员伤残评定

1 范围

本标准规定了道路交通事故受伤人员伤残评定的原则、方法和内容。

本标准适用于道路交通事故受伤人员的伤残程度评定。

2 术语和定义

下列述评和定义适用于本标准

2.1 道路交通事故受伤人员 the injured in road traffic accident

在道路交通事故中遭受各种暴力致伤的人员

2.2 伤残 impairment

因道路交通事故损伤所致的人体残废。

包括：精神的、生理功能的和解剖结构的异常及其导致的生活、工作和社会活动能力不同程度丧失。

2.3 评定 assessment

在客观检验的基础上，评价确定道路交通事故受伤人员伤残等级的过程。

2.4 评定人 assessor

办案机关依法指派或聘请符合评定人条件，承担道路交通事故受伤人员伤残评定的人员。

2.5 评定结论 assessment conclusion

评定人根据检验结果，按照伤残评定标准，运用专门知识进行分析所得出的综合性判断。

2.6 评定书 assessment report

评定人将检验结果、分析意见和评定结论所形成的书面文书。

2.7 治疗终结 treatment finality

临床医学一般原则所承认的临床效果稳定。

3 评定总则

3.1 评定原则

伤残评定应以人体伤后治疗效果为依据，认真分析残疾与事故、损伤之间的关系，实事求是地评定。

3.2 评定时机

评定时机应以事故直接所致的损伤或确因损伤所致的并发症治疗终结为准。

对治疗终结意见不一致时，可由办案机关组织有关专业人员进行鉴定，确定其是否治疗终结。

3.3 评定人条件

评定人应当具有法医学鉴定资格的人员担任。

3.4 评定人权利和义务

3.4.1 评定人权利

a) 有权了解与评定有关的案情和其他材料；

b) 有权向当事人询问与评定有关的问题；

c) 有权依照医学原则对道路交通事故受伤人员进行身体检查和要求进行必要的特殊仪器检查等；

d) 有权因专门知识的限制或鉴定材料的不足而拒绝评定。

3.4.2 评定人义务

a) 全面、细致、科学、客观地对道路交通事故受伤人员进行检验和记录；

b) 正确及时地作出评定结论；

c) 回答事故办案机关所提出的与评定有关的问题；

d) 保守案件秘密；

e) 严格遵守国家法律法规和有关回避原则的规定；

f) 妥善保管提交评定的物品和材料。

3.5 评定书

3.5.1 评定人评定结束后，应制作评定书并签名。

3.5.2 评定书包括一般情况、案情介绍、病历摘抄、检验结果记录、分析意见和结论等内容。

3.6 伤残等级划分

本标准根据道路交通事故受伤人员的伤残状况，将受伤人员伤残程度划分为10级，从第1级（100%）到第X级（10%），每级相差10%。伤残等级划分依据见附录A。

4 伤残等级

4.1 Ⅰ级伤残

4.1.1 颅脑、脊髓及周围神经损伤致：

a) 植物状态；

b) 极度智力缺损（智商20以下）或精神障碍，日常生活完全不能自理；

c）四肢瘫（三肢以上肌力3级以下）；

d）截瘫（肌力2级以下）伴大便和小便失禁。

4.1.2　头面部损伤致：

a）双侧眼球缺失；

b）一侧眼球缺失，另一侧眼严重畸形伴盲目5级。

4.1.3　脊柱胸段损伤致严重畸形愈合，呼吸功能严重障碍。

4.1.4　颈部损伤致呼吸和吞咽功能严重障碍。

4.1.5　胸部损伤致：

a）肺叶切除或双侧胸膜广泛严重粘连或胸廓严重畸形，呼吸功能严重障碍；

b）心功不全，心功Ⅳ级；或心功能不全，心功能Ⅲ级伴明显器质性心律失常。

4.1.6　腹部损伤致：

a）胃、肠、消化腺等部分切除，消化吸收功能严重障碍，日常生活完全不能自理；

b）双侧肾切除或完全丧失功能，日常生活完全不能自理。

4.1.7　肢体损伤致：

a）三肢以上缺失（上肢在腕关节以上，下肢在踝关节以上）；

b）二肢缺失（上肢在肘关节以上，下肢在膝关节以上），另一肢丧失功能50%以上；

c）二肢缺失（上肢在腕关节以上，下肢在踝关节以上），第三肢完全丧失功能；

d）一肢缺失（上肢在肘关节以上，下肢在踝关节以上），第二肢完全丧失功能，第三肢丧失功能50%以上；

e）一肢缺失（上肢在腕关节以上，下肢在踝关节以上），另二肢完全丧失功能；

f）三肢完全丧失功能。

4.1.8　皮肤损伤致瘢痕形成达体表面积76%以上。

4.2　Ⅱ级伤残

4.2.1　颅脑、脊髓及周围神经损伤致：

a）重度智力缺损（智商34以下）或精神障碍，日常生活需随时有人帮助才能完成；

b）完全性失语；

c）双眼盲目5级；

d）四肢瘫（二肢以上肌力2级以下）；

e）偏瘫或截瘫（肌力2级以下）。

4.2.2　头面部损伤致：

a）一侧眼球缺失，另一眼盲目4级；或一侧眼球缺失，另一侧眼严重畸形伴盲目3级以上；

b）双侧眼睑重度下垂（或严重畸形）伴双眼盲目4级以上；或一侧眼睑重度下垂（或严重畸形），该眼盲目4级以上，另一眼盲目5级；

c）双眼盲目5级；

d）双耳极度听觉障碍伴双侧耳廓缺失（或严重畸形）；或双耳极度听觉障碍伴一侧耳廓缺失，另一侧耳廓严重畸形；

e）全面部瘢痕形成。

4.2.3　脊柱胸段损伤致严重畸形愈合，呼吸功能障碍。

4.2.4　颈部损伤致呼吸和吞咽功能障碍。

4.2.5　胸部损伤致：

a）肺叶切除或胸膜广泛严重粘连或胸廓畸形，呼吸功能障碍；

b）心功能不全，心功能Ⅲ级；或心功能不全，心功能Ⅱ级伴明显器质性心律失常。

4.2.6　腹部损伤致一侧肾切除或完全丧失功能，另一侧肾功能重度障碍。

4.2.7　肢体损伤致：

a）二肢缺失（上肢在肘关节以上，下肢在膝关节以上）；

b）一肢缺失（上肢在肘关节以上，下肢在膝关节以上），另一肢完全丧失功能；

c）二肢以上完全丧失功能。

4.2.8　皮肤损伤致瘢痕形成达体表面积68%以上。

4.3　Ⅲ级伤残

4.3.1　颅脑、脊髓及周围神经损伤致：

a）重度智力缺损或精神障碍，不能完全独立生活，需经常有人监护；

b）严重外伤性癫痫，药物不能控制，大发作平均每月一次以上或局限性发作平均每月四次以上或小发作平均每周七次以上或精神运动性发作平均每月三次以上；

c）双侧严重面瘫，难以恢复；

d）严重不自主运动或共济失调；

e）四肢瘫（二肢以上肌力3级以下）；

f）偏瘫或截瘫（肌力3级以下）；

g）大便或小便失禁，难以恢复。

4.3.2　头面部损伤致：

a）一侧眼球缺失，另一眼盲目 3 级；或一侧眼球缺失，另一侧眼严重畸形伴低视力 2 级；

b）双侧眼睑重度下垂（或严重畸形）伴双眼盲目 3 级以上；或一侧眼睑重度下垂（或严重畸形），该眼盲目 3 级以上，另一眼盲目 4 级以上；

c）双眼盲目 4 级以上；

d）双眼视野接近完全缺损（直径小于 5°）；

e）上颌骨、下颌骨缺损，牙齿脱落 24 枚以上；

f）双耳极度听觉障碍伴一侧耳廓缺失（或严重畸形）；

g）一耳极度听觉障碍，另一耳重度听觉障碍，伴一侧耳廓缺失（或严重畸形），另一侧耳廓缺失（或畸形）50% 以上；

h）双耳重度听觉障碍伴双侧耳廓缺失（或严重畸形）；或双耳重度听觉障碍伴一侧耳廓缺失，另一侧耳廓严重畸形；

i）面部瘢痕形成 80% 以上。

4.3.3 脊柱胸段损伤致严重畸形，严重影响呼吸功能。

4.3.4 颈部损伤致：

a）瘢痕形成，颈部活动度完全丧失；

b）严重影响呼吸和吞咽功能。

4.3.5 胸部损伤致：

a）肺叶切除或胸膜广泛粘连或胸廓畸形，严重影响呼吸功能；

b）心功能不全，心功能Ⅱ级伴器质性心律失常；或心功能Ⅰ级伴明显器质性心律失常。

4.3.6 腹部损伤致：

a）胃、肠、消化腺等部分切除，消化吸收功能障碍；

b）一侧肾切除或完全丧失功能，另一侧肾功能中度障碍；或双侧肾功能重度障碍。

4.3.7 盆部损伤致：

a）女性双侧卵巢缺失或完全萎缩；

b）大便和小便失禁，难以恢复。

4.3.8 会阴部损伤致双侧睾丸缺失或完全萎缩。

4.3.9 肢体损伤致：

a）二肢缺失（上肢在腕关节以上，下肢在踝关节以上）；

b）一肢缺失（上肢在肘关节以上，下肢在膝关节以上），另一肢丧失功能 50% 以上；

c）一肢缺失（上肢在腕关节以上，下肢在踝关节以上），另一肢完全丧失功能；

d）一肢完全丧失功能，另一丧失功能 50% 以上。

4.3.10 皮肤损伤致瘢痕形成达体表面积60%以上。

4.4 Ⅳ级伤残

4.4.1 颅脑、脊髓及周围神经损伤致：

a）中度智力缺损（智商49以下）或精神障碍，日常生活能力严重受限，间或需要帮助；

b）严重运动性失语或严重感觉性失语；

c）四肢瘫（二肢以上肌力4级以下）；

d）偏瘫或截瘫（肌力4级以下）；

e）阴茎勃起功能完全丧失。

4.4.2 头面部损伤致：

a）一侧眼球缺失，另一眼低视力2级；或一侧眼球缺失，另一侧眼严重畸形伴低视力1级；

b）双侧眼睑重度下垂（或严重畸形）伴双眼低视力2级以上；或一侧眼睑重度下垂（或严重畸形），该眼低视力2级以上，另一眼低盲目3级以上；

c）双眼盲目3级以上；

d）双眼视野极度缺损（直径小于10°）；

e）双耳极度听觉障碍；

f）一耳极度听觉障碍，另一耳重度听觉障碍伴一侧耳廓缺失（或畸形）50%以上；

g）双耳重度听觉障碍伴一侧耳廓缺失（或严重畸形）；

h）双耳中等重度听觉障碍伴双侧耳廓缺失（或严重畸形）；或双耳中等重度听觉障碍伴一侧耳廓缺失，另一侧耳廓严重畸形；

i）面部瘢痕形成60%以上。

4.4.3 脊柱胸段损伤致严重畸形愈合，影响呼吸功能。

4.4.4 颈部损伤致：

a）瘢痕形成，颈部活动度丧失75%以上；

b）影响呼吸和吞咽功能。

4.4.5 胸部损伤致：

a）肺叶切除或胸膜粘连或胸廓畸形，影响呼吸功能；

b）明显器质性心律失常。

4.4.6 腹部损伤致一侧肾功能重度障碍，另一侧肾功能中度障碍。

4.4.7 会阴部损伤致阴茎体完全缺失或严重畸形。

4.4.8 外阴、阴道损伤致阴道闭锁。

4.4.9 肢体损伤致双手完全缺失或丧失功能。

4.4.10 皮肤损伤致瘢痕形成达体表面积52%以上。

4.5 V级伤残

4.5.1 颅脑、脊髓及周围神经损伤致：

a）中度智力缺损或精神障碍，日常生活能力明显受限，需要指导；

b）外伤性癫痫，药物不能完全控制，大发作平均每三月一次以上或局限性发作平均每月二次以上或小发作平均每周四次以上或精神运动性发作平均每月一次以上；

c）严重失用或失认症；

d）单侧严重面瘫，难以恢复；

e）偏瘫或截瘫（一肢以上肌力2级以下）；

f）单瘫（肌力2级以下）；

g）大便或小便失禁，难以恢复。

4.5.2 头面部损伤致：

a. 一侧眼球缺失伴另一眼低视力1级；一侧眼球缺失伴一侧眼严重畸形且视力接近正常；

b. 双侧眼睑重度下垂（或严重畸形）伴双眼低视力1级；或一侧眼睑重度下垂（或严重畸形），该眼低视力1级以上，另一眼低视力2级以上；

c. 双眼低视力2级以上；

d. 双眼视野重度缺损（直径小于20°）；

e. 舌肌完全麻痹或舌体缺失（或严重畸形）50%以上；

f. 上颌骨、下颌骨缺损，牙齿脱落20枚以上；

g. 一耳极度听觉障碍，另一耳重度听觉障碍；

h. 双耳重度听觉障碍伴一侧耳廓缺失（或畸形）50%以上；

i. 双耳中等重度听觉障碍伴一侧耳廓缺失（或严重畸形）；

j. 双侧耳廓缺失（或严重畸形）；

k. 外鼻部完全缺损（或严重畸形）；

l. 面部瘢痕形成40%以上。

4.5.3 脊柱胸段损伤致畸形愈合，影响呼吸功能。

4.5.4 颈部损伤致：

a. 瘢痕形成，颈部活动度丧失50%以上；

b. 影响呼吸功能。

4.5.5 胸部损伤致：

a. 肺叶切除或胸膜粘连或胸廓畸形，轻度影响呼吸功能；

b. 器质性心律失常。

4.5.6 腹部损伤致：

a. 胃、肠、消化腺等部分切除，严重影响消化吸收功能；

b. 一侧肾切除或完全丧失功能，另一侧肾功能轻度障碍。

4.5.7　盆部损伤致：

a. 双侧输尿管缺失或闭锁；

b. 膀胱切除；

c. 尿道闭锁；

d. 大便或小便失禁，难以恢复。

4.5.8　会阴部损伤致阴茎体大部分缺失（或畸形）。

4.5.9　外阴、阴道损伤致阴道严重狭窄，功能严重障碍。

4.5.10　肢体损伤致：

a. 双手缺失（或丧失功能）90%以上；

b. 一肢缺失（上肢在肘关节以上，下肢在膝关节以上）；

c. 一肢缺失（上肢在腕关节以上，下肢在踝关节以上），另一肢丧失功能50%以上；

d. 一肢完全丧失功能。

4.5.11　皮肤损伤致瘢痕形成达体表面积44%以上。

4.6　Ⅵ级伤残

4.6.1　颅脑、脊髓及周围神经损伤致：

a. 中度智力缺损或精神障碍，日常生活能力部分受限，但能部分代偿，部份日常生活需要帮助；

b. 严重失读伴失写症；或中度运动性失语或中度感觉性失语；

c. 偏瘫或截瘫（一肢肌力3级以下）；

d. 单瘫（肌力3级以下）；

e. 阴茎勃起功能严重障碍。

4.6.2　头面部损伤致：

a. 一侧眼球缺失伴另一眼视力接近正常；或一侧眼球缺失伴另一侧眼严重畸形；

b. 双侧眼睑重度下垂（或严重畸形）伴双眼视力接近正常；或一侧眼睑重度下垂（或严重畸形），该眼视力接近正常，另一眼低视力1级以上；

c. 双眼低视力1级；

d. 双眼视野中度缺损（直径小于60°）；

e. 颞下颌关节强直，牙关紧闭；

f. 一耳极度听觉障碍，另一耳中等重度听觉障碍；或双耳重度听觉障碍；

g. 一侧耳廓缺失（或严重畸形），另一侧耳廓缺失（或畸形）50%以上；

h. 面部瘢痕形成面积20%以上；

i. 面部大量细小瘢痕（或色素明显改变）75%以上。

4.6.3　脊柱损伤致颈椎或腰椎严重畸形愈合，颈部或腰部活动度完全丧失。

4.6.4　颈部损伤致瘢痕形成，颈部活动度丧失25%以上。

4.6.5　腹部损伤致一侧肾功能重度障碍，另一侧肾功能轻度障碍。

4.6.6　盆部损伤致：

a. 双侧输卵管缺失或闭锁；

b. 子宫全切。

4.6.7　会阴部损伤致双侧输精管缺失或闭锁。

4.6.8　外阴、阴道损伤致阴道狭窄，功能障碍。

4.6.9　肢体损伤致：

a. 双手缺失（或丧失功能）70%以上；

b. 双足跗跖关节以上缺失；

c. 一肢缺失（上肢在腕关节以上，下肢在踝关节以上）。

4.6.10　皮肤损伤致瘢痕形成达体表面积36%以上。

4.7　Ⅶ级伤残

4.7.1　颅脑、脊髓及周围神经损伤致：

a. 轻度智力缺损（智商70以下）或精神障碍，日常生活有关的活动能力严重受限；

b. 外伤性癫痫，药物不能完全控制，大发作平均每六月一次以上或局限性发作平均每二月二次以上或小发作平均每周二次以上或精神运动性发作平均每二月一次以上；

c. 中度失用或中度失认症；

d. 严重构音障碍；

e. 偏瘫或截瘫（一肢肌力4级）；

f. 单瘫（肌力4级）；

g. 半身或偏身型完全性感觉缺失。

4.7.2　头面部损伤致：

a. 一侧眼球缺失；

b. 双侧眼睑重度下垂（或严重畸形）；

c. 口腔或颞下颌关节损伤，重度张口受限；

d. 上颌骨、下颌骨缺损，牙齿脱落16枚以上；

e. 一耳极度听觉障碍，另一耳中度听觉障碍；或一耳重度听觉障碍，另一耳中等重度听觉障碍；

f. 一侧耳廓缺失（或严重畸形），另一侧耳廓缺失（或畸形）10%以上；

g. 外鼻部大部份缺损（或畸形）；

h. 面部瘢痕形成，面积$24cm^2$以上；

i. 面部大量细小瘢痕（或色素明显改变）50%以上；

j. 头皮无毛发75%以上。

4.7.3　脊柱损伤致颈椎或腰椎畸形愈合，颈部或腰部活动度丧失75%以上。

4.7.4　颈部损伤致颈前三角区瘢痕形成75%以上。

4.7.5　胸部损伤致：

a. 女性双侧乳房缺失（或严重畸形）；

b. 心功能不全，心功能Ⅱ级。

4.7.6　腹部损伤致双侧肾功能中度障碍。

4.7.7　盆部损伤致：

a. 骨盆倾斜，双下肢长度相差8cm以上；

b. 女性骨盆严重畸形，产道破坏；

c. 一侧输尿管缺失或闭锁，另一侧输尿管严重狭窄。

4.7.8　会阴部损伤致：

a. 阴茎体部份缺失（或畸形）；

b. 阴茎包皮损伤，瘢痕形成，功能障碍。

4.7.9　肢体损伤致：

a. 双手缺失（或丧失功能）50%以上；

b. 双手感觉完全缺失；

c. 双足足弓结构完全破坏；

d. 一足跗跖关节以上缺失；

e. 双下肢长度相差8cm以上；

f. 一肢丧失功能75%以上。

4.7.10　皮肤损伤致瘢痕形成达体表面积28%以上。

4.8　Ⅷ级伤残

4.8.1　颅脑、脊髓及周围神经损伤致：

a. 轻度智力缺损或精神障碍，日常生活有关的活动能力部分受限；

b. 中度失读伴失写症；

c. 半身或偏身型深感觉缺失；

d. 阴茎勃起功能障碍。

4.8.2　头面部损伤致：

a. 一眼盲目4级以上；

b. 一眼视野接近完全缺损（直径小于5°）；

c. 上颌骨、下颌骨缺损，牙齿脱落12枚以上；

d. 一耳极度听觉障碍；或一耳重度听觉障碍，另一耳中度听觉障碍；或双耳中等重度听觉障碍；

e. 一侧耳廓缺失（或严重畸形）；

f. 鼻尖及一侧鼻翼缺损（或畸形）；

g. 面部瘢痕形成面积 $18cm^2$ 以上；

h. 面部大量细小瘢痕（或色素明显改变）25% 以上；

i. 头皮无毛发 50% 以上；

j 颌面部骨或软组织缺损 32 立方厘米以上。

4.8.3　脊柱损伤致：

a. 颈椎或腰椎畸形愈合，颈部或腰部活动度丧失 50% 以上；

b. 胸椎或腰椎二椎体以上压缩性骨折。

4.8.4　颈部损伤致前三角区瘢痕形成 50% 以上。

4.8.5　胸部损伤致：

a. 女性一侧乳房缺失（或严重畸形），另一侧乳房部分缺失（或畸形）；

b. 12 肋以上骨折。

4.8.6　腹部损伤致：

a. 胃、肠、消化腺等部分切除，影响消化吸收功能；

b. 脾切除；

c. 一侧肾切除或肾功能重度障碍。

4.8.7　盆部损伤致：

a. 骨盆倾斜，双下肢长度相差 6cm 以上；

b. 双侧输尿管严重狭窄，或一侧输尿管缺失（或闭锁），另一侧输尿管狭窄；

c. 尿道严重狭窄。

4.8.8　会阴部损伤致：

a. 阴茎龟头缺失（或畸形）；

b. 阴茎包皮损伤，瘢痕形成，严重影响功能。

4.8.9　外阴、阴道损伤致阴道狭窄，严重影响功能。

4.8.10　肢体损伤致：

a. 双手缺失（或丧失功能）30% 以上；

b. 双手感觉缺失 75% 以上；

c. 一足弓结构完全破坏，另一足弓结构破坏 1/3 以上；

d. 双足十趾完全缺失或丧失功能；

e. 双下肢长度相差 6cm 以上；

f. 一肢丧失功能 50% 以上；

4.8.11　皮肤损伤致瘢痕形成达体表面积 20% 以上。

4.9　Ⅸ级伤残

4.9.1　颅脑、脊髓及周围神经损伤致：

a. 轻度智力缺损或精神障碍，日常活动能力部分受限；

b. 外伤性癫痫，药物不能完全控制，大发作一年一次以上或局限性发作平均每六月三次以上或小发作平均每月四次以上或精神运动性发作平均每六月二次以上；

c. 严重失读或严重失写症；

d. 双侧轻度面瘫，难以恢复；

e. 半身或偏身型浅感觉缺失；

f. 严重影响阴茎勃起功能。

4.9.2 头面部损伤致：

a. 一眼盲目3级以上；

b. 双侧眼睑下垂（或畸形）；或一侧眼睑重度下垂（或严重畸形）；

c. 一眼视野极度缺损（直径小于10°）；

d. 上颌骨、下颌骨缺损中，牙齿脱落8枚以上；

e. 口腔损伤，牙齿脱落16枚以上；

f. 口腔或颞下颌关节损伤，中度张口受限；

g. 舌尖缺失（或畸形）；

h. 一耳重度听觉障碍；或一耳中等重度听觉障碍，另一耳中度听觉障碍；

i. 一侧耳廓缺失（或畸形）50%以上；

j. 一侧鼻翼缺损（或畸形）；

k. 面部瘢痕形成面积12cm^{2}以上，或面部线条状瘢痕20cm以上；

l. 面部细小瘢痕（或色素明显改变）面积30cm^{2}以上；

m. 头皮无毛发25%以上；

n. 颌面部骨及软组织缺损16立方厘米以上。

4.9.3 脊柱损伤致：

a. 颈椎或腰椎畸形愈合，颈部或腰部活动度丧失25%以上；

b. 胸椎或腰椎一椎体粉碎性骨折。

4.9.4 颈部损伤致：

a. 严重声音嘶哑；

b. 颈前三角区瘢痕形成25%以上。

4.9.5 胸部损伤致：

a. 女性一侧乳房缺失（或严重畸形）；

b. 8肋以上骨折或4肋以上缺失；

c. 肺叶切除；

d. 心功能不全，心功能Ⅰ级。

4.9.6 腹部损伤致：

a. 胃、肠、消化腺等部分切除；

b. 胆囊切除；
c. 脾部份切除；
d. 一侧肾部分切除或肾功能中度障碍。

4.9.7 盆部损伤致：
a. 骨盆倾斜，双下肢长度相差4cm以上；
b. 骨盆严重畸形愈合；
c. 尿道狭窄；
d. 膀胱部分切除；
e. 一侧输尿管缺失或闭锁；
f. 子宫部份切除；
g. 直肠、肛门损伤，遗留永久性乙状结肠造口。

4.9.8 会阴部损伤致：
a. 阴茎龟头缺失（或畸形）50%以上；
b. 阴囊损伤，瘢痕形成75%以上。

4.9.9 肢体损伤致：
a. 双手缺失（或丧失功能）10%以上；
b. 双手感觉缺失50%以上；
c. 双上肢前臂旋转功能完全丧失；
d. 双足十趾缺失（或丧失功能）50%以上；
e. 一足足弓构破坏；
f. 双上肢长度相差10cm以上；
g. 双下肢长度相差4cm以上；
h. 四肢长骨一骺板以上粉碎性骨折；
i. 一肢丧失功能25%以上。

4.9.10 皮肤损伤致瘢痕形成达体表面积12%以上。

4.10 X级伤残

4.10.1 颅脑、脊髓及周围神经损伤致：
a. 神经功能障碍，日常活动能力轻度受限；
b. 外伤性癫痫，药物能够控制，但遗留脑电图中度以上改变；
c. 轻度失语或构音障碍；
d. 单侧轻度面瘫，难以恢复；
e. 轻度不自主运动或共济失调；
f. 斜视、复视、视错觉、眼球震颤等视觉障碍；
g. 半身或偏身型浅感觉分离性缺失；
h. 一肢体完全性感觉缺失；
i. 节段性完全性感觉缺失；

j. 影响阴茎勃起功能。

4.10.2　头面部损伤致：

a. 一眼低视力1级；

b. 一侧眼睑下垂或畸形；

c. 一眼视野中度缺损（直径小于60°）；

d. 泪小管损伤，遗留溢泪症状；

e. 眼内异物存留；

f. 外伤性白内障；

g. 外伤性脑脊液鼻漏或耳漏；

h. 上颌骨、下颌骨缺损，牙齿脱落4枚以上；

i. 口腔损伤，牙齿脱落8枚以上；

j. 口腔或颞下颌关节损伤，轻度张口受限；

k. 舌尖部分缺失（或畸形）；

l. 一耳中等重度听觉障碍；或双耳中度听觉障碍；

m. 一侧耳廓缺失（或畸形）10%以上；

n. 鼻尖缺失（或畸形）；

o. 面部瘢痕形成，面积$6cm^2$以上；或面部线条状瘢痕10cm以上；

p. 面部细小瘢痕（或色素明显改变）面积$15cm^2$以上；

q. 头皮无毛发$40cm^2$以上；

r. 颅骨缺损$4cm^2$以上，遗留神经系统轻度症状和体征；或颅骨缺损$6cm^2$以上，无神经系统症状和体征；

s. 颌面部骨及软组织缺损8立方厘米以上。

4.10.3　脊柱损伤致：

a. 颈椎或腰椎畸形愈台，颈部或腰部活动度丧失10%以上；

b. 胸椎畸形愈合，轻度影响呼吸功能；

c. 胸椎或腰椎一椎体三分之一以上压缩性骨折。

4.10.4　颈部损伤致：

a. 瘢痕形成，颈部活动度丧失10%以上；

b. 轻度影响呼吸和吞咽功能；

c. 颈前三角区瘢痕面积$20cm^2$以上。

4.10.5　胸部损伤致：

a. 女性一侧乳房部分缺失（或畸形）；

b. 4肋以上骨折；或2肋以上缺失；

c. 肺破裂修补；

d. 胸膜粘连或胸廓畸形。

4.10.6　腹部损伤致：

a. 胃、肠、消化腺等破裂修补；
b. 胆囊破裂修补；
c. 肠系膜损伤修补；
d. 脾破裂修补；
e. 肾破裂修补或肾功能轻度障碍；
f. 膈肌破裂修补。

4.10.7 盆部损伤致：

a. 骨盆倾斜，双下肢长度相差2cm以上；
b. 骨盆畸形愈合；
c. 一侧卵巢缺失或完全萎缩；
d. 一侧输卵管缺失或闭锁；
e. 子宫破裂修补；
f. 一侧输尿管严重狭窄；
g. 膀胱破裂修补；
h. 尿道轻度狭窄；
i. 直肠、肛门损伤，瘢痕形成，排便功能障碍。

4.10.8 会阴部损伤致：

a. 阴茎龟头缺失（或畸形）25%以上；
b. 阴茎包皮损伤，瘢痕形成，影响功能；
c. 一侧输精管缺失（或闭锁）；
d. 一侧睾丸缺失或完全萎缩；
e. 阴囊损伤，瘢痕形成50%以上。

4.10.9 外阴、阴道损伤致阴道狭窄，影响功能。

4.10.10 肢体损伤致：

a. 双手缺失（或丧失功能）5%以上；
b. 双手感觉缺失25%以上；
c. 双上肢前臂旋转功能丧失50以上；
d. 一足足弓结构破坏1/3以上；
e. 双足十趾缺失（或丧失功能）20%以上；
f. 双上肢长度相差4cm以上；
g. 双下肢长度相差2cm以上；
h. 四肢长骨一骺板以上线性骨折；
i. 一肢丧失功能10%以上。

4.10.11 皮肤损伤致瘢痕形成达体表面积4%以上。

5 附则

5.1 遇有本标准以外的伤残程度者，可根据伤残的实际情况，比照本标准中最相似等级的伤残内容和附录A的规定，确定其相当的伤残等级。同一部位和性质的伤残，不应采用本标准条文两条以上或者同一条文两次以上进行评定。

5.2 受伤人员符合2处以上伤残等级者，评定结论中应当写明各处的伤残等级。两处以上伤残等级的综合计算方法可参见附录B。

5.3 评定道路交通事故受伤人员伤残程度时，应排除其原有伤、病等进行评定。

5.4 本标准备等级间有关伤残程度的区分见附录C。本标准中“以上”、“以下”等均包括本数。

附录A

（规范性附录）
伤残等级划分依据

A1 Ⅰ级伤残划分依据

Ⅰ级伤残划分依据为：

a. 日常生活完全不能自理；

b. 意识消失；

c. 各种活动均受到限制而卧床；

d. 社会交往完全丧失。

A2 Ⅱ级伤残划分依据

Ⅱ级伤残划分依据为：

a. 日常生活需要随时有人帮助；

b. 仅限于床上或椅上的活动；

c. 不能工作；

d. 社会交往极度困难。

A3 Ⅲ级伤残划分依据

Ⅲ级伤残划分依据为：

a. 不能完全独立生活，需经常有人监护；

b. 仅限于室内的活动；

c. 明显职业受限；

d. 社会交往困难。

A4 Ⅳ级伤残划分依据

Ⅳ级伤残划分依据为：

a. 日常生活能力严重受限，间或需要帮助；
b. 仅限于居住范围内的活动；
c. 职业种类受限；
d. 社会交往严重受限。

A5 Ⅴ级伤残划分依据

Ⅴ级伤残划分依据为：
a. 日常生活能力部分受限，需要指导；
b. 仅限于就近的活动；
c. 需要明显减轻工作；
d. 社会交往贫乏。

A6 Ⅵ级伤残划分依据

Ⅵ级伤残划分依据为：
a. 日常生活能力部分受限，但能部分代偿，部分日常生活需要帮助；
b. 各种活动降低；
c. 不能胜任原工作；
d. 社会交往狭窄。

A7 Ⅶ级伤残划分依据

Ⅶ级伤残划分依据为：
a. 日常生活有关的活动能力严重受限；
b. 短暂活动不受限，长时间活动受限；
c. 不能从事复杂工作；
d. 社会交往能力降低。

A8 Ⅷ级伤残划分依据

Ⅷ级伤残划分依据为：
a. 日常生活有关的活动能力部分受限；
b. 远距离活动受限；
c. 能从事复杂工作，但效率明显降低；
d. 社会交往受约束。

A9 Ⅸ级伤残划分依据

Ⅸ级伤残划分依据为：
a. 日常活动能力大部分受限；
b. 工作和学习能力下降；
c. 社会交往能力部分受限；

A10 Ⅹ级伤残划分依据

Ⅹ级伤残划分依据为：
a. 日常活动能力轻度受限；

b. 工作和学习能力有所下降；

c. 社会交往能力轻度受限。

附录 B

（资料性附录）
多等级伤残的综合计算方法

B.1 多等级伤残的综合计算

多等级伤残的综合计算是按伤者的伤残赔偿计算方法加以计算。

B.2 多等级伤残者的伤残赔偿计算

根据伤残赔偿总额、赔偿责任系数、赔偿指数等，有下式：

$$C = C_t \times C_1 \times (Ih + \sum_{i=1}^{n} Ia, i)(\sum_{i=1}^{n} Ia, i \leqslant 10\%, i = 1, 2, 3 \cdots\cdots n, \text{多处伤残})$$

式中：C——伤残者的伤残实际赔偿额，元；

C_t——伤残赔偿总额，元；

C_1——赔偿责任系数，即赔偿义务主体对造成事故负有责任的程度，$0 \leqslant C_1 \leqslant 1$；

Ih——伤残等级最高处的伤残赔偿指数，即多等级伤残者，最高伤残等级的赔偿比例，用百分比（%）表示；

Ia——伤残赔偿附加指数，即增加一处伤残所增加的赔偿比例，用百分比表示，$0 \leqslant Ia \leqslant 10\%$；

$$Ih + \sum_{i=1}^{n} Ia, i \leqslant 100\%。$$

B.3 伤残赔偿指数

伤残赔偿指数是指伤残者应当得到伤残赔偿的比例。B.2 中的伤残赔偿指数是按本标准 3.6 条规定，以伤残者的伤残程度比例作为伤残者的伤残赔偿比例。

附录 C

（规范性附录）
有关伤残程度的区分

C.1 面部的范围和瘢痕面积的计算

C.1.1 面部的范围

面部的范围指上至发际、下至下颌下缘、两侧至下颌支后缘之间的区域，包括额部、眼部、眶部、鼻部、口唇部、颏部、颧部、颊部和腮腺咬肌部。

C.1.2　面部瘢痕面积的计算

本标准采用全面部和5等分面部以及实测瘢痕面积的方法，分别计算瘢痕面积。面部多处瘢痕，其面积可以累加计算。

C.2　心脏功能的区分

根据体力活动受限的程度，将心脏功能分为：

a. Ⅰ级：无症状，体力活动不受限；

b. Ⅱ级；较重体力活动则有症状，体力活动稍受限；

c. Ⅲ级：轻微体力活动即有明显症状，休息后稍减轻，体力活动大受限；

d. Ⅳ级：即使在安静休息状态下亦有明显症状，体力活动完全受限。

C.3　呼吸功能障碍程度的区分

C.3.1　呼吸功能障碍

因事故损伤所致的呼吸功能的改变。

C.3.2　呼吸功能障碍程度的区分

本标准根据体力活动受限的程度，将呼吸功能障碍分为：

a. 呼吸功能严重障碍：安静卧时亦有呼吸困难出现，体力活动完全受限。

b. 呼吸功能障碍：室内走动出现呼吸困难，体力活动极度受限；

c. 呼吸功能严重受影响，一般速度步行有呼吸困难，体力活动大部分受限；

d. 呼吸功能受影响，包括两种情况：

第一种情况：蹬楼梯出现呼吸困难（4.4.3，4.4.4b，4.4.5a，4.5.3，4.5.4b属此情况）；

第二种情况：快步行走出现呼吸困难（4.5.5a，4.10.3b，4.10.4b属此情况）。

C.4　手缺失和丧失功能的计算

C.4.1　手缺失和丧失功能

指因事故损伤所致的手掌和手指的缺失或丧失功能。

C.4.2　手缺失和丧失功能的计算

一手拇指占一手功能的36%，其中末节和近节指节各占18%；食指、中指各占一手功能的18%，其中末节指节占8%，中节指节占7%，近节指节占3%；无名指和小指各占一手功能的9%，其中末节指节占4%，中节指节占3%，近节指节占2%。一手掌占一手功能的10%，其中第一掌骨占

4%，第二、第三掌骨各占2%，第四、第五掌骨各占1%。本标准中，双手缺失或丧失功能的程度是按前面方面累加计算的结果。

C.5 手感觉丧失功能的计算

C.5.1 手感觉丧失功能

指因事故损伤所致手的掌侧感觉功能的丧失。

C.5.2 手感觉丧失功能的计算

手感觉丧失功能的计算是相应手功能丧失程度的50%计算。

C.6 肩关节、肩关节复合体丧失功能的计算

C.6.1 肩关节及肩关节复合体

肩关节指由肩胛骨的盂臼与肱骨头之间形成的关节，它与肩锁关节、胸锁关节、肩胛胸关节共同组成肩关节复合体。肩关节功能受肩关节复合体其他关节功能的制约；肩关节复合体其他关节功能通过肩关节功能予以体现。

C.6.2 肩关节及肩关节复合体丧失功能

因事故损伤所致肩关节及肩关节复合体其他关节的功能丧失。

C.6.3 肩关节及肩关节复合体丧失功能的计算

肩关节复合体丧失功能的计算是通过测量肩关节丧失功能的程度，加以计算。

C.7 足弓结构破坏程度的区分

C.7.1 足弓结构破坏

因事故损伤所致的足弓缺失或丧失功能。

C.7.2 足弓结构破坏程度的区分

a. 足弓结构完全破坏：足的内、外侧纵弓和横弓结构完全破坏，包括缺失和丧失功能。

b. 足弓1/3结构破坏或2/3结构破坏，指足三弓的任一或二弓的结构破坏。

C.8 肢体丧失功能的计算

C.8.1 肢体丧失功能

因事故损伤所致肢体三大关节（上肢腕关节、肘关节、肩关节或下肢踝关节、膝关节、髋关节）功能的丧失。

C.8.2 肢体丧失功能的计算

肢体丧失功能的计算是用肢体三大关节丧失功能程度的比例分别乘以肢体三大关节相应的权重指数（腕关节0.18，肘关节0.12，肩关节0.7，踝关节0.12，膝关节0.28，髋关节0.6），再用它们的积相加，分别算出各肢体丧失功能的比例。

人身损害受伤人员误工损失日评定准则

（GA/T **521—2004**）

（2004 年 11 月 19 日公安部发布　自 2005 年 3 月 1 日起实施）

1　范　围

本标准规定了人体损伤后受伤人员误工损失日评定的原则、方法和内容。

本标准适用于人身损害赔偿案件中受伤人员误工损失日的评定。

2　总　　则

2.1　目　　的

本标准的目的是为人身损害受伤人员误工损失日的确定提供评定依据。

2.2　鉴定原则

人身损害受伤人员误工损失日的确定应以原发性损伤及后果为依据结合治疗方法及效果，全面分析，综合评定。

2.3　鉴定人

应当由法医师职称以上或者具有法医学鉴定资格的人员担任。

3　术语和定义

下列术语和定义适用于本标准。

3.1　人身损害受伤人员误工损失日　working time loss of personal injury victims

指人体损伤后经过诊断、治疗达到临床医学一般原则所承认的治愈（即临床症状和体征消失）或体征固定所需要的时间。

3.2　临床治疗　clinical treatment

指在医院、诊所进行的临床医学一般原则所承认的治疗。

4　头部损伤

4.1　头皮血肿

4.1.1　头皮下血肿　10 日 ~15 日

4.1.2　帽状腱膜下血肿或骨膜下血肿范围较小，经加压包扎即可吸收自愈　15 日 ~30 日

4.1.3　帽状腱膜下血肿或骨膜下血肿范围较大，需穿刺抽血和加压包扎者　25 日 ~60 日

4.2　头皮裂伤

4.2.1　钝器创口长度≤6cm、锐器创口累计长度≤8cm　30 日

4.2.2 钝器创口长度>6cm、锐器创口长度>8cm 45日~60日

4.3 头皮撕脱伤

4.3.1 撕脱面积≤20cm^2 60日~90日

4.3.2 撕脱面积>20cm^2，不伴有失血性休克征象 90日~120日

4.3.3 撕脱面积>20cm^2，伴有失血性休克征象 90日~120日

4.4 头皮缺损

4.4.1 头皮缺损≤10cm^2 30日~60日

4.4.2 头皮缺损>10cm^2 根据临床治疗情况确定

4.5 颅盖骨骨折

4.5.1 颅盖骨线状骨折 30日~60日

4.5.2 颅盖骨凹陷骨折/多发粉碎骨折

4.5.2.1 不需手术整复者 90日

4.5.2.2 需手术整复者 120日

4.6 颅底骨折

4.6.1 颅底骨折，无脑脊液漏和神经损伤 60日

4.6.2 颅底骨折，有脑脊液漏，未经手术自愈者 90日

4.6.3 颅底骨折，有脑脊液漏和神经损伤，需手术者 120日

4.7 闭合型颅脑损伤

4.7.1 轻型

4.7.1.1 损伤当时无意识障碍，有主诉症状，但神经系统检查无客观体征 30日

4.7.1.2 损伤当时有意识障碍，伴有逆行性遗忘，无颅骨骨折，无神经系统定位体征，但有主诉症状 60日

4.7.1.3 损伤致颅骨骨折，神经系统检查无定位体征，头颅CT无脑实质损害，但有主诉症状，脑电图有轻度异常 90日

4.7.2 中型 90日~180日

4.7.3 重型 根据临床治疗情况确定

4.7.4 严重型 根据临床治疗情况确定

4.8 开放型颅脑损伤

4.8.1 开放型颅脑损伤不伴有神经系统体征者 30日~90日

4.8.2 开放型颅脑损伤伴有神经系统体征者 根据临床治疗情况确定

4.9 颅脑损伤并发症及后遗症

4.9.1 颅骨缺损，需行颅骨修补术者 根据临床治疗情况确定

4.9.2 颅脑损伤出现癫痫者 根据临床治疗情况确定

4.9.3 外伤性智力损伤者 根据临床治疗情况确定

4.9.4　外伤性颈内动脉海绵窦炎　根据临床治疗情况确定
4.9.5　化脓性头皮感染及颅骨骨髓炎　根据临床治疗情况确定
4.9.6　化脓性脑膜炎　根据临床治疗情况确定
4.9.7　脑脓肿　根据临床治疗情况确定
4.9.8　颅脑损伤后功能性障碍　根据临床治疗情况确定

5　面部损伤

5.1　眼部损伤
5.1.1　眼睑损伤
5.1.1.1　眼睑血肿　15 日
5.1.1.2　眼睑裂伤，不伴有其他症状　20 日~30 日
5.1.1.3　眼睑裂伤致眼睑闭合不全，上睑下垂　30 日
5.1.1.4　眼睑损伤致或眼睑内、外翻需行手术治疗　90 日
5.1.2　眼肌损伤（包括直接损伤或外伤引起的眼肌麻痹）　30 日
5.1.3　泪器损伤
5.1.3.1　泪小管、泪囊、泪腺损伤　30 日~45 日
5.1.3.2　鼻泪管损伤，无手术指征者　30 日~45 日
5.1.3.3　鼻泪管损伤，有手术指征者　根据临床治疗情况而定
5.1.4　结膜损伤
5.1.4.1　出血或充血，能自行吸收者　15 日~30 日
5.1.4.2　后遗眼球粘连伴眼球运动障碍　45 日~60 日
5.1.5　角膜损伤
5.1.5.1　角膜损伤无后遗症　10 日~15 日
5.1.5.2　角膜损伤伴严重后遗症需行角膜移植术　60 日~90 日
5.1.5.3　角膜损伤伴严重后遗症　根据临床治疗情况而定
5.1.6　虹膜睫状体损伤
5.1.6.1　外伤性虹膜睫状体炎　30 日~60 日
5.1.6.2　瞳孔永久性散大；虹膜根部离断　30 日~60 日
5.1.6.3　前房出血　30 日~60 日
5.1.6.4　前房出血致角膜血染需行角膜移植术　60 日~90 日
5.1.6.5　睫状体脱离　根据临床治疗情况而定
5.1.7　巩膜裂伤
5.1.7.1　单纯巩膜裂伤　45 日~60 日
5.1.7.2　角巩膜裂伤，伴眼内容物脱出　120 日
5.1.8　晶状体损伤
5.1.8.1　晶状体脱位　60 日~90 日
5.1.8.2　外伤性白内障　120 日

5.1.9 玻璃体出血或需行玻璃体切割术 120日
5.1.10 眼底损伤
5.1.10.1 视网膜震荡、出血 30日
5.1.10.2 视网膜脱离或脉络膜脱离 根据临床治疗情况而定
5.1.10.3 黄斑裂孔 30日~60日
5.1.10.4 外伤性视网膜病变 90日
5.1.11 视神经损伤 90日
5.1.12 眼球摘除 30日~45日
5.1.13 外伤性青光眼 30日~180日
5.1.14 交感性眼炎、化脓性眼内炎 90日~180日
5.1.15 眼球后血肿 60日
5.1.16 眼球内异物或眼眶内异物 根据临床治疗情况确定
5.1.17 眶壁骨折
5.1.17.1 不需手术治疗的 90日
5.1.17.2 需手术治疗的 根据临床治疗情况确定
5.2 耳部损伤
5.2.1 耳廓损伤
5.2.1.1 耳廓钝挫伤致耳廓血肿 15日~20日
5.2.1.2 耳廓撕裂伤、耳廓切割伤 15日~30日
5.2.1.3 耳廓部分缺损或全部离断 15日~30日
5.2.1.4 化脓性耳廓软骨膜炎 45日~60日
5.2.2 外耳道损伤
5.2.2.1 单纯性外耳道损伤 30日
5.2.2.2 外耳道损伤合并乳突损伤或下颌骨损伤 90日
5.2.3 鼓膜穿孔
5.2.3.1 鼓膜穿孔可自愈的 15日~30日
5.2.3.2 鼓膜穿孔需行修补术的 30日~60日
5.2.4 听骨链损伤
5.2.4.1 听骨脱位、骨折 60日
5.2.4.2 听骨链断裂需行手术治疗的 90日~120日
5.2.5 内耳损伤
5.2.5.1 迷路震荡 90日
5.2.5.2 内耳窗膜破裂 90日~120日
5.3 鼻部损伤
5.3.1 鼻部皮肤裂伤、鼻翼缺损 15日~30日
5.3.2 鼻骨骨折

5.3.2.1　鼻骨线状骨折　30日
5.3.2.2　鼻骨粉碎性骨折需行手术治疗的　60日
5.3.3　鼻窦损伤　90日
5.4　颌面部损伤、口腔损伤
5.4.1　颌面部皮肤擦伤、挫伤　15日~20日
5.4.2　颌面部皮肤裂伤
5.4.2.1　创口长度累计≤3.5cm　15日~30日
5.4.2.2　创口长度累计>3.5cm　20日~45日
5.4.2.3　颌面部穿通伤　30日~45日
5.4.3　上、下颌骨骨折
5.4.3.1　单纯性线状骨折　60日~90日
5.4.3.2　粉碎性骨折　120日
5.4.4　颧骨、颧弓骨折
5.4.4.1　单纯性线状骨折　60日
5.4.4.2　粉碎性骨折　120日
5.4.5　牙槽骨骨折　60日
5.4.6　牙齿损伤
5.4.6.1　牙齿脱落或折断　30日~45日
5.4.6.2　需复位固定的　90日
5.4.7　颞颌关节损伤　60日~90日
5.4.8　舌损伤　45日
5.4.9　腮腺损伤　90日
5.4.10　面神经损伤　120日
5.4.11　三叉神经损伤　120日

6　颈部损伤

6.1　颈部皮肤裂伤　15日
6.2　咽部损伤　30日
6.3　喉损伤
6.3.1　喉挫伤不伴有软骨骨折　15日
6.3.2　喉切割伤　30日~60日
6.3.3　喉损伤伴有软骨骨折　90日
6.3.4　喉烫伤或烧灼伤　90日
6.4　食管、气管损伤
6.4.1　挫伤　60日
6.4.2　裂伤　120日
6.4.3　烧灼伤　120日

6.5 甲状腺损伤

6.5.1 甲状腺功能轻度损伤 60日

6.5.2 甲状腺功能中度损伤 120日

6.5.3 甲状腺功能重度损伤 180日

6.5.4 伴有喉返神经损伤 180日

6.6 甲状旁腺损伤

6.6.1 甲状旁腺功能轻度损伤 60日

6.6.2 甲状旁腺功能中度损伤 120日

6.6.3 甲状旁腺功能重度损伤 180日

7 胸部损伤

7.1 胸部软组织损伤

7.1.1 皮肤擦、挫伤 10日~15日

7.1.2 皮肤裂伤长度≤20cm 15日~30日

7.1.3 皮肤裂伤长度>20cm 30日~40日

7.1.4 胸壁异物存留 60日

7.2 肋骨骨折

7.2.1 一处骨折 30日~40日

7.2.2 多根、多处骨折 90日

7.3 胸骨骨折 90日

7.4 气胸

7.4.1 小量（肺压缩三分之一以下） 15日~30日

7.4.2 中量（肺压缩三分之二以下） 30日~40日

7.4.3 大量（肺压缩三分之二以上） 60日

7.5 血胸

7.5.1 小量（胸腔积血500mL以下） 30日~40日

7.5.2 中量（胸腔积血500mL~1500mL） 60日~70日

7.5.3 大量（胸腔积血1500mL以上） 90日~100日

7.6 肺损伤

7.6.1 肺挫伤 30日~45日

7.6.2 肺裂伤行肺修补术 70日

7.6.3 肺叶切除 90日

7.6.4 一侧全肺切除 120日

7.6.5 肺爆震伤 70日

7.6.6 肺内异物存留或肺内异物摘除术后 70日

7.7 食管损伤 90日

7.8 气管、支气管损伤

7.8.1　气管、支气管损伤经保守治疗恢复　60日
7.8.2　气管、支气管损伤需手术治疗的　90日
7.9　心脏损伤　根据临床治疗情况确定
7.10　胸内大血管损伤　根据临床治疗情况确定
7.11　胸导管损伤　70日~90日
7.12　纵膈气肿、纵膈脓肿、纵膈炎　90日
7.13　膈肌损伤
7.13.1　外伤性膈疝　120日
7.13.2　膈肌破裂　90日~120日
7.14　乳房损伤　30日~40日
7.15　外伤性窒息　60日~90日
7.16　长管状骨折，致成肺脂肪栓塞综合症　90日
7.17　胸部损伤致脓胸或肺脓肿　90日~120日

8　腹部损伤

8.1　腹部软组织损伤
8.1.1　皮肤擦、挫伤　15日~30日
8.1.2　皮肤裂伤长度≤20cm　15日~30日
8.1.3　皮肤裂伤长度>20cm　30日~60日
8.1.4　胸壁异物存留　60日
8.1.5　腹部穿通伤行剖腹探查术未见脏器损伤　60日
8.2　肝脏损伤
8.2.1　经保守治疗　60日
8.2.2　需行修补术一侧或部分切除　90日
8.3　脾损伤
8.3.1　经保守治疗　60日
8.3.2　行部分切除或全脾摘除术　90日
8.3.3　延迟性脾破裂　120日
8.4　胰腺损伤
8.4.1　胰腺挫伤　60日~90日
8.4.2　行胰腺修补术　90日~180日
8.4.3　行胰腺部分切除术或全胰腺切除术　100日~180日
8.4.4　胰腺假性囊肿　90日~180日
8.5　肾损伤
8.5.1　挫伤　30日
8.5.2　破裂　90日

8.6　胃、肠、胆等空腔脏器损伤
8.6.1　对空腔脏器损伤行修补术　60日
8.6.2　对空腔脏器损伤行部分切除术　90日
8.7　输尿管、膀胱损伤
8.7.1　输尿管、膀胱损伤　90日
8.7.2　尿道损伤若遗有尿道狭窄需手术或外科成形者　180日
8.8　输卵管、卵巢、子宫损伤　90日
8.9　腹膜后血肿　90日

9　脊柱、骨盆部损伤

9.1　脊柱骨折　120日
9.2　椎间关节脱位　60日
9.3　外伤性椎间盘突出　120日
9.4　脊髓损伤
9.4.1　脊髓震荡　60日
9.4.2　脊髓挫伤、脊髓压迫　根据临床治疗情况确定
9.5　骨盆骨折
9.5.1　骨盆稳定型骨折　90日~120日
9.5.2　骨盆不稳定型骨折　120日~180日
9.5.3　骨盆骨折合并尿道损伤，遗有尿道狭窄，不需手术修复　180日
9.5.4　骨盆骨折合并尿道完全性损伤，需手术治疗　270日
9.6　阴茎损伤
9.6.1　挫伤　30日
9.6.2　脱位　60日
9.6.3　断裂或缺损　90日
9.7　阴囊损伤
9.7.1　阴囊血肿、鞘膜积血　60日
9.7.2　阴囊撕裂伤　60日
9.8　睾丸损伤
9.8.1　睾丸挫伤或脱位　60日
9.8.2　一侧睾丸切除　90日
9.9　女性外阴裂伤、缺损　60日
9.10　阴道损伤　60日
9.11　外伤性流产、早产　60日

10　肢体损伤

10.1　肢体软组织损伤

10.1.1 皮肤擦、挫伤	15 日
10.1.2 皮肤裂伤长度≤20cm	15 日
10.1.3 皮肤裂伤长度>20cm	30 日
10.2 骨折	
10.2.1 锁骨骨折	70 日
10.2.2 肱骨外科颈骨折	70 日
10.2.3 肩胛骨骨折	60 日
10.2.4 肱骨干骨折	90 日
10.2.5 肱骨髁上骨折	90 日
10.2.6 尺骨鹰嘴骨折	90 日
10.2.7 尺骨干或桡骨干单骨折	90 日
10.2.8 尺桡骨双骨折	120 日
10.2.9 桡骨远端骨折	90 日
10.2.10 指、掌骨骨折	70 日
10.2.11 腕骨骨折	130 日
10.2.12 股骨颈骨折	270 日~365 日
10.2.13 股骨粗隆间骨折	180 日~270 日
10.2.14 股骨干骨折	120 日
10.2.15 髌骨骨折	120 日
10.2.16 胫腓骨骨折	120 日
10.2.17 踝部骨折	120 日
10.2.18 舟、楔骨骨折	120 日
10.2.19 跟、距骨骨折	140 日
10.2.20 跖趾骨骨折	90 日
10.3 关节脱位	60 日
10.4 关节韧带损伤	70 日
10.5 主要肌腱断裂	60 日
10.6 肢体离断	90 日
10.7 断肢（指、趾）再植术后	根据临床治疗恢复情况确定
10.8 周围神经损伤	
10.8.1 臂丛神经损伤	180 日~365 日
10.8.2 尺神经损伤	180 日~365 日
10.8.3 桡神经损伤	180 日~365 日
10.8.4 正中神经损伤	180 日~365 日
10.8.5 胫神经损伤	180 日~365 日
10.8.6 腓总神经损伤	180 日~365 日

10.8.7 腓总神经的主要分支损伤 180日~365日

10.8.8 坐骨神经损伤 180日~365日

10.8.9 股神经损伤 180日~365日

10.8.10 腋神经损伤 180日~365日

10.8.11 肌皮神经损伤 180日~365日

10.9 四肢主要血管损伤

10.9.1 四肢主要血管损伤 30日~45日

10.9.2 四肢主要血管损伤伴有严重感染或肢端出现缺血症状、体征或肢端坏死 90日~120日

11 其他损伤

11.1 烧烫伤

11.1.1 轻度 30日~45日

11.1.2 中度 70日

11.1.3 重度 120日

11.1.4 特重度 根据临床治疗情况确定

11.2 冻伤

11.2.1 局部冻伤

Ⅰ度 15日

Ⅱ度 30日

Ⅲ度 60日

Ⅳ度 140日

11.2.2 全身冻伤 根据临床治疗恢复情况确定

11.3 其他物理化学生物因素损伤参照有关条款

11.4 损伤引起创伤性休克、失血性休克或感染性休克 70日

11.5 损伤致异物存留在脑、心等重要器官内 90日

11.6 皮下软组织出血达全身体表面积的30%以上 90日

11.7 损伤引起挤压综合征 90日

附 录A

（规范性附录）

损伤分级的依据

A.1 颅脑损伤的分级

A.1.1 轻型颅脑损伤：无颅骨骨折，昏迷时间不超过半小时，有轻度头痛、头晕等症状。神经系统检查和脑脊液检查均正常。

A.1.2 中型颅脑损伤：相当于轻的脑挫裂伤，有或无颅骨骨折，蛛网

膜下腔出血，无脑受压征象。昏迷时间不超过12小时，有轻度神经系统病理体征，体温、脉搏、呼吸及血压均有轻度改变。

A.1.3 重型颅脑损伤：相当于广泛的脑挫裂伤，脑干损伤或急性颅内血肿，深昏迷在12小时以上。有明显的神经系统病理体征，如瘫痪、脑疝综合征、去大脑强直等，有明显的体温、脉搏、呼吸和血压变化。

A.1.4 严重型颅脑损伤：伤后立即出现深昏迷，去大脑强直或伴有其他脏器损伤、休克等。迅速出现脑疝、双瞳孔散大、生命体征严重紊乱等，甚至出现呼吸停止。

A.2 烧烫伤程度分级

A.2.1 成人烧烫伤程度划分

A.2.1.1 轻度烧烫伤：烧烫伤总面积≤10%，Ⅲ度烧烫伤面积≤5%。

A.2.1.2 中度烧烫伤：烧烫伤总面积10%～30%，Ⅲ度烧烫伤面积5%～10%。

A.2.1.3 重度烧烫伤：烧烫伤总面积31%～50%，Ⅲ度烧烫伤面积11%～20%。

A.2.1.4 特重度烧烫伤：烧烫伤总面积>50%，Ⅲ度烧烫伤面积>20%。

A.2.2 小儿烧烫伤程度划分

A.2.2.1 轻度烧烫伤：烧烫伤总面积≤10%，无Ⅲ度烧烫伤。

A.2.2.2 中度烧烫伤：烧烫伤总面积10%～29%，Ⅲ度烧烫伤面积≤5%。

A.2.2.3 重度烧烫伤：烧烫伤总面积30%～49%，Ⅲ度烧烫伤面积5%～14%。

A.2.2.4 特重度烧烫伤：烧烫伤总面积>50%，Ⅲ度烧烫伤面积>15%。

A.3 甲状腺功能低下程度分级

A.3.1 轻度

a）临床症状较轻；

b）B.M.R -20%～-10%；

c）吸碘率15%～20%（24h）；

d）参考T3、T4检查和甲状腺同位素扫描。

A.3.2 中度

a）临床症状较重；

b）B.M.R -30%～-20%；

c）吸碘率10%～15%（24h）；

d）参考T3、T4检查和甲状腺同位素扫描。

A. 3. 3　重度

a）临床症状严重；

b）B. M. R < -30%；

c）吸碘率 < 10%（24h）；

d）参考 T3、T4 检查和甲状腺同位素扫描。

A. 4　甲状旁腺功能低下程度分级

A. 4. 1　轻度：空腹血钙（7 ~ 8）mg%；

A. 4. 2　中度：空腹血钙（6 ~ 7）mg%；

A. 4. 3　重度：空腹血钙 < 6mg%。

附　录 B

（规范性附录）

使用标准的说明

B. 1　二处（种）以上损伤的人身损害受伤人员误工损失日不能简单相加，一般应以较长的损伤情况确定。

B. 2　本标准未明确的人体组织、器官损伤的误工损失日，可比照本标准相关条文。

B. 3　损伤后经治疗在人身损害受伤人员误工损失日内未愈仍需继续治疗的，可酌情适当延长误工损失日，但应有鉴定人员意见。

B. 4　对损伤后经治疗未达到人身损害受伤人员误工损失日既已治愈的，应按实际治疗天数计算。

B. 5　原发性损伤伴合并症或需二期治疗的根据临床治疗恢复情况确定。

B. 6　“根据临床治疗情况确定”是指由于原发损伤较重，受害人的伤情预后变化很大，或者出现严重感染、并发症、合并症等情况，不能单纯根据损伤就能确定预后恢复的情况，需要结合临床治疗情况明确。根据临床治疗情况确定应掌握以下原则：

a）全面分析、综合评定的原则；

b）应考虑损伤引起的并发症或合并症等情况；

c）应考虑受害人是否存在潜在性疾病或个体差异的情况；

d）摈弃主观武断，深入科学分析的原则。

最高人民法院关于交通事故中的财产损失是否包括被损车辆停运损失问题的批复

（1999年2月11日 法释〔1999〕5号）

吉林省高级人民法院：

你院吉高法〔1998〕143号《关于交通事故损害赔偿的财产损失是否包括间接损失问题的请示》收悉。经研究，答复如下：

《中华人民共和国民法通则》第一百一十七条第二款、第三款规定："损坏国家的、集体的财产或者他人财产的，应当恢复原状或者折价赔偿。""受害人因此遭受其他重大损失的，侵害人并应当赔偿损失。"因此，在交通事故损害赔偿案件中，如果受害人以被损车辆正用于货物运输或者旅客运输经营活动，要求赔偿被损车辆修复期间的停运损失的，交通事故责任者应当予以赔偿。

此复

最高人民法院关于被盗机动车辆肇事后由谁承担损害赔偿责任问题的批复

（1999年6月25日 法释〔1999〕13号）

河南省高级人民法院：

你院《关于被盗机动车辆肇事后肇事人逃跑由谁承担损害赔偿责任的请示》收悉。经研究，答复如下：

使用盗窃的机动车辆肇事，造成被害人物质损失的，肇事人应当依法承担损害赔偿责任，被盗机动车辆的所有人不承担损害赔偿责任。

此复

最高人民法院关于购买人使用分期付款购买的车辆从事运输因交通事故造成他人财产损失保留车辆所有权的出卖方不应承担民事责任的批复

（2000 年 12 月 1 日　法释〔2000〕38 号）

四川省高级人民法院：

你院川高法〔1999〕2 号《关于在实行分期付款、保留所有权的车辆买卖合同履行过程中购买方使用该车辆进行货物运输给他人造成损失的，出卖方是否应当承担民事责任的请示》收悉。经研究，答复如下：

采取分期付款方式购车，出卖方在购买方付清全部车款前保留车辆所有权的，购买方以自己名义与他人订立货物运输合同并使用该车运输时，因交通事故造成他人财产损失的，出卖方不承担民事责任。

此复

最高人民法院关于连环购车未办理过户手续，原车主是否对机动车发生交通事故致人损害承担责任的复函

（2001 年 12 月 31 日　〔2001〕民一他字第 32 号）

江苏省高级人民法院：

你院《关于连环购车未办理过户手续，原车主是否对机动车发生交通事故致人损害承担责任的请示》收悉。经研究认为：

连环购车未办理过户手续，因车辆已交付，原车主既不能支配该车的运营，也不能从该车的运营中获得利益，故原车主不应对机动车发生交通事故致人损害承担责任。但是，连环购车未办理过户手续的行为，违反有关行政管理法规的，应受其规定的调整。

国务院法制办公室对《关于职工在上下班途中因违章受到机动车事故伤害能否认定为工伤的请示》的复函

（2004年12月28日 国法秘函〔2004〕373号）

辽宁省人民政府法制办公室：

你室《关于职工在上下班途中因违章受到机动车事故伤害能否认定为工伤的请示》（以下简称《请示》）收悉。经研究，函复如下：

2003年4月27日国务院公布、自2004年1月1日起施行的《工伤保险条例》第十四条第（六）项规定：职工“在上下班途中，受到机动车事故伤害的”，应当认定为工伤；第十六条第（一）项规定：职工“违反治安管理伤亡的”，不得认定为工伤或者视同工伤。据此，职工在上下班途中因违章受到机动车事故伤害的，只要其违章行为没有违反治安管理，应当认定为工伤。

附：

辽宁省人民政府法制办公室关于职工在上下班途中因违章受到机动车事故伤害能否认定为工伤的请示

（2004年11月1日 辽政法〔2004〕16号）

国务院法制办公室：

我省大连市在审理有关工伤认定的复议案件过程中，对职工在上下班途中因违章受到机动车事故伤害能否认定为工伤问题认识不一致。一种意见认为，根据《工伤保险条例》第十四条第（六）项的规定，只要职工在上下班途中，受到机动车事故伤害的就应当认定为工伤，不需要考虑职工是否违章。另一种意见则认为，虽然《工伤保险条例》第十四条明确了认定工伤的七种行为，但同时受到第十六条规定的限制。虽然职工是在上下班途中，但因其违反交通规则，属于违反治安管理的情形，因此不能认定为工伤。

以上哪种意见为妥，请予明示。

民政部关于军人、机关工作人员因交通事故死亡的抚恤问题的通知

（1982 年 6 月 16 日　民［1982］优 37 号）

各省、自治区、直辖市民政厅（局）：

最近，一些地方的民政部门要求对军人、机关工作人员因交通事故死亡的抚恤问题作出明确的规定。为此，通知如下：

一、军人、机关工作人员因公乘坐车、船、飞机发生意外事故死亡或因公外出（包括上下班途中）为车辆撞死责任不在自己的，除由有关部门按照规定发给保险金或赔偿费外，仍应由民政部门按照因公牺牲的抚恤标准发给其家属一次抚恤金。

二、军人、机关工作人员因公外出（包括上下班途中）为车辆撞死责任在于自己或者因公外出发生交通事故死亡（严重违法乱纪者不包括在内），除按有关规定处理外，民政部门仍可按照病故抚恤标准发给其家属一次抚恤金。

三、本通知自下达之日起执行。过去已作处理的，不再重新处理。

最高人民法院关于职工因交通事故死亡抚恤问题的复函

（1962 年 12 月 24 日　法研字第 111 号）

中华全国总工会生活办公室：

你们十一月二十七日生活字第 597 号函已收到。关于职工因交通事故死亡后，原单位和肇事单位如何抚恤的问题，我们意见，除原单位按照劳动保险条例的规定给予抚恤外，一般的仍可根据具体情况由肇事单位另发给一定数额的补助费。以上意见，供你们参考。

关于无证驾驶车辆发生交通事故是否认定工伤问题的复函

（2000年12月14日　劳社厅函〔2000〕150号）

青岛市劳动和社会保障局：

你局《关于无证驾驶车辆发生交通事故是否认定工伤的请示》（青劳社〔2000〕211号）收悉。经研究，答复如下：

无证驾驶车辆违反了《治安管理处罚条例》、《道路交通管理条例》的有关规定，是违法行为。依据《企业职工工伤保险试行办法》（劳部发〔1996〕266号）第九条关于违法或犯罪行为造成负伤、致残、死亡不应认定为工伤的规定，对于因无证驾驶车辆发生交通事故而造成负伤、致残、死亡的，不应认定为工伤。

上海市高级人民法院关于公布2007年度人身损害赔偿标准的通知

（沪高法〔2007〕91号）

市第一、第二中级人民法院，海事法院，铁路运输中级人民法院及各铁路运输法院，各区县人民法院：

为了正确审理人身损害赔偿案件，依法保护当事人的合法权益，根据最高人民法院《关于审理人身损害赔偿案件适用法律若干问题的解释》，参照上海市统计局发布2006年有关统计数据及有关法律规定，结合本市审判实践，现将2007年度人身损害赔偿案件具体适用标准通知如下：

2007年度人身损害赔偿标准参照表

单位：元

<table>
<tr><th colspan="2">赔偿项目</th><th>赔偿金额（元）</th></tr>
<tr><td colspan="2">上一年度本市职工平均工资</td><td>29，569</td></tr>
<tr><td colspan="2">城镇居民人均可支配收入</td><td>20，668</td></tr>
<tr><td colspan="2">农村居民人均可支配收入</td><td>9，213</td></tr>
<tr><td colspan="2">城镇居民人均消费性支出</td><td>14，762</td></tr>
<tr><td colspan="2">农村居民人均年生活消费支出</td><td>8，006</td></tr>
<tr><td rowspan="3">死亡赔偿金（城镇居民）</td><td>59岁以下</td><td>413，360</td></tr>
<tr><td>60—74岁</td><td>20，668×年限</td></tr>
<tr><td>75周岁以上</td><td>103，340</td></tr>
<tr><td rowspan="3">死亡赔偿金（农村居民）</td><td>59岁以下</td><td>184，260</td></tr>
<tr><td>60—74岁</td><td>9，213×年限</td></tr>
<tr><td>75周岁以上</td><td>46，065</td></tr>
<tr><td rowspan="2">被抚养人生活费</td><td>城镇居民</td><td>14，762×年限</td></tr>
<tr><td>农村居民</td><td>8，006×年限</td></tr>
<tr><td colspan="2">丧葬费</td><td>14，784．5</td></tr>
<tr><td rowspan="2">残疾赔偿金</td><td>城镇居民</td><td>20，668×年限×伤残等级系数</td></tr>
<tr><td>农村居民</td><td>9，213×年限×伤残等级系数</td></tr>
<tr><td colspan="2">住院伙食补助费</td><td>20×天</td></tr>
<tr><td colspan="2">营养费</td><td>20~40×天</td></tr>
<tr><td colspan="2">住宿费</td><td>60×天</td></tr>
</table>

上海市高级人民法院《关于道路交通事故损害赔偿责任主体若干问题的意见》

（2007年6月18日　沪高法民一〔2007〕11号）

第一、第二中级人民法院民一庭、民二庭，各区县法院民一庭、民三庭，浦东新区法院、黄浦法院民四庭，宝山法院速裁庭，区县法院各人民法庭：

为了正确审理道路交通事故损害赔偿案件，依据《民法通则》、《道路交通安全法》、《机动车交通事故责任强制保险条例》，以及最高人民法院《关于审理人身损害赔偿案件适用法律若干问题的解释》等法律、法规和司法解释，结合审判实践，制定《关于道路交通事故损害赔偿责任主体若干问题的意见》。现将该意见印发给你们，供审理相关案件时参照执行。执行中如发现问题，请及时向高院民一庭反映。

关于道路交通事故损害赔偿责任主体若干问题的意见

一、机动车发生交通事故造成他人损害的，一般由机动车管理部门登记的车辆所有人（以下简称登记所有人）承担赔偿责任。登记所有人与实际使用人不一致的责任承担，按本意见其他条款处理。

二、挂靠机动车发生交通事故造成他人损害的，由挂靠人与被挂靠人（包括单位或个人）承担连带赔偿责任。

机动车是否属于挂靠关系的认定，应根据双方的约定、机动车的投保人、养路费用的支付人、机动车的实际受益人、以被挂靠方名义从事经营活动的范围等因素综合判断。

三、被挂靠人承担赔偿责任后，可以就机动车交通事故责任强制保险责任限额以外的部分，向挂靠人追偿。

挂靠人与被挂靠人之间的责任，应根据双方合同的约定、各自过错的大小等因素确定。

四、借用他人身份证取得车辆管理部门登记的机动车、非机动车发生交通事故的，按照挂靠关系处理。

五、登记所有人与他人签订协议转让机动车的所有权，未到机动车管理部门办理变更登记，发生交通事故的，登记所有人与受让人承担连带责任。

六、汽车销售公司以保留所有权方式，由买方分期付款购买机动车，买受人占有后发生交通事故造成他人损害的，即使尚未办理变更登记手续，亦应由买受人承担赔偿责任。

七、以融资租赁方式购买的机动车发生交通事故造成他人损害的，由承租人承担赔偿责任。

八、借用、租用他人机动车发生交通事故造成第三者损害的，车辆所有人与实际使用人承担连带赔偿责任。

借用人、承租人将车辆转借或转租后发生交通事故造成第三人损害的，借用人、承祖人与车辆所有人、实际使用人承担连带赔偿责任。

车辆所有人按前款承担责任后，可以就机动车交通事故责任强制保险责任限额以外的部分，向实际使用人追偿。

九、车辆所有人向实际使用人追偿纠纷中，应区分以下几种情况处理：

（一）车辆所有人无过错的，实际使用人承担全部责任；

（二）车辆所有人明知车辆存在安全隐患仍然出借、出租车辆，并因此造成交通事故的，或者明知借用人、承租人没有机动车驾驶资格仍然出借、出租的，应承担相应责任。

（三）车辆所有人已将车辆存在安全隐患告知借用人、承粗人，借用人、承租人仍然借用、租用该车辆，并因此造成交通事故的，车辆所有人可减轻或者免除责任。

十、借用、租用他人机动车发生交通事故造成借用人、承租人本人人身伤亡、财产损害的，借用人、租用人自行承担责任。

出借人、出租人明知车辆存在安全隐患，或者明知借用人、承租人没有机动车驾驶资格仍然出借、出租，造成借用人、承租人本人人身伤亡、财产损害的，应承担相应赔偿责任。

十一、机动车在被盗抢期间发生交通事故造成他人损害的，机动车所有人不承担赔偿责任。

十二、机动车在送修理、委托保管期间，承修人、保管人驾驶车辆造成他人损害的，由承修人、保管人直接承担赔偿责任。

十二、机动车驾驶员执行职务或者从事雇佣活动期间发生交通事故造成他人损害的，根据最高人民法院《关于审理人身损害赔偿案件适用法律若干问题的解释》的相关规定，由驾驶员所在单位或雇主承担赔偿责任。

机动车驾驶员从事雇佣活动时因故意或者重大过失造成交通事故的，应当与雇主承担连带赔偿责任。雇主承担赔偿责任后，可以向机动车驾驶员追偿。

十四、盗用、冒用他人身份证取得车辆管理部门登记的机动车、非机动车发生交通事故的，由盗用人、冒用人承担赔偿责任，销售方有过错的，承担连带赔偿责任。

江苏省高级人民法院　江苏省公安厅
关于处理交通事故损害赔偿案件
有关问题的指导意见

（2005 年 8 月 15 日　苏高法〔2005〕282 号）

各市中级人民法院、各基层人民法院，各市、县公安局：

为了妥善、及时处理交通事故损害赔偿案件，依法保护当事人的合法权益，加强人民法院与公安机关的协调和配合，进一步规范执法行为，促进执法公正，根据《中华人民共和国民法通则》、《中华人民共和国民事诉讼法》、《中华人民共和国道路交通安全法》、《中华人民共和国道路交通安全法实施条例》、《江苏省道路交通安全条例》、最高人民法院有关司法解释以及公安部有关规章的规定，结合我省实际，提出如下意见：

一、关于交通事故巡回法庭的设立

1. 全省各基层人民法院可以根据审理案件的需要，在当地的公安机关交通管理部门设立交通事故巡回法庭，依法独立公正审理交通事故损害赔偿案件。

各地公安机关应当为交通事故巡回法庭审理案件提供相应的工作条件。

交通事故巡回法庭应当设置与公安机关交通管理部门有明显区别的标志。

2. 各基层人民法院的交通事故巡回法庭应当从实际情况出发，通过开展协助诉前调解、现场受理、就地开庭等形式，方便当事人行使诉讼权利。

3. 交通事故巡回法庭审理交通事故损害赔偿案件，一般应当适用简易程序。

二、关于抢救费用的支付、财产保全和先予执行

4. 适用一般程序处理交通事故时，公安机关交通管理部门应当对机动车登记所有人、实际支配人、驾驶人的姓名、住所或实际居住地、联系方式以及肇事车辆是否参加机动车第三者责任强制保险、参保的保险公司和责任限额等情况进行调查。

公安机关交通管理部门调查收集的有关当事人住所或者实际居住地的证据，可以作为人民法院确认送达地址的依据。

5. 交通事故造成人员受伤的，公安机关交通管理部门应当依照《道路交通安全法》第七十五条、《道路交通安全法实施条例》第九十条等规定通知相关保险公司或道路交通事故社会救助基金管理机构支付抢救费用，也可以通知机动车驾驶人、所有人、实际支配人预付抢救费用。

交通事故造成人员死亡的，尸体处理费用的支付参照上款规定处理。

6. 保险公司、道路交通事故社会救助基金管理机构、机动车驾驶人、所有人、实际支配人不在规定的时间内支付抢救治疗费用或尸体处理费用的，公安机关交通管理部门应当及时制作交通事故认定书送达当事人，并告知当事人可以向人民法院起诉并申请先予执行。

7. 适用一般程序处理交通事故时，公安机关交通管理部门应当依法及时将肇事车辆予以扣留。

机动车登记所有人、实际支配人自愿预交损害赔偿费用的，公安机关交通管理部门可以代为保管。

8. 对扣留的车辆进行检验鉴定后，公安机关交通管理部门在依法送达技术检验鉴定结论时，应当告知各方当事人返还机动车的时限。

9. 对于没有投保机动车第三者责任强制保险的车辆或者虽然投保了机动车第三者责任强制保险但交通事故损害赔偿数额可能超过保险责任限额的车辆，公安机关交通管理部门应当告知当事人可以向人民法院申请诉前财产保全。

10. 当事人向人民法院申请财产保全或者先予执行的，人民法院应当依法进行审查。对于符合法定条件的，人民法院应当及时作出裁定并依法采取措施。

11. 人民法院依法对车辆采取财产保全措施的，应根据实际情况在裁定书中明确车辆保管的地点与方式。已由公安机关交通管理部门扣留的车辆，原则上不变更保管场所，但应将扣留变更为财产保全。

三、关于交通事故认定书

12. 交通事故发生后，公安机关交通管理部门应当依照有关规定查明事故原因，确定当事人的责任，及时作出交通事故认定书送达各方当事人。

13. 因交通事故当事人处于抢救或昏迷状态的特殊原因，无法收集当事人的证据、且无其他证据佐证交通事故事实时，经上一级公安机关交通管理部门批准，交通事故认定的时限可中止计算，但中止的时间最长不超过2个月。

14. 公安机关交通管理部门制作的交通事故认定书是人民法院认定当事人承担民事赔偿责任或者确定受害人一方也有过失的重要证据材料。人民法院经审查认为交通事故认定确属不妥，则不予采信，以人民法院审理认定的案件事实作为定案的依据。

四、关于公安机关交通管理部门的调解

15. 公安机关交通管理部门处理交通事故时，在作出交通事故认定书之前或者送达交通事故认定书时，应当告知各方当事人对交通事故损害赔偿有争议的，有申请公安机关交通管理部门调解或者直接向人民法院提起民事诉讼的权利。

16. 公安机关交通管理部门主持调解的，应当通知相关保险公司参加调解。经调解达成协议的，应当及时制作调解书并送达各方当事人。经调解未达成调解协议的，应当制作调解终结书送交各方当事人，调解终结书应载明未达成协议的原因。

17. 同一起交通事故造成2人以上伤亡的，因伤者治疗终结或者定残时间不同，伤者治疗终结或者定残时间与死者丧葬事宜结束时间也不相同，造成各受害人损害赔偿的调解期限的起始时间各不相同的，公安机关交通管理部门可以根据各受害人的不同情况分别组织调解。

根据伤情需要对伤者分期治疗的，公安机关交通管理部门可以在第一期治疗终结后组织调解，继续治疗的费用可以在征求医疗机构的意见后经双方协商达成赔偿协议，也可以由当事人另行提起民事诉讼。

18. 当事人在公安机关交通管理部门主持下达成调解协议后，一方当事人反悔向人民法院起诉请求变更、撤销或者宣告无效的，一般不予支持。但当事人能够证明调解协议具有可撤销情形或者无效情形的除外。

五、关于邀请协助调解和委托调解

19. 交通事故巡回法庭在审理交通事故损害赔偿案件时，可以邀请交通警察协助调解，受邀请的交通警察应当予以配合。

20. 人民法院受理交通事故损害赔偿案件后，经各方当事人同意，可以委托公安机关交通管理部门或者其他具有相关法律知识和工作经验的组织或者个人进行调解。

21. 人民法院邀请交通警察协助调解的，应当发出邀请函；委托调解的，应当发出委托函。

22. 人民法院应当在送达受理通知书和应诉通知书的同时，就是否接受委托调解征求各方当事人的意见。

当事人均同意委托调解的，人民法院应当在调解前告知当事人主持调解的人员的姓名及是否申请回避等有关诉讼权利和诉讼义务。

23. 人民法院委托调解的，应当将诉状及证据材料的复印件送交主持调解的人员，并针对具体案情做好调解的指导工作。

24. 委托调解的期限为10日。10日内未达成调解协议的，经人民法院同意，可以继续调解，但延长的调解期限不得超过7日。

人民法院委托调解的期间，不计入审限。

25. 调解期限内未达成调解协议的，主持调解的人员应当终结调解，并将案卷材料、调解笔录、调解终结书等移交人民法院。

26. 达成调解协议后，当事人请求人民法院制作民事调解书的，人民法院应当依法确认调解协议并制作调解书。

经调解原告向人民法院申请撤诉的，应当在调解协议中明确当事人不需要制作调解书。当事人达成的调解协议视为和解协议。

27. 人民法院委托调解但未达成调解协议的，应当在案件审结后及时将生效的裁判文书送交主持调解的组织或者个人。

六、其他

28. 因交通事故遭受精神损害的受害人或者死者近亲属，向主持调解的公安机关交通管理部门或者向人民法院请求赔偿精神损害抚慰金的，公安机关交通管理部门、人民法院应当根据《最高人民法院关于确定民事侵权精神损害赔偿责任若干问题的解释》予以确定。

确定精神损害抚慰金时，一般不宜超过5万元。

29. 当事人对有关保险公司就交通事故车辆损失作出的定损结论没有异议的，不再另行委托中介机构评定。

30. 人民法院拍卖交通事故车辆所得价款，在优先用于支付交通事故损害赔偿的费用后再支付车辆保管费。

31. 在确定交通事故损害赔偿案件的赔偿数额时，人民法院和公安机关交通管理部门应当采纳《江苏省统计局关于国民经济和社会发展的统计公报》中的上一年度相关统计数据。同一统计年度内，相关统计数据不再调整。

省高级人民法院每年及时转发相关统计数据，全省各级人民法院和公安机关交通管理部门在处理交通事故损害赔偿案件时应当参照执行。

32. 人民法院受理交通事故损害赔偿案件后，可以向处理该案的公安机关交通管理部门发出调卷函或者由承办法官持调卷函调阅公安机关交通管理部门处理该案的全部案卷。公安机关交通管理部门应当依照《交通事故处理程序规定》第六十九条规定办理。

当事人不服一审判决提起上诉的，原审法院应当将公安机关交通管理部门形成的卷宗随案移送二审法院。二审法院审理终结后，应当将该卷宗随案退回一审法院。一审法院在收到该卷宗后，应当在3日内退回公安机关交通管理部门。

33. 对涉嫌构成交通肇事罪的交通事故，当事人在刑事部分处理之前就损害赔偿问题请求交通事故巡回法庭调解的，交通事故巡回法庭应当及时调解。

经交通事故巡回法庭主持调解，当事人对涉嫌犯罪的交通事故损害赔偿问题达成的调解协议，具有法律效力。当事人又就交通肇事罪的同一事实向人民法院提起刑事附带民事诉讼的，审理刑事案件的人民法院应当在刑事附带民事判决书中对交通事故巡回法庭的调解结果予以确认，并判决驳回当事人附带民事诉讼的诉讼请求。

34. 本意见中的“车辆实际支配人”，是指买卖车辆未办理过户手续的买受人（连环购车均未办理过户手续的，为最后一次买卖关系中的买受人）、受赠人以及车辆承租人、借用人、挂靠人和承包经营者等。

35. 本意见自2005年9月1日起施行。

附　　录

33种当事人过错情形具体解释*

（一）追撞前车尾部的。

追尾事故是道路上发生的较为常见的一类事故，其原因一般是由于后面的机动车在驾驶时注意力不集中或有其他妨碍驾驶的行为，如接打移动电话、查阅寻呼机信息等，致使未与前车保持必要的安全距离，追撞前车尾部。所谓必要的安全距离，按照《中华人民共和国道路交通安全法》（以下简称《道交法》）第四十三条的规定，是指同车道行驶的机动车，后车应当根据行驶速度、天气和路面情况与前车保持必要距离，以使后车驾驶人在遇到情况下能够采取紧急制动措施，将车安全停住。

如下图：A车与同方向行驶的B车未保持足以采取紧急制动措施的安全距离，追撞B车尾部。

示意图：

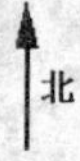

（二）变更车道时，未让正在该车道内行驶的车先行的。

这一行为往往是机动车与机动车之间发生事故的最常见的原因。是指违反《中华人民共和国道路交通安全法实施条例》（以下简称《实施条例》）

* 为帮助读者学习和理解《道路交通安全法》及其实施条例关于交通事故责任认定的规定，本书将交管部门有关专家对此作出的解释收入，以供广大读者参考使用。

第四十四条第二款关于变更车道行驶规定的行为，即机动车在道路同方向划有两条以上机动车道的，由行驶的车道向相邻的其他机动车道变更车道时，由于影响了相关车道内正常行驶的机动车而发生交通事故的情况。例如在同方向设有两条机动车道的道路上，一辆机动车在外侧的机动车道行驶，此时司机如向其左侧的内侧机动车道并线，就必须注意其后方是否有车在内侧机动车道内行驶，如果有，就要注意让行。未让行发生事故的，并线车就要承担责任。

如下图：A 车在路段上行驶中变更车道时，未让正在该车道内行驶的 B 车先行，与 B 车发生事故。

示意图：

（三）通过没有交通信号灯控制或者交通警察指挥的交叉路口时，未让交通标志、交通标线规定优先通行的一方先行的。

《实施条例》第五十二条第（一）项规定，机动车通过没有交通信号灯控制也没有交通警察指挥的交叉路口，如有交通标志、标线控制的，让优先通行的一方先行。在日常出行中，很多路口虽然没有交通信号灯控制或者交通警察指挥，但为了防止行驶中产生冲突，进而造成事故，一般在路口要设置一些交通标志、标线，以规定某一方向的机动车应当让另一方向机动车优先通行，使路口行驶有序。如设置停车让行标志、减速让行标志、停车让行线、减速让行线等。未让行而发生事故的，应当承担责任。

如下图：A 车通过路口时，未按照减速让行线的指示让优先通行的车，与 B 车发生事故。

示意图：

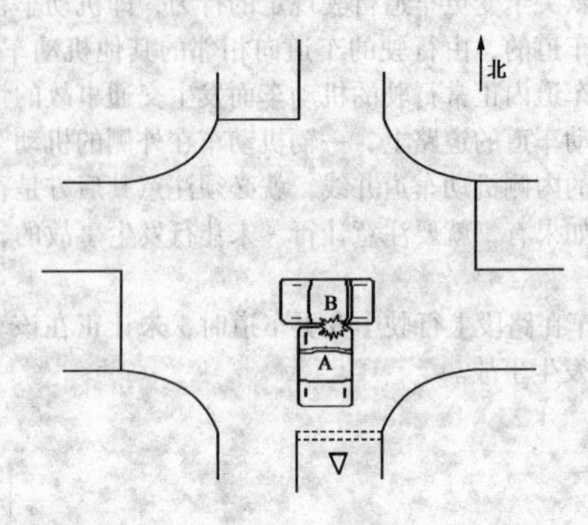

（四）通过没有交通信号灯控制或者交通警察指挥的交叉路口时，在交通标志、标线未规定优先通行的路口，未让右方道路的来车先行的。

《实施条例》第五十二条第（二）项规定，机动车通过没有交通信号灯控制也没有交通警察指挥的交叉路口时，在没有交通标志、标线控制的路口，机动车应进入路口前停车瞭望，让右方道路的来车先行。例如，在一个没有交通标志标线控制或者交通标志标线未规定优先通行的路口，一辆吉普车由南向北行驶通过路口，此时，一辆小轿车由东向西驶来，那么这里吉普车就应当让其右侧驶来的小轿车先行，如果因未让行发生事故，就应由吉普车负责任。

如下图：A 车通过路口时，未让右边来车，与 B 车发生事故。

示意图：

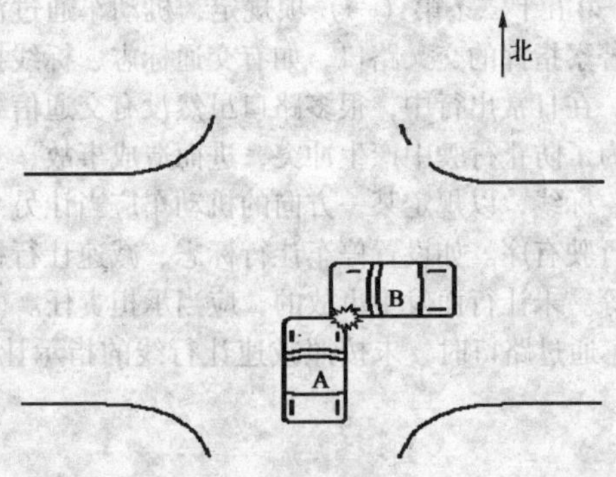

（五）通过没有交通信号灯控制或者交通警察指挥的交叉路口，遇相对方向来车，左转弯车未让直行车先行的。

当机动车行驶到没有交通信号灯或者交通警察指挥的路口，有一种机动车相遇的情形较常见，就是相对方向左转弯车与直行车的相遇。这时，机动车首先要按照交通标志、标线指示的优先顺序行驶，如果路口的交通标志标线未规定哪一方优先通行的情况下，或者根本没有交通标志标线，相对方向驶来机动车应根据《实施条例》第五十二条第（三）项的规定，左转弯车应当让直行车先行。例如，两辆机动车同时驶入路口，一辆车由北向南直行行驶，另一辆车由南向北行驶准备向西左转弯，这时两车就属于相对方向行驶的机动车在路口相遇，如果左转弯车不让直行车而发生事故，那么左转弯车就应承担责任。

如下图：A 车左转弯时未让直行的车辆先行，与直行 B 车发生事故。

示意图：

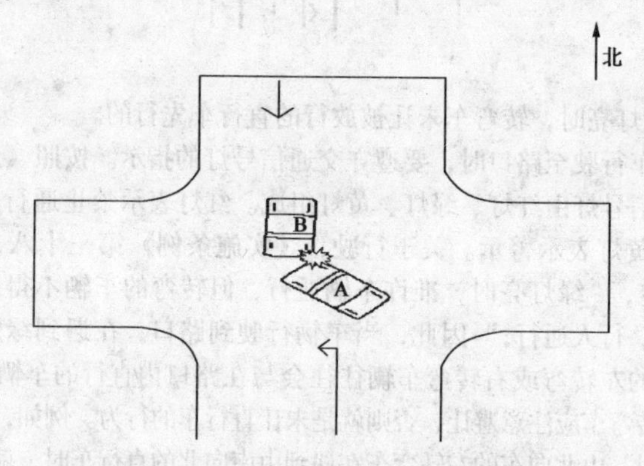

（六）通过没有交通信号灯控制或者交通警察指挥的交叉路口时，相对方向行驶的右转弯车未让左转弯车的。

当机动车行驶到没有交通信号灯或者交通警察指挥的路口，车辆相遇还有一种情况，就是如果路口的交通标志标线未规定哪一方优先通行的情况下，相对方向驶来机动车应根据《实施条例》第五十二条第（四）项的规定，右转弯车应当让左转弯车先行。这里的行驶规定与原来的《中华人民共和国道路交通管理条例》（已失效）的规定恰好相反，广大司机应引起注意。例如，两辆机动车同时驶入路口，一辆车由北向南行驶准备向西右转弯，另一辆车由南向北行驶准备向西左转弯，这时两车就属于相对方向行驶的机动车在路口左侧相遇，如果右转弯车不让左转弯车而发生事故，那么右转弯车就应承担责任。

如下图：A 车右转弯通过路口时，未让相对方向左转弯的车，与 B 车发生事故。

示意图：

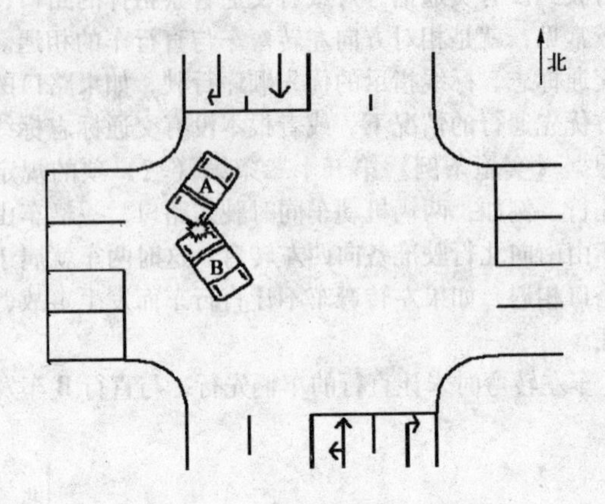

（七）绿灯亮时，转弯车未让被放行的直行车先行的。

当机动车行驶至路口时，要遵守交通信号灯的指示。按照《道交法》的规定，交通信号灯由红灯、绿灯、黄灯组成。红灯表示禁止通行，绿灯表示准许通行，黄灯表示警示。关于行驶，《实施条例》第三十八条第一款第（一）项规定，“绿灯亮时，准许车辆通行，但转弯的车辆不得妨碍被放行的直行车辆、行人通行；”因此，当车辆行驶到路口，在遇到绿灯放行信号时，被放行的左转弯或右转弯车辆往往会与在路口内直行的车辆产生行驶交叉，此时，转弯车应注意避让，否则就是未让直行车的行为。例如，在路口内南北方向绿灯时，由北向东的左转弯车在遇到由南向北的直行车时，就要让行。

如下图：A 车遇绿灯信号由北向东向左转弯时未让被放行的由南向北直行车，与 B 车发生事故。

示意图：

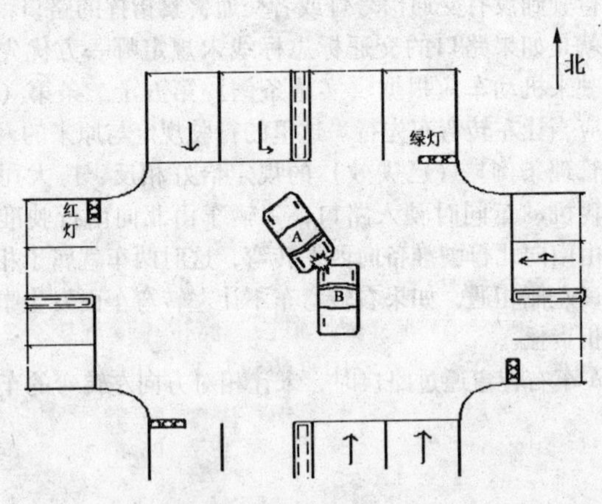

（八）红灯亮时，右转弯车未让被放行的车先行的。

当车辆行驶到路口遇到红灯时，虽然允许右转弯的车继续通行，但根据《实施条例》第三十八条第三款的规定，此时，如果与被放行的车辆相遇，就应当让被放行的车辆先行，否则就是违法行为。例如，在一个十字路口内，南北方向为绿灯，汽车由南向北行驶属被放行的车辆，此时东西方向是红灯，虽允许由东向北右转弯的车辆继续通行，但不准妨碍由南向北被放行的机动车行驶。如果不让行发生事故，那么，由东向北右转弯行驶的车辆就要承担事故责任。

如下图：A 车遇红灯信号向右转弯时未让被放行的由南向北直行车，与 B 车发生事故。

示意图

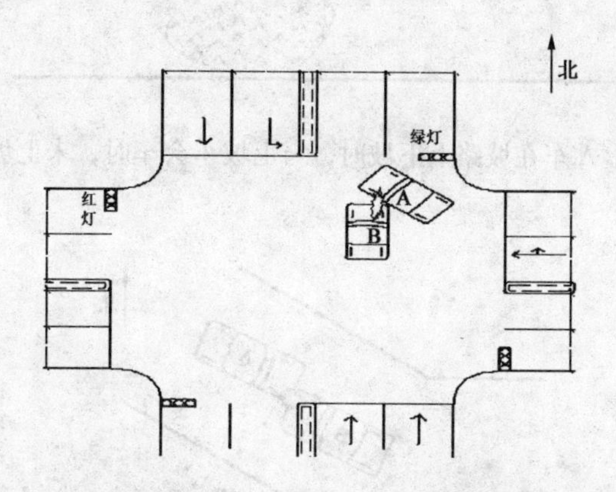

（九）在没有中心隔离设施或者没有中心线的道路上会车时，有障碍的一方未让无障碍的一方先行的；但有障碍的一方已驶入障碍路段，无障碍一方未驶入时，无障碍一方未让有障碍的一方先行的。（示意图 1）

（十）在没有中心隔离设施或者没有中心线的道路上会车时，下坡车未让上坡车先行的；但下坡车已行至中途而上坡车未上坡时，上坡车未让下坡车先行的。（示意图 2）

（十一）在没有中心隔离设施或者没有中心线的狭窄山路上会车时，靠山体的一方未让不靠山体的一方先行的。（示意图 3）

第（九）至第（十一）项过错情形，是属于违反规定会车的。是指机动车在行驶中相遇，在正常会车有困难的情况下，违反了《实施条例》第四十八条第（二）、（三）、（四）项关于会车让行规定的行为。例如，两辆机动车在一条混合行驶的道路上相遇，如果甲车的前方有一个土堆阻挡，这时甲车就必须让对向车先过去后，才能绕行土堆。如甲车不让行造成事故，甲就应负事故责任。

如下图1：A车与B车在有障碍的路段会车时，未让前方无障碍的B车，与B车发生事故。

示意图1：

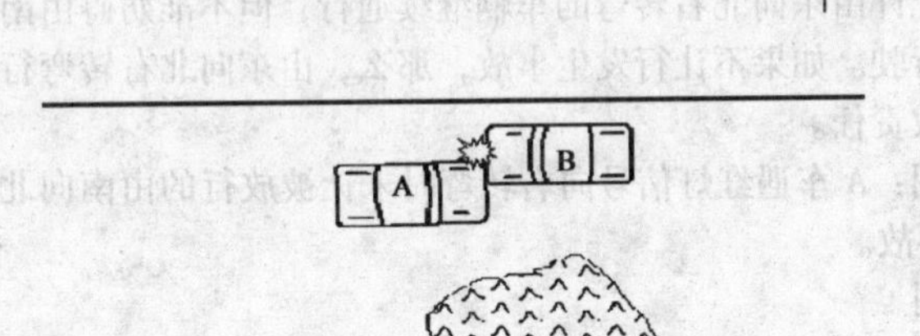

如下图2：A车在坡路上下坡时，与上坡车会车时，未上坡车先行，与B车发生事故。

示意图2：

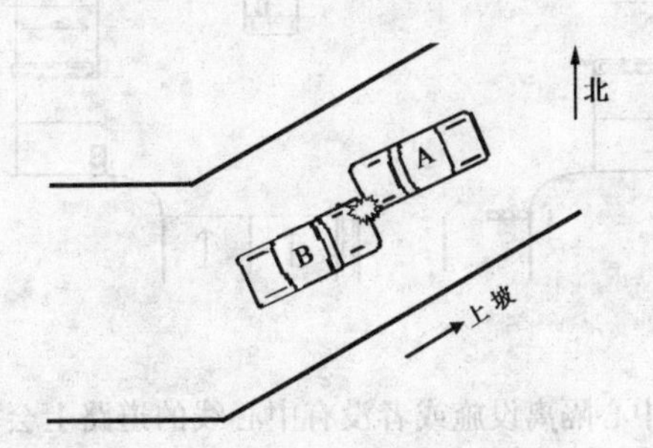

如下图3：A车在狭窄山路上靠近山体一侧行驶时，未让不靠山体一侧的车先行，与B车发生事故。

示意图3：

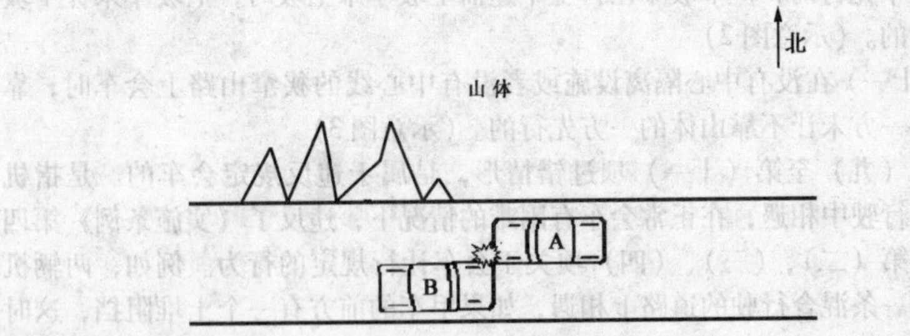

（十二）进入环行路口的车未让已在路口内的车先行的。

《实施条例》第五十一条第（二）项是关于环形路口行驶的让行规定，当车辆进入环形路口时，如果交叉路口没有交通信号灯控制，应当遵守进入环形路口的车让已在路口内车先行的规定。如果环形路口有交通信号灯控制，在遵守信号灯的同时，依然要按照进入环形路口的车让已在路口内车先行的规定行驶。当然如果路口由交通警察指挥的，要按照交通警察指挥行驶。所谓“已在路口内车”是指正在环形路口内绕行或准备驶出环形路口的车。例如，一辆机动车由东向西进入一个环岛，正好有一辆车在环岛内行驶，这时，进环岛车就要让在环岛内车先行。

需要提醒广大司机的是，对于在环形路口内划分了多条机动车道的，机动车应按照各行其道的原则分道行驶。在进出环形路口需要提前变更车道的，不得影响相关车道内行驶的机动车的正常行驶。

如下图：A 车进入环形路口时，未让路口内的 B 车，与 B 发生事故。

示意图：

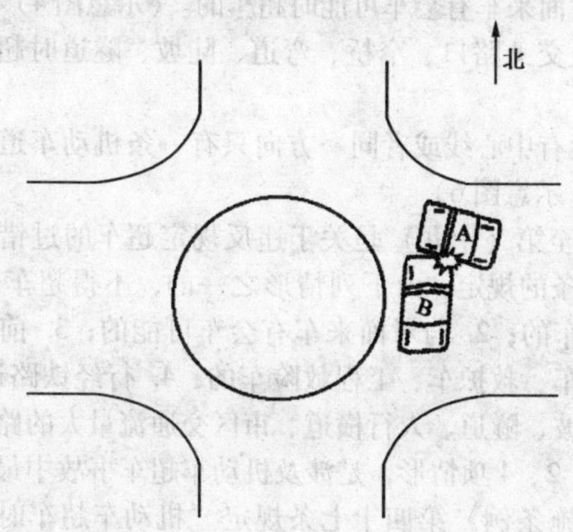

（十三）逆向行驶的。

《道交法》第三十五条规定，机动车、非机动车实行右侧通行。违反了这一规定就属于逆向行驶的行为。逆向行驶是交通管理中严格禁止的行为，也是造成交通事故的直接原因。所谓逆向行驶一般是指机动车在划有道路中心线或中心隔离设施的道路中，在道路中心线或中心隔离设施的左侧行驶。在无道路中心线或中心隔离设施的道路上，如果道路划有机动车与非机动车分道线或分隔设施的，车辆在左侧非机动车道行驶也属于逆向行驶。

如下图：A 车驶入逆行，与顺行的 B 车发生事故。示意图：

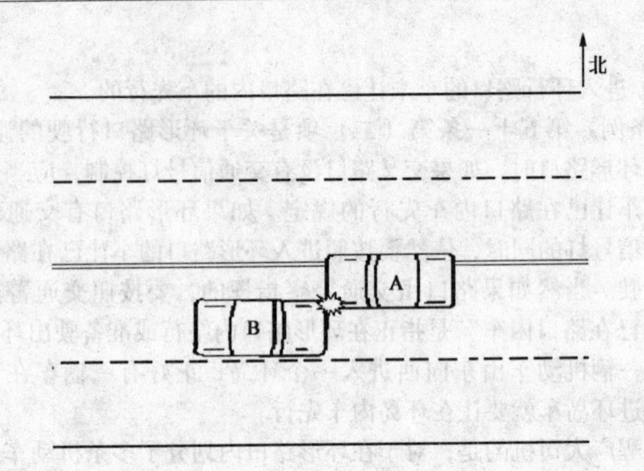

（十四）超越前方正在左转弯车的。（示意图 1）

（十五）超越前方正在掉头车的。（示意图 2）

（十六）超越前方正在超车的车的。（示意图 3）

（十七）与对面来车有会车可能时超车的。（示意图 4）

（十八）行经交叉路口、窄桥、弯道、陡坡、隧道时超车的。（示意图 5）

（十九）在没有中心线或者同一方向只有一条机动车道的道路上，从前车右侧超越的。（示意图 6）

第（十四）至第（十九）是关于违反规定超车的过错情形。按照《道交法》第四十三条的规定，由下列情形之一的，不得超车：1. 前车正在左转弯、掉头、超车的；2. 与对面来车有会车可能的；3. 前车为执行紧急任务的警车、消防车、救护车、工程救险车的；4. 行经铁路道口、交叉路口、窄桥、弯道、陡坡、隧道、人行横道、市区交通流量大的路段等没有超车条件的。其中第 1、2、4 项情形，是涉及机动车超车事故中最为常见的几种情形，此外在《实施条例》第四十七条规定“机动车超车时，应当提前开启左转向灯、变换使用远、近光灯或者鸣喇叭。在没有道路中心线或者同方向只有 1 条机动车道的道路上，前车遇后车发出超车信号时，在条件许可的情况下，应当降低速度、靠右让路。后车应当在确认有充足的安全距离后，从前车的左侧超越，在与被超车辆拉开必要的安全距离后，开启右转向灯，驶回原车道。”这里要特别强调，在没有道路中心线或者同方向只有一条机动车道的道路上，要从前车左侧超车，严禁从右侧超车。这样做不但是法律规定，也是确保行驶安全的要求。

如下图 1：A 车在前方车辆左转弯时，违法超车，与 B 车发生事故。

示意图 1：

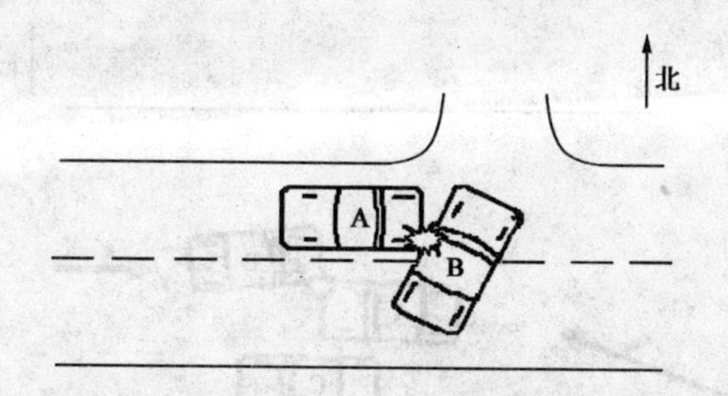

如下图 2：A 车在前方车辆掉头时，违法进行超车，与 B 车发生事故。

示意图 2：

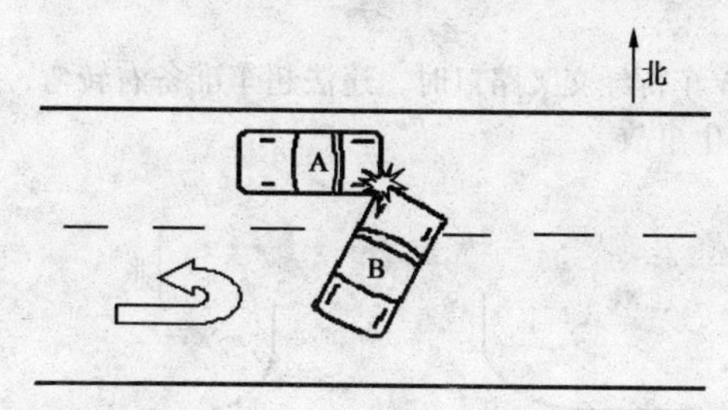

如下图 3：B 车正在超越 C 车过程中，A 车违法超越正在超车的车，与 B 车发生事故。

示意图 3：

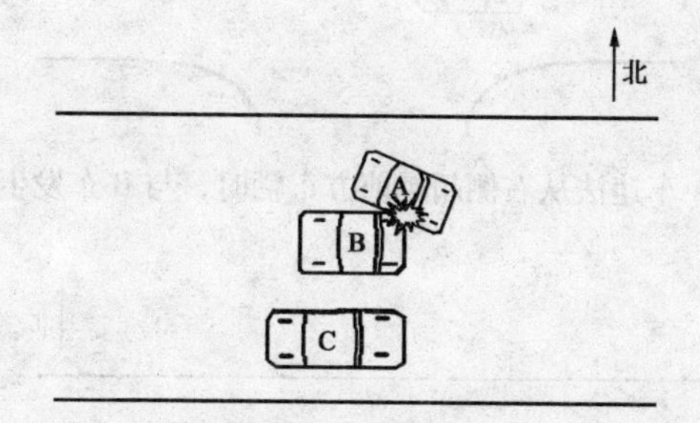

如下图 4：A 车在与对面驶来的车有会车可能时，违法超越 C 车时，与对向驶来的 B 车发生事故。

示意图 4：

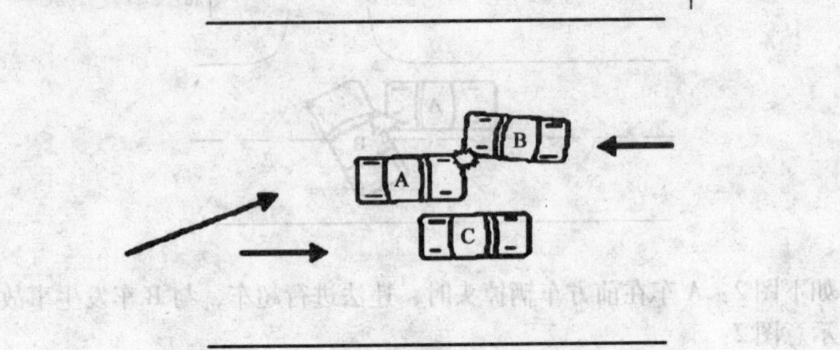

如下图 5：A 车行经交叉路口时，违法超车准备右转弯，与正常由西向东行驶的 B 车发生事故。

示意图 5：

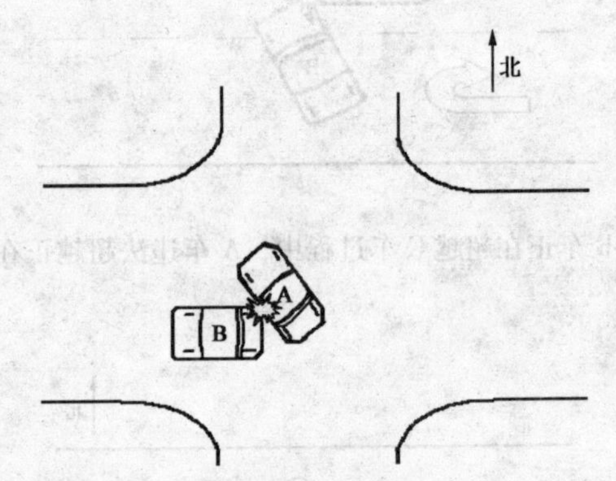

如下图 6：A 车违法从右侧超越前方车辆时，与 B 车发生事故。

示意图 6：

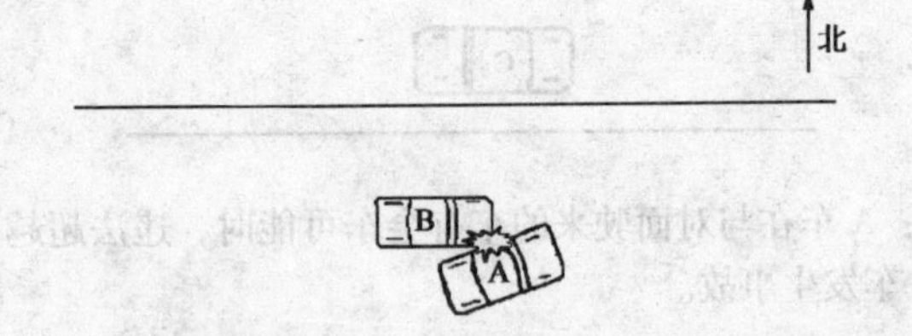

（二十）在没有禁止掉头标志、标线的地方掉头时，未让正常行驶车先行的。

《实施条例》第四十九条第二款规定“机动车在没有禁止掉头或者没有禁止左转弯标志、标线的地点可以掉头，但不得妨碍正常行驶的其他车辆和行人的通行。”也就是说，机动车行驶到路口或者在道路上，只要遇到没有设禁止掉头或左转弯标志标线的道路上，允许掉头，但不得影响其他正常行驶的车辆，如果因未让行发生事故的，应当承担责任。

如下图：A 车掉头时，未让正常行驶的 B 车，与 B 车发生事故。

示意图：

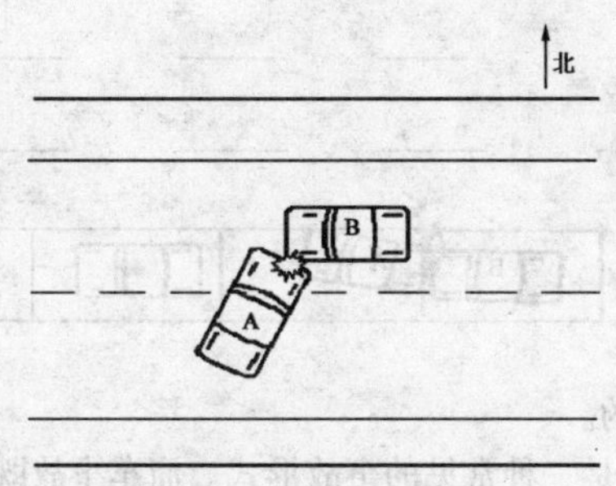

（二十一）在有禁止掉头标志、标线的地方以及在人行横道、桥梁、陡坡、隧道掉头的。

《实施条例》第四十九条第一款规定“机动车在有禁止掉头或者禁止左转弯标志、标线的地点以及在铁路道口、人行横道、桥梁、急弯、陡坡、隧道或者容易发生危险的路段，不得掉头。”因此对在这些禁止掉头的路口或者路段掉头而发生事故的，要承担责任。

如下图：A 车在有禁止掉头标记的路口违法掉头，与正常行驶的 B 车发生事故。

示意图：

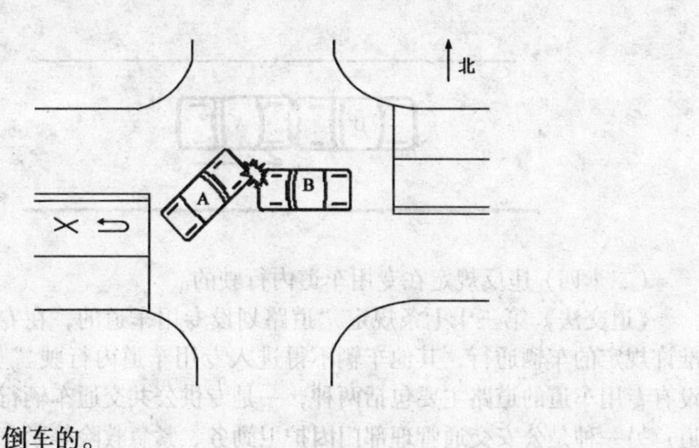

（二十二）倒车的。

《实施条例》第五十条规定，机动车倒车时，应当察明车后情况，确认安全后倒车。不得在铁路道口、交叉路口、单行路、桥梁、急弯、陡坡或者隧道中倒车，而且高速公路严禁车辆倒车。否则，如果发生事故，倒车方要承担责任。

如下图：A 车在倒车时未察明车后情况，与 B 车发生事故。

示意图：

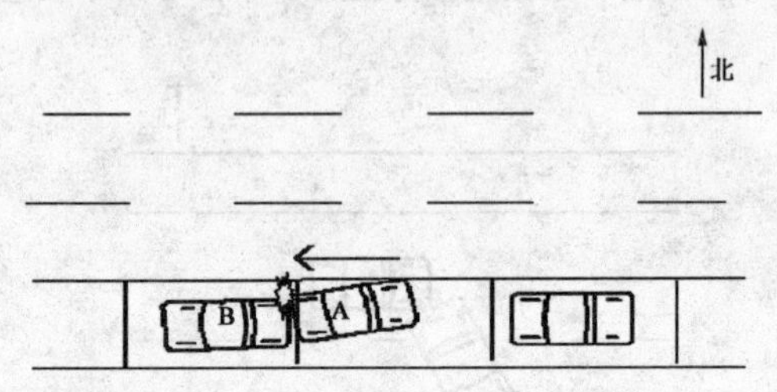

（二十三）溜车的。

机动车溜车事故是一种常见的事故形式。溜车事故既可以发生于停放机动车时，由于未拉紧手制动器造成车辆溜车；又可以发生于机动车行驶过程中，特别是上下坡时，由于注意力不集中、驾驶技术不熟练、未按规定使用制动装置以及制动或手制动器失效等原因造成车辆溜车与其他机动车发生事故。总之，溜车事故是驾驶机动车未确保安全的一种典型事故。

如下图：A 车向后溜车时，与 B 车发生事故。

示意图：

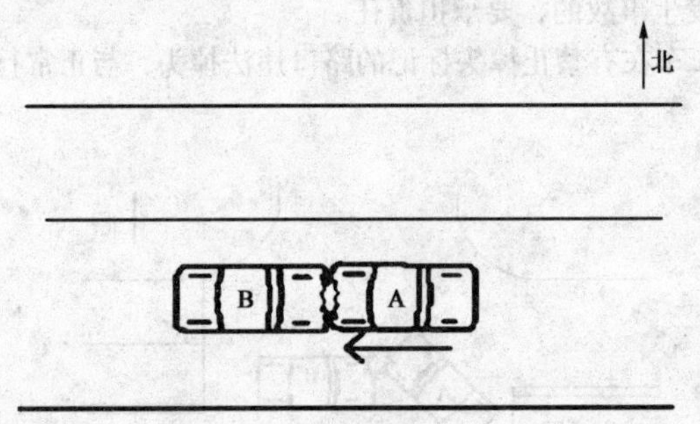

（二十四）违反规定在专用车道内行驶的。

《道交法》第三十七条规定“道路划设专用车道的，在专用车道内，只准许规定的车辆通行，其他车辆不得进入专用车道内行驶。”在本市，目前设有专用车道的道路主要包括两种，一是专供公共交通车辆行驶的公交专用道；另一种是公安交通管理部门因护卫勤务、紧急救险等紧急情况而开辟的临时性交通管制车道。其中涉及公交专用道事故较为常见，公交车道是专供本市公交专用车按规定时间、路线行驶的专用车道，其他机动车禁止在公交车道行驶，目的是确保公共交通的优先、有序、安全。如其他机动车确需借用公交车道行驶时，按照规定则可在以下两种情形下使用：一是在需要穿行公交车道转弯时，在不影响公交车行驶的情况下，可以在 30 米距离内借道行驶。也就是说，其他机动车借用公交车道要注意避让公交车辆；二是其他机动车在遇交通管制时，按民警指挥或标志指示，也可借用公交车道，但应避让公交车辆。不按照上述规定行驶的，均属于违法行为。例如，一辆小客车在机动车道行驶过程中快到路口时准备右转弯，于是，向右侧的公交车道并线过程中，由于没有让后方驶来的公交车辆先行造成事故，那么这辆机动车的驾驶员就应承担责任。

如下图：A 车为非公交车进入公交专用车道时未避让公交车，与公交车 B 发生事故。

示意图：

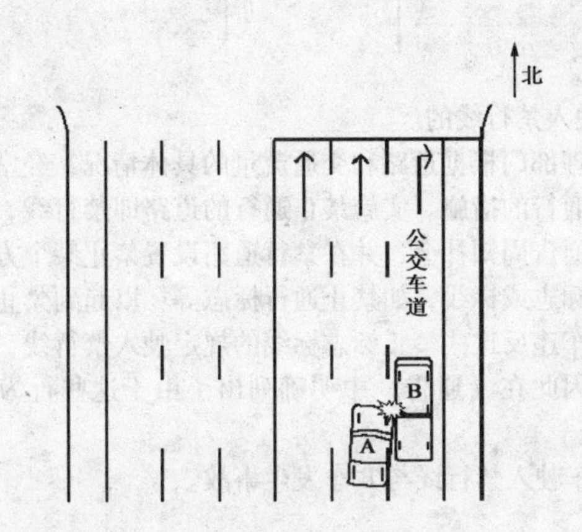

（二十五）未按照交通警察指挥通行的。

交通警察的指挥是交通信号的一种重要形式，车辆和行人必须遵守。《道交法》第三十八条规定，车辆、行人应当按照交通信号通行，遇有交通警察现场指挥时，应当按照交通警察的指挥通行；在没有交通信号的道路上，应当在确保安全、畅通的原则下通行。此外，当交通警察的指挥与其他交通信号发生矛盾时，要遵守交通警察的指挥，可见交通警察指挥是各种交通信号中最高效力的指挥。交通警察指挥手势信号可以分为以下几种，包括：直行信号、直行辅助信号、左转弯信号、左转弯辅助信号、停止信号、停止辅助信号、右转弯信号、减速慢行信号、前车避让后车信号、示意违章车辆靠边停车信号。如果司机因违反交通警察指挥发生事故的，应当承担责任。

如下图：A 车由西向东行驶到交叉路口，遇到交通民警东西方向直行指挥信号，不按照指挥违法向北左转弯，与按交通警察指挥正常行驶的 B 车发生事故。

示意图：

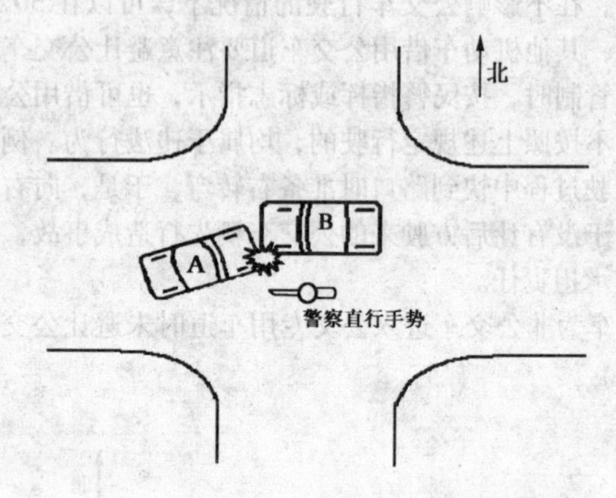

（二十六）驶入禁行线的。

公安交通管理部门根据道路和交通流量的具体情况，经常会对一些道路采取限制、禁止通行的措施。实施禁止通行的道路即禁行线，公安交通管理部门会提前发布通告周知社会，并在禁行道路设置禁止某个方向或双方向机动车通行的交通标志或标线，如禁止通行标志等，以起到禁止、限制车辆通行的作用，机动车违反这些禁止标志标线的规定驶入禁行线，往往是发生交通事故的原因，因此在《通告》中明确列出了由于这些行为造成交通事故的，要承担责任。

如下图：A 车驶入禁行线与 B 车发生事故。

示意图：

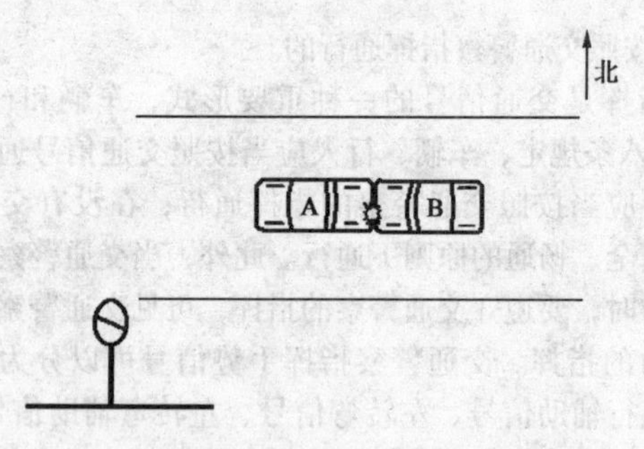

（二十七）红灯亮时，继续通行的。

按照《实施条例》第二十九条的规定，交通信号灯分为机动车信号灯、非机动车信号灯、人行横道信号灯、车道信号灯、方向指示信号灯、闪光警告信号灯、道路与铁路平面交叉道口信号灯七种。其中关于机动车信号灯，《实施条例》第三十八条规定，红灯亮时，禁止机动车通行。机动车辆遇有红灯亮时，如果继续通行，就属于违反交通信号灯的行为。

如下图：A车遇红灯亮时继续行驶与被放行的B车发生事故。

示意图：

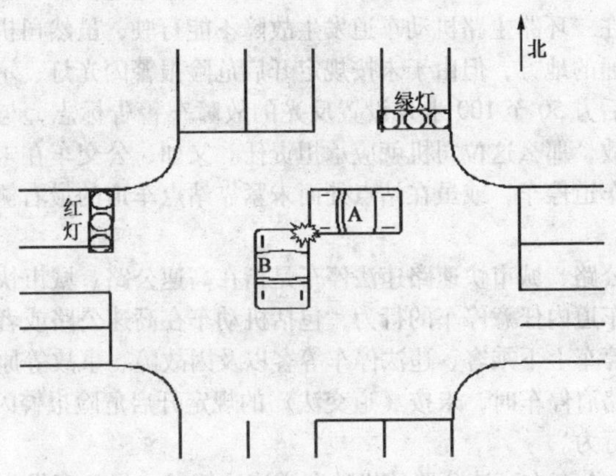

（二十八）在机动车道上违法停车的。

关于停车在《道交法》、《实施条例》等交通安全法律、法规、规章中均有具体规定。违法停车包括不按照规定临时停车和不按照规定停放机动车两种情况。《道交法》第五十六条第一款规定，机动车应当在规定地点停放。禁止在人行道上停放机动车；但是，有关部门依法施划的停车泊位除外。对于机动车的临时停车，《道交法》第五十六条第二款规定，在道路上临时行车时，不得妨碍其他车辆和行人通行。《实施条例》第六十三条规定，机动车在道路上临时停车，应当遵守下列规定："（一）在设有禁停标志、标线的路段，在机动车道与非机动车道、人行道之间设有隔离设施的路段以及人行横道、施工地段，不得停车；（二）交叉路口、铁路道口、急弯路、宽度不足4米的窄路、桥梁、陡坡、隧道以及距离上述地点50米以内的路段，不得停车；（三）公共汽车站、急救站、加油站、消防栓或者消防队（站）门前以及距离上述地点30米以内的路段，除使用上述设施的以外，不得停车；（四）车辆停稳前不得开车门和上下人员，开关车门不得妨碍其他车辆和行人通行；（五）路边停车应当紧靠道路右侧，机动车驾驶人不得离车，上下人员或者装卸物品后，立即驶离；（六）城市公共汽车不得在站点以外的路段停车上下乘客。"根据上述规定，可以明确的是，绝对禁止机动车在机动车道临时停车或者停放。机动车道是供机动车行驶用的，在机动车道（包括公交车道）上任何临时或长时停车都是交通安全法律法规所禁止的。

在机动车道上违法停车，一旦发生了事故要承担责任。应当指出，在机动车道违章停车不包括公共汽车、电车在公交车道或机动车道设置的站点上的正常停车上下乘客。此外车辆因交通事故或故障不能行驶又不能离开机动车道的情况，也要区分情况，如果司机不按照规定开启危险报警闪光灯和设置警告标志，因而造成事故的，仍然属于在机动车道违法停车。例如，一辆机动车夜间在二环路主路机动车道发生故障不能行驶，虽然司机不能将车移到不妨碍交通的地方，但由于未按规定开启危险报警闪光灯、示廓灯和后位灯也未在车后方50至100米处设置反光的故障车警告标志，与由后方驶来的车发生事故，那么这位司机就应承担责任。又如，公交车在未设置公交车站点的机动车道停车，或虽在站点处而未紧靠站点车道的最右侧停车，也属于违法停车。

在高速公路、城市快速路违法停车是指在高速公路、城市快速路的行车道或者应急车道内任意停车的行为，包括机动车在高速公路或者城市快速路车道上违法停车上下乘客、违法停车等客以及因故障、事故等原因不能离开车行道或在路肩停车时，未按《道交法》的规定开启危险报警闪光灯、设置警告标志等行为。

如下图：A车在高速公路的机动车道违法停车，与B车发生事故。

示意图：

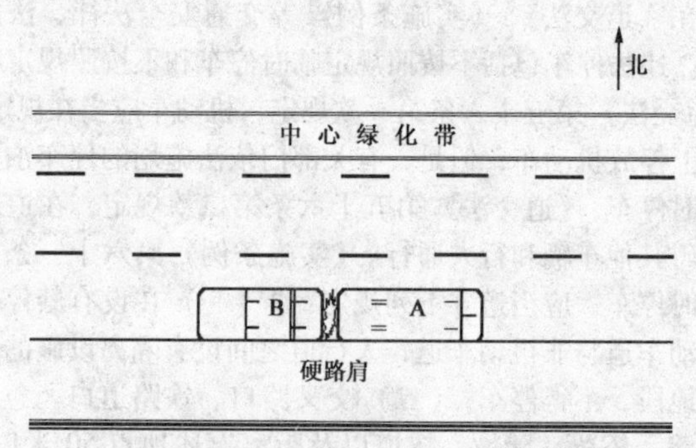

（二十九）违反装载规定，致使货物超长、超宽、超高部分造成交通事故的。

关于机动车装载货物的体积，《道交法》第四十八条规定，“机动车载物应当符合核定的载质量，严禁超载；载物的长、宽、高不得违反装载要求，不得遗洒、飘散载运物。”此外，《实施条例》第五十四条中规定：“机动车载物不得超过机动车行驶证上核定的载质量，装载长度、宽度不得超出车厢，并应当遵守下列规定：（一）重型、中型载货汽车，半挂车载物，高度从地面起不得超过 4 米，载运集装箱的车辆不得超过 4.2 米；（二）其他载货的机动车载物，高度从地面起不得超过 2.5 米；（三）摩托车载物，高度从地面起不得超过 1.5 米，长度不得超出车身 0.2 米。两轮摩托车载物宽度左右各不得超出车把 0.15 米；三轮摩托车载物宽度不得超过车身。

载客汽车除车身外部的行李架和内置的行李箱外，不得载货。载客汽车行李架载货，从车顶起高度不得超过 0.5 米，从地面起高度不得超过 4 米。”违反上述规定，装载体积超出应有的长、宽、高度时，行驶中对其他车辆的安全将构成威胁，如因装载体积超过规定长、宽、高的部分造成事故的则应承担责任。

如下图：A 车装载的货物的超宽部分，与 B 车发生事故。

示意图：

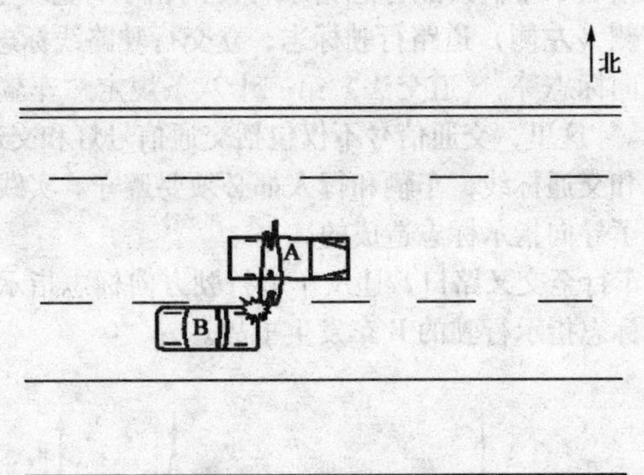

（三十）装载的货物在遗洒、飘散过程中导致交通事故的。

《道交法》第四十八条规定，“机动车载物应当符合核定的载质量，严禁超载；载物的长、宽、高不得违反装载要求，不得遗洒、飘散载运物。”因此，机动车装载货物须均衡平稳，捆扎牢固。装载容易散落、飞扬、流漏的物品，须封盖严密。如因装载货物未确保平稳牢固，致使货物散落与其他机动车发生事故的，应承担责任。

如下图：A 车装载货物 a 遗洒、飘散时，遗洒、飘散的货物 a 与 B 车发生事故。

示意图：

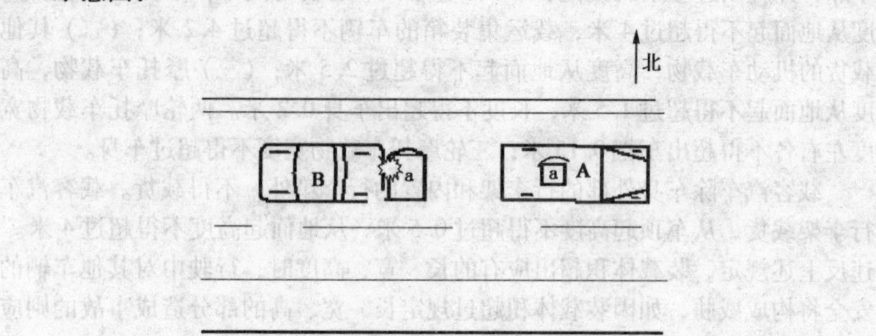

（三十一）违反导向标志指示行驶的。

导向标志是指表示车辆按照标志指示行驶的指示标志。包括直行标志、转弯标志、靠右侧（左侧）道路行驶标志、立交行驶路线标志、环岛行驶标志、车道行驶方向标志等。《道交法》第三十八条规定“车辆、行人应当按照交通信号通行。”这里，交通信号不仅包括交通信号灯和交通警察的指挥，还包括交通标志和交通标线，车辆和行人都必须要遵守。实践中很多事故是由于机动车违反了导向指示标志造成的。

如下图：A 车行至交叉路口，违反车道行驶方向标志指示的直行行驶方向左转弯，与按标志指示行驶的 B 车发生事故。

示意图：

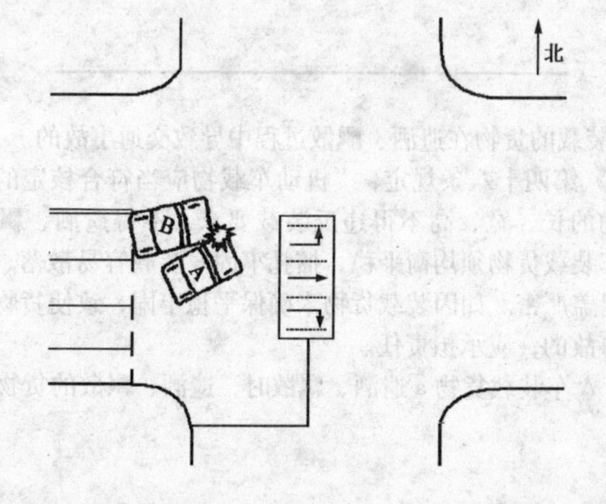

（三十二）未按导向车道指示方向行驶的。

未按导向车道指示方向行驶的情形，一般发生在路口，主要指机动车进入交叉路口违反路口机动车道内的路面交通标线的指示行驶，而与其他正常行驶车辆造成交通事故。因此《道交法》在规定必须遵守交通标志标线指示的同时，《实施条例》第五十一条第（一）项明确规定，机动车通过划有导向车道的路口，按所需行进方向驶入导向车道。对于进入导向车道不按照规定方向行驶而造成事故的，应当承担责任。

如下图：A 车在只准直行的导向车道左转弯，与 B 车发生事故。

示意图：

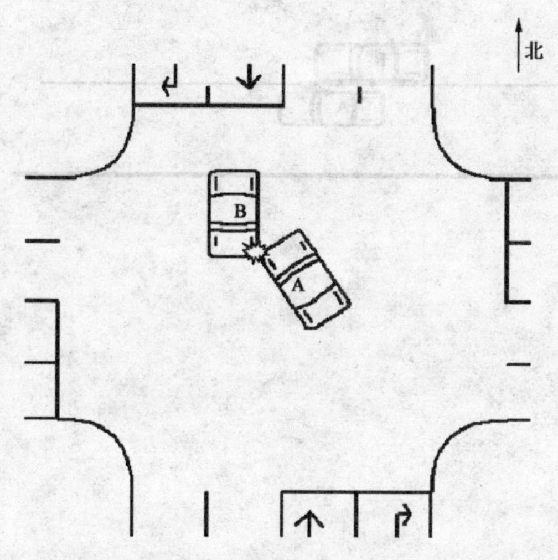

（三十三）开关车门造成交通事故的；

《实施条例》第六十三条第（四）项规定，“车辆停稳前不得开车门和上下人员，开关车门不得妨碍其他车辆和行人通行；”第七十七条第（三）项对乘车人的行为也作了规定，即开关车门不得妨碍其他车辆和行人通行。违反上述规定造成事故的要承担责任。在这里要强调的是责任人不仅指机动车驾驶员，还包括乘车人。例如，一个乘客乘座出租车，其下车时，由于未查明车后的情况，在开车门时，车门刮了后面驶来的一辆机动车，造成机动车损坏，那么，乘客就是这起事故的违法行为人，要对造成的损害负责任。

如下图：A 车司机开车门时，妨碍后方机动车行驶与 B 车发生事故。

示意图：

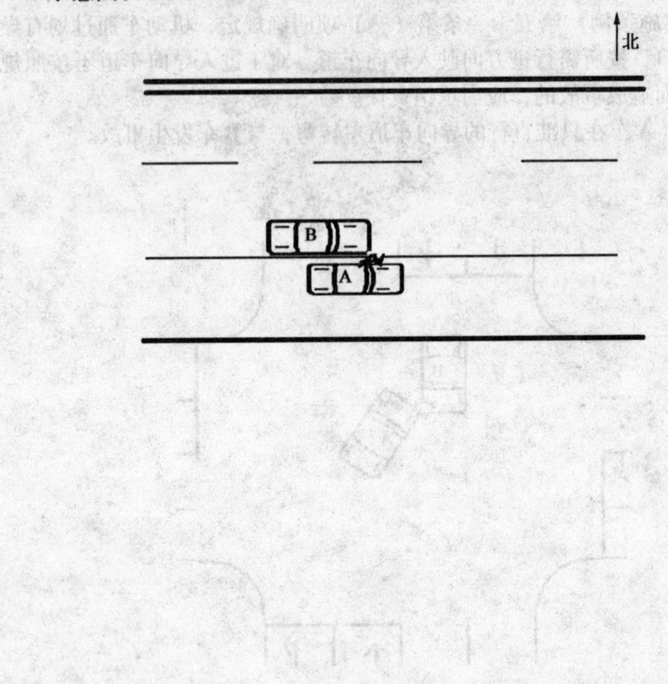

现场急救常识*

成功的交通事故现场急救主要包括正确的伤情判断和在此基础上及时正确的抢救措施。现场急救措施主要包括通气、止血、包扎、固定及转运五大技术。

一、正确判断伤情

正确判断伤者的伤情是现场急救的首要任务。其次是使开放性创面免受再污染、减少感染，以及防止损伤进一步加重。如果现场有多位或成批伤员需要救治，急救人员不应急于去救治某一个危重伤员，应首先迅速评估所有的伤员，以期能发现更多的生命受到威胁的伤员。

伤情评估可依 A、B、C、D、E 的顺序进行。

A 气道情况（Airway）：判断气道是否通畅，查明呼吸道有无阻塞；

B 呼吸情况（Breathing）：呼吸是否正常，有无张力性气胸或开放性气胸及连枷胸；

C 循环情况（Circulation）：首先检查有无体表或肢体的活动性大出血，如有则立即处理；然后是血压的估计，专业医护人员可使用血压计准确计量；

D 神经系统障碍情况（Disability）：观察瞳孔大小、对光反射、肢体有无瘫痪，尤其注意高位截瘫；

E 充分暴露（Exposure）：充分暴露伤员的各部位，以免遗漏危及生命的重要损伤。

在伤情评估的过程中，主要注意以下几个方面：

1. 判断伤者有无颅脑损伤：颅脑损伤在交通事故中十分常见，一旦发生，其致死率和致残率很高，因此不容忽视。交通事故中，某些人员可能由于惊吓和紧张，导致其对外界事务反映迟缓，但这并不表示有实质性的颅脑损害。因此，对伤者首先应大声呼唤或轻推，判断其是否清醒，有无昏迷。此时需要注意的是，在轻推伤者时，严禁用力摇动伤者，防止造成二次损伤。对于清醒的伤者，应询问其在事故中头部有无碰撞，有无头痛、头晕、短暂意识丧失等症状，并注意检查伤者有无头部的表浅损伤，如头皮血肿、头皮裂伤等。如果伤者出现上述情况，即使当时没有其它不适，也需将其送

* 本部分内容选自《道路交通事故受伤人员临床诊疗指南》，中国法制出版社2007年8月版。

往医院进行检查。

2. 判断伤者有无脊柱损伤：脊柱和脊髓损伤在交通事故中致残率很高，与其它交通事故创伤不同的是，大多数交通事故导致的人身伤害均有比较明显的伤害暴力与身体接触过程，如头部被车辆撞击或头部撞击于硬质物体（如车窗）或地面等，而脊柱损伤可能源于车辆的突然加速或减速运动。例如在车辆突然停止（正面碰撞）或突然向前方运动（被其它车辆追尾）过程中，驾乘人员的头部容易出现前后的挥鞭运动，特别是乘坐无头枕座椅的驾乘人员，极易出现颈部的挥鞭伤。对脊柱骨折伤者不正确的搬运，很可能导致伤者的脊髓受损，造成伤者截瘫，给伤者及其家庭造成极大的痛苦。因此，对于每个伤员，在搬动之前，必须确定其是否有脊柱损伤。如果伤者出现颈后、背部或腰部疼痛，棘突压痛，均提示有可能出现脊柱受损。对于昏迷的伤者，现场急救和搬运中，应按照有脊柱损伤处理。

3. 判断有无骨折：受伤部位疼痛、压痛、肿胀，均可怀疑有骨折，如果出现轴向叩击痛（如叩击伤者足底导致其大腿疼痛）则高度怀疑疼痛部位有骨折存在，如果出现局部畸形和异常活动，则基本可以确定骨折的存在。

4 判断有无胸、腹部脏器损伤：如果伤者出现胸部疼痛、压痛、呼吸困难等，提示有胸部损伤存在，如果伤者出现皮下握雪感，提示伤者有皮下气肿。如伤者出现腹痛、腹部压痛，肝、脾、肾区叩击痛，则应怀疑伤者有相应的脏器损伤。

在伤情的判断过程中，要求检查者采用的方法要简单、有效，检查手法准确，轻柔，防止增加伤者的痛苦并造成二次损伤。发现有怀疑颅脑损伤或胸、腹部脏器损伤的伤者，应尽快通知警方和急救中心，说明情况。

二、急救技术

【通气】通气系指保证伤员有通畅的气道。可采取如下措施：（1）解开衣领，迅速清除伤员口、鼻、咽喉的异物、凝血块、痰液、呕吐物等。（2）对下颌骨骨折而无颈椎损伤的伤员，可将颈项部托起，头后仰，使气道开放。（3）对于有颅脑损伤而深昏迷及舌后坠的伤员，可将舌拉出并固定，或放置口咽通气管。（4）对喉部损伤所致呼吸不畅者，可作环甲膜穿刺或切开。（5）紧急现场气管切开置管通气。

【止血】止血是现场急救首先要掌握的一项基本技术，其主要目的是阻止伤口的持续性出血，防止伤者出现因失血导致的休克和死亡，为伤者赢得宝贵的抢救时间，从而挽救伤者的生命。

在现场急救止血过程中，一般首先应判断伤者出血的原因：

毛细血管破裂导致的出血多呈血珠状，可以自动凝结。在现场无需特殊处理，或给予局部压迫即可达到止血的目的。静脉破裂的出血多为涌出，血色暗红，大静脉破裂导致的出血比较快速。动脉破裂导致的出血多为喷射状或快速涌出，血色鲜红。

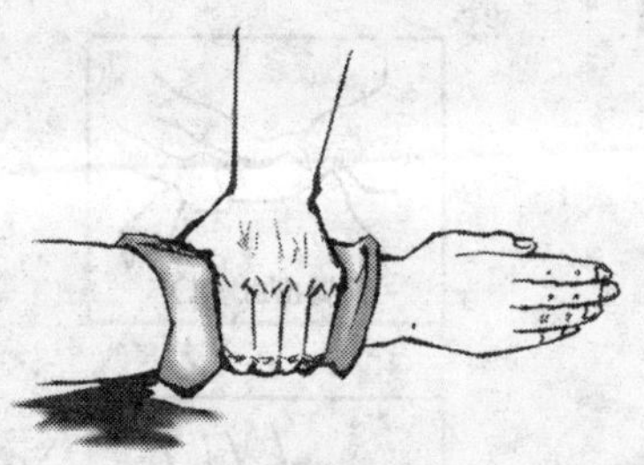

局部压迫止血

止血的方法主要有局部压迫止血、动脉压迫止血和止血带止血三种手段。

局部压迫止血：是最简单有效的方法，对于绝大多数伤口的出血均可达到良好的止血效果。方法是使用纱布、绷带、三角巾、急救包等对伤口进行加压包扎。如果在事故现场无上述材料，可以使用清洁的毛巾、衣物、围巾等覆盖伤口，包扎或用力压迫。在对肢体伤口的加压包扎过程中，加压力量达到止血目的即可，不宜过大，防止影响肢体的血液循环。

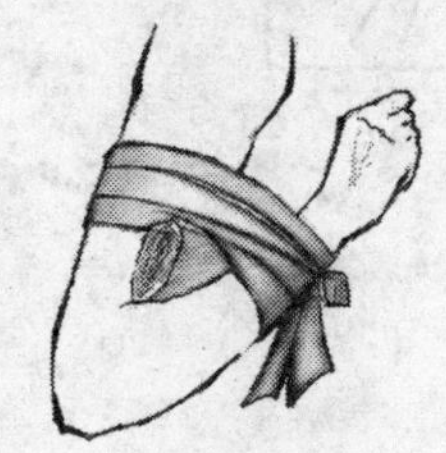

加压包扎止血

加垫屈肢止血法：在上肢或小腿出血，在没有骨折和关节损伤时，可采用屈肢加垫止血。如上臂出血，可用一定硬度、大小适宜的垫子放在腋窝，上臂紧贴胸侧，用三角巾、绷带或腰带固定胸部：如前臂或小腿出血，可在肘窝或腘窝加垫屈肢固定。

动脉压迫止血：对于局部压迫，仍然无法达到止血目的的伤者，可以采用动脉压迫止血的方法。简单的说就是依靠压迫出血部位近端的大动脉，阻断出血部位的血液供应以达到止血目的。

压迫腋动脉：在伤者腋下触摸到腋动脉搏动后，以双手拇指用力向伤者肩部方向压迫该动脉，可以达到该侧上肢止血的目的。

压迫肱动脉：在上臂内侧触及肱动脉搏动后，将该动脉用力压向肱骨。此法用于阻止前臂伤口的出血。

压迫桡动脉及尺动脉：在腕部掌侧触摸到桡动脉和尺动脉，同时压迫，阻止手部的出血。

压迫指动脉：用手捏住伤指指根两侧，可以阻止手指出血。

压迫股动脉：在腹股沟（大腿根部）中点可以触及股动脉搏动，用力下压，可以阻断同侧下肢的出血。

对于前臂或手部出血者，还可采用在肘前放置纱布卷或毛巾卷，用力曲肘固定，达到止血目的。

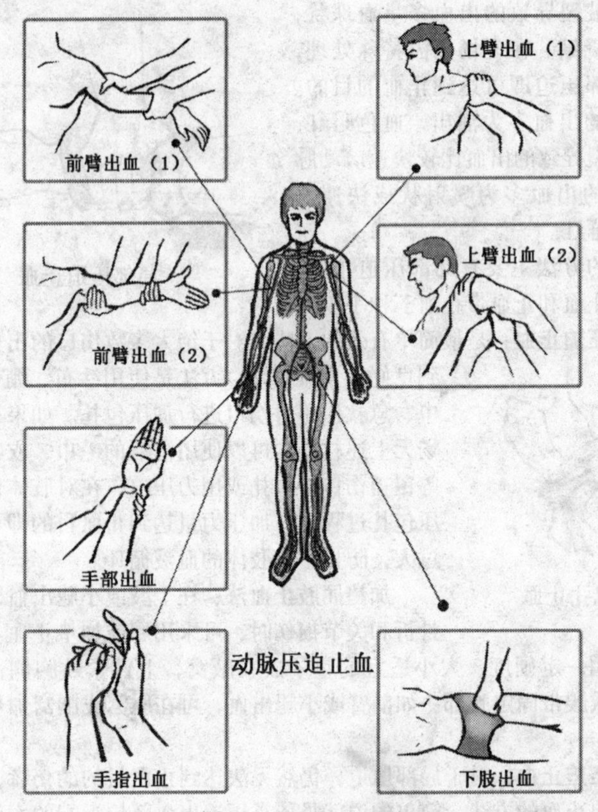

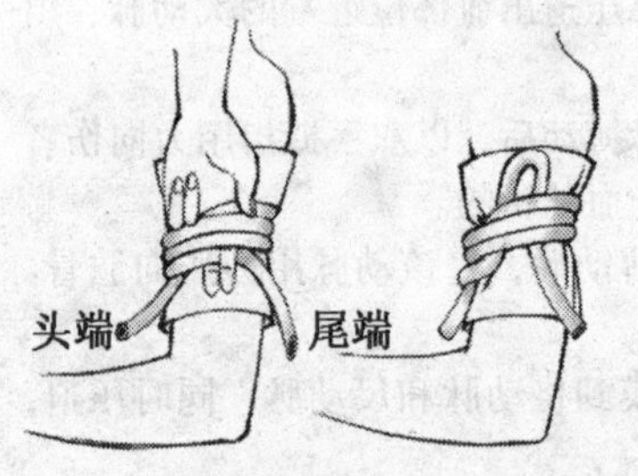

止血带止血：如果采用局部压迫止血无法达到目的，而压迫动脉不便于伤员的转运时，可以使用专用止血带进行止血。在使用止血带的过程中，应注意力量足够。如果力量不足，可能导致止血带没有阻断动脉血流，而仅使静脉回流受阻，导致伤口出血更加凶猛，加速伤者的失血。

如果在交通事故现场如果没有止血带，可以使用绷带、绳索、领带、毛巾、围巾、衣物等替代。需要特别指出的是严禁用铁丝作为止血带使用。

【包扎】包扎的主要目的是：一、压迫止血；二、保护伤口，减轻疼痛；三、固定。

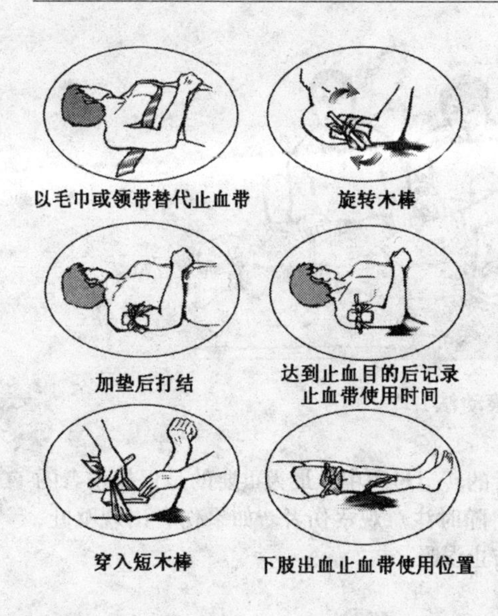

以毛巾或领带替代止血带　旋转木棒

加垫后打结　达到止血目的后记录止血带使用时间

穿入短木棒　下肢出血止血带使用位置

现场包扎使用的材料主要有绷带、三角巾、十字绷带等。如果没有这些急救用品，可以使用清洁的毛巾、围巾、衣物等作为替代品。包扎时的力量以达到止血目的为准。如果出血比较凶猛，难于依靠加压包扎达到止血目的时，可使用动脉压迫止血或使用止血带。

在包扎过程中，如果发现伤口有骨折端外露，请勿将骨折断端还纳，否则可能导致深层感染。

腹壁开放性创伤导致肠管外露的情况在交通意外中十分罕见。一旦发生，可以使用清洁的碗盆扣住外露肠管，达到保护的目的，严禁在现场将流出的肠管还纳。

【固定】固定的主要目的是防止骨折端移位导致的二次损伤，同时缓解疼痛。

在现场急救中，固定均为临时性的，因此一般以夹板固定为主。可以用木板、竹竿、树枝等替代。固定范围必须包括骨折邻近的关节，如前臂骨折，固定范围应包括肘关节和腕关节。

如果事故现场没有这些材料，可以利用伤者自身进行固定：上肢骨折者可将伤肢与躯干固定；下肢骨折者可将伤肢与健侧肢体固定。

【转运】转运是现场急救的最后一个环节。正确及时的转运可能挽救伤者的生命，不正确的转运可能导致在此之前的现场急救措施前功尽弃。

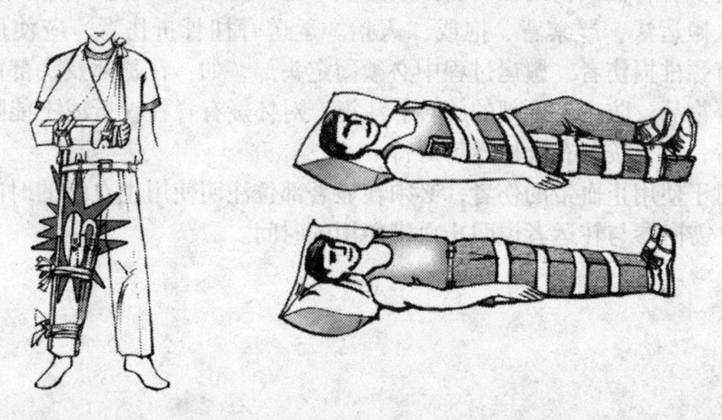

滚动法

昏迷伤者的转运：在昏迷患者的转运过程中，最为重要的是保持伤者的呼吸道通畅。方法是使患者侧卧，随时注意观察伤者。如果伤者出现呕吐，应及时清除其口腔内的呕吐物，防止误吸。

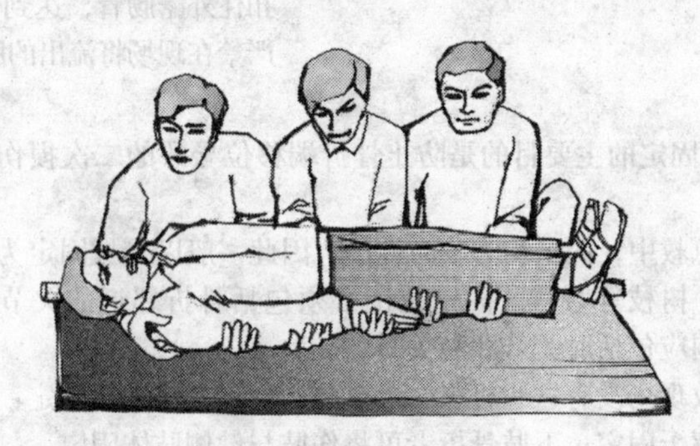

平托法

对于有脊柱损伤的伤者，搬动必须平稳，防止出现脊柱的弯曲。一般使用三人搬运法，严禁背、抱或二人抬。运送脊柱骨折伤者，应使用硬质担架。有颈椎损伤者，搬运过程中必须固定头部，如：在颈部及头部两侧放置沙袋等物品，防止头颈部的旋转。注意，对怀疑有脊柱骨折或不能除外脊柱骨折者，必须按照有脊柱骨折对待。

对于使用止血带的伤者，必须在显著部位注明使用止血带的时间。如无条件，需向参与转运者说明止血带使用的时间。

脊椎骨折不正确的搬运方法

新旧准驾车型对照表

原准驾车型	新准驾车型	准驾车辆	准驾的其他车型	申请年龄	身高条件	身体条件证明	注销
A	A1、A2			26～50（60）	155厘米以上	每年提交一次身体条件证明	超过驾驶证有效期一年以上未换证和准驾车型为A1 A2 A3 B1 B2 N P的一年内未提交身体条件证明的驾驶证予以注销
	A1（大型客车）	大型载客汽车	A3、B1、B2、C1、C2、C3、C4、M				
	A3（城市公交车）	核载10人以上的城市公共汽车	C1、C2、C3、C4	21～50（60）			
	A2（牵引车）	重型、中型全挂、半挂汽车列车	B1、B2、C1、C2、C3、C4、M	24～50（60）			
B	A2						
	B2（大型货车）	重型、中型载货汽车；大、重、中型专项作业车	C1、C2、C3、C4、M	21 ～ 50（60）			
	B1（中型客车）	中型载客汽车（含核载10人以上、19人以下的城市公共汽车）			150厘米以上		
C	B1						
	C1（小型汽车）	小型、微型载客汽车以及轻型、微型载货汽车；轻、小、微型专项作业车	C2、C3、C4	18～70（18周岁以上）	不限	6年提交一次身体条件证明 60周岁以上的每年提交一次身体条件证明	
	C2（小型自动档汽车）	小型、微型自动档载客汽车以及轻型、微型自动档载货汽车					
Z	C2						
D	D、C4（普通三轮摩托车）	发动机排量大于50ml或者最大设计车速大于50km/h的三轮摩托车	E、F	18～60（70）			
E	E（普通二轮摩托车）	发动机排量大于50ml或者最大设计车速大于50km/h的二轮摩托车	F				
F	F（轻便摩托车）	发动机排量小于50ml，最大设计车速小于等于50km/h的摩托车		18～70（18周岁以上			
J	C3（低速载货汽车）	低速载货汽车（原四轮农用运输车）	C4	18 ～ 60（70）			
L	C4（三轮汽车）	三轮汽车（原三轮农用运输车）					
M	M（轮式自行机械车）	轮式自行机械车					
N	N（无轨电车）	无轨电车		21～50（60）	155厘米以上	每年提交一次身体条件证明	
P	P（有轨电车）	有轨电车			不限		

备注：新准驾车型共15种，比原来14种有所增加，D、E、F、M、N、P等6种没有变，原A、B、C现用阿拉伯数再细分9种，原来大、小、手扶拖拉机（G、H、K）和电瓶车Q没有列入此次新准驾车型。

考试预约规定（取得驾驶技能证明后）		
准考车型	科目二考试	科目三考试
C1、C2	10天后	30天后
C3、C4、D、E、F、M、N、P		20天后
A1、A2、A3	20天后	60天后
B1、B2		40天后

申请增加准驾车型			
原准驾车型	增加准驾车型	驾龄	最近( )个记分周期没有满分记录
一般车型	一般车型		1
C1、C2、C3、C4	B1	3年	2
A3、B2	A2	1年	1
B1、B2		3年	2
A1		1年	1
B1、B2	A1	5年	3
A2		2年	1

注：申请人可自愿降低选择准驾车型，选择的准驾车型一旦确定后，除继续要求降低准驾车型外，不得再变更。降低准驾车型后，要求升级准驾车型的，须按增驾手续办理。

机动车交通事故快速处理协议书

事故时间	年 月 日 时 分	事故地点	

代码	姓名	驾驶证号或身份证号	车辆牌号	保险公司	电话	保险公司报案号
A						
B						
C						

<table>
<tr><td rowspan="3">事故情形</td><td>1. 追尾的 □</td><td>2. 逆行的 □</td><td>3. 倒车的 □</td><td>4. 溜车的 □</td><td>5. 开关车门的 □</td><td>6. 违反交通信号的 □</td><td>7. 未按规定让行的 □</td></tr>
<tr><td colspan="4">8. 依法应负全部责任的其他情形 □</td><td colspan="3">情形描述：</td></tr>
<tr><td colspan="4">9. 双方应负同等责任的 □</td><td colspan="3">情形描述：</td></tr>
<tr><td>伤情及物损情况</td><td colspan="7"></td></tr>
</table>

<table>
<tr><td rowspan="2">当事人责任</td><td>A 方负本起事故</td><td>B 方负本起事故</td><td>C 方负本起事故</td></tr>
<tr><td>1. 全部责任 □
2. 同等责任 □
3. 无责任 □</td><td>1. 全部责任 □
2. 同等责任 □
3. 无责任 □</td><td>1. 全部责任 □
2. 同等责任 □
3. 无责任 □</td></tr>
<tr><td colspan="4">以上填写内容均为事实，如有不实，愿负法律责任。

A 签名：　　　　B 签名：　　　　C 签名：</td></tr>
<tr><td>赔偿情况</td><td colspan="3">自愿放弃保险索赔，自行解决协议如下：

A 签名：　　　　B 签名：　　　　C 签名：</td></tr>
</table>

此协议书可以到北京交管局网站（WWW. BJJTGL. GOV. CN)、北京保监局网站（WWW. CIRC. GOV. CN/BEIJING）下载。

北京市公安局公安交通管理局、中国保险监督管理委员会北京监管局监制

《机动车交通事故快速处理协议书》填写说明

当事人应按下列规定填写《机动车交通事故快速处理协议书》:

（一）填写《协议书》，要字迹工整、项目齐全，各执一份。

（二）事故时间一栏，须填写阿拉伯数字，精确到分钟。

（三）事故地点一栏，须填写事故发生在某区（县）某路（或路口）、某街的具体地点。

（四）姓名一栏，填写各方当事人姓名，填写前须核对各方驾驶证或身份证。

（五）车辆牌号一栏，如实填写，如黑色牌照的号牌，应在号码后注明(黑牌)。

（六）保险公司简称一栏，填写车辆投保交强险的保险公司简称。

（七）电话一栏，须填写随时可以联系的电话号码。

（八）保险公司报案号一栏，当事人向保险公司报案后，保险公司会反馈一个报案号，将此报案号填写在本栏中。

（九）事故情形一栏，对应事故情形在相应的“□”内划“√”，对第8项和第9项需简要描述事故情形。

（十）伤情及物损情况一栏，填写受伤人员的伤情及车辆和其他财产损失。

（十一）当事人责任一栏，对应当事人所承担的事故责任在相应的“□”内划“√”，填写完毕后，当事人共同签名确认。

（十二）赔偿情况一栏，对于当事人自愿放弃保险索赔的，可以根据事故双方的协议内容填写，并签名确认。

上海市机动车物损交通事故记录书

事故发生日期时间	事故发生地点：	辖区
	目击者联系电话：	

车辆甲（丙）	事故发生情形	车辆乙（丁）
事故当事人 姓名： 国籍： 身份（护照）证号： 住址： 电话： 驾驶证档案号 准驾车型 驾驶证有效期	在相关方格中打"√" ↓ 甲（丙） 乙（丁） ↓ ☐ 1 同车道追尾前车 1 ☐ ☐ 2 倒车或溜车与他车相碰 2 ☐ ☐ 3 离开停车点或开门 3 ☐ ☐ 4 从住宅区、停车场或单位内驶出 4 ☐ ☐ 5 驶入住宅区、停车场或单位 5 ☐ ☐ 6 同向不同车道变道 6 ☐ ☐ 7 左转弯 7 ☐ ☐ 8 右转弯 8 ☐ ☐ 9 逆向行驶 9 ☐ ☐ 10 闯单行道 10 ☐ ☐ 11 未按导向箭头指示行进 11 ☐ ☐ 12 进入环岛 12 ☐ ☐ 13 违反让行标志或闯红灯 13 ☐ ☐ 14 在车道上停车未开警示灯 14 ☐ ☐ 15 无信号控制路口未让右车 15 ☐ ☐ 16 路口未依次通过 16 ☐	**事故当事人** 姓名： 国籍： 身份（护照）证号： 住址： 电话： 驾驶证档案号 准驾车型 驾驶证有效期
事故车辆 车主 牌照号码 厂牌型号 发动机号 车架号 行驶证有效期		**事故车辆** 车主 牌照号码 厂牌型号 发动机号 车架号 行驶证有效期
保险公司 名称 保险单号 被保险人 保险期限自 年 月 日零时 起至 年 月 日 时24时止 商业三者险 有☐ 无☐ 车损险 有☐ 无☐		**保险公司** 名称 保险单号 被保险人 保险期限自 年 月 日零时 起至 年 月 日 时24时止 商业三者险 有☐ 无☐ 车损险 有☐ 无☐

用箭头标出车辆碰撞的位置 →	碰撞时现场简图	用箭头标出车辆碰撞的位置 →
甲方（丙）签名		乙方（丁）签名